A.K.

JULIA BERNARD
Kalte Lügen

Über die Autorin:

Julia Bernard ist ein Pseudonym der Autorin Julia Hofelich. Die Juristin und gebürtige Schwäbin hat lange in der Ortenau gelebt und sich währenddessen in die Region verliebt. Auch hat die Autorin in einem Offenburger den Mann fürs Leben gefunden. Kein Wunder also, dass ihre Krimireihe im wundervollen Baden spielt.

JULIA BERNARD

KALTE LÜGEN

Ein Baden-Krimi

lübbe

Dieser Titel ist auch als E-Book erschienen

MIX
Papier aus verantwortungsvollen Quellen
FSC® C014496

Originalausgabe

Textredaktion: Ilse Wagner, München
Umschlaggestaltung und -motiv: © www.buerosued.de
Satz: hanseatenSatz-bremen, Bremen
Gesetzt aus der Palatino
Druck und Verarbeitung: GGP Media GmbH, Pößneck
Printed in Germany
ISBN 978-3-404-18423-1

2 4 5 3 1

Sie finden uns im Internet unter
www.luebbe.de
Bitte beachten Sie auch: www.lesejury.de

Kapitel 1

Die alte Scheune stand am Rand eines Sonnenblumenfelds etwas außerhalb von Zunsweier. Sie war schon lange nicht mehr in Betrieb. Die schwarzen Balken des offenen Dachstuhls wiesen starke Verfallserscheinungen auf, ein von Wind und Wetter angenagtes Skelett, das sich in den dämmrigen Himmel reckte. Ein großes gelbes Schild mit der Aufschrift *Einsturzgefahr!* warnte Besucher davor, die Scheune zu betreten. Privatermittlerin Suzanne Griesbaum schloss davon unbeeindruckt das angerostete Vorhängeschloss am Tor auf und entfernte die Absperrkette. Ihre Jeans klebte kalt und nass an ihrem Bein, weil sie beim Überqueren der Wiese ein Schlammloch übersehen hatte. Sie betrat die Scheune, schloss die Tür hinter sich und ging die knarrenden Stiegen in der Mitte des Raumes hoch. Einige Stufen waren durchgefault, alles war baufällig. Dennoch. Suzanne war schon einmal hier gewesen, und die Scheune war einfach der ideale Beobachtungsposten. Wenn es heute Morgen zum Verkauf der gestohlenen Antiquitäten kam, wie der anonyme Tippgeber behauptet hatte, dann würde sie von hier aus ein paar gute Fotos schießen können. Wenn es dazu kam. Wieder stiegen leichte Zweifel in ihr auf. Es war schon seltsam, dass dieser Laubis, der nach außen hin so viel Wert auf sein Saubermann-Image legte, plötzlich ein Hehler sein sollte. Auf der anderen Seite war der rechtsradikale, frauenfeindliche Gemeinderat ein Widerling, und sie traute ihm einiges zu. Wie auch immer. Sie würde herausfinden, was hier los war, und ihrem Auftraggeber, einem Journalisten, davon berichten.

Auf der oberen Ebene der Scheune lagen noch einige

modrige Heuballen, und Suzanne stellte ihren Rucksack darauf ab. Sie setzte eine Schirmkappe auf ihre schulterlangen blonden Haare und hängte sich die Kamera mit dem starken Teleobjektiv um den Hals. Vorsichtig, Schritt für Schritt, tastete sie sich entlang der tragenden Balken, um nicht durch die Bretter zu brechen und auf den Betonboden des Untergeschosses zu stürzen. Einunddreißig war eindeutig zu jung, um wie ein Spiegelei zu enden. Die morschen Dielen unter ihren Füßen schwankten gefährlich. Schließlich erreichte sie die dem Dorf zugewandte Seite der Scheune. Durch eine Lücke in der Bretterwand sah sie hinaus. Das Sonnenblumenfeld und die Streuobstwiesen lagen friedlich und menschenverlassen in der Morgendämmerung. Auch in Laubis' Haus, einer Villa mit riesigen Fensterfronten am Ortsrand von Zunsweier, regte sich noch nichts. Suzanne ließ ihren Blick über die wundervolle Landschaft schweifen. Der Himmel leuchtete rot-orange. Kleine Nebelschwaden schwebten über einer Wiese, Wildkaninchen hoppelten auf einem Acker umher, und ein Storch schritt majestätisch über einen Feldweg. Vögel zwitscherten. Die Sonne ging strahlend auf, und Millionen Wassertröpfchen auf Gräsern und Blättern glitzerten wie Diamanten. Suzanne war für einen Moment geblendet und machte einen unbedachten Schritt nach hinten. Mit einem Knall brach der Boden unter ihr ein, und sie konnte sich gerade noch an einem Balken festhalten und zur Seite ausweichen, sonst wäre sie in die Tiefe gestürzt. Zitternd blieb sie eine Weile regungslos stehen, bis sich ihr Atem wieder beruhigt hatte. Neben ihr war nun ein großes Loch, durch das man ins Untergeschoss sehen konnte. Wie sollte sie das dem Eigentümer erklären? Sie schüttelte den Kopf und stellte ihr Teleobjektiv auf Laubis' Haus scharf. Hoffentlich würde sich ihr Einsatz wenigstens lohnen! Durch die Fensterfront sah sie, dass der dicke Gemeinderat sich gerade in Unterhose bekleidet aus dem Bett schälte, Richtung Bad ging und die Tür schloss. Es dauerte nicht lange, bis er das Bad wieder verließ, sich im Schlafzimmer Anzug und Krawatte anzog, die Treppen hinunterging und in der Küche verschwand. Suzanne biss sich auf die Lippen. Die Küche konnte sie von ihrem Beobachtungsposten aus nicht richtig sehen, hoffentlich würde der Deal nicht dort stattfinden. Wenige Minuten später bog ein klappriger Jeep in Laubis' Straße ein und hielt ein paar Meter hinter dessen Haus am Sonnenblumenfeld. Sie richtete das Teleobjektiv auf das Auto. Die Fahrertür ging auf, und ein sehniger Typ mit einem großen, golfbagähnlichen Rucksack und einer dunklen Sonnenbrille stieg aus. Er trug alte Turnschuhe, eine zerlöcherte Jeans und einen Schlagring. Er sah nicht gerade aus wie der millionenschwere Kunstsammler und Immobilienhai aus Baden-Baden, der Laubis anscheinend das Diebesgut abkaufen wollte. War der Deal etwa bereits gelaufen, und die hatten jetzt nur jemanden zum Abholen der Stücke geschickt? Sie schoss einige Fotos, auch vom Nummernschild des Autos. Der sehnige Typ warf die Fahrertür zu und lehnte sich seltsamerweise erst einmal dagegen. Sein Blick schien die Gegend abzusuchen und schließlich an der Scheune haften zu bleiben. Es wirkte fast, als starre er genau auf die Stelle, an der sie saß. Ihr Magen zog sich zusammen. Sie musste sich täuschen, der Typ konnte sie unmöglich sehen, sie befand sich gut verborgen hinter Brettern, und er hatte nicht mal ein Fernglas. Und es war ihr auch niemand gefolgt oder wusste, dass sie hier war, nicht mal der Inhaber der Scheune, dessen Schlüssel sie ohne sein Wissen »ausgeliehen« hatte. Der Mann stieß sich nun vom Auto ab und schlenderte am Rand des Feldes entlang. Direkt auf die Scheune zu. Was hoffentlich ein Zufall war, es gab sicherlich eine Menge Leute, die ihren Morgenspaziergang an diesem wundervollen Sonnenblumenfeld machten. Bestimmt auch Typen mit Schlagringen. Ihr Magen krampfte sich stärker zusammen. Es war bekannt, dass

Laubis nicht sonderlich zimperlich mit Gegnern umging. Was, wenn er mitbekommen hatte, dass sie ihn beschattete? Während sie mit der rechten Hand den Fotoapparat umklammert hielt und den Typen mit dem Rucksack beobachtete, tastete sie mit der linken Hand in der hinteren Tasche ihrer Hose nach ihrem Handy ... Mist, da konnte sie lange tasten, das Handy lag mal wieder in der Mittelkonsole ihres Autos. Sie ließ die Kamera sinken und sah sich im Raum nach einer Waffe um. Nur Bretter und Steine. Und man konnte es drehen und wenden, wie man wollte: Sie war nicht gerade eine Kampfsportmaschine, auch wenn sie fast den gelben Gürtel in Judo hatte. Sie setzte lieber ihren Verstand als Waffe ein, aber das konnte ein ganz schön stumpfes Schwert sein, wenn man auf einem einsamen Dachboden von einem Typen mit einem Schlagring angegriffen wurde. Der Mann hatte die Scheune mittlerweile erreicht und ging über die Wiese auf das Scheunentor zu, das sie von ihrer Position aus nicht sehen konnte. Leise durchquerte Suzanne so schnell es ging den Dachboden. Hinter einem Bretterstapel blieb sie stehen und lugte auf der anderen Seite des Dachs hinaus. Gott sei Dank, der Typ blieb nicht stehen. Er ging geradewegs auf ein kleines Waldstück zu. Suzanne atmete auf. Also doch nur ein Spaziergänger. Was sonst. Dass sie etwas anderes gedacht hatte, lag sicherlich daran, dass sie in letzter Zeit ein wenig angespannt war. Zu viel Arbeit. Sie balancierte auf ihren Beobachtungsposten zurück. Laubis saß nun im Wohnzimmer am Fenster, er hatte sich zurückgelehnt und las eine Zeitschrift, die er auf seinem dicken Bauch abstützte. Es war schon ein starkes Stück, dass er neulich bei einer Kundgebung gegen Ausländerfeindlichkeit, bei der sie eine Rede gehalten hatte, über ihre Figur gelästert hatte. Sie hatte das genau gehört. Sie war vielleicht nicht mager, aber verglichen mit dem Mann hatte sie Modelmaße. Und wie er sie bei der nachfolgenden Diskussion ständig »Susanne« genannt hatte, obwohl man ihren Namen, wie sie ihm mehrmals erklärt hatte, »Süsann« aussprach. »›Süsann‹ klingt mir nicht deutsch genug«, hatte er gesagt. Sie schaubte, lehnte sich vorsichtig an einen Balken und wartete. Die Minuten zogen sich quälend langsam dahin. Obwohl es immer noch recht früh war, wurde es in der Augustsonne, die durch den offenen Dachstuhl fiel, allmählich brütend heiß auf ihrem Beobachtungsposten, den sie mit mehreren Hornissen und verschiedenen anderen Krabbeltieren teilen musste. Leider nirgends eine Spur des dubiosen Kunstsammlers. Sie sah auf ihre Uhr. Eine Weile konnte sie noch warten, aber spätestens um elf Uhr musste sie im Büro bei einer Besprechung mit einer Klientin sein, die Hilfe in einer hässlichen Scheidungssache benötigte. Jetzt hatte der Noch-Ehemann sogar den gemeinsamen Hund vergiftet! Überhaupt hatte Suzanne noch einiges zu erledigen, bevor sie am Abend nach Stuttgart auf das Death-Metal-Festival fahren konnte, auf das sie sich seit Wochen freute. Wenigstens die letzten beiden Tage des *Feinstaubfestivals* wollte sie miterleben. In ihrem Bauch begann es vor Freude zu kribbeln. Das würde großartig werden! Und diesmal würde sie sich bestimmt trauen, den Sänger von *Dieselskandal* anzusprechen! Diesmal bestimmt! Sie würde ihn noch vor dem ersten Konzert … Ein seltsames Geräusch, ein Sirren und dann ein lautes Rascheln und ein dumpfer Aufschlag, als sei etwas Schweres von weit oben auf den Boden gefallen, riss sie aus ihren Gedanken. Was zum Henker war das? Nun sagte eine männliche Stimme, deren Besitzer direkt vor der Scheune stehen musste: »Jesses nai!«, und: »Sauber liggd de Babbe im Sarg.« Sie spähte hinunter. Durch eine Ritze zwischen zwei Brettern sah sie den Kopf und einen Arm des Schlagring-Typen. Er hielt einen riesigen Ast hoch. Keine Ahnung, was er damit vorhatte. Ausgerechnet in diesem Moment kam eine Frau die Straße entlang und ging zügig auf Laubis' Haus zu. Suzanne zwang sich, ruhig zu atmen. Sicher stellte der Schlagringtyp keine Gefahr dar, sondern war nur ein bisschen verrückt. Sie nahm die Kamera hoch und warf einen Blick durch das Teleobjektiv zu Laubis' Haus hinüber. Die Frau betrat den Vorgarten, sie war blond, ziemlich hübsch und trug ein kurzes weißes Kleid. Sie hatte eine große Handtasche dabei und sah schon eher aus wie eine Kunstsammlerin aus Baden-Baden. Suzanne tastete mit dem Finger zum Auslöser. In diesem Moment brach etwas mit Getöse durch die morsche Wand der Scheune, sauste an ihrem Kopf vorbei und blieb keinen Meter von ihr entfernt in einem Balken stecken. Sie schrie auf, ihr Herzschlag setzte für eine Sekunde aus. Das Ding sah aus wie ein Pfeil aus einer Armbrust. Panisch duckte sie sich und brüllte: »Hören Sie auf mit Schießen! Hier ist jemand drin! Aufhören!« Ein weiterer Pfeil verfehlte sie um ein paar Meter, und vor Schreck taumelte sie rückwärts und knallte brutal gegen einen der Stützbalken. Ein stechender Schmerz in ihrem Rücken, sie japste nach Luft, spürte, wie der Balken sich bewegte. Ruckartig drehte sie sich um. Wie in Zeitlupe knickte der morsche Stützbalken, den sie gerammt hatte, mit lautem Krachen ab. Im Dachstuhl knarrte es bedrohlich. Es regnete Holzstücke. Sie zwang sich, langsam und gebückt Schritt für Schritt zurück zur Treppe zu gehen. Nicht rennen, sonst brach der Boden. Staub rieselte auf sie herab, eine Gaube zersplitterte. Nicht rennen. Auf jeden Schritt achten. Ein grauenvolles Ächzen lief durch das alte Gebälk, ein Todesseufzer. Ein weiterer Stützbalken bog sich nun beängstigend. Die Scheune stürzte ein. Sie musste hier raus. Sofort. Mit zitternden Knien erreichte sie die Treppe. Klemmte sich beinahe in einer Ritze den Fuß ein, bekam ihn nach kurzer Zeit verzweifelten Ringens wieder frei. Am hinteren Ende der Scheune, dort, wo sie gesessen hatte, fiel ein Dachsparren krachend auf die Dielen und brach hindurch. Staub und Splitter wirbelten auf. Suzanne bezwang die Treppe und rannte auf die Tür zu. Blieb ruckartig stehen. Sie konnte da nicht raus. Da draußen war jemand mit einer Armbrust. Der Schlagringtyp. Er wollte sie töten. Hinter ihr krachte ein weiteres Stück Holz durch die Decke auf den Boden, ein riesiger Stein landete direkt neben ihr. Sie hatte keine Wahl. Sie riss die Tür auf und rannte ins Freie.

Kapitel 2

Die junge Frau hatte ein kleines Mädchen an der Hand, das noch kaum laufen konnte, und eine große Tasche über der Schulter. Sie ging mit langsamen, wippenden Schritten auf das Regal mit der Babynahrung zu. Blieb stehen und schaute sich um. Dann packte sie blitzschnell zwei Obstgläschen und steckte sie in ihre Tasche. Sie wollte gerade einen Müsliriegel einpacken, als Privatdetektiv Henry Marbach ihr von hinten die Hand auf die Schulter legte. Die Frau zuckte so zusammen, dass ihr fast der Müsliriegel auf den Boden fiel. Mit zitternden Händen legte sie ihn zurück ins Regal. »Bitte«, flüsterte sie nur.

»Kommen Sie mal mit«, sagte Henry.

Gemeinsam gingen sie in das karge Büro hinter der Herrenumkleidekabine. Die Frau weinte leise, als sie auf dem Plastikstuhl Platz nahm und ihre Tasche öffnete. Windeln, Babyshampoo, zwei Gläschen mit Obstbrei, ein Kinder-T-Shirt. Das kleine Mädchen schaute mit hungrigem Blick auf das Essen.

Das Prozedere war immer das Gleiche. Diebesgut sichern, Vorfall dokumentieren, Polizei anrufen, Anzeige erstatten. Seit zehn Wochen patrouillierte Henry nun schon wie ein Westernsheriff durch die Abteilungen eines Kaufhauses in der Stuttgarter Königstraße und stellte Großväter, die eine Packung Toast klauten, und Mädchen in der Pubertät, bei denen das Taschengeld nicht für den teuren Lippenstift ausgereicht hatte. Es war der scheußlichste Nebenjob, den er je gemacht hatte, und wenn seine finanzielle Situation nicht derart angespannt gewesen wäre, hätte er ihn schon lange hingeschmissen. Aber in seine kleine Detektei im Stuttgarter Westen hatte sich seit Monaten kein Klient verirrt. Und nicht genug damit, dass er pleite war: Es kostete ihn zudem eine ganze Stange Geld, das niemanden merken zu lassen.

»Ich muss die Polizei anrufen«, sagte er.

Die Frau sah ihn mit verweinten, leeren Augen an. »Die Kleine hatte Hunger. Ich habe kein Geld mehr. Was hätten Sie denn gemacht?«

Wahrscheinlich das Gleiche wie Sie, dachte er. Er verspürte tiefes Mitleid mit ihr. Aber er hatte keine Wahl, er war letzte Woche schon abgemahnt worden, weil sein Kollege Josh mitbekommen hatte, dass er einen Haargummidieb einfach so hatte laufen lassen. Abgesehen davon bekamen sie eine Art Provision für jeden gestellten Dieb. Er warf einen Blick in den Flur hinaus. Niemand da. »Da es das erste Mal ist, dass ich Sie erwische, werde ich aber noch ein Auge zudrücken«, sagte er schnell. Er legte das Diebesgut auf den Tisch. Eines der Obstgläschen in der Tasche übersah er, schloss die Tasche wieder und gab sie der Frau zurück. »Verschwinden Sie, aber zügig«, sagte er und tätschelte dem Mädchen den Kopf.

Die Frau stand auf, lächelte und verschwand. Henry lächelte auch, aber sein Lächeln erlosch, als wenig später die Tür aufging und Josh und der Abteilungsleiter hereinkamen. »Wusste ich es doch«, grinste Josh schmierig, und Henry musste anerkennen, dass Josh gar kein so mieser Detektiv war, wie er gedacht hatte.

»Wir haben alles auf Film. Sie sind gefeuert«, schnaubte der Abteilungsleiter in Henrys Richtung, und das erste Mal seit Wochen fühlte sich Henry richtig gut. Bis er zu Hause das Schreiben seines Vermieters im Briefkasten fand. Wenn er seine Miete nicht binnen sieben Tagen bezahlte, würde er seine Wohnung und sein damit verbundenes Büro verlieren.

Er warf das Schreiben auf den Stapel mit unbezahlten

Rechnungen und machte sich in seiner Designerküche erst einmal einen Cappuccino. Er hatte es bisher immer geschafft, das nötige Geld aufzutreiben. Für alles. Er würde es auch diesmal schaffen. Er wusste nur noch nicht genau, wie.

Um besser nachdenken zu können, ging er ein paar Stunden ins Fitnessstudio und aß ein Pastramisandwich im angesagten Café *Tatti*. Danach machte er sich schweren Herzens auf den Weg ins Pfandleihhaus, um seine alte Rolex einmal mehr zu versetzen, und ertrug stoisch die prolligen und herablassenden Sprüche, die der Inhaber Maik zum Besten gab, als er ihm das Geld auszahlte. Viel zu wenig Geld, aber da ließ Maik nicht mit sich handeln. Als Henry über den Innenhof zurück zur Straße ging, vorbei an den mit grünen Graffitiköpfen und Beschriftungen beschmierten Mauern, fühlte er sich, als sei er mit eiskaltem Wasser übergossen worden.

Wieder in der Detektei, rief er seinen besten Freund Achim an, einen Anwalt, und fragte ihn nach Arbeit. Er unterstützte Achim häufiger, zum Beispiel hatte er erst vor ein paar Monaten eine totgeglaubte Prozessgegnerin auf Hiddensee gefunden. Achim hatte tatsächlich auch diesmal einen Job für ihn, leider etwas ganz anderes als Recherche. Henry schluckte, aber die Erinnerung an den Stapel mit unbezahlten Rechnungen überzeugte ihn, und er sagte zu.

Am nächsten Morgen bereute er das bitterlich. Flugzeuge starteten dröhnend vom nahegelegenen Stuttgarter Flughafen, ihre gigantischen Metallkörper flogen wie urzeitliche Drachen über das Festivalgelände. Die Sonne brannte, E-Gitarren kreischten, und das Schlagzeug bollerte wie ein wild gewordener Presslufthammer. Der Sänger von *Dieselskandal* hatte lange Haare und ein Spinnennetztattoo auf der Stirn, und er brüllte seine Lieder ins Mikrofon, als ginge es um sein Leben. In den Texten kam viel Blood vor, viel Fear und viele Bitches. Weiter hinten, noch näher an der Autobahn, stimmten sich die Mitglieder einer weiteren Death-Metal-Band auf ihren ersten Gig ein. Die Lautsprecher bebten. Wahrscheinlich würde Henry nach diesem Vormittag auf dem »Feinstäuble«, wie das *Feinstaubfestival* von den Fans liebevoll genannt wurde, nie wieder seine volle Hörfähigkeit zurückerlangen, aber von irgendetwas musste er seine Miete bezahlen. Zudem schuldete er Achim, der neben seiner Anwaltstätigkeit auch der Bandmanager von *Dieselskandal* war, ebenfalls ein paar größere Scheine. Auch wenn Achim das sicherlich großzügig »vergessen« hatte, würde Henry ihm nie etwas schuldig bleiben. Das Zurückzahlen dauerte manchmal nur etwas länger, aber er würde heute damit anfangen, indem er nur seinen halben Lohn für den Tag verlangen würde.

Henry krempelte die Ärmel seines hellblauen Hemdes nach oben und wuchtete das giftgrüne Schild mit der Aufschrift »Basst wie'd Fauschd uffs Aug': Mauldäschla ond Tequila« von der Ladefläche des Transporters. Er hievte es auf die Schulter und ging zu Achims Maultaschenstand, den sie in den letzten Stunden aufgebaut hatten, zurück. Das Schild war verdammt schwer, und es dauerte über zehn Minuten, bis Henry und Achim es in der Halterung befestigt hatten. Direkt nebenan performte *Dieselskandal* brüllend und hämmernd über Shotguns und noch mehr Bitches. Für eine winzige Sekunde dachte Henry mit leichtem Bedauern an seinen Job bei der Kripo zurück, den er vor seiner Tätigkeit als selbständiger Privatermittler gehabt hatte. Und sogar seine Zeit als Ladendetektiv vermisste er fast. Dann wischte er mit einer entschlossenen Bewegung seine schmutzigen Hände an einem Tuch ab. Er war nicht der Typ, der der Vergangenheit nachtrauerte. Erfolgreiche Menschen blickten in die Zukunft. Und da Henry seine Zukunft für die nächsten Stunden klar erkennen konnte, nahm er sich ein Bier aus Achims Tiefkühltasche und trank es mit wenigen Zügen leer. Dann betrat er den Stand, warf den Grill an und verkaufte Maultaschen und Tequila, während der Sänger mit dem Spinnennetztattoo über die Bühne robbte und in Düsenjägerlautstärke etwas grölte, das sich anhörte wie ein Rudel Wölfe auf Koks.

Gerade noch rechtzeitig, bevor die abendlichen Bandauftritte begannen, gingen die Maultaschen aus, und Henry konnte heimfahren. Die Sonne stand bereits tief, aber es war immer noch siedend heiß, als er endlich einen fast legalen Parkplatz in der Nähe des Schwabtunnels gefunden hatte und aus seinem schwarzen Porsche stieg. Mit einem zufriedenen Lächeln strich er über die glänzende Tür und schloss sie vorsichtig. Das Auto gefiel ihm immer noch genauso gut wie vor fünf Jahren, als er es gekauft hatte. Es war wie er selbst. Schnittig, elegant und, obgleich schon etwas in die Jahre gekommen, immer noch top in Form. Leider war es auch noch nicht abbezahlt, aber wie hatte schon seine Oma gesagt: »S'isch, wie's isch.« Manche Dinge hatte man nicht in der Hand. Andere schon. Er brauchte zum Beispiel dringend ein Hemd ohne Grillfettspritzer, eine kalte Dusche und einen noch kälteren Proteindrink. Im Anschluss würde er seinen Oberkörper noch ein wenig mit der neuen Langhantel perfektionieren. Als er in Gedanken an diese Verheißungen schwungvoll um die Ecke in seine Straße ging, stieß er beinahe mit einer blonden Frau zusammen. Sie lehnte an der Mauer direkt vor seinem Büro. War sie etwa eine neue Klientin? Möglicherweise sogar mal eine zahlungskräftige? Auf jeden Fall sah sie toll aus. Etwa Mitte zwanzig, groß, schlank, mit grünen Augen und langen Haaren. Ihr schwarzes Kleid war so kurz und eng, dass es Henry für eine Sekunde den Atem raubte. Er lächelte und suchte nach einem coolen Spruch. Blöderweise fiel ihm nur »Hi« ein. Das sagte er dann auch.

Die Art, wie sie ihn anschaute und die Augenbrauen hochzog, war ein Schlag in die Magengrube. Offensichtlich hielt sie ihn für einen dahergelaufenen alten Sack, der sie anbaggern wollte.

»Möchten Sie zu mir?«, machte er einen zweiten Anlauf und zeigte auf sein Schild, auf dem vergilbt *Marbach Privatermittlungen – diskret, günstig, erfolgreich* zu lesen war.

Die grünen Augen der Frau weiteten sich. Sie sagte immer noch nichts.

Komm schon, diskret und günstig stimmt immerhin, dachte Henry. Und als die Frau weiter schwieg: Dann halt nicht, du hast die einmalige Chance auf einen Topermittler gehabt! Und er ging vielleicht langsam auf die fünfzig zu, aber das gab ihr keinen Grund, so herablassend zu schauen. Die Jüngelchen in ihrem Alter steckte er noch locker in die Tasche! Er pumpte seinen Bizeps unauffällig ein wenig auf und schlenderte cool aus der Hüfte heraus an der Frau vorbei. In seinem linken Ohr summte ein schriller Ton, den er vermutlich *Dieselskandal* verdankte. Himmel, wie er Death Metal hasste. Und Black Metal und Thrash Metal und Melodic Death und was es sonst noch so gab. Warum managte Achim nicht mal klassische Pianisten? Henry pfriemelte den Schlüssel aus seiner Jeans. Und es war ungerecht, dass dieser herumgrölende Sängerhänfling im Gegensatz zu ihm beruflich so einen Erfolg hatte und sich außerdem nach dem Konzert wahrscheinlich vor weiblichen Fans nicht retten konnte, denen er im Séparée was von seiner Shotgun vorsang. Henry musste wider Willen grinsen. Er war bloß neidisch, weil er, der Ermittler mit dem gereiften Astralkörper, seit Monaten keinen Auftrag mehr bekommen hatte und zudem die Nacht allein mit einem Pfeifen im Ohr und einer Langhantel verbringen musste. Er schüttelte den Kopf und schloss die Tür auf.

»Sind Sie wirklich der Detektiv?« Die Kleine hatte eine rauchige, tiefe Stimme mit einem kaum hörbaren badischen Einschlag. Henry drehte sich um. Vielleicht würde das hier ja doch noch ein Auftrag werden. Er sah in grüne Augen, die die Fettspritzer auf seinem Hemd musterten.

»Ich war undercover investigativ unterwegs«, behauptete er im Brustton der Überzeugung. »Es geht nichts über ein dreckiges Hemd als Tarnung. Da wird man unsichtbar.«

Sie glaubte ihm kein Wort, das sah er genau. »Einen Detektiv hätte ich mir anders vorgestellt«, bemerkte sie.

»Wie denn?«, fragte Henry. »Wie Justus Jonas in *Die drei Fragezeichen*?« Er lehnte sich möglichst lässig an den Türrahmen und zog ein zerknautschtes Päckchen Zigaretten aus seiner Hosentasche. Keine Ahnung, warum er die jeden Tag einsteckte. Eigentlich rauchte er seit Monaten nicht mehr.

»Weiß nicht«, sagte sie. »Anders halt.«

»Daran sehen Sie, wie fantastisch meine Tarnung ist.«

»Da haben Sie vielleicht recht.« Sie drehte einige ihrer langen Haare um ihren Zeigefinger. Ihre Hände zitterten ein wenig. Hinter dem perfekten Make-up wirkte sie auf einmal zerbrechlich und verzweifelt, und er hatte plötzlich Mitleid mit ihr. Außerdem merkte er, wie erschöpft er von dem langen Tag war.

»Wollen Sie mit reinkommen? Zufällig habe ich heute Abend noch einen Termin frei.« Er stieß die Eingangstür weit auf. Auf der Fußmatte vor seiner Wohnungstür lag ein gelber Umschlag, der verdächtig nach Mahnbescheid aussah.

»Weiß nicht«, murmelte sie. In ihren Augen schimmerten jetzt Tränen. Und etwas anderes. Angst.

Er hielt ihr die Kippen hin, und sie nahm sich mit einer zögerlichen Bewegung eine heraus. Ihre Fingernägel waren dunkelrosa lackiert. Er gab ihr Feuer. Sie saugte den Rauch gierig ein. Er ignorierte die schreiende Stimme der Vernunft in seinem Inneren und zündete sich ebenfalls eine an.

»Ich habe gehört, dass Sie gut sein sollen in Ihrem Job«, sagte sie nach einer Weile.

Er zuckte die Schultern, als sei er völlig unbeeindruckt. »Darf ich fragen, wer mich empfohlen hat?«

»Das … das tut nichts zur Sache.«

An der Art, wie sie zögerte, erkannte er, dass es einer derjenigen ehemaligen Klienten sein musste, die ihre Rechnung noch nicht beglichen hatten und es daher vorzogen, nicht bei ihm in Erinnerung gerufen zu werden.

Sie trat ihre Kippe aus und kam einen Schritt auf ihn zu, stand ihm nun direkt gegenüber. Sie roch gut, nach Erdbeershampoo und ein wenig nach Rauch. »Wenn ich Ihnen was erzähle, müssen Sie darüber schweigen, oder?« Sie sprach leise. In ihrer Stimme schwang ein panischer Unterton mit. »Die Sache ist … heikel.«

»Selbstverständlich«, sagte Henry.

Sie legte ihre warme Hand auf seinen nackten Unterarm und jagte Stromstöße durch seinen Körper. »Die Sache könnte gefährlich werden. Auch … auch für Sie.«

Die Sache wird für mich jetzt schon gefährlich, dachte er. Aber sie war eine mögliche Auftraggeberin, und er würde sich jetzt verdammt noch mal zusammenreißen. »Ich schlage vor, wir gehen erst mal rein, und Sie erzählen mir alles«, sagte er und zog mit leisem Bedauern seinen Arm unter ihrer Hand weg. »Ich habe täglich mit bedrohlichen Kriminellen und brisanten Fällen zu tun. So schnell bringt mich nichts aus dem Konzept.«

Sie nickte, und dabei fielen ihre langen Haare ein wenig zur Seite. Für eine Sekunde konnte er zwei dünne, blutunterlaufene Abschürfungen an ihrem Hals erkennen. Als habe sich ein dünnes Seil in die Haut gegraben. Dann bewegte sie den Kopf, und die Haare verdeckten die Stelle wieder.

Beim Hineingehen hob Henry schnell den verdächtigen Umschlag vom Boden auf und hielt ihn so gegen sein Hemd, dass der Absender nicht zu sehen war. Danach sperrte er die Wohnungstür auf. Seinem aufgeräumten, breiten Flur mit dem hellen Parkett und den stilvollen Leuchten sah man weder an, dass Henry seit Jahren pleite war, noch, dass er in zwei der angrenzenden Zimmer auch wohnte. Alles war geschäftsmäßig, geschmackvoll und teuer, von den Schwarzweißfotos bis hin zum Designerspiegel und dem Wartesessel neben dem Garderobenständer. Die erste Tür links im Flur führte in Henrys Büro. Auch hier standen schwarze Ledersessel und ein Schreibtisch mit einer Granitplatte. Die Platte war vielleicht der Grund, warum er schon wieder einen Mahnbescheid bekommen hatte. Aber wenn man in Stuttgart jemand sein wollte, dann musste man einen auf dicke Hose machen, das hatte er schnell gelernt, nachdem er von Kleinengstingen hergezogen war. Wenn man irgendwann die richtig großen Klienten und damit Erfolg haben wollte, kam es vor allem darauf an, dass alle glaubten, man sei bereits erfolgreich. Das fing bei der Kleidung, dem Auto und dem Büro an. Auf der einen Seite war ihm seit Langem klar, dass diese Rechnung bei ihm aus irgendwelchen Gründen nicht aufging, auf der anderen Seite wusste er, dass er es nicht verkraften würde, wenn man ihn in der Öffentlichkeit als Verlierer ansah. Denn er arbeitete verdammt hart und war kein Verlierer. Egal, wie oft sein Vater, ein Profiboxer, versucht hatte, ihm das einzureden, wenn Henry nach einem Kampf mit blutiger Nase vor ihm gestanden hatte.

Henry bat seine potenzielle neue Auftraggeberin, sie hieß Louise Münz, in einem der Klientensessel Platz zu nehmen, und ging in die Küche, wo er den Mahnbescheid auf den Haufen mit Rechnungen legte und einen Milchkaffee zubereitete. Er brachte der jungen Frau den Kaffee, behauptete, er habe noch ein wichtiges geschäftliches Telefonat zu tätigen, und ging duschen. Als er zurückkam, in einer trendigen Jeans und einem Hemd, das seinen muskulösen Oberkörper gut zur Geltung brachte, die kurzen schwarz-grau melierten Haare strubbelig in Form gebracht, war der Kaffee leer und seine Kippen auch. Louise Münz saß angespannt im Sessel. Ihr Kleid war ein wenig hochgerutscht und gab den Blick auf wundervolle Oberschenkel frei. Henry schaute sicherheitshalber woanders hin. »Wie kann ich Ihnen helfen?«, fragte er.

Es dauerte eine Weile, bis sie sprach. Erneut sah er Tränen in ihren Augen. »Er … er hat versucht, mich zu erwürgen«, stieß sie schließlich hervor. »Hier, sehen Sie.« Sie legte ihre Haare in den Nacken und zeigte ihm die blutunterlaufenen Abschürfungen. »Mit meiner eigenen Kette.«

»Wer?«, fragte Henry.

Sie zögerte lange, als sei sie noch nicht sicher, ob sie ihm trauen könne. Aber dann stieß sie plötzlich »Joseph Sandhaas« hervor. »Er ist Winzer in Durbach, und letzten Herbst habe ich … Also, ich wollte einmal bei einer Weinlese helfen, weil ich das cool fand. Wissen Sie, ich bin in Baden geboren und aufgewachsen, hatte aber bis dahin noch nie bei einer Weinlese mitgemacht.« Sie lächelte kopfschüttelnd. »Jedenfalls haben wir uns da kennengelernt. Er ist der Besitzer des Weinguts. Vor ein paar Wochen war ich beim Einkaufen in Bad Cannstatt, wo ich wohne, und da bin ich ihm zufällig wiederbegegnet. Ich dachte jedenfalls, dass es Zufall war. Wir waren miteinander essen. Ich hatte gerade eine ziemlich heftige Trennung hinter mir, und er steckt mitten in einer Scheidung, wir hatten uns einiges zu erzählen. Er hatte etwas Väterliches an sich.« Mit einem verächtlichen Schnauben stieß sie die Luft aus. »Ich meine, er ist ungefähr dreißig Jahre älter als ich, oder sogar vierzig, und ich dachte nie … Ich bin so bescheuert. Ich hätte erkennen müssen, dass mit dem Typen was nicht stimmt. Eine Woche später habe ich ihn erneut ›zufällig‹ getroffen, an der U-Bahn-Haltestelle Wilhelmsplatz. Er hat behauptet, er habe einen Großkunden für seinen Wein in Bad Cannstatt. Von da an ist er mir beinahe täglich über den Weg gelaufen, und es hört nicht auf. Ständig parkt sein alter Daimler bei mir in der Straße. Vor drei Tagen das letzte Mal. Man erkennt ihn sofort, das Auto ist rot, hat aber silberne Kotflügel. Er hat mir erzählt, ich sei seine Traumfrau. Ich habe irgendwann gedacht, dass er nervig ist und dumm. Aber nicht, dass er gefährlich ist. Er hat mir eher ein bisschen leidgetan. Er ist alt und offensichtlich einsam.« Sie stöhnte. »Ich bin so blöd. Ich dachte, ich muss nur mal in Ruhe mit ihm reden, damit er aufhört. Jedenfalls bin ich vorgestern zu ihm nach Durbach gefahren und … Er hat mir ein Glas Wein angeboten. Zuerst haben wir uns unterhalten, im Garten, denn ich bin selbstverständlich nicht in sein Haus gegangen, und ich dachte, er würde verstehen, was ich ihm sagen will. Aber plötzlich ist er ausgerastet. Ich wollte gehen, nur …« Sie verstummte. Eine Träne rann über ihre Wange.

Henry wartete eine Weile. Als seine Klientin nicht weitersprach, fragte er behutsam: »Und dann? Hat er …?«

Sie sah auf den Boden. »Er hat mich in einen Gartenschuppen gestoßen, sich in den Türrahmen gestellt und mich nicht mehr rausgelassen. Wir haben geredet, er hat seltsames Zeug gebrabbelt, irgendwann hat er versucht, mich zu küssen und …« Sie weinte jetzt. »Als ich mich gewehrt habe, hat er meine Kette gepackt. Hat sie um meinen Hals zugezogen, fester und fester. Ich dachte, ich werde sterben. Wenn meine Kette nicht gerissen wäre …« Sie berührte die Stelle am Hals. »Kurz danach hat er mich losgelassen. Es war, als ob er wieder zu sich kommt. Er hat so getan, als sei nichts gewesen. Am Ende ist es mir gelungen, ihn zu überzeugen, mich gehen zu lassen. Seither wohne ich bei einer Freundin und traue mich kaum noch auf die Straße.«

»Waren Sie nach dem Angriff beim Arzt? Es ist wichtig, dass die Spuren …«

»Nein«, unterbrach sie ihn. »Und ich war auch nicht bei der Polizei. Die werden doch über mich lachen und bestimmt sagen, dass ich selbst schuld bin, wenn ich zu so einem Typen auch noch hinfahre und mit ihm Wein trinke.«

»Das denke ich nicht. Sie sollten unbedingt zur Polizei. Dieser Sandhaas scheint gefährlich zu sein.«

Sie knetete ihre Hände. »Es geht nicht.« Erneut zögerte sie, wischte sich ein paarmal über die Augen. »Es gibt ... Es gibt da ein Problem. Deshalb bin ich ja hier.« Mit einer hilflosen Geste fuhr sie sich über den Mund. »Vor ein paar Jahren ... Jetzt werden Sie mir bestimmt auch nicht mehr glauben.«

»Versuchen Sie es doch mal«, ermunterte Henry sie. Eine Weile waren nur das Brummen und Hupen von Autos und die klackernden Schritte der Fußgänger vor dem Büro zu hören. Im Raum war es mittlerweile heiß geworden, weil eines der Fenster wegen des Zigarettenrauchs offen stand und die Sommerhitze unerbittlich hereindrang. Henry schaltete den Säulenventilator ein, der neben seinem Aktenschrank stand. Es dauerte sehr lange, bis seine Klientin sprach. »Es gab da einen Lehrer bei mir an der Schule und er ... Er hat mir immer wieder zu verstehen gegeben, dass ich zu dumm für Physik bin. Hat mich an die Tafel gerufen und mich vor allen fertiggemacht. Na ja, er war ein Sadist, und ich konnte ihn nicht leiden, und deshalb habe ich eines Tages rumerzählt, er hätte mir mehrmals an die Brust gefasst. Ich war siebzehn damals und habe wirklich nicht beabsichtigt, dass die Geschichte so hohe Wellen schlägt. Dass die Polizei ins Spiel kommt. Irgendwann hatte ich das Gefühl, ich kann nicht mehr zurück, und ich bin bei meiner Aussage geblieben, obwohl sie falsch war. Ich bin absolut nicht stolz darauf. Der Lehrer wurde beurlaubt, aber dann ... Zum Glück kam alles raus, bevor noch größerer Schaden angerichtet wurde. Ich habe eine Jugendstrafe bekommen. Jetzt wird mir niemand mehr glauben, wenn ich ›schon wieder‹ einen ›unbescholtenen‹ Mann beschuldige, mich gestalkt und angegriffen zu haben. Sandhaas weiß von der Sache in der Schule. Er hat mir gedroht, wenn ich mit der Polizei über ihn rede, wird er meinen alten Lehrer ausfindig machen, und dann werden die beiden mich gemeinsam vor Gericht fertigmachen.« Sie schluckte. »Daher brauche ich handfeste Beweise gegen Sandhaas. Denn ich habe nichts. Absolut nichts. Dass ich nicht beim Arzt war, war ziemlich blöd von mir, nur ... Ich war vollkommen durcheinander. Ich hatte Angst. Und er hat mich ja nicht vergewaltigt, daher dachte ich nicht, dass man Spuren ... Meinen Sie, dass man bei Sandhaas im Schuppen noch etwas finden könnte?« Sie drehte eine Haarsträhne um ihren Zeigefinger. Bevor Henry einwenden konnte, dass er nicht einfach in einem fremden Schuppen nach Spuren suchen konnte, fuhr Louise Münz fort: »Vielleicht macht dieses Schwein so was ja auch nicht zum ersten Mal. Vielleicht hat er schon mal eine andere Frau angegriffen, eine, die nicht so eine Vorgeschichte hat wie ich. Vielleicht hat er sogar eine Vorstrafe.« Sie schluckte schwer. »Denn der ist nie im Leben so unbescholten, wie er tut. Wenn Sie das für mich herausfinden könnten ... Außerdem ... wenn Sie ihn auf frischer Tat in Bad Cannstatt ertappen würden und ich bombenfest nachweisen könnte, dass er mich verfolgt, dann bestünde jedenfalls die Chance, dass die Polizei mich ernst nimmt.«

Henry nickte. Wenn stimmte, was seine Klientin ihm da erzählte, und er glaubte ihr, war sie in einer ziemlich misslichen Lage. Auch wenn sie als Jugendliche den Lehrer zu Unrecht beschuldigt hatte, musste sie sich trotzdem gegen den Übergriff von diesem Sandhaas wehren können. Und das würde tatsächlich schwierig werden, ohne konkrete Beweise und bei der Vorgeschichte.

»Wenn ich ihn jetzt anzeige, ohne etwas in der Hand, und es gelingt mir nicht, ihn in den Knast zu bringen, bringt er mich um«, fuhr Louise Münz leise und panisch fort. »Sie hätten ihn sehen sollen, als er auf mich losgegangen ist. Er ist vollkommen verrückt, der Typ.« Sie schaute ihn mit ihren tiefgrünen Augen an. »Wären ... wären Sie denn überhaupt bereit, den Fall zu übernehmen?«

Henry dachte kurz nach, dann nickte er. Typen wie dieser Sandhaas machten ihn stinkwütend! »Es wird allerdings nicht ganz billig werden, wenn ich öfters nach Durbach fahren muss. Vielleicht sollten Sie einen Detektiv vor Ort engagieren?«

Louise Münz schüttelte den Kopf. »Geld ist kein Problem«, sagte sie. »Wirklich nicht. Ich habe vor einiger Zeit geerbt. Und ich hätte gerne jemanden von außerhalb. Sandhaas ist da unten sehr bekannt. Sagen Sie mir, was es kostet, wenn Sie sich da ein Hotelzimmer nehmen und für ein paar Tage nur für mich tätig sind.« Sie legte einen dicken Stapel Hunderteuroscheine auf den Tisch.

Henry nannte eine Zahl, und sie schob ihm die Scheine zu. Er wusste nicht, ob es die Tatsache war, dass sie den geforderten Vorschuss von zweitausend Euro bar und anstandslos bezahlte, oder die Art, wie sie ihn dabei anschaute, aber er hatte für eine Sekunde das Gefühl, dass irgendetwas an der Sache nicht stimmte. Aber als sie ihn wenig später mit Tränen in den Augen anlächelte und er die Dankbarkeit und Erleichterung in ihrem Gesicht sah, sagte er sich, dass der Tag am Grill ihm wohl das Hirn vernebelt haben musste. Sie war eine Frau, der man Schlimmes angetan hatte und die seine Hilfe benötigte. Was zum Henker konnte schon passieren, wenn er ein paar Tage aufs Land fuhr und einen Winzer beobachtete? Und danach einen Teil seiner Schulden los war?

Kapitel 3

Einige Tage später lehnte Henry an einer Hauswand am Offenburger Marktplatz und beobachtete Joseph Sandhaas aus gebührendem Abstand. Sandhaas saß an einem Tisch vor einer kleinen Kneipe, er war ein hagerer Mann Ende fünfzig, der Arbeitshosen mit Grasflecken und ein schwarzes T-Shirt trug. Er hatte gerade den zweiten Kaffee geordert, er trank ihn immer schwarz. Gleich würde er sich, wie jeden Abend, bestimmt einen Flammkuchen und einen Weißwein bestellen. Henry wurde wieder stinksauer, als er sich vorstellte, wie dieser widerliche Kerl, der hier seelenruhig aß und trank, Louise verfolgt, angegriffen und fast mit ihrer eigenen Halskette erdrosselt hatte. Ein bisschen wütend war er auch auf sich selbst. Seit gut einer Woche war er nun an dem Winzer dran. Hervorragend bezahlt, aber bisher leider ohne vorzeigbares Ergebnis. Sandhaas war in den letzten Tagen nicht nach Stuttgart gefahren, weder mit seinem roten Daimler mit den silbernen Kotflügeln, der im Moment offenbar ständig in der Garage stand, noch mit dem Lieferwagen des Weinguts. Er hatte auch keinerlei Vorstrafen, das hatte Henry gründlich geprüft, und es gab nicht den geringsten Hinweis darauf, dass er vor Louise Münz andere Frauen gestalkt oder angegriffen hatte. Sein dunkelstes Geheimnis schien zu sein, dass er bei Nacht manchmal nackt im Gifizsee schwimmen ging. Das Einzige, das Henry total merkwürdig gefunden hatte, war die Sache mit dem Gedenkstein. Sandhaas war am Donnerstagabend in den Wald gefahren, zu einem Gedenkstein gegen Hexenverbrennung. Und er hatte vor dem Stein drei Hunderteuroscheine verbrannt. Offensichtlich hatte der Typ einen an der Waffel. Aber das war noch kein Beweis dafür, dass er auf Louise Münz losgegangen war.

Henry hatte sich in der letzten Woche intensiv in Durbach umgehört, obwohl ihm die Landluft mit ihren brummenden Traktorengeräuschen Schauder des Grauens über den Rücken jagte, weil sie ihn an die erzwungenen sonntäglichen Boxwettkämpfe seiner Kindheit erinnerte, an Schläge in den Magen auf mit Heu gefüllten Boxplätzen und an zähe Jägerschnitzel. Er hatte bei seinen Recherchen mehr über den Weinbau erfahren, als ihm lieb war, aber nichts Relevantes über Sandhaas' Privatleben. Er wusste nun zwar, dass der Winzer von seinen Kollegen als kleinlicher »Korindekagger« bezeichnet wurde und in einer schmutzigen Scheidungsgeschichte steckte, aber das brachte Henry verdammt nochmal keinen Schritt weiter im Fall seiner Klientin, zumal Louise das bereits gewusst hatte. Selbst das Gespräch mit der Noch-Ehefrau Conny Sandhaas unter dem Vorwand, er sei ein Hotelier aus Stuttgart und suche einen guten Weinhändler, war kurz und fruchtlos gewesen. Sie hatte ausschließlich über Wein geredet und das Gespräch sofort abgebrochen, als Henry versucht hatte, mehr über Joseph Sandhaas als Mensch zu erfahren. Die Eheleute, das wusste Henry von seinen Recherchen, die im Moment noch im selben Haus wohnten, lieferten sich seit Monaten einen erbitterten Scheidungskrieg, der wohl bereits zwei Fensterscheiben, eine Porzellanpuppensammlung, mehrere Rebstöcke und das Leben des Wachhundes gefordert hatte. Henry hatte am Vortag selbst beobachtet, wie Conny Sandhaas ihrem Noch-Ehemann mit den Worten, das Weingut gehöre ihr allein und sie bringe ihn um, wenn er das nicht akzeptiere, eine Dosis Haarspray ins Gesicht gesprüht hatte, sodass der Winzer taumelnd und mit tränenden Augen das Weite hatte suchen müssen. Das friedliche badische Landleben. Da lobte Henry sich doch die gesitteten Großstädter-Scheidungen in Stuttgart, bei denen Ehepartner und Großkanzleianwälte mit Pokerface Streitschlichtung schon im Vorfeld betrieben, indem sie das ganze Vermögen auf Offshorekonten verschwinden ließen, und es daher überhaupt nicht zu einem offenen Streit darüber kommen konnte, weil man offiziell pleite war. Er schüttelte den Kopf. Einmal hatte er immerhin gedacht, er habe endlich eine heiße Spur: Eine ältere Dame, die sich als gute Bekannte der Ehefrau Conny Sandhaas entpuppt hatte, hatte Henry auf seine Nachfrage flüsternd erzählt, der Joseph sei ein »gemeiner Frauenheld«. Henry hatte die Dame sofort auf ein »Lewwerkäs im Weggle« und einen Kaffee eingeladen, weil er gehofft hatte, die freundliche Bekannte der Ehefrau könnte ihm endlich einige schmutzige Details aus Sandhaas' Leben liefern, vielleicht wusste sie ja sogar etwas über Stalking oder Vergewaltigung? Aber es hatte sich herausgestellt, dass die Vermutungen der Dame über den Winzer im Wesentlichen darauf beruht hatten, dass Joseph Sandhaas sich die Haare zu stark gelte, eine stilistische Sünde, sicher, die ihn jedoch noch nicht zum Kriminellen machte. Die Frau hatte gar nicht mehr aufgehört zu reden, hatte ausgeführt, Sandhaas sei »ein Querulant« und habe in den letzten Jahren alles torpediert, was Conny getan habe, sogar den lukrativen Verkauf eines Weinbergs an ein Hotel. Da seien ganz plötzlich geschützte Tierarten zwischen den Reben aufgetaucht, und das sei ja immer das Ende aller Bemühungen. Eine Bekannte von ihr habe das vor einem Jahr auch miterleben müssen, sie habe Badische Quellschnecken im Pool gehabt und nicht mehr baden dürfen, bis die Schnecken umgesiedelt worden seien. Bis Henry sich hatte loseisen können, hatte er so viel über Badische Quellschnecken und den Badischen Riesenregenwurm erfahren, dass er wahrscheinlich die nächsten Jahre Albträume davon haben würde. Allein die Vorstellung, wie ein Igel so einen riesigen Wurm keuchend hinunterwürgte … Er erschauderte, lehnte sich bequemer an die Wand und richtete den Blick wieder auf Sandhaas. Der war nun bei seinem Flammkuchen angelangt, und der Geruch nach kross gebratenem Speck und Zwiebeln, der bis zu ihm herüberwehte, ließ Henry das Wasser im Mund zusammenlaufen. Sein Magen knurrte. Er würde noch ein paar Minuten warten, und seine Beschattung dann unterbrechen. Auch ein Detektiv musste essen. Heute Abend würde bei Sandhaas bestimmt nichts mehr passieren, so wie auch an den letzten Abenden nicht. Vielleicht würde er, Henry, in dieses *Schoellmanns* gehen, das sah angesagt aus, und man hatte sicherlich einen schönen Blick über Offenburg, während man sich beim Essen mit irgendwelchen badischen Gebräuen ins Nirwana lötete. Oder er konnte seine bisherigen Recherche-Misserfolge mit ein paar Bierchen im *Brandeck*-Biergarten betäuben, da war er am ersten Abend schon gewesen, und das Schnitzel mit Pommes hatte ihm fantastisch geschmeckt. Wenn er Lust hatte, konnte er danach ja nochmal hier am Marktplatz vorbeischlendern. Joseph Sandhaas war bestimmt noch eine Weile dort. Er trank seinen Wein unfassbar langsam, auch das hatte Henry in den letzten Tagen erfahren dürfen. »Wow«, grummelte er. Sandhaas war also ein riesenregenwurmschützender »Korindekagger« mit zu viel Gel im Haar, der langsam Wein trank, nackt im Gifiz schwamm, in Scheidung lebte und Geldscheine an einem Hexengedenkstein verbrannte. Das würde seiner Klientin, wenn sie Sandhaas bei der Polizei anzeigte, bestimmt weiterhelfen. Henry verschränkte die Arme vor der Brust. All seine Beobachtungen brachten ihn keinen Schritt weiter. Vielleicht sollte er die Beschattung abbrechen und nach Stuttgart zurückfahren? Er ballte die Hände zu Fäusten. Nein, so schnell gab ein Henry Marbach nicht auf! Er war nur hungrig, da bekam er manchmal schlechte Laune.

Er konnte es nicht bringen, mit leeren Händen vor Louise zu stehen, die so sehr auf ihn zählte! In den letzten Tagen hatte sie ihn mehrfach angerufen und ihn angefleht, unbedingt weiter Beweise zu suchen. Bei diesen Gesprächen, die immer freundschaftlicher geworden waren, hatte sich herausgestellt, dass er und diese wundervolle Frau einige Gemeinsamkeiten hatten. Auch sie ging zum Beispiel ins Fitnessstudio. Irgendwann hatte sie ihm gestanden, dass sie muskulöse Kampfsportler mochte und dass sie ihn recht gutaussehend fand. Sie waren mittlerweile sogar per Du. Er interpretierte da selbstverständlich nichts hinein, aber es war doch schön, dass jemand die Mühe auffiel, die er in seinen Körper investierte. Er musste plötzlich lächeln. Natürlich war sie viele Jahre jünger als er, und natürlich würde er niemals mit einer Klientin etwas anfangen und ihre Notlage ausnutzen. Aber vielleicht würde er sie ja nach dem Abschluss des Falls mal ganz ohne Hintergedanken zum Essen einladen? Erneut knurrte Henrys Magen, laut und vernehmlich. Während er noch mit sich rang, ob er seine Pflichten vernachlässigte, wenn er jetzt sofort ins *Brandeck* ging, oder ob er sich nicht lieber nur eine Kleinigkeit beim Bäcker holen sollte, stürmte ein Mann an Sandhaas' Tisch. Er war klein und dick und wirkte schmierig, wie ein Makler oder Versicherungsvertreter. Und er keuchte. An der Art, wie die beiden Männer sich begrüßten, mit angespannter Miene und ohne den geringsten Körperkontakt, erkannte Henry, dass sie sich überhaupt nicht ausstehen konnten. Dennoch setzte sich der Dicke zu Sandhaas an den Tisch, beugte sich zu ihm hinüber und redete so leise auf ihn ein, dass Henry nichts verstand. Sandhaas schlug mit der Faust auf seine Stuhllehne und sagte laut und aggressiv: »Doch, wir müssen uns sehr wohl unterhalten!« So schnell es unauffällig ging, näherte sich Henry dem Restaurant und schlenderte langsam daran vorbei, scheinbar in seine WhatsApp-

Nachrichten vertieft. Versuchte, aus all den lauten Gesprächsfetzen das Gespräch zwischen Sandhaas und dem Schmierigen herauszufiltern: »… kommen wir halt zu spät.« »En scheene Gruß dahaim!«, »Lass mich einfach in Ruhe …« »Mach emol!« »Saulegger.« »Bass uff, Siglinde, daine Schäuffele.« »… dass mer vom Rad nunnerhagelt.« »Une très belle femme …« »… uffm Weinfeschd.« »Dem René seine Leiche war grausam zugerichtet!« Henry stoppte abrupt. Das war eindeutig Sandhaas' Stimme gewesen. Dann ging er ein paar Schritte weiter, sodass er nicht mehr direkt neben Sandhaas' Tisch stand, um die zwei nicht misstrauisch zu machen, trotzdem aber noch alles gut überblicken und hören konnte.

»Traurig, dass der René tot ist. Aber er war schon immer merkwürdig, und so ist es wahrscheinlich besser«, sagte Sandhaas' Gesprächspartner gerade mit sichtlich schlecht geheucheltem Mitgefühl. »Für alle Beteiligten. War bestimmt eine furchtbare Sauerei. Nicht mal sterben konnte der anständig.«

Sandhaas beugte sich zu dem dicklichen Mann hin und senkte die Stimme: »Dem René sein Tod war kein Selbstmord, wenn die das rausfinden …« Der Rest des Satzes ging im schallenden Gelächter einer großen französischen Reisegruppe unter, neben deren Tisch Henry stand. Henry machte ein paar Schritte zurück zu Sandhaas' Tisch.

»… nur ein Unfall! Die Bullen haben den Fall abgeschlossen«, sagte der Dickliche halblaut. »Der René war ein Säufer. Es war abzusehen, dass er mal so enden wird. Er war zu bis obenhin und hat sich einfach den falschen Schlafplatz ausgesucht. Vielleicht konnte er auch seine Visage im Spiegel nicht mehr ertragen und hat sich absichtlich vor den ICE geworfen, was weiß ich? Wie oft sollen wir das noch diskutieren? Ein elendes Jahr ist das jetzt her. Ich …«

Erneut ertönte lautes Gelächter, das gar nicht mehr enden wollte und immer wieder neu entflammte. Egal, wo

Henry sich hinstellte, es waren nur winzige Fetzen des Gesprächs zwischen dem Winzer und seinem Gesprächspartner zu verstehen. »… finde ich das schon auffällig …« »… Fragen zu stellen!« Für eine Sekunde fuhr es Henry eiskalt in den Bauch, weil er sich überlegte, ob Sandhaas seine Beschattung bemerkt haben könnte, aber dann sagte der Dickliche etwas, das sich wie »es gibt keine Geister« anhörte. Wieder schwoll der Geräuschpegel an. Als das Lachen und Schnattern ein wenig abgeflaut war, sagte Sandhaas' Gesprächspartner: »Nein, *du* hast Dreck am Stecken! Ich habe nie etwas …«

»Ach, wirklich? Willst du mich verarschen?«, unterbrach ihn Sandhaas mit sich überschlagender Stimme, bevor die Reisegruppe in grölendes Lachen ausbrach. Henry sah, wie Sandhaas mehrfach mit der flachen Hand auf den Tisch schlug. »… des Totengräbers«, sagte der Winzer schließlich wieder deutlich vernehmbar, als die Franzosen sich endlich ausgegrölt hatten. Seine Stimme klang panisch.

Der Dickliche stand schwerfällig auf. »Bullshit! Die hat keine Ahnung, die blufft nur!«, zischte er. »Du bist vollkommen durchgeknallt! Muss stressig sein im Moment für dich. Ich meine, ich kenne deine Conny ja nicht gut, aber man hört, dass sie dir gewaltig Feuer unter dem Arsch macht. Du wirst bald wieder so bettelarm sein wie damals. Kein Wunder, dass dir deine Scheidung so zusetzt und du total verwirrt bist!«

Sandhaas lachte bitter auf. »Meine Scheidung sollte dir auch zusetzen, mein lieber Daniel. Dir ganz besonders«, sagte er. »Du weißt ja, was danach passieren wird.«

Was sein Gesprächspartner antwortete, verstand Henry nicht, weil sich die Reisegruppe lautstark zuprostete. Aber das Gesicht des Dicklichen sah plötzlich fahl aus, fast grünlich. Als habe ihm das, was auch immer nach Sandhaas' Scheidung passieren würde, gewaltig auf den Magen geschlagen. Henry sah nur noch, wie der Dickliche aufstand und zügig über den Marktplatz in Richtung Hauptstraße ging.

Kapitel 4

Da Henry vermutete, dass Sandhaas wie sonst auch nach dem Abendessen einfach nach Hause fahren würde, entschied er sich, dem dicklichen Daniel zu folgen. Er musste unbedingt herausfinden, worum es bei dem Gespräch gegangen war! Welchen Dreck Sandhaas am Stecken hatte! War der Selbstmord dieses René, der anscheinend kein Selbstmord war, etwa ein Gewaltverbrechen? Hatte Sandhaas damit irgendetwas zu tun? Wenn er das nachweisen konnte, würde das Louise wirklich weiterhelfen! Und er konnte vielleicht sogar noch einen Todesfall aufklären. Jetzt brauchte er nur noch eine gute Gelegenheit, um diesen Daniel anzusprechen. Der konnte den Winzer offenbar nicht leiden, eine gute Voraussetzung, um ihm alles zu entlocken, was er über Sandhaas wusste. Wenn man es geschickt anstellte. Wie genau, das musste Henry sich noch überlegen, aber ihm würde etwas einfallen. Der Mann ging zügig erst die Hauptstraße entlang, dann bog er neben der Buchhandlung *Roth* in eine Gasse ein und lief durch die Klosterstraße. Das Gespräch mit Sandhaas hatte ihn offensichtlich aufgeregt. Er keuchte, und große Schweißflecken hatten sich auf seinem hellblauen Hemd gebildet. Einmal blieb er kurz stehen und las etwas auf seinem Handy. Es war noch recht früh am Abend und ziemlich heiß. Die Stadt war voller Menschen, die zwischen den bunten Häusern über das Kopfsteinpflaster schlenderten. Es roch süß nach irgendeiner Blüte und an einer Ecke so verlockend nach Crêpes, dass es Henry fast schwindlig wurde. Sein Magen knurrte wütend. Trotzdem folgte er dem Mann weiter, der nun einen Hut aufgesetzt und tief ins Gesicht gezogen hatte, den

Blick starr auf den Boden gerichtet, als wolle er nicht, dass ihn jemand erkannte. Er ging zügig, rannte fast. Henry blieb so weit entfernt wie möglich und verbarg sich immer wieder in Hauseingängen, jederzeit bereit, sich wenigstens das Nummernschild zu notieren, sollte der Typ irgendwo ein Auto geparkt haben und damit wegfahren. Schließlich erreichte Daniel das Ende der Fußgängerzone und folgte weiter der Hauptstraße, die nun zu einer viel befahrenen Straße wurde. Autos rauschten an ihnen vorbei. Eine Weile ging der Dickliche einfach geradeaus. Dann, ohne Vorwarnung, lief er über die Straße, und unter Hupen und dem Gequietsche von Bremsen hetzte er auf der anderen Straßenseite zwischen Häusern durch und außer Sicht. Henry, der für eine Sekunde von Pizzageruch abgelenkt worden war, der aus dem Fenster eines Restaurants drang, und einen winzigen Blick auf die Speisekarte riskiert hatte, um zu sehen, ob es Pizza Calzone gab, konnte nicht schnell genug reagieren. Auto folgte auf Auto, und bis er die Straße überquert hatte, war der Mann verschwunden. Henry fluchte und durchstreifte ziellos noch ein paar Straßen. Nichts. Das hatte er ja wirklich geschickt angestellt. Himmel, er wurde alt. Wegen einer verdammten Calzone hatte er ein Zielobjekt verloren! In Baden bezeichnete man so jemanden vermutlich als »Dranfunsel«.

So schnell er konnte, ging Henry zurück zum Marktplatz. Wahrscheinlich hätte dieser Daniel sowieso nicht mit ihm geredet. Trotzdem hätte er zumindest herausfinden können, wer der Typ war! Henry spürte, wie sein Gesicht vor Ärger und Scham heiß wurde. Ein K.o., bevor der Kampf richtig angefangen hatte, so was durfte einem Profiboxer schlicht und ergreifend nicht passieren!

Am Marktplatz angekommen musste er feststellen, dass Sandhaas nicht mehr an seinem Tisch saß. Hoffentlich fuhr er gerade nur nach Hause und nicht nach Stuttgart, um Louise zu stalken! Verdammt, wie konnte man an einem einzigen Tag so viele Anfängerfehler machen? Henry rannte zu seinem Porsche, der wie immer im Parkhaus Marktplatz stand, und brauste nach Durbach, während sein Magen grässlich knurrte. Er kämpfte mit dem Gelüst, eine zu rauchen. Schweißgebadet kam er bei Sandhaas' Anwesen an. Mit heruntergelassenen Scheiben fuhr er langsam an dem Haus vorbei, das in einem großen, naturnahen Garten unterhalb eines Weinbergs lag. Durch die weit geöffnete Balkontüre konnte er bis ins Auto Sandhaas' Stimme hören, die schrie: »Wenn du mir nicht sofort die Fernbedienung wiedergibst, zerhacke ich deinen Heilkräutergarten!« Henry atmete auf. Das hörte sich nach einem gemütlichen Fernsehabend der Noch-Eheleute Sandhaas an und nicht nach Stalking in Stuttgart. Wenigstens das. Er konnte wohl Feierabend machen.

Zuerst aß er in einem nahegelegenen Gasthaus ein riesiges Pilzomelett mit einem knackigen Salat und gönnte sich ausnahmsweise noch einen Nachtisch, einen Pfannkuchen mit Zimt und Zucker und einem Apfelmus, so säuerlich-fruchtig, wie er noch nie eins gekostet hatte. Trotzdem war er auch auf dem Heimweg immer noch sauer auf sich wegen seiner Ermittlungspannen. Vielleicht würde er morgen mal mit Joseph Sandhaas direkt sprechen? Würde ihn mit den Vorwürfen konfrontieren, die Louise erhoben hatte, und ihn dann gleich noch nach diesem toten René fragen? Aber das musste er mit Louise absprechen, denn sie wollte ja eigentlich nicht, dass Sandhaas von der Beschattung erfuhr.

Als Henry wieder in seinem Hotelzimmer war, dachte er bei weit aufgerissenen Fenstern noch eine Weile über das Gespräch zwischen Sandhaas und dem Dicklichen nach, vor allem darüber, wer dieser tote René gewesen sein könnte. Er googelte den Namen *René* mit der Jahreszahl vom Vorjahr, *Unfall, ICE* und weiteren Stichworten auf seinem Laptop, wurde jedoch nicht fündig. Wenn er wieder in Stuttgart war und die Zugangsdaten zum Zeitungsarchiv der Bibliothek hatte, würde er die Zeitungen nach dem Vorfall durchsuchen, aber die Chancen waren gering, dass er etwas finden würde. Auch bei seinen Überlegungen, was nach der Sandhaas-Scheidung passieren würde, kam er nicht weiter. Und wer dieser Daniel war, konnte er auch nicht klären, da er weder Nachnamen noch Nummernschild noch sonst irgendeinen Hinweis hatte. Henry fing an, sich noch mehr zu ärgern. Um sich abzulenken, suchte er auf seinem Handy ein Fitnessstudio in der Nähe, aber es stellte sich heraus, dass es geschlossen hatte. Heute klappte offenbar gar nichts. Am besten, er ging schlafen. Da es dafür aber noch viel zu früh war, legte er sich aufs Bett und hörte sich das Adagio der Klaviersonate Es-Dur von Mozart, eines seiner Lieblingsstücke, auf dem Handy an. Der Klang war beschämend, aber besser als nichts. Mit einem leichten Grinsen musste er plötzlich an seinen Freund Achim denken, der einmal genau das gleiche Stück auf dem Flügel gespielt hatte. In der Schulaula und in noch deutlich schlechterer Klangqualität. Henry hatte sich danach für ihn prügeln müssen, weil zwei Zehntklässler gemeint hatten, so einem Streber wie dem Achim gehöre »der Kopf im Klavierdeckel zerschlagen«. Wenn man genau darüber nachdachte, war es eigentlich ziemlich merkwürdig, dass Achim und er beste Freunde geworden waren. Achim hatte eines Tages in der siebten Klasse in Henrys Brennpunktgesamtschule gestanden, schmächtig und vollkommen fehl am Platz mit seinem Schottenpullover, dem Jackett und dem geleckten Kurzhaarschnitt. Ganz zu schweigen von den guten Manieren aus der Zeit im englischen Internat, dem Adelstitel und der teuren Uhr. Er war immer der Kleinste gewesen, klein, aber mit einem sehr frechen Mundwerk. Eine verheerende Kombination unter lauter Streetfightern und Straßenfußballern. Henry, der boxte und Kampfsport trieb, seit er vier war, und einen Platz weit oben in der Rangordnung gehabt hatte, hatte versucht, ihm das zu erklären, nachdem Achims Rucksack mal wieder unter ungeklärten Umständen verbrannt war. Der Kleine hatte ihm leidgetan. Der hatte ihn mit seinem Veilchen, das er sich bei einer Pausenhofschlägerei um seine Caprisonne geholt hatte, jedoch nur angeschaut und gesagt: »Glaub mir, derjenige, der das gemacht hat, der zahlt dafür.« Und dann hatte er überall verbreitet, er wisse, wer seinen Rucksack zerstört habe, und gäbe den Tätern noch eine kurze Frist, um Schadenersatz zu leisten, bevor er zur Polizei ginge. Moritz und Sergei, auf dem Basketballplatz unschlagbar, aber ansonsten nicht die hellsten Sterne am Firmament, waren darauf reingefallen. Die beiden waren auf Achim zugetreten, um ihm zu zeigen, dass »Verräter und Polizeispitzel« nicht lange überlebten. Da war Henry mit zwei linken Haken eingeschritten und hatte der Sache ein Ende bereitet. Achim hatte trotz all der Drohungen und den Prügeln, die er am nächsten Tag doch noch bekommen hatte, als Henry noch nicht in der Schule gewesen war, tapfer weiter gegrinst und gesagt: »Ich beuge mich keinem Unrecht! Jetzt gehe ich erst recht zur Polizei.« Und das hatte er auch getan. Irgendwie hatte Henry das imponiert. Das, und die Tatsache, dass Achim Klavier spielen konnte. Nicht besonders gut, aber das war Henry zu der Zeit nicht aufgefallen. Während die meisten seiner Klassenkameraden Profifußballer, Martial-Arts-Kämpfer, Soldat oder Polizist im Eliteeinsatzkommando werden wollten, hatte Henry davon geträumt, Pianist zu werden. Er fand es bewundernswert, dass Achim Noten lesen konnte und dreimal in der Woche Klavierstunden nahm. Nach dem Vorfall mit dem Rucksack hatten sie einen Deal geschlossen. Achim hatte Henry seine Freitagsklavierstunde geschenkt, und Henry hatte im Gegenzug in der Schule als Achims Leibwächter fungiert. Obwohl er sich beim Boxen bereits zwei Finger gebrochen und kein Klavier zum Üben gehabt hatte, hatte Henry in den wenigen Klavierstunden sein

Bestes gegeben. Er hatte sogar sein einziges Hemd angezogen, um an dem Steinway-Flügel in Achims Klavierzimmer nicht so aufzufallen. Aber eines Tages war die Klavierlehrerin misstrauisch geworden wegen des »Cousins« und hatte mit Achims Eltern telefoniert. Überzeugt davon, dass Henry ihren Sohn wegen der Klavierstunden erpresst und mit Prügeln bedroht haben musste, hatten sie empört bei Henrys Eltern angerufen. »Ein ungebildeter Schläger hat nichts an unserem Flügel zu suchen«, hatte Achims Mutter aufgebracht erklärt. Henry konnte sich noch an die vor Wut pulsierende Ader auf der Stirn seines Vaters erinnern und wie der seine Boxhandschuhe aneinandergeschlagen hatte, weil diese »schtudierde Lombaseggl« seinem Sohn unterstellten, er habe Klavier spielen wollen. Noch entsetzter war er dann aber gewesen, als Henry ihm eröffnet hatte, er habe mit Achim tatsächlich einen Deal abgeschlossen. »Ich will später Pianist werden«, hatte Henry erklärt. Und dann hatte er gefragt, was er sich seit Jahren nicht zu fragen traute: »Kann ich an der Musikschule ein paar Klavierstunden nehmen?« Er hatte so gehofft, dass sein Vater unerwarteterweise Ja sagen würde. Umsonst. Für »nutzloses Romgekläppere« würde er kein Geld »nausschmeißa«, hatte sein Vater gesagt, das sei etwas für »linke Intellektuelle«, das »grausligschde Pack«, das er sich vorstellen konnte, »ond nix für ächde Männer«. Und so hatte Henry weiter geboxt, schlabbrige Trainingsanzüge getragen, seine Lehrer dumm angemacht und beim Gehen auf den Boden gespuckt, und Achim hatte im Poloshirt mit Krawatte Klavier gespielt. Manche Dinge konnte man nicht ändern. Henry schaltete die Klaviermusik aus. Manchmal träumte er immer noch davon, Pianist zu sein. Es war peinlich, wenn man mit Mitte vierzig noch solche kindischen Träume hatte. Wie sähe es auch aus, wenn ein gealterter Muskelprotz auf die Bühne kam? Die zwei Klavierstunden, die er vor ein paar Jahren genommen hatte, waren zudem echte

Desaster gewesen, noch schlimmer als bei Achims Lehrerin damals. Über seine erfolglosen Versuche mit Lehrvideos auf YouTube und einem geliehenen Keyboard wollte er gar nicht nachdenken. Da blieb er doch lieber Detektiv. Auch wenn er da auch nicht besonders erfolgreich … Er schlug mit der flachen Hand auf die Überdecke seines Bettes. Es lag bestimmt an dieser ungesunden Landluft, dass er so negative Gedanken hatte. Da half nur eins. Er machte auf dem Boden Liegestütze, bis er schweißgebadet war, boxte dann noch mit seinem Kopfkissen, einem Gegner, der mehr Federn ließ, als Henry lieb war, und stellte sich danach unter die Dusche. Als er sich gerade abgetrocknet hatte und nur mit einem Handtuch um die Hüfte bekleidet die Minibar inspizierte, klingelte sein Handy. Es war eine in Tränen aufgelöste Louise Münz. »Henry, Sandhaas hat gerade angerufen. Er hat gebrüllt, er bringt mich um! Ich glaube, er hat herausgefunden, dass ich dich engagiert habe. Er hat gesagt, er wird es nicht dulden, dass ich ihn zerstöre«, schluchzte sie. Henry hatte plötzlich gute Lust, zu Sandhaas zu fahren und ihm einen linken Haken ins Gesicht zu donnern. Und sich selbst auch, weil er alles vermasselt hatte.

»Wir müssen die Polizei verständigen«, sagte er, so ruhig es ging.

»Nein, nein«, widersprach Louise Münz panisch. »Dann bringt er mich um. Ich kann nichts beweisen. Nichts. Oder hast du was gefunden, das uns weiterbringt?«

Es tat ihm in der Seele weh, die Hoffnung, die er in ihrem Satz spürte, zu enttäuschen. »Leider konnte ich noch nichts Konkretes herausfinden«, murmelte er beschämt. »Im Moment sieht es nicht so aus, als habe dieser Sandhaas schon einmal eine andere Frau verfolgt und angegriffen. Aber ich stehe noch am Anfang der Ermittlungen.« Er räusperte sich. Er musste ihr Sicherheit und Stärke vermitteln. »Du kannst mir vertrauen! Es gibt vielversprechende Spuren. Heute habe ich zum Beispiel ein interessantes Gespräch mitgehört, in dem es um einen René ging, der vielleicht ermordet wurde! Sagen dir die Namen Daniel und René etwas? Möglicherweise hat Sandhaas sie bei Gesprächen mit dir mal erwähnt und …«

»Henry«, unterbrach sie ihn, »ich vertraue dir, wirklich, das tue ich von ganzem Herzen. Ich … ich bin mir sicher, du wirst alles herausfinden. Du bist ein echt kluger Typ. Nur ich … ich brauche einfach etwas Handfestes. Jetzt sofort. Etwas, das beweist, dass Sandhaas mich … Damit die Bullen ihn auch wirklich festnehmen.« Sie schniefte verängstigt, so hatte er sie noch nie gehört. Offenbar stand sie kurz davor zusammenzubrechen. »Bitte«, flehte sie. »Bitte, Henry, hilf mir!« Sie fing wieder an zu schluchzen.

Henry fühlte sich so machtlos wie selten in seinem Leben. Was konnte er nur tun, um dieser armen Frau zu helfen? »Louise …«, fing er an.

»Hast du … hast du mal in diesem Schuppen nach Beweisen gesucht?«

»Louise, ich kann nicht …«

»Henry, bitte. Bitte. Meinst du nicht, du könntest mal in den Schuppen schauen? Noch heute Nacht? Vielleicht findest du da etwas, das mir helfen könnte, den Typen schnell hinter Gitter zu bringen. Denn Sandhaas wird nicht mehr lange warten, bis er mich …« Sie brach ab, weinte verzweifelt. Er versuchte, sie zu trösten, indem er beruhigend auf sie einredete. Er bot ihr an, als ihr Bodyguard zu fungieren oder Sandhaas rund um die Uhr zu beobachten, damit der nicht nach Stuttgart fahren konnte. Das war vernünftig. Und es klang einfach genauso feige, wie es war.

»Das ist so süß von dir«, brachte sie heraus, »aber du kannst mich nicht mein ganzes Leben bewachen, Henry. Und Sandhaas auch nicht.« Es dauerte eine Weile, aber schließlich schien sie sich wieder ein wenig beruhigt zu haben. »Ich … ich weiß, dass ich viel von dir verlange, wenn … Aber ich drehe durch, ich drehe wirklich durch.

Ich kann mich nicht weiter bei meiner Freundin verkriechen, statt an der Uni zu sein, und durchs Fenster auf die hässlichen, gemalten Kakteen gegenüber starren, während ich ständig Angst habe, dass ein alter roter Daimler mit silbernen Kotflügeln auftaucht und Sandhaas aussteigt und mich tötet! Ich … ich biete dir zweitausend extra. Ich halte es keine Sekunde länger aus. Bitte, bitte, Henry!«

»Es geht nicht ums Geld. Das Problem ist, ich kann als Detektiv nicht einfach in einen fremden Schuppen einsteigen. Die Polizei hätte die entsprechenden Befugnisse, ich nicht.« Er kam sich kleinlich vor. Trotzdem hatte er natürlich recht. Es würde rein gar nichts bringen, wenn er mögliche Beweismittel vielleicht noch zerstörte, weil er nicht die richtige Ausrüstung …

»Es ist doch nur ein Gartenschuppen. Niemand würde etwas mitbekommen«, sagte sie. Ihre Stimme überschlug sich fast. »Und die Polizei kann doch auch nicht einfach in einen fremden Gartenschuppen einsteigen.«

Da lag sie natürlich auch wieder richtig.

»Und ich würde dir die zweitausend extra gerne zahlen«, fuhr sie fort. »Wirklich. Ich komme mir sowieso schon wie eine Versagerin vor, weil ich mich nicht traue, selbst in den Schuppen zu gehen. Weil ich dich frage, obwohl es gefährlich sein könnte, in Sandhaas' Nähe zu kommen. Wenn du das für mich tun würdest, will ich, dass du wenigstens gutes Geld dafür bekommst.«

»Was erhoffst du dir denn, das ich in dem Schuppen finde?«

Sie schien zu zögern. Schließlich sagte sie: »Vor allem … also die Kette, die Sandhaas mir abgerissen hat. Sie war ein Geschenk von meiner verstorbenen Mutter. Sie ist mein Glücksbringer, weißt du? Er … er hat sie einfach achtlos in die Ecke gepfeffert.« Es war eine Weile still. »Und natürlich irgendwelche Spuren, die beweisen, dass er mich angegriffen hat. Fasern oder was weiß ich, du warst doch

Polizist.« Sie räusperte sich. »Und … es gibt noch was, das ich dir noch nicht erzählt habe. Ich dachte, du hältst mich für paranoid, aber in dem Schuppen … Also in dem Schuppen …« Sie stöhnte. »Wahrscheinlich habe ich mir das bloß eingebildet, aber … da waren seltsame Werkzeuge, weißt du? Und ich glaube, es gab dort eine Falltür. Warum hat jemand eine Falltür in einem Schuppen? Mit einer Kiste darauf? Darüber muss ich die ganze Zeit nachdenken!«

Henry runzelte die Stirn. »Was meinst du damit?«

»Na ja, man … man sieht doch immer wieder im Fernsehen, dass Menschen gefangen gehalten werden«, stieß sie hervor.

»Gab es dafür irgendwelche Anhaltspunkte?« Er war alarmiert. Wenn ja, dann würde er darauf bestehen, dass sie sofort zur Polizei ging. Aber sofort. Er würde zur Not auch nach Stuttgart fahren und mitkommen. Ein Glück, dass er noch nicht mit der Minibar angefangen hatte! Und by the way auch ein Glück, dass er gerade frisch geduscht war.

»Aber nein, nein«, sagte Louise. Sie klang, als sei es ihr peinlich, dass sie überhaupt damit angefangen hatte. »Das überhaupt nicht. Es ist nur … Ich … Meine Gedanken kreisen ständig um diesen Schuppen. Ob da eine Falltür war. Oder nicht. Oder doch. Was das für Werkzeuge waren. Wo meine Kette ist. Ob du Beweise finden wirst. Wenn ich nicht bald Gewissheit habe, dann werde ich verrückt.« Sie weinte jetzt hemmungslos. »Sandhaas ist vollkommen gestört, weißt du? Und ich habe Angst, dass er, wenn wir nicht sofort handeln … Na ja, weil er jetzt weiß, dass ich dich engagiert habe, dass er alle Beweise, die es möglicherweise in dem Schuppen gibt, vernichtet, bevor du sie sichern kannst. Dass er … meine Kette wegwirft. Sie ist mein Glücksbringer, ich brauche sie!«

Henry dachte lange nach. Auf der einen Seite hatte er kein gutes Gefühl bei der Sache. Auf der anderen Seite wollte er Louise unbedingt helfen. »Na gut, einen Blick kann ich in diesen Schuppen werfen«, sagte er schließlich.

»Gleich jetzt? Ich weiß, dass Samstag ist und … Ich zahle gerne noch einen Wochenendzuschlag, aber ich … ich habe solche Panik …« Sie verstummte.

Henry gab sich einen Ruck. »In Ordnung. Aber spätestens Montag früh gehst du zur Polizei und zeigst Sandhaas an. Egal, was ich finde! Ich kann mitkommen, wenn du magst.«

»Henry, du weißt gar nicht, wie unendlich dankbar ich dir bin.« Er hörte ihre Erleichterung und ihr Lächeln. Sie war eine sehr hübsche Frau, vor allem, wenn sie lächelte. »Gleich Montag früh, das verspreche ich!«

»Wo steht denn der Schuppen?«

Sie erklärte ihm, dass der Schuppen im Garten hinter Sandhaas' Haus stand.

»Aber ich werde nur reingehen, wenn ich die Situation ruhig vorfinde«, sagte er. Für eine Sekunde dachte er an den dunkelsten Teil seiner Vergangenheit. Schob die Bedenken beiseite. Er durfte sich eben nicht erwischen lassen!

»Ich … ich weiß nicht, wie ich dir jemals danken soll«, stammelte Louise. »Du bist der tollste Mann, den ich je … Wenn du zurück in Stuttgart … Dafür schulde ich dir was, auf jeden Fall ein Essen. Was richtig Tolles. Vielleicht die *Wielandshöhe* oder so. Du bist ein echter Freund.«

Er hörte sie wieder lächeln und musste auch lächeln. Und du bist eine verdammt wundervolle Frau, dachte er. Ihm wurde ganz heiß. Und selbstverständlich würde er gerne mit Louise essen gehen. Aber zahlen würde natürlich er! Wenn sie allerdings wirklich in die *Wielandshöhe* gingen, dann musste er vielleicht doch den Wochenendzuschlag annehmen. Er grinste immer noch, als sie das Gespräch schon beendet hatten.

Per WhatsApp schickte sie ihm wenig später ein Foto von der Kette, die Sandhaas ihr abgerissen hatte. Kunstvoll ineinander verdrehte Goldschnüre, die sehr stabil, antik und handgefertigt wirkten, mit einem runden Anhänger. Auf dem Anhänger waren merkwürdige Zeichen und eine Fratze zu sehen, der irgendetwas aus dem Mund quoll. Es war nicht an ihm, den Geschmack seiner Klientin anzuzweifeln, aber der Glücksbringer sah aus wie ein kotzendes Monster.

Kapitel 5

Das Licht in Sandhaas' Haus war seit einer Stunde erloschen, der Garten lag ruhig und schwarz in der warmen Nacht. Mitternacht war lange vorüber, als Henry beschloss, dass der richtige Zeitpunkt nun gekommen war. Auch wenn er ein noch schlechteres Gefühl hatte als bei der Herfahrt, er hatte zugesagt, und er war ein Mann, der zu seinem Wort stand. Selbst wenn das, was er vorhatte, illegal war, diente es doch einem legitimen Zweck. Und es ging schließlich nur um einen Gartenschuppen. Niemand würde mitbekommen, dass er einen kurzen Blick hineingeworfen hatte, wenn alles darin in Ordnung war. Niemand kam zu Schaden. Louise würde ihre Kette wiederbekommen, vielleicht fand er noch weitere Spuren, die den Überfall auf sie bewiesen. Und falls Sandhaas dort Leute unter einer Falltür einsperrte, war es umso wichtiger, dass man ihm auf die Schliche kam! Henry war trotzdem nicht ganz überzeugt. War es nicht viel eher so, dass er seine Klientin verdammt attraktiv fand und zudem ihr Geld einfach so bitter nötig hatte, dass er seine moralischen Grundsätze über Bord warf und eine Dummheit …? Unsinn. Er half einer netten Klientin, der großes Unrecht zugefügt worden war. Und mehr als nur »nett« fand er sie ja gar nicht. Henrys Schultern waren verspannt und sein kurzärmliges Hemd mittlerweile durchgeschwitzt. Im Auto war es immer noch heiß, obwohl die Klimaanlage lief. Entschlossen öffnete er die Tür und stieg aus. Sofort fielen die Stechmücken über ihn her. Es sirrte an seinen Ohren und kribbelte auf seiner Haut. Er erschlug so leise wie möglich so viele von ihnen, wie er in der Dunkelheit erwischte, aber er spürte mindestens fünfzehn

Stiche, und er war noch keinen Meter vom Auto entfernt. Das konnte eine heitere Nacht werden. Diese Art von ländlicher Lagerfeuerromantik hatte er in seinen Jugendboxfreizeiten zur Genüge kennengelernt. In Muscleshirt und kurzer Hose, wie sich das für harte Jungs geziemte. Er holte sein langärmliges Jackett aus dem Kofferraum und besprühte sich von oben bis unten mit Tropic-Mückenschutz. Der Geruch war eine atembetäubende Mischung aus ätherischen Kräuterölen und Klostein, und bis auf die Moskitos, die ihn weiter umschwärmten, schreckte er sicherlich jeden ab. Für eine Sekunde stellte er sich vor, wie er beim Einbrechen in den Schuppen festgenommen wurde, weil die Sandhaas' von seinem Gestank aufgewacht waren. Und wer wusste schon, ob einen das Zeug high machte oder Schlimmeres? Vielleicht wurde er während seiner Mission ohnmächtig? Und ehemalige Polizistenkollegen würden ihn finden, stinkend und mit einem kotzenden Monster-Glücksbringer in der Hand? Die Stechmücken griffen schon wieder an, und er schoss noch einmal mit dem Spray wild um sich. Wahrscheinlich gab es bei all der Natur sogar Igel hier, der größte Horror, den Henry sich vorstellen konnte. Er spürte ein unangenehmes Ziehen im Genick. An Igel durfte er jetzt nicht auch noch denken, denn gleich musste er querbeet durch die Pampa. Er warf einen letzten Blick auf die Uhr. Kurz nach zwei. Es war an der Zeit aufzubrechen. Er kontrollierte noch einmal seine Ausrüstung, wichtig waren vor allem die Taschenlampe und der Bolzenschneider, dann machte er sich auf den Weg. Die Luft roch nach Äpfeln, Heu und dem ätherischen Klosteinduft des Sprays. Zunächst ging er ein Stück um das Grundstück mit den knorrigen alten Bäumen herum und betrat schließlich den angrenzenden Weinberg. Die Steinstatue eines Weinheiligen, die oben über den Weinberg wachte, zeichnete sich schwarz vor dem vom Mond erleuchteten Himmel ab. Sie schien ihn zu beobachten. Zwischen zwei Reihen Rebstöcken ging Henry geduckt bis zu dem niedrigen Holzzaun, der Sandhaas' Grundstück umgab und der an einer Stelle mit einem baumhohen, düsteren Gestrüpp überwachsen war. Noch einmal sah Henry sich um. Und hatte plötzlich das Gefühl, an der Statue des Weinheiligen hätte sich etwas bewegt. Ein kurzes Zucken, etwas Weißes. Er blieb regungslos geduckt zwischen den Weinreben versteckt und spähte nach oben. Nichts. Keine Bewegung mehr. Vielleicht ein Tier. Oder eine alte Plastiktüte war durch einen leichten Windstoß hochgeweht worden. Trotzdem. Das musste geklärt werden. Durch die Reben schlich er so leise wie möglich den Berg hinauf, auf den Weinheiligen zu. Ein lautes Rascheln hinter ihm ließ ihn erstarren. Es schien aus dem Gebüsch beim Zaun zu kommen. Er wandte sich um und blickte wieder nach unten. Was zum Teufel ging hier vor sich? Das Gebüsch war verdammt dicht und erstreckte sich über den Zaun hinweg in den Garten. Groß genug, um mehrere Menschen zu verbergen. Erneut raschelte es, Zweige bewegten sich. Auch wenn es recht unwahrscheinlich war, dass sich so spät in der Nacht noch jemand anders hier aufhielt, war Henry zu lange Polizist gewesen, um potenzielle Gefahren zu ignorieren. Er umklammerte den Griff des Bolzenschneiders. Wenn er gerade eingekreist wurde … Verdammt, warum um alles in der Welt sollte er *eingekreist* werden? Er war in *Durbach,* nicht in der Bronx, und er war gerade auf dem Weg, in den Schuppen eines alten Winzers zu schauen, nicht, einem Mafiaboss das Handwerk zu legen. Er war ein paranoider alter Sack, der zu viel Mückenschutz inhaliert hatte, mehr nicht. Henry schlich weiter den Berg nach oben, erreichte die Statue, die einsam in der warmen Sommernacht auf einer großen Wiese am Rand eines Wäldchens stand. Was auch immer er da gesehen zu haben glaubte, es war nicht mehr dort. Wahrscheinlich war es eine Katze gewesen. Von hier oben konnte er den Weinberg recht gut überblicken, und soweit das in der Dunkelheit zu erkennen war, rührte sich dort ebenfalls nichts. Er atmete tief durch, lockerte seine Muskeln ein wenig und machte sich wieder an den Abstieg, das dichte, pechschwarze Gebüsch am Zaun fest im Blick, in dem sich immer noch etwas bewegte. Was es war, konnte er nicht erkennen. Unten angekommen schlug er mit dem Bolzenschneider ein paar Mal gegen das Gebüsch, das Rascheln verstärkte sich. Das musste ein Tier sein, denn ein möglicher Verfolger würde sich kaum so auffällig verhalten. Wenig später kletterte er geräuschlos über den Holzzaun und schlich durch den dunklen, verwilderten Garten. Überall wucherten Sträucher und Bäume, und das Gras stand kniehoch. Bestimmt beherbergte es jede Menge scheußliches Getier. Bis auf das Zirpen einer Grille war es totenstill. Der Geruch nach faulenden Früchten lag süßlich in der Luft und übertünchte sogar sein Mückenspray. Zum Glück leuchtete der Mond hell, denn seine Taschenlampe wollte Henry nicht anschalten. Ein Stück entfernt von ihm schwangen Grashalme plötzlich hin und her, als sei etwas darin unterwegs, und das Ziehen in seinem Genick wurde unerträglich. Das konnte ohne Weiteres ein Igel sein. Wenn ein Igel sich im hohen Gras unbemerkt annäherte … Er erschauderte. Dann rief er sich zur Ordnung. Er war nicht mehr der Junge, der er damals gewesen war. Er war einen Meter neunzig groß, ein Boxer und Ju-Jutsu-Kämpfer mit schwarzem Gürtel, und er hatte einen Bolzenschneider dabei. Wenn, und nur wenn ein Igel auftauchte, denn das passierte ja zum Glück fast nie, war er in der Lage, das Problem schnell aus der Welt zu schaffen. Er schüttelte den Kopf. Er würde nicht einmal darüber nachdenken, mit einem Bolzenschneider auf einen Igel loszugehen. Das war etwas für Leute, die »en Schbrong in dr Schissel!« hatten, wie seine Oma gesagt hätte. In der Hecke am Zaun raschelte und krachte es erneut, die Äste bogen sich hin und her. Henry duckte sich hinter einen Baum. Plötzlich, mit einem tiefen

Schrei, stob eine Eule aus dem Gebüsch. Henry zuckte so zusammen, dass ihm fast der Bolzenschneider aus der Hand fiel, und es dauerte eine Weile, bis sich sein Herzschlag wieder beruhigt hatte. Eine Eule. Großer Gott, es wurde Zeit, dass er nach Stuttgart zurückkehrte. Keine Ahnung, warum es Leute gab, die so was wie Durbach erholsam fanden. Dann doch lieber Straßenlärm und Feinstaubalarm. Kurz blieb er noch in seinem Versteck, aber als sich nichts mehr regte, trat er hinter dem Baum hervor. Er musste sich beeilen, sonst würde der Morgen dämmern und er würde Louise erzählen müssen, eine Eule und ein Igel hätten ihn von seinem Auftrag abgehalten.

Das Schloss am Schuppen mit dem Bolzenschneider aufzubrechen dauerte keine zwei Minuten. Henry stieß vorsichtig die Tür auf, die sich geräuschlos bewegte. Innen war es stockdunkel. Nach einem kurzen Blick auf das ebenfalls dunkle Wohnhaus schlüpfte er in den Schuppen und lehnte die Tür an. Ein Geruch nach Harz, Maschinenschmiere, warmem Holz und Erde umfing ihn. Er schaltete seine Taschenlampe ein. Der Schuppen war größer, als es von außen den Anschein gehabt hatte, und penibel aufgeräumt. An den beiden Seitenwänden waren bis unters Dach Regale angebracht, an der hinteren Wand hingen nach Größe sortiert Sicheln, Sensen und eine Stange mit einem Körbchen, das wohl zur Apfelernte verwendet wurde. Davor stand eine große, geschlossene Holzkiste. Das musste die Kiste mit der potenziellen Falltür darunter sein. Er trat auf die Kiste zu und richtete den Lichtstrahl auf den Boden daneben. Nichts, das auch nur entfernt nach einer Falltür aussah. Er würde die Kiste zur Sicherheit gleich einmal zur Seite … Sein Blick fiel auf den Deckel der Kiste. Dort standen seltsamerweise ein paar schwarze Kerzen in einem mit Kreide gemalten Kreis. Daneben lag ein großes Stück beiger Stoff, der ordentlich gefaltet und gebügelt war und wie eine alte Schürze aussah, die ein zweites Leben als Lappen vor sich hatte. Auf dem Lappen lag ein zerschlissenes Buch mit einer Hexe auf dem Cover, die auf einem Besen herumflog. Sandhaas hatte es offensichtlich mit Hexen. Henry nahm das Buch und blätterte es durch. Geschrieben war es in einer altmodisch-verschnörkelten Schrift, und er konnte kein Wort lesen, nicht einmal den Titel. Er legte es stirnrunzelnd zurück und wandte sich wieder der Kiste zu. Praktischerweise hatte sie an der Seite Griffe. Er legte den Bolzenschneider auf den Boden, ebenso die Taschenlampe und packte die Griffe der Kiste. Sie fühlten sich feucht an, was seltsam war bei der Hitze und Trockenheit, die draußen herrschte. Auch wenn es hier drin deutlich kühler war, sah alles andere trocken aus. Wahrscheinlich hatte Sandhaas die Griffe am Abend mit nassen Händen angefasst, vielleicht enthielt die Kiste Gießkannen? Henry schob die Kiste zur Seite, sie war verdammt schwer, und das knirschende Geräusch, das sie auf dem Boden verursachte, war ziemlich laut. Darunter war nichts weiter als der nackte Beton. Er wuchtete die Kiste zurück, nahm die umgefallenen Kerzen, die Schürze und das Buch herunter und versuchte, den Deckel zu öffnen, aber der war fest verschlossen. Plötzlich hatte er ein merkwürdiges Kribbeln in der rechten Hand, er konnte kaum die Gegenstände auf die Kiste zurücklegen und die Taschenlampe und den Bolzenschneider wieder aufheben. Er schüttelte die Hand, jetzt ging es auch in der linken los. Offenbar vertrug er keine Aufregung mehr. Langsam ging er an den Regalreihen entlang. Die »seltsamen Werkzeuge«, die Louise gesehen haben wollte, konnte er nirgends entdecken. Lediglich ein paar Gartenscheren, Hacken, Schraubenzieher, Hämmer, Pinsel und Draht in verschiedenen Stärken fanden sich auf den grob gehauenen Brettern. Keinerlei Spuren, die auf einen Kampf hindeuteten. Seine Hände fühlten sich immer noch seltsam warm und kribbelig an, das Gefühl stieg seine Arme hoch.

Er musste kurz den Bolzenschneider abstellen. Er lehnte ihn an die Kiste. Um sich von dem Kribbeln abzulenken, zog er sein Handy aus der Hosentasche, machte ein Foto und schicke es Louise mit den Worten: *Bin bei dem Arschloch im Schuppen. Keine Falltür*. Er steckte das Handy wieder ein. Danach leuchtete er in jede Ecke. Auch die Kette seiner Klientin war nirgends zu entdecken. Henry suchte den gesamten Boden und dann die Regale noch einmal ab, holte Kisten und Körbchen heraus, schaute hinein. Scheren zum Schneiden von Weinreben, in die Jahre gekommene Weinführer und Weinanbauratgeber, weitere Werkzeuge, Lappen und ein Blaumann, Dosen mit Maschinenöl. Bis auf das Buch ein vollkommen unauffälliger Schuppen. Nichts, das irgendwie bedrohlich wirkte, und keine Falltür. Wie war Louise auf diese Ideen gekommen? War ihre Erinnerung verzerrt, weil sie solche Panik gehabt hatte, als Sandhaas sie angegriffen hatte? Henry rieb über seine Arme, dieses Kribbeln machte ihn verrückt. Es fühlte sich ein bisschen an, als wüchse ihm ein Fell. Oder Igelstacheln. Er leuchtete seine Arme mit der Taschenlampe ab. Da wuchs nichts. War das eine Nebenwirkung dieses verdammten Mückensprays? Im Hotel musste er unbedingt duschen. Er versuchte, sich wieder auf seinen Fall zu konzentrieren. Hatte Louises Erinnerung ihr einen Streich gespielt? Oder hatte sie ihm einfach nicht die Wahrheit erzählt? Aber warum sollte sie ihm zweitausend Euro extra anbieten, damit er in diesen Schuppen ging, wenn da nichts war, das er finden konnte? Was wollte sie von ihm? Er sollte abhauen, bevor ihn noch jemand hier … Wo war denn der Bolzenschneider? Henry drehte sich einmal um sich selbst, ihm war ein wenig schwindlig. Er stolperte in Richtung der Kiste, bückte sich nach dem Werkzeug. Von draußen war plötzlich ein keuchendes, bedrohlich klingendes Husten zu hören. Henry fuhr herum und riss vor Schreck seine Hand an einem herausstehenden Nagel blutig. Ein paar Tropfen fielen auf das Hexenbuch und den Lappen. Fluchend leckte er das Blut von der Wunde ab. Packte dann den Bolzenschneider, ging wieder auf den Ausgang zu und spähte durch den Türspalt hinaus. Wer hatte da gehustet? War das hier eine Falle? Hatte seine Klientin ihn in eine Falle gelockt? Er hob den Bolzenschneider. Aber wieso sollte seine Klientin so etwas tun? Das ergab nicht den geringsten … Plötzlich erinnerte er sich an Louises Zögern, als er sie gefragt hatte, wer ihn empfohlen hatte. Er konnte sich zwar nicht erinnern, in letzter Zeit jemandem auf die Füße getreten zu sein, aber er schuldete einer Menge Leute eine Menge Geld. War das hier eine Unterart von dem, was Achim als »Russisch-Inkasso« bezeichnete? Badisch-Inkasso vielleicht? Rein in einen Winzerschuppen und ein paar mit der Spätburgunderflasche »uff d'Lapp«, bis der Gläubiger »sain Zaschder« wiederhatte? Aber da hatten seine Klientin und ihre möglichen Auftraggeber die Rechnung ohne ihn gemacht! Jetzt würde es sich auszahlen, dass er sein halbes Leben in Boxstudios und Fitnesscentern verbracht hatte. Wer auch immer da gehustet hatte, würde sich warm anziehen müssen! Henry spannte seine Muskeln an und öffnete die Tür. Selbst wenn es mehrere Leute waren, die mit seiner Klientin zusammenarbeiteten … Der Garten schien genauso unberührt dazuliegen wie vorhin. Versuchten die, ihn in einen Hinterhalt zu locken? Bewegte sich dort drüben etwas? Mit erhobenem Bolzenschneider ging er nach draußen. Und blieb plötzlich wie angewurzelt stehen. Aus der Dunkelheit des Gartens drang erneut das grausige Husten. Und es kam eindeutig auf ihn zu. Henry spürte den Angreifer mehr, als dass er ihn in der Dunkelheit ausmachen konnte. Er atmete einmal tief durch, nahm den Bolzenschneider vor den Körper und ging in Verteidigungsstellung.

Kapitel 6

Es war ein sonniger Sonntagmorgen. Obwohl es noch sehr früh war, flirrte die Luft bereits in der angenehm trockenen badischen Hitze, die Suzanne so gerne mochte. Die ganze Wohnung roch nach ihrer frisch gekochten Spätsommermarmelade mit viel Zimt. Suzanne schlüpfte in ihre Gummistiefel, die Schuhe, in denen sie sich am wohlsten fühlte, und ging über den kleinen, gepflasterten Hof hinüber in den Ziegenstall, um Robby, Lotte, Flecki und die anderen zu füttern, die schon ungeduldig meckerten. Nachdem sie die Ziegen ausgiebig geknuddelt hatte, auch die neue Zwergziege, die sie nach dem Sänger von *Dieselskandal* Liam genannt hatte, fegte sie die Stallgasse. Dann ließ sie die Ziegen auf die große Weide hinaus, wo sie freudig umhersprangen und auf die Hindernisse kletterten, die sie für sie gebaut hatte. Sie konnte ihren Ziegen ewig zuschauen, wie süß sie waren! Allerdings wurde die Zeit langsam knapp, wenn sie noch duschen wollte. Sie drehte sich bedauernd weg und ging zum Bauernhaus zurück. Ihr Rücken schmerzte ein wenig, sie hatte immer noch einige blaue Flecken von ihrem Horrorerlebnis in der Scheune. Den Verkauf der Hehlerware, sofern er stattgefunden hatte, hatte sie zwar leider nicht mitgekriegt. Trotzdem war sie heilfroh, dass sie so glimpflich davongekommen war. Der Schlagringtyp mit der Armbrust hatte es zum Glück nicht auf sie abgesehen gehabt, und als sie blindlings aus der Scheune gerannt und als Erstes über eine Wurzel gefallen war und sich bäuchlings hingelegt hatte, war sie auch nicht in einen Pfeilhagel geraten. Vielmehr hatte der Typ zitternd und kreidebleich auf dem Boden gesessen und

»mir is ganz durmelich« und »der zwaide Schuss is mer ainfach naus« gemurmelt. Als er sie gesehen hatte, hatte er mehrfach »Pardong« und »D'schuldigung« gestammelt und ausgesehen, als verliere er gleich das Bewusstsein. Es hatte eine Weile gedauert, aber schließlich hatte sich der Typ so weit beruhigt gehabt, dass sie mit ihm hatte reden können. Es hatte sich herausgestellt, dass er ein Schauspielschüler aus Mannheim war, der sich auf die Rolle des Robin Hood in einem Theaterstück vorbereitete. Er hatte erzählt, er habe die Scheune schon vom Auto aus gesehen und sich vorgestellt, sie sei der Sitz des Sheriffs von Nottingham. Daraufhin sei er querfeldein gegangen, um sich mit der wilden »Naduhr« vertraut zu machen und einen Schuss aus einer echten Armbrust abzufeuern. Dabei habe er versehentlich einen Ast abgeschossen. Das habe ihn auf die »bleede« Idee gebracht, er könne ja einmal versuchen, den Sitz des Sheriffs unter Beschuss zu nehmen, er sei so in der Geschichte drin gewesen. Er habe niemandem schaden wollen, er sei sich sicher gewesen, diese baufällige Scheune sei verlassen.

Er hatte ihr seine Karte dagelassen, und sie hatte die Aussage später überprüft, jedes Detail, von der Schauspielschule und der Sportschützenfreundin, die dem Typen anscheinend die Armbrust geliehen hatte, bis hin zum Autokennzeichen des Jeeps, das sie von der Scheune aus fotografiert hatte. Die Geschichte stimmte offenbar. Sogar der Schlagring ergab Sinn, denn die Inszenierung war eine moderne Interpretation, bei der die Handlung des Robin Hood in einen Großstadtjungle verlegt worden war. Leider hatte die Sache unfairerweise hauptsächlich für sie ein Nachspiel, nicht für den Schützen. Suzanne hatte nämlich ihrem ehemaligen Offenburger Nachbarn Paul am Telefon beichten müssen, dass sie den Schlüssel seiner Scheune heimlich »geliehen« hatte und, was noch unangenehmer war, dass der hintere Teil der Scheune jetzt nicht mehr stand. Was natürlich nicht ihre Schuld war, sondern die des Schützen; nur wegen des Pfeils war sie gegen den Balken gekracht. Aber das hatte Paul überhaupt nicht interessiert. Er hatte vor Wut mit den Zähnen geknirscht, als er gesagt hatte, sie müssten sich treffen, um in einem »ganz ruhigen Gespräch« mal zu klären, wie es mit dem Eigentum anderer Leute im deutschen Straf- und Zivilrecht aussah und dass man sich nicht einfach Schlüssel »ausleihen« und Scheunen »zum Einsturz bringen« könne. Sie hatte sich entschuldigt, hatte sich auf alles berufen, was sie in ihrem Detektivlehrgang über Notstand gelernt hatte, und beteuert, dass sie wirklich unbedingt in die Scheune gemusst und er sich geweigert hatte, ihr den Schlüssel zu geben, aber auf dem Ohr war Paul taub gewesen. Und jetzt war er unterwegs zu ihr, bestimmt immer noch stinkwütend. Und ein ganz kleines bisschen hatte sie wirklich ein schlechtes Gewissen, weil er, jedenfalls was den Schlüssel anging, im Grunde recht hatte. Zu allem Übel hatte heute Morgen dann auch noch ihr Ex-Freund Emil von der Armbrustschießerei erfahren, und sie hatte ihn nicht davon abhalten können, sich ebenfalls auf den Weg zu ihr zu machen. Bestimmt wollte er ihr mal wieder wegen ihrer Lebensweise ins Gewissen reden. Auch das würde sicherlich ein »ganz ruhiges Gespräch« werden. Sie wusste selbst, dass sie sich manchmal in gefährliche Situationen begab, um einen Fall aufzuklären. Sie brauchte keinen Emil, der Weisheiten wie »die weltliche Existenz endet nicht im Himmel, sie endet auf dem Seziertisch« von sich gab.

Jetzt kamen also zwei Männer zu ihr, die beide sauer auf sie waren und die sich zu allem Überfluss auch gegenseitig nicht ausstehen konnten. Emil war Gerichtsmediziner und Paul Staatsanwalt, und anscheinend hatten sie sich vom ersten Tag an, an dem sich ihre Wege am verfaulten Torso einer Wasserleiche gekreuzt hatten, in den Haaren gehabt.

In angenehmerer Gesellschaft konnte ein Sonntagsfrühstück eigentlich kaum stattfinden. Suzanne ging schicksalsergeben erst ins Bad und dann in die Küche, schob einen Hefezopf in den Ofen und kochte Kaffee. Die badische Gastfreundschaft gebot es, dass man, wenn man schon »ganz ruhige Gespräche« führen musste, das wenigstens gut gesättigt tat.

Paul war der Erste, der im Cabrio mit quietschenden Reifen in den kleinen gepflasterten Innenhof vor ihrem Bauernhaus fuhr, dicht gefolgt von Emil, der mit dem E-Bike kam. Die beiden warteten nicht einmal, bis Suzanne sie begrüßt hatte, sondern gingen gleich aufeinander los.

»Du hast mich von der Straße abgedrängt. Weißt du eigentlich, wie das enden kann?«, fragte der Gerichtsmediziner.

»Nein, *du* hast die Straßenverkehrsordnung nicht beachtet. Glaubst du, nur weil du ein E-Bike fährst, gilt rechts vor links nicht mehr?«, entgegnete der Staatsanwalt.

»Typisch cabriofahrender Jurist. Typisch.«

»Militanter, leichenfleddernder Radfahrer!«

Suzanne trat entschlossen über den Hof auf sie zu. »Einen wunderschönen guten Morgen, meine Lieben«, sagte sie.

Paul knurrte kämpferisch: »Guten Morgen«, und Emil murmelte: »Hi.«

Die »ganz ruhigen Gespräche« konnten beginnen. Eine Weile standen sie sich schweigend gegenüber, noch gab es einen Sicherheitsabstand von mindestens fünf Metern zwischen ihr und den Männern.

»Kommt doch rein. Ich habe auf der Terrasse …«

Ein Handy klingelte laut und durchdringend. Radetzkymarsch. Paul holte es aus seiner Tasche, presste es an sein Ohr und ging ein paar Schritte weg. Kurzzeitig war es still. Er lauschte offensichtlich gebannt, was sein Gesprächspartner zu erzählen hatte, während Emil auf Suzanne zuging und ihr rechts und links ein Begrüßungsküsschen gab.

Paul sagte jetzt laut in das Telefon: »Das … das fasse ich einfach nicht. Und wo ist das passiert? … In einem Gartenschuppen?« Wieder war es längere Zeit still. »Aber das halte ich … Ein Schwabe, sagen Sie? Hatte die Leiche ein Kehrwochenschild um, oder woran haben Sie das erkannt?« Erneut lauschte Paul eine Weile. Schließlich nickte er ernst. »Ach so, sagen Sie das doch gleich! Gut, ich komme sofort und schau mir das an. Geben Sie Emil bitte Bescheid, ja?« Er legte auf.

Emil und Suzanne schauten sich an. Emil verzog gequält das Gesicht. »Kannst du mir nicht selbst Bescheid geben?«, fragte er Paul. In diesem Moment klingelte auch Emils Handy, ein Geräusch, als würde sich jemand räuspern, und er nahm ab. Hörte ebenfalls lange nur zu. In der Zeit kam nun Paul auf Suzanne zu, Küsschen rechts und links. »Ich muss leider schon wieder weg. Dienstlich«, sagte er, »wir reden später. Kannst du mir bitte den Schlüssel von der Scheune ins Büro schicken?« Er drehte sich um, ging zu seinem Cabrio, stieg ein und fuhr zügig vom Hof.

Emil stand immer noch da und lauschte in sein Telefon. Schließlich sagte er: »Nur nicht hudeln. Die Toten laufen nicht mehr weg.« Dann legte auch er auf. »Verrückte gibt's«, murmelte er. »So was habe ich noch nie gehört! Warum müssen die ihre kranken Fantasien eigentlich immer sonntags ausleben?«

»Was ist passiert?«, fragte Suzanne neugierig.

Emil winkte ab. »Tut mir leid, aber ich darf nicht darüber reden. Und ich muss dann auch. Aber lass uns bald mal wieder was trinken gehen!« Er grüßte mit der Hand, stieg auf sein E-Bike und brauste davon.

Suzanne zuckte die Schultern. Wie auch immer, sie würde jetzt erstmal in aller Ruhe frühstücken. Zurück in ihrer hellen Bauernküche hörte sie »Fuck, fuck, Bitch,

Bitch«, ein Lied aus dem neuen *Dieselskandal*-Album, während sie Kaffee in eine riesige rote Tasse goss und ein dickes Stück des frischen Hefezopfs abschnitt. Er war genau richtig geworden, weich und »ziegig«. Ihr lief das Wasser im Mund zusammen. Sie holte noch Butter und die Spätsommermarmelade aus dem Kühlschrank und stellte alles auf ein Tablett. Damit ging sie hinaus auf die Natursteinterrasse, die an ihr Wohnzimmer angrenzte. Aus dem Fenster growlte *Dieselskandal* etwas, das wie »Sweet Motherfuckerfuckers« klang. Was für ein herrlicher Tag. Noch war es angenehm schattig hinter dem Haus. Sie ließ den Blick über ihren ganzen Stolz, den selbst gebauten, türkis gefliesten Pool, in dem ein Poolrobot surrend seine Kreise zog, und dann weiter über die Ziegenweide mit den Obstbäumen und die angrenzenden Felder schweifen. Sie lächelte. Sie war ein Glückskind. Sie war um das Frühstück mit Paul und Emil herumgekommen. Sie hatte einen Beruf, den sie liebte, und eine eigene, gewinnbringende Detektei in Offenburg mit mittlerweile fünf Angestellten. Und sie wohnte auf dem schönsten Flecken Erde, den man sich vorstellen konnte. Als sie vor drei Jahren diesen kleinen Hof am Rand von Neuried-Altenheim gesehen hatte, der zum Kauf angeboten worden war, hatte sie sich sofort verliebt. Sie war von ihrer gemütlichen Offenburger Mietwohnung aufs Land gezogen und hatte das keine Sekunde bereut. Hier war alles so ruhig und friedlich und vor allem so weit entfernt von den Grausamkeiten, mit denen sich Emil und Paul täglich befassen mussten, ein perfektes Paradies, in dem das Gefährlichste, was einem widerfahren konnte, Badische Quellschnecken im Pool waren, wie ihr das letztes Jahr passiert war. Wenn das Notfallhandy ihrer Detektei einmal außerhalb der Geschäftszeiten klingelte, und das passierte eigentlich nie, dann ging es im schlimmsten Fall um Ladendiebstahl oder um Ehepartner, die sich gegenseitig betrogen. Die Menschen hier waren warmherzig und freundlich und … Das laute Sirren, das plötzlich durch die offene Balkontür drang, war trotz des Death Metal aus ihrer Küche deutlich zu hören. Sie verschluckte sich fast, hustete. Wenn man vom Teufel sprach … Mit der Hefezopfscheibe in der Hand ging sie ins Haus. Ihr Notfallhandy klingelte tatsächlich. Eine unbekannte Nummer. Sie drehte *Dieselskandal* herunter, biss noch einmal von ihrem Hefezopf ab, trat wieder auf die Terrasse und setzte sich ein wenig entfernt vom Haus auf einen großen Stein. Dann nahm sie das Gespräch an. »Griesbaum.« Sie kaute leise.

»Ich habe ihn nicht getötet!« Eine angespannte, laute Stimme. »Das müssen Sie mir glauben.«

Suzanne hörte auf zu kauen.

»Warum hätte ich ihn auf so grausame Art ermorden sollen, sagen Sie mir das mal?«, schrie die Stimme. »Ich bin doch nicht pervers. Ich hätte ihn gerne vergiftet, das gebe ich zu. Oder von mir aus mit der Axt erschlagen. Aber dass ich ihn so … Niemals! Und der teure Apfelernter ist auch hin. Hundertfünfzig Euro hat der gekostet!« Die Stimme überschlug sich.

Suzanne setzte sich ruckartig auf. So viel zum Thema perfektes Paradies. »Wer sind Sie überhaupt?«, fragte sie.

»Na, die Conny. Conny Sandhaas. Mein Mann … Also der Joseph hat doch neulich unseren Hund vergiftet. Wegen der Angelegenheit war ich doch bei Ihnen.« Sie schluckte. »Ich bin froh, dass Joseph tot ist, so ist es nicht. Aber dass die Polizei ausgerechnet mich verdächtigt! Ich kann keiner Fliege etwas zuleide tun!«

Suzanne brauchte eine Sekunde, um das Gesagte zu verdauen. Conny Sandhaas hatte sie engagiert, um nachzuprüfen, ob ihr Noch-Mann im Zuge des Scheidungsverfahrens Geld beiseite geschafft hatte, was nicht der Fall gewesen war, und später war es um den Hund gegangen. Es hatte bislang keine Anzeichen dafür gegeben, dass ihre Klientin, eine toughe Frau um die fünfzig, ihren Mann hätte töten wollen, auch wenn die Streitigkeiten zwischen den beiden zugegebenermaßen hässlich gewesen waren …

»Die Polizei spinnt vollkommen«, sagte ihre Klientin laut. »Es ist aus der Luft gegriffen, dass die mir das vorwerfen. Reine Willkür.«

»Ich glaube Ihnen natürlich, aber Ihr Scheidungsverfahren war … Sagen wir mal so, es gab ja einige hohe Wellen. Sie haben mir doch zum Beispiel neulich erzählt, Sie hätten das Auto Ihres Mannes mit einem Baseballschläger bearbeitet und die teuersten Weinflaschen aus seiner Sammlung mit dem Worten ›lieber ins Klo als in Josephs Maul‹ in die Toilette geschüttet. Ich könnte mir vorstellen, dass die Polizei wegen dieser Streitigkeiten den Schluss gezogen haben könnte, dass …«, setzte sie vorsichtig an.

»Das mit dem Baseballschläger und so, das sind doch die normalen Kleinigkeiten, die bei jeder Trennung passieren«, unterbrach Conny Sandhaas sie. »Aber … wie der Joseph zugerichtet war, das ist was anderes. Können Sie mir helfen? Können Sie herausfinden, wer ihn wirklich getötet hat? Bitte, ich habe doch sonst niemanden! Und die haben mich ins Untersuchungsgefängnis gekarrt. Wie einen Berg Trester. Einfach reingeschmissen. Ich will hier wieder raus. Hier sind lauter Kriminelle.« Ihre Stimme klang verzweifelt.

Suzanne ließ einen sehnsüchtigen Blick über den quellschneckenfreien Pool und die Ziegenweide gleiten. Eigentlich hatte sie sich ihren Sonntag ein wenig anders vorgestellt. Auf der anderen Seite war das hier ein richtig großer, interessanter Fall. Ein Fall, von dem jeder Privatermittler nur träumen konnte. »Wann wurde Ihr Mann denn getötet?«, fragte sie.

»Na, heute Nacht. Draußen in unserem Gartenschuppen. Das Schloss war aufgebrochen! Die Polizei hat Spuren im Garten gefunden, da ist einer durchgelaufen! Das Gras war niedergedrückt, und der Flieder war ... Das spricht doch eindeutig gegen mich als Täterin! Warum sollte ich von hinten durch den Weinberg in unseren Garten schleichen, wenn ich schon drin bin, sagen Sie mir das mal?«

»Wo waren Sie denn in der Nacht?«

»Ich habe im Gästezimmer geschlafen. Ich habe den Joseph am Morgen gefunden. Ich ... Eigentlich wollte ich die Sichel im Schuppen holen. Um seine Oleanderzucht ein wenig zu ... zu stutzen. Ich gebe es ja zu. Weil er meinen Personalausweis und alle meine Bankkarten in den Kamin geworfen hatte«, murmelte sie. »Sie müssen den Täter unbedingt finden!« Jetzt klang Conny Sandhaas' Stimme drängend. »Denn *ich* war es *nicht*!«

Suzanne wollte gerade noch fragen, wie genau Joseph Sandhaas getötet worden war, als ein lauter Pfeifton ertönte und das Gespräch von einem Moment auf den anderen abbrach.

Nachdem sie aufgelegt hatte, saß Suzanne einige Minuten einfach nur da und lauschte auf das leise Meckern der Ziegen und das Summen der Bienen auf den Löwenmäulchen und den Sonnenhüten am Rand ihrer Terrasse. Sie würde ihrer Klientin helfen. Wenn Conny Sandhaas die Wahrheit sagte und nicht die Mörderin war, dann lief der echte Mörder noch frei herum. Und wenn das so war, würde sie ihn finden. Und zwar vor der Polizei. Das würde ihr Detektivbüro mit einem Schlag so richtig bekannt machen, vielleicht brachte das *Offenburger Tageblatt* ja sogar einen Artikel über sie. *Erfolgreichste Geschäftsfrau des Jahres stellt gefährlichen Mörder und rettet Klientin aus der Untersuchungshaft.* Sie trank einen Schluck Kaffee, er war mittlerweile lauwarm, und biss noch einmal von ihrem Hefezopf ab. Nein, nicht *Geschäftsfrau. Entrepreneurin* klang jünger und dynamischer. *Erfolgreichste Entrepreneurin des Jahres.* Sie straffte die Schultern. Als Erstes brauchte sie alle Details im Sandhaas-Fall. Und um die zu bekommen, würde sie am Abend den Schlüssel für die Scheune mit einer Flasche Federweißem und ein wenig selbstgemachtem Weingebäck persönlich zu Paul zurückbringen und ihn ein bisschen ausquetschen. Und vielleicht würde sie Emil in den nächsten Tagen mal in die *Brasserie Engel* auf ein Bier einladen.

Kapitel 7

Henry erwachte am Sonntag um die Mittagszeit mit einem fiesen Kater in seinem Hotelbett. Er war erst um kurz nach halb fünf von seiner nächtlichen Erkundungstour in Sandhaas' Schuppen zurückgekommen. Die Heimfahrt war eine Katastrophe gewesen, er konnte sich nur noch bruchstückhaft daran erinnern, seine Hände waren so pelzig gewesen, dass er das Steuer kaum hatte halten können. Gott sei Dank hatte er niemanden angefahren! Und mit den Straßenlaternen hatte etwas nicht gestimmt, die hatten grauenvoll geblitzt und geblendet. Dieses Mückenspray hatte er gleich nach der Fahrt entsorgt, das war ja kriminell! Er war vor dem Schuppen richtiggehend durchgedreht, weil irgendein verdammtes *Tier* unter einem Busch *gehustet* hatte! Selbst wenn es ein Igel gewesen sein sollte, war das kein Grund, wie ein Gorilla mit einem Bolzenschneider in der Hand durch einen Garten zu rennen und beinahe einen Apfelbaum zu rammen. Herrgott nochmal, ein Glück, dass er niemanden geweckt hatte, so einen Lärm, wie er veranstaltet haben musste! *Hoffentlich* niemanden geweckt hatte, durchfuhr es ihn. Denn irgendwo fehlte ihm mindestens eine halbe Stunde, er musste wohl einen Blackout gehabt haben. Hoffentlich hatte er in der Zeit nur an einen Zaun angelehnt gepennt und keinen weiteren Unsinn veranstaltet. Keine Ahnung auch, wie er zum Auto gekommen war. Und weil ihm wieder zurück im Hotel sein unprofessionelles Verhalten im Garten des Winzers so peinlich gewesen war und er immer noch so ein komisches Fellwachstumsgefühl in den Armen gehabt hatte, hatte er gegen fünf dann noch erst zur Nervenberuhigung ein Pils vor dem Laptop und später vor dem Klavierkonzert im Fernsehen noch die beiden Obstler und das ganze Fläschchen Spätburgunder aus der Minibar richtiggehend hinuntergestürzt. Daraufhin war ihm schlecht geworden. Gegen halb sieben hatte er sich endlich so weit beruhigt gehabt, dass er in seinem Hotelbett eingenickt war. Er hatte schreckliche Albträume gehabt, von einem wilden Flug auf einem Hexenbesen gemeinsam mit einem Igel und von einem Monster, das er vor Sandhaas' Schuppen mit dem Bolzenschneider in Stücke geschnitten hatte. Er erschauderte und drehte sich zur Seite, weil der Traum mit dem Monster so verdammt realistisch gewesen war. Da er immer noch nicht fit war und vermutlich noch einiges an Restalkohol intus hatte, versuchte er, noch ein wenig zu dösen. Als er merkte, dass das zwecklos war, setzte er sich auf. Das grauenhafte Gefühl, mit dem er gestern Abend eingeschlafen war, kam in Wellen zurück. Verdammt, was war er für ein Idiot. Was hatte er sich bei der ganzen Aktion gedacht? Wenn ihn jemand dabei gesehen hatte, wie er die Tür eines Schuppens mit einem Bolzenschneider aufgebrochen hatte, wäre das wahrscheinlich das Ende seiner Detektivtätigkeit. Natürlich brauchte er dringend Geld und endlich mal wieder Erfolge, und natürlich hatte er Louise helfen wollen, aber er war eindeutig zu weit gegangen. Er zwang sich, ein paarmal tief und ruhig durchzuatmen. Genauso, wie er es immer vor Boxkämpfen gemacht hatte. Konzentration. Innere Mitte. Er musste verdammt nochmal wieder runterkommen. Denn dass er hier in seinem Hotelzimmer war und nicht in einer Polizeizelle, bedeutete doch mit ziemlicher Sicherheit, dass ihn niemand bei Sandhaas gesehen hatte. Und wegen einem aufgebrochenen Schloss in einem Gartenschuppen, einer Lappalie, würden die auch nicht ernsthaft nach ihm suchen. Die Sache würde also vermutlich keine Konsequenzen für ihn haben. Er atmete erneut ein paarmal tief durch, wurde langsam ruhiger. Sein Kopf schmerzte, aber immerhin fühlten sich seine Hände wieder vollkommen normal an. Er würde gleich eine Aspirin nehmen und dann nie wieder über diesen Albtraum nachdenken. Blöd war natürlich, dass er Louise nachher erzählen musste, dass er nichts gefunden hatte in dem Schuppen, nicht mal ihre Kette. Für eine Sekunde hatte er das ungute Gefühl, dass er wegen der Ablenkung durch die pelzigen Hände vielleicht nicht genau genug gesucht und etwas Relevantes übersehen hatte. Aber dann wurde ihm klar, dass da einfach nichts Auffälliges gewesen war. Je länger er über die Geschichte nachdachte, desto weniger verstand er, weswegen ihn seine Klientin zu Sandhaas geschickt hatte. Ein Gläubiger, der ihn verprügeln wollte, war offensichtlich nicht der Grund gewesen. Etwas Bedrohliches oder irgendwelche Beweismittel waren auch nicht in dem Gartenschuppen gewesen. Und die Halskette … Er fuhr sich mit der Hand über die Bartstoppeln. War es vorstellbar, dass seine Klientin ihn nur wegen der Halskette dort hingeschickt hatte? Weil sie diesen Talisman zurückhaben wollte? Und die Sache mit der Falltür und den seltsamen Werkzeugen hatte sie ihm einfach deshalb erzählt, damit er auch um jeden Preis in den Schuppen hineinging? Er streckte sich ein wenig. Gehörte die Kette ihr vielleicht gar nicht? Verdammt, das war leider eine naheliegende Möglichkeit. Hatte sie etwa gewollt, dass er sie suchte und für sie bei Sandhaas stahl? War sie so wertvoll, dass man dafür zweitausend Euro extra bot? Auch das erschien ihm nach längerem Nachdenken nicht realistisch. Denn warum hätte seine Klientin in diesem Fall dafür bezahlen sollen, dass er eine Woche lang einen Winzer beschattete? Und ganz abgesehen davon: Wer würde denn eine wertvolle Halskette in einem Schuppen aufbewahren? Auf der anderen Seite: Was für ein Grund war denn sonst noch vorstellbar? Es ging um einen verdammten *Gartenschuppen*. Hatte Louise lediglich gewollt, dass er das Schloss aufbrach? Vielleicht, um Sandhaas zu erschrecken? Henry angelte sich sein Handy vom Bettschränkchen. Er würde die Frau einfach fragen. Er musste sowieso mal mit ihr reden, wie lange dieser Ermittlungsauftrag noch dauern sollte. Langsam würde er gerne wieder nach Stuttgart zurückkehren, wenigstens für ein paar Tage. Dieses Landleben war nichts für ihn. Zumal er immer noch nicht den geringsten Beweis gegen Sandhaas gefunden hatte. Vielleicht konnte er heute für einen Tag heimfahren, seine Sachen waschen und mal wieder ein wenig echten Stuttgarter Feinstaub inhalieren. Er wählte Louise Münz' Nummer. Eine automatische Stimme sagte: »Der Teilnehmer ist nicht zu erreichen«. Da er das Handy schon in der Hand hatte, sah er gleich noch seine WhatsApp-Nachrichten durch. Achim fragte an, ob er am Nachmittag bei einer kleinen Probe von *Dieselskandal* wegen des Wettbewerbs im Herbst aushelfen wolle. Henry beschloss, dass er das ganz und gar nicht wollte und zur Sicherheit lieber doch den Tag in der Ortenau blieb. Er schrieb zurück, er würde furchtbar gerne, hätte aber immer noch einen wichtigen Ermittlungsauftrag im Rheintal. Danach tappte er schwerfällig unter die Dusche. In seinem Kopf pochte es. Der Spätburgunder hätte definitiv nicht mehr sein müssen.

Im Hotel roch es wunderbar nach gebratenem Fleisch und Pilzen. Henry ging ins Restaurant und gönnte sich zum Frühstück ein Rehmedaillon mit Pfifferlingen, eine große Apfelsaftschorle und als Nachtisch einen vierfachen Espresso. Danach war er so weit wiederhergestellt, dass er voller Tatendrang zur Rezeption schlenderte. Wenn er schon einen stinklangweiligen Sonntag auf dem Land verbringen musste, dann wenigstens richtig. Er ließ seinen Blick über die ausgelegten Prospekte gleiten. Fußballgolf in Neuried klang gar nicht schlecht. Das Stegermatt-Freizeitbad auch nicht. Oder sollte er mal durch die Weinberge zu diesem Schloss Staufenberg wandern, von dem aus man angeblich einen schönen Blick über die Ortenau hatte? Wobei, das hört sich schon wieder nach einer Überdosis Natur an, die Nacht im Garten hatte ihm gereicht. Er würde fragen, welche Empfehlungen …

»Haben Sie es schon gehört?«, fragte ihn die Dame an der Rezeption, noch ehe Henry den Mund aufgemacht hatte. »Eine Katastrophe ist das.«

»Was denn?«, fragte Henry und sah von den Prospekten auf. Er konnte sich auch überlegen, nach Frankreich rüberzufahren und …

»So was gab es hier noch nie.« Die Dame beugte sich verschwörerisch über den Tresen. »Einer unserer Winzer wurde letzte Nacht ermordet. Ganz in der Nähe. Man hat ihn in seinem Gartenschuppen gefunden.« Henry wurde es ein wenig schwummrig. Natürlich wäre das ein zu großer Zufall, und natürlich würde die Dame gleich den Namen eines anderen Winzers nennen, aber …

»Wer?«, fragte er.

»Sie sind ja ganz blass, Herr Marbach«, sagte die Frau. »Ging mir genauso, als ich davon gehört habe. Mord. Hier bei uns in Durbach. Die Ehefrau soll es gewesen sein. Aber …«

»Nein, ich meine, wer wurde ermordet?«

»Eigentlich habe ich der Siglinde versprochen, dass ich es niemandem sage, aber der Joseph Sandhaas war das Opfer. Sie haben mich doch neulich noch nach seinem Weingut gefragt. Weingut Sandhaas, erinnern Sie sich?«

Ein Adrenalinstoß schoss durch Henrys Körper, und er musste ein paar Mal schlucken, weil ihm fast die Rehmedaillons wieder hochkamen. Möglichst cool legte er seine Hand auf den Tresen. Atmete tief ein und aus. »Ach, stimmt ja«, sagte er, so fest es ging. »Ich …« Ihm fiel auf einmal diese verdammte Geschichte nicht mehr ein, die er beim letzten Mal erzählt hatte, warum er sich für das Weingut interessierte. »Sollen gute Weine sein«, brachte er heraus. Er war in der Nacht dort gewesen. Sein Blut war in

Sandhaas' Schuppen. Seine Fingerabdrücke überall. Und er hatte das Schloss aufgebrochen. Wenn der Winzer wirklich dort ermordet worden war …

»Spitzenweine«, bekräftigte die Dame.

»Was?«

»Na, die Weine vom Sandhaas.«

Henry brachte lediglich ein Nicken zustande.

»Bei der Statue da oben am Weinberg wurde in der Nacht ein verdächtiger Fremder gesehen. Er soll voller Mordlust durch die Weinberge geschlichen sein. Mit einem *Bolzenschneider*«, fügte die Frau nun flüsternd hinzu, und Henry wurde beinahe schwarz vor Augen.

»Das könnte doch nur ein Tourist gewesen sein, der sich zu der Statue verirrt hatte«, murmelte er. Sein Mund war staubtrocken.

»Wofür braucht ein Tourist einen Bolzenschneider, sagen Sie mir das mal?« Sie runzelte die Stirn. »Außerdem kann man sich da gar nicht verirren, die Straße ist ganz in der Nähe. Und mitten in der Nacht da was anschauen? Niemals. Die Gegend da heißt nicht umsonst Stechmückengütle.« Sie musterte Henry mit einem Blick, der ihm gar nicht gefiel. »Sie haben ja auch ziemlich viele Stiche abgekriegt«, bemerkte sie schließlich.

»Ich war gestern …«, er suchte mit den Augen erneut unauffällig die Prospekte ab, »an einem Altrheinarm«, log er, obwohl ihm fast die Stimme versagte. Am Wasser gab es immer jede Menge Mücken, so viel stand fest. »Grandioser Weg. Ich hatte nur den Mückenschutz vergessen.« Er versuchte sich an einem charmanten Lächeln, das ihm hoffentlich gelang.

»Ach, wo denn?«, fragte sie interessiert.

»In …« Verdammt, woher sollte er denn wissen, wo es hier verdammte Altrheinarme gab, er wusste ja nicht mal genau, was das war. Und die Schrift auf diesem Prospekt war so klein, dass er sie von hier nicht lesen konnte. »Also ich bin Richtung Freiburg gefahren«, stieß er hervor und hoffte, dass diese Altrheinarme nicht Richtung Karlsruhe lagen, »wie genau das hieß …«

»Ha joo, dann war es bestimmt Taubergießen.«

»Genau, Taubergießen, Sie haben vollkommen recht.«

»Die Polizei glaubt, dass die Conny einen Auftragsmörder engagiert hat, um ihren Joseph endlich loszuwerden.« Die Dame von der Rezeption nickte Henry verschwörerisch zu. »Ich habe da vollstes Verständnis dafür, so ist es nicht. Sollten viel mehr Frauen machen, dann wäre die Welt ein friedlicherer Ort. Männer.« Sie machte eine wegwerfende Handbewegung. »Aber dass sie ihn gleich mit einem Bolzenschneider zerteilen lässt … Glauben Sie, der Mörder hat das bei lebendigem Leib gemacht? Oder hat er nur die Leiche zerkleinert?«

Henry sagte nichts, weil ihm plötzlich sein Traum wieder einfiel. Als er das Monster zerschnitten hatte. Was, wenn das gar kein Traum gewesen war? Wenn er den Winzer im Mückenschutzrausch mit dem Bolzenschneider … Er schmeckte Magensäure auf der Zunge, schluckte ein paar Mal panisch. Schwankte.

»Aber ich babble hier so viel, was wollten Sie denn eigentlich?«, fragte die Frau.

»Bitte?«, stöhnte er.

»Na, Sie sind doch gerade zu mir gekommen.«

»Ach so, ich … ich wollte einen Tipp für einen Ausflug.«

Und während die Frau von den sonnigen Ausflugszielen der Ortenau schwärmte, dachte Henry an mit einem Bolzenschneider tranchierte Leichen, Vernehmungen und düstere U-Haft-Zellen.

Als er schweißgebadet die Schlüsselkarte an seine Zimmertür hielt, kam seine Erinnerung an die fehlende halbe Stunde in der Nacht schlagartig zurück, immer noch bruchstückhaft zwar, aber dennoch wurde er vor Erleichterung fast ohnmächtig. Er hatte niemanden mit einem Bolzenschneider getötet, jedenfalls keinen Menschen. Und auch kein Tier. Es war ein Busch gewesen, den er in seinem Rausch offenbar für ein Monster gehalten und zerschnitten hatte. Die Fangarme waren Äste gewesen. Gott sei Dank, Gott sei Dank. Er stützte sich an der Wand ab, schwarze Punkte tanzten vor seinen Augen. Es gelang ihm schließlich mit zitternden Händen, die Tür zu öffnen, und er wankte ins Zimmer. Keuchte, weil eine neue Panikwelle ihn überspülte. Auch wenn er kein Mörder war, Fremde mit Bolzenschneidern, die an Mordtatorten Schlösser aufbrachen, standen mit Sicherheit ganz oben auf der Fahndungsliste. Sollte er sich bei der Polizei melden? Aber dann müsste er zugeben, dass er zufällig in der Nacht Sandhaas' Schuppen aufgebrochen und sich wegen eines hustenden Tiers an der Kiste verletzt hatte. Das Gespräch konnte er sich lebhaft vorstellen. »Hey, mit dem Mord habe ich aber nichts zu tun, da bin ich vollkommen unschuldig. Ich habe nur die Halskette einer Klientin gesucht.« Das würden die ihm niemals glauben. Niemals. Er stürmte ins Bad und suchte seine Sachen zusammen. Plötzlich schoss ihm ein weiterer, ebenfalls ausgesprochen beunruhigender Gedanke durch den Kopf. Wo zum Teufel war eigentlich der verdammte Bolzenschneider? Hatte er den nach seinem Ausflug wieder in den Kofferraum gelegt? Er konnte sich nicht mehr daran erinnern. Und falls sein Bolzenschneider mit seinen Fingerabdrücken in einen Mord verwickelt war … Darüber durfte er nicht mal nachdenken. Er warf panisch seine Kleider in seine Tasche. Er kannte das Justizsystem. Er hatte verdammt nochmal lange genug dafür gearbeitet. Wenn man in die Mühle einmal hineingeriet, dann kam man so einfach nicht wieder hinaus. Es spielte keine Rolle, ob man unschuldig war. Wenn die Polizei glaubte, man sei schuldig und die entsprechenden Beweise vorlegte, dann überzeugte das den Staatsanwalt, und wenn der Anklage erhob, dann überzeugte das meistens auch die Richter. Die ganze Zeit über saß man bereits in U-Haft. Man konnte gar nicht so schnell schauen, da war man schon verurteilt. Und bis irgendein überlastetes höchstes Gericht das Urteil dann vielleicht aufhob, waren zwanzig Jahre ins Land gegangen, und man bekam bestenfalls noch eine piefige Entschädigung für ein Leben im Knast. Wenn überhaupt. Ihm wurde eng in der Brust, er musste sich kurz aufs Bett legen. Als sich der Schrank nicht mehr vor seinen Augen drehte, sagte er sich, dass bislang kein Mensch wusste, dass er in der Nacht in Sandhaas' Schuppen gewesen war. Sonst wären die schon hier. Wenn es hart auf hart kam, konnte Louise zudem seine Geschichte bestätigen und … Mit einem Ruck setzte er sich auf. Wie hatte er so bescheuert sein können! Louise. Es war kaum vorstellbar, aber das Ganze konnte eigentlich kein Zufall sein. Louise musste mit der Geschichte zu tun haben. Nein, nicht nur das, Louise musste die Mörderin sein! Der Mord musste der Grund gewesen sein, warum sie unbedingt gewollt hatte, dass er in diesen Schuppen ging! Damit er dort seine Spuren hinterließ. Damit er der Hauptverdächtige wurde! Sie hatte ihm extra Dinge aufgetragen, bei denen er möglichst viel anfassen musste. Er schürzte die Lippen. Aber konnte es wirklich sein, dass diese Frau, die er so nett fand, so etwas tat? Erneut versuchte er, seine Klientin anzurufen. »Der Teilnehmer ist nicht zu erreichen.« Sein Puls stieg in einen ungesunden Bereich. Er schloss seine Tasche. Wie auch immer. Er musste ruhig bleiben. Sich auf die innere Mitte konzentrieren. Er wählte Achims Durchwahlnummer in der Kanzlei und dann seine Handynummer. Niemand meldete sich. Seine Hände waren ganz zittrig. Tief durchatmen. Als Erstes würde er jetzt sein Smartphone ausschalten, damit niemand ihn orten konnte. Dann würde er auschecken und nach Stuttgart zurückkehren, auf der Fahrt eine Telefonzelle suchen, Achim noch einmal anrufen und nach seinem anwaltlichen Rat fragen. Und danach würde er nach Bad Cannstatt fahren. Er würde seine Klientin vernehmen und, wenn sich herausstellte, dass sie bei diesem Mord ihre Finger im Spiel hatte, ihr anständig die verdammten Leviten lesen, bevor er sie der Polizei aushändigte! Er stieß zischend Luft aus. Wenn sie überhaupt in Bad Cannstatt wohnte. Denn er hatte das bedauerlicherweise nie überprüft. Weil er sie toll gefunden hatte, weil sie anstandslos bezahlt hatte und weil er so froh gewesen war, endlich wieder einen neuen Fall zu haben, hatte er jede detektivische Vorsicht außer Acht gelassen!

Als er endlich im Porsche saß, war er so aufgeregt, dass er sich kaum auf den Weg konzentrieren konnte, und er bog so oft falsch ab, dass sein Navi sich schon heiser anhörte vom vielen »Bitte wenden«. Auf einmal war er mitten in Offenburg, das lag in der verdammt falschen Richtung, und er zwang sich zu angepasstem Fahren, während er durch kleine Straßen gurkte. Er musste um jeden Preis mit Achim sprechen. Bei Achim konnte er untertauchen, und Achim als Anwalt konnte für ihn herausfinden, was in Durbach genau passiert war. Ob die Polizei ihn suchte und was es sonst noch für Verdächtige gab. Achim konnte Akteneinsicht beantragen. Was vor allem auch deshalb wichtig war, weil sich dieser verdammte Bolzenschneider tatsächlich nicht mehr in seinem Kofferraum befunden hatte, als er gerade eben in der Tiefgarage des Hotels nachgeschaut hatte. Und auch sonst nirgends im Auto. Wo war das verdammte Ding? Untersuchte die Polizei es gerade auf Fingerabdrücke und DNA? Weil es eine Mordwaffe war? Sein Herz begann zu rasen, und er musste für einen Moment am Straßenrand anhalten, bis sein rechtes Bein nicht mehr zitterte und er wieder Gas geben konnte. Als sich zwei Laster hinter ihm stauten, fuhr er schließlich weiter. In einer schmalen Straße entdeckte er die Einfahrt zu einem mit einer kleinen Buchsbaumhecke umzäunten Parkplatz und rollte hinein. Kurz saß er einfach nur da, das Lenkrad mit beiden Händen umklammert. Sein ganzer Körper wurde von Panik durchflutet. Er durfte nicht lebenslang ins Gefängnis gehen für eine Tat, die er nicht begangen hatte! Aber es sah schlecht aus für ihn, richtig schlecht, und er wusste nicht, was er tun sollte. Er legte die Stirn für eine Sekunde auf seine Hände. Er würde das Risiko eingehen und sein Handy noch ein einziges Mal anschalten, ob sie ihn nun orteten oder nicht. Er holte es aus dem Handschuhfach, in das er es hineingeworfen hatte. Ließ es hochfahren. Kein Empfang. Knurrend stieg er aus dem Auto aus. Es war ein heißer Tag, und er ging ein paar Meter von seinem Porsche weg und die kleine Straße hoch. Hier gab es Schatten und Empfang. Seine Hände waren so unruhig, dass er drei Versuche brauchte, bis er das Telefon entsperrt hatte. Endlich hatte er Achim im Adressbuch gefunden und auf die Durchwahlnummer in der Kanzlei getippt. Niemand nahm ab. Es war Sonntag, verdammt, das hätte er sich auch denken können. Zumal Achim ihm doch geschrieben hatte, dass er heute bei einer *Dieselskandal*-Probe war. Henry legte auf, ihm war heiß und kalt, er musste unbedingt seinen Anwaltsfreund ... Er tippte auf Achims Handynummer. Hörte es klingeln, dann meldete sich Achim, der sehr gestresst klang, mit einem »Henry, isch's was Wichtiges?«. Im Hintergrund war das Kreischen von Musikinstrumenten zu hören. »Oder kannsch du später nochmal anrufen? Ich habe gerade keine Hand frei, um ...«

Es knallte, und mit einem Tuten war die Verbindung unterbrochen. Offenbar war Achim das gottverdammte Telefon heruntergefallen. Henry wollte erneut anrufen, als er die drei Polizeiautos mit Blaulicht auf den Parkplatz fahren sah. Mit quietschenden Reifen blieben sie direkt neben seinem Porsche stehen.

Kapitel 8

Nach ihrem Telefonat mit Conny Sandhaas rief Suzanne Paul auf dem Handy an, aber er nahm nicht ab. Emil hingegen war hocherfreut, als Suzanne ihn fragte, ob er nicht Lust hätte, am Nachmittag einen Eiskaffee mit ihr zu trinken. Die Zeit bis dahin wollte sie mit Recherchen verbringen. Hoffentlich gelang es ihr, ihre Klientin zu entlasten! Glücklicherweise kannte sie einige Leute in Durbach, da sie vor Jahren eine Zeit dort gewohnt hatte, und als Erstes klingelte sie bei einer guten Freundin, Sarah, durch.

»Aber klar weiß ich, dass Sandhaas tot ist«, sagte Sarah, nachdem Suzanne danach gefragt hatte. »Das ganze Dorf redet über nichts anderes. Der Mörder ist wohl auch schon bekannt. In der Nacht soll ein muskulöser Fremder im Anzug mit einem Bolzenschneider an der Statue des Weinheiligen aufgetaucht und später in Richtung von Sandhaas' Grundstück gelaufen sein. Mein Mann nennt ihn den Gentleman-Adonis.«

Ein alternativer Tatverdächtiger war ein richtig guter Anfang!

»Ich nemme aa, der Fremde do war ain Liebhaber von der Conny Sandhaas, der ihren Gatten aus Aifersucht hingemetzelt hat«, vernahm Suzanne den Mann ihrer Freundin aus dem Hintergrund. Sie drückte ihr Handy ans Ohr und hörte gespannt zu, während sie zur Ziegenweide hinüberging.

»Das mit dem eifersüchtigen Liebhaber denken hier viele«, fuhr Sarah fort. »Ich weiß nicht, was ich davon halten soll. Ich kann mir vorstellen, dass die Conny einen Liebhaber hatte, aber dass das so einer war, der den Joseph gleich niedergemetzelt hätte, fällt mir schwer zu glauben. Zumal sie ja bereits in Scheidung gelebt hat. Aber das andere Gerücht, dass der Fremde nämlich ein Auftragsmörder gewesen sein soll, den die Conny engagiert hat, halte ich für noch viel unglaubwürdiger. Ich denke, der Fremde hatte nichts mit Conny zu tun.«

Suzanne hatte die Ziegenweide erreicht, und Lotte und Robby kamen neugierig an den Zaun und beschnüffelten ihre Hand. Sie kraulte ihre Köpfchen. »Wer hat den Fremden denn gesehen?«, fragte sie.

»Ragnar Iggy«, bekannte Sarah. »Und er hat nicht nur den Fremden gesehen, sondern gleich noch einen Engel dazu.«

Suzanne runzelte die Stirn. Das relativierte die aufregende Neuigkeit etwas.

Ragnar Iggy war ein Bekannter von ihr, den sie vor Jahren bei einer Party kennengelernt hatte und der nach eigenen Worten wegen der »dort herrschenden Verbindung zum Jenseits« in einem Holzverschlag in der Nähe der Statue des Weinheiligen in Durbach lebte. Er hieß eigentlich Raginald Igler und hatte früher Pharmazie studiert. Frei nach dem Grundsatz »probieren geht über studieren« hatte er voller Elan alles getestet, was auch nur entfernt einen Rausch versprach, und während eines Trips durch ein Herzmedikament war ihm klar geworden, dass er eigentlich ein Schamane war. Seither vermittelte er seinen zahlreichen Kunden den Zugang zur Geisterwelt mittels psychedelischer Pilze. Ragnar Iggys *Gateway to the spirit world Magic Mushroom Mix* war in der ganzen Ortenau bekannt, das wusste Suzanne, vor allem deshalb, weil Ragnar dem Mix selbst gerne und oft zusprach und sich bei diversen Gerichtsverfahren wegen Drogenhandels immer vor versammelter Presse mit der Religionsfreiheit verteidigte und später in der Verhandlung Paul und alle anderen Staatsanwälte durch verrückte Argumentationsketten zur Weißglut trieb. Nichts gegen Ragnar Iggy, aber wenn er einen muskulösen Liebhaber von Conny Sandhaas mit einem Bolzenschneider und einen Engel gesehen hatte, dann war das mit Vorsicht zu genießen.

Trotzdem fuhr Suzanne nach dem Telefongespräch in ihrem Renault Richtung Durbach, um mit ihrem Bekannten zu reden. Sie ging den kleinen Weg hinauf bis zu der Wiese, auf der die Statue des Weinheiligen über den Weinberg wachte. Dunkellila Trauben hingen an den Reben. Unterhalb des Weinbergs lag das Haus der Sandhaas', und sie konnte einige Gestalten in Schutzanzügen, wohl Forensiker, im Garten erkennen. Sie schüttelte sich und ging über die Wiese. Die Sonne strahlte vom Himmel, und die warme Luft roch nach Heu und bereits ein wenig herbstlich nach trockenen Blättern. Ein leichter Wind bewegte die Zweige der Bäume in dem Wäldchen hinter der Wiese. Sie ging am Waldrand entlang, kam an dem alten gemauerten Brunnen vorbei, der schon lange nicht mehr benutzt wurde und mit einer Platte verschlossen war, und an einer uralten Eiche. Die kleine Holzhütte stand versteckt hinter einer Gruppe Büsche. Die Tür stand sperrangelweit offen. Sie klopfte trotzdem an und warf einen Blick ins Innere. Ragnar Iggy war nicht daheim. Die alte Matratze, die fast die ganze Kammer ausfüllte, war bis auf einen zusammengeknüllten Schlafsack leer. Es roch nach Kräutern, Rauch und altem Holz. Ein selbstgebautes Regal aus Pappkartons war umgestürzt, sein Inhalt über den Fußboden ausgekippt. Töpfe, Kleider, zerlesene Bücher und vollgekritzelte Notizblätter lagen auf den Boden verstreut. In einer Ecke standen große Schraubgläser und Kisten mit dubiosem Inhalt, wahrscheinlich Zutaten für den *Mushroom Mix*. Zwei Gläser waren zerbrochen. Das Chaos war selbst für Ragnars Verhältnisse extrem. Ein ungutes Gefühl kroch Suzannes Wirbelsäule hinauf. Was, wenn Ragnar Iggy wider Erwarten tatsächlich etwas Relevantes beobachtet hatte? Und der

Fremde mit dem Bolzenschneider zurückgekommen war, ihn umgebracht und seine Hütte durchsucht ... Unsinn. Ragnar Iggy war nicht tot. Er war unterwegs. Sonst hätte er ja nicht überall von seinen Erlebnissen der letzten Nacht erzählen können. Und weshalb hätte ein Mörder Ragnar Iggys Hütte durchwühlen sollen? Es war viel wahrscheinlicher, dass Ragnar bei der Suche nach Geistern oder getrockneten Pilzen seine Hütte selbst durchsucht hatte. Suzanne ging ein Stück die Umgebung ab und setzte sich schließlich auf die aus einem Brett und zwei Steinen gebaute Bank vor dem Häuschen. Der Blick über die sanft geschwungenen Weinberge war atemberaubend. Hinter der Feuerstelle flatterten ein paar T-Shirts an einer Leine im Wind. Sie wartete eine halbe Stunde. Ihr Bekannter kam nicht nach Hause. In der Hütte fand sie ein Stück Papier und einen Stift und schrieb ihm, er möge sich bitte bei ihr melden.

In Durbach fragte sie einige Leute nach dem Schamanen, aber niemand wusste, wo er steckte. Überall im Ort kursierten allerdings die Gerüchte über den Fremden, mal hieß es, er sei mit, mal ohne Anzug von Ragnar gesehen worden, und während die einen meinten, er habe eine große Heckenschneideschere dabeigehabt, hielten die meisten die Schere für einen Bolzenschneider. Man wolle sich gar nicht ausmalen, was für eine »granademeßiche Sauerei« man mit so was veranstalten könne, wenn man damit jemand »unner die Erd« bringen wolle. Das hörte sich alles ziemlich schaurig an. Hoffentlich hatte ihre Klientin den Fremden nicht wirklich als Auftragsmörder engagiert.

Eine Bekannte, Karin, bei der Suzanne auch vorbeischaute, bot ihr einen Kaffee an, den sie an einem Tischchen im Schatten eines knorrigen Apfelbaums tranken. Die freundliche ältere Dame lebte schon ewig in Durbach und kannte Conny Sandhaas recht gut. Sie hielt es leider offenbar nicht für unmöglich, dass Conny die Schuld am Tod ihres Mannes trug.

»Wie kommst du darauf?«, hakte Suzanne nach und nahm sich einen der köstlichen Schokokekse von einem Teller.

»Weißt du«, antwortete Karin, »ich glaube, die Conny hat eine riesige Angst gehabt, dass sie das Weingut nicht behalten kann, wenn es zur Scheidung kommt. Weil der Joseph, der hat so seine Ansprüche gestellt. Wollte den ganzen Weinberg hinter dem Haus!«

Das klang nicht gut, weil es ihrer Klientin ein Motiv für den Mord gab, aber es war fraglich, ob es stimmte. Conny Sandhaas hatte Suzanne bei ihrer letzten Besprechung nämlich etwas ganz anderes erzählt. Dass sie einen Ehevertrag mit Joseph Sandhaas geschlossen hatte und dieser bei der baldigen Scheidung mehr oder weniger leer ausgegangen wäre. Kein Grund also, ihn zu töten. Trotzdem wurde Suzanne immer angespannter.

»Mit der Tötung des Hundes ist der Joseph zu weit gegangen«, fuhr Karin fort. »Kein Wunder, dass die Conny ausgetickt ist!« Sie nickte bekräftigend. Dann fügte sie hinzu: »Ich kenne Josephs Mörder!«

Suzanne fiel beinahe die Kaffeetasse auf den Tisch. »Was?«, fragte sie.

Karin lächelte. »Den muskulösen Fremden, weißt du? Jedenfalls glaube ich, dass der das sein muss. Ich habe vor ein paar Tagen mit ihm ein Lewwerkäs im Weggle gegessen, und er hat mich über Joseph Sandhaas ausgefragt! Herr Pforzheim oder Mannheim, irgendwas wie eine Stadt, ich kann mir blöderweise Namen so schlecht merken. Aber er hatte graumeliertes Haar, braune Augen, sehr muskulös und sehr höflich. Und er war hervorragend gekleidet. Wohlhabend sah er aus.«

Suzanne beugte sich über den Tisch. »Er hat dir nicht zufällig noch mehr über sich erzählt? Wo er wohnt, oder ob er sich hier ein Hotel genommen hat, zum Beispiel?«

Ihre Bekannte schien nachzudenken. »Nein, er hat eigentlich gar nichts Genaues erzählt, wenn ich so darüber nachdenke. Er war kein Badener, sondern Schwabe, das hat man gehört, obwohl er eigentlich keinen Dialekt gesprochen hat. Er hat behauptet, er sei ein Hotelier aus Stuttgart und suche einen neuen Weinhändler. Aber eines war klar: Ein Hotelier war der im Leben nicht, dieser Herr Wartburg. Er trug ein schickes Hemd, aber … Er hat eher wie ein Leistungssportler ausgesehen, mit all den Muskeln und den kräftigen Händen, verstehst du?« Sie holte tief Luft. »Oder wie ein Auftragsmörder. Und ich habe ein Lewwerkäsweggle mit ihm gegessen.« Sie klang wohlig schaudernd.

Nach dem Treffen musste Suzanne wie eine Verrückte nach Offenburg fahren, damit sie noch rechtzeitig zu ihrer Verabredung mit Emil kam. Sie war mit dem Gerichtsmediziner in der *Confiserie Gmeiner* verabredet, mitten in der Offenburger Innenstadt. In der Fußgängerzone flanierten an diesem schönen Sonntagnachmittag jede Menge Menschen. Suzanne liebte das bunte Gewimmel, in dem man an jeder Ecke jemanden traf und ein Schwätzchen halten konnte. Und sie liebte die Kuchen im Café *Gmeiner*. Sie bestellte ein riesiges Stück des köstlichen Käsekuchens mit viel Sahne, während Emil die Schwarzwälder Kirschtorte orderte. Es wurde ein richtig nettes Gespräch, nachdem sie kurz in die alten Muster zurückgefallen waren, die schließlich zu ihrer Trennung geführt hatten: Sie hatte Emil vom *Feinstaubfestival* erzählt (obwohl sie wusste, dass das für Emil nicht nur wegen des wundervollen Sängers Liam schon immer ein Reizthema gewesen war), und Emil hatte wieder diese Diskussion angefangen, wie schädlich Lärm für Bodentiere war, dass zum Beispiel Spinnen zwar taub waren, dass sie aber Tasthaare an den Vorderbeinen hatten, mit denen sie Schall spüren konnten. Diese Tasthaare, so hatte Emil doziert, würden durch zu laute Geräusche geschädigt, und es sei schon unverantwortlich, solche Musik wie Death Metal als Fan zu unterstützen, aber wenn man so was als Sänger produziere wie dieser Liam, dann habe man einen an der Waffel. Daraufhin hatte sie gesagt, bei der Musik von *Dieselskandal* fielen den Spinnen wahrscheinlich die Haare ab, aber die Band sei ein paar taube Spinnen wert, und außerdem hätten die Festivalbesucher mit ihren Lungen sicherlich einiges an Feinstaub aus der Luft des Geländes gefiltert, sodass die haarlosen Spinnen wenigstens mal wieder richtig hatten durchatmen können. Das hatte Emil gar nicht lustig gefunden, und sie hatten kurz gestritten. Aber dann war der Kuchen gekommen, und weil sich mit vollem Mund so schlecht stritt – einer der Gründe, die Suzanne dafür verantwortlich machte, dass das Leben in Baden so friedlich war –, hatten sie zuerst aufgegessen, sich dann entschuldigt und schließlich gemeinsam über ihren kindischen Streit gelacht. Auch wenn sie ihm keine Rechenschaft schuldig war, das nächste Mal, wenn Emil sie fragte, was sie gemacht hatte und sie beim *Feinstäuble* gewesen war, würde sie ihm erzählen, sie sei bei der E-Mobility-Messe gewesen, das schwor sie sich.

Emil war nicht ganz so gesprächig wie sonst, aber das Wichtigste über den Fall erfuhr Suzanne dann doch noch, als sie schon wieder auf dem Weg zum Auto waren: »Joseph Sandhaas ist in der letzten Nacht in seinen Schuppen gegangen, freiwillig oder vom Täter gezwungen. Dort wurde er mit einem Medikament, das er mit einem Gewürztraminer getrunken hat, betäubt. Danach hat der Täter ihn umgebracht. Und zwar nicht mit einem Bolzenschneider. Er hat ihn mit einem aus dem Stiel eines Apfelernters selbstgemachten Speer erstochen, dessen Spitze zusätzlich mit einem hochgiftigen Sud aus blauem Eisenhut präpariert wurde«, erzählte Emil ihr leise und begeistert. »Das Szenario erinnert an eine mittelalterliche Pfählung, so was habe ich in meiner ganzen Laufbahn als Rechtsmediziner noch nie gesehen!«

»Findest du es nicht eigenartig, dass der Täter ihm das Eisenhutgift nicht gleich zu trinken gegeben hat?«, fragte Suzanne. »Ich meine, wenn er ihm schon was Ungesundes in den Wein mischt und ihn sowieso umbringen will?«

Emil zuckte die Schultern. »Eine der vielen ungeklärten Fragen in diesem Fall. Möglicherweise kam es dem Täter nur auf das Szenario der Pfählung an, und er wollte verhindern, dass Sandhaas sich wehrt.« Er grinste. »Oder der Mörder war ein Weinkenner und wollte den guten Geschmack des Gewürztraminers nicht mit Eisenhut verderben. Weinschorle geht ja schon gar nicht, aber so eine Schorle mit Eisenhutsud, die schmeckt wahrscheinlich wie ein Bitter Lemon mit einer Prise Chili.« Emil schüttelte sich. »Bitter Lemon ist wirklich das widerlichste Getränk.«

»Das lag bei deiner letzten Party nicht an dem Bitter Lemon, dass du dich übergeben hast.«

»Doch, lag es.«

»Es waren die zehn selbstgemischten, braunen Drinks mit Wodka und Sojamilch. ›Sojakas‹ oder so.«

»›Wodsos‹. Wieso hast du eigentlich so negative Gefühle gegenüber Sojamilch? Weißt du, wie die meisten Kühe gehalten werden? Weißt du das?«

Da ihr ein Streit mit Emil am Tag genügte, ging Suzanne nicht weiter darauf ein. »Wisst ihr schon was über den Täter?«, fragte sie.

Emil schien auch nicht an einem Streit mit ihr interessiert zu sein, denn er meinte leutselig: »Noch nicht viel. Aber wir haben Blut im Schuppen gefunden und Fingerabdrücke.«

»Mann oder Frau?«

»Sind wir gerade dran. Es könnte ein Mann gewesen sein, ist aber noch nicht sicher.«

»Warum haben die dann meine Klientin verhaftet?«

»Weil es auch eine Frau gewesen sein könnte und wohl einiges für Conny Sandhaas als Täterin spricht. Aber da musst du mit unserem geschätzten Staatsanwalt Paul sprechen.« Er hatte einen ziemlich aggressiven Unterton, als er »geschätzten Staatsanwalt Paul« sagte.

»Und der Fremde mit dem Bolzenschneider?«

Emil schürzte die Lippen. »Keine Ahnung. Auch das fällt in Pauls Zuständigkeitsbereich. Ich weiß nur, dass außer deiner Klientin noch niemand verhaftet wurde.«

»Warum ersticht man jemanden und vergiftet ihn dann auch noch? Das ist doch der totale Overkill.« Suzanne schüttelte den Kopf, vor allem, weil ihr plötzlich klar wurde, dass sie das an irgendetwas erinnerte, sie wusste nur nicht, an was.

Emil zuckte die Schultern. »Sogenannte Übertötungen kamen in alten Zeiten häufiger vor, zum Beispiel bei den Kelten, aber auch im Mittelalter, und sie hatten oft kultische Bedeutung. Dafür, dass es hier um irgendein archaisches Ritual geht, könnte das Hexenbuch sprechen, das man neben dem Opfer gefunden hat. Und der Eisenhut.« Er räusperte sich. »Oder aber der Täter war einfach sehr wütend auf Sandhaas, und es hat ihm nicht genügt, ihn nur zu erstechen.« Eine Weile gingen sie schweigend nebeneinander her. »Hast du gewusst, dass der Blaue Eisenhut die giftigste Pflanze Europas ist?«, fragte er schließlich.

Suzanne schüttelte den Kopf. Sie versuchte immer noch, sich daran zu erinnern, woran sie das mit dem Gift und dem Pfählen erinnerte.

»Im Mittelalter und in der frühen Neuzeit war Eisenhut auch als Hexengift bekannt. Er war zum Beispiel in Hexensalben enthalten. Damit haben die sich eingerieben, weil sie dachten, dann könnten sie fliegen«, fuhr Emil schwärmerisch fort. Und dann folgte eine lange Aufzählung all der schlimmen Dinge, die Eisenhutgift im menschlichen Körper anstellte. »Manche ›Hexen‹ hatten dadurch sogar das Gefühl, als ob ihnen Katzenhaare wachsen würden«, beendete er schließlich seine Schilderung.

»Eisenhutessenz hört sich fast so grässlich an wie Sojamilch«, konnte Suzanne sich nicht verkneifen anzumerken, als sie ihr Auto erreicht hatten. »Und Sojamilch hat noch den Nachteil, dass sie nicht mal high macht.«

»Nicht, wenn der Kaffee, in den du sie reinschüttest, aus deiner Kaffeemaschine stammt«, erwiderte Emil. Und dann stritten sie doch noch halbherzig ein bisschen darüber, ob eine French Press oder eine Filterkaffeemaschine den besseren Kaffee herstellte.

Auf dem Heimweg fuhr Suzanne bei Paul vorbei, um unter dem Vorwand, ihm den Schlüssel für die Scheune zurückzubringen, mit ihm zu reden. Sie traf ihn nicht an und nahm den Schlüssel wieder mit.

Als sie zu Hause war, ging Suzanne, um ein wenig abzuschalten, in ihren historischen Weinkeller und befestigte die restlichen Lampen an der gewölbten Decke. Sie gaben ein indirektes, aber trotzdem helles Licht ab, das sah prima aus. Dann installierte sie die neue Kamera auf einem Stativ. Bald würde sie ihren wöchentlichen Detektivpodcast, der mittlerweile ziemlich viele Abonnenten hatte, von diesem ungewöhnlichen, aber sehr stilvollen Ort aus senden. Die Idee gefiel ihr immer noch genauso gut wie vor drei Wochen, als sie mit ihren Mitarbeitern über ungewöhnliche Werbemaßnahmen für die Detektei gebrainstormt hatte. Sie experimentierte noch ein wenig mit dem Licht, während sie nun doch über den Fall ihrer Klientin nachdachte. War der mysteriöse Fremde mit dem Bolzenschneider wirklich ein Auftragskiller? Und bedeutete die Tatsache, dass er noch nicht verhaftet worden war, dass man ihn noch nicht gefunden hatte? Oder dass er bereits als Täter ausgeschlossen worden war? Oder existierte er nur in Ragnars Fantasie, und Conny Sandhaas war die Mörderin?

Am frühen Abend schwamm Suzanne ein paar Runden in ihrem Pool und ließ sich von der Sonne trocknen. Sie liebte das Wasser. Es war so wundervoll, ein eigenes Schwimmbad zu haben. Schon allein deshalb, weil es hier niemanden gab, der sie im Vorbeigehen spöttisch musterte. In Stuttgart hatte sie in der U-Bahn zum *Feinstaubfestival* ein Mädchen sogar als »die moppelige Frau dahinten« bezeichnet. Nur weil sie, und das zum Glück, nicht so aussah wie Heidi Klum. Boah, da könnte sie sich schon wieder aufregen, da bekam sie Hunger. Sie wickelte sich in ein Handtuch, ging in ihre Küche und bereitete einen Flammkuchenteig zu, bestrich ihn extra dick mit Crème fraîche und belegte ihn mit Zwiebeln aus dem eigenen Garten und einem geräucherten Ziegenkäse, den sie selbst aus der Milch ihrer Ziegen hergestellt hatte. Keine Ahnung hatten diese Leute von echten Frauen oder von gutem Essen! Und wenn sie an diesen Sportkurs im Fitnesscenter letztes Jahr dachte, so was von geistlos, diese Zeit auf dem Stepper, da nahm sie lieber ein wenig Hüftgold in Kauf. Und viel war es ja bei Gott nicht. Suzanne schob den Flammkuchen in den heißen Ofen und füllte sich ein Glas mit dem ersten frischen Traubenmost des Jahres. Ein Genuss, auf den sich jeder hier seit Monaten freute. Nachdem sie das halbe Glas langsam getrunken hatte, fruchtige, perlende, säuerliche Süße, die nach sonnigem Herbst schmeckte, war sie wieder gut gelaunt, setzte sich an den Küchentisch und betrachtete ihren Flammkuchen durch die Ofentür. Draußen vor den offenen Fenstern zwitscherten die Vögel aus voller Kehle, und ab und zu war das leise »Määh« einer ihrer Ziegen zu hören. Die Luft duftete nach kross gebackenen Zwiebeln und den Wicken und dem Thymian vor dem Fenster. Irgendwie konnte sie sich Conny Sandhaas nicht als Speermörderin vorstellen. Ein Auto zerstören, ja, den Oleander zerschneiden, ja, aber einen Speer vergiften und jemanden damit pfählen? Eher nicht. Und ein Motiv konnte sie auch nicht erkennen. Sie hatte auf ihrem Tablet noch einmal ihre Aufzeichnungen der letzten Besprechung angeschaut, und tatsächlich hatte Conny Sandhaas ausführlich von ihrem Ehevertrag erzählt. Und die Sache mit dem getöteten Hund hatte ihre Klientin zwar sichtlich schockiert, aber sie war einige Zeit vor Joseph Sandhaas' Tod passiert, und außerdem hatte Conny Sandhaas schon bei ihrer damaligen Besprechung nicht so gewirkt, als wolle sie ihren Mann dafür pfählen. Sie war eher fassungslos darüber gewesen, dass Joseph Sandhaas zu so etwas in der Lage gewesen war, weil sie gedacht hatte, er habe den Hund geliebt. Suzanne fuhr sich durch die Haare. Oder redete sie sich hier etwas schön, weil sie nicht glauben wollte, dass Conny Sandhaas eine Mörderin war? Weil sie ihre Klientin war und ihr leidtat? Sie wirkte so enttäuscht von ihrer Ehe, die »noch nie das große Glück« gewesen und im Laufe der Jahre »einfach nur lieblos« geworden sei. Suzanne stockte. Plötzlich war ihr eingefallen, woher sie das mit dem Pfählen und dem Eisenhut kannte. Eine unglückliche Beziehung, ein Mann, der eine Frau verraten hatte und dafür gestorben war. *Die Legende von der Magd des Totengräbers*, die hatten sie in der Schule durchgenommen, aber das war so lange her, dass sie sich nicht mehr genau daran erinnerte. Konnte eine mittelalterliche Sage etwas mit einem Mord im 21. Jahrhundert zu tun haben? Hatte Conny Sandhaas ihren Mann vergiftet und gepfählt, weil er sie wegen irgendetwas verraten hatte? Suzanne schüttelte den Kopf. Nach wie vor konnte sie sich ihre Klientin nicht mit einem angespitzten Apfelernter in der Hand vorstellen. Schon gar nicht, wie sie eine Legende aus dem Mittelalter nachspielte.

Das Abendessen war mittlerweile fertig und roch köstlich. Suzanne lief das Wasser im Mund zusammen, und sie holte den Fladen aus dem Ofen, zerschnitt ihn in handliche Stücke und stellte ihn auf den Tisch. Keine Arbeit beim Essen. Die Legende von der Magd konnte sie später nachlesen. Das war sowieso nur eine Idee, die vermutlich zu nichts führen würde und wenn überhaupt nur ihre eigene Klientin belastete. Auf angenehmer Lautstärke schaltete sie das neue *Dieselskandal*-Album *Toxoplasmotic Trip* ein. Was gab es Besseres als Death Metal, einen Flammkuchen und Traubenmost? Sie pustete und knabberte dann ein Stück von dem knusprigen Fladen ab. Mit einem angenehmen Kribbeln im Bauch ließ sie für einen Augenblick noch einmal das *Feinstaubfestival* Revue passieren, spürte fast die vom Grölen der Fans und der lauten Musik vibrierende Luft. Sie wusste selbst nicht genau, was ihr an Death Metal eigentlich so gut gefiel, und musste den Kritikern im Grunde recht geben, es war laut und nicht besonders melodisch. Trotzdem konnte sie darin eintauchen und alles um sich herum vergessen. Wie bei einem guten Karamelleis mit Sahne. Und dann war da natürlich Liam, der Sänger von *Dieselskandal*. Was für eine Gesangsstimme! Was für ein Mann! Sie hatte sich zwar beim *Feinstaubfestival* wieder nicht getraut, ihn anzusprechen, aber sie hatte mittags am Nebentisch gestanden, als er gegrillte Maultaschen am Stand seines Managers gegessen hatte, so dicht, dass sie ihn fast hatte anfassen können. Und sie hatte endlich herausgefunden, wo die Musiker im Moment regelmäßig probten. Ein Studio in der Nähe von Ettlingen. Vielleicht würde sie da bald mal »zufällig« vor der Tür stehen, wenn die Proben zu Ende waren und die Musiker herauskamen. Mit dieser neuen, weit ausgeschnittenen Bluse, die sie in Offenburg gekauft hatte. Suzanne lächelte. Gestern vor dem Einschlafen, und das war ihr fast ein bisschen peinlich, hatte sie sich vorgestellt, dass Liam zu ihr auf den Hof kam und sie ihm alles zeigte. Ihre wunderbare Streuobstwiese. Ihre Ziegen. Ihren Pool und ihren Bauerngarten. Wie sie gemeinsam mit einem Glas Grauburgunder und ein paar Käsewürfeln bei Vollmond vor dem Haus saßen, sich wild küssten und sie ihm, dem Heimatlosen, eine Heimat bot. Sie würde ihm irgendwann gestehen, dass sie sein wohlgehütetes Geheimnis kannte, dass er sich aber auf sie verlassen konnte, weil sie für immer schweigen … Draußen vor dem Fenster bewegte sich etwas, und sie zuckte so zusammen, dass ihr ein Stück Flammkuchen auf die Hose fiel. Und dann sah sie plötzlich ein blasses, verzerrtes Gesicht, das durch die Fensterscheibe in ihre Küche starrte.

Kapitel 9

Seine Wohnung im Stuttgarter Westen lag dunkel und still da. Henry beobachtete sie lange vom gegenüberliegenden Hauseingang aus. Keine Polizei, offenbar waren die immer noch nicht auf ihn gekommen. Sein Mund wurde trocken, als er an das Polizeiaufgebot heute Mittag auf dem verdammten Parkplatz in Offenburg dachte. Er hatte erwartet, dass sein letztes Stündlein in Freiheit geschlagen habe. Bis er kapiert hatte, dass er seinen Porsche direkt vor dem Gebäude der Staatsanwaltschaft abgestellt hatte und die Bullen überhaupt nicht zu ihm, sondern in die Behörde gewollt hatten. Ihm war so was von die Düse gegangen, sogar jetzt, bei der bloßen Erinnerung, fing er an zu schwitzen. Leise löste er sich aus seinem Versteck, stieß klappernd beinahe das breite Kehrwochen-Schild an der Tür zu Boden und konnte es gerade noch auffangen. Mit zitternden Händen hängte er es wieder an den Nagel an der Wand und schlich über die Straße zur Tür des Hauses, in dem er lebte und arbeitete. Schloss auf, ging hinein, zog die Eingangstür leise zu und schlich zu seiner Wohnung. Zwei neue Umschläge, vermutlich Vollstreckungsbescheide, lagen vor der Tür. Er wollte gar nicht wissen, was ihn im Briefkasten erwartete, aber darum konnte er sich im Moment nicht kümmern. Er öffnete die Wohnungstür. Ein merkwürdiger Geruch kam ihm entgegen. Nach Chlor. Er blieb kurz stehen. Der Geruch schien aus seinem Büro zu kommen. Eigentlich hatte er im Dunkeln hineingehen wollen, aber jetzt schaltete er doch wenigstens seine Taschenlampe, die im Flur in einer seiner Detektivtaschen steckte, an. Hoffentlich stammte der Geruch nicht von etwas Explosivem! Er hatte mal in einer Fernsehzeitschrift gelesen, dass billige Druckerpatronen unter bestimmten Umweltbedingungen hochgehen konnten wie Bomben. Die Tür zu seinem Büro stand einen Spalt weit offen. Und alle anderen Zimmertüren auch. Dabei schloss er immer alle Türen. Henry fühlte ein unangenehmes Ziehen in den Schultern. War das die Polizei gewesen? Er sollte abhauen. Sofort. Aber er brauchte die Beweise aus seinem Büro. Vor allem den von seiner Klientin unterzeichneten Vertrag. Gegen jede Vernunft stieß er seine Bürotür ganz auf. Immerhin explodierte nichts, auch wenn der Chlorgeruch atemberaubend wurde. Er leuchtete mit der Taschenlampe hinein, rechnete fast damit, dass aus der Dunkelheit ehemalige Kollegen hervorspringen und ihn verhaften würden. Nichts geschah. Das Büro war menschenleer. Ein Rundgang durch den Rest der Wohnung bestätigte ihm, dass sich auch in den anderen Zimmern niemand befand. Er kehrte in sein Büro zurück und ging schnurstracks zu seinem Aktenschrank, obwohl der widerliche Gestank ihn in der Kehle kratzte. Der Schrank war aufgebrochen worden. Er konnte sich schon denken, welche Akte fehlte. Die Fächer waren leer genug, dass er auf den ersten Blick erkannte, dass seine Vermutung richtig war: Unter M lagen noch *Meierle* und *Mickel,* aber kein *Münz* mehr. Er schlug mit der Faust auf den Schrank. Verdammte Scheiße. Er ging zum Tresor, immerhin war es seiner Klientin nicht gelungen, diesen zu knacken und ihn auch noch um den Vorschuss zu prellen, den sie bereits bezahlt hatte. Er holte die restlichen achthundert Euro heraus, die dort noch lagen, steckte sie ein und leuchtete dann mit seiner Taschenlampe seinen teuren Schreibtisch ab. Und die Sitzgelegenheiten. Der Sessel, in dem Louise Münz gesessen hatte, stank besonders nach Chlor. Und er hatte merkwürdige Flecken. An den Armlehnen war die Oberfläche richtiggehend weggekratzt, das Leder sah rissig und kaputt aus. Langsam kapierte Henry, was passiert sein musste, auch weil ihm bewusst wurde, dass es manchmal ganz ähnlich in den Umkleidekabinen des Boxstudios, das seinem Vater gehört hatte, gerochen hatte. Nicht so penetrant, aber ähnlich. Louise hatte offenbar Chlorreiniger benutzt, um ihre Spuren zu beseitigen. Die Frau musste ein Monster sein. Zuerst schickte sie ihn unter einem Vorwand an den Tatort, brachte in der gleichen Nacht den Winzer um, und bevor oder nachdem sie Sandhaas getötet hatte, putzte sie noch eiskalt die Detektei. Und jetzt? Würde sie ihn als Nächstes töten? Vielleicht einen Selbstmord inszenieren, bei dem er in einem getippten Abschiedsbrief den Mord an dem Winzer gestand? Henrys Blick fiel auf den sauber ausgewischten Aschenbecher. Ihm fiel plötzlich etwas ein. Die Kippenstummel. Sie hatten doch zusammen geraucht. Damit konnte er zumindest beweisen, dass sie hier gewesen war! Wenn er Glück hatte, lagen die Stummel noch draußen vor der Tür. Der Gehweg wurde nur selten gekehrt, es bestand die Chance, dass sogar nach über einer Woche … Er stürmte nach draußen. Suchte fast eine halbe Stunde mit der Taschenlampe die Straße ab. Blitzsauber. Diese verdammten Schwaben mit ihrer verdammten Kehrwoche. Oder war Louise das gewesen? Auch das würde er ihr ohne Weiteres zutrauen. So, wie sie sein Büro zugerichtet hatte und die Tatsache, dass sie ihn an den Tatort geschickt hatte, deutete darauf hin, dass sie sich mit Forensik auskannte. Und sie hatte ihr Verbrechen offenbar genau geplant. Sollte er noch irgendwelche Zweifel gehabt haben, ob Louise an dem Mord beteiligt war, dann konnte er die jetzt getrost ad acta legen. Als im Nachbarhaus ein Fenster aufgestoßen wurde und eine Stimme fragte, was er um kurz vor Mitternacht eigentlich treibe, die Polizei sei informiert, überquerte Henry schnell die Straße und verschwand in der Dunkelheit. Über Nebenstraßen erreichte er den Feuersee, wo er seinen Porsche geparkt hatte, und machte sich auf den Weg nach Bad Cannstatt. Wenn seine Klientin wirklich dort wohnte, was er eigentlich nicht mehr glaubte, dann würde er all seine gute Erziehung über Bord werfen, seinen Handkantenschlag an ihrer Wohnungseinrichtung perfektionieren und sie verdammt nochmal ausquetschen, bis sie ihm die ganze Wahrheit erzählte. Dann würde er sie zur Polizei schleifen. Himmel, war er sauer auf die Frau.

Er erreichte das winzige Haus, in dem Louise angeblich wohnte. Nur drei Namen an drei Klingelschildern, und erstaunlicherweise stand tatsächlich *L. Münz* auf dem obersten Schild, handschriftlich auf einem Klebezettelchen. Die Eingangstür war so alt und klapprig, dass es nur wenige Minuten dauerte, bis Henry sie mit seiner AOK-Karte geöffnet hatte. Im Hausflur roch es nach Linsen mit Saitenwürstle und indischem Curry mit viel Knoblauch. Er ging die abgewetzten Holztreppen nach oben, bis in den dritten Stock. Auch hier ein Klebezettel-Schild, auf dem *Louise Münz* zu lesen war. Er wollte gerade klingeln, als seine Hand zurückzuckte. Erstaunt machte er einen Schritt rückwärts, fühlte sich, als habe man ihm mit der Faust gegen den Kopf geschlagen. Er schaute noch einmal genau hin, aber es war eindeutig. Die Wohnung war versiegelt, und zwar von der Kripo. Und aus seiner Zeit bei der Polizei wusste er ganz genau, was das zu bedeuten hatte: In dieser Wohnung war ein Gewaltverbrechen passiert. War Louise Münz eine Serienmörderin und hatte neben dem Winzer noch jemanden getötet, hier in ihrer Wohnung? Oder war sie am Ende überhaupt keine Mörderin, auch wenn sich die Puzzleteile so perfekt zusammengefügt hätten, sondern ebenfalls ein Opfer? Aber wie zum Henker passte er dann in dieses Spiel? Henry hatte das Gefühl, sich übergeben zu müssen, und hastete die Stufen nach unten und hinaus in die warme Nacht. In was für eine Scheiße war er da hineingeraten?

Kapitel 10

Nachdem Suzanne beinahe einen Herzinfarkt erlitten hatte, als der verschwunden geglaubte Ragnar Iggy in der Dunkelheit an ihre Scheibe geklopft hatte, hatte sie ihren Bekannten kurzentschlossen hereingebeten und ihren Flammkuchen und den Traubenmost mit ihm geteilt. Der Schamane war um die sechzig und ein netter und vollkommen entspannter Typ mit melancholischen Augen, mit dem man durchaus kluge Gespräche führen konnte. Heute allerdings nicht. Keine Ahnung, wie viel *Mushroom Mix* er eingeworfen hatte, aber er schien ziemlich durch den Wind zu sein. Ihre Fragen nach dem muskulösen Fremden und dem Engel beantwortete er nicht oder vollkommen wirr. Immer wieder verlor er den Faden, machte lange Pausen, schien vergessen zu haben, was er gerade hatte erzählen wollen. Seine langsamen, abgehackten Bewegungen glichen ein wenig denen eines Faultiers.

Nachdem sie gegessen hatten, hatte Suzanne ihn eigentlich hinauskomplimentieren und noch weiter in Ruhe das neue Album von *Dieselskandal* hören wollen. Aber Ragnar hatte sie überredet, noch bei ihr duschen zu dürfen, und später hatte sie dann wegen der guten alten Zeiten noch eine Flasche Wein aufgemacht. Beim vierten Glas sagte Ragnar Iggy plötzlich: »Du … bist doch die … Dings … von der … Deshalb bin ich … doch hier.«

Sie schaute von ihrem Glas auf. Sie hatte nicht richtig zugehört, weil sie an den Sänger Liam und ihre *Dieselskandal*-Fanpage, die sie vor ein paar Tagen an den Start gebracht hatte, gedacht hatte. »Was?«, fragte sie.

»Von ... der ...« Quälend lange schien er nach einem Wort zu suchen, schließlich brachte er »Conny« heraus.

»Conny Sandhaas?«, fragte sie und setzte sich aufrecht hin. »Was ist mit der?«

»Sie bringt mir ... manchmal ... Dings. Brägele.« Ragnar Iggy kramte eine Weile in seinem großen, zerfledderten Militärrucksack. Sie dachte schon, er habe vergessen, was er suche, als er eine goldene Kette mit einem Anhänger in einem zerknickten, durchsichtigen Plastikbeutel zutage förderte. Mit unerträglich langsamen Bewegungen reichte er ihr den Beutel. Dann griff er wieder zu seinem Glas, nahm einen Schluck.

»Wie ... ein Engel. Oder Geist. Weiße ... Kleider halt. Und Flügel. Bei mir ... oben. Vielleicht.« Er lachte und schaute eine Weile aus dem Fenster, als sei sie nicht mehr da.

Suzanne betrachtete das Schmuckstück durch die Plastikhülle, während *Dieselskandal* im Hintergrund growlte. Die dünne Goldkette sah antik aus und irgendwie südamerikanisch. Der Anhänger war eine apfelgroße, runde Metallscheibe, die mit seltsamen Formen verziert war und aus deren Mitte eine Fratze starrte. Eine Fratze, der die Zunge aus dem Maul hing. Vielleicht übergab sie sich auch gerade, das war schwer zu erkennen. Die Fratze erinnerte sie an die nachgemachten Aztekenfigürchen, die vor ein paar Jahren in Straßburg bei den Straßenhändlern sehr beliebt gewesen waren.

Es dauerte über eine Stunde, in der sie eine weitere Flasche Rotwein aufmachte, bis sie herausbekam, was Ragnar ihr erzählen wollte. Und auch wenn ihre Quelle mehr als unzuverlässig war, der Sache musste sie nachgehen! Anscheinend hatte ihr Bekannter am Abend des Mordes an Sandhaas wie immer in seiner Hütte in der Nähe der Statue des Weinheiligen geschlafen. Im Mondlicht habe er durch die Ritzen der Bretter verschwommen erst einen weiblichen

Engel gesehen (»Ich … bin mir … nicht sicher … Habe ich von … diesem wunderschönen … Wesen … nur geträumt? Ich … weiß nicht, ob es wirklich Flügel … gehabt hat … Aber geile Brüste … geile Brüste, in der Tat. Haben … Engel … Brüste?«) und, nachdem er die Hütte verlassen hatte, um den Engel zu suchen, einen muskulösen Mann (»Der hat … wie ein Hustenbonbon … oder so ähnlich gerochen«). Er habe, so erzählte er weiter, zunächst an einen Albtraum geglaubt, ausgelöst durch das große Stück eingelegten Fliegenpilz, das er eine Stunde vorher zu sich genommen hatte. Alles sei zwischendurch immer wieder vor seinen Augen in einem bunten Farbenmeer verschwommen. Aber am Morgen habe er sich seltsamerweise immer noch an einige Dinge erinnert, vor allem an den seltsamen Mann. Und als er gehört habe, dass Joseph gestorben sei und Conny des Mordes verdächtigt würde, sei ihm klar geworden, dass er vielleicht etwas Wichtiges beobachtet habe. Er wisse sogar wahrscheinlich noch das Autokennzeichen des Muskulösen. Das Auto sei ein schwarzer Porsche gewesen. Er diktierte Suzanne ein Kennzeichen, verbesserte sich, diktierte noch einmal. Suzanne, die zunächst von wildem Jagdfieber ergriffen worden war, hatte nach der zwölften Version wenig Hoffnung, dass sie nun wirklich das richtige Kennzeichen des Muskulösen auf dem Papier stehen hatte. Trotzdem, einen Versuch war es wert! Sie hatte sich noch bemüht, eine Personenbeschreibung aus Ragnar herauszuholen, aber außer, dass der Unbekannte »viele Muskeln und einen Bolzenschneider« gehabt und »bedrohlich« ausgesehen habe und der Engel ein »durchsichtig-verschwommenes Weiß an den Rändern« angenommen habe, das nicht von dieser Welt gewesen sein konnte, bevor ihm schwarz vor Augen geworden war, war nicht sonderlich viel zu erfahren. Immerhin hatte der Engel keinerlei Ähnlichkeit mit Conny Sandhaas gehabt, da war sich der Schamane sicher, auch wenn er das Gesicht des Engels nicht hatte erkennen können. Ragnar hatte ein Glas Wein auf ex getrunken und danach weitererzählt, er habe selbstverständlich alles der Polizei sagen wollen, aber er habe nicht gewusst, ob es mal wieder einen Haftbefehl gegen ihn gäbe, unrechtmäßig natürlich, denn als Priester sei er verpflichtet, Kontakt zu den Geistern aufzunehmen, und das gelänge ihm nun mal nur mit dem *Mushroom Mix*. An diesem Punkt war er ein wenig abgeschweift, aber schließlich hatte er auf die Plastiktüte mit der Kette gezeigt und weiter über die Nacht, in der Sandhaas gestorben war, berichtet. Da er wegen des möglichen Haftbefehls also nicht zu den Bullen gekonnt habe, sei er am nächsten Morgen selbst noch einmal zum Weinheiligen hoch. Ihm sei nämlich noch was eingefallen. Der Engel habe in der Nacht etwas an der Statue gemacht. Ihr eine Kette in die Hand gegeben. Vielleicht sei es auch der Hustenbonbon-Mann gewesen, da sei seine Erinnerung »mehrsträngig«. Er möge Conny Sandhaas sehr. Wie eine Mutter. Sie sei offen für die spirituellen Dinge. Wenn es im Winter zu kalt sei, erlaube sie ihm oft, bei ihr im Gästezimmer zu schlafen. Und weil er gehört habe, dass sie der Conny helfe und man die Bullen in den Gulli kippen könne, habe er ihr, Suzanne, die Kette bringen wollen. Ob er heute vielleicht in ihrem Gästezimmer schlafen könne? Er habe Angst vor diesem stinkenden Mann.

Suzanne ließ ihn bei sich übernachten. Obwohl sie den Inhaber des Autos frühestens am Morgen herausfinden konnte, lag sie noch lange mit dem Laptop wach in ihrem Bett, um zu recherchieren, was für eine Kette Ragnar an der Statue gefunden hatte. Schließlich landete sie bei Wikipedia einen Treffer: Der Anhänger war die Nachbildung des sogenannten Steins der Sonne, auch aztekischer Kalenderstein genannt. Was genau es mit dem Stein der Sonne auf sich gehabt hatte, war offenbar noch nicht geklärt, möglicherweise war das Original aber ein Opferstein gewesen. Gegebenenfalls einer, auf dem man Menschenopfer dargebracht hatte. Sie dachte lange nach. Wenn diese Kette etwas mit dem Mord zu tun hatte, und das war nicht sicher, konnte das bedeuten, dass Joseph Sandhaas aus Durbach geopfert worden war? Vielleicht von einem muskulösen Spinner mit einem Anzug und einem Bolzenschneider, der an aztekische Weltuntergangsgeschichten glaubte? Oder war das alles vielleicht ein satanischer Kult? Darauf könnte das mit dem Overkill hindeuten, von dem sie von Emil erfahren hatte. Und gab es den »Engel« wirklich, oder hatte Ragnar sich das nur eingebildet?

Am nächsten Morgen rief sie in aller Frühe bei Paul an.

»Ist Ragnar Iggy bei dir?«, unterbrach der Staatsanwalt sie gähnend, als sie ihm von der Kette an dem Weinheiligen erzählte. »Erinnere ihn bitte an seinen Gerichtstermin nächste Woche. Und wir würden gerne auch einmal persönlich mit ihm reden, wegen der Geschichte mit den ›Geistern‹, die er anscheinend bei der Statue des Weinheiligen gesehen haben will, wie uns jeder erzählt. Nicht, dass ich viel darauf geben würde. Der Typ ist ununterbrochen high.«

»Ragnar hat die Kette am Morgen nach dem Mord gefunden«, wiederholte Suzanne, »und ich hatte den Eindruck, dass seine Beobachtungen im Hinblick auf verdächtige Personen …«

»Meinst du verdächtige *Engel*?«

Suzanne sagte nichts.

Paul gähnte erneut. »Ich weiß nicht, ob Ragnar dir das auch erzählt hat, aber in letzter Zeit gab es ein paar Wohnungseinbruchdiebstähle, in die er verwickelt gewesen sein könnte. Es wurde einiges an Schmuck geklaut. Gut möglich, dass Ragnar selbst der *Engel* war, der sich die Kette gebracht hat.«

»Das glaube ich nicht.« Ihr Bekannter mochte den einen oder anderen Pilz konsumieren, aber sie kannte ihn und hielt ihn nicht für einen Einbrecher. Und seine Geschichte hatte sich nicht völlig unglaubwürdig angehört, trotz des eingelegten Fliegenpilzes und einiger …

»Die Kollegen von der Polizei werden die Kette nachher abholen. Im Plastikbeutel lassen und nicht anfassen!«, fügte Paul noch hinzu. »Sicher ist sicher. Hat er dir was Genaueres über den Fremden erzählt?«

»Muskulös und gutaussehend soll er gewesen sein, und einen Bolzenschneider soll er gehabt haben, viel mehr war es nicht. Ich …«

Paul unterbrach sie. »Warum warst du gestern Nachmittag bei mir zu Hause? Meine Freundin hat mir erzählt, du hättest geklingelt und nach mir gefragt.«

»Ich wollte dir den Schlüssel für die Scheune vorbeibringen.«

»Warum hast du ihn nicht vorbeigebracht?« Seine Stimme hatte schon wieder diesen knallharten Staatsanwaltsklang.

»Ich hatte ihn … zu Hause vergessen. Das habe ich erst bei dir vor der Tür bemerkt. Ich kann ihn dir heute Abend …«

»Das ist nicht notwendig. Gib ihn einfach nachher der Polizei mit, wenn die die Kette abholen. Dann kriege ich ihn schon.«

Mist. Damit war ihre Gelegenheit dahin, mit einer Flasche Wein zu Paul zu fahren und ihn auszuquetschen. Sie schüttelte den Kopf. Sie konnte die »Entschuldigungsweinflasche« auch ohne den Schlüssel vorbeibringen und …

»Suzanne«, schnarrte Paul, »ich weiß genau, warum du mich besuchen willst. Aber ich kann dir keine Details über den Fall erzählen, egal, wie viele Flaschen Wein du mir bringst. Und wenn ich dir einen guten Rat geben darf: Lass die Finger von dieser Mordsache!«

»Paul«, sagte sie, »ich kann mir nicht vorstellen, dass meine Klientin diesen Winzer getötet hat, und ich betrachte es als meine Aufgabe …«

»Conny Sandhaas hat sich wahrscheinlich nicht selbst

die Hände schmutzig gemacht«, unterbrach er sie. »Aber das heißt nicht, dass sie nicht hinter dem Ganzen steht, nicht wahr?«

»Das ist mir bewusst, nur …«

»Eigentlich darf ich nicht mit dir über den Fall reden, aber ich glaube, ich muss dir mal was ganz klar vor Augen führen: Joseph Sandhaas wurde mit einem angespitzten Apfelernter gepfählt. Das sieht mir nicht nach einem professionellen Killer aus, der nach der geschäftlichen Begegnung mit seinem Opfer ruhig den nächsten Flieger zurück nach Frankfurt nimmt, um sein Geld anzulegen. Das sieht mir nach jemandem aus, der *durchgedreht* ist. Solche Typen sind wirklich gefährlich.« Er räusperte sich. »Conny Sandhaas war eine bis dato unbescholtene Winzerin und hatte wohl keine Ahnung, wie und wo man in Kontakt mit Profikillern kommt, denke ich. Deshalb hat sie einen Laien mit dem Mord beauftragt, einen, den Gewalt so richtig heiß macht, und der …«

»Es ist genauso gut möglich, dass der Täter ohne Conny Sandhaas' Wissen gehandelt hat.«

»Vielleicht. Aber ich denke, sie hat ihn *beauftragt*.« Er schwieg kurz. »Wenn ich Conny Sandhaas wäre, ich würde Schadenersatz gegen diesen Killer geltend machen«, fügte er dann an.

»Wegen des Apfelernters?«, fragte Suzanne irritiert. So konnte wohl nur ein Jurist denken.

Paul lachte trocken. »Nein, wegen all der Spuren, die der Typ hinterlassen hat. Er hat unter anderem den halben Garten verwüstet. Hatte nach der Tat wohl noch nicht genug Aggressionen abgebaut. Er hat auf einen Busch eingedroschen und die Überreste mit dem Bolzenschneider richtiggehend zerfetzt. Jemand, der so brutal und gleichzeitig so auffällig handelt, ist labil und begeht Fehler.« Er machte eine bedeutungsschwangere Pause. »Ein Fehler könnte sein, dass er seine Auftraggeberin sofort verrät, wenn wir ihn schnappen. Oder dass er schnell nervös wird und noch jemanden umlegt. Eine kleine Privatdetektivin vielleicht, die wild herumschnüffelt.«

»Ich bin keine ›kleine Privatdetektivin‹, die wild ...«

»Du weißt, was ich meine.«

»Nein, ich ...«

Paul hatte aufgelegt. Suzanne musste dreimal tief durchatmen. Selbst schuld, dass sie ihm nichts von dem Nummernschild erzählt hatte! Kleine Privatdetektivin, die wild herumschnüffelte, der tickte wohl nicht mehr richtig. Sie schüttelte den Kopf. Jetzt erst recht, dachte sie, als sie das Frühstück richtete. Jetzt war sie erst recht scharf darauf, den Mörder *vor* der Polizei zu finden. Und es schien ja tatsächlich ein »er« zu sein, wenn sie das Gespräch richtig interpretiert hatte. Paul würde sich in den Hintern beißen, wenn die »kleine Detektivin« ihm den Kerl auf dem Silbertablett servierte und nachweisen konnte, dass er nicht von Conny Sandhaas engagiert worden war! Dieses machomäßige Gehabe hatte sie schon damals an ihrem Nachbarn gestört. Auch wenn er im Grunde kein schlechter Kerl war. Und seine Crostini alla napoletana, die er manchmal zubereitet hatte, waren exquisit gewesen, das musste sie fairerweise zugeben.

Kapitel 11

Henry erwachte mit steifem Nacken in Achims knallgrüner Sofagruppe, in der er irgendwann in der Nacht eingenickt sein musste. Er war am Vorabend direkt von Louises Wohnung in Bad Cannstatt auf den Killesberg in das schicke Neubaugebiet gefahren, wo Achim eine große Wohnung besaß. Henry hatte weit entfernt davon geparkt, aus Angst, dass nach dem Porsche gefahndet wurde und er seinen Freund in Schwierigkeiten bringen könnte. Der Weg zu Achim war ein strammer Marsch gewesen, zumal er seine Tasche und den Laptop getragen hatte. Er hatte darüber nachgedacht, ob Louise Opfer oder Täterin oder vielleicht beides gewesen war. Als er vor Achims Wohnung gestanden hatte, war er endgültig zu dem Schluss gekommen, dass seine Klientin mit dem Sandhaas-Mord etwas zu tun haben musste, denn alles andere ergab keinen Sinn. Er würde herausfinden, was und warum! Und er würde die Frau aufspüren, tot oder lebendig. Er hatte lange bei Achim geklingelt, aber niemand hatte ihm die Tür geöffnet. Es war zum Mäusemelken gewesen. Entweder hatte Achim wieder eine heiße Richterin oder Gegenanwältin »klargemacht«, bei der er übernachtet hatte, und deswegen auch sein Handy abgestellt, oder er pennte bei *Dieselskandal* in irgendeinem Probenraum. Henry hatte sein ganzes detektivisches Können einsetzen müssen, um das Versteck von Achims Ersatzschlüssel zu finden. Schließlich hatte er ihn in der Aushöhlung einer Eiche, die direkt neben Achims Fenster wuchs, entdeckt und war in die Wohnung hineingegangen, die aus einem breiten Flur, einem riesigen Wohnzimmer mit schrillen Designermöbeln und einem wundervollen Bechstein-Flügel, einem Schlafzimmer, einem Arbeitszimmer und einer Bibliothek mit einem falschen Kamin bestand, in dem man auf einem Bildschirm Feuer jeder Größe und Farbe abspielen konnte, das knisterte und bei Bedarf sogar nach etwas roch, das die Erfinder als »Pinienrauch emotional« oder »Tannengemütlichkeit 5.0« bezeichneten. Den Geruch schaltete Achim nur dann ein, wenn er Gäste loswerden wollte, was jedoch fast nie passierte.

Henry hatte Achim einen Zettel mit den Worten *Erschrick nicht, bin hier* in den Eingangsbereich gelegt und war zunächst kurz zu dem Flügel gegangen, der ihn wie immer magisch anzog und den er einfach anfassen und aufklappen musste. Aber nicht einmal das kühle, angenehme Gefühl der glatten Tasten unter seinen Fingern hatte ihn beruhigen können. Daher hatte er sich auf das knallharte Sofa gesetzt und die halbe Nacht einige Recherchen über Louise nachgeholt, die er bereits bei der Übernahme des Auftrags hätte erledigen sollen.

Müde schlappte er nun in die Küche, holte sich einen Kaffee und eine Schale Müsli und ging dann zum Ergebnis seiner nächtlichen Nachforschungen zurück. Er hatte wie erwartet herausfinden müssen, dass nichts, aber wirklich gar nichts von dem, was ihm seine Klientin bei ihrer ersten Besprechung oder bei einem ihrer Telefonate erzählt hatte, stimmte. Die Louise Münz, die ihn engagiert hatte, existierte nicht. Jedenfalls nicht unter diesem Namen. Henry hatte sämtliche Möglichkeiten, die ihm als Detektiv im Netz offenstanden, um eine Person zu finden, ausgeschöpft. Nichts. Ihre Handynummer gehörte zu einem anonymen ausländischen Prepaidhandy. Den Lehrer, den sie anscheinend wegen Belästigung angezeigt hatte, und ihre Jugendstrafe deswegen hatte es nie gegeben. Es gab keine Louise Münz, die annähernd im Alter seiner Klientin war, und schon gar keine, die in Tübingen Tiermedizin studierte. Die Louise Münz, die er kannte, war auch nirgends gemeldet. Die Wohnung in Bad Cannstatt gehörte einer Amerikanerin. Auch wenn er nichts weiter dazu herausgefunden hatte, ließ das Absperrband an der Tür das Schlimmste für die Frau aus Übersee befürchten.

Nachdem all seine Bemühungen, seine Klientin zu finden, fehlgeschlagen waren, hatte Henry in den frühen Morgenstunden mit der Suche nach einem Motiv für den Sandhaas-Mord weitergemacht. Wirklich Stalking? Oder etwas anderes? Denn irgendeinen verdammten Grund musste die Frau ja gehabt haben, den Winzer umzulegen! Und diese Spur würde Henry zu ihr führen. Er hatte alles, was er von Louise erfahren hatte, noch einmal durchgesehen, ebenso wie seine Ermittlungsergebnisse aus der Sandhaas-Beschattung. Auf nicht ganz legalem Weg war er im Internet schließlich auf einen Hinweis gestoßen, aus dem sich schließen ließ, dass auch die Stalkinggeschichte, die ihm seine Klientin aufgetischt hatte, nicht stimmte: Es war ärgerlich, dass er das nicht bereits vor ein paar Tagen herausgefunden hatte, denn er wusste eigentlich schon länger, dass im Zuge des Sandhaas-Scheidungsverfahrens »zwei Fensterscheiben« zu Bruch gegangen waren, er hatte nur den Zusammenhang nicht gesehen. Zufällig waren die »Fensterscheiben« nämlich Autoscheiben gewesen. Autoscheiben des roten Daimlers. Nicht nur die Scheiben waren zerstört worden, sondern das ganze Auto. Von Conny Sandhaas. Mit einem Baseballschläger. Einen Tag, *bevor* die ganze Stalkinggeschichte angeblich angefangen hatte! Louise hatte den alten Daimler mit den silbernen Kotflügeln überhaupt nicht in Bad Cannstatt parken sehen können, weil er zu dem Zeitpunkt in einer Werkstatt in Oberkirch gestanden hatte. Bestimmt war Sandhaas überhaupt nie in Stuttgart gewesen – dafür hatte Henry ja bisher auch keinen einzigen Hinweis finden können. Er hatte trotzdem die Augen vor allem verschlossen und nur seiner Klientin vertraut. Er hatte sich reinlegen lassen wie ein kleines Kind. Aber die Frau war auch verdammt überzeugend gewesen. Offensichtlich hatte sie sich ja sogar Drosselmarken am Hals selbst zugefügt, damit er ihre Geschichte glaubte. Wie ein unterwürfiger Hund war er an den Tatort getappt und hatte sich zum Hauptverdächtigen gemacht. Er schüttelte den Kopf. Nippte an seinem Kaffee und zerkaute lustlos sein Müsli. Aber sie hatte bei dem Daimler einen Fehler gemacht, und es war so gut wie sicher, dass sie noch weitere Fehler gemacht hatte, und die würde er finden!

Nach einem weiteren Müsli versuchte er herauszufinden, wie genau der Winzer gestorben war. Ob ein Bolzenschneider involviert war. Ohne Erfolg. Und es war auch nicht ersichtlich, was für ein Motiv Louise für den Sandhaas-Mord gehabt haben konnte, wenn es nicht Stalking gewesen war. Klar war nur eins: Die Tötung des Winzers war keine spontane Tat gewesen. Seine Klientin hatte alles minutiös geplant, und wenn man von der Sache mit dem Daimler einmal absah, hatte sie verdammt nochmal ihre Hausaufgaben gemacht, das konnte man nicht leugnen! Er schlug mit der Faust auf den Tisch. Seine Tasse wackelte bedrohlich. Es war so erniedrigend. Er war ein Expolizist! Und ein verdammtes Mädchen Mitte zwanzig hatte ihn an der Nase herumgeführt, weshalb er für einen Mord würde bezahlen müssen, den er nicht begangen hatte. Denn wie in drei Teufels Namen sollte er aus der Nummer wieder rauskommen? Seine Geschichte hörte sich sogar für ihn unglaubwürdig an. Und jetzt war er auch noch abgehauen, statt sich gleich bei der Polizei zu melden. Er konnte nur hoffen, dass seine ehemaligen Kollegen nie davon erfuhren, dass Louise ihm so viel Geld versprochen und teilweise auch bezahlt hatte. Die würden bestimmt denken, das sei die Bezahlung für einen Auftragsmord gewesen! Er, der abgehalfterte Privatdetektiv, der jeden Job annahm, um seine Wohnung nicht zu verlieren und nicht zu verhungern. Verdammt, wie hatte es so weit kommen können? Ihm brach der Schweiß aus. Er sah sich plötzlich wieder im Achzigerjahretrainingsanzug im Ring stehen, ein Junge mit muskulösen Armen, der bedrohlich die Fäuste schwang, während er innerlich zitterte. Sein Vater und gleichzeitig Trainer, der ihn anbrüllte, sich nicht niederschlagen zu lassen. Henry fuhr sich mit der Hand über die stoppeligen Wangen. Weshalb hatte er sich in den letzten Jahren eigentlich so den Arsch aufgerissen, um allen vorzuspielen, er sei erfolgreich, verdiene einen Haufen Asche und könne sich eine viel zu große Wohnung in einem viel zu guten Wohngebiet leisten? Egal, wie hart er gekämpft hatte, jetzt war er doch ein Verlierer. Er starrte auf die Fotos an den Wänden, die einen grinsenden Achim an Bord diverser Yachten und bei Partys mit diversen B-Promis zeigten, und schloss die Augen. Was machte Achim besser als er? Wieso hatte der Geld wie Heu und musste keine Aufträge von dubiosen Klientinnen annehmen? Achim wirkte immer so gemütlich, wenn er auf Schwäbisch Geschichten erzählte. So ganz und gar nicht wie der erfolgshungrige Hai, der er ja irgendwo im Herzen sein musste. Hatte er so viele zahlungskräftige Mandanten? Oder war etwa eine der drei Metal-Bands, die Achim nebenher als Hobby managte, unerkannt so erfolgreich, dass sie Achim reich machte? *Dieselskandal* mit Sicherheit nicht. *Wacky Outbreak* bestimmt auch nicht, die hatte Henry mal gehört, da konnte man schon froh sein, wenn zumindest der Drummer den Takt halten konnte. Und *Nénuphar* war bisher nicht über ein Konzert auf dem Gelände eines Hundesportvereins hinausgekommen, bei dem Henry den Bühnenaufbau betreut hatte. Er schüttelte den Kopf und ging wieder hinüber zum Sofa. Er sollte lieber noch ein wenig ausruhen, er würde all seine Kräfte brauchen, wenn es richtig losging, oder, wie die Engländer so dezent formulierten, wenn die Scheiße den Ventilator traf. Genau genommen flogen die Stückchen schon jetzt durch die Gegend.

Blöderweise erschien Achim auch den ganzen Vormittag nicht. Henry wurde immer nervöser. Er hatte es mehrfach auf dem Handy probiert und dreimal in der Kanzlei angerufen, aber eine Anwaltsgehilfin, die er nicht kannte, hatte stoisch wiederholt: »Herr von Arnhold weilt derzeit zu Gericht.« Beim dritten Mal knurrte Henry »*bei* Gericht«, obwohl er keine Sekunde glaubte, dass Achim den ganzen Tag bei Gericht verbrachte. Die Anwaltsgehilfin erwiderte schnippisch: »Genau das habe ich doch gesagt, er weilt *zu Gericht*.«

»Bitte, ich bin sein bester Freund, Henry Marbach. Er geht nicht an sein Handy und …«

»Dann will er wohl nicht mit Ihnen konversieren.«

Henry begann innerlich zu kochen. »Hören Sie, ich muss Achim dringend sprechen! Man wirft mir vor, einen Winzer ermordet …«

»Ich weiß nicht, wie ich es Ihnen noch exemplifizieren soll. Er kann zu Gericht nicht telefonisch sistiert werden. Auch bei Mord nicht«, erwiderte sie gelangweilt.

»Kommt er heute noch in die Kanzlei?«

»Es ist mir nicht gestattet, jemanden über seinen Aufenthaltsstatus hinsichtlich der Kanzlei zu informieren. Das müssen Sie akseptieren.«

»Akseptieren? Mit s?«, knurrte Henry.

»Jetzt haben Sie es endlich erfasst!«

Henry schmiss das Telefon auf den Tisch. Er musste mit Achim sprechen. Er brauchte den verdammten Rat eines Anwalts, weil er verdammt nochmal wissen musste, wie man sich am besten verhielt, wenn man beschuldigt wurde, einen Winzer mit einem Bolzenschneider in Stückchen geschnitten zu haben. Sollte er sich vielleicht zur Sicherheit vorläufig an einen anderen Anwalt wenden, vielleicht gleich an einen Strafverteidiger? Entschlossen schlug er mit der Faust auf ein kleines, dreibeiniges Schemelchen, das leise knarrte. Ein anderer Strafverteidiger würde ihn bestimmt für schuldig halten, wenn er ihm die Geschichte erzählte. Würde am Ende noch vorschlagen, dass er sich stellen sollte. Aber das konnte er nicht tun! Nicht, nachdem er einfach abgehauen war, und schon gar nicht in Stuttgart. Die Hälfte der Polizisten, die hier arbeiteten, kannte er noch. Er würde doch nicht der gesamten Polizeikantine Gesprächsstoff für Wochen liefern. Er konnte sich noch gut genug daran erinnern, wie die Gerüchteküche gesummt hatte, als ein ehemaliger Kollege nur in den Verdacht geraten war, sein Mofa zu frisieren, und bei der Sache mit Bea damals … Er schüttelte den Kopf. Gar nicht auszudenken, was passierte, wenn die erfuhren, dass er zu viel Mückenspray eingeatmet hatte und deshalb mit dem Bolzenschneider durchgedreht war. Sein Herz begann zu rasen. Er zwang sich, ein paarmal tief durchzuatmen. Schließlich wurde er ruhiger. Er musste endlich anfangen, wieder klar zu denken. Rational. Innere Mitte. Er würde diesen Fall aufklären, verdammt nochmal. Aber zuerst musste er mit seinem besten Freund sprechen. Jetzt sofort. Und er würde sich nicht von jemandem davon abhalten lassen, der akzeptieren mit s schrieb. Ein Boxer war erst dann k. o., wenn man seine Überreste von der Matte kratzen musste!

Wenig später parkte er mit quietschenden Reifen vor Achims Kanzlei an der Karlshöhe und stürmte zur Eingangstür. Hob eine Efeuranke an, um an das vergoldete Klingelschild zu kommen, auf dem *Von Arnhold und Kollegen* stand. In Wirklichkeit gab es keine *Kollegen*, aber Achim fand, dass es sich auf dem Briefkopf und dem Schild mit Kollegen viel besser anhörte. Henry klingelte und gab sich in der Gegensprechanlage als Dr. Brandstetter aus, ein Medienmogul, von dem Achim neulich behauptet hatte, er sei ein wichtiger neuer Mandant in einem Riesenfall. Damit schaffte er es bis vor die Tür der Kanzlei. Dort goss ihm eine drahtige Anwaltsgehilfin eine Tasse ziemlich heißen Kaffees »mit besten Grüßen von Herrn von Arnhold« ins Gesicht, und ihren Anschuldigungen entnahm Henry zum einen, dass sie sich vollkommen normal ausdrücken konnte und ihr geziertes Gehabe am Telefon offenbar nur eine Masche war, und außerdem, dass Achim ein wenig geschwindelt hatte, was Dr. Brandstetter anging. Zwar hatte er wohl tatsächlich mit dem Mogul vor Gericht zu tun, aber er vertrat ihn nicht, sondern hatte sturzbesoffen gegen sein Cabrio gepinkelt. »Artikel 1 Grundgesetz«, fauchte die Anwaltsgehilfin. »Herr von Arnhold wäre sonst explodiert.« Henry schob die Frau zur Seite und ging einfach an ihr vorbei in die große, mit Marmor ausgekleidete Eingangshalle. Er war schon seit Jahren nicht mehr hier gewesen, denn Achim wollte sich nie länger als nötig in der Kanzlei aufhalten. Achim veranstaltete auch keine Werbeempfänge mehr dort, er fand, die aktenstaubgeschwängerte Luft verderbe die Freude am Feiern und schnüre einem den Atem ab. Leider hatte sie Henry nicht den Atem abgeschnürt, als er das letzte Mal bei einem Empfang in den Kanzleiräumen gewesen war. Er hatte in einem Gespräch nämlich bedauerlicherweise versucht, cool rüberzukommen und mit einer – natürlich fiktiven – Villa und einem – ebenfalls fiktiven – Offshorekonto anzugeben. Zuerst hatte er Guernsey mit Jersey verwechselt, was peinlich genug gewesen war. Aber am Ende hatte sich der Typ, mit dem er geredet hatte, auch noch als pensionierter Oberstaatsanwalt entpuppt, und es hatte Achims ganze Überredungskunst und zwei teure Flaschen echten schottischen Single Malt gekostet, dass aus dem Gespräch kein Strafverfahren wegen Steuerhinterziehung geworden war.

Henry ging zügig den Flur entlang. Es roch nach frischen Blumen und teuren Ledermöbeln. Bilder bekannter und unbekannter Rockbands und Musiker starrten ihn aus ihren antiken Rahmen heraus an. Es war totenstill. Offenbar verhielt es sich mit der »Armada von Anwaltsgehilfinnen«, die Achim anscheinend in letzter Zeit eingestellt hatte, ähnlich wie mit den »Kollegen«. Was Henry gerade recht war, eine Tasse Kaffee im Gesicht reichte ihm. Und sein Hemd war auch dahin. Neulich Grillfettspritzer, heute Kaffee, wenn er noch ein paar Tage so weitermachte, wäre er nicht nur ein gesuchter Mordverdächtiger, sondern ein gesuchter Mordverdächtiger ohne ein einziges fleckenloses Hemd. Er stürmte direkt in Achims helles Büro mit den hohen Stuckdecken und dem herrlichen Blick über den Stuttgarter Süden. Leider war sein Freund wirklich nicht da. An einem Haken in der Ecke entdeckte er zu seiner Erleichterung allerdings wenigstens Hemden, die noch in der Plastiktüte der Reinigung steckten. Er wählte das hoffentlich teuerste als Schadenersatz für die Kaffeeladung aus und zog sich um. Das hellgraue Hemd saß verdammt stramm an Bizeps und Bauch, hoffentlich waren der Grund nur neue Muskeln. Als er Achim eine kurze Notiz schrieb und dafür den rechten Arm abwinkeln musste, platzte es beinahe auf. Henry fluchte leise und verließ das Büro. Am Empfangstresen hörte er die Anwaltsgehilfin den Telefonhörer auflegen, vermutlich hatte sie die Polizei gerufen. Er wollte gerade an ihr vorbeieilen, als sie gar nicht unfreundlich sagte: »Wenn ich Ihnen einen stilistischen Rat geben darf: Das Hemd ist ein wenig eng.«

»Auf dem anderen sind blöderweise Kaffeeflecken«, blaffte Henry sie an.

»Sie sind gar nicht Brandstetter, oder?«

»Nein, ich bin Henry Marbach.«

»Dachte ich's mir doch. *Sie* sind also der legendäre Henry.« Sie kicherte.

Henry blieb stehen. »Wieso legendär?« Hatte Achim etwa die Sache mit dem pensionierten Oberstaatsanwalt rumgetratscht?

»Achim, äh, Herr von Arnhold hat erzählt, Ihr linker Haken sei lebensgefährlich, und ohne Sie hätte er die Schulzeit nicht überlebt.«

Henry lächelte halbherzig. Da hatte sie verdammt recht. Die Frage war nur, ob solche Werbung im Moment nicht eher kontraproduktiv für ihn war, er konnte sich die Überschrift über den Artikeln im Internet lebhaft vorstellen. *Ein Bolzenschneider in tödlicher Faust.* Oder, noch schlimmer, so was wie: *Mit links geschnitten.* Ein panisches Pochen machte sich hinter seinen Schläfen breit.

»… und Achims, also Herrn von Arnholds Handy ist kaputt. Er hat mit einem Freund telefoniert, während er zwei E-Gitarren getragen hat, und da ist es ihm vom Ohr gerutscht und zerbrochen. Er ist seit Tagen sehr angespannt wegen der Sache mit *Dieselskandal.* Der Musikwettbewerb im Herbst, Sie wissen schon. Ständig ist er in Ettlingen und weiß der Kuckuck wo. Und ich sitze hier und darf die Mandanten beruhigen«, erzählte die Anwaltsgehilfin gerade, als Henry ihr wieder zuhörte. »Es gab doch Probleme mit dem Probenraum, und Liam dreht ein bisschen am Rad, weil sein neuester Song auf dem Index für jugendgefährdende …« Das Telefon klingelte, und sie nahm ab. »Nein, Herr von Arnhold weilt leider den ganzen Tag zu Gericht … Über den Aufenthaltsstatus von Mandanten darf ich selbstverständlich nichts …« Sie hörte sehr lange nur zu. »Einen schönen Tag noch«, schnurrte sie in den Hörer und legte schließlich auf. »Die Bullen«, sagte sie ruhig. »Es ging um Sie. Die suchen Sie wirklich wegen Mordes. Ich bin ja keine Anwältin, aber ich denke, Sie sollten besser verschwinden, wenn Sie unschuldig sind, denn die kommen gleich her. Die scheinen zu wissen, dass Sie Achim kennen.« Sie kritzelte etwas auf ein Stück Papier. »Probieren Sie es mal bei der Adresse, vielleicht haben Sie Glück. Und falls Sie Achim dort antreffen, dann richten Sie ihm bitte aus, dass er mich mal anrufen soll, egal, mit welchem Telefon. Es gibt da ein paar ziemlich aufgebrachte Mandanten, die auf ihre Vertragsentwürfe warten. Und das Kaffeepulver ist auch fast aus.«

Henry nahm das Papier. »Danke«, sagte er, verließ die Kanzlei und stieg in seinen Porsche. Setzte seine Ray-Ban-Sonnenbrille und eine alte Mütze aus dem Handschuhfach auf. Irgendwie kam er sich so anonymer vor. Ein Blick in den Spiegel zeigte ihm: Er sah nicht gerade aus wie der Held in einer seiner Actionserien, sondern wie ein abgehalfterter Stuttgart-21-Gegner. Er setzte die Mütze wieder ab und fuhr los. Beim Seniorenheim an der Ecke Hohenzollernstraße kam ihm ein Polizeiauto entgegen. Henrys Bizeps entwickelte plötzlich ein Eigenleben, seine Arme begannen zu zittern. Er versuchte, seinem Gesicht einen möglichst unauffälligen Ausdruck zu geben, und bremste auf Schrittgeschwindigkeit herunter. Wenn sie ihn stoppten, sollte er sich in sein Schicksal fügen und hoffen, dass sie ihn vielleicht doch nur als Zeugen suchten? Oder einfach Gas geben und wegbrettern? Das Polizeiauto hielt ihn jedoch nicht an, sondern fuhr zügig an ihm vorbei. Er trat etwas zu heftig aufs Gas, schlingerte um die Kurve und konnte dann kaum geradeaus fahren. Einmal touchierte er knirschend einen Bordstein. Zum Glück hielt das stramme Hemd seine Wackelpuddingarme und damit das Steuer mehr oder weniger auf Kurs. Das Polizeiauto folgte ihm nicht. Hinter dem Schwabtunnel musste er trotzdem kurz in eine kleine Nebenstraße einbiegen und rechts ranfahren, bis seine Arme und sein Atem sich beruhigt hatten. Wenn die schon von Achim wussten, waren sie bereits dabei, ihn einzukreisen. Das bedeutete, er hatte nicht mehr viel Zeit. Henry fädelte sich wieder in den Verkehr ein, er fuhr und fuhr, er wusste nicht genau, wohin. Er stellte das Auto schließlich im Heusteigviertel in der Nähe einer Bäckerei ab, stieg aus und lehnte sich dagegen. Die würden ihn bald schnappen, so viel war klar. Er hatte bei seinen Recherchen über den Winzer mit einigen Leuten aus Durbach geredet, hatte sich teilweise mit richtigem Namen vorgestellt, vor allem im Hotel, und er war in der Nacht in der Nähe des Tatorts gesehen worden. Wenn es beim Parkplatz der Offenburger Staatsanwaltschaft irgendeine Überwachungskamera gab, würden sie auch ein aktuelles Foto von ihm haben. Das Pochen in seiner Schläfe wurde so schlimm, dass er sich mit den Fingern die Stirn massierte. Beim letzten Mal, als er in so ein Desaster geschlittert war, war er nochmal mit einem blauen Auge davongekommen. Damals hatte er nur seinen Job bei der Polizei verloren. Aber diesmal ging es um Mord. Einen, den er nicht mal begangen hatte, aber das würde die einen feuchten Dreck interessieren. Was zum Teufel sollte er jetzt tun? Bei Freunden untertauchen? Auf gut Glück nach Ettlingen zu dieser Adresse fahren und Achim suchen? Womöglich vergeudete er damit Zeit, und Zeit war etwas, das er im Moment nicht hatte. Er brauchte sofort ein gutes Versteck, und von dort aus musste er unauffällig weiter recherchieren. Aber wer außer Achim würde einen Mordverdächtigen verstecken? Henrys Eltern kamen nicht infrage, die würden sich viel zu sehr aufregen. Nicole vielleicht, mit der er vor einiger Zeit etwas gehabt hatte, das sie immer »Freundschaft plus« genannt hatte? Keine gute Idee, der schuldete er noch Geld. Ebenso wie Meral, Debby und Frank und eigentlich allen seinen Bekannten und Freunden. »Freundschaft minus«, dachte er grimmig, auch wenn er immer alles irgendwie und irgendwann wieder zurückzahlte. Langhaar-Lorenzo, dem Mathelehrer, hatte er zum Beispiel neulich einen großen Batzen zurücküberwiesen, und bei dem hätte er garantiert auch untertauchen können, aber der machte gerade ein Sabbatical in einem Kloster in Indien, weil er mit einundfünfzig festgestellt hatte, dass ihm seine innere Mitte fehlte oder so ähnlich. Henry hatte die Ausführungen zum Karma kleiner/gleich den Lebensflüssen zum Quadrat nicht ganz verstanden, was vielleicht auch daran gelegen hatte, dass er zwei Stücke von Lorenzos Geburtstagskuchen gegessen hatte, *bevor* dieser erwähnt hatte, da sei »ein bisschen Hasch drin«.

Henry fuhr sich über die Haare. Sein Hemd knarzte gefährlich bei jeder Bewegung. Zwei der Knöpfe wölbten sich seltsam nach vorne. Er konnte natürlich auch ins Ausland abhauen und sich verstecken, die Frage war nur, wie lange das gut gehen würde. Er hatte kein Geld und abgesehen davon keine Lust, den Rest seines Lebens in einer abgelegenen Berghütte in Kirgisistan zu verbringen, mit einem einzigen Hemd, das stramm wie eine Zwangsjacke saß, und dem ständigen Damoklesschwert über sich, dass sie ihn mit achtzig doch noch fanden, wenn es ihm endlich gelungen wäre, ein paar Brocken Kirgisisch zu lernen. Blieb eigentlich nur die Flucht nach vorn. Vielleicht nicht gleich sich stellen, aber wenigstens einmal ausloten, was die Gegenseite wusste und was sie dachte. Verdammt, er hätte das nur gerne vorher mit Achim besprochen. Sollte er einfach zu ihm nach Hause fahren und dort auf ihn warten? Oder waren seine Polizistenkollegen schon dort? Plötzlich fiel ihm ein, dass er Achims Ersatzschlüssel in dessen Wohnung im Flur vergessen hatte, und er knurrte. Er versuchte, es positiv zu sehen. Oi Froog weniger, die'd entscheida muasch, wie seine Oma gesagt hätte. Dann ging ihm allerdings auf, dass nun auch sein Laptop, der zusammen mit seiner Tasche in Achims Flur lag, unerreichbar für ihn war, und er trat mit dem Fuß gegen einen Laternenpfahl. Wie sollte er recherchieren, wenn er nicht mal einen Rechner hatte? Auf dem Handy? Die hätten ihn geortet, bevor sein langsames Internet das erste Ergebnis ausgespuckt hatte. Aber irgendetwas musste er tun. Also doch die Gegenseite. Er nahm sein Handy in die Hand, es schien schwer wie Blei zu sein. Er rang zehn Minuten mit sich. Mit seinem alten Chef bei der Kripo hatte er sich immer blendend verstanden. Schließlich wählte Henry die Nummer. Es war ein wenig Gewalt nötig, um das Handy mit dem strammen Hemd ans Ohr zu bekommen, aber Lothar meldete sich sowieso immer erst nach dem zehnten Klingeln. Als sich sein ehemaliger Chef tatsächlich meldete, legte Henry jedoch sofort wieder auf. Er hätte niemals dort anrufen dürfen! Seine Knie waren seltsam weich. Er zwang sich, ein paarmal tief durchzuatmen. Nachzudenken. Er war Expolizist und Detektiv, verdammt nochmal. Was würde er tun, wenn das hier nicht sein Fall, sondern der Fall eines Klienten wäre? Was würde er dem Klienten raten? Er schloss für eine Sekunde die Augen. Unter dem Radar zu bleiben, das war doch klar. Auf jeden Fall unter dem Radar zu bleiben. Mit einem Gefühl, das nackter Panik sehr nahekam, ließ er sein Handy in den Mülleimer vor der Bäckerei gleiten. Dann stieg er in seinen Porsche und raste davon. Erst bei der nächsten Ampel fiel ihm auf, wie bescheuert er gewesen war. Vielleicht würden sie ihn jetzt zwar nicht mehr übers Handy orten können, aber wenn sie das Handy fanden, und das würden sie, denn er hatte es in seiner Panik nicht einmal ausgeschaltet, würden sie alle Daten auslesen können. Danach würden sie sicher wissen, dass er in der Tatnacht am Tatort gewesen war. Und das, verdammt nochmal, würde ihm am Ende wahrscheinlich das Genick brechen. Zurückholen konnte er das Handy auch nicht, da sein Arm nie im Leben durch den engen Einwurfschlitz dieses städtischen Metallmülleimers passen würden. Er stieß einen lauten und nicht ganz jugendfreien Fluch aus.

Bei seiner Fahrt über die Alte Weinsteige und durch die Stadt wurde er zweimal geblitzt, aber das war ihm jetzt auch egal. Er hielt ein paar Querstraßen von seiner Detektei entfernt in einer Feuerwehrzufahrt und ging zu Fuß am Feuersee entlang und weiter durch einige kleine Straßen. Schon von Weitem sah er die Polizeiautos, die vor seiner Wohnung parkten. Er hatte das Gefühl, gleich durchzudrehen. Trotzdem gelang es ihm, langsam und hoffentlich unauffällig zu seinem Porsche zurückzugehen und zur Bibliothek zu fahren. Er musste unbedingt ins Internet und noch ein paar Nachforschungen anstellen. Er parkte das Auto in dem düsteren Parkhaus unter der Dauerbaustelle des Stuttgarter Bahnhofs. Hoffentlich fanden sie den Porsche noch nicht so schnell, nach dem sie bestimmt auch fahndeten, den brauchte er noch. Im Laufschritt eilte er an den riesigen Bankhäusern vorbei zu dem weißen Bibliothekskubus, der unter Stuttgartern liebevoll »Stammheim II« genannt wurde, der Bücherknast. An einem der Rechner loggte er sich ins WLAN ein. Noch einmal durchsuchte er das ganze Internet nach Hinweisen auf den Sandhaas-Mord. Er fand einen kurzen Artikel, in dem erläutert wurde, dass Sandhaas *unter ungeklärten Umständen zu Tode gekommen* war. So viel hatte er sich auch selbst zusammengereimt, verdammt. Was war mit der Tatwaffe? Er durchforstete seine Erinnerung, wenn Sandhaas in der Nacht gestorben war, dann war es sehr wahrscheinlich, dass er selbst etwas gesehen haben musste. Aber da war nichts. Nichts. Er hatte einen Busch zerschnitten, war dann zum Auto zurückgetorkelt, hatte dort ewig gesessen und war dann ins Hotel zurückgefahren. Er ballte die Hände zu Fäusten. Ein häufiges Motiv für einen Mord war Geld. Vielleicht hatte Sandhaas bei Louise Schulden gehabt und sie nicht zurückbezahlt? Oder sie bei ihm? Aber Henry hatte Sandhaas' Finanzen bereits durchleuchtet und keine Ungereimtheiten entdeckt. Und auch jetzt fand er nichts Auffälliges. Er setzte sich auf der unbequemen Sitzgelegenheit ein wenig anders hin. War Louise vielleicht eine Auftragsmörderin? Auch wenn er bezweifelte, dass Profikiller mit am Tatort gefundenen Bolzenschneidern arbeiteten, konnte er sich Louise durchaus als Berufskillerin vorstellen. Die Dame war planend und kalt wie ein Eiswürfel. Hatte Sandhaas' Ehefrau Conny sie vielleicht engagiert? Die Möglichkeit bestand, denn der Scheidungskrieg war ja ziemlich heftig gewesen. Und in manchen Konstellationen war es deutlich vorteilhafter, die Ehe durch Mord als durch Scheidung zu beenden. Blutige Sanierung sozusagen. Nur irgendwie hatte Conny Sandhaas bei dem kurzen Gespräch, das er mit ihr geführt hatte, nicht wie jemand gewirkt, der einen Mordauftrag erteilte. Die Leute wirkten nie so, widersprach er seinem Instinkt. Und hatte die Empfangsdame in seinem Hotel in Durbach nicht auch gesagt, die Polizei verdächtige die Ehefrau? Er machte sich eine Notiz. Conny Sandhaas als Auftraggeberin, Louise als Killerin. Er würde dem nachgehen, aber so richtig überzeugte ihn das nicht. Und weiter? Wenn seine Klientin keine Auftragsmörderin war, sondern ein eigenes Motiv für den Mord hatte, was für Möglichkeiten gab es? Angst? Rache? Enttäuschung? Er hatte das Leben des Winzers in der letzten Woche ausführlich durchleuchtet und überhaupt nichts entdeckt, das auch nur entfernt nach einem Motiv gerochen hatte. Er war sich plötzlich auch sicher, dass ihn seine Klientin nicht damit beauftragt hätte, den Winzer eine Woche lang zu beschatten, wenn er etwas hätte finden können, das ihn nach dem Mord zu ihr führen würde. Es musste also etwas anderes … Das einzig Merkwürdige war die Sache mit dem Hexendenkmal und dem Verbrennen der Geldscheine gewesen! Die Kerzen und das Buch in dem Schuppen! Und die Kette, dieses seltsame Amulett! Verdammt, konnte Sandhaas' Tod etwa ein Ritualmord oder so etwas gewesen sein? War seine Klientin eine Hexenpriesterin? Eine Hexenpriesterin mit einem Bolzenschneider? Henry schürzte die Lippen. Verdammt schwer vorstellbar, aber möglich. Erneut überdachte er alles, was er über Sandhaas wusste. Wenn man einen Fall lösen wollte, musste man gedanklich oft auch ungewöhnliche Wege gehen. Konnte die Ermordung des Winzers zum Beispiel damit zusammenhängen, dass dieser gerne Hefeschnecken aß oder manchmal nackt im Gifiz badete? Henry grinste schwach. Offenbar wurde er alterssenil. Wobei …

Was, wenn Sandhaas bei seinen nächtlichen Badeausflügen versehentlich irgendetwas beobachtet hatte, das er nicht hätte sehen dürfen? Etwas, das Louise Münz angestellt ... Nein, verdammt nein, es musste anders gewesen sein! Er mochte sich in vielem getäuscht haben, aber dass Louise den Winzer abstoßend und beängstigend gefunden hatte, das war nicht gespielt gewesen, da war sich Henry plötzlich ganz sicher. Nicht Louise hatte etwas getan, das Sandhaas gesehen hatte, sondern Sandhaas musste es gewesen sein, der etwas angestellt hatte, und seine Klientin rächte sich nun an ihm! Und selbst wenn er, Henry, nichts herausgefunden hatte, was auf ein Rachemotiv ... Verdammt, doch, doch das Gespräch zwischen Sandhaas und diesem dicken Daniel in Offenburg! Hier war es um einen Toten gegangen. René. Möglicherweise hatte Louise diesen René ja gekannt? Und wenn Sandhaas diesen René ermordet hatte, oder Louise das zumindest glaubte ... dann hatte sie ein Motiv, Sandhaas umzubringen! Henry schlug mit der flachen Hand so heftig auf den Tisch, dass seine Sitznachbarin, eine ältere Wutrentnerin, die offenbar nach einem Tag voller Demonstrationen noch ein wenig Ruhe in einer Edelsteinzeitung im Internet suchte, entsetzt von ihrem Bildschirm aufsah und beinahe ihre Thermoskanne mit den Gandhi-Aufklebern umstieß. Das war die beste Spur, die er bislang hatte! Fieberhaft durchforstete er das Internet erneut nach dem toten René. Anders als bei seinen ersten oberflächlichen Recherchen in Offenburg hatte er hier Zugang zu den Zeitungsarchiven. Es gab einige Unfälle mit Zügen, die vor ungefähr einem Jahr passiert waren, aber bei keinem wurde der Name eines Opfers genannt. Er verglich die Daten mit Todesanzeigen aus dem gleichen Zeitraum und der gleichen Region. Kurz nach einem ICE-Unfall bei Mannheim war die Todesanzeige eines René Günzel in einer lokalen Tageszeitung erschienen, der allerdings *nach kurzer schwerer Krankheit* gestorben war. Das passte nicht hundertprozentig, aber er notierte sich den Nachnamen und die Namen der Angehörigen. Eine Stunde später stieß er dann auf etwas, das viel besser passte, und sein Atem beschleunigte sich. Ein ehemaliger Polizist, René Männle aus Karlsruhe, war *unerwartet und viel zu schnell aus dem Leben gerissen* worden. Die Anzeige war eine Woche, nachdem sich auf der ICE-Strecke Offenburg–Freiburg in der Nähe von Niederschopfheim ein *Unfall mit Personenschaden* ereignet hatte, erschienen. Bedauerlicherweise war niemand namentlich unter der Anzeige genannt, dort stand nur *Freunde und Familie,* aber das würde ihn nicht davon abhalten, die Leute zu ermitteln. Henry durchsuchte das Internet nach René Männle, fand seltsamerweise aber überhaupt nichts mehr. Im Normalfall hätte er jetzt einfach in Karlsruhe auf dem Polizeirevier angerufen, sich als ehemaliger Kollege zu erkennen gegeben und mit Sicherheit auf dem kurzen Dienstweg herausfinden können, wer dieser René gewesen war, was mit ihm passiert war und ob er Sandhaas gekannt hatte. Da das in seiner momentanen Situation aber nicht ging, musste er wohl Achim damit beauftragen, und das konnte dauern. Daher versuchte er erneut, den Nachnamen von Sandhaas' dicklichem Gesprächspartner herauszufinden. Kurz vor der Schließung der Bibliothek um einundzwanzig Uhr entdeckte er in einer der Zeitungen aus der Offenburger Region ein Foto des Dicklichen mit einem vollständigen Namen darunter: Der Typ hieß Daniel Laubis und war ein Mitglied des Offenburger Gemeinderates. Ein heißes Triumphgefühl raste durch Henrys Körper. Daniel Laubis würde er sich vorknöpfen. Der Mann hatte ja offenbar nicht nur den toten René gekannt, sondern auch den toten Sandhaas. Vielleicht wusste Laubis zufällig auch, was für einen Grund Louise gehabt haben könnte, Sandhaas umzubringen. Und es war ja schon ziemlich seltsam gewesen, wie schnell der Typ in Offenburg abgehauen war.

Bevor Henry Stuttgart Richtung Offenburg verließ, tankte er den Porsche noch einmal voll auf. Wie er an Laubis' Adresse kommen würde, wusste er noch nicht genau, aber das Problem würde er in Offenburg lösen. Wenn er vorher nicht verhaftet wurde.

Kapitel 12

Suzanne schaute aus dem Fenster ihres Büros am Offenburger Marktplatz. Es war ein sonniger, heißer Tag. Winzige, weiße Wolkenfetzen zogen über den azurblauen Himmel, und vor den bunten Häusern schräg gegenüber spielten Kinder lachend und kreischend in den Wasserfontänen, die aus dem Boden emporspritzten. Am Morgen hatte sie von einer ihrer Quellen aus dem Offenburger Gemeinderat erfahren, dass Daniel Laubis vor Kurzem einen Lagerraum in Elgersweier angemietet hatte, und es war ihr gelungen, vorhin einen Blick hineinzuwerfen. Tatsächlich standen jede Menge teure Antiquitäten und verpackte Bilder dort. Leider hatte sie die Herkunft der Gegenstände noch nicht klären können, aber es war gut möglich, dass sie auf die Hehlerware gestoßen war! Offenbar war der kriminelle Deal noch nicht über die Bühne gegangen und ihre lebensgefährliche Recherche in der Scheune somit nicht gänzlich umsonst gewesen. Sie hatte nun zwei ihrer Mitarbeiter auf die Sache angesetzt. Sicherlich würde sie ihrem Auftraggeber bald Erfolge vermelden und Laubis bei der Polizei anzeigen können. Mit einem Lächeln wandte sie sich wieder dem Aktenberg auf ihrem Schreibtisch zu. Gerade hatte sie zwei lukrative neue Aufträge an Land gezogen, ungeklärte Diebstähle in einem großen Warenlager in Rust und Recherchen für eine Filmproduktionsfirma, die plante, im November einen Film im Rheintal-Hochnebel zu drehen und der auf mysteriöse Weise einige Ausrüstungsgegenstände abhandengekommen waren, während sie sich einen Drehort bei den Rheinauen angeschaut hatten. Eigentlich musste sie nachsehen und einteilen, wer ihrer Angestellten auch noch diese Fälle übernehmen konnte, aber ihre Gedanken schweiften zu dem Mord an Joseph Sandhaas und zu ihrer Klientin. Sie hatte wegen des Autokennzeichens, das Ragnar ihr gegeben hatte, eine Anfrage bei der zuständigen Stelle gestellt, aber so was konnte dauern. Sofern sie überhaupt das richtige Kennzeichen hatte. Zudem hatte sie versucht, eine Erlaubnis für einen Besuch bei Conny Sandhaas im Gefängnis zu bekommen oder sie zumindest anzurufen, bisher erfolglos. Sie fuhr sich durch die Haare. Sie hätte gerne die genauen Gründe dafür erfahren, warum die Staatsanwaltschaft ihre Klientin für die Täterin oder vielmehr für die Auftraggeberin des Mörders hielt, denn erst, wenn sie die Gründe kannte, konnte sie sie möglicherweise entkräften. Da Conny Sandhaas sich in U-Haft befand, mussten die Ermittlungsbehörden sich ihrer Sache ziemlich sicher sein. Zuerst hatte Suzanne gedacht, es habe vielleicht verdächtige Überweisungen oder seltsame Abhebungen gegeben, aber die Finanzen ihrer Klientin hatte sie bereits überprüft. Nichts deutete darauf hin, dass Conny Sandhaas einen Auftragsmörder bezahlt hatte. Das sprach dafür, dass der muskulöse Fremde allein gehandelt hatte. Zudem war auch kein überzeugendes Motiv ersichtlich, warum Conny Sandhaas ihren Noch-Ehemann hätte umbringen oder umbringen lassen sollen, jedenfalls keins, von dem Suzanne wusste, und sie hatte im Zuge ihrer Ermittlungen rund um die Scheidung der Sandhaas' eine Menge mitbekommen. Eine Kopie des Ehevertrages hatte sie sich mittlerweile auch besorgt, und es war, wie ihre Klientin gesagt hatte: Joseph Sandhaas wäre bei einer Scheidung leer ausgegangen. Und wenn Conny Sandhaas die Mörderin ihres Mannes gewesen wäre, dann hätte sie doch wohl kaum eine Privatdetektivin engagiert, um den wahren Mörder zu finden? Suzanne holte eine Packung Karamellbonbons aus ihrer Schreibtischschublade. Oder etwa doch? Hielt Conny Sandhaas sich für so gerissen, dass sie glaubte, sie könne

Suzanne auf eine falsche Spur locken und so später dann auch die Polizei von ihrer Unschuld überzeugen? Suzanne steckte sich ein Bonbon in den Mund. Während der köstliche, süß-bittere Geschmack nach karamellisiertem Zucker und Sahne ihren Mund erfüllte, kam sie zu dem Schluss, dass sie das nicht glaubte.

Was für Mordgründe waren aus Sicht der Staatsanwaltschaft noch möglich? Die Sache mit dem getöteten Hund hatte Conny erschüttert und war vielleicht das Einzige, was in Richtung eines möglichen Motives ging, aber ihre Klientin hatte nicht so gewirkt, als ob sie ihren Noch-Ehemann deshalb … Suzanne stockte plötzlich und setzte sich aufrecht hin. Die Sache mit dem Hund war extrem seltsam, wenn sie jetzt so darüber nachdachte. Conny hatte nie, jedenfalls nicht, bevor das Tier gestorben war, behauptet, dass ihr Noch-Mann gewalttätig gewesen wäre. Die Tötung des Hundes hatte sie viel eher fassungslos gemacht. Und das, obwohl die Sandhaas' einen gemeinen Scheidungskrieg geführt hatten. Sie hatten sich beschimpft und Sachen zerstört. Aber doch nie etwas getan, das einem anderen Lebewesen geschadet hatte. Und dann sollte Joseph Sandhaas plötzlich einen Hund getötet haben, mit dem er in den Tagen vorher friedlich im Garten Stöckchenholen gespielt hatte? Den er selbst drei Jahre zuvor als Wachhund angeschafft hatte? Da stimmte doch etwas nicht. Suzanne lutschte ein weiteres Bonbon. Abgesehen davon hatten die Eheleute, was Suzanne so mitbekommen hatte, mit ihren gegenseitigen Gemeinheiten geradezu geprahlt. Voreinander und vor anderen. Nur die Sache mit dem Hund hatte Joseph Sandhaas immer abgestritten. Was, wenn er tatsächlich unschuldig gewesen war? Und der wahre Mörder, der muskulöse Unbekannte vielleicht oder der dubiose »Engel«, den Hund vergiftet hatte, um ein paar Tage später ungestört in den Schuppen gelangen zu können? Das war weit hergeholt. Trotzdem. Sie spielte mit einem der Bonbonpapiere. Auch die absolut ungewöhnliche Art, wie Joseph Sandhaas gestorben war, und die Sache mit dem Amulett sprachen nicht für einen einfachen Scheidungskrieg, der eskaliert war. Es überzeugte sie einfach nicht, dass Trennungsstreitigkeiten, bei denen es nie zu Tätlichkeiten gekommen war, plötzlich in einer bestialischen Pfählung enden sollten. Hier musste es um etwas anderes gegangen sein. Etwas, mit dem ihre Klientin hoffentlich nicht das Geringste zu tun hatte.

Suzanne machte sich erst einmal einen doppelten Espresso mit der Kaffeemaschine im Flur, und während sie ihn langsam trank und in der Küche gleich noch ein belegtes Brötchen mit Mozzarella, Tomaten, Oregano und ganz viel Remoulade verspeiste, ging sie in Gedanken noch einmal durch, was Ragnar Iggy ihr über den Unbekannten erzählt hatte. Und über den »Engel«, von dem er nicht sicher war, ob der überhaupt existierte, der aber möglicherweise eine Kette an die Statue des Weinheiligen gehängt hatte. Sie öffnete das Fotoalbum ihres Handys. Die Polizei hatte die Kette zwar am Vortag abgeholt, aber sie hatte ein paar gute Fotos gemacht. Kopfschüttelnd betrachtete sie die Fratze auf dem Anhänger. Was zum Teufel konnte ein aztekischer Opferstein mit dem Tod eines Winzers in Durbach zu tun haben? Ein Winzer, der von einem vergifteten Speer ... Plötzlich musste sie wieder an die Legende von der Magd des Totengräbers denken, bei der ein Mann gepfählt und vergiftet worden war, weil er eine Frau verraten hatte. Sie strich sich über die Haare. Sie musste das endlich nachprüfen. Denn es war schon auffällig, dass Sandhaas genau wie in der Sage mit Eisenhut vergiftet und gleichzeitig gepfählt worden war.

Sie verabschiedete sich für ein paar Stunden aus dem Büro und fuhr nach Hause. Dort suchte sie über eine Stunde lang auf dem von der Sonne aufgeheizten Dachboden in den Kisten, die dort aufgestapelt in einer Ecke standen. Sie stieß sogar auf eine ihrer alten Zeichenmappen und ein paar Fotos, die sie sofort ungesehen wieder in den Karton zurückwarf, weil die Erinnerung immer noch schmerzte, bis sie endlich das alte Schulbuch aus der neunten Klasse fand, das sie gesucht hatte. Sie ließ sich auf einem betagten Rodelschlitten nieder. Über ihr schwebten duftend einige Büschel Pfefferminze, Rosmarin und Apfelringe, die sie zum Trocknen auf dem heißen Dachboden aufgehängt hatte. Sie blätterte durch das Buch, bis sie die *Legende von der Magd des Totengräbers* gefunden hatte. Über dem Text prangte ein alter schwarzweißer Holzdruck, der eine Frau mit einer hellen Schürze und einer brennenden Fackel in der Hand, mit der sie anklagend auf einen knienden Mann deutete, auf einem Friedhof zeigte.

Suzanne begann zu lesen. Der Beruf des Totengräbers, so entnahm sie der vorangestellten Erklärung, war im Mittelalter und in der frühen Neuzeit ein lukrativer, aber kein angesehener Beruf gewesen. Man unterstellte den Totengräbern, Hexer zu sein und böse Geister und Untote beschwören zu können. Bei der »Magd des Totengräbers« handelte es sich um Agnes Vetter, *ein züchtig Weib von unvorstellbarer Schönheit, deren Ehemann, ein Waffenschmied, früh verstorben ward und die, um ihre Kinder zu ernähren, bei einem durch den Weißen Tod reich gewordenen Totengräber um Arbeit als Magd ersuchte,* so die alte Erzählung. Der Totengräber aber war ein bösartiger und missgünstiger Mann, unzufrieden mit seinem Leben und seiner Ehe. Als er die wunderschöne Agnes sah, überkam ihn *ein gar unzüchtiglich Gelüst*. Er stellte die verzweifelte Frau für einen Hungerlohn ein. Schon am ersten Tag stieß er die Tür der Kammer auf, in der Agnes gerade den Boden schrubbte, zerrte die weinende Frau in eine Ecke und machte sie sich *mit Gewalt gefügig*. Als Agnes kurz darauf von ihm schwanger wurde und sich die Schwangerschaft schließlich nicht länger verbergen ließ, beschloss er, sie loszuwerden, um sich den brutalen Bruder seiner Ehefrau vom Hals zu halten, der es mit der ehelichen Treue offenbar etwas genauer nahm als er selbst. Der Totengräber zeigte Agnes bei der Inquisition an, behauptete, sie sei eine Hexe und habe ihre Kinder, insbesondere das Ungeborene, mit dem Teufel gezeugt und ihren Ehemann mit einem Krankheitszauber früh ins Grab gebracht. Agnes sei oft auf dem Friedhof, könne die Seelen der Verstorbenen anrufen und deren Gebeine zum Leben erwecken, sodass sie dann einen schauerlichen Tanz vollführten. Dort habe sie ihn verhext und ein schützendes Amulett aus seinem Haushalt entfernt.

Die unschuldig zum Tode verurteilte Agnes wurde schließlich als Hexe und Mörderin auf dem Scheiterhaufen verbrannt.

Als das Feuer erloschen war und sich die Nacht über das Dorf gesenkt hatte, wurde der Totengräber unsanft aus dem Schlaf gerissen. Am Rande seines Bettes stand Agnes, *nicht mehr aus Fleisch und Blut*, und sprach: *»Bekenne deine ruchlosen Taten auf dem Markt und tu Buße, oder stirb!«*

Der feige Totengräber aber bekannte seine Taten nicht. Er versprühte Weihwasser im ganzen Haus und ließ Holzkreuze über der Tür aufhängen. Wenige Wochen später erschien ihm Agnes davon unbeeindruckt ein zweites Mal *und brachte ihn mit einem in einen Sud aus Blauem Eisenhut getauchten Speer grausam zu Tode*. Nach der Tat faltete sie ihre Magdschürze zusammen und legte sie neben die Leiche, als Zeichen, dass sie nun aus ihrem Dienst als Magd ausgetreten war. Ein Teil des Goldes aus dem Haus des Totengräbers verschwand und wurde Agnes Kindern geschenkt. Das aus dem Haus des Totengräbers gestohlene Amulett wurde wenig später *als Mahnung hoch über der Stadt schwebend* gesichtet und verschwand dann spurlos.

Von diesem Zeitpunkt an, so hieß es in dem Buch weiter, sollte die Magd des Totengräbers immer wieder Schuldigen, die mit einer Tat davongekommen waren, erschienen sein und deren Opfer und die unschuldig Verurteilten gerächt haben. Die Magd erschien immer genau zwei Mal.

Beim ersten Mal forderte sie den Täter auf: »Bekenne deine Taten, tu Buße, oder stirb.« Wenn ein Schuldiger daraufhin nicht binnen weniger Wochen oder Tage öffentlich seine Taten gestand, brachte sie ihn beim zweiten Besuch um.

Suzanne setzte sich aufrecht hin. Ihr Mund war trocken. Die Ähnlichkeit konnte kein Zufall sein. Ungesühnte Verbrechen. In der Sage ging es gar nicht primär um eine verratene Frau, wie sie das in Erinnerung gehabt hatte, sondern um Rache und Selbstjustiz. Ein Täter, der mit seiner Tat davongekommen war, wurde von seinem Opfer gerichtet. Mit einem in Blauen Eisenhutsud getauchten Speer. Sie musste plötzlich an die Kette denken, die an der Statue des Weinheiligen aufgetaucht war. Auch das fügte sich in das Gesamtbild, wurde ihr plötzlich klar. Das Amulett, das die Magd in der Sage aus dem Haus entfernt hatte. An der Kette war doch auch ein Anhänger gewesen. Zwar aztekisch, was nicht so ganz in die Ortenauer Sagenwelt passte, aber immerhin ein Anhänger. Und das Amulett »schwebte« zwar nicht direkt, aber die Statue stand oben auf einem Hügel, und wenn man etwas »hoch über der Stadt« als »Mahnung« aufhängen wollte, dann war das der beste Platz, den man sich aussuchen konnte!

Sie rief mit dem Handy bei Paul in der Staatsanwaltschaft an. »Sag mal«, fragte sie, nachdem sie sich begrüßt hatten, »wurde in dem Sandhaas-Fall eigentlich etwas gestohlen? Gold vielleicht?«

Paul schwieg zunächst, etwas zu lang, wie ihr schien. »Das kann ich dir nicht sagen, dafür musst du Verständnis haben«, sagte er dann.

Es war also etwas gestohlen worden! Suzanne verspürte ein aufgeregtes Kribbeln im Magen. Sie fragte: »Kann es sein, dass die Tatsache, dass Sandhaas gepfählt und mit Eisenhutsud vergiftet …?«

»Woher weißt du das mit dem Gift?« Pauls Stimme klang plötzlich scharf.

Mist, sie hatte ganz vergessen, dass sie das mit dem Eisenhut ja eigentlich gar nicht wissen dürfte. Emil würde richtig sauer auf sie sein, und das zu Recht. »Äh, du hast mir doch selbst von der Pfählung … Und das mit dem Gift war nur so eine Vermutung nach den Schilderungen meiner Klientin vom Tatort … wegen des Apfelernterspeers …«, versuchte sie hilflos zurückzurudern.

»Aha. Dass der Speer mit Eisenhutsud getränkt war, das hat deine Klientin also ›gesehen‹, als sie ihren toten Mann gefunden hat?«

Suzanne antwortete nicht.

»Oder wusste deine Klientin vielleicht von dem Eisenhut, weil sie selbst die Täterin war?«, bellte Paul.

»Natürlich nicht!« Suzanne begann zu schwitzen. Wie konnte man so bescheuert sein, verflucht? Durch ihr unsinniges Herumgestammel hatte sie nicht nur Emil, sondern auch noch ihre Klientin in Schwierigkeiten gebracht.

»Du weißt, dass du als Detektivin *kein* Schweigerecht gegenüber den Ermittlungsbehörden hast! Also: Wusste deine Klientin von dem Eisenhutsud?«

»Das kann ich dir wirklich nicht …«

»Sagst du es mir hier am Telefon, oder soll ich die Kripo bei dir vorbeischicken?«

Sie spürte, wie ein Schweißtropfen langsam über ihr Gesicht lief. »Paul«, sagte sie. »Meine Klientin weiß nichts von der Sache mit dem Eisenhut.«

»Erzähl mir keinen Unsinn.«

»Sie hat nichts erwähnt. Ehrlich.«

»Und wie bist du dann auf das Gift gekommen?«

Sie antwortete nicht, aber sie hätte genauso gut »Emil« sagen können.

»Was weißt du sonst noch? Sag mir bitte alles.« Pauls Stimme duldete keinen Widerspruch. Seine Staatsanwaltsstimme.

»Die Legende von der Magd des Totengräbers«, ging

sie nach kurzem Überlegen in die Offensive. »Ich denke, der Täter hat die Legende von der Magd des Totengräbers nachgespielt. Was für ein bislang ungesühntes Verbrechen hat Sandhaas begangen, für das er nun gepfählt wurde?«

Paul schwieg lange, und ihr war klar, dass sie ins Schwarze getroffen hatte. Die Staatsanwaltschaft vermutete also genau das Gleiche. Schließlich fauchte Paul: »Hat dieser verfluchte Emil dir das auch noch erzählt? Ich bring den Mann eines Tages auf seinen eigenen Seziertisch, das schwör ich dir.«

»Nein, das habe ich mir selbst zusammengereimt«, gab Suzanne zurück.

»Was hast du dir denn sonst noch *zusammengereimt*?«

Sie erzählte ihm, dass sie glaubte, das Amulett an der Kette habe auch mit der Sache zu tun. Und vielleicht der getötete Hund. Im Grunde waren das reine Vermutungen. Aber sie reichten, um Paul ziemlich nervös zu machen, das spürte sie. Als sie geendet hatte, dauerte es erneut eine Weile, bis der Staatsanwalt sprach. Dann sagte er: »Suzanne, ich werde hier nichts bestätigen, weil ich das nicht darf und weil wir noch in laufenden Ermittlungen stecken, aber ich würde dich bitten, über das, was du mir gerade erzählt hast, um jeden Preis zu schweigen. Ich will nicht, dass die Presse Wind von der Sache bekommt. Dass die Ermittlungen gefährdet werden, weil vielleicht falsche Dinge an die Öffentlichkeit …«

»Du hast mein Versprechen! Das ist mir alles vollkommen klar. Aber eines muss ich trotzdem wissen, weil es meine Klientin entlasten könnte, wenn das Motiv dieses Mordes kein Scheidungskrieg ist: Was für ein Verbrechen könnte dieser Sandhaas begangen haben, für das er hingerichtet wurde?«

»Wahrscheinlich überhaupt keins«, sagte Paul, seine Stimme klang nun wieder ruhiger. »Auch deshalb darf nichts von diesem Quatsch an die Öffentlichkeit dringen.

So was kann schnell den Nachruf eines Unschuldigen ruinieren. Und den Ruf seiner Angehörigen. Wenn du mich fragst, war hier einfach ein Verrückter am Werk. Ein Verrückter, der mit deiner Klientin zusammengearbeitet hat.« Er räusperte sich. »Suzanne«, fuhr er fort, »was auch immer du herausfindest: keine Alleingänge, klar? Wenn so ein Täter denkt, dass du eine Gefahr für ihn sein könntest ...«

Er sprach nicht weiter, aber Suzanne fuhr ein Schauder über den Rücken.

Kapitel 13

Nach dem Gespräch mit Paul blieb Suzanne eine Weile wie gelähmt auf ihrem Schlitten sitzen. Sie fühlte sich mies, auch wenn sie, was die Ermittlungen anging, weitergekommen war. Würde Paul wegen ihres Anrufs jetzt etwas gegen Emil oder gegen ihre Klientin unternehmen? Bestimmt hatte Emil gegen irgendwelche Gesetze verstoßen, weil er ihr das mit dem Eisenhut verraten hatte. Würde er nun ein Gerichtsverfahren erdulden müssen? Möglicherweise sogar seine Stelle verlieren? Einfach, weil er nett zu ihr gewesen war? Und hatte sie gerade vielleicht auch noch entscheidend dazu beigetragen, dass ihre Klientin wegen Mordes verurteilt wurde? Sie verspürte ein schmerzhaftes Stechen im Magen. Das hatte sie nicht gewollt. Von wegen Entrepreneurin des Jahres. Was konnte sie tun, um alles wiedergutzumachen? Sie hatte Paul am Ende ihres Telefonats angefleht, einfach zu vergessen, dass sie angerufen hatte, aber ob er das tun konnte und auch würde? Versprochen hatte er ihr jedenfalls nichts. Langsam stand sie auf und verließ den Dachboden. Ihre Beine fühlten sich seltsam schwer an, und sie hatte einen Kloß im Hals. Sie ging direkt in die Küche. Holte eine riesige Packung Sahneeiscreme aus dem Tiefkühlfach und löffelte die halbe Packung leer. Danach musste sie sich beinahe übergeben. Erneut übermannte sie das schlechte Gewissen, nun auch noch deshalb, weil sie wieder so viel und so zuckerhaltig gegessen hatte. Sie schmiss den Rest der Packung wütend in die Mülltonne. Dann rief sie bei Emil an und gestand ihm alles. »Es tut mir so leid«, sagte sie. Sie fühlte sich grauenhaft.

Emil hatte ihr zugehört, ohne sie zu unterbrechen, was

ungewöhnlich für ihn war. Schließlich sagte er: »Ich habe das selbst zu verantworten.«

»Nein, hast du nicht«, murmelte sie. »Das ist meine Schuld.«

»Ich hätte nicht mit dir reden müssen.« Er schien nicht wütend auf sie zu sein, und das machte es irgendwie noch schlimmer. Wenn er ihr Vorwürfe gemacht hätte, dann hätte sie das verstanden, aber wenn er so nett zu ihr war …

»Du hast dich doch bestimmt strafbar gemacht, weil du mir Dienstgeheimnisse verraten hast. Was, wenn Paul jetzt ein Strafverfahren gegen dich einleitet? Du weißt doch, wie er drauf ist.«

»Dann heuer ich bei dir an. Als Detektiv«, erwiderte Emil, und seltsamerweise schien er zu grinsen, das hörte sie. »Dann wird dein Laden so was von brummen.«

»Emil, das ist kein Spaß, verflucht.«

»Paul hat tatsächlich gerade bei mir angerufen, und er war sehr, sehr wütend«, bekannte Emil, und jetzt hörte sie mit noch größerem Befremden, dass er kicherte. »Ich habe ihm dann aber erklärt, dass du nur deinen Job machst.«

»Ich fürchte, auf dem Ohr ist Paul taub.«

Erneut kicherte Emil. »Ich habe dir, glaube ich, nie genau erzählt, wie Paul und ich uns kennengelernt haben, oder? Der große, fehlerlose Paul. Weißt du, warum er mich nicht leiden kann? Weil er mir was schuldet. Deshalb ist er seit Ewigkeiten sauer auf mich. Und deshalb wird er auch ganz bestimmt nichts gegen mich unternehmen. Denn wenn er redet, dann rede ich auch. Und dann kommt alles raus.«

Sie runzelte die Stirn. »Was kommt alles raus?«

»Das kann ich dir leider nicht verraten. Aber es hat mit einer gebrauchten Sporthose von Paul und dem Torso einer Wasserleiche zu tun.« Emil lachte, dann fuhr er fort: »Ich glaube auch nicht, dass Paul irgendwas von dem, was du ihm gesagt hast, gegen deine Klientin verwendet. Er ist ein

Kotzbrocken, aber er ist nicht blöd, und er weiß genau, dass ich dir das mit dem Eisenhutsud erzählt habe und nicht sie. Deine Klientin wusste doch wirklich nichts davon, oder?«

»Nein, nicht dass ich wüsste.« Suzanne musste plötzlich auch lächeln. Erleichterung strömte warm durch ihre Adern. »Und du bist wirklich nicht sauer auf mich?«

»Mmmh, das habe ich nicht gesagt. Aber ich denke, ich könnte dir ganz vielleicht verzeihen, wenn du mich bald mal im *Brandeck* zum Essen einlädst.«

»Geht klar«, sagte sie.

Nach dem Telefonat fuhr sie zurück ins Büro. Als sie durch die Tür trat, streckte ihr ihre Sekretärin mit einem breiten Lächeln einen Zettel hin. »Ich hawwe das ain bissle beschleunigt«, sagte sie. »Mainer Schwester ihr Mann schafft do.« Suzanne verstand erst nicht, was sie meinte, bis sie den Zettel durchgelesen hatte. Das Nummernschild. »Wie genial ist das denn!«, freute sie sich. Ihr war klar, dass Alleingänge bei den Ermittlungen gegen einen durchgedrehten Mörder gefährlich waren, und daher musste sie wohl bald über ihren Schatten springen und noch einmal mit Paul reden, auch wenn er sie am Telefon ziemlich harsch abgefertigt hatte. Sie würde ihm entgegenschleudern, dass sie den Mordverdächtigen gefunden hatte, und auflegen. Aber als Erstes musste sie selbst einen Blick auf die Sache werfen. Für den Fall, dass Ragnar ihr das falsche Autokennzeichen genannt hatte und der Besitzer des Wagens beispielsweise ein vollkommen harmloser Rentner war. Sie wollte sich gar nicht ausmalen, wie Paul reagieren würde, wenn sie die Polizei mit falschen Vermutungen dazu brachte, ein Sondereinsatzkommando in ein Altenheim zu schicken, um einen Rentner beim Mühle-Spiel zu Tode zu erschrecken. Ihre Finger hüpften über die Tastatur, als sie den Namen des muskulösen Unbekannten in die Internetsuchmaschine eingab. Ein Foto tauchte auf, der Unbekannte war ziemlich gutaussehend, mit graumelierten Haaren und glitzernden Augen und wirklich ziemlich vielen Muskeln. Das passte schon mal perfekt zu der Beschreibung, die Ragnar Iggy ihr gegeben hatte, und das konnte kein Zufall sein. Ihr Bekannter hatte sich also trotz eingelegtem Fliegenpilz offenbar an das richtige Nummernschild erinnert. Sie runzelte die Stirn. Betrachtete den Unbekannten auf dem Foto genauer. Er kam ihr irgendwie bekannt vor. Sie las den dazugehörenden Interneteintrag. Das war ja seltsam: Der Typ war ebenfalls Privatdetektiv! Sie kaute auf ihrer Unterlippe. Hatte sie ihn vielleicht auf einer Detektivfortbildung schon einmal gesehen? Sie klickte weiter, ein anderes Foto erschien, und jetzt musste sie zweimal blinzeln. Unmöglich! Plötzlich wusste sie, wo sie ihn getroffen hatte! Beim *Feinstäuble*. Der mutmaßliche Mörder von Joseph Sandhaas hieß Henry Marbach, und er hatte am *Dieselskandal*-Stand Maultaschen und Tequila verkauft!

Kapitel 14

Suzanne war ein wenig enttäuscht von diesem Ergebnis. Ein Kollege also. Das musste eine falsche Spur sein, denn wenn dieser Henry Marbach Privatdetektiv war, dann hatte er vermutlich einen vollkommen legitimen beruflichen Grund dafür gehabt, sich in der Nacht in der Nähe von Sandhaas' Haus aufzuhalten. Dafür sprach auch, dass er in den Tagen vor dem Mord Informationen über den Winzer gesammelt und mit ihrer Bekannten ein »Lewwerkäsweggle« gegessen hatte, denn auch das musste Marbach gewesen sein. Hingen seine Recherchen etwa mit dem ungesühnten Verbrechen zusammen, das Sandhaas möglicherweise begangen hatte? Suzanne strich sich über die Haare. Wenn sie Glück hatte, hatte der Kollege in der Nacht etwas beobachtet, das sie der Lösung des Falls näherbrachte. Warum hatte er sich bisher eigentlich noch nicht bei der Polizei gemeldet? Oder hatte Paul ihr das nur verschwiegen? Nebenbei interessierte es sie auch brennend, was der Detektiv am *Dieselskandal*-Stand getrieben hatte. Undercovernachforschungen im Auftrag einer konkurrierenden Band gegen Liam etwa, um dessen Geheimnis ans Licht zu bringen? Sie suchte sich die Nummer der Detektei in Stuttgart heraus. Niemand nahm ab. Halbherzig recherchierte sie ein wenig über ihren Kollegen – und wurde unerwarteterweise fündig. Dieser Henry Marbach war vor zehn Jahren bei der Polizei rausgeflogen. Weil er einen Gefangenen bedroht und verprügelt haben sollte, der der Vergewaltigung verdächtigt worden war. Verdächtigt, nicht verurteilt. Und Marbach hatte das Recht, oder vielmehr das, was er für das Recht gehalten hatte, selbst in die Hand genommen. Beinahe wie in der Legende.

Suzanne atmete schneller. Selbstjustiz hörte sich finster genug an, um weiterzusuchen. Als sie nach drei Stunden einen neuen Espresso und eine kleine Schneckennudel holte, war ihre Meinung über Henry Marbach eine vollkommen andere als am Anfang. Mittlerweile hielt sie es nicht mehr für unwahrscheinlich, dass er der Mörder von Sandhaas gewesen war. Marbach hatte von klein auf in der elterlichen Boxschule geboxt und Kampfsport betrieben. Sein Spitzname war »der Killer« gewesen. Weil er nicht aufgegeben hatte, bis seine Gegner ausgeknockt waren. Sein Vater hatte in einem uralten Interview in einer Lokalzeitung gesagt, sein fünfzehnjähriger Sohn interessiere sich für nichts außer für Kampfsport und Comicsuperhelden. Suzanne fand weiter heraus, dass Marbach später bei der Polizei angefangen hatte, weil er »einen ausgeprägten Gerechtigkeitssinn« und eine »Wut auf das Böse« gehabt habe. Offenbar hatte legale Polizeiarbeit seinen Gerechtigkeitssinn aber nicht befriedigen können. Was, wenn es ihm irgendwann auch nicht mehr genügt hatte, Verdächtige, die seiner Meinung nach schuldig waren, zu verprügeln? Sie knabberte an den Resten ihrer Schneckennudel. Marbachs Detektei war insolvent und seine finanziellen Verhältnisse mehr als angespannt, zudem stand er kurz davor, seine Wohnung und sein Büro zu verlieren. Insgesamt hatte er Schulden in Höhe von mindestens dreißigtausend Euro. Soweit sie das nach der kurzen Zeit überblicken konnte, hatte er das meiste für irgendwelche Prestigegegenstände ausgegeben. Eine angesagte Uhr, das neueste Handy, Klamotten, Wohnungseinrichtung. Der Mann schien allen vorzuspielen, er sei reich. Ein Wunder, wie er sich so lange über Wasser gehalten hatte. Aber jetzt stand er kurz davor zu ertrinken. Und da war plötzlich ein Klient gekommen, und sie wollte mal davon ausgehen, dass es nicht Conny Sandhaas gewesen war, und hatte ihm einen besonderen Auftrag gegeben, einen, der Marbachs Gerechtigkeitssinn ebenso zugesagt hatte wie seinem leeren Bankkonto. Einen Mordauftrag. Suzanne trommelte mit den Fingern auf den Tisch. Um seinem »Gerechtigkeitssinn« Genüge zu tun, war Marbach hingegangen und hatte zunächst in Durbach recherchiert, ob Sandhaas wirklich ein bislang ungesühntes Verbrechen begangen hatte, und als das für ihn feststand, hatte er Sandhaas umgebracht. Nein, es musste anders gelaufen sein, er hatte den Winzer nicht sofort getötet. Marbach hatte die badische Sage offenbar gekannt. Bestimmt hatte er Sandhaas vor dem Mord aufgefordert, seine Tat zu gestehen, was auch immer diese Tat gewesen sein könnte. Und weil Sandhaas das nicht getan hatte, vielleicht deshalb, weil er in Wirklichkeit tatsächlich unschuldig gewesen war, hatte Marbach ihn umgelegt. Sie holte sich noch einen Espresso, obwohl sie von dem vielen Koffein schon ganz zittrig war. War das wahrscheinlich? Dass so ein Kampfsportler und Expolizist hinging, eine Sage nachspielte und sein Opfer mit einem in Eisenhutsud getauchten Apfelernter pfählte und danach einen Busch mit einem Bolzenschneider zerfetzte? Suzanne wiegte den Kopf hin und her. Wenn sie eines gelernt hatte bei ihrer bisherigen Tätigkeit, dann, dass es eigentlich nichts gab, was es nicht gab. Sie wischte mit der Hand die Schneckennudel-Brosamen von ihrem Tisch in den darunter stehenden Mülleimer. Die Sache mit dem Death-Metal-Festival passte irgendwie auch ins Bild. Da konnte die Musik nichts dafür, aber es gab, wie überall natürlich, schon ein paar schräge Vögel unter den Fans, und der eine oder andere war richtig durchgeknallt. Und dieser Marbach schien ja ein extremer Death-Metal-Fan zu sein, wenn er beim *Feinstäuble* den ganzen Tag direkt neben der Bühne arbeitete. Das machte garantiert niemand nur wegen des Geldes oder wegen eines Undercoverauftrags, wenn sie jetzt so darüber nachdachte. Da haute es einem ja das Trommelfell heraus. Beim Maultaschenessen hatte selbst sie Ohrstöpsel getragen, und das wollte etwas heißen! Und trotzdem war es ihr beim Stand fast zu laut gewesen. Wenn man nicht eins wurde mit der wundervollen Musik, dann hielt man es da auf gar keinen Fall aus. Außerdem hatte es so ausgesehen, als kenne dieser Marbach sogar den *Bandmanager* von *Dieselskandal* ziemlich gut, und ganz ehrlich: Das waren ja wohl nur die eingefleischtesten Fans, die den *Bandmanager* einer Band kannten. Und dieser Marbach hatte den Bandmanager sogar »Achim« genannt. Sie hatte das in einer Konzertpause gehört, als sie für einen Moment die Ohrstöpsel hatte herausnehmen können. Und den Bandmanager mit dem Vornamen ansprechen zu dürfen, so weit war sie ja leider noch nicht mal selbst! Sie siezten sich noch, und dabei hatte sie auch schon zweimal mit von Arnhold geredet. Achim von Arnhold war ein Stuttgarter Urheberrechtsanwalt, und er war der größte Death-Metal-Fan, den sie je kennengelernt hatte. Managte neben seiner erfolgreichen Kanzlei drei Bands! Ein netter Typ, wenn auch sehr schwäbisch. Fleißig, erfolgreich und gleichzeitig ein wenig behäbig, so waren sie halt, die Schwaben. Suzanne dachte nach. Sie konnte von Arnhold doch mal anrufen. Wenn Marbach und er sich doch kannten. Vielleicht konnte der Anwalt sie zu Marbach führen? Sie wiegte den Kopf hin und her. War das wirklich noch Recherche in ihrem Fall? Oder ging es ihr nicht vielleicht darum, einen Vorwand zu haben, mal wieder mit dem Bandmanager von *Dieselskandal* zu reden und so irgendwann Liam näherzukommen? Es war sehr unwahrscheinlich, dass von Arnhold wusste, wo Marbach war, denn warum in drei Teufels Namen sollte ein erfolgreicher Stuttgarter Anwalt wissen, wo sich der Typ gerade aufhielt, der an seinem *Dieselskandal*-Maultaschenstand gejobbt hatte? Einen Versuch war es trotzdem wert, und warum nicht das Nützliche mit dem Angenehmen verbinden? Sie suchte die Nummer der Kanzlei heraus und wählte sie, während sie sich überlegte, was sie dem Anwalt sagen würde.

»Kanzlei von Arnhold und Kollegen«, meldete sich eine weibliche Stimme am anderen Ende der Leitung.

»Griesbaum hier, von der Detektei Griesbaum«, sagte Suzanne. »Könnte ich bitte Herrn von Arnhold sprechen?«

»Worum geht es denn genau?«

»Das würde ich gerne mit Herrn von Arnhold persönlich besprechen.«

»Haben Sie vielleicht ein Aktenzeichen?«

»Es geht nicht um einen Fall, sondern um einen Herrn Henry Marbach, der …«

»Herr von Arnhold weilt derzeit leider zu Gericht.«

Die Stimme der Frau klang plötzlich angespannt.

»Wann kommt er zurück?«

»Vielleicht gar nicht?«

»Aber …«

Suzanne hörte nur noch ein Tuten in der Leitung, ihre Gesprächspartnerin hatte offenbar aufgelegt. Na toll, da war sie ja weit gekommen, auch wenn sie sich ziemlich sicher war, dass die Stimme der Anwaltsgehilfin sich verändert hatte, nachdem sie den Namen »Henry Marbach« erwähnt hatte. Kannte die Frau ihn? Arbeitete er etwa als Detektiv für die Kanzlei? Aber der Anwalt konnte sich doch sicher einen besseren Ermittler leisten. Oder war er etwa ein Mandant? Im Sandhaas-Mordfall? Sie würde das herausfinden. Sie suchte sich von Arnholds Privat- und Kanzleiadresse heraus. Dieser Anwalt war bestimmt nicht den ganzen Tag bei Gericht! Sie hatte doch erst neulich aus reinem Interesse mal wieder ein wenig über ihn recherchiert. In einem Interview hatte er in viel härterem Schwäbisch als bei den Gesprächen mit ihr gesagt, sein wundervolles »Gschäffd« bestehe in der Betreuung von Musikern, für die er »Verdrääg« entwerfe. Er sei seit Jahren eigentlich überhaupt nicht mehr »bei G'richt«, und er vermisse »des Romgebruddle« ehrlich gesagt überhaupt nicht. *Dieselskandal* sei im Moment seine erfolgversprechendste Nachwuchsband,

»Heiligsblechle, isch doch wohr, do musch dir nur Toxoplasmodig dribb ahera!«, und er werde sie ganz groß rausbringen, das habe er im Gefühl. Suzanne lächelte. Wo der Anwalt recht hatte, hatte er recht. Trotz aller Sympathie: Sie würde sich von Arnhold vorknöpfen, und wenn er etwas über Marbach wusste, würde sie es aus ihm herauskitzeln, und dann würde er sie zu Marbach führen, den sie am Ende mit einem Lächeln der Polizei überlassen konnte. Was würde Paul sich ärgern, wenn sie den Fall löste. Und Conny Sandhaas wäre entlastet. Sofern sie Marbach nicht beauftragt hatte, aber davon wollte Suzanne nach wie vor nicht ausgehen, sie glaubte ihrer Klientin. Sie würde die Tage mal nach Stuttgart fahren. Als Erstes würde sie bei von Arnhold in der Kanzlei vorbeischauen, und dann bei ihm zu Hause, und dann … Mit vor Aufregung plötzlich zitternden Händen zog Suzanne die unterste Schreibtischschublade auf und holte einen Zettel heraus. Auf dem Zettel stand die Adresse des Probenraums von *Dieselskandal* in Ettlingen. Jetzt waren ihre stundenlangen Recherchen endlich mal zu etwas gut. Und es war so was von schwer gewesen, diese Adresse herauszufinden. Topsecret, weil dort das neueste Album *Myocardial Infarction* entstand. Sie hatte den Trailer schon gehört, der Hammer. Sie zögerte nur eine winzige Sekunde, ehe sie eine Entscheidung traf. Ihre Klientin saß in U-Haft und brauchte dringend Hilfe. Und dieser Marbach flüchtete wahrscheinlich gerade ins entfernte Ausland. Daher sollte sie zumindest Ettlingen heute noch erledigen. Im Moment waren die Proben in vollem Gange, und sie hatte gehört, dass Liam und die Band sich für einen großen Musikpreis beworben hatten und bald bei einem Wettbewerb auftreten würden. Es war also ziemlich wahrscheinlich, dass der Bandmanager im Moment deshalb nicht in seiner Kanzlei war, weil er sich in Ettlingen um seine Schützlinge kümmerte. Suzanne verließ das Büro und fuhr nach Hause, schminkte sich und zog ihre neue, weit ausgeschnittene

Bluse an, die locker über ihre Jeans fiel und in der sie ziemlich sexy aussah. Denn wer konnte schon wissen, vielleicht würde sie bei der Gelegenheit zufällig auch die Möglichkeit haben, endlich mal mit Liam zu quatschen?

Kapitel 15

Es hatte Henry den verdammten halben Tag gekostet, diesen verdammten Gemeinderat zu finden, der mit diesem verdammten Sandhaas über den verdammten toten René gequatscht hatte, und wahrscheinlich war das sowieso eine verdammt falsche Spur! Nach einer ausgesprochen unbequemen Nacht im Porsche, in der Henry Schlafpositionen kennengelernt hatte, die man im Yoga vermutlich als abgeknickte Wurzel und doppelten Palsteg bezeichnen würde, und einer Morgentoilette in einem öffentlichen Klo in der Offenburger Innenstadt, in dem ständig das Licht ausgegangen war, war er nicht wirklich in der Stimmung für Recherche gewesen, aber schließlich hatte er in einem etwas dubiosen Internetcafé trotzdem herausgefunden, wo dieser Daniel Laubis wohnte. Jetzt saß er seit geschlagenen vierzig Minuten mit leerem Magen vor dem verdammten Haus und beobachtete den verdammten Typen durch die Glasfront, wie er eine verdammte Hundezeitung las, mit einer Frau redete, die offensichtlich seine Haushälterin war, und Scones von einer gottverdammten Etagere aß. Und immer noch wusste Henry nicht, wie er die Sache angehen sollte, ohne dass Laubis ihm die Tür vor der Nase zuschlug oder, noch schlimmer, die Polizei rief. Sollte er sich als jemand ausgeben, der René nahegestanden hatte? Oder Sandhaas? Oder sollte er als Detektiv auftreten, der in einem der Todesfälle ermittelte? Ihm gleich eine reinhauen? Wie auch immer, Henry hatte das dumpfe Gefühl, dass Laubis nicht mit ihm reden würde. Nach weiteren zehn Minuten, in denen er überlegte, kam die Haushälterin mit einer Einkaufstasche und einem ziemlich großen

Hund an der Leine aus dem Haus, und der Gemeinderat ging eine Treppe nach oben, wo Henry ihn weiterhin durch die auch dort bestehende Glasfront sehen konnte. Er probierte verschiedenfarbige Krawatten an. Henry schlug mit der Faust aufs Lenkrad. Es half nichts, er musste es angehen. Eine bessere Gelegenheit als jetzt, wo Laubis allein zu Hause war, würde sich nicht bieten. Und wenn er nicht den Rest seines Lebens unschuldig im Knast verbringen wollte, dann musste er diesen verdammten Fall mal ganz schnell aufklären. Achims Hemd, das er zum Schlafen ausgezogen hatte, kam ihm heute noch strammer vor als gestern. Wie eine Zwangsjacke umklammerte es ihn, drückte seine Lungenflügel ein, er konnte kaum aus dem Auto aussteigen. Er betrat den offenen Vorgarten, in dem hohe Gräser, Rosen und blaulila blühende Stauden, die seine Oma auch in ihrem Bauerngarten gezüchtet hatte und die, soweit er sich erinnerte, ziemlich giftig waren, wuchsen. Auf dem Weg lag nicht ein einziges abgefallenes Blättchen, kein Gräschen spross durch die Ritzen der Platten. »Do hot dr Sensahmoh perseehnlich Kudder ond Kerwisch gschwonga«, hätte seine Oma zu so einem sauberen Garten gesagt. Henry klingelte, lange passierte überhaupt nichts. Nur sein Hemd knarzte bei jedem Atemzug leise und bedrohlich. Schließlich öffnete der Gemeinderat ihm die Tür. Er trug eine breite, karierte Krawatte zu einem hellgelben Hemd mit einem Anstecker, auf dem *Deutschland den Deutschen* stand, und war ein wenig außer Atem, wahrscheinlich von dem Weg die Treppen nach unten. »Bitte?«, keuchte er.

»Guten Tag, Herr Laubis«, sagte Henry, der sich für die Beinahe-Wahrheit entschieden hatte, und streckte seinem Gegenüber eine Visitenkarte hin, »ich bin ein Privatdetektiv aus Stuttgart, und ich ermittle in den Todesfällen Joseph Sandhaas und René …«, er nuschelte etwas Unverständliches, weil er ja den Nachnamen von diesem René nicht sicher wusste, »und ich würde gerne mit Ihnen sprechen.«

Laubis' Augen weiteten sich. Er wurde kreidebleich. »Verschwinden Sie! Ich lasse mich nicht erpressen!«

Keine Ahnung, auf was er da gestoßen war, aber auf irgendetwas war er gestoßen! »Ich habe nicht vor, Sie zu erpressen. Aber ich würde vorschlagen, Sie bitten mich herein. Ich denke, wir sollten das nicht hier draußen …«

»Ich habe Ihnen nichts zu sagen! Privatdetektiv, wollen Sie mich für dumm verkaufen? Ist der Tussi keine bessere Lüge eingefallen? Verschwinden Sie!« Der dicke Mann hatte sich wieder gefangen. Er griff nach der Tür, wollte sie offenbar schließen. Henry machte beherzt einen Schritt nach vorne über die Schwelle. Streckte den Arm aus. In diesem Moment sprengte sich der rechte Hemdsärmel von seinem Arm ab und rutschte nach unten. »Nicht so schnell«, sagte Henry hart und versuchte, den Ärmel wieder nach oben zu schieben. Es funktionierte nicht, aber noch wollte er sich nicht damit abfinden, bei diesem Gespräch einseitig schulterfrei tragen zu müssen.

Laubis wich ein Stück zurück, als habe Henry ihn geschlagen. Seine Schweinsäuglein scannten die Umgebung ab, möglicherweise suchte er nach einer Fluchtmöglichkeit oder einer Waffe, aber in beiden Fällen machte sich Henry nicht wirklich Sorgen. Den Typen steckte er in jeder Hinsicht in die Tasche.

»Warum helfen Sie solchen Leuten?«, bruddelte der.

»Wie schon gesagt, ich bin Privatdetektiv. In diesem Fall ermittle ich in eigener Sache.«

Laubis musterte den kaputten Hemdsärmel, der wie ein verknuddelter Armreif an Henrys Unterarm hing. Plötzlich schrie er aus Leibeskräften: »Hiiiilfe, Hiiiilfe!«

Henry zuckte zusammen, stieß den Mann mit einer entschlossenen Bewegung in die Wohnung und knallte die Tür hinter ihnen beiden zu. Es tat ihm leid, aber er musste mit Laubis reden. Der Hemdsärmel rutschte weiter nach unten über seine Hand. Henry zog ihn aus und stopfte ihn in die Hosentasche. »Hören Sie bitte auf zu schreien«, sagte er ruhig. »Ich tu Ihnen nichts, versprochen, ich brauche nur ein paar Informationen.« Hoffentlich hatten die verdammten Nachbarn nichts gehört. Er bugsierte den jammernden Mann ins Wohnzimmer. »Setzen Sie sich!« Laubis ließ sich auf einen Sessel plumpsen. »Sie haben nichts dagegen?« Henry wartete die Antwort nicht ab und nahm sich ein Scone von der Etagere, er hatte noch nicht gefrühstückt, und das machte ihn ziemlich aggressiv.

Laubis wimmerte: »Was wollen Sie von mir?«

»Wie wäre es erst mal mit einem Kaffee?«

Der Mann stemmte sich mühsam wieder aus seinem Sessel heraus. Seine Augen glitten hinüber zu einer geöffneten Tür, offenbar der Küche, in der auf dem Tisch ein Handy lag. »G…gerne.«

»Ich gehe lieber mal vor.« Henry war hungrig wie ein Wolf und biss von seinem Scone ab. Gar nicht schlecht, auch wenn er Scones lieber ohne Heidelbeeren mochte. Sie gingen gemeinsam in die Küche. Henry legte Laubis' Handy sicherheitshalber ganz oben auf einen der Küchenschränke, wo es der Politiker, der deutlich kleiner war, nicht erreichen konnte. »Je schneller Sie meine Fragen über die Todesfälle beantworten, desto schneller bin ich weg, versprochen«, sagte er.

»Sie lügt, glauben Sie mir das! Sie will mir schaden! Sie sind ein Ehrenmann, so was sehe ich gleich, Sie haben doch mit so einer nichts zu schaffen! Ich habe nichts zu gestehen, richten Sie ihr das aus. Ich muss verleumdet worden sein, bitte, bitte glauben Sie mir das«, stammelte Laubis, während er mit zitternden Händen versuchte, eine Kapsel in eine kleine goldene Kaffeemaschine zu stecken, schließlich eine Tasse darunter stellte und auf einen Knopf drückte.

Henry wusste nicht mit Sicherheit, wer »sie« war, aber er bemühte sich um ein Pokerface. Wenn jemand einen einärmeligen gewaltsamen Eindringling als »Ehrenmann« bezeichnete, hatte derjenige entweder furchtbar Angst oder etwas zu verbergen. Oder beides. »Ich denke, Sie haben sehr wohl etwas zu gestehen«, behauptete er ins Blaue hinein und lehnte sich an den Türrahmen. Der andere Ärmel seines Hemdes riss unterhalb der Schulter mit einem Knall ein Stück ein.

»Aber nein, nein, ganz b…bestimmt nicht. Richten Sie ihr das aus, ja? Und sagen Sie ihr auch, ich habe jetzt einen echten D…Dogo Argentino als Wachhund und eine W… Waffe.« Laubis' Stimme klang seltsam hoch. Er legte seine Hand mit den Wurstfingern auf Henrys noch angezogenen Arm. Klammerte sich richtiggehend fest. Sein Gesicht war ganz rot, und er wirkte, als würde er gleich in Tränen ausbrechen. Als er seine Hand bewegte, riss mit einem Ritsch der zweite Ärmel auch noch ab. Henry fluchte. »Blöd, dass Ihr Wachhund gerade Gassi gegangen ist«, sagte er. »Fangen wir mit René an. Mit seinem Tod.«

»Das war ein U…Unfall. Was soll es denn sonst gewesen sein?« Laubis starrte den heruntergerutschten Hemdsärmel an, den er immer noch umklammert hielt, und ließ ihn schließlich los. »Falls nicht … I…ich schweige wie ein Grab! Das habe ich bisher auch getan. Sie hätte gestern nicht nochmal durch mein F…Fenster schauen müssen. Sagen Sie ihr das, ja?«, fügte er schnell hinzu. »Dass R… Renés Tod ein Mord war, das ist allein auf Josephs Mist gewachsen. Der Joseph war schon immer ein w…wenig … Er war Waldorfschüler und hatte einfach eine Menge F…Fantasie, wissen Sie?« Laubis lachte, es klang wie ein Schluchzen. »Zwerge, Elfen, Mordkomplotte, das war alles nur in Josephs K…Kopf. Ich kenne René von früher, habe aber seit Jahren eigentlich keinen Kontakt mehr zu ihm, daher weiß ich nicht genau … R…René litt an Krebs, unheilbar, und er … Vielleicht hat er das einfach nicht mehr ertragen. Er hat sich selbst vor einen ICE gelegt … Denn wer hätte jemanden wie René Männle umbringen sollen? René war Polizist. Und ein Heiliger. Alles andere ist Verleumdung!« Laubis schob Henry den Kaffee hin. Auf der Tasse war ein schnörkeliges Zeichen, das an ein Hakenkreuz erinnerte. »Milch? Zucker?« Seine Stimme klang zittrig.

»Schwarz, bitte.« Sie gingen ins Wohnzimmer zurück, und Henry nahm das letzte Scone von der Etagere. René Männle war also tatsächlich der Tote, über den Laubis und Sandhaas gesprochen hatten. Aber Laubis log ihn an, so viel war klar. Er glaubte, dass dieser René umgebracht worden war. Und Laubis kannte den Mörder. Die Mörderin, um genau zu sein, er sprach ständig von einer »sie«. Henry hatte eine ganz böse Ahnung, wer diese »sie« war.

»Bei Joseph Sandhaas war es aber eindeutig kein Unfall«, bemerkte er und biss kräftig ab.

Laubis breitete in einer Geste des Ergebens die Arme aus. »D...da muss ich Ihnen allerdings r...recht geben. Wobei ich es Joseph durchaus zugetraut hätte, dass er bei seinem G...Glück in einen Apfelernter fällt.«

»Ein Apfelernter?« Wenn das stimmen sollte und Sandhaas nicht mit dem Bolzenschneider getötet worden war, dann waren seine Fingerabdrücke nicht auf der Mordwaffe. Jedenfalls hoffte er das, denn was genau er in der Nacht alles angefasst hatte, wusste er nicht mehr.

»Na ja, es hieß, dass sie ihn g...gepfählt hat.«

»Wer ist ›sie‹?«, fragte Henry mit vollem Mund.

»Die Hexe. Diesmal soll sie sogar Hilfe gehabt haben. Ein muskulöser Mann mit einem Bol...« Er stockte. Starrte Henry mit weit aufgerissenen Augen an, als sähe er ihn zum ersten Mal. »Sie? Oh G...Gott«, stammelte er. Er schien plötzlich kaum noch Luft zu bekommen, lockerte seine Krawatte.

»Nein«, sagte Henry. »Ich war es nicht.«

Laubis sank auf dem Sessel zusammen. »B...bitte«, stotterte er. »T...tun Sie mir nichts. I...ich h...hab das alles n...

nicht gewusst damals, das m…müssen Sie mir glauben. Ich w…wollte das nicht.«

»Was wollten Sie nicht?«

Laubis keuchte. »Wenn es nach mir g…gegangen wäre, dann w…wäre es n…nie passiert. Nie. B…bitte glauben Sie mir.« Er schien der Ohnmacht nahe. »Ist sie auch hier? Ist die H…Hexe auch hier?«

»Welche Hexe?«, fragte Henry mit vollem Mund.

»Scherzen Sie nicht mit mir. Das w…wissen Sie doch.« Wieder das hysterische Lachen. Henry fiel auf, dass auf einem kleinen Tischchen neben der Hundezeitung ein ausgedrucktes Blatt lag, auf dem zu lesen war, wie man ein Bolzenschussgerät bediente. Mit einem unangenehmen Gefühl im Nacken sah er sich noch einmal genau im Raum um, konnte aber nichts Bedrohliches feststellen, abgesehen vielleicht von einer Vitrine an der Wand, in der eine Ausgabe von *Mein Kampf* stand. Wie konnte jemand so etwas Widerliches in seiner Wohnung haben? Henry schüttelte den Kopf. »Ich weiß es nicht, und daher frage ich nochmal: Wer ist die Frau, von der Sie gerade gesprochen haben? Die Mörderin von Sandhaas und diesem René Männle? Die ›Hexe‹, die Sie erpressen will?«

Laubis schien in sich zusammenzusinken. Er zitterte am ganzen Körper. »Keine Ahnung, wovon Sie sprechen.«

»Sie lügen mich an.«

Das Kopfschütteln des Gemeinderats hätte nicht einmal ein kleines Kind überzeugt. »D…das würde ich n…nie wagen. G…gehen Sie einfach, und ich werde n…niemandem ein St…Sterbenswörtchen von unserer Unterredung erzählen!« Schweißperlen sammelten sich auf seiner Stirn und rannen langsam seine Wangen hinunter. »Ich v…verrate es niemandem.«

Henry spannte seine Muskeln an und ging einen bedrohlichen Schritt auf Laubis zu. »Zum letzten Mal: Ich will, dass Sie mir einen Namen nennen. Den Namen der Mörderin.«

»L…L…L…«, brachte er heraus.

»Louise Münz?«, fragte Henry.

Laubis zuckte noch einmal, dann sank er vom Sessel. Den Namen Louise Münz zu hören, hatte ihn offenbar vor Angst ohnmächtig werden lassen. Henry trat zu ihm, fühlte seinen Puls. Er schlug kräftig. Atmen tat der Gemeinderat auch. Henry brachte den Mann in die stabile Seitenlage, rief vom Festnetzanschluss den Notruf und wischte das Telefon danach mit einem Tuch ab. Die hässliche Tasse mit dem schnörkeligen Hakenkreuz nahm er wegen all der Spuren und weil sie noch randvoll mit Kaffee war, sicherheitshalber mit. Auch wenn er irgendwie nicht das Gefühl hatte, dass dieser Laubis sich an die Polizei wenden würde.

Vor dem Haus stieg er in seinen Porsche und wartete, bis ein Krankenwagen angerast kam, Sanitäter ausstiegen und durch die von ihm nur angelehnte Haustür ins Innere stürmten. Langsam fuhr er an. Hinter dem Mord an Sandhaas steckte offenbar deutlich mehr, als er gedacht hatte. Möglicherweise hatte seine Klientin nicht nur den Winzer umgebracht, sondern auch noch diesen René Männle. Und Laubis machte ebenfalls den Eindruck, als fürchte er um sein Leben. Weil irgendetwas »passiert« war, dass er anscheinend nicht gewollt hatte. War Louise Münz deshalb auf einem Rachefeldzug? Für den er, Henry, den Kopf hinhalten sollte? Und warum eigentlich er? Wie war dieses Miststück auf ihn gekommen? Er schlug aufs Lenkrad. Die Frau konnte was erleben! Er würde nicht in den Knast gehen! Dafür musste er allerdings dringend noch einige Dinge herausfinden. Aber als Allererstes musste er endlich mit Achim sprechen. Er holte den Zettel hervor, den ihm die Anwaltsgehilfin seines besten Freundes gegeben hatte, tippte die Adresse des Probenraums in sein Navi ein und brauste los Richtung Ettlingen.

Kapitel 16

E-Gitarrenklänge dröhnten ihm entgegen, als er die Tür des bunt bemalten, großen Schuppens aufriss. Henry hatte das Gefühl, einen ziemlich martialischen Eindruck zu machen, wie er in seinem ärmellosen Fetzen, unrasiert und nach Schweiß stinkend in den Probenraum von *Dieselskandal* in Ettlingen stürmte. Jedenfalls martialisch genug, dass der ganz in Leder gekleidete Sänger mit dem Spinnennetztattoo, Liam, seine E-Gitarre, auf die er eingedroschen hatte, senkte und mit hochgezogenen Augenbrauen zu ihm hinuntersah. Henry blieb direkt vor der Bühne stehen. Nach dem Verstummen der Gitarre waren in der Halle nur noch einige laute Stimmen zu hören. Der Rest der Band war offenbar damit beschäftigt, einen hohen Lautsprecher aufzustellen. Zu seiner riesigen Erleichterung entdeckte Henry Achim, der mit dem Rücken zu ihm auf der Bühne stand und den Lautsprecher festhielt, der zu kippen drohte, und Dinge wie »Heiligsblechle, Herrgottszackrafix isch das Ding schwer« von sich gab.

»Achim«, rief er. »Gott sei Dank. Ich muss unbedingt mit dir reden.«

»Aber sicher, meine Fachangestellte hat's mir vorhin ausgerichtet. Aber es isch niemand an dein Handy gegangen, ich hab's ein paarmal probiert«, sagte Achim. »Bin gleich fertig. Rom wurde auch nicht an einem Tag erbaut.«

Liam stellte seine Gitarre mit einer coolen Bewegung neben einen Stuhl. »Geiles Hemd«, sagte er und kam von der Bühne herunter, um Henrys Outfit genauer zu betrachten. »Fucking used. Wo hast du das Teil her, Alter? So eins will ich auch.«

»Ja, der Henry hat Geschmack«, sagte Achims Stimme von der Bühne aus. Da er ihnen immer noch den Rücken zudrehte, konnte er nicht gesehen haben, was Henry anhatte. Henry lag eine Erwiderung auf der Zunge, er schluckte sie jedoch hinunter. Schweigend wartete er, bis Achim den schwankenden Lautsprecher in Position gebracht hatte. In diesem Moment wurde die Tür der Halle erneut aufgestoßen. Für eine Sekunde sackte Henry der Magen nach unten, weil er dachte, die Polizei habe ihn nun doch gefunden. Aber nur eine ziemlich hübsche, etwas mollige junge Frau in einer schwarzen, weit ausgeschnittenen Bluse mit Rosen, einer engen Jeans und hochhackigen Schuhen, in denen zu gehen sie offenbar nicht gewohnt war, stolperte in die Halle. Sie hatte ein freundliches Gesicht mit strahlenden Augen und Lachfältchen um den Mund und schulterlange, blonde Haare. »Hi«, sagte sie. Dann fiel ihr Blick auf Liam, und sie stoppte abrupt.

»Hey, Sweetheart«, grinste Liam. »Nur immer herein. What's up?«

»Hi«, hauchte sie noch einmal.

»Kann ich helfen?« Der Sänger ging an Henry vorbei auf sie zu. Er hatte jetzt einen englischen Akzent, den er vorhin noch nicht gehabt hatte. Vielleicht war er Henry auch nur nicht aufgefallen. Die Frau starrte Liam an, als sei er ein Weltwunder, und sagte eine Weile gar nichts mehr.

»Suzanne«, brachte sie schließlich raus. »Also ich bin Suzanne.« Großer Gott, was war denn das für ein schwachsinniger Satz, sie könnte sich ohrfeigen. Wer sagte denn »Suzanne, also ich bin Suzanne«, wenn er gefragt wurde, wie man ihm helfen könne? Aber ihr Kopf war plötzlich leer, so vollkommen leer, und ihre Beine fühlten sich an wie Wackelpudding. Ein Wackelpudding, der auf gefährlich dünnen Pfennigabsätzen stand.

Liam, der offensichtlich weibliche Fans, denen es die Sprache verschlagen hatte, gewohnt war, ging mit einem jovialen Grinsen auf sie zu, schlug ihr kumpelhaft auf die Schulter und sagte: »Hey, Sweetheart. Lass mich raten, du willst bestimmt ein Autogramm?«

Nein, verdammt, einen Kuss, dachte sie und war sich eine Sekunde später nicht mehr sicher, ob sie das jetzt gesagt oder nur gedacht hatte, oh, bitte nur gedacht, warum war es in dieser Halle plötzlich so still, hatte sie wirklich diese Peinlichkeit von sich gegeben, wie war sie nur auf die beknackte Idee gekommen, hierher … Sie schaute an Liam vorbei und entdeckte einen muskulösen Typen mit abgerissenen Hemdsärmeln, der ihr irgendwie bekannt … »Ach du liebes bisschen«, entfuhr es ihr, und sie schlug sich die Hand vor den Mund. Das musste Henry Marbach sein, der Mörder von Joseph Sandhaas. Oh Gott, der Typ war vollkommen verrückt, das sah man gleich. Da brauchte man nur sein Hemd anschauen. Wahrscheinlich durch und durch Schwabe und zu geizig, um sich ein neues Hemd zu kaufen, wenn das alte zu klein wurde. Man konnte ja einfach die Ärmel abreißen. Verflucht, wer mit so was rumlief, schiss offensichtlich auf alle Konventionen. Ein Psychopath. Vielleicht auch irgend so ein Sektenguru, das würde zu dem Amulett passen. Oder beides. Ihr ging plötzlich durch den Kopf, dass sie neulich etwas über eine Verbindung von Satanismus und Death Metal gelesen hatte. Für eine Sekunde krampfte sich ihr Magen zusammen. Was, wenn die Typen hier alle zusammen über den Winzer hergefallen … Nein, nicht Liam. Im Leben nicht, der war eine Seele von einem Menschen. Und der Rest der Band auch. Die hatten nichts mit Satanismus zu tun. Der Mord war ein Alleingang dieses Henry Marbach!

Henry beobachtete die Frau, die sich als »Süsann« vorgestellt hatte. Sie war ein durchgeknallter Fan, das sah man sofort. Es hatte ihr richtig die Sprache verschlagen, nur weil sie ihren Idolen so nahe war. Und sie glaubte offenbar, er gehöre auch zur Band. Sie musste ihn ziemlich scharf finden, so lange und aufgeregt, wie sie ihn anstarrte. Schärfer als Liam, und auf den stand sie eindeutig. Henry konnte nicht anders, als sich ein klein bisschen geschmeichelt zu fühlen, auch wenn es ja kein Wunder war, dass eine Frau ihn heißer fand als diesen Sänger mit dem Spinnennetztattoo.

»Autogramme sind niemals wrong«, sagte Liam und zog einen Stift aus der Tasche seiner engen Hose aus Lackleder. »Wo darf ich's denn hinschreiben? Wie immer? Aufs Dekolleté?« Er grinste und schaute Suzanne, die immer noch wie gebannt Henry fixierte, mit gezücktem Stift kurz in den Ausschnitt. Dann schrieb er ein großes *Liam* auf die nackte Haut der Frau und zeichnete ein Herz dazu.

»Was …?«, fragte Suzanne. Ihr Blick löste sich von Henry und glitt irritiert in ihren Ausschnitt. Was zum Teufel ging hier vor sich? So hatte sie sich ihr erstes richtiges Treffen mit Liam nicht vorgestellt. Wobei, irgendwie war seine Unsicherheit ja auch süß, er machte einen auf großen Macker, aber in Wirklichkeit war er ein unsicherer Junge, das war deutlich zu spüren. Der Sänger, der neben ihr stand, grinste immer noch, schlug ihr noch einmal kumpelhaft auf die Schulter, während er »der Stift ist wasserfest, du kannst beruhigt duschen« sagte. »Und wenn du ein neues brauchst, kannst du jederzeit wiederkommen.«

»Ähm, super«, brachte Suzanne heraus, räusperte sich und sagte dann ein hoffentlich vollkommen unverfängliches »Hallo« in Henrys und Achims Richtung. Was genau sollte sie denn jetzt tun? Sie hatte nicht damit gerechnet, den Typen so schnell zu finden. Sie hatte nicht die geringste Ahnung, wie man mit mutmaßlichen Mördern umging. Nur zwei Dinge waren klar: Er durfte ihr nicht entkommen, und sie musste so schnell wie möglich die Polizei einschalten. Der Typ sah eindeutig gefährlich aus.

»Hi«, sagte Henry.

»Ich bin Suzanne Griesbaum. Vielleicht erinnerst du

dich noch an mich.« Sie machte einen entschlossenen Schritt auf Henry zu, der beinahe zu einem Sturz führte, weil sie nicht mehr an die Absätze ihrer Schuhe gedacht hatte. Sie taumelte, aber Liam war sofort zur Stelle und hielt sie fest. »Nicht so eilig, Sweetheart«, sagte er. Er roch ziemlich gut, und für eine Sekunde wurde ihr ganz anders. Sie zwang ihre Aufmerksamkeit wieder auf Henry. »Du gehörst doch auch zur Crew, oder?«, fragte sie ihn. »Hast du nicht beim *Feinstäuble* Maultaschen verkauft? Die waren sehr lecker, so gegrillt.«

»Aah, ja, ich bin Henry.« Henry konnte sich plötzlich wieder flüchtig an die Frau erinnern. Sie hatte wirklich den halben Nachmittag an seinem Stand rumgehangen. Er hatte an dem Tag gar nicht bemerkt, dass sie so wild auf ihn war. Dass so eine hübsche Frau auf ihn stand, war natürlich sehr schmeichelhaft, allerdings hatte er im Moment wirklich andere Sorgen. Aber das war ja noch lange kein Grund, unhöflich zu sein. »Was führt dich hierher nach Ettlingen?«, fragte er und pumpte seinen Bizeps doch ein wenig auf.

»Das Gleiche wie dich. *Dieselskandal* natürlich. Ich habe von dem neuen Album gehört. *Myocardial Infarction*«, improvisierte sie. Das war schließlich nicht mal gelogen.

»Right answer, Sweetheart. Du gefällst mir«, lächelte Liam, der Suzanne immer noch festhielt und sie nun langsam losließ. An Henry gewandt fügte er hinzu: »Glaubst du etwa, der Weihnachtsstern hat das Sweetheart hergeführt? In diese heruntergekommene Cardboard Shack, ich meine Papphütte? Vielleicht kommen die Heiligen Drei Könige gleich noch nach.« Er lachte. Zum dritten Mal klopfte er Suzanne auf die Schulter.

Henry zog die Augenbrauen hoch. Im Hintergrund bruddelten Achim und zwei der anderen Bandmitglieder weiter vor sich hin, es bollerte und knallte, der Lautsprecher stand offensichtlich immer noch nicht gerade. »›Goddamm fucking shack‹, was ist das denn für ein geiler Titel für einen Song, Alter«, murmelte Liam. »Bloody shack, shack, shack …«, sang er und ging zur Bühne zurück, als seien sie alle nicht mehr da, hüpfte mit einem eleganten Sprung nach oben und nahm seine Gitarre hoch, die kreischend zum Leben erwachte.

Den Moment, als Henry sich umdrehte und mit zugehaltenen Ohren auf die Bühne starrte, nutzte Suzanne, um Paul eine kurze WhatsApp mit der Adresse des Probenraums und dem Hinweis, sie habe den mutmaßlichen Mörder von Sandhaas gestellt, zu senden. Zwar war sie immer noch sauer wegen ihres Telefonats, aber es war eine zu große Genugtuung, Paul den verdächtigen Muskulösen vor die Füße zu werfen, als dass sie sich nicht bei ihm gemeldet hätte! *Bitte, schick sofort Polizei, er sieht sehr gefährlich aus!* schrieb sie noch, dann drehte sich Henry schon wieder zu ihr um. Sie steckte das Handy betont lässig weg, sie durfte sich nichts anmerken lassen. Immer noch grölte die Gitarre. Dann verstummte sie so plötzlich, wie sie angefangen hatte. Irgendjemand musste den Stecker gezogen haben.

Henry hatte auf einmal ein ganz ungutes Gefühl. Mit der Frau stimmte etwas nicht. Wem hatte sie da gerade geschrieben? War sie etwa Zivilpolizistin? Das konnte er sich zwar kaum vorstellen, so wie die hier herumstöckelte, aber man wusste ja nie. Er drehte sich um und stieg ebenfalls auf die Bühne. »Achim«, sagte er leise zu seinem besten Freund, »ich muss unbedingt mit dir sprechen, aber nicht hier. Sofort. Ich muss abhauen und brauche ein Versteck, um …«

»Was? Versteck? Was isch mit dir eigentlich los? Meine Angestellte hat irgendeinen Unsinn über Mord … Zackrafix, das wackelt«, grölte Achim, der immer noch den Lautsprecher festhielt.

Dieser Henry Marbach wollte also abhauen. Das durfte auf keinen Fall passieren. So schnell Suzanne es mit ihren

Schuhen schaffte, stöckelte sie weiter in Richtung Bühne. Sie musste den Typen aufhalten. Egal wie. Hoffentlich hatte Paul schon die WhatsApp gelesen. »Kannst du mir auch ein Autogramm geben?«, fragte sie Henry. Hoffentlich kam er nicht ebenfalls auf die Idee, ihr mit wasserfestem Stift ins Dekolleté …

Henry schüttelte den Kopf. Großer Gott, diese Frau ging ihm langsam auf die Nerven. Reichte ihr ein krakeliges Herz im Ausschnitt nicht? Sah sie nicht, dass er Wichtigeres zu tun hatte, verdammt? Irgendwie glaubte er ihr nicht mal, dass sie wirklich ein Autogramm von ihm wollte. Ein unangenehmes Ziehen in seinen Schultern setzte ein. Er wandte sich wieder Achim zu. »Ich gehe jetzt besser und warte dann im …«

»Na gut, ich will gar kein Autogramm. Ich bin eine Kollegin von Ihnen, Herr Marbach«, sagte Suzanne laut. »Privatdetektivin. Ich muss unbedingt mit Ihnen sprechen.«

»Girlie-Detektiv«, mischte sich Liam ein, der gerade dabei war, seine Gitarre wieder einzustecken. »Wie geil ist das denn, ein Girlie-Detektiv? Da mach ich auch einen Song draus.«

»Toll«, lächelte Suzanne, die gar nicht richtig zugehört hatte. »Bitte, Herr Marbach, ich brauche Ihre Hilfe.«

»Worum geht es denn?« Henry zwang sich, so zu tun, als beunruhige ihn die Tatsache nicht im Geringsten, dass diese Suzanne sich zuerst als Groupie ausgegeben hatte und sich jetzt als Privatermittlerin entpuppte. Aber sein ungutes Gefühl, was die Frau anging, hatte sich bei dem Wort »Privatdetektivin« zu nackter Panik ausgewachsen. Es konnte kein Zufall sein, dass sie gerade jetzt auftauchte. Das musste mit dem Sandhaas-Mord zusammenhängen. Oder einer seiner Gläubiger war unruhig geworden. Etwas Gutes bedeutete es jedenfalls nicht.

»Ich ermittle im Todesfall Joseph Sandhaas«, sagte sie dann auch. »Und ich habe eine interessante neue Spur.«

Henry erstarrte, zwang sich jedoch zu einem Lächeln. Er sollte abhauen. Aber erst musste er wissen, was die Frau herausgefunden hatte! Vielleicht hatte sie ja eine Spur, die von ihm wegführte? Denn wenn diese Suzanne ihn für einen Mörder hielt, wäre sie ja wohl kaum allein und auf Stöckelschuhen hierhergekommen. Oder doch? Er fuhr sich mit der Hand durch die Haare und schaute zu Achim, der immer noch den Lautsprecher festhielt, dann wieder zu Suzanne. »Was für eine Spur?«

»An besagtem Abend wurde eine unbekannte Frau bei der Statue des Weinheiligen gesehen. Eine Frau in Weiß«, antwortete Suzanne betont locker. Sie verschwieg, dass die Frau vermutlich die Halluzination eines Schamanen auf Fliegenpilz gewesen war.

Henry wurde plötzlich sehr aufmerksam. Er hatte doch auch etwas Weißes bemerkt an dem Abend! Deshalb war er doch den ganzen Weinberg hochgehetzt. Hatte diese Detektivin etwa einen Zeugen, der am Tatort jemanden beobachtet hatte? Der gar seine Klientin dort gesehen hatte? »War die Unbekannte blond?«, fragte er hoffnungsvoll.

»Das weiß ich nicht«, erwiderte Suzanne. »Aber …« Ihr Handy begann zu klingeln. Hoffentlich war das nicht Paul. Er solle die Bullen schicken und nicht mit ihr … Sie kramte das Handy heraus. Tatsächlich Paul. Sie konnte doch jetzt nicht drangehen und vor diesem Henry … Aber wenn sie nicht dranging, würde Paul vielleicht keine Polizei schicken. Sie nahm doch ab. »Ja, bitte?«

»Suzanne, ich habe dir doch gesagt, dass du nicht in die Nähe von diesem Psychopathen mit dem Bolzenschneider …«, tönte Pauls Stimme laut durch den ganzen Raum. Oh Gott, sie musste versehentlich auf die Lautsprechertaste gekommen sein. »Paul«, unterbrach sie ihn, ihre Stimme klang vor Aufregung seltsam schrill, während sie versuchte, den Lautsprecher auszuschalten. »Ich kann gerade nicht …«

»Welchen Teil von dem Satz ›Du sollst keine Alleingänge machen‹ hast du nicht verstanden? Dieser Henry Mar…«, sagte Paul noch, dann hatten ihre zitternden Finger zumindest die Auflegentaste gefunden.

Henry starrte die Frau fassungslos an. »Wer war das?«, fragte er scharf.

»Herr Marbach, es ist absolut nicht so, wie es aussieht«, sagte sie.

»Ach echt? Und wie sieht es aus?« Er machte einen Schritt auf sie zu.

»Ich … ich … Also ich weiß, dass Sie in der Nacht in dem Weinberg waren, und ich denke, Sie könnten ein wichtiger Zeuge …«

»Zeuge, klar. Hören Sie bitte auf mit den Spielchen. Mir ist heute nicht danach zumute«, knurrte Henry. Wenn die Tussi ihn reinlegen wollte, musste sie früher aufstehen. »Ich gehe jetzt. Achim, wir sehen uns heute Abend in unserer Kneipe.«

»Ich muss Ihnen was zeigen, Herr Marbach«, rief Suzanne verzweifelt, irgendwie musste sie den Mann hinhalten, bis die Polizei kam. »Es ist in meinem Auto. Es …« Wenn sie sein Interesse wecken konnte und extra langsam lief, was mit den Schuhen kein Problem war, konnte sie es vielleicht schaffen, ihn aufzuhalten.

Henry hatte keine Ahnung, was das Ganze hier sollte, aber der Frau traute er nicht mehr über den Weg. Er ging wortlos an ihr vorbei und stürmte aus der Halle.

So schnell es ihre Absätze erlaubten, stöckelte Suzanne hinterher. Sie wählte über die Kurzwahl Pauls Nummer, als sie ihn wieder dran hatte, sagte sie kaum hörbar: »Schick endlich die Bullen, er flieht!«, und steckte das Handy in die Innentasche ihrer Bluse.

Henry stand bereits vor seinem Porsche und hatte die Fahrertür geöffnet, als diese seltsame Frau ins Freie torkelte. Er sollte einfach fahren. Egal, was diese Tussi mit dem großen Liam-Schriftzug im Ausschnitt von ihm wollte. Er setzte sich auf den Fahrersitz.

»Ich muss mit Ihnen reden«, rief sie über den Platz. »Wir stehen auf der gleichen Seite.«

»Das glaube ich nicht.« Henry schlug die Tür zu und steckte den Schlüssel ins Zündschloss. Von irgendwoher vermeinte er, leise Polizeisirenen zu hören. Verdammt nochmal! Er startete den Motor und wollte gerade Gas geben, als er die Frau auf sein Auto zurennen sah. »Warten Sie!«, schrie sie. Auf ihrem Weg lag ein kleiner Ziegelsteinhaufen. Wie in Zeitlupe sah er, dass die Frau dagegenrannte. Ihr Fuß verdrehte sich, und mit einem Schrei knallte sie auf den Boden und blieb liegen. Rührte sich nicht mehr. Henry schwankte zwischen dem unerträglichen Bedürfnis, einfach abzuhauen, und der Tatsache, dass diese Suzanne gerade mit dem Kopf auf den Boden geknallt war und sich niemand anders hier vor dem Schuppen befand, um ihr zu helfen. Henry erzitterte. Durch sein geöffnetes Fenster vermeinte er wieder Sirenen zu hören. Sein Fuß wollte das Gaspedal nach unten drücken und in Richtung Wald davonrasen. Er konnte ja vom Weg aus … Verdammt, er hatte kein Handy mehr. Aber die Bullen würden gleich hier sein, und die würden die Frau finden und konnten einen Rettungswagen … Aber was, wenn sie zu spät kamen? Wenn die Frau schwer verletzt war, vielleicht sofortige Beatmung benötigte? Und er wäre dann schuld, wenn sie starb oder einen Gehirnschaden davontrug. Er machte den Motor aus, stieg aus dem Auto und rannte auf Suzanne zu. Fühlte ihren Puls, wollte gerade überprüfen, ob sie noch atmete. Er hörte mehr, als er es sah, dass mit quietschenden Reifen zwei Polizeiautos anhielten. Einige seiner ehemaligen Kollegen sprangen heraus, zerrten ihn schreiend von Suzanne weg, die jetzt langsam den Kopf hob. Ein wenig Blut rann an ihrer Schläfe herab. Sie sah verwirrt aus.

Keine Ahnung, was da eben passiert war, dachte Suzanne, sie musste hingefallen sein. Verdammte Schuhe. Sie wusste schon, warum sie Gummistiefel lieber mochte. Ihr Kopf dröhnte. War dieser Henry Marbach entkommen? Warum schrien die alle so? Sie schaute sich um. Erleichtert bemerkte sie, dass die Polizei da war und ihn festgenommen hatte. »Was haben Sie der Frau getan?«, brüllte einer.

»Nein«, stammelte sie, »ich bin nur …«

Zwei Beamte kamen auf sie zu und knieten sich neben sie. »Ganz ruhig«, sagte der eine. »Er kann Ihnen nichts mehr tun, wir haben den Drecksack geschnappt.«

Kapitel 17

Die Polizisten hatten Henry zur Polizeidienststelle nach Offenburg gefahren und ihn dort in einem überhitzten Besprechungszimmer mit vergitterten Fenstern eingesperrt, nachdem er Achim hatte anrufen dürfen. Nun starrte er grummelnd die graue Wand an, während er auf seinen Freund wartete. Das Ganze war so erniedrigend. Sie hatten ihn vor diesem Probenraum in den Dreck geworfen, weil sie zunächst gedacht hatten, er habe versucht, Suzanne Griesbaum zu töten. Und tatsächlich, im Moment fand er den Gedanken, der Frau einen Apfelernter durchs Herz zu treiben oder sie mit einem Bolzenschneider in Scheiben zu schneiden, recht verlockend. Was hatte sie den Polizisten gegenüber rumgelabert, von wegen, er sei besessen von Selbstjustiz und Kampfsport und arbeite mit dieser »Magd« zusammen, wer auch immer diese Magd war, wahrscheinlich Louise Münz. Der Einzige, der ihn einigermaßen nett behandelt hatte, war ein Polizist mit türkischem Namen gewesen, allerdings auch nur so lange, bis sie die Hakenkreuztasse von Laubis bei ihm im Auto gefunden hatten. Verdammt nochmal, zu seiner Zeit hatte noch die Unschuldsvermutung gegolten, und es war ja wohl eine Vielzahl von Situationen denkbar, in denen jemand eine Tasse mit einem schnörkeligen Hakenkreuz im Auto hatte, ohne ein Nazi zu sein. Und vielleicht war das Ding nicht mal ein Hakenkreuz. Im Zweifel für den Angeklagten, oder etwa nicht? Und wegen der Tasse gleich noch zu behaupten, sein abgerissenes Hemd sei dem Outdoor-Neonazi-Militärlook nachempfunden, das war eine Unverschämtheit. Er konnte schließlich nichts dafür, dass seine Muskeln so kräftig waren, dass sie Hemdsärmel absprengten, nur weil er sich an einen Türrahmen anlehnte. Und diese Suzanne hatte ins gleiche Horn gestoßen. Immer schön drauf, dabei war ihre Bluse ja wohl auch nicht gerade das Gelbe vom Ei gewesen. Eine Landpomeranzenbluse. Die Frau kam bestimmt nicht aus der Großstadt und konnte mit innovativen Looks natürlich nichts anfangen. Es hatte ihr erst ihr badisches Gebabbel verschlagen, als Liam rausgekommen war und die Polizisten ihn beinahe auch festgenommen hatten, wahrscheinlich, weil er so bedrohlich aussah mit seinem Spinnennetztattoo, den wilden Haaren und der erhobenen Gitarre. Nur der verdammte Achim war nicht erschienen, er hatte offenbar gar nichts mitgekriegt, da er wahrscheinlich seelenruhig einen Lautsprecher festgehalten hatte, während sein bester Freund vor der Tür von der Staatsgewalt verleumdet und misshandelt worden war. Da brauchte man ein Mal im Leben wirklich dringend einen Anwalt, und dann so was. Die Situation hatte sich noch zugespitzt, als einer der Polizisten »Death Metal ist ja auch so eine rechtsradikale Musikrichtung« gesagt hatte, während er Henry brutal auf den Rücksitz des Polizeiautos gestoßen hatte. Liam und Suzanne waren fuchsteufelswild geworden und hatten daraufhin genau wie er gewettert, aber statt ihm zu helfen, hatten sie behauptet, es seien »Figuren wie Herr Marbach«, die den »guten Ruf des Death Metal« in den Schmutz zogen. Noch beim Davonfahren hatte er ihre lauten Stimmen gehört, die über die spirituelle Tiefe und Menschenfreundlichkeit im Death Metal doziert hatten. Spirituelle Tiefe und Menschenfreundlichkeit, dass er nicht lachte. Bloody shack, shack, shack, das hatte jede Menge spirituelle Tiefe, klar, das wurde wahrscheinlich nur noch menschenfreundlicher, wenn man ein paar Bitches und Motherfuckers hinzufügte. Herrgott noch mal, war er schlecht gelaunt. Er schlug mit der Faust auf den

Tisch. Hoffentlich brachte Achim ihm wenigstens etwas Anständiges zum Anziehen.

Es klopfte an der Tür des Besprechungszimmers, und Henry sah hoffnungsvoll auf. Aber zu seinem großen Bedauern war der kräftige Mann mit dem geröteten Gesicht, der in den Raum stürmte, nicht Achim, sondern Lothar, sein ehemaliger Vorgesetzter bei der Polizei. Offenbar hatten sie ihn extra aus Stuttgart hergeholt, wahrscheinlich, weil sie glaubten, bei einem bekannten Gesicht würde er eher gestehen. Aber er würde mit Sicherheit mit niemandem reden, bevor er nicht seinen Anwalt konsultiert hatte! Lothar ließ sich neben ihm auf einem Stuhl nieder und lächelte ihn freundlich an. Kurz sprachen sie über die gute alte Zeit, als sei nichts gewesen. Dann fragte Lothar: »Henry, was ist los?«, auf so eine väterliche Art, und Henry brachte es plötzlich nicht über sich zu schweigen, er musste Lothar die Situation erklären und sich entlasten. »Es war eine Dummheit, verstehst du?«, platzte es aus ihm heraus, und schon damit lief das Gespräch irgendwie in die falsche Richtung.

»Eine Dummheit?«

»Ich habe nicht gewusst, dass … Also ich habe das Geld dringend gebraucht, verstehst du?«

»Nein, ich verstehe nicht.« Lothar lächelte.

»Na ja, du kannst dir ja vorstellen, wenn dir eine Klientin einen Auftrag gibt, dann willst du den auch erledigen.«

»Und deshalb hast du einfach einen Mann mit einem angespitzten Apfelernter an die Wand genagelt? Bist du vollkommen durchgeknallt? Weißt du, wie peinlich das war, als mich ausgerechnet die Badener angerufen haben, um mir das zu erzählen?«, donnerte Lothar los. Er hatte noch nie viel von Dingen wie »mit Verständnis zum Geständnis« gehalten, bei Vernehmungen war er mit Leib und Seele der »Bad Cop«. »Seit Ewigkeiten führen wir Schwaben einen Wettstreit mit den Badenern über die bürgerfreundlichste

Polizei, und dieser Mord wirft uns um Jahre zurück. Was glaubst du, wie die Bürger das finden, wenn einer unserer Ehemaligen einen Winzer pfählt?«

»Lothar, ich war das nicht. Ich habe niemanden umgebracht.«

»Das hat uns das Mädchen aber anders erzählt. Aber ganz anders.«

Henry richtete sich ruckartig auf. »Welches Mädchen?« Es war eine rhetorische Frage.

»Wenn man so eine flachlegt, daran erinnert man sich doch, erzähl mir nichts.« Lothar legte ein ziemlich scharfes Foto, das offenbar von einer Überwachungskamera im Flur des Polizeipräsidiums stammte, vor Henry auf den Tisch. Es zeigte eindeutig seine Klientin Louise Münz.

»Verdammt nochmal, ich habe sie nicht flachgelegt.«

»Seltsam, sie hat gesagt, du hättest sie so scharf gefunden, dass du gleich einen scheinbaren Konkurrenten um ihre Muschi beschattet und umgelegt hättest. Einen Winzer.«

Großer Gott, diese Frau kannte offenbar überhaupt keine Grenzen. Sie hatte Sandhaas ermordet und war dann seelenruhig zur Polizei gegangen, um ihn noch tiefer in die Scheiße zu reiten. Wenn er sie erwischte, dann Gnade ihr.

»Sie hat uns alles über deine kranken Sexfantasien erzählt, Henry«, wetterte Lothar. »Dass du auf ziemlich harte Spiele mit Pfählungsszenarien stehst und Frauen verfolgst und so was.«

Henry sagte daraufhin nichts mehr. Lothar versuchte auch nicht, ihn weiter auszuhorchen, und ging wenig später, aber Henry hatte das dumpfe Gefühl, dass der Schaden bereits angerichtet war.

Eine halbe Stunde später riss das Knacken eines Schlüssels, der ins Schloss gesteckt wurde, Henry aus seinen sorgenvollen Gedanken. Er sah erneut vom Tisch hoch. Selten hatte er sich so gefreut, Achim zu sehen.

Der Anwalt bedankte sich beim Wachtmeister, kam langsam ins Besprechungszimmer geschlendert, legte ihm kurz die Hand auf die Schulter und knallte dann eine Aktentasche auf den Tisch. »Erstmal Kaffee«, sagte er und kramte eine Thermoskanne aus der Tasche. Er sah ziemlich mitgenommen aus. Nachdem er sich an den Besprechungstisch gesetzt, sein Jackett zurechtgezogen und die halbe Kanne auf ex ausgetrunken hatte, wandte er sich Henry zu. »Du auch?«, fragte er und streckte Henry die Kanne hin. Henry schüttelte den Kopf. »Heiligsblechle, ein Mord«, sagte Achim. »Du machsch mir Angst.« Er nahm einen weiteren Schluck Kaffee. »Meinen letzten Mord habe ich nämlich vor über zwanzig Jahren bearbeitet. In einer Examensklausur.« Er lachte.

»Jetzt machst du mir Angst«, sagte Henry, der nicht mitlachen konnte.

»War bloß ein kleiner Witz. Isch erst fünfzehn Jahre her. Eine Pflichtverteidigung.«

»War das der U-Bahn-Fahrer, der lebenslänglich mit besonderer Schwere der Schuld und anschließender Sicherheitsverwahrung bekommen hat?« Henry war alarmiert.

Achim winkte ab. »Das war eine vollkommen andere Situation. Vollkommen anders. Ich meine, du bisch unschuldig. Bisch du doch, oder?«

Henry nickte.

»Na also«, sagte Achim und zückte ein nagelneues Tablet aus seiner Aktentasche, wohl, um sich darauf Notizen zu machen, und schaltete es ein. »Was isch passiert?«

Henry erzählte die ganze Geschichte. Sie hörte sich im kalten Licht des Besprechungsraums lächerlich an. Erbärmlich. Wie hatte er sich so übers Ohr hauen lassen können?

»Herr, lass Hirn regnen«, sagte Achim dann auch kopfschüttelnd, als Henry geendet hatte. »Du bisch also in einen Schuppen eingebrochen? Um die Kette einer Klientin zu klauen? Ich weiß ja, dass du ein großes Herz hasch und allen helfen willsch, aber geht's noch?«

Henry konnte darauf nichts zu seiner Verteidigung erwidern und zuckte nur die Schultern.

»Und der ganze Zinnober für eine Klientin wohlgemerkt, von der du nicht mal den richtigen Namen weisch?«

Henry nickte. »Sie hat sich als Louise Münz ausgegeben, ihre Telefonnummer hat gestimmt, und ich hatte am Anfang keinen Grund, dem nicht zu trauen.«

»Das isch das Einzige an der Sache, das ich kapiere. Was ihre Namen angeht, vertraue ich meinen Mandanten auch noch.« Achim tippte etwas auf seinem Tablet. »Gräm dich nicht. Wenn ich den Polizeioberkommissar richtig verstehe, hat deine Klientin auch die Polizei beschissen«, fügte er hinzu. »Sie isch in der gleichen Nacht noch aufs Revier gegangen. Hat behauptet, du hättesch sie angerufen und ihr den Mord an einem Winzer gestanden. Als Zeichen deiner Liebe. Du wärsch ein Stalker und vollkommen übergeschnappt. Sie hat behauptet, sie kenne nur deinen Vornamen, vielleicht, damit die dich nicht so schnell finden und sie Zeit zum Untertauchen hatte. Und sie hätte Angst vor dir. Anscheinend war sie so durcheinander, dass sie nur geweint hat und ihre Geschichte nicht richtig erzählen konnte, und als man später nachhaken wollte, war sie gerade eine rauchen und danach unter ungeklärten Umständen verschwunden. Und es hat sich rausgestellt, dass ›Louise Münz‹ wohl gar nicht ihr richtiger Name isch, dass das aber blöderweise niemand überprüft hatte, weil sie ihren Personalausweis zufällig vergessen hatte.«

»Aber dann muss der Polizei ja klar sein, dass mit der Frau etwas nicht stimmt!«

Achim sah ihn sorgenvoll an. »Die Polizei vermutet, dass ›Louise‹ so große Angst vor dir hatte, weil du ein ehemaliger Polizist bisch, dass sie einen falschen Namen genannt hat. Sie sei auf der Flucht vor dir. Später isch rausgekommen, dass nicht mal der Vermieter wusste, dass sie in Bad Cannstatt wohnt. Er meinte, er bekomme seine Miete von einer amerikanischen Studentin, die gerade ein Auslandssemester in Johannesburg macht. Auch die wusste von nichts. Da sind sie rein in die Wohnung und … Furchtbar.« Er stieß mit einem pfeifenden Geräusch die Luft aus.

Henry fühlte einen eiskalten Stich in der Magengegend. Das Absperrband an der Tür. »Was ist furchtbar?«

»Na ja, die Jungs von der *Soko Weinberg,* bei denen ich angerufen habe, haben durchscheinen lassen, dass im Moment auch in der Sache ›Louise Münz‹ ermittelt wird. Ein Gewaltverbrechen kann nicht ausgeschlossen werden, weil sie eine wichtige Zeugin war, blabla, du weisch doch selbst, wie das läuft. Reine Routine.«

Henry setzte sich aufrecht hin. »Reine Routine? Du willst mir jetzt aber nicht sagen, dass die Polizei vermutet, ich könnte Louise Münz auch noch umgebracht haben? Damit sie nicht gegen mich aussagen kann?« Panik durchflutete ihn.

»Ich fürchte, genau das isch die Situation«, bestätigte Achim. »Es wurde wohl ihr Blut in ihrem Zimmer gefunden und weitere Spuren.«

»Verdammte Scheiße, was für weitere Spuren?«

»Das weiß ich doch nicht. Ich habe die Akte noch nicht bekommen. Aber wir müssen jetzt Ruhe bewahren. Wir kriegen das hin!«

Das war absolut nicht geeignet, Henry zu beruhigen. Als Achim das letzte Mal »Wir müssen jetzt Ruhe bewahren, wir kriegen das hin« gesagt hatte, war er kurz danach verhaftet worden. Weil die Polizisten partout nicht hatten einsehen wollen, dass es rechtfertigender Notstand gewesen war, dass Achim bei ihrem gemeinsamen Kurztrip an die Nordsee einen Strandkorb aufgebrochen hatte, um dort sein Bier zu trinken. Gut, damals war Achim noch Student gewesen und außerdem sturzbetrunken, aber trotzdem …

»Als Erstes werden wir mal dafür sorgen, dass ich dein Pflichtverteidiger werde.« Achim stand auf und kam um den Tisch herum. Legte ihm den Arm um die Schulter. »Dann trinke ich noch einen großen Kaffee, und sofort danach beantrage ich Akteneinsicht. Und eh du dich versiesch, bisch du schon wieder auf freiem Fuße.«

Henry war ein wenig unsicher. Achim war sein bester Freund und sicherlich kein schlechter Anwalt, aber hier ging es um seine Freiheit, und Achim war nicht gerade ein Fachmann für Strafrecht. Er hatte eigentlich gedacht, Achim würde ihm erste Tipps geben und ihm dann bei der Suche nach einem guten Strafrechtler behilflich sein, aber dass er selbst jetzt … »Bist du dir sicher, dass du … Also ich meine, du machst ja normalerweise nur Urheberrecht und Verträge mit Musikfirmen und solches Zeug. Also versteh mich bitte nicht falsch, aber kriegst du das wirklich hin?«, fragte Henry.

»Habe ich nicht erst neulich dafür gesorgt, dass du mit deinem ständigen Falschparken vor dem Stuttgarter Hauptbahnhof ungestraft davongekommen bisch? Ich habe nicht mal verstanden, wieso du so oft da Zeitschriften kaufen musstesch, aber …«

»Das mit dem Falschparken war großartig, das stimmt, nur …«

»Glaubsch du, ein unbewiesener Mord isch komplizierter als bewiesenes Falschparken? Das täuscht«, erwiderte Achim ein wenig herablassend. »Und du willsch doch nicht so einen jungen Anwalt als Pflichtverteidiger kriegen, der feucht hinter den Ohren isch, der vielleicht nicht an deine Unschuld glaubt und der im schlimmsten Fall noch Respekt vor Richtern und Staatsanwälten hat, sodass er sich nicht traut, das Gewürm mit der nötigen Härte zu bekämpfen?«

An diesem letzten Argument war tatsächlich etwas dran. Zumal Henry wusste, dass Achim vor Gericht sehr überzeugend auftrat. Egal, ob er im Recht war oder nicht. Und manchmal kam es genau darauf an. »Gut«, sagte er.

»Dann machen wir das mit der Pflichtverteidigung. Wann werde ich hier rauskommen?«

»Wie das genau mit der Untersuchungshaft und dem Rauskommen funktioniert, muss ich erst noch in einem Lehrbuch nachlesen«, bemerkte Achim mit bösartigem Unterton.

»Haha«, sagte Henry und hoffte, dass es wirklich nur ein Witz war.

»Ich hole dich hier raus. Versprochen!« Achim packte sein Tablet wieder ein und konnte es sich dann offensichtlich nicht verkneifen, noch anzumerken: »Das Schöne am Berufe des Anwalts isch doch: Wir müssen nur den Sachverhalt darstellen. Das Gericht kennt dann schon das Recht.«

»Ich fände es besser, wenn du das Recht kennen würdest«, bemerkte Henry, aber er musste grinsen, wenn auch nur schwach.

»Du musch dir echt keine Sorgen machen.« Achims Stimme klang nun ganz ernst, als er auf die Tür zuging. »Ich habe eine hervorragende Kanzlei an der Hand, mit der ich immer zusammenarbeite, wenn ich wirklich nicht mehr weiterweiß. Dr. Geller und Nowak. Von denen schon mal gehört? Falls alle Stricke reißen, dann werde ich denen deine Verteidigung überlassen.« Er hob grüßend die Hand und verließ den Besprechungsraum. Henry sah ihm nach. Auch wenn Achim manchmal die falschen Witze zur falschen Zeit machte und gelegentlich weniger Ahnung vom Strafrecht hatte als Henry selbst, war er ein ehrlicher, guter Typ. Er würde das regeln. Henry schlug mit der Faust ein paarmal auf den Tisch. Trotz allem hatte er ein verdammt schlechtes Gefühl, was Achim anging. Und ein noch schlechteres Gewissen, weil er seinem besten Freund in dieser Sache nicht vertraute.

Kapitel 18

Eineinhalb Stunden nach Henry Marbachs Festnahme rief Paul bei Suzanne an, die gerade auf der Heimfahrt von Ettlingen war, und sprach ihr mit hörbarem Zähneknirschen seinen »Respekt« aus. »Wir haben die Spuren in Sandhaas' Gartenschuppen vorläufig ausgewertet, und es ist theoretisch möglich, dass du einen potenziell für die Tat Verdächtigen gefunden hast. Ich habe jedenfalls den Erlass eines Haftbefehls beantragt.« Er schluckte. »Gelegentlich gelingt es eben auch Zivilpersonen, einen Zufallstreffer zu landen.«

Auch wenn es wirklich mehr oder weniger ein Zufall gewesen war, dass sie Marbach im Probenraum von *Dieselskandal* getroffen hatte, schnaubte Suzanne aufgebracht. Zivilperson, Zufallstreffer, was für eine Unverschämtheit!

»Wie bist du denn darauf gekommen, Marbach ausgerechnet in Ettlingen zu suchen?«, fragte Paul.

»Marbachs Affinität zum Death Metal lag die ganze Zeit klar auf der Hand«, behauptete sie wütend. »Du musst beide Augen fest zugedrückt haben, um das nicht zu erkennen!«

Danach schien Paul ebenfalls ein wenig verstimmt zu sein, denn er brach das Gespräch wortlos ab, bevor sie fragen konnte, ob die Staatsanwaltschaft schon wusste, ob Marbach von ihrer Klientin beauftragt worden war oder ob er alleine gehandelt hatte und Conny Sandhaas daher nun aus der U-Haft entlassen würde.

Suzanne verzog die Lippen. Leider hatte sie immer noch nicht herausfinden können, welche Beweise es genau in dem Fall gab und ob sie für oder gegen Conny Sandhaas sprachen. Sie wusste auch nicht, welche Rolle ihre Klientin in dem Magd-Szenario gespielt haben könnte, zumal das Gefängnis ihr bisher jeden Kontakt zu ihrer Klientin verweigerte. Auch aus Connys Anwältin und sogar aus Emil hatte sie nichts weiter herausbekommen. Ihre Versuche, an die polizeilichen Akten zu kommen, waren gleichermaßen gescheitert. Und ihre Recherchen, ob Henry Marbach ein Auftragskiller gewesen war und wer ihm den Auftrag gegeben haben konnte, wenn es nicht ihre Klientin gewesen war, waren ebenfalls ergebnislos geblieben. Genauso wie ihre Versuche herauszufinden, was für ein ungesühntes Verbrechen Sandhaas in seiner Vergangenheit begangen haben könnte. Sie schluckte ihre Wut über den Staatsanwalt hinunter. Wenn sie in dem Fall weiterkommen wollte, musste sie noch einmal versuchen, mit Paul zu sprechen. Am besten jetzt gleich, damit sich ihre gegenseitige Verstimmung nicht vertiefte. Sie schaffte es, bei ihrer Ankunft in Offenburg kurz vor Ladenschluss noch eine Flasche Wein zu besorgen, und brachte sie Paul direkt vorbei.

»Sauer auf mich?«, fragte sie, als er im Trainingsanzug und ein wenig verschwitzt die Tür öffnete, offenbar hatte er gerade Sport gemacht. Ihr fiel auf, dass er sehr dünn, fast mager, aussah.

Paul verneinte und zog sein Schweißband ab. »Du auch nicht?«

Sie schüttelte den Kopf, der von ihrem Sturz vorhin immer noch schmerzte. Ein Pflaster klebte über der kleinen Wunde. Paul bat sie in die Wohnung. Leider wollte er nicht über den Fall sprechen und schlug auf dem Weg durch den Flur sogar vor, dass sie eine schriftliche Vereinbarung treffen sollten, sich in Zukunft nur noch über Privates zu unterhalten. Suzanne hielt das für ein wenig übertrieben, aber sie zuckte schicksalsergeben mit den Schultern, und gemeinsam gingen sie in Pauls Arbeitszimmer. Paul setzte auf einem Papier einen Vertrag mit mehreren Paragraphen auf, deren Wortlaut er leise vor sich hinmurmelte, während sie sich umsah. Überall stapelten sich Aktenordner und Fachbücher. Neben dem Drucker lag etwas, das verdächtig nach Aktenkopien im Sandhaas-Fall aussah, denn obenauf war ein Ausdruck von der *Legende von der Magd des Totengräbers* geheftet, aus dem gleichen Schulbuch, das sie auch gelesen hatte. Sie wäre am liebsten hingegangen und hätte einen Blick in die Unterlagen geworfen. »Wisst ihr schon, ob Sandhaas in der Vergangenheit ein ungesühntes Verbrechen begangen hat, und wenn ja, welches?«, konnte sie sich nicht verkneifen zu fragen.

Paul hatte gerade einen letzten Punkt unter die in seiner ordentlichen, winzigen Schrift verfasste Vereinbarung gesetzt und schob ihr schweigend das Blatt hin. Sie würdigte es keines Blickes.

»Gibt es Spuren, die darauf hindeuten, dass meine Klientin die Mörderin ist?«, ließ sie nicht locker.

Paul senkte den Kopf. Er schien nachzudenken. »Frag sie doch einfach selbst«, sagte er schließlich. Er klang müde.

»Ach, ja? Das würde ich gerne, aber ich bekomme im Untersuchungsgefängnis keine Besuchserlaubnis, weil ich weder eine Angehörige noch eine Anwältin bin«, platzte es angespannt aus ihr heraus. »Und mit ihr telefonieren durfte ich bislang auch erst einmal, ganz am Anfang, als sie mich angerufen hat. Ich habe langsam fast das Gefühl, dass ihr Angst habt, wenn ich in der Sache ermittle. Was könnte ich denn herausfinden?« Das mit dem Gefühl und der Angst war frei erfunden, aber irgendwie musste sie ja ein bisschen Druck aufbauen.

Paul kniff die Lippen zusammen und schüttelte den Kopf.

»Warum ist meine Klientin immer noch in U-Haft? Wenn ihr auch glaubt, dass Marbach der Mörder gewesen ist?«

Paul seufzte schicksalsergeben. Dann sagte er: »Weil sie in der Sache mit drinsteckt.«

»Wie kommt ihr darauf?«

Paul schien zu zögern, aber dann zog er die Vereinbarung mit einem Ruck wieder zu sich her, zerriss sie und warf die Fetzen in den Mülleimer. »Du wirst nie aufgeben, oder? Und wahrscheinlich weißt du eh schon alles, was ich dir jetzt sage, und ignorierst es. Aber ich erkläre es dir gerne nochmal: Deine Klientin hatte die Gelegenheit für den Mord, und außerdem hat sie einen Tag vorher glaubhaft vor Zeugen geäußert, dass sie ›den Joseph umbringen wird‹. Weil er ihr ›das Leben zur Hölle macht‹. Aber vor allem, weil sie den Weinberg hinter dem Haus ohne seine Zustimmung nicht verkaufen kann. Daran hätte auch die Scheidung nichts geändert. Eine Hotelkette hat ihr vor einiger Zeit ein fantastisches Angebot für das Stück Land gemacht. Conny Sandhaas würde gerne an den Gardasee ziehen, und dafür braucht sie die Kohle. Und ihr Noch-Ehemann hatte vor, ihr so richtig eins reinzuwürgen und dem Verkauf nicht zuzustimmen. Das ist ja wohl ein gutes Motiv, findest du nicht?«

Das hatte Conny Sandhaas ihr ein wenig anders erzählt, und Suzanne ärgerte sich. »Woher wollt ihr wissen, dass Sandhaas gegen den Verkauf des Weinbergs war?«, fragte sie.

»Oh, das ist bei unseren Ermittlungen mehr als deutlich geworden. ›Nur über meine Leiche‹, hat er immer gesagt. Fällt dir an der Aussage was auf?«

»Aber es gab doch bestimmt noch andere, rechtliche Möglichkeiten für meine Klientin! Ich bitte dich.«

»In diesem Fall nicht. Sonst hätte sie den Weinberg ganz an Joseph Sandhaas verloren.« Er zuckte mit den Schultern. »Abgesehen davon wissen wir, dass Sandhaas nicht gerade der angenehmste Zeitgenosse war. Er hatte ein Machtproblem, und wenn etwas nicht nach seinen Vorstellungen lief, konnte er ziemlich aggressiv werden. Und er war, das haben Zeugen ebenfalls ausgesagt, wohl nicht einverstanden mit der Scheidung. Er hat gedroht, er lasse sich von ›seinem‹ Weingut und ›seiner‹ Frau nicht vertreiben. Ich denke, Frau Sandhaas hat befürchtet, er würde sie nach der Scheidung nicht in Ruhe lassen. Auch ein guter Grund, ihn töten zu lassen. Fast verständlich, wenn du mich fragst.«

Auch das hatte Conny Sandhaas anders dargestellt.

»Weißt du eigentlich, wie Conny Sandhaas und ihr Mann sich damals kennengelernt haben?« Paul schaute sie mit nachdenklichem Blick an.

Sie schüttelte den Kopf, obwohl Conny Sandhaas ihr dazu einiges erzählt hatte. Vielleicht hatte das aber auch nicht gestimmt?

»Als Conny Sandhaas eine Jugendliche war, gab es in Durbach und den umliegenden Orten einige Fälle von Brandstiftung«, erzählte er. »Eine Garage, einige Strohballen auf verschiedenen Feldern, zwei Spielhütten auf Spielplätzen. Außerdem wurde versucht, einen Container auf dem Güterbahnhof in Offenburg anzuzünden, aber dieser Anschlag ist gescheitert. Es kam glücklicherweise nie jemand zu Schaden, weil die Taten immer nachts verübt wurden, aber besonders die Sache mit der Garage und den Spielhütten war riskant, da sie mitten in Wohngebieten standen. Lange ist die Polizei im Dunkeln getappt, aber irgendwann sind sie darauf gekommen, dass die siebzehnjährige Conny Sandhaas hinter den Brandanschlägen stecken muss. Sie wurde angeklagt und hat eine Jugendstrafe bekommen. Ihren Eltern ist es geglückt, das Ganze zu verheimlichen, und die Leute dachten, Conny ginge einige Zeit auf ein Internat.« Der Staatsanwalt lachte angespannt. »Jedenfalls, nachdem sie wieder draußen war, wurde wenige Tage später in Bohlsbach ein Briefkasten mit in Reinigungsbenzin getränkten Tüchern gefüllt und abgebrannt. Nur weil es angefangen hat, stark zu regnen, ist das Haus, an dem der Briefkasten hing, verschont geblieben. Aber das war kein Kavaliersdelikt mehr. Das Ganze passierte zu einem Zeitpunkt, als sich deine Klientin gerade zufällig auch in Bohlsbach aufhielt. Es war genau ihre Vorgehensweise, und ein Zeuge hat sogar eine Täterin, die aussah wie Conny Sandhaas, gesehen. Mittlerweile war sie volljährig und hätte eine ziemlich fiese Strafe zu erwarten gehabt. Aber plötzlich taucht dieser Unterhemd und zerfetzte Jeans tragende Joseph Nadler bei der Polizei auf und gibt zu Protokoll, Conny Sandhaas könne die Tat nicht begangen haben, er habe an dem Abend ein Date mit ihr gehabt. Wenig später ist er plötzlich mit ihr verheiratet, nimmt sogar ihren Nachnamen an. Ein guter Freund der Familie hat uns nach Sandhaas' Tod durch die Blume mitgeteilt, dass Joseph schon immer für Conny und wohl auch für ihr Weingut geschwärmt und sie ihm die kalte Schulter gezeigt hat. Nachdem Joseph aber für sie bei der Polizei ausgesagt hat, hat sie sich plötzlich auf ihn eingelassen. Allerdings schien sie ihn trotzdem nicht sonderlich zu mögen, wie Frau Sandhaas' Mutter angedeutet hat.«

Suzanne verspürte ein Ziehen im Magen. Auch diesbezüglich hatte ihre Klientin die Geschichte ein wenig beschönigt beziehungsweise einige Details weggelassen. Die Jugendstrafe zum Beispiel und dass sie selbst verdächtigt worden war, das Feuer gelegt zu haben. Und Suzanne hatte das bislang nicht nachgeprüft, weil sie keinerlei Zusammenhang zu der Scheidung oder dem Mord gesehen hatte. »Und? Das ist eine uralte Geschichte und schon lange vorbei«, stieß sie hervor.

»Hast du dich nie gefragt, warum deine Klientin all die Jahre bei ihrem Joseph geblieben ist? Liebe war es jedenfalls nicht.«

»Liebe war es vielleicht nicht. Aber die beiden hatten doch ein recht gutes Arrangement. Conny Sandhaas wollte eigentlich nie Winzerin werden, und Joseph Sandhaas hat ihr diese Arbeit abgenommen.«

Paul schüttelte den Kopf. »Das mag die offizielle Version sein. Aber wir denken, Joseph Sandhaas hatte noch etwas mehr gegen sie in der Hand als die Sache mit dem abgefackelten Briefkasten. Vielleicht genug, um sie in den Knast zu bringen und eine Scheidung zu verhindern?«

Sie zog die Augenbrauen hoch. »Wenn sie Angst vor Enthüllungen gehabt hätte, dann hätte Conny Sandhaas ja wohl kaum einen so erbitterten Scheidungskrieg geführt.« Oder doch? Suzanne war sich plötzlich nicht mehr so sicher, was sie glauben sollte. »Wären solche Taten nicht bereits verjährt?«

Paul zuckte mit den Schultern. »Kommt darauf an, wann deine Klientin sie begangen hat, nicht wahr? Niemand weiß, ob sie damals wirklich aufgehört hat mit dem Zündeln. Und es gab in den letzten Jahren durchaus den einen oder anderen Brandanschlag in Offenburg und Umgebung, für den wir bislang niemanden verantwortlich machen konnten.«

An Pauls Argument war etwas dran. Aber Conny Sandhaas war eine nette Dame mittleren Alters, schwer vorstellbar, dass sie eine Brandstifterin und Mörderin sein sollte.

»Es gibt noch etwas. Nach dem Mord an dem Winzer wurden im Haus der Sandhaas' Goldmünzen gestohlen. Sammlerstücke. Sie lagen in einem hochwertigen Safe. Wir fragen uns natürlich, woher der Täter die Kombination kannte«, fuhr Paul fort. »Wir glauben, Conny Sandhaas hat Henry Marbach das Gold als Bezahlung für den Mord gegeben.«

»Wenn das so gewesen wäre, warum hätte sie euch überhaupt sagen sollen, dass das Gold gestohlen wurde?«

»Das hat sie gar nicht. Wir haben es so herausgefunden.« Paul grinste zufrieden.

»Vielleicht hatte der Täter eine Waffe dabei und hat Joseph Sandhaas bedroht? Und Sandhaas hat den Safe vor seinem Tod selbst geöffnet?«

»Vielleicht.« Paul klang, als ob er das nicht glaubte.

Suzanne räusperte sich. Eines war klar: Wenn sie je eine Besprechung mit Conny Sandhaas im Gefängnis haben sollte, würde sie einige Ungereimtheiten klären müssen! »Hatte meine Klientin im Vorfeld der Tat Kontakt mit Marbach? Woher wisst ihr, dass sie ihn überhaupt kannte?«, fragte sie.

»Das …« Draußen im Flur hörte man Schlüsselgeräusche. »Ich habe schon wieder viel zu viel gesagt. Keine Ahnung, warum mir das bei dir immer wieder passiert.« Er schüttelte den Kopf und lächelte. Das Lächeln reichte nicht bis zu seinen Augen. In diesem Moment betrat Pauls Freundin den Flur, rief »Hallo« und verschwand sofort im Bad.

Suzanne bekam fast ein schlechtes Gewissen, weil Paul plötzlich so vorwurfsvoll schaute. Aber es gab einfach Informationen, die konnte man als Detektivin nur bekommen, wenn man Helfer im Justizapparat hatte. So war das leider. Sie hatte die Regeln nicht gemacht. Und sie hatte Paul ja nicht gezwungen, mit ihr zu sprechen. »Immerhin habe ich euch den Täter geliefert«, murmelte sie ein wenig schuldbewusst.

Der Staatsanwalt faltete die Hände. Dann zuckte er mit den Schultern. »Wie auch immer. Wollen wir in die Küche gehen? Ich bin am Verhungern. Ich könnte uns einen Salat machen. Maya ist jetzt vom Volleyball zurück.«

»Da sag ich nicht Nein.« Seit wann gab es bei Paul Salat?

Auf dem Weg zur Küche sagte der Staatsanwalt: »Ich bin froh, dass ich deinen Job nicht machen muss! Für mich ist deine Klientin eine von vielen Beschuldigten. Aber du musst ihr im Knast gegenübersitzen und in die Augen schauen. Du musst für sie ermitteln. Und du hast nicht einmal die Befugnisse, die wir haben.« Das, so hatte sie das Gefühl, tat ihm allerdings nicht leid. Er räusperte sich. »Auch wenn ich dir im Moment keine weiteren Details der Ermittlungen mitteilen kann, wenn ich irgendetwas erfahren sollte, was Conny Sandhaas entlastet, werde ich es dir umgehend sagen.«

»Das ist echt nett von dir«, lächelte sie.

Sie setzte sich an die trendige Küchenbar, und er schenkte ihr ungefragt ein Glas rosa Prosecco und sich einen Whisky ein. Sie hasste Prosecco, aber Männer wie Paul dachten seltsamerweise immer, Frauen würden auf so etwas stehen. Obwohl sie Paul gegenüber schon zweimal angedeutet hatte, dass sie Prosecco nicht mochte, schon gar keinen rosa … Sie biss sich auf die Zunge. Nach der Situation gerade im Arbeitszimmer wollte sie ihn nicht auch noch durch Grundsatzdiskussionen vor den Kopf stoßen. Sie nippte an dem scheußlichen Gebräu. Zu süß und gleichzeitig säuerlich wie der Geschmack im Mund, nachdem man sich übergeben hatte. Eine Weile sprachen sie nicht. Paul wusch eine winzige Menge Salat und machte ihn mit einer fettreduzierten Vinaigrette an. Sie schaute sich derweil in der Küche um. Am Kühlschrank hing ein Schild mit der Aufschrift: *Hat bei der Entstehung des Schadens ein Verschulden des Verletzten mitgewirkt, so finden die Vorschriften des § 254 des Bürgerlichen Gesetzbuchs mit der Maßgabe Anwendung, dass im Fall der Beschädigung einer Sache das Verschulden desjenigen, welcher die tatsächliche Gewalt über die Sache ausübt, dem Verschulden des Verletzten gleichsteht.*

Paul schien zu bemerken, dass sie das merkwürdige Schild gelesen hatte, und meinte ein wenig gequält: »Das ist unsere neue StVG-Diät. Wenn ich das lese, vergeht mir der Hunger.«

Sie nickte nur, weil sie nicht wusste, was sie darauf erwidern sollte, aber irgendwie tat ihr Paul leid. Früher war er nicht so verkrampft gewesen.

»Vielleicht kann ich bei der Besuchserlaubnis im Gefängnis was für dich tun«, sagte er plötzlich und kippte seinen Whisky hinunter. Sie verschluckte sich an ihrem Prosecco, und beim Husten stieg ihr das widerliche Gesöff auch noch in die Nase. Paul war heute unnatürlich nett. Was war los mit ihm?

»Das wäre gigantisch«, sagte sie dankbar, und er nickte nur.

Paul schenkte sich einen weiteren Whisky ein und kippte auch diesen. Sie nahm noch einen Schluck Prosecco, obwohl es sie schüttelte. Glücklicherweise musste sie noch Autofahren und konnte daher nach zwei weiteren Schlucken wahrheitsgemäß behaupten, sie wolle lieber auf Alkohol verzichten.

Nach dem spärlichen Mahl verabschiedete Suzanne sich von Paul und fuhr nach Hause. Dort wärmte sie sich erst einmal die Reste ihrer köstlichen badischen Kürbissuppe mit Sauerrahm und Wein auf, die sie dick mit aus trockenem Baguette selbst hergestellten, knusprigen Croutons bestreute und genussvoll auf ihrer Terrasse aß. Salat mit fettreduzierter Vinaigrette war nett für die Figur, aber ein Magermodel werden musste sie ja nun auch nicht gleich. Nach dem Essen dachte sie über den Sandhaas-Mord nach. Sie musste unbedingt mit ihrer Klientin sprechen. Trotz ihres Erfolgs mit Marbach saß Conny Sandhaas immer noch im Gefängnis, der Auftrag war somit noch nicht beendet. Das Gespräch mit Paul hatte leider keine Klarheit gebracht. Dann fiel Suzanne plötzlich auch noch der Laubis-Fall ein, den sie in der letzten Zeit sträflich vernachlässigt hatte. Obwohl es bereits stockdunkel war, fuhr sie nochmal ins Büro und ging endlich die Unterlagen durch, die man ihr auf den Schreibtisch gelegt hatte. Ihre Mitarbeiter hatten die Gegenstände, die sie in dem Warenlager fotografiert hatte, überprüft, aber keines der Bilder oder Möbelstücke stammte aus einem Diebstahl. Der Gemeinderat war kein Hehler, er hatte lediglich eine Erbschaft gemacht. Blöderweise war einer ihrer Mitarbeiter wohl dabei beobachtet worden, wie er sich in Laubis' Lagerraum umgesehen hatte, und der Akte war ein Fax von einem Rechtsanwalt aus Lahr angeheftet, in dem Laubis mit Strafandrohung *Unterlassung dieses Stalkings durch die Detektei Griesbaum* forderte. Laubis hatte sie auch bei der Polizei angezeigt. Zu allem Überfluss hatten ihre Mitarbeiter, davon kündete ein handschriftlicher Zettel, dann auch noch herausgefunden, dass ihr Auftraggeber im Laubis-Fall, der Journalist, nicht ganz so hehre Ziele verfolgte, wie sie am Anfang angenommen hatte. Dem Journalisten ging es offenbar weniger darum, einem rechtsradikalen Gemeinderat das Handwerk zu legen, als sich an dem Typen zu rächen, der eine Affäre mit seiner Frau gehabt hatte. Er hatte allem Anschein nach sogar den »anonymen Tippgeber« bezahlt. Suzanne schmiss die Akte an die Wand. Und dafür war sie beinahe in einer baufälligen Scheune von herabstürzenden Balken erschlagen und von einem Armbrustpfeil durchbohrt worden. Conny Sandhaas, der Journalist, glaubten hier eigentlich alle, sie nach Strich und Faden anlügen zu können?

Kapitel 19

Henry saß auf dem unteren Bett des Stockbetts seiner Zelle im Polizeirevier und ballte die Fäuste. Es war mitten in der Nacht, aber er konnte nicht schlafen. Seit seiner Festnahme waren erst ein paar Stunden vergangen, doch es kam ihm vor wie eine Ewigkeit. Verzweiflung schnürte ihm die Kehle zu. Er fühlte sich wieder so einsam und verletzlich wie als Kind, wenn er in den Ferien zu einer Boxfreizeit gemusst hatte. Kurz dachte er sogar an die Sache mit Bea zurück, einen der vielleicht wichtigsten Kämpfe seines Lebens, den er verloren hatte. Niederlagen. In seinem Leben hatte es einige Niederlagen gegeben. Aber noch nie so etwas wie das hier. Er schlug auf die bretthharte Matratze. Er war unschuldig und würde trotzdem viele Jahre einfahren, weil er einer jungen Frau hatte helfen wollen!

Eine Hand mit einer Zigarettenschachtel reckte sich vom oberen Bett zu ihm herunter. »Das erste Mal hier?«

Henry zuckte zusammen, er hatte eigentlich gedacht, der Typ, der bereits bei seiner Einlieferung im oberen Bett gelegen und sich nicht gerührt hatte, würde schon lange schlafen. »Nicht das erste Mal«, sagte Henry und nahm eine Zigarette. Als die Sache mit dem Vergewaltiger damals passiert war, hatten die ihn auch eingebuchtet, allerdings nur für drei Stunden. Oben raschelte es, dann kletterte ein schmächtiger Mann mit fettigem Haar und Seitenscheitel die Leiter hinunter, gab ihm Feuer, setzte sich auf den einzigen Stuhl in der Zelle und zündete sich auch eine Kippe an.

»Ich bin Henry«, sagte Henry und streckte ihm die Hand hin.

»Vincent. Alle nennen mich Vince.« Der Typ lächelte.

»Warum bist du hier?«, fragte Henry und stieß langsam den Rauch aus.

»O K«, antwortete der Typ. Organisierte Kriminalität also. »Exekutive.«

»Exekutive?«

Der Typ machte eine Bewegung, als ballere er einige Leute mit einer Maschinenpistole ab. »Du?«

»Mord. Vielleicht werfen die mir auch zwei Morde vor. Aber ich bin unschuldig.«

»Zwei. Unschuldig.« Erneut verzogen sich Vinces Lippen zu einem Lächeln, diesmal amüsiert, wie es schien. »Reingelegt worden?«

Henry nickte und zog an seiner Zigarette. Sein Zellenkumpan machte eine auffordernde Handbewegung. Henry erzählte ihm eine Zusammenfassung seiner Geschichte, wobei er seine Klientin deutlich brutaler darstellte und aus Suzanne die Chefin eines international agierenden Detektivbüros machte.

»Ich würde dir den Freundschaftspreis machen«, sagte der Typ, nachdem Henry geendet hatte.

Henry verstand nicht und fragte: »Was machen?«

»Den Freundschaftspreis.«

»Ich meinte ›für was‹?

Vince kicherte und drückte seine Zigarette an der Zellenwand aus. »Du bist ein Lustiger.«

Henry schaute ihn verständnislos an.

Vince spuckte auf den Boden. Dann führte er seine rechte Hand am Hals entlang, als schneide er ihn ab. »Wir finden jeden. Auch den, der dich reingelegt hat. Garantie. Und die Detektivin on top.«

So verlockend die Idee auch war, Louise, sofern sie nicht schon tot war, von einem Killer des organisierten Verbrechens umlegen zu lassen, so weit war er dann doch noch nicht.

»Nein, nein, um Gottes willen, ich will niemanden umbringen lassen«, beteuerte Henry. Vince kicherte. Dann hörte er plötzlich auf, als drehe ihm jemand den Saft ab. »So wirst du dir nie Respekt verschaffen«, merkte er an.

Kurzzeitig war es still.

»Wenn ihr jeden findet: Wie … also wie stellt ihr das an, wenn jemand untergetaucht ist?«, fragte Henry schließlich neugierig und drückte ebenfalls seine Kippe aus. Jede Idee, wie er Louise aufspüren konnte, war hilfreich.

Vince nickte geschäftsmäßig, offenbar glaubte er, Henry nehme sein Angebot nun doch an. »›Wie‹ ist unser Problem.« Er senkte die Stimme und beugte sich dicht zu Henrys Ohr. »Stumpfe und spitze Gewalt zwanzig, Schusswaffen dreißig, fingierter Unfall fünfzig.«

»Und pfählen?«, fragte Henry spaßeshalber.

Das erste Mal schaute Vince ihn mit einem gewissen Respekt in den Augen an. »Scheiße«, sagte er nur. Und dann: »Achtzig. Wenn die Leiche verschwinden soll: zwanzig zusätzlich.«

»Habt ihr schon mal jemanden gepfählt?«, fragte Henry aus einem plötzlichen Impuls heraus. Es gab ja manchmal unglaubliche Zufälle im Leben, wer konnte schon wissen, ob es nicht Vince oder einer seiner Leute gewesen war, der Sandhaas an die Wand genagelt hatte. Vielleicht würde es Henry ja gelingen, den Fall nebenbei noch diese Nacht aufzuklären.

Vince schüttelte den Kopf. »Und du?«

Henry zuckte zweideutig die Schultern. Morde verschafften einem hier drinnen Respekt. Nie Schwäche zeigen, das galt im Boxkampf gleichermaßen wie im Gefängnis. Vince lehnte sich zurück und lächelte, diesmal zufrieden. Irgendwas an diesem Lächeln gefiel Henry nicht. Wieso hatte er überhaupt mit dem Typ geredet? Was, wenn der ein Polizeispitzel war? Er sah zwar nicht so aus, aber man konnte nie wissen. »Was grinst du so?«, fragte er mit einem bedrohlichen Unterton.

»Bin ein netter Typ«, beschwichtigte Vince. Henry runzelte die Stirn. Wie auch immer, er hatte Vince nichts Verdächtiges gesagt, er musste sich so oder so keine Sorgen machen. Wenig später kletterte sein Zellenkumpan ins Bett zurück, und Henry sah und hörte nichts mehr von ihm, auch nicht beim Frühstück am nächsten Morgen oder als Henry kurz danach zu seiner richterlichen Anhörung abgeholt wurde.

Zwei Polizisten begleiteten Henry vom Zellentrakt durch die Gänge der Polizeidienststelle und durch einen strahlend schönen Spätsommertag zu einem stickigen Polizeiauto und fuhren ihn zum Amtsgericht. Mit den Handschellen und der Gefängniskleidung, die er statt seines zerrissenen Hemds angezogen hatte, fühlte er sich wie ein Schwerverbrecher. »Wegen der Renovierungsarbeiten findet das heute beim Richter Wollner im Zimmer statt«, meinte der ältere der Polizisten, ein schmächtiger, grauhaariger Mann, in fröhlichem Tonfall, als sie in der Eingangshalle des Gerichts standen, und gemeinsam gingen sie einen kurzen Flur im Erdgeschoss entlang auf eine Bürotür zu. In Henrys Magen grummelte es. Seine Hände waren vor Aufregung schweißfeucht. Zum Glück wartete Achim schon vor dem Richterzimmer. Er sah genauso fertig aus, wie Henry sich fühlte. Die schwarze Robe, die er über dem Arm trug, war verknittert, und seine Haare standen ab wie das Gras einer Streuobstwiese im Gäu. Nachdem Achim kurz mit den Polizisten geredet hatte, die im Flur stehen blieben, geleitete er Henry in einen kleinen Besprechungsraum neben dem Richterzimmer, schloss die Tür, stellte seinen Anwaltskoffer ab und zog mit einem eleganten Wurf die Robe über. Sie schlabberte ziemlich, und er sah aus wie ein heruntergekommener Vampir in einem B-Horrorstreifen. »Die Robe isch ein bisschen groß, ich habe sie mir geliehen«, gab er zu, als könne er Henrys Gedanken lesen. »Im Zivilrecht brauchsch du nie eine, deshalb.«

Henry erschauderte. Das Grummeln in seinem Magen wurde stärker, als krabbelten Krebse darin herum und zwickten ihn mit ihren Scheren. Die Handschellen, die er nicht hatte abnehmen dürfen, drückten auf seine Handgelenke.

»Du stecksch echt in der Klemme«, sagte Achim, als er die Knöpfe des Vampirumhangs geschlossen hatte und eine Akte aus seiner Tasche kramte und auf den Tisch fallen ließ. Henry ballte die Hände zu Fäusten.

»Die haben dein Blut, deine Finger- und Fußabdrücke und deine Haare in Sandhaas' Schuppen gefunden. Und natürlich den Bolzenschneider im Garten«, fuhr Achim fort, während er durch die Akte blätterte. »Sie haben außerdem dein Handy aufgespürt und alle Daten ausgelesen und wissen jetzt, dass du zur geschätzten Tatzeit am Tatort warsch. Jedenfalls einen großen Teil der Tatzeit.« Er sah von der Akte auf. »Warum hasch du mir gestern nicht gesagt, dass du sogar ein Foto vom Tatort gemacht hasch? Und eine WhatsApp mit den Worten *Bin bei dem Arschloch im Schuppen. Keine Falltür* an eine Prepaidhandynummer verschickt hasch? Ich nehme an, das war Louises Nummer?«

Henry nickte angespannt. Er starrte nach draußen, wo direkt vor dem Fenster das Leben ganz normal weiterging. Kinder hüpften lachend vorbei, und ein Auto hupte.

»Die vermuten jetzt natürlich, dass das eine Botschaft für dein Stalking-Opfer war.« Er schlug Henry leicht auf die Schulter. »Aber nicht verzagen, es gibt auch eine gute Nachricht. Der Winzer wurde tatsächlich nicht mit deinem Bolzenschneider getötet, sondern mit einem vergifteten Speer. Und auf der Tatwaffe waren keine Spuren von dir!« Achims Tonfall hörte sich gespielt fröhlich an. Dann wurde er wieder ernst. »Allerdings gehen die Ermittler davon aus, dass du trotzdem der Mörder bisch und bei der Tat Baumwollhandschuhe getragen hasch.«

So viel zum Thema gute Nachrichten. »Aber wenn ich

Handschuhe anhatte, warum hätte ich denn überall sonst im Schuppen Fingerabdrücke hinterlassen sollen?«, warf Henry aufgebracht ein.

»Mein Reden«, sagte Achim. »Aber die Ermittler denken, dass du erst den Winzer gepfählt hasch. Dann bisch du versehentlich in Kontakt mit dem Gift gekommen, und danach hattesch du die Situation nicht mehr unter Kontrolle. Sie glauben, du dachtesch, dir wächst ein Fell. Und deshalb hättesch du die Handschuhe ausgezogen.«

»Die drehen sich auch alles so hin, dass es in ihre Theorie passt«, knurrte Henry, und Achim nickte.

»Und das isch leider auch noch nicht alles«, bemerkte der Anwalt. »Neben dem Mord an Sandhaas isch da natürlich auch noch die Situation in Louises Wohnung in Bad Cannstatt. Die Ermittler haben ja einen schlecht weggewischten Blutfleck in der Küche gefunden. Die Spuren wurden ausgewertet und mit den Spuren an einer Kaffeetasse verglichen, die deine Louise in der Nacht auf der Polizeidienststelle getrunken hat. Und das Blut stammt eindeutig von der gleichen Frau. Die glauben jetzt, du hasch Louise umgebracht und ihre Leiche versteckt. In ihrer Wohnung waren ein Kippenstummel und zwei Haare von dir, und in deinem Bad haben sie ein kleines Fläschchen mit *von einem Laien hergestellten* Eisenhutsud gefunden.«

Henry ließ sich schwerfällig auf einen der Stühle im Raum nieder. Dumpfe Hoffnungslosigkeit stieg in ihm auf. Die Handschellen klapperten. »Die Frau hat sogar meinen Kippenstummel von der Straße aufgelesen und Haare in meinem Büro gesucht und mitgenommen, verdammt! Sie hat das alles inszeniert! Die ist nie im Leben tot!« Plötzlich fiel ihm etwas ein, und aufgeregt fügte er hinzu: »Dieser Laubis scheint auch zu glauben, dass sie noch lebt. Jedenfalls hat er von einer Hexe gesprochen, die durch sein Fenster geschaut hat, zu einem Zeitpunkt, als Louise schon lange umgebracht worden sein müsste. Die Hexe muss Louise gewesen sein, meinst du nicht? Sie lebt. Bitte, Achim, du musst mir das glauben.«

»Ich glaube dir«, sagte Achim. Henry war sich nicht ganz sicher, aber war da ein leichter Zweifel in der Stimme seines Freundes gewesen? Für einen Moment hatte Henry das Gefühl zusammenzubrechen.

»Haben die Bullen wenigstens rausgefunden, wer Louise in Wirklichkeit ist?«, fragte er geknickt.

Achim schüttelte den Kopf, warf einen Blick auf seine teure Uhr, steckte die Akte wieder in seinen Koffer und holte die Tüte eines Bekleidungsgeschäfts heraus. »Die Anhörung fängt gleich an. Willsch du dich noch umziehen? Ich habe dir was Anständiges gekauft.«

Er hatte Henry eine Jeans, zwei neue Hemden und ein paar T-Shirts mitgebracht, alles Markenware und in der richtigen Größe, da hatte er sich nicht lumpen lassen. Die Lederslipper mit der dicken Goldschnalle entsprachen zwar überhaupt nicht Henrys Geschmack, sie wirkten wie die Hausschuhe eines durchgeknallten Mafiapaten, aber zumindest sahen sie einigermaßen bequem aus. Achim und er gingen in den Flur, und sein Freund diskutierte einige Minuten mit den beiden Polizisten, bevor sie sich bereit erklärten, Henry die Handschellen abzunehmen, damit er sich ein Hemd und die Jeans anziehen konnte.

»Aber wir gehen mit ins Zimmer, und Sie, Herr von Arnhold, bleiben draußen«, bestimmte der jüngere Polizist streng, ehe er Henry grob zurück in den Nebenraum bugsierte, hinter seinem Kollegen die Tür zuknallte und einen Schlüssel zückte. Henry streckte ihm die Arme hin. Es dauerte eine Weile, dann waren seine Hände wieder frei, und er rieb sich die Handgelenke. Aus dem Nebenraum drangen nun Stimmen, offenbar war Achim bereits zu Richter Wollner hineingegangen. Die beiden unterhielten sich lautstark über seinen Fall. »Mein Mandant hat weder Joseph Sandhaas noch seine Klientin getötet. Das bisschen Blut auf dem

Boden sagt noch gar nichts. Die Spuren in ihrer Wohnung muss Frau Münz selbst gelegt haben!«, hörte er Achim deutlich vernehmbar sagen. Henry zog langsam sein Oberteil aus, misstrauisch beäugt von den beiden Polizisten. Der jüngere, der kräftig aussah, hatte sich mittlerweile vor den Fenstern postiert, sein Kollege direkt an der Tür. Henry fiel plötzlich auf, dass die Fenster nicht vergittert waren.

»Wie soll Frau Münz denn all die Spuren ›gelegt‹ haben, wenn sie vorher einem Gewaltverbrechen zum Opfer gefallen ist?«, sagte nebenan die Stimme, die dem Richter gehören musste. Sie klang rechthaberisch.

»Wir wissen doch noch gar nicht, ob die Dame einem Gewaltverbrechen zum Opfer gefallen isch«, warf Achim ein.

»Herr von Arnhold, ich bitte Sie! Sie lassen sich da mitreißen von den Münchhausengeschichten Ihres Mandanten! Wahrscheinlich behaupten Sie gleich noch, Herr Sandhaas habe seinen Tod auch nur vorgetäuscht. Wenn er nachher lachend aus dem Sektionssaal tanzt, lasse ich Ihren Mandanten raus, sonst nicht.«

Verzweiflung und Hilflosigkeit brannten schmerzhaft in Henrys Kehle. Das würde keine faire Haftbefehlsanhörung werden. Die hatten ihn bereits verurteilt, er hatte keine Chance. Er zog sein T-Shirt über. Erneut glitt sein Blick zu den unvergitterten Fenstern. Sie waren etwa drei Meter entfernt und fast ebenerdig. Wenn er den kräftigen Polizisten dort umrannte, das Fenster öffnete und hinaussprang, konnte er es vielleicht schaffen.

»Ich stelle gleich einen Befangenheitsantrag«, donnerte Achim im Nebenzimmer. »Aus dem Sektionssaal tanzen, ich glaube, ich spinne. Und wenn hier jemand Münchhausengeschichten erzählt, dann ja wohl diese Louise Münz. Die Frau gibt es gar nicht.«

»Es mag in dem Fall eine winzige Ungereimtheit geben, aber Ihr Mandant …«

»Eine *winzige* Ungereimtheit? Eine nicht existente Frau beschuldigt meinen Mandanten des Mordes!«

»Existent war sie ja wohl schon. Sie haben die Fotos der Überwachungskamera aus dem Polizeirevier doch gesehen. Es wurde nur versäumt, ihren Namen richtig zu notieren. Die Frau war vor Angst völlig verstört. Sobald wir weitere Untersuchungen mit dem Blut der Toten …«

»Nochmal zum Mitschreiben: Es wurde ein kleiner Blutfleck gefunden! Wir wissen aber nicht, ob sie *tot* isch!«

Henry zog die Jeans hoch, schloss den Reißverschluss und den Knopf. Schlüpfte in die Schnallenschuhe. Die Gedanken rasten in seinem Kopf. Es war nicht in Ordnung, was er vorhatte, aber er wollte auch nicht in U-Haft, er war unschuldig. Der Polizist an der Tür, der die Handschellen hielt, kam nun auf ihn zu. »Hände ausstrecken«, sagte er.

Es war, als ob sich etwas in Henry selbständig machte. Mit einem Fußtritt, den er so schwach wie möglich hielt, um den älteren Polizisten nicht ernsthaft zu verletzen, stieß er den Mann in die Ecke zurück, stürzte sich auf den zweiten Polizisten, der verdattert schaute, warf ihn mit einem schnellen Judogriff zu Boden, riss das Fenster auf und sprang hinaus auf die Wiese. Die Schnallenschuhe zog er nach zwei Metern im Laufen aus, nahm sie in die Hand und rannte auf Socken weiter. Er hörte aufgeregte Rufe, das Stampfen von Füßen, die aufkamen, offenbar waren die Polizisten ebenfalls aus dem Fenster gesprungen, er schaute sich nicht um. Hoffentlich kamen die nicht auf die Idee, auf ihn zu schießen. Er rannte die Straße entlang zu einer größeren Straße, kollidierte beinahe mit einem Auto, als er sie überquerte, rannte einfach weiter. Hinter ihm waren Schritte zu hören und entfernt Sirenen, er sprang über einen Zaun, lief durch mehrere Gärten, kam wieder auf eine Straße, wieder durch Gärten und einige Hinterhöfe. Er rannte und rannte, irgendwann fand er sich auf einem Friedhof wieder. Die Schritte, die ihm gefolgt waren, waren verstummt. Er ließ sich keuchend hinter eine große Hecke fallen. Allmählich kam er wieder zu Atem. Was hatte er getan? Sein Herz klopfte heftig, als er durch die Büsche spähte und sich umschaute. Es war ihm gelungen, seine Verfolger abzuschütteln. Aber was jetzt? Die würden ihn jagen wie ein Tier und mit Sicherheit bald aufspüren. Wo sollte er hin? Er kannte sich in dieser verdammten Stadt nicht aus, und er hatte keinen Cent. Seine Füße schmerzten, die Socken waren zerfetzt, aber immerhin war er nicht in eine Scherbe getreten. Erschöpft zog er die Schnallenschuhe wieder an. Sirenen heulten, diesmal ganz in der Nähe. Er duckte sich und kroch noch ein wenig tiefer in das Gebüsch.

Kapitel 20

Gut eine Stunde später traute er sich aus seinem Versteck heraus. Er klopfte sich die Äste und den Dreck ab, sah sich in alle Richtungen um. Keine Polizei. Mittlerweile brannte die Sonne, und er hatte Durst. Vor Aufregung war ihm ein wenig schlecht, als er einen schmalen Weg an Grabsteinen entlangging. Eine alte Dame mit einem Dutt, die eine Vase mit bunten Blumen auf ein Grab stellte, grüßte ihn freundlich, als er an ihr vorbeiging, und er zwang sich, zu lächeln und zurückzugrüßen. Seine Beine fühlten sich wacklig an, und seine malträtierten Füße brannten in den Slippern. Er schaute sich ständig um, während er den Friedhof überquerte. Nichts Verdächtiges. Er spürte seinen Herzschlag bis in den Hals. Nach kurzer Zeit kam er an einen kleinen Bach, ging ein Stück daran entlang. Auf einem schattigen Platz lag eine Gruppe Punker mit ihren Hunden in der Sonne. Henry ging zu ihnen. »Hey«, sagte er, »hat einer von euch vielleicht ein Handy? Ich muss unbedingt meinen Anwalt anrufen.«

Einer der Punker, ein junger Mann mit dicken Ringen in Nase und Ohren, grinste. »Hogg di naa«, lud er ihn zum Hinsetzen ein.

»Ich bin gerade von meinem Gerichtstermin abgehauen«, sagte Henry wahrheitsgemäß, »ich bin auf der Flucht und habe leider nicht viel Zeit.«

Der Punker lachte. »Verzähl ma nix«, sagte er. Dann kramte er in seinem Rucksack und förderte ein zermacktes Handy zutage. »Kurz, bidde«, sagte er und streckte es Henry hin, der erleichtert die Nummer seines besten Freundes eintippte.

Achim nahm sofort ab. »Himmel, Arsch und Zwirn, Henry«, fluchte er in den Hörer. »Was war das für eine schwachsinnige Aktion? Wo bisch du? Ich bin gerade erst vom Gericht wieder weggekommen. Die waren ziemlich sauer.«

»Tut mir leid. Aber ich hatte nicht das Gefühl, dass ich eine Chance gehabt hätte, da auf legalem Weg wieder rauszukommen«, sagte Henry.

Achim knurrte etwas Unverständliches, das aber zustimmend klang, und Henry erzählte ihm von seiner Flucht und wo er sich befand. Achim versprach, ihn abzuholen.

»Verfolgen die dich nicht?«, fragte Henry, der sich panisch umsah, als er wenig später in Achims Tesla stieg.

»Ich glaube nicht«, sagte Achim. »Ich bin als Anwalt über jeden Zweifel erhaben. Wir verhalten uns immer gesetzestreu.« Er grinste schwach.

Kurz danach fuhren sie Richtung Stuttgart.

Achim quartierte Henry zur Sicherheit dann aber doch nicht bei sich zu Hause ein, sondern im Dachgeschossgästezimmer eines Studienkollegen, eines Menschenrechtsanwalts und Althippies, der Batikkleider trug und barfuß lief. Er stellte keine Fragen und nahm Henry freundlich auf, wofür Henry ihm unendlich dankbar war. Als Gegenleistung erwartete er lediglich, dass Henry die zwei Katzen jeden Morgen in den Garten und mittags wieder ins Haus ließ und den Brotbackautomaten am frühen Abend mit Vollkornbrotteig füllte, was Henry gerne übernahm.

Achim hatte ihm Aktenkopien dagelassen, und Henry begann, sich an dem kleinen, wackligen Tisch im Gästezimmer in den Fall einzuarbeiten. Als Erstes ging er den Autopsiebericht und die Tatortbeschreibung durch. Sandhaas war zunächst mit einem starken Kräutersud betäubt und später auf dem Boden seines Gartenschuppens mit einem angespitzten Apfelernter durchbohrt worden. Wann und warum Sandhaas in den Schuppen gegangen war und ob er das freiwillig getan hatte, hatte noch nicht geklärt werden können. Seine Noch-Ehefrau Conny Sandhaas hatte in einem anderen Teil des Hauses geschlafen und angeblich nichts mitbekommen. Der Apfelernter war extra zum Töten angefertigt und statt Sandhaas' eigenem und beinahe gleich aussehendem Apfelernter, der spurlos verschwunden war, im Schuppen aufgehängt worden. Im Inneren des Stoffkörbchens mit den Zacken, das normalerweise zum Ernten der Äpfel an einer Stange in den Apfelbaum geführt wurde, hatte sich ein tödlich angespitztes Ende in Form einer einfachen Speerspitze verborgen. Diese Spitze war in einen aus den Wurzelknollen von Blauem Eisenhut gewonnenen Sud getränkt worden. Todesursache war allerdings nicht das starke Gift des Eisenhuts, Aconitin hieß es, gewesen, sondern der Blutverlust durch die Verletzungen, die der Speer verursacht hatte. Offenbar hatte die Täterin – Henry war sich sicher, dass es seine Klientin gewesen sein musste – das Ableben von Sandhaas abgewartet. Kurz nach dem Tod war das Opfer nämlich noch bewegt worden. Man hatte es halb aufgerichtet und mittels der aus dem Rücken ragenden Speerspitze sitzend an einer großen Kiste befestigt. Neben der Leiche hatte man eine zusammengefaltete Schürze aus mit reinen Naturfarben gefärbtem Leinen, eine historische Bedienstetenschürze, gefunden, ebenso ein Buch über Hexenverfolgung und auf dem Boden das zersplitterte Fläschchen, in dem das Gift enthalten gewesen war. Die Tat erinnerte an eine mittelalterliche Pfählung. Nach der Beschreibung des Tathergangs fehlten den Seitenzahlen zufolge etwas über fünfzig Aktenseiten. Achim hatte bereits versucht, sie bei der Staatsanwaltschaft einzusehen, aber bislang war ihm das verweigert worden, da die Ermittlungen noch liefen.

Auf dem Hexenbuch in Sandhaas' Schuppen sowie an den Griffen der Kiste waren ebenfalls Rückstände des Eisenhutsuds gefunden worden. Im Internet fand Henry heraus, wie Blauer Eisenhut aussah, und stellte mit Erstaunen fest, dass es die gleiche Staude war, die bei dem Offenburger Gemeinderat Daniel Laubis vor dem Haus wuchs. Zufall? Bei seinen weiteren Recherchen wurde ihm auch klar, dass es nicht das Mückenspray gewesen war, das ihn in der Nacht so hatte durchdrehen lassen. Es war der Blaue Eisenhut gewesen. Möglicherweise hatte seine Klientin die Griffe der Kiste extra für ihn präpariert, sodass er beim Anfassen über die Haut Eisenhutsud aufgenommen hatte. Das Gift wirkte nämlich auch über die Haut. Kein Wunder, dass er sich so komisch gefühlt hatte, nachdem er dieses Teufelszeug berührt hatte. Hexen hatten sich damit früher in Katzen »verwandelt«. Und er hatte eben gedacht, ihm wüchsen Stacheln. Auch das Lähmungsgefühl musste von dem Gift gekommen sein, und deshalb hatte er wohl auch den Busch, einen Flieder, wie er der Akte entnahm, für ein Monster gehalten und ihn mit dem Bolzenschneider in Scheiben geschnitten. Das passte genau! Was ihn schockierte, war die Tatsache, dass die Menge Eisenhutsud, die sich auf den Griffen der Kiste befunden hatte, ausgereicht hätte, um ihn zu töten, hätte er noch etwas länger Kontakt damit gehabt. War das Louises eigentlicher Plan gewesen? Ihn umzubringen und dann alles so zu arrangieren, dass es aussah, als sei er ein ungeschickter Täter, dem beim Umgang mit seinem Gift ein tödlicher Fehler unterlaufen war?

Henry war zwischen kurz nach zwei und etwa vier Uhr in der Nacht in und um Sandhaas' Garten gewesen. Der Todeszeitpunkt war auf einen Zeitraum zwischen drei und fünf Uhr eingegrenzt worden. Es war daher möglich, dass Louise den Winzer im Schuppen getötet hatte, während er, Henry, draußen einen Kampf auf Leben und Tod mit dem Fliederbusch geführt hatte. Das wäre sehr kaltblütig gewesen, aber er traute der Frau mittlerweile alles zu. Danach war sie eiskalt nach Stuttgart gefahren – er notierte sich, dass er herausfinden musste, wann genau sie bei der Polizei gewesen war – und hatte behauptet, er sei der Täter gewesen. Eine Weile dachte er darüber nach, ob es für seine Klientin grundsätzlich möglich gewesen wäre, Sandhaas alleine zu töten, oder ob sie Hilfe gebraucht hätte. Er kam zu dem Schluss, dass sie es geschafft haben könnte, wenn Sandhaas »freiwillig« in den Schuppen gegangen wäre und das Betäubungsmittel »freiwillig« getrunken hätte. Das war möglich, wenn sie ihn zum Beispiel mit einer Schusswaffe bedroht hatte. Ansonsten musste sie Hilfe gehabt haben. Ein Teil der Spuren war noch nicht ausgewertet worden, und er würde abwarten müssen, ob sich hier noch Hinweise auf einen Mittäter oder eine Mittäterin ergaben. Conny Sandhaas vielleicht? Sie hatte für die Nacht kein Alibi. Oder gar Daniel Laubis?

Am nächsten Tag bat er Achim, Laubis' Alibi nachzuprüfen, aber es stellte sich schnell heraus, dass der Lokalpolitiker zur Tatzeit einen Swingerclub besucht hatte.

Nachdem Achim ihm das mitgeteilt hatte, schlug Henry mit einer wütenden Bewegung die Akte zu. Kein Wunder, dass die Polizei ihn verdächtigte! Seine Klientin hatte wirklich an alles gedacht. Sogar daran, alle verdächtigen Gegenstände vor der Tat im Schuppen so zu positionieren, dass er sie anfasste und seine Fingerabdrücke darauf hinterließ.

Während erste Regentropfen eines herannahenden Gewitters auf das Dachfenster klopften, grübelte Henry erneut darüber nach, wer Louise in Wirklichkeit war. Und wie sie auf ihn gekommen war, denn er war sich ziemlich sicher, dass er kein Zufallsopfer war. Er musste in seinem engeren Umfeld ermitteln. Obwohl Achim nicht damit einverstanden war, weil er glaubte, die Polizei sei ihm dicht auf den Fersen, begann Henry noch am gleichen Tag, ausgerüstet mit dem falschen Bart und der grauen Langhaarperücke, die Achim beim letzten Fasching getragen hatte, und dem Rennrad des Hippies all diejenigen seiner

Freunde aufzusuchen, von denen er glaubte, sie würden ihn nicht an die Ermittlungsbehörde verraten. Er ertrug ihre Lachanfälle wegen seiner Verkleidung, zeigte ihnen das Überwachungskamerafoto von seiner Klientin und erkundigte sich, ob sie die Frau kannten. Alle verneinten. Achim klapperte mit dem Foto derweil Henrys Klienten und andere Leute ab, mit denen Henry öfter Kontakt gehabt hatte, wie etwa die Kassiererin im Supermarkt, den Pfandleiher und seine Nachbarn. Niemand kannte Louise. Henry hatte Achim außerdem gebeten, noch einmal mit Laubis zu sprechen. Denn der Lokalpolitiker wusste über alles Bescheid und kannte Louises wahre Identität, da war er ganz sicher. Sein Freund hatte den Gemeinderat daraufhin per Mail angeschrieben, erhielt als Antwort umgehend aber nur ein scharf formuliertes Fax von einem Offenburger Anwalt, in dem der mitteilte, sein Mandant habe noch nie von einer Louise Münz gehört und wünsche, zukünftig in Ruhe gelassen zu werden. Nachdem Achim ihm das am Telefon beigebracht hatte, schlug Henry mit den Fäusten gegen die Wand. Er kam keinen Schritt weiter. Wenn man sich die Beweislage gegen ihn anschaute, gab es nur ein Wort: erdrückend.

Kapitel 21

Es war ein milder Frühherbstnachmittag. Suzanne war gerade dabei, in ihrer Küche ein neues Rezept für Ziegenfrischkäse mit Knoblauch und grünem Pfeffer auszuprobieren, als ihr Handy klingelte. Es war Paul, der ihr kurz angebunden mitteilte, er habe mit dem Leiter des Untersuchungsgefängnisses gesprochen, und sie könne Conny Sandhaas am nächsten Tag besuchen.

»Das ist sehr nett von dir, danke«, sagte sie erfreut und kostete ein Löffelchen Käse. Er zerging auf der Zunge und war angenehm scharf. Am anderen Ende räusperte es sich, dann sagte Paul angespannt: »Henry Marbach ist abgehauen. Ich dachte, du solltest das erfahren.«

»Was?!«, rief sie, während sie ihr Handy mit der Schulter ans Ohr drückte. »Und wo ist er jetzt?«

»Das wissen wir nicht«, schnarrte er. »Aber wir kriegen ihn. Wir stehen kurz davor.« Für einen Moment war es still. »Sei trotzdem … vorsichtig. Verschließ deine Tür sorgfältig. Und keine Aktionen wie Ettlingen mehr, verstanden? Das … das wollte ich einfach loswerden.«

Nachdem das Telefonat beendet war, rührte Suzanne den köstlich riechenden Käse um, füllte ihn in eine kleine Schüssel und stellte ihn in den Kühlschrank, damit er bis zum Abendessen durchziehen konnte. Ein wenig beunruhigend war es schon, dass Marbach wieder draußen war. Vermutlich war er sauer auf sie, weil sie im Probenraum die Polizei gerufen hatte, und dachte deshalb darüber nach, sie mit einem Speer … Sie verdrängte den Gedanken. Die Wahrscheinlichkeit, dass er sich immer noch in der Gegend aufhielt, wo mit Sicherheit fieberhaft nach ihm gefahndet wurde, war gleich null. Er befand sich bestimmt auf dem Weg in ein fernes Land. Aber sie konnte abends ja trotzdem doppelt abschließen und alle Rollläden herunterlassen.

Nach einem frühen Abendessen ging sie mit zwei dicken Aktenordnern und ihrem Laptop zur Ziegenweide und setzte sich daneben auf einen Baumstumpf. So konnte sie ein wenig Zeit mit ihren süßen Ziegen verbringen, die sofort neugierig an den Zaun kamen. Gleichzeitig konnte sie den Besuch bei ihrer Klientin vorbereiten und noch einmal das Ergebnis ihrer Recherche der letzten Tage durchgehen. Sie hatte sich die ungeklärten Brandstiftungsfälle der letzten Jahre herausgesucht, hatte aber leider nicht klären können, ob ihre Klientin damit etwas zu tun hatte. Auch über einen möglichen Verkauf des Weinbergs hatte sie Nachforschungen angestellt. Was das anging, hatte ihre Klientin offenbar die Wahrheit gesagt: Konkrete Verkaufsbemühungen hatte es vor Joseph Sandhaas' Tod nicht gegeben. Warum also hätte Conny Sandhaas ihren Noch-Ehemann gerade jetzt umbringen lassen sollen? Abgesehen davon passten Pauls Vermutungen zu Connys Motiven überhaupt nicht mit der Legende von der Magd zusammen. Und wenn sie ehrlich war, glaubte Suzanne nach wie vor, dass es im Sandhaas-Fall nicht um eine gewöhnliche Streitigkeit unter Eheleuten ging, die eskaliert war, sondern um ein ungesühntes Verbrechen, das Joseph Sandhaas begangen haben musste und für das er jetzt von »der Magd« beziehungsweise von Henry Marbach hingerichtet worden war. Sie hatte stundenlang im Internet alte Zeitungsartikel gewälzt und nach ungeklärten Verbrechen Ausschau gehalten, aber da sie keine Ahnung hatte, ob sich Sandhaas' mögliche ungesühnte Tat vor einem oder vor zwanzig Jahren abgespielt hatte, oder auch nur, um was für eine Tat es sich gehandelt haben könnte oder wo sie begangen worden war, war das ein Stochern im Nebel gewesen. Sie hatte sich schließlich auf Baden, wo Sandhaas sein ganzes

Leben gewohnt hatte, die letzten zehn Jahre und die besonders üblen Verbrechen beschränkt. In dem ganzen Zeitraum hatte es nur wenige ungeklärte Morde und schwere Verbrechen gegeben. Eine Physiotherapeutin war 2010 bei Freiburg erschossen worden. Eine Jugendliche war 2012 in Lahr verschwunden und sieben Jahre später skelettiert im Wald aufgefunden worden, und drei Busfahrer waren in den Jahren 2007 bis 2015 in der Nähe von Baden-Baden erstochen worden. Außerdem war 2018 eine dreißigjährige Maklerin in Offenburg monatelang von einem unbekannten Mann verfolgt und schließlich erdrosselt worden. Suzanne hatte die Fälle genauer angeschaut, hatte sogar mit Polizisten gesprochen, aber einen Zusammenhang zu Joseph Sandhaas hatte sie nicht herstellen können. Natürlich war es auch möglich, dass das ungesühnte Verbrechen kein Tötungsdelikt gewesen war. Wie sah es mit Vergewaltigungen, Entführung oder schweren Körperverletzungen aus? Schließlich hatte sie entnervt aufgegeben, vor allem auch deshalb, weil sie glaubte, dass es eine Verbindung nicht nur zu Sandhaas, sondern auch zu Henry Marbach geben musste, und sie konnte weder das eine noch das andere bei irgendeinem Fall erkennen. Sie brauchte mehr Informationen und hoffte, dass ihre Klientin ihr diese am nächsten Tag liefern würde. Das Piepsen ihrer Waschmaschine, das an dem ruhigen Abend durchs offene Fenster bis zur Weide zu hören war, riss sie aus ihren Gedanken, und sie ging in den Keller, um das Gerät zu leeren. Als sie bei den Klängen von »Malicious tongue«, einem der ersten Songs von *Dieselskandal,* im Garten Wäsche aufhängte, fiel ihr plötzlich ein Ansatzpunkt ein, den sie bislang sträflich vernachlässigt hatte: Wenn es einen Zusammenhang zwischen dem Mord an Sandhaas und der Legende gab, dann musste das bedeuten, dass »die Magd« den Winzer bereits vor der Tat besucht hatte, um ihn zu einem Geständnis zu bewegen! Hatte Marbach das selbst erledigt? Oder hatte er mit jemandem zusammengearbeitet? Mit dem »Engel« vielleicht, den Ragnar Iggy in der Tatnacht gesehen haben wollte? Vielleicht hatten Nachbarn oder auch Conny Sandhaas hier etwas beobachtet? Etwas, das sie vielleicht gar nicht in Zusammenhang mit der Tat gebracht hatten, weil es Tage vor dem Mord passiert war?

Sie fuhr noch vor dem Abendessen nach Durbach und sprach mit den Nachbarn der Sandhaas', aber niemand hatte etwas Verdächtiges gesehen.

Am nächsten Morgen hängte Suzanne bei strömendem Regen ihre klatschnasse Wäsche ab und steckte sie erneut in die Waschmaschine, bevor sie mit einer langen Fragenliste und ihrem alten Schulbuch das Untersuchungsgefängnis aufsuchte. Die zusammengekrümmte Frau in Anstaltskleidung, die ihr an dem mit einer rosa Papierdecke bedeckten Tisch gegenüberhockte, war nur noch ein Schatten der Frau, die damals aufrecht und selbstbewusst in der Detektei gesessen hatte. Suzanne holte ihnen erst einmal zwei Fläschchen Cola und Knabberzeug aus einem Automaten. Das brachte ein wenig Leben in Conny Sandhaas' Gesicht. »Gott sei Dank sind Sie da«, sagte sie, drückte Suzannes Hand und lächelte schwach.

Suzanne erzählte ihr alles über die bisherigen Ermittlungen und Henry Marbach. Conny hörte ihr zu, die Lippen zu einem Strich zusammengekniffen. Schließlich fragte sie: »Wenn dieser Mann den Joseph umgebracht hat, warum bin ich dann noch hier drin?«

Suzanne zuckte bedauernd mit den Schultern. »Die glauben, dass Sie Marbach für die Tat engagiert haben.«

Ihre Klientin wurde totenblass. »Denen haben sie wohl ins Hirn geschissen. Heieiei, ich kenne keinen Marb…« Sie stockte. »Sapperlott, doch, ich kenne ihn, jetzt fällt es mir wieder ein. Er hat mich angesprochen! Das muss kurz vor Josephs Tod gewesen sein. Er wollte alles Mögliche über das Weingut wissen und ... Ich dachte, er ist ein Hotelier oder so was.« Sie schüttelte den Kopf. »Wir haben vielleicht fünf Minuten geredet. Aber ich habe niemanden engagiert, und ich habe auch niemanden umgebracht. Das mit meiner Jugendstrafe wegen Brandstiftung stimmt, aber der Joseph hatte nichts gegen mich in der Hand, weder damals noch heute. Den Joseph habe ich geheiratet, weil ich meinen Eltern eins reinwürgen wollte. Er war keine gute Wahl, das habe ich bald eingesehen, aber man muss ihm zugutehalten, dass er schnell gelernt hat, wie man einen annehmbaren Wein herstellt. Ich hatte nie Lust, das Weingut zu führen, Joseph schon. Ein Deal, der für beide Seiten Vorteile gebracht hat. Nur in letzter Zeit ... Sie wissen ja, ich würde gerne an den Gardasee ziehen. Ich bin oft im Urlaub dort und habe mir auch schon Immobilien angeschaut. Aber dafür brauche ich Geld. Der Joseph hat sich immer geweigert, auch nur einen der Weinberge zu verkaufen. Selbst den direkt hinter unserem Haus, auf dem der Boden mäßig und der Wein dementsprechend flach im Geschmack ist. Er hat geschützte Tierarten und was weiß ich noch was aus dem Hut gezaubert. Irgendwann wusste ich, ich muss mich scheiden lassen.«

»Aber nach der Scheidung hätten Sie verkaufen können?«

»Das hätte ich«, antwortete Conny Sandhaas und schaute zu Boden. »Also fast, es hätte vielleicht noch eine kleine juristische Auseinandersetzung gegeben, aber mein Anwalt war sehr optimistisch. Und glauben Sie nicht, ich hätte den Ausgang des Verfahrens abgewartet, bevor ich den Joseph pfähle?«

Suzanne nickte. »Das klingt vernünftig.«

»Ich hatte noch keine Käufer gefunden, aber ich war auf der Suche«, fuhr Conny Sandhaas fort. »Es gab Interessenten.«

Suzanne warf einen Blick auf ihre Fragenliste. »Stimmt

es, dass Sie Gold im Tresor hatten, das in der Tatnacht weggekommen ist?«

Ihre Klientin nickte.

»Die Staatsanwaltschaft vermutet, dass Sie Marbach damit bezahlt haben.«

Conny Sandhaas schnaubte. »Unsinn. Keine Ahnung, wie der Täter an das Gold gekommen ist. Ich vermute, Joseph hatte den Code irgendwo in der Nähe auf einem Klebezettel notiert. Er konnte sich Passwörter so schlecht merken.«

»Auch wenn Sie ihn nicht engagiert haben: Haben Sie eine Idee, warum dieser Henry Marbach Ihren Mann umgebracht haben könnte?«, fragte Suzanne weiter.

Ihre Klientin schien lange nachzudenken, dann schüttelte sie den Kopf.

»Vielleicht gab es irgendwelche Hinweise am Tatort, mit denen wir was anfangen können?«, versuchte Suzanne es erneut. »Können Sie mir beschreiben, wie Sie Ihren Mann aufgefunden haben?«

Conny Sandhaas schluckte schwer. »Er war mit einem Speer an der Holzkiste festgemacht. Er saß da und …« Ihr Gesicht wurde blass. »Widerlich. Ich … ich bin gar nicht in den Schuppen reingegangen.«

»Möglicherweise ist Ihnen trotzdem etwas aufgefallen?«

Ihre Klientin wiegte den Kopf hin und her. Schließlich murmelte sie: »Da war ein Buch, glaube ich. Ein Hexenbuch.«

Suzanne nickte. Das passte. Agnes Vetter, die Magd, war damals auch der Hexerei beschuldigt worden. Sie blätterte durch ihr altes Schulbuch, bis sie die Legende fand. »Es besteht die Möglichkeit, dass das Motiv für den Mord in der Vergangenheit Ihres Mannes liegt. Kennen Sie die Legende von der Magd des Totengräbers?«

Ihre Klientin sah sie erstaunt an. »Ja, ja, natürlich. Jeder kennt die. Wie kommen Sie denn jetzt darauf?«

»Wegen der Art, wie Ihr Mann gestorben ist. Ich habe mich gefragt …« Suzanne zögerte kurz, bevor sie weitersprach: »Halten Sie es für möglich, dass Ihr Mann irgendwann in seinem Leben ein ungesühntes Verbrechen begangen hat? Für das er jetzt von diesem Henry Marbach hingerichtet wurde?«

Conny Sandhaas riss den Mund auf und zog die Augenbrauen hoch. Dann schüttelte sie mit einer entschlossenen Bewegung den Kopf. »Nein. Auf keinen Fall. Nein. Das ist vollkommen absurd! Der Joseph doch nicht. Er war ein grauenhafter Ehemann, aber kein Verbrecher.« Sie fuhr sich mit der Hand über den Mund. »Er hatte nur ein einziges Mal Schwierigkeiten. Als er jung war, da gab es mal einen Vorwurf gegen ihn. Eine junge Frau aus Bohlsbach hat … Sie hat behauptet, er habe versucht, sie zu vergewaltigen. Nach der Disko. Unsinn war das. Die war nur sauer auf ihn, weil er sie hat sitzenlassen. Das Ganze ist natürlich auch im Sande verlaufen, sie hat nicht mal Anzeige erstattet.«

Suzanne machte sich eine Notiz. Mit der Frau musste sie sprechen. Aber als sie Conny Sandhaas nach dem Namen fragte, erzählte die, die Frau sei vor fünfzehn Jahren an Leukämie gestorben.

»Da die Magd der Sage nach immer zweimal kommt, habe ich mich gefragt, ob in den Tagen vor dem Tod Ihres Mannes etwas Ungewöhnliches passiert ist oder jemand Unbekanntes bei Ihnen zu Hause vorbeigekommen ist«, versuchte Suzanne es weiter. »Hatte Marbach vielleicht Kontakt zu Ihrem Mann?«

Conny Sandhaas schüttelte den Kopf. »Nicht, dass ich wüsste, nein.«

Suzanne trank einen großen Schluck Cola. »In der Tatnacht wurde außerdem eine weißgekleidete Frau …«

Conny Sandhaas schlug sich die Hand vor den Mund.

»Frau Sandhaas?«

»Eine weißgekleidete … Hatte sie eine Fackel?«

»Davon hat der Zeuge nichts berichtet. Warum?«

»Ich habe ja nicht geahnt, dass das in einem Zusammenhang stehen könnte!« Sie zupfte an ihren Haaren herum. »Etwa drei Wochen, bevor Joseph gestorben ist, hat meine Mutter bei einem Abendspaziergang eine Frau in wallenden weißen Gewändern durch den Weinberg laufen sehen. Was nicht weiter auffällig ist, vielen Touristen gefällt unser Weinberg. Manchmal tanzen sie sogar zwischen den Reben. Vor allem, wenn sie vorher bei Ragnar Iggy waren. Kennen Sie Ragnar?« Suzanne nickte, und Conny Sandhaas fuhr fort. »Wenn die Leute nichts kaputtmachen, stört es mich nicht, wie gesagt, der Wein aus dem Weinberg hinter dem Haus ist mäßig. Aber bei der Frau in Weiß … Meine Mutter hat sich so aufgeregt, dass sie gleich am nächsten Tag zu mir gekommen ist und ihren Frust loswerden musste.« Conny Sandhaas knetete ihre Hände. »Ich war an dem Tag, als die Frau den Weinberg hinuntergelaufen ist, nicht daheim. Ich war auf dem Rückweg vom Gardasee.«

»Warum hat Ihre Mutter sich denn so aufgeregt?«

»Weil die Frau eine brennende Fackel oder so was dabeihatte. Meine Mutter hat ihr nachgeschrien, aber die Dame hat überhaupt nicht reagiert. Meine Mutter war leider auch sehr weit weg. Die Frau ist einfach weiter den Weinberg hinunter- und auf unser Haus zugelaufen.«

»Und was ist dann passiert?«, fragte Suzanne aufgeregt, weil ihr Blick plötzlich auf den alten Holzschnitt in ihrem Schulbuch gefallen war. Die Magd, die anklagend mit der Fackel auf den Totengräber deutete.

»Nichts«, sagte Conny Sandhaas schlicht.

»Wie ›nichts‹?«

»Nichts eben, deshalb hatte ich die Sache ja schon wieder vergessen. Meine Mutter ist nicht mehr besonders gut zu Fuß, und als sie endlich oben an unserem Weinberg stand, war die Frau weg. Meine Mutter hat vermutet, dass sie an unserem Garten vorbei und zur Straße runter ist und dann wegen des Hügels nicht mehr zu sehen war. Wir dachten, sie ist so eine Instagramerin, die wegen eines guten Fotos mit einer brennenden Fackel durch einen vollkommen trockenen Weinberg läuft. Man liest ja oft von denen. Es hatte Wochen nicht geregnet. Ich meine, wenn das Gras Feuer gefangen hätte! Ich habe Joseph am nächsten Tag noch gefragt, ob er die Frau gesehen hat, ob sie vielleicht bei uns im Garten war, aber er hat das verneint, und gebrannt hat es auch nirgends, und für mich war die Sache damit erledigt.« Conny Sandhaas schluckte. »Nur wenn Sie jetzt sagen … Meinen Sie wirklich, dass diese Frau die Magd des Totengräbers gewesen sein könnte? Dass sie Joseph aufgefordert hat, seine Taten zu gestehen? Und er wollte nicht, und dann hat sie ihn an die Kiste gespießt?« Das erste Mal zeigten sich Tränen in Conny Sandhaas' Augen. »Jetzt, im Rückblick, wenn ich das so überlege, war Joseph … Also nachdem ich vom Gardasee zurückgekommen bin, war er … Er schwitzt, immer so, wenn ihn etwas belastet, und ich dachte … Also ich dachte, dass er plötzlich so schwitzt liegt an der Scheidung. Dass er kapiert hat, dass er bald die tollste Frau, die er je getroffen hat, und das Weingut verliert. Dass er vielleicht kalte Füße bekommt.« Conny Sandhaas schwieg kurz. »Aber wenn stimmt, was Sie sagen … Wenn die Magd bei ihm war …« Sie schüttelte den Kopf. »Nein, der Joseph hat kein Verbrechen begangen«, murmelte sie. »Das wüsste ich. Ich war eine Ewigkeit mit ihm verheiratet. Das hätte ich gemerkt.«

Suzanne glaubte ihr, dass sie nichts von einem Verbrechen gewusst hatte. Was bedeutete, dass sie auch nichts mit der Magd-Geschichte zu tun haben konnte.

Auf dem Rückweg vom Gefängnis fuhr Suzanne zunächst zu einem Bäcker, bei dem sie sich zwei Stücke Zwiebelkuchen und ein belegtes Brötchen holte, und dann zu Conny Sandhaas' Mutter nach Appenweier. Durch den Regen rannte sie zur Haustür. Nachdem sie erklärt hatte, warum sie hier war und eine hervorragende Holunder-Zitronensaftschorle vor ihr stand, fragte sie: »Können Sie sich an die Frau mit der Fackel im Weinberg erinnern?«

»An das Gesicht erinnere ich mich nicht. Sie war mittelgroß. Blond«, sagte die alte Dame mit brüchiger Stimme und rieb sich immer wieder über die Wange. »Und sie war, glaube ich, jung. Aber altmodisch angezogen. Wie meine Urgroßmutter auf den Schwarzweißfotos.« Sie schien nachzudenken. »Mehr weiß ich leider nicht. Doch!« Mit ihren von Gicht verkrümmten Fingern zeigte sie auf Suzanne. »Sie ist von der Hütte von diesem Schamanen gekommen! Ganz bestimmt war sie eine Kundin von ihm!« Daraufhin kam die alte Dame ein wenig ins Reden, erzählte von anderen Esoterikern, die sie früher gekannt hatte, und von einem guten Rezept für Waldmeisterbowle, und es dauerte eine Weile, bis Suzanne sich loseisen konnte.

Als sie endlich wieder im Auto saß und ihr dick mit Schinken und Essiggurken belegtes Brötchen aß, ging sie alles in Gedanken noch einmal durch. Conny Sandhaas hatte nichts von einem ungesühnten Verbrechen ihres Mannes gewusst, und wenn das stimmte, musste sie unschuldig sein. Es gab eine unbekannte Frau, die in wallenden weißen Gewändern einige Zeit vor Sandhaas' Tod mit einer Fackel durch den Weinberg gegangen war. Bestimmt arbeitete sie mit Marbach zusammen. Seine Auftraggeberin? Oder eine Komplizin? Die Frau in Weiß war vermutlich die gleiche Frau, die Ragnar Iggy in der Tatnacht gesehen hatte. Der »Engel«. War sie zudem eine Kundin des Schamanen? Hatte er sie nicht erkannt, weil er so zugedröhnt gewesen war? Auf jeden Fall musste sie unbedingt noch einmal mit ihrem Bekannten sprechen und in Erfahrung bringen, ob er sich nicht doch noch an weitere Details erinnerte, auch wenn er das Gesicht des »Engels« ja anscheinend nicht gesehen hatte. Vielleicht konnte er trotzdem etwas zu Haarfarbe, Statur oder Größe sagen. Sie konnte nur hoffen, dass sich Ragnar bei seinem Zustand in der Nacht überhaupt noch an den »Engel« erinnerte. Sie hätte sich ohrfeigen können, dass sie ihn nicht schon bei ihrem letzten Treffen ausführlich danach gefragt hatte, sondern sich mit Beschreibungen wie »geile Brüste«, »Flügel« und einem »durchsichtig-verschwommenes Weiß an den Rändern« zufriedengegeben hatte, weil sie der Ansicht gewesen war, der »Engel« existiere nur in Ragnars Fantasie. Ein wenig schneller als normal fuhr sie über die Landstraße. Es wurde langsam dämmrig, und kurz vor Offenburg wurde der Regen noch heftiger. Ihre Scheibenwischer quietschten leise. Überhaupt musste man sich einmal fragen, was eigentlich Ragnar Iggys Rolle in diesem Fall war. Bisher war sie davon ausgegangen, ihr Bekannter sei einfach ein etwas durchgeknallter, aber vollkommen unbeteiligter Zeuge, aber Fakt war: Er hatte sich zur Tatzeit ebenfalls in der Nähe des Tatorts aufgehalten. Und wenn die Vermutung von Conny Sandhaas' Mutter stimmte und die Frau in Weiß aus seiner Hütte gekommen war, gab es vielleicht eine Verbindung zwischen ihm, der »Magd« und Marbach, die über Drogenverkauf hinausging.

In Offenburg staute sich später Feierabendverkehr, und Suzanne rollte in Schrittgeschwindigkeit. Sie hatte bislang angenommen, dass die Täter den Eisenhutsud selbst hergestellt hatten, es war nicht sonderlich schwierig, sie hatte im Internet nach fünf Minuten gefunden, wie das ging. Die Wahrheit war aber natürlich, dass sie keine Ahnung hatte, wo die Täter das Gebräu herhatten. Und eines musste man ganz klar sagen: Wenn sich einer mit Giften auskannte, dann Ragnar Iggy. War es möglich, dass er den Eisenhutsud zubereitet und der Magd für den Mord zur Verfügung gestellt hatte? Sie schüttelte den Kopf. Eigentlich nicht vorstellbar, Ragnar Iggy war ein ausgesprochen friedliebender Typ. Möglich war vielleicht, dass er nichtsahnend über die geplante Verwendung Blauen Eisenhut an jemanden verkauft hatte. Nach kurzem Nachdenken schüttelte sie erneut den Kopf. Ragnar Iggy mochte sein Leben Zauberpilzen gewidmet haben, aber er war keinesfalls bescheuert, und er hatte ein halbes Pharmaziestudium hinter sich. Selbst wenn er etwas so Gefährliches wie das Gift des Blauen Eisenhuts für seine Tränke und Pillen verwendete, würde er nie im Leben eine tödliche Menge davon verkaufen. Sie kannte Ragnar Iggy gut genug, um … Kannte sie ihn wirklich gut genug? Sie hatte seit Jahren nur gelegentlich Kontakt zu ihm. Und ihr Bekannter mochte die Frau des Toten offensichtlich und hatte vielleicht den hässlichen Scheidungskrieg zugunsten von Conny Sandhaas entscheiden wollen. Aber wenn Ragnar Iggy der Täter gewesen war oder mit der Sache zumindest zu tun gehabt hätte, dann wäre er doch wohl kaum zu ihr gekommen, um mit ihr zu reden und ihr das Amulett zu bringen. Oder doch? Sie schürzte die Lippen. Sie musste das abklären. Jetzt, sonst würde ihr das die ganze Nacht keine Ruhe lassen. Bei der nächsten Gelegenheit wendete sie den Wagen und fuhr Richtung Durbach.

Kapitel 22

Vor dem Ortseingang von Durbach hatte sich ein Auffahrunfall ereignet, und für eine Weile stand Suzanne im Stau. Zeit, kurz in den Mitschnitt vom *Feinstäuble* reinzuhören, den sie sich gestern Abend im Internet runtergeladen hatte. Sie bekam eine Gänsehaut, als sie wieder an ihre Begegnung mit Liam vor ein paar Tagen in Ettlingen dachte. Gut, es hatte etwas merkwürdig angefangen mit dem Autogramm und so, aber nachdem dieser Henry Marbach verhaftet worden war und der von der Polizei herbeigerufene Notarzt die winzige Wunde an ihrer Schläfe versorgt hatte, hatte sie sich noch eine Weile angeregt mit dem Sänger unterhalten. Sie hatte ihm alles über ihren Beruf und ihren wundervollen Hof erzählt, und er hatte über *Dieselskandal* und die große Zukunft der Band gesprochen und darüber, dass er die Schule abgebrochen hatte und dass er bald seinen fünfunddreißigsten Geburtstag feiern würde. Liam hatte ihr sogar seine Handynummer gegeben! Das waren so Dinge, die passierten im Leben nur einmal. Wie ein Traum. Ihr Herz schlug ein wenig schneller. Sie kramte ihren Geldbeutel aus der Hosentasche und schaute den Zettel noch einmal an. Er war schon ganz verknickt, weil sie ihn in den letzten Tagen so oft herausgeholt hatte. Es war wirklich, wirklich wahr. Sie hatte Liam Kings Handynummer. Und es war so einfach gewesen. Sie hatte nur zur richtigen Zeit das richtige Angebot gemacht. Liam hatte ihr nämlich irgendwann erzählt, dass es Probleme mit dem Probenraum in Ettlingen gab. Der Vermieter, offenbar ein Kleingeist ohne die geringste Ahnung von guter Musik, habe behauptet, ein Presslufthammer sei melodischer als ihr »Gekreische und Gewummere«, und er wolle lieber wieder eine Band, die »richtige« Musik mache. Als ob Death Metal keine richtige Musik war! Anscheinend hatten sich auch zwei Anwohner beschwert, dass die Nachtruhe nicht eingehalten worden sei. Liam hatte gemeint, er könne das nachvollziehen, aber was solle er tun, wenn ihm seine Songs halt nur nachts einfielen? Kunst sei ein hartes Geschäft, da nähme auch niemand Rücksicht auf seinen Schlaf, er müsse ständig liefern und liefern. Niemand könne sich vorstellen, unter welchem Druck die meisten Künstler arbeiten müssten. Wie süß Liam ausgesehen hatte, als er »Künstler« gesagt hatte. Und wie er immer versuchte, mit diesem falschen englischen Akzent zu sprechen. Er sagte zum Beispiel nicht »Isolation«, sondern »Aisoleischen«. Seine Motivation verstand sie nur zu gut, und eine seiner Pflegemütter war ja auch Schottin gewesen, aber warum musste er so dick auftragen von wegen Jugend in Glasgow und so? Sie schüttelte lächelnd den Kopf und strich mit der Hand über ihr Dekolleté, wo verblichen immer noch Liams Name stand. Auf dem Mitschnitt war gerade »To do a runner« zu hören, und sie drehte noch ein wenig lauter auf. Hammer-Song! Das Wummern der Bässe ließ die Sitze erzittern, übertönte das Quietschen der Scheibenwischer und das Plätschern des Regens. Jedenfalls, nachdem Liam ihr seine Sorgen geschildert hatte, hatte sie ihm angeboten, sie werde sich gerne nach einem passenden Probenraum umhören. Als Detektivin sei es ihr Job, Dinge zu finden. Dafür hatte sie von Liam mit den Worten »mein Sweetheart-Girlie-Detektiv« einen Kuss auf die Wange bekommen. Und seine Handynummer. Sie musste immer noch grinsen, wenn sie daran dachte. Sie hatte sich bereits ein wenig umgehört, aber bislang noch keinen passenden Raum gefunden. Leider. Denn sobald sie fündig geworden war, konnte sie erneut mit Liam telefonieren. Sie lächelte strahlend, auch wenn ihr gleichzeitig ein bisschen davor gruselte. Aber man wuchs ja bekanntlich mit seinen Aufgaben.

Suzanne parkte das Auto auf dem Wanderparkplatz am Beginn des Feldweges. Eine Weile blieb sie im Auto sitzen, in der Hoffnung, dass es vielleicht aufhören würde zu regnen, denn das letzte Stück zu Ragnar Iggys Hütte musste sie zu Fuß gehen. An einem sonnigen Tag liebte sie diesen Spaziergang. Heute jedoch war es düster und diesig. Im Dunst konnte sie verschwommen das Haus der Sandhaas' und das Schuppendach erkennen. Suzanne fröstelte und wandte den Blick in die andere Richtung. Oben am Berg erhob sich die Statue des Weinheiligen dunkel gegen den Himmel. Regen knallte gegen ihr Auto. Sie würde bis auf die Knochen nass werden. Außerdem war es schon ziemlich spät und ein bisschen schaurig, wenn man in der Dunkelheit hier oben allein und nicht ganz sicher war, ob derjenige, zu dem man gerade wollte, in einen Mord verwickelt … Sie schüttelte entschlossen den Kopf. Was sie da vorhin gedacht hatte, war Unsinn, Ragnar war nur ein Zeuge! Das hatte die Polizei bestimmt auch schon überprüft. Trotzdem konnte sie natürlich an einem anderen Tag und bei Licht wiederkommen. Kurz stand sie davor, alles abzubrechen, nach Hause zu fahren und die zwei Stücke Zwiebelkuchen in den Ofen zu schieben. Dazu den Apfelsaft aus ihren eigenen Goldparmänen und zum Nachtisch ein Stückchen Quittenbrot, das seit gestern auf ihrer Bühne trocknete und besser schmeckte als alle Gummibärchen der Welt. Ihr lief das Wasser im Mund zusammen. Und danach konnte sie ihre *Dieselskandal*-Fanseite bei Facebook wieder auf Vordermann bringen. Trotzdem. Ein kleiner Spaziergang vor dem Essen hatte noch niemandem geschadet. Und wenn Ragnar zu Hause war, dann doch an einem Tag wie diesem. Da jagte man nicht einmal Hunde vor die Tür. Sie beugte sich nach hinten und holte einen ihrer letzten verbliebenen Taschenregenschirme vom Rücksitz. Sie musste sich bald mal wieder mit neuen eindecken, mindestens fünf, denn wenn sie etwas gerne vergaß, dann Schirme. Entschlossen öffnete sie die Fahrertür, klappte den Schirm auf und stieg aus. Regen peitschte gegen ihre Beine und durchnässte ihre Hosen, obwohl sie nur zum Kofferraum, in dem sie zum Glück immer ein paar Gummistiefel und ein Regencape verstaut hatte, und wieder zurück zum Fahrersitz sprintete. Dort zog sie das Cape und die Gummistiefel an, verließ das Auto und machte sich auf den Weg. Es goss wie aus Kübeln. Trotz des Capes und des Schirms spritzte ihr der Regen ins Gesicht. Der von den letzten Tagen aufgewärmte Boden dampfte. Auf dem matschigen Weg bildeten sich große Pfützen, die im Licht ihrer Taschenlampe glitzerten. Zum Glück hatte sie wenigstens ihr Handy im Auto gelassen. Es hieß zwar, es sei wasserdicht, aber das hatte es bei ihrem letzten auch geheißen. Trotzdem hatte es ein Tauchbad in einem Café au Lait nicht besonders gut überstanden. Emil hatte das mit »was für ein Korbwurf, mein Schusselchen« kommentiert. In aller Öffentlichkeit. Nur weil sie im *Schoellmanns* beim Rausgehen an einem Stuhl hängengeblieben und ihr das Handy aus der Hand geflogen war. Da konnte sie ja nichts dafür. Und dass der einzige Café au Lait im Raum das Handy wie einen Basketball aufgefangen hatte, das war ja wohl auch nicht ihre Schuld gewesen. Du meine Güte, hatten Emil und sie gestritten. Und das Handy hatte die ganze Zeit im Café au Lait dieser Rothaarigen gesteckt, wie ein flackernder, überdimensionierter Eiswürfel. Als sie es schließlich gerettet hatten, hatte es noch zweimal kurz aufgeleuchtet, dann war alles schwarz geworden. Und Emil hatte auf seine Armbanduhr geschaut und »Zeitpunkt des Todes: fünfzehn Uhr zweiundzwanzig« gesagt. Sie musste grinsen. Man konnte sich über Emil aufregen, aber auf seine Art witzig war er irgendwie schon.

Ihre Haare waren mittlerweile trotz der Kapuze nass. Ihre Gummistiefel sanken mit einem quatschenden Geräusch in den matschigen Weg. Dennoch war sie froh, dass sie ihren inneren Schweinehund überwunden hatte.

Denn ihr gefielen das Prasseln des Regens und der Geruch nach nasser Erde und ersten abgefallenen Herbstblättern. Bald hatte sie die Statue des Weinheiligen passiert und erreichte kurze Zeit später Ragnar Iggys Hütte. Sie wurde langsamer. Vielleicht war die Idee doch nicht so gut, hier am Abend …? Sie schüttelte den Kopf, sie musste aufhören mit diesen paranoiden Gedanken. Sie klopfte an die geschlossene Tür. Nichts geschah. Sie klopfte erneut, vielleicht schlief er ja oder hörte mit Kopfhörern eines dieser Hörbücher, von denen er ihr mal erzählt hatte. Niemand öffnete. Suzanne drückte leicht gegen die Tür, um einen Blick ins Innere zu werfen. Die Tür bewegte sich mit einem leisen Quietschen. »Ragnar Iggy?«, fragte sie und spähte durch den Spalt. Totenstille. Sie leuchtete mit der Taschenlampe hinein. Die Hütte war leer. Warme, abgestandene Luft schlug ihr entgegen. Über dem Bett lagen unordentlich mehrere grobe, schwarze Wolldecken mit breiten weißen Streifen, in die bunte Figuren eingewebt waren, die entfernt an tanzende Pilze erinnerten. Der große Militärrucksack, der normalerweise neben der Tür stand, fehlte, ebenso der Schlafsack, der bei ihrem letzten Besuch auf dem Bett gelegen hatte. War ihr Bekannter etwa trotz des Unwetters unterwegs? Er sagte ja gerne über sich, er sei ein Suchender und immer in Bewegung. Keine Ahnung, was man bei dem Wetter suchen konnte, aber da es Ragnar war, tippte sie auf psychedelische Pilze. Sie schloss die Tür sorgsam wieder und ging von der Hütte weg, während sie ihren Blick über den Weinberg zu ihrer Rechten schweifen ließ. Trotz der Dunkelheit war zu erkennen, dass die Reben sich herbstlich bunt färbten. Als Suzanne plötzlich gegen irgendetwas Klatschnasses lief, das unerwartet über einem Ast im Regen hing, zuckte sie vor Schreck zusammen. Sie wich aus, stolperte über einen Stein und wäre beinahe mit dem Kopf gegen den Rand des alten Ziehbrunnes gefallen, der neben einem Gestrüpp aus dem Boden ragte.

Glücklicherweise konnte sie sich abfangen und landete im Matsch vor dem Brunnen auf den Knien, denn ansonsten hätte sie sich wahrscheinlich den Schädel gespalten. Bei der Vorstellung, wie sie nackt, verdreckt und tot bei Emil auf dem Seziertisch lag und er sie mit den Worten »mein Schusselchen« mit einer Säge aufschnitt, um ihre inneren Organe zu entnehmen und zu untersuchen, wurde ihr ganz anders. Es dauerte eine Weile, bis sie sich wieder beruhigt hatte. Der Regen prasselte wie eine Dusche auf sie herunter, denn der Schirm war ihr bei ihrem Sturz aus der Hand gefallen. Sie sollte heimgehen. Der Zwiebelkuchen wartete. Als sie sich hochstützte, fiel ihr plötzlich der seltsame Geruch auf. Faulig und ekelhaft süßlich, als verwese hier etwas. Sie richtete ihre Taschenlampe mit einem unguten Gefühl auf den Brunnen. Das war ja seltsam, der trockene Brunnenschacht war nicht wie üblich mit einer Abdeckplatte fest verschraubt. Die Platte hatte sich offenbar gelöst und war abgerutscht. Das war verflucht gefährlich, denn der Schacht reichte einige Meter in den Boden. Sie musste das gleich melden. Nicht auszudenken, wenn ein spielendes Kind dort hinunterstürzte und sich das Genick brach! Sie machte einen Schritt auf den Brunnen zu. Der Gestank wurde stärker. Sie beugte sich ein wenig nach vorne, um im Licht ihrer Taschenlampe nach unten zu schauen und die Quelle des widerlichen Geruchs zu ergründen. Auf dem Grund erkannte sie eine Wolldecke. Sie sah genauso aus wie die Decken aus Ragnar Iggys Hütte, nur schien sie an einer Seite angekokelt zu sein. Die Decke wölbte sich seltsam nach oben, sie lag offenbar auf etwas Großem, Zusammengekrümmtem. Etwas, das verdammte Ähnlichkeit mit einem menschlichen Körper hatte. Ein eiskalter Stich fuhr ihr in den Magen. Sie tastete auf ihrer durchnässten hinteren Hosentasche nach ihrem Handy, bis ihr einfiel, dass es ja mal wieder im Auto lag, und fluchte. Panik stieg in ihr auf. Ragnar Iggys Decke. Darunter ein Körper. »Ragnar Iggy«, schrie sie in den Schacht. War ihr Bekannter hinuntergestürzt? Wasser tropfte von ihren Haaren, über ihr Gesicht. Niemand antwortete, und unter der Decke regte sich nichts. Vielleicht konnte sie hineinklettern … Nein, das war zu steil, und die Wände waren zu glatt, sie würde abrutschen und nie mehr heraus … Sie lehnte sich noch ein Stückchen weiter vor. »Ragnar?« Ihr Blick fiel auf etwas, das sie bisher für einen Ast gehalten … Großer Gott, was war das? Keuchend holte sie Luft. Es sah aus wie ein Knochen. Ein verkohlter, großer Knochen. Mit etwas daran, das verdächtig nach verbrannten Fleischresten aussah. Magensäure stieg ihre Kehle hoch, und sie musste mehrfach schlucken, um sich nicht zu übergeben. Sie stieß sich vom Brunnenrand ab. Was war hier passiert? Hatte Ragnar zu viele Pilze genommen und war in einem Horrortrip in sein Lagerfeuer geraten? Hatte er gedacht, in dem Brunnen sei Wasser, und beim Versuch, sich zu löschen, war er … Sie stieß mit einem pfeifenden Geräusch Luft aus. Das hier sah nicht nach einem Unfall aus, wenn sie ehrlich war. Das sah aus, als habe jemand eine verbrannte Leiche im Brunnen entsorgt. Ihre Hände zitterten. Aber warum sollte jemand Ragnar Iggy töten? Sie runzelte die Stirn. War es möglich, dass das mit dem Sandhaas-Mord zusammenhing? Hatte ihr Bekannter doch mehr gewusst, als er zugegeben hatte, und nun hatte jemand ihn zum Schweigen gebracht? Sie zwang sich, sich nicht der Panik hinzugeben. Sie wusste doch gar nicht, ob das da unten Ragnar war. Da waren nur seine Decke und ein Knochen. Es konnte genausogut ein Tierknochen sein. Ein verflucht großes Tier, aber vielleicht hatte Ragnar eine gegrillte Kalbshaxe abgenagt. Jedenfalls musste sie sofort den Notruf … Ihr Handy … Mist. Sie musste zum Auto zurück. Sie würde nie wieder ihr Handy im Auto lassen, nie wieder! Sie rannte los. Schlamm spritzte von ihren Gummistiefeln auf. Die ganze Zeit sagte sie sich wie ein Mantra: »Es sind nur Tierknochen!« Aber sie glaubte das nicht. Immer wieder stolperte sie, strauchelte fast, denn der Untergrund war mittlerweile mit rutschigen, wassergefüllten Furchen durchzogen. Schließlich erreichte sie das Auto. Obwohl sie klatschnass und voll mit Matsch war, ließ sie sich auf den Vordersitz fallen und knallte die Tür zu. Sie war so durcheinander, dass ihr das Handy fast aus der Hand fiel. Aber schließlich gelang es ihr, den Notruf zu wählen.

Kapitel 23

In den nächsten Tagen ermittelte Henry fieberhaft. Mit Achims Hilfe gelang es ihm, an einen Teil der alten Ermittlungsakten zum Todesfall René Männle zu kommen. Auch wenn vieles in der Akte aus ungeklärten Gründen geschwärzt war, unter anderem die Adresse, unter der Männle zu Lebzeiten gewohnt hatte, konnte Henry trotzdem einiges herausfinden: René Männle, ein vorzeitig pensionierter Polizist, zum Zeitpunkt seines Todes vierundfünfzig Jahre alt, war in einer Oktobernacht vor einem Jahr kurz hinter Niederschopfheim von einem ICE Richtung Freiburg überfahren worden. Im Polizeibericht war trocken vermerkt, der Tod sei *um 1.07 Uhr mitteleuropäischer Zeit* durch *Kontakt mit einem Schienenfahrzeug* verursacht worden. Die Leiche war durch den Zusammenprall übel zugerichtet worden. Der ICE-Fahrer hatte ausgesagt, Männle sei alleine gewesen und habe kurz vor seinem Tod den Kopf gehoben und, als er den ICE gesehen habe, wieder auf die Gleise zurückgelegt, woraus gefolgert worden war, dass es sich um einen Selbstmord gehandelt hatte. Eine rechtsmedizinische Untersuchung durch einen Dr. Rufus Maier hatte ebenfalls keine Hinweise auf Fremdeinwirkung ergeben. Henry ging die Akte mehrmals durch, auch für ihn sah dieser Todesfall nicht nach einem Verbrechen aus. Eine Recherche zum Hintergrund des Opfers hatte noch ergeben, dass die Ehefrau Antje Männle einige Zeit vor Männles Tod ebenfalls Selbstmord begangen hatte. Männle hatte sich Zeugenaussagen zufolge nie von ihrem Tod erholt, er war zudem unheilbar an Leberkrebs erkrankt und depressiv gewesen. Männle hatte seinen letzten Nachmittag und Abend allein in einer Kneipe in Niederschopfheim verbracht, in der er dem Alkohol reichlich zugesprochen hatte. Warum er dort gewesen war und nicht in Karlsruhe, wo er wohnte, hatte nie geklärt werden können, genauso wenig, wie er von der Kneipe zu den Gleisen gekommen war, allerdings hätte er genug Zeit gehabt, die Strecke zu Fuß zurückzulegen, auch wenn der Kneipenwirt ausgesagt hatte, Männle habe sich beim Hinausgehen kaum noch auf den Beinen halten können, so betrunken sei er gewesen. Das bestätigte auch die Untersuchung des Gerichtsmediziners, allerdings war dieser der Ansicht gewesen, dass Männle offensichtlich eine Menge vertragen haben musste. Henry notierte sich den Namen des Beamten, der den Bericht geschrieben hatte, und Achim gelang es, kurz mit ihm zu reden. Auch der Polizist hatte nichts Weiterführendes zu berichten, er ergänzte lediglich, dass es für den Kneipenwirt so ausgesehen habe, als habe Männle in der Kneipe auf jemanden gewartet, der allerdings nicht gekommen sei. Der Polizist gab Achim nach dem Gespräch noch verbliebene Unterlagen zum Tod von René Männles Ehefrau. Antje Männle war durch eine Überdosis Schlaftabletten gestorben, auch in ihrem Fall sah alles nach Selbstmord aus. Sie war alleine im Haus gewesen, es hatte einen Abschiedsbrief gegeben, in dem sie angegeben hatte, sie könne *mit dem Wissen, dass ihr ganzes Leben eine Lüge gewesen sei*, nicht länger leben. Mehr hatte sie leider dazu nicht ausgeführt, aber Henry unterstrich den Satz in seiner Kopie. Warum war Antje Männles Leben eine Lüge gewesen?

Achim hatte vor, Männles Umfeld zu befragen, aber es war nicht möglich, dieses Umfeld zu ermitteln, denn seltsamerweise waren sämtliche Daten von Männle und dessen Angehörigen gesperrt. Wie sollten sie so je herausfinden, ob Männle doch ermordet worden war und warum?

Henry entdeckte schließlich immerhin, dass sich Männle, Sandhaas und Laubis aus der Schule und aus dem

Sportverein kannten, aber eine weitere Verbindung zwischen ihnen fand er nicht, schon gar keine Verbindung zwischen Louise Münz und den Toden von Männle und Sandhaas. Auch ein Motiv für den Mord an Sandhaas konnte er nirgends entdecken.

Über Laubis fanden Achim und er ebenfalls nichts Auffälliges, nur, dass der Gemeinderat beinahe überall unbeliebt war, da er ausländer- und frauenfeindlich war. Die einzige interessante Erkenntnis, die ihn in seinem Fall aber wahrscheinlich auch nicht weiterbringen würde, war, dass diese Möchtegern-Detektivin Suzanne Griesbaum offenbar seit Längerem einen persönlichen und ganz und gar erfolglosen Krieg gegen Laubis führte, wohl weil er sie einmal bei einer Veranstaltung gegen Ausländerfeindlichkeit in Offenburg in aller Öffentlichkeit »die Suffragette mit den schwabbeligen Oberschenkeln und dem fetten Arsch« genannt hatte. Das entsprechende Gerichtsverfahren war eingestellt worden, weil nicht ganz klar war, ob Suzanne den Typen im Vorfeld der Beleidigung nicht selbst als »fremdenfeindliche, strunzdumme Kakerlake« betitelt hatte. Im Laufe des letzten halben Jahres hatte sie ihn noch zweimal angezeigt, einmal sogar wegen Bestechlichkeit, aber die Anzeigen hatten sich als haltlos entpuppt, was Henry, obwohl er Laubis nicht leiden konnte, ein schadenfrohes Grinsen entlockte.

Ansonsten grinste er nicht viel. Wenn ihm die Decke auf den Kopf zu fallen drohte, machte er Liegestützen, bis seine Armmuskeln brannten, und legte Kickboxeinheiten gegen einen imaginären Gegner ein. Nach kurzer Zeit sah er fast wieder so aus wie zu seinen aktiven Boxzeiten. Falls die ihn verhaften würden, konnte er sich im Knast wenigstens verteidigen.

Achim besuchte Henry nur selten, da er sichtlich Angst hatte, die Polizei auf seine Spur zu bringen. Wenn er vorbeikam, kam er abends nach der Arbeit, und erzählte Henry, was es in seinem Fall Neues gab, und das Wenige, was er von der Fahndung mitbekam.

An einem heißen Tag kam Achim unerwarteterweise schon am frühen Mittag. Er war wie immer perfekt gekleidet, teurer Anzug, glänzende Schuhe, Krawatte, während Henry ein durchgeschwitztes T-Shirt, seine im Moment einzige Jeans und die Slipper mit der Goldschnalle trug, die schon ein wenig ausgelatscht aussahen. Henry hatte den ganzen Tag erfolglos versucht, die wahre Identität seiner Klientin herauszufinden, und war entsprechend schlecht gelaunt. Er war ein Versager auf der Flucht vor der Polizei, der nicht mal anständige Klamotten hatte! Als Achim sich ihm gegenüber hinsetzte, den Schlüssel für den großen Tesla in der Hand, und Henry der Geruch des teuren Aftershaves in die Nase stieg, fühlte er sich so weit unten wie noch nie in seinem Leben. Es ging ja schon seit Jahren bergab. Das einzig Positive war: Tiefer als jetzt konnte er zum Glück nicht mehr sinken. Hatte er gedacht. Denn Achim war wie verändert, er trank keinen Kaffee und gab keinen coolen Spruch zum Besten, er knetete nur seine Hände. »Henry«, sagte er schließlich, und er sah so schuldbewusst und blass aus, dass Henry das Schlimmste befürchtete. So schuldbewusst hatte Achim vor zwanzig Jahren das letzte Mal ausgesehen, als er Henrys Subwoofer nach einer Party nicht mehr am Stück hatte zurückbringen können. »Henry«, Achim schlug seine Beine übereinander und knetete weiter seine Hände, »wir haben da ein ganz kleines Problemchen.«

Kapitel 24

Henry hatte einige Zeit gebraucht, um zu verdauen, was Achim ihm mehr oder weniger schonend beigebracht hatte. Und immer noch war es kaum vorstellbar. Seine geliebte Wohnung, in der er seit Jahren lebte, war weg und sein Büro und damit seine Lebensgrundlage auch. Achim war mit ein paar Jungs aus diversen Metal-Bands dort gewesen und hatte die Möbel und alle anderen Sachen eingepackt, während Henry im Dachgeschosszimmer des Hippies Däumchen drehen musste. Zuerst war Henry sauer auf Achim gewesen. Stinksauer. Denn Achim hatte vor lauter *Dieselskandal* und irgendwelchen anderen Fällen, auch Henrys eigenem, versehentlich übersehen, gegen das Räumungsurteil vorzugehen. Aber seine Wut hatte sich gelegt. Denn Henry war durchaus klar, dass er selbst schuld an seiner Misere war. Er hatte schließlich seine Miete nicht bezahlen können. Und selbst wenn Achim das Urteil erfolgreich angefochten hätte, wäre er über kurz oder lang trotzdem aus der Wohnung rausgeflogen. Spätestens seit er untergetaucht war, hatte er keine Chance mehr, die monatlichen Beträge aufzubringen. Selbst wenn er in den nächsten Monaten wider Erwarten als Täter entlastet werden sollte, weil die verdammte Polizei endlich mal ihre Arbeit tat und den wahren Mörder schnappte, wäre es zu spät. Daher hatte Achim nichts weiter getan, als das Unvermeidbare zu beschleunigen. Abgesehen davon kannte Henry Achim schon viel zu lange und mochte ihn viel zu gerne, um ihm wegen einer Wohnung die Freundschaft zu kündigen. Jeder machte Fehler. Er schließlich auch. Ohne sein bescheuertes Verhalten im Fall »Louise Münz« wäre er jetzt nicht hier!

Und bestimmt würde sich Achim nun besonders anstrengen bei seiner Tätigkeit als Henrys Anwalt, damit dieses verdammte Verstecken ein Ende hatte.

An einem kühlen Abend traf er sich mit Achim bei einem Bier in der Küche des Hippies. Er hoffte so sehr, dass sein Freund gute Neuigkeiten brachte, dass er auf Spuren gestoßen war, die auf einen anderen Täter als ihn hindeuteten. Aber Achim druckste herum, er habe mit einem Oberstaatsanwalt geredet. »Der wollte mir zum einen großspurig weismachen, dass sie dich bald wieder einbuchten werden, was zum Glück nichts als Wunschdenken isch, denn wenn die wüssten, wo du bisch, hätten sie das schon lange getan. Er hat mir aber auch gesteckt, dass es zu einer Anklage gegen dich kommen wird. Zunächst wegen des Mordes an Sandhaas«, sagte er mit düsterer Stimme. »Und es sieht, du verzeihsch mir den Ausdruck, ziemlich Scheiße für dich aus.« Er bedachte Henry mit einem Blick, in dem seltsames Misstrauen lag. »Die haben in Sandhaas' Schuppen tatrelevante Spuren nur von zwei Personen gefunden«, fuhr Achim fort. »Von dieser ›Louise‹ von der Überwachungskamera, die sie immer noch nicht gefunden haben, und von dir.«

Henry schlug auf den Tisch, dass ihre Bierflaschen wackelten. »Aber dann ist doch alles klar! Ich war es nicht, also muss es meine Klientin gewesen sein! Die ist mit Sicherheit nicht tot, wir werden sie finden, und dann …«

Achim senkte den Blick. »Henry«, murmelte er, »ob sie lebt oder tot isch, das isch gar nicht das Problem.«

»Was dann?« Henrys Schultern spannten sich schmerzhaft an.

»Wie gesagt, die haben tatrelevante Spuren nur von dir und dieser Louise gefunden. Die Auswertung aller Spuren hat weiter ergeben, dass in diesem Schuppen außer dir, Louise und dem Opfer seit Ewigkeiten niemand anders mehr gewesen sein kann.«

»Wo ist das Problem? Die Täterin war Louise! Mich hat sie nur dort hingelockt, damit ich Spuren ...«

»Henry, jetzt hör mir doch mal zu. Diese dubiose Louise, deren DNA die Polizei zweifelsfrei ermitteln konnte, weil sie auf dem Revier mehrere Tassen Kaffee getrunken hat, diese dubiose Louise kann nicht die Täterin gewesen sein.«

Henry wollte etwas einwenden, aber Achim brachte ihn mit einer Handbewegung zum Schweigen und sprach weiter: »Louise hat für die Tat nämlich ein Alibi. Sandhaas isch zwischen drei und fünf Uhr gestorben. Und ungefähr zu der Zeit war deine Louise zufällig gerade auf dem Polizeirevier in Stuttgart. Ich habe den Film der Überwachungskamera mit den Zeitangaben selbst gesehen. Es wäre unmöglich für sie gewesen, die Tat im Tatzeitraum zu begehen, selbst wenn sie sich nach Durbach gebeamt hätte. Aber wenn sie mit dem Auto fahren musste, wovon ich ausgehe, hätte sie zwei Stunden gebraucht. Du siehsch also, sie konnte es nicht gewesen sein. Henry, du weisch, du kannsch mir alles sagen. Wenn es da etwas gibt ...«

Henry blieb fast die Luft weg. Er schlug mit der Faust auf den Tisch. »Das ... Achim, ich habe den Winzer nicht getötet. Das musst du mir glauben.«

Achim sagte lange nichts. »Ich kann mir halt nicht erklären, warum ...«, murmelte er schließlich. »Ich meine, die Spurenlage isch eindeutig, Henry. Sandhaas kann sich nicht selbst gepfählt und nach seinem Tod an einer Kiste aufgehängt haben, und Louise hat ein unumstößliches Alibi. Nach Adam Riese bleiben dann halt nur noch deine Spuren. Ich kann es mir nicht vorstellen, aber ...« Er machte eine hilflos wirkende Geste mit der Hand.

Henry spürte, wie es ihm den Boden unter den Füßen wegzog. Verzweiflung und nackte Panik strömten durch seine Adern. Was in in drei Teufels Namen war in diesem Schuppen passiert? Er war es nicht gewesen! Es musste eine logische andere Erklärung für die Spuren geben! Nur was für eine? Er dachte eine Weile nach, schließlich wurde ihm klar, was passiert sein musste. »Es wäre doch möglich, dass der wahre Täter, wer auch immer es war, überhaupt keine Spuren hinterlassen hat. Das gibt es immer wieder. Zum Beispiel, wenn der Täter einen Ganzkörpergummianzug getragen hätte«, brachte er heraus.

»Der Täter im Ganzkörpergummianzug«, wiederholte Achim tonlos. »So was wie in diesem Achzigerjahreporno? *Gleitende Gummigeilheit* hieß der doch, oder?«

»Achim, es ist mir scheißegal, was für Pornos du in den Achtzigern geschaut hast, verdammt. Aber es wäre möglich, dass der Täter einen Ganzkörperanzug getragen hat.«

»Dann hätten die vielleicht keine Spuren vom Täter gefunden«, bestätigte Achim, »aber Spuren von dem Ganzkörperanzug, die hätten sie gefunden, verstehsch du? Das haben die aber nicht! Und das heißt, außer dir und Louise und dem Opfer war da niemand. Niemand im Gummianzug und auch sonst niemand!«

»Nein, das stimmt nicht! Es ist auch vorstellbar, dass ein Täter keine Spuren hinterlässt, selbst wenn er keinen Gummianzug getragen hat. So was gibt es! Oder dass die Polizisten einfach nicht an den richtigen Stellen gesucht haben und deshalb nichts gefunden haben oder …!« Henrys Stimme klang hysterisch.

Achim verschränkte die Arme. »Theoretisch wäre das möglich«, unterbrach er ihn leise. »Praktisch halte ich das für sehr unwahrscheinlich. Aber selbstverständlich gehe ich dem nach. Und selbstverständlich werde ich das auch genau so bei Gericht vortragen.«

Eine Zeit lang schwiegen sie. Henry trank mehrere große Schlucke Bier. Achim holte ein Blatt aus seinem Anwaltskoffer und schob es Henry hin. Das polizeiliche Vernehmungsprotokoll seiner Klientin aus der Nacht, in der

Sandhaas gestorben war. *Ich heiße Louise Münz und möchte einen Stalker mit Namen Henry anzeigen. Seinen Nachnamen weiß ich nicht, aber er hat behauptet, ein Detektiv zu sein. Er ist in mich verliebt und hat damit gedroht, wenn er mich nicht haben kann, dann soll mich keiner haben,* hatte sie ausgesagt. Henry ballte die Hände zu Fäusten. Louise musste das panische Opfer sehr überzeugend gespielt haben, denn ständig waren Vermerke im Protokoll, dass die Vernehmung wegen des Zustands der Zeugin hatte unterbrochen werden müssen. Gegen fünf Uhr war sie anscheinend *vollkommen aufgelöst und am Ende ihrer Kräfte* von einer Zigarette zurückgekommen und hatte gestammelt: *Ich bin mir nicht sicher, aber es könnte sein, dass Henry gerade jemanden umgebracht hat.* Einen genauen Namen und eine genaue Adresse hatte sie zwar nicht genannt – *ich weiß nur, dass der Mann ein Winzer aus der Ortenau ist, vielleicht aus Durbach* –, aber sie hatte offenbar sehr ausführlich erzählt, dass *dieser gestörte Henry absolut grundlos* angenommen habe, sie habe mit dem Winzer eine Affäre. Kurz danach war Louise nach einer weiteren Zigarettenpause vor der Tür des Polizeireviers nicht mehr zurückgekommen. Am nächsten Tag, das ergab sich aus einem angehefteten Blatt, hatten die Polizisten in Durbach nachgefragt und eins und eins zusammengezählt. Sie hatten versucht, Louise zu kontaktieren, und festgestellt, dass sie bei der Befragung wohl einen falschen Namen genannt hatte. Aus Angst, wie vermutet wurde. Und dann waren auch noch *Anhaltspunkte* dafür gefunden worden, dass *die verängstigte Unbekannte* ebenfalls einem Gewaltverbrechen zum Opfer gefallen war.

Henry sah sich das Vernehmungsprotokoll und die Aufzeichnung der Überwachungskamera, die Achim auf seinem Laptop hatte, mehrfach an. Wie man die Zeitangaben auch drehte und wendete: Es war verdammt nochmal unmöglich, dass Louise die Tat begangen hatte.

»Achim, bitte, du musst mir glauben, ich habe niemanden getötet!«, beteuerte Henry. »Die Frau ist ein Monster. Sie hat das alles genau geplant. Ich weiß noch nicht, wie sie es gemacht hat, aber irgendwie hat sie es gemacht. Sie hat einen Komplizen gehabt. Vielleicht hat ihr die Ehefrau geholfen. Conny Sandhaas. Die sitzt doch deshalb in U-Haft.«

Achim senkte nur den Blick, als könne er ihm nicht mehr in die Augen schauen.

Henry kippte den Rest seines Bieres. Jetzt glaubte sogar sein bester Freund, dass er einen verdammten Winzer gepfählt hatte. Und wenn schon Achim das glaubte, dann glaubten es alle anderen auch. Es war zum Verzweifeln. Er konnte sich nicht länger hier verstecken, er musste die Dinge wieder selbst in die Hand nehmen. Egal, wie gefährlich es war, er würde nicht tatenlos dabei zuschauen, wie sein Leben den Bach runterging!

Kapitel 25

Einige Tage nach ihrem Knochenfund im Brunnen bei Ragnar Iggys Hütte war Suzanne auf die Polizeidienststelle bestellt worden, um eine erneute Zeugenaussage zu machen. Sie hatte keine Ahnung, warum, denn eigentlich war alles geklärt, und sie hatte schon erzählt, was sie wusste. Im Moment saß sie alleine in einem kleinen Besprechungszimmerchen, ihre große Handtasche gegen ihr Bein gelehnt, aus der es verführerisch nach der selbst gebackenen Schneckennudel roch, die sie als kleines Vesper eingesteckt hatte, und wartete auf die Vernehmung. Eine erste Befragung hatte es bereits direkt nach dem Eintreffen der Polizei oben am Weinberg gegeben, aber sie war in zu großer Sorge um Ragnar Iggy gewesen, um sich richtig konzentrieren zu können. Eine Polizistin hatte sie zum Auto zurückgeführt, und dort hatten sie gewartet und gewartet, während der Regen in Sturzbächen über die Windschutzscheibe gelaufen war. Suzanne hatte gezittert und die ganze Zeit gehofft, dass sie sich geirrt hatte. Dass die Polizisten fies grinsend zurückkommen und ihr sagen würden, unter dem Deckenhaufen lägen ein paar ungewaschene Kleider und ein abgenagtes Kotelett. Das war jedoch nicht passiert, vielmehr waren immer mehr Kripobeamte eingetroffen, und die Nacht war erfüllt gewesen vom Flackern des Blaulichts und dem lauten Sirenengeräusch. Als auch noch der Wagen der Forensiker, ein Elektrofahrrad mit einem klatschnassen Emil und ein Leichenwagen zum Parkplatz gekommen waren, waren Suzanne die Tränen in die Augen gestiegen. Der arme Ragnar Iggy. Tot in einem alten Brunnenschacht. Die Polizistin hatte

Suzanne schließlich nach Hause gefahren, ohne ihr Auskunft zu geben, was bei Ragnar Iggys Hütte genau passiert war. Sie hatte zuerst Paul angerufen, der leider wieder in alte Muster zurückgefallen war und kein Wort über den Fall verloren hatte, ja richtig unwirsch geworden war, und dann bei Emil, der nicht ans Handy gegangen war. Sie hatte die halbe Nacht vollkommen fertig zu Hause gehockt, bis sie es nicht mehr ausgehalten hatte und Ragnar Iggy suchen gefahren war. Sie war sich vollkommen verrückt vorgekommen, weil sie eigentlich überzeugt davon gewesen war, dass die verkohlten Knochen von ihrem Bekannten stammen mussten, trotzdem hatte sie das nicht glauben wollen. Sie war alle Plätze abgefahren, von denen sie wusste, dass Ragnar sich dort gelegentlich aufhielt, und hatte den Schamanen am Schutterwälder Baggersee in der Nähe des Kieswerks zu ihrer riesigen Überraschung und Erleichterung tatsächlich gefunden, wo er quicklebendig um ein wegen des Regens am Abend stark rauchendes Feuer tanzte. Offenbar hatte er Geister beschworen. Sie war ihm vor Erleichterung schluchzend um den Hals gefallen, was ihr im Nachhinein recht peinlich war, denn Ragnar hatte zuerst geglaubt, sie sei ein Geist, und war vollkommen panisch zurückgewichen und in den See gefallen. Das hatte ihn wieder so weit in die Realität zurückgeholt, dass er sie zwar erkannt hatte, aber irgendwie hatte er nun so gewirkt, als glaubte er, sie habe ihn gerade ziemlich plump anmachen wollen. Nachdem sie auch diesen Verdacht hoffentlich hatte ausräumen können, hatte er ihr erklärt, er sei gerade unterwegs in eine andere Welt und sein Zelt stehe drüben im Wäldchen, und dann hatte er eine runde Kugel eingeworfen, sein Gesicht hatte einen träumerischen Ausdruck angenommen, und er hatte mit der Geisterbeschwörung weitergemacht. Sie war mit dem Entschluss heimgefahren, in den nächsten Tagen noch einmal wiederzukommen, vormittags, wenn Ragnar meistens nüchtern war, und ihn noch einmal über den Engel und den Eisenhutsud auszufragen.

Am nächsten Tag hatte Emil ihr eine WhatsApp-Nachricht geschickt und ihr mitgeteilt, dass es keine menschliche Leiche gewesen war, die man in dem Brunnen gefunden hatte. Es war der verkohlte Kadaver eines großen Hundes. Das hatte allerdings erst festgestellt werden können, nachdem die Feuerwehr Emil in den Brunnenschacht abgeseilt hatte, was wegen der Lage des Brunnes oben am Hang und dem relativ engen Schacht einige Stunden gedauert hatte. *Ein Rechtsmedizinerwurm an der Angel des Lebens,* hatte er geschrieben. Wie der Hund zu Tode gekommen und warum er in Ragnar Iggys Decke eingepackt gewesen war, wurde gerade untersucht. Sie war erleichtert gewesen, auch wenn ihr der Hund leidgetan hatte.

Sie hörte Schritte, dann wurde die Tür unsanft aufgestoßen. Ein junger Polizist in einem dunklen Hemd, der wie ein Verbindungsstudent aussah, und ein grobschlächtiger Polizist in Uniform mit einer Pistole am Gürtel betraten den Raum. Der Grobschlächtige blieb neben der Tür stehen, während der Verbindungsstudent sich geziert auf den Stuhl gegenüber setzte und sagte: »Torfstecher mein Name. Guten Morgen. Sind Sie die Detektivin, die für Conny Sandhaas arbeitet?«

Suzanne runzelte die Augenbrauen. »Tut das irgendetwas zur Sache?«

Er lächelte. »Ist es zutreffend, dass Sie Ihre Klientin vor einigen Tagen im Gefängnis besucht haben?«

Suzanne hatte auf einmal ein ganz ungutes Gefühl. »Mir wurde am Telefon gesagt, hier gehe es um meinen Fund im Brunnen.«

Wieder lächelte Torfstecher. »Da haben Sie wohl etwas falsch verstanden. Nein, es geht um Ihren Besuch bei Conny Sandhaas. Hat sie Ihnen verraten, ob und warum sie ihren Ehegatten ermordet hat? Und woher sie Henry Marbach kannte? Außerdem würden wir gerne alles über das fehlende Gold im Safe und die Möglichkeit eines Verkaufs des Weinbergs …«

»Zu meiner Besprechung mit Conny Sandhaas werde ich mich mit Sicherheit nicht äußern.«

»Wir handeln im Auftrag der Staatsanwaltschaft. Sie sind als Zeugin verpflichtet, die Wahrheit …«

Suzanne schlug mit der flachen Hand auf den Tisch. »Vergessen Sie's!« Ihr war plötzlich klar, warum Paul so hilfsbereit gewesen war. Er wollte über sie an Informationen über ihre Klientin kommen! Weil er sich ausgerechnet hatte, dass ihre Klientin mit ihr offener sprechen würde als mit ihm. Was für ein mieser Typ! Vor allem ärgerte sie sich über sich selbst, weil sie schon wieder auf Paul reingefallen war.

Der junge Polizist schlug sein rechtes Bein über das linke. Er lächelte nicht mehr. »Was auch immer Sie tun, es wird nichts ändern. Es wird nur teurer für Sie, wenn ein Ordnungsgeld gegen Sie verhängt wird. Aber irgendwann werden Sie einknicken, daher …«

Der Rest des Satzes ging in einem wilden Heulen unter. Suzanne bekam beinahe einen Herzinfarkt, bis ihr klar wurde, dass das ihr Handy sein musste. Torfstecher zuckte ebenfalls zusammen, und die Hand des Grobschlächtigen fuhr zur Waffe. Nun bollerte es, als explodiere eine Atombombe, die Tasche vibrierte an ihrem Bein. E-Gitarren kreischten auf. Torfstecher schien zu erkennen, dass die wilden Geräusche aus Suzannes Handtasche kamen, denn er lehnte sich zurück und versuchte offenbar, seinen entgleisten Gesichtsausdruck wieder unter Kontrolle zu bringen. Suzanne bückte sich, nahm die Tasche auf den Schoß und kramte das Handy hervor. Ihre Hände waren plötzlich ein wenig unruhig, denn diesen Klingelton hatte sie noch nie gehört. Und das bedeutete: Es musste der neue *Dieselskandal*-Song »Leasing a Bomb« sein. Sie hatte ihn Liams Nummer zugeteilt. Einem Anruf, mit dem sie im Leben nicht gerechnet hatte. Oh Gott, was sollte sie nur sagen? Sorry, Liam, können wir später reden? Ich bin gerade zur Vernehmung bei der Polizei? Oder sollte sie lieber ein bisschen schwindeln? Sie nahm das Gespräch an.

»Ja? Suzanne Griesbaum hier«, sagte sie, so cool sie konnte.

»Hey, Sweetheart.« Sie hörte Liam lächeln. Ihr wurde ganz heiß. »No idea, ob du dich an mich erinnerst«, fuhr er fort. Sein englischer Akzent wurde jetzt wieder stärker. »Ich bin der Songwriter and Singer von *Dieselskandal.*«

»Äh, klar, also, äh, natürlich erinnere ich mich, also, an dich. Genau.« Was für ein Satz, konnte sie nicht normal reden?

»Könnten Sie Ihre Privatgespräche vielleicht nachher weiterführen?«, fragte Torfstecher mit einem ätzenden Unterton.

»Ich will dich echt nicht drängen, Girliedetektiv, aber: Hast du schon einen Probenraum für uns gefunden?«, fragte Liam fast zeitgleich. »Alter, vorhin sind wir nämlich endgültig hier rausgeflogen. Nur weil wir die erste Version von ›Fucking Shag‹ durchgeprobt haben. Die Firecrackershow war tatsächlich noch nicht ganz ausgereift. Aber deshalb gleich durchzudrehen … Ich meine, wenn es das Dach rausgeblasen hätte. Aber wegen den paar Scherben … I don't know, wie ich das Achim erklären soll. Unser Manager ist eh gerade nicht so relaxed.«

Torfstecher fixierte sie mit grimmigem Blick.

»Äh, ich bin gerade … Also kann ich dich in einer halben Stunde zurück…«

»Wir haben den Bus schon vollgeladen. Wir können sofort los. Und weiterproben.«

»Frau Griesbaum?« Die Stimme des Polizisten duldete keinen Widerspruch.

»Im Moment habe ich noch keinen neuen Probenraum gefunden, aber ich …«

Torfstecher schlug so auf den Tisch, dass sie zusammenzuckte. »Himmel nochmal«, knurrte sie in Richtung des Polizisten.

Liam wirkte irgendwie ein wenig irritiert, aber er sagte: »No Problem, Sweetheart. Wir können ein oder zwei Tage warten. Würde es dich stören, wenn wir …«

»Würden Sie jetzt endlich auflegen?« Torfstecher redete so laut, dass sie den Rest von Liams Satz nicht verstand.

»Das ist ein wichtiges geschäftliches Telefonat«, pampte sie ihn an. »Und ich verstehe die Hälfte nicht, weil Sie ständig dazwischenquatschen.«

Der Polizist lief ganz rot an und erinnerte sie an ihre Kindergärtnerin. So hatte die ausgesehen, wenn eins der Kinder etwas Ekliges angefasst hatte und es hergeben sollte.

»Hast du Besuch, Sweetheart?«, fragte Liam.

»Nein, ich bin sozusagen gerade wo zu Besuch. Ich rufe dich später zurück, Liam, ich muss jetzt auflegen.« Sie legte auf, stellte das Handy auf lautlos und steckte es ein. Hoffentlich war Liam jetzt nicht sauer, weil sie ihn so kurz abgefertigt hatte. Künstler waren ja oft sehr empfindsame Gemüter. Und Liam ganz besonders, das spürte sie genau.

Sie nahm ihre Tasche und stand auf. »Ich werde jetzt gehen«, fauchte sie. »Und ich werde meine Klientin nicht verraten, egal, was Sie mit mir vorhaben. Das Verhalten der Staatsanwaltschaft ist unmoralisch und absolut nicht rechtsstaatlich!« Paul konnte sich auf was gefasst machen! Da würde sie gleich vorbeischauen! Er hatte sich geschnitten, wenn er glaubte, er könne sie ohne ihr Wissen als Spitzel benutzen! Sie stürmte an dem Grobschlächtigen vorbei und aus der Tür.

Als Erstes fuhr sie wutentbrannt zur Staatsanwaltschaft Offenburg. Dort erfuhr sie, dass Paul heute von zu Hause aus arbeitete. Sie steckte ihr Handy in ihre Handtasche, hängte sie um und ging zu Fuß zu dem Mehrfamilienhaus, in dem Paul wohnte, während sie wütend die

Schneckennudel hinunterschlang. Sie klingelte Sturm. Niemand öffnete ihr. So viel zum Thema Homeoffice! Fauler, betrügerischer Sack! Sie betrat den Innenhof, von wo aus man durch die Fenster gut in Pauls Arbeitszimmer hineinschauen konnte. Da saß niemand, der Computer war nicht einmal an. Aber neben dem Drucker lagen immer noch die Akten, die aussahen wie die Sandhaas-Akte, die sie neulich schon gesehen hatte. Sie hätte nie gedacht, dass sie sich einmal zu so etwas hinreißen lassen würde, aber sie zögerte nur eine Sekunde. Er wollte sie aushorchen, dann würde sie das Gleiche mit ihm tun. Paul hatte die Regeln geändert und war selbst schuld, dass der Wind jetzt härter wehte! Das Badfenster war gekippt und, das wusste sie aus ihrer Zeit im gleichen Haus, wenn sie mal wieder den Schlüssel vergessen hatte, ziemlich leicht auszuhebeln. Sie umrundete zunächst noch einmal das Haus und klingelte erneut. Nichts. Dann kehrte sie zum Badfenster zurück, sah sich um, ob irgendjemand sie beobachtete, und stellte sich schließlich auf eine der Mülltonnen unter dem Fenster. Die Tonne ächzte unter ihrem Gewicht. Suzanne fasste nach innen. Mit einem leisen Knarren drehte sich der alte Griff, und das Fenster ließ sich problemlos aus den Angeln heben. Es gelang ihr, schwer atmend ins Innere der Wohnung zu klettern, genauer gesagt ins Innere der Badewanne. Alles war blitzsauber, und es roch nach einem blumigen Duschbad, Zahnpasta und teurem Männerparfüm. Sie versuchte, das Fenster wieder zu befestigen, was ihr nicht gelang, und kurz bekam sie Panik und ein richtig schlechtes Gewissen. Wenn Paul sie jetzt erwischte, würde er sie anzeigen, das wusste sie. Und wahrscheinlich nicht nur wegen Einbruchs in seine Wohnung, sondern auch noch wegen ihres Eindringens in die Scheune und wegen was auch immer sie sich noch strafbar machte, wenn sie einfach in Ermittlungsakten stöberte. Da kannte Paul nichts, ehemalige Nachbarin hin oder her. Bei der Vorstellung, wie sie mit einem halb abgefallenen Fenster in der Hand in einer Badewanne stehend von der Polizei gestellt wurde, sträubten sich ihre Nackenhaare. Und auch wenn es hieß, dass jede Werbung gute Werbung war, den Zeitungsartikel wollte sie ihrer Detektei gerne ersparen. Noch einmal versuchte sie verzweifelt, das Fenster wieder an Ort und Stelle zu knechten, und diesmal knirschte es. Nachdem sie noch zweimal mit der Faust nachjustiert hatte, saß das Fenster an seinem alten Platz. Sie schloss es zuerst ganz, dann kippte sie es wieder, um Paul nicht misstrauisch zu machen. Eigentlich war es nicht mehr nötig, leise zu sein, denn sie hatte gerade einen Höllenlärm veranstaltet, trotzdem schlich sie auf Zehenspitzen in die Wohnung und warf einen kurzen Blick in jedes Zimmer. Es war wirklich niemand zu Hause, und sie ging ins Arbeitszimmer. Ihr war vor Aufregung ein bisschen übel. Zu ihrer riesigen Erleichterung lagen neben dem Drucker tatsächlich Unterlagen zum Sandhaas-Fall. Sie begann, die Aktenkopien durchzusehen, machte immer wieder Fotos mit ihrem Handy. Die erste Akte, an die die Kopie der Legende von der Magd des Totengräbers geheftet war, enthielt eine Tatortbeschreibung sowie einen Artikel über Trachten von Mägden und Knechten im Mittelalter und einen Bericht über eine Stofffarbe, mit der offenbar eine Schürze gefärbt worden war, die neben Sandhaas' Leiche gelegen hatte. Außerdem war wirklich ein Buch am Tatort gefunden worden, in dem es um die Hexenverfolgung in der Ortenau ging. Ein Kapitel setzte sich mit bekannten »Hexen« auseinander, unter anderem mit Gotter Nes, die dazu beigetragen hatte, die Hexenverfolgung in der Ortenau zu beenden, und mit Agnes Vetter. Wenn sie nicht davor schon sicher gewesen wäre, dass die Magd des Totengräbers im Sandhaas-Mord eine Rolle spielte, jetzt hatte sie die Bestätigung schwarz auf weiß. Sogar die Schürze war hinterlassen worden! Gespannt las sie weiter. Es folgten Auszüge aus dem Hexenhammer und einem lateinischen Text, der mit *Consti-*

tutio Criminalis Carolina überschrieben war. Bestimmt hatte Pauls vertrocknetes Juristenherz daran viel Freude gehabt. Außerdem folgten weitere Texte über mittelalterliche und frühneuzeitliche Folter- und Todesstrafenmethoden, und Suzanne wurde mal wieder ganz anders, wie immer, wenn sie sich klarmachte, auf was für perverse Ideen Menschen kamen, um andere Menschen zu quälen. Leider konnte sie keine Hinweise auf das Verbrechen finden, für das Sandhaas möglicherweise getötet worden war.

Unter der ersten Akte befand sich eine Mappe mit Fotos. Eine Aufnahme zeigte die Statue des Weinheiligen mit der Unterschrift: *Weinheiliger, Gussbetonstatue von Ignatio Loro, gespendet von Conny und Joseph Sandhaas 1995.* Darunter ein handschriftlicher Vermerk, wohl von Paul: *Herr Raginald Igler und Frau Suzanne Griesbaum haben berichtet, dass an der Statue eine Kette mit aztekischem Amulett hing. Geht nach Meinung des Sachverständigen möglicherweise auf ein altes Ritual aus Oberkirch zurück, die Heiligenstatuen an hohen Feiertagen zu schmücken, um die Hilfe der Heiligen zu erbitten und ihnen zu danken. Gibt es Zusammenhang mit dem/der Unbekannten, der/die die Statuen im Skulpturenpark Durbach und die »Freiheit – männlich/weiblich« in Offenburg seit Jahren um diese Zeit herum mit Blumengirlanden schmückt?* Auf den anderen Fotos waren Statuen aus dem Skulpturenpark Durbach und die Statue »Freiheit – männlich/weiblich« abgebildet, die mit bunten Blumenketten geschmückt waren. Das sah vollkommen anders aus als die Sache mit dem Amulett, zumal die anderen Statuen auch keine Heiligen abbildeten, aber es war gut, dass die Staatsanwaltschaft keine Möglichkeit außer Acht ließ. Interessant war in jedem Fall die Sache mit dem alten Brauch, bei dem die Heiligenstatuen geschmückt wurden, um Hilfe von den Heiligen zu bekommen! Nur: Wozu sollten Henry Marbach und »der Engel« die Hilfe eines Weinheiligen benötigen? Sie sah die Unterlagen weiter durch. Ein Zischen und Rattern ließ Suzanne zusammenzucken, aber es war nur das Faxgerät, das mehrere Blätter ausspuckte. Sie nahm die Blätter heraus. Es war ein Autopsiebericht eines bis fast auf die Knochen verbrannten Hundekadavers, offensichtlich des Hundes, den sie in dem Brunnen gefunden hatte. Da der Hund erst nach dem Sandhaas-Mord verbrannt worden war, war die Sache für ihre Ermittlungen sicherlich irrelevant, aber der Fall interessierte sie trotzdem. Der tote Hund war ein Dogo Argentino gewesen, ein großer Kampfhund, und er war zum Glück offenbar zuerst eingeschläfert und danach verbrannt worden. Sie wollte die Blätter gerade zur Seite legen, als ihr einfiel, wo sie das Wort *Dogo Argentino* vor Kurzem schon einmal gelesen hatte, und sie musste sich erst einmal in Pauls Schreibtischstuhl setzen. Es war im Zuge ihrer Recherchen über Daniel Laubis gewesen! Niemand anders als der rechtsradikale Gemeinderat hatte vor einigen Wochen bei der Behörde die Erlaubnis beantragt, einen Dogo Argentino zu halten. War das Zufall? Oder hatte dieser Widerling vielleicht seinen Hund einschläfern lassen und ihn dann verbrannt, weil er sich die Kadaverbeseitigungskosten sparen wollte? Das war zwar nicht im Ansatz so gut, wie Laubis Hehlerei nachzuweisen, und einen Auftrag hatte sie auch nicht mehr, aber der Typ hatte vor einer Menschenansammlung laut behauptet, sie habe schwabbelige Oberschenkel und einen dicken Hintern, und außerdem ging er nun gegen ihre Detektei vor. Da wäre es ausgesprochen nützlich, wenn sie ebenfalls das eine oder andere schmutzige Detail gegen ihn in der Hand hätte. Allerdings war das hier nicht sonderlich aussagekräftig, da es nur um die Fakten der Autop… Mit einem Mal hielt sie inne. Das hier war der zweite tote Hund innerhalb weniger Wochen. Der Wachhund der Sandhaas' war ebenfalls getötet worden. Und wenn man einmal davon ausging, dass nicht Joseph Sandhaas den Hund vergiftet hatte … Bestand da ein Zusammenhang? Aber welcher? Hatte Laubis etwa bei der Tötung von Sandhaas seine Finger mit im Spiel gehabt? Oder gab es auch ein ungesühntes Verbrechen in Laubis' Vergangenheit? Das würde passen, oh ja! Sie machte Fotos von dem Autopsiebericht. Vielleicht fing sie auch langsam an, Dinge zu sehen, die gar nicht existierten. Die Zeit drängte, sie war schon viel zu lange in Pauls Wohnung. Sie blätterte im Schnellverfahren die beiden letzten Akten durch. In einer fand sie die Ermittlungen gegen ihre Klientin, allerdings handelte es sich hier offenbar nur um einen kurzen Aktenauszug ohne Details zum Fall. Brisant war allerdings Pauls handschriftliche Notiz, die auf der ersten Aktenseite prangte: *Vernehmung Suzanne Griesbaum nach Besuch von Conny Sandhaas abwarten! Möglicherweise Verfahren gegen Conny Sandhaas mangels ausreichendem Verdacht einstellen!* Sie schüttelte den Kopf. Ihre Wut auf Paul verstärkte sich, während sie ein Foto des Vermerks schoss. Die hatten also nichts gegen ihre Klientin in der Hand und hatten sich jetzt erhofft, dass Suzanne ihnen Beweise lieferte! Nie im Leben! Das Foto würde sie gleich nachher an Conny Sandhaas' Anwältin weiterleiten. Verärgert blätterte sie die letzte Akte durch. Henry Marbach. Offenbar hatte er behauptet, von einer gewissen Louise Münz engagiert worden zu sein, aber nicht für einen Mord, sondern um irgendeine Kette zu suchen. Und diese Louise Münz hatte offenbar bei ihrer Aussage bei der Polizei behauptet, sie würde von Henry gestalkt, hatte aber nicht ihren richtigen Namen … Suzanne zückte ihr Handy, um Fotos von dem Bericht zu machen, als sie hörte, wie sich der Schlüssel im Haustürschloss drehte. Paul kam nach Hause. Oh Gott, was sollte sie jetzt tun?

Kapitel 26

In Pauls Wandschrank war es düster, stickig und eng, und es roch streng nach getragenen Turnschuhen und einem herben Männerparfüm, aber in dem grauenvollen Moment, als Suzanne den Schlüssel im Schloss gehört hatte, war ihr nichts Besseres eingefallen, als schnell die Akten wieder ordentlich hinzulegen, ins Schlafzimmer zu rennen und in den Schrank zu kriechen. Sie war davon ausgegangen, dass Paul in sein Büro gehen würde und sie sich irgendwann aus der Wohnung hätte schleichen können. Sie hatte durch eine winzige Ritze zwischen den zwei Schranktüren hinausgespäht. Leider war der Staatsanwalt direkt ins Schlafzimmer gegangen, hatte dort schaurige Softpop-Musik angeschaltet und war sodann auf den Schrank zugekommen. Sie war beinahe ohnmächtig geworden, aber er war stehen geblieben und hatte sich eine Ewigkeit in dem großen Spiegel auf den Schranktüren angeschaut und seine Haare mit den Händen in verschiedene Positionen gekämmt, während sie im Inneren ihren Atem langsam wieder unter Kontrolle gebracht und ihr Handy auf lautlos gestellt hatte. Schließlich hatte er sich aufs Bett geworfen und seinen Laptop hervorgeholt. Seit gut zweieinhalb Stunden stand sie nun hier, umgeben von Pauls Jacketts und Hemden. Ihr T-Shirt war durchgeschwitzt, ihr Puls in einem ungesund panischen Bereich, und seit etwa einer Stunde spürte sie ihr linkes Bein nicht mehr, das zwischen zwei am Boden stehenden Koffern feststeckte. Ihre Schulter tat weh, weil der Riemen ihrer Handtasche, die sie in der Enge nicht ausziehen konnte, hineinschnitt. Der schlimmste Albtraum, den sie je erlebt hatte. So musste sich die Hölle anfühlen. Wenn sie das hier überstanden hatte, würde sie nie wieder, nie, nie wieder etwas Illegales tun. Sie wischte sich den Schweiß von der Stirn. Hörte das Blut in ihren Ohren rauschen. Versuchte, sich ein wenig bequemer hinzustellen, ohne dass die Kleiderbügel klapperten und sie verrieten. Irgendwann musste dieser Mann wieder aufstehen, man konnte doch nicht sein ganzes Homeoffice im Bett erledigen. Dann hatte sie vielleicht eine Chance, ungesehen abzuhauen. Sie durfte einfach nicht daran denken, dass der Staatsanwalt vorher etwas aus seinem Schrank brauchen könnte oder … Irgendetwas kitzelte sie plötzlich in der Nase, und für einen grauenhaften Moment glaubte sie, niesen zu müssen, aber es gelang ihr, sich zu beherrschen. Draußen knarzte es, und sie hielt den Atem an. Paul räkelte und streckte sich und stellte den Laptop auf das Bettschränkchen. Die erste Gelegenheit, wenn er den Raum verließ, musste sie nutzen. Denn ihre Armbanduhr sagte ihr, dass sicherlich bald auch Pauls Freundin nach Hause kommen musste, und dann sanken ihre Chancen noch mehr, aus dieser Situation ungeschoren davonzukommen. Wie bescheuert musste man eigentlich sein, ausgerechnet bei zwei *Staatsanwälten* einzubrechen? Paul setzte sich auf. Verließ das Zimmer aber nicht, sondern kam erneut direkt auf den Schrank zu. Ihr Herz raste, doch er stellte sich nur wieder vor den großen Spiegel. »Hohes Gericht«, sagte er, »die Hauptverhandlung hat ergeben, dass der Angeklagte … Nein, das ist zu banal.« Eine Weile war es still. »Hohes Gericht, wir sind uns alle über den Wert der Freiheit … Über den unschätzbaren Wert der Freiheit …« Suzannes taubes Bein begann zu kribbeln und zu stechen, und sie versuchte, es geräuschlos zu massieren. Paul war höchstens einen Meter von ihr entfernt. Hoffentlich hielt ihr Deo noch eine Weile durch, denn sonst würde er sie bald durch die Tür riechen können. »Hohes Gericht«, übte Paul draußen weiter, »Kant hat einmal gesagt …« Pulsierende Schmerzen durchfuhren ihr Bein. Sollte sie einfach die Tür öffnen und Paul alles gestehen? Aber danach würde sie vermutlich für immer aus Offenburg verschwinden müssen, und das wollte sie nun auch nicht. Aber wie könnte sie ihn dazu bringen, aus dem Raum … Plötzlich hatte sie eine Idee. Wie gut, dass sie ihr Handy dabeihatte! Sie würde Paul damit auf dem Festnetz anrufen und ihn so aus dem Zimmer locken. Aber was, wenn er das Aufleuchten des Handys durch die Schranktürritze oder das leise Tuten bemerken würde? Dummerweise stand er immer noch direkt davor und erzählte einem imaginären Richter wortgewaltig etwas über die Grenzen der Pressefreiheit. Sie musste es riskieren. Sie pfriemelte, so leise es ging, ihr Handy aus der Hosentasche. Vorsichtig, es durfte auf keinen Fall auf den Boden fallen, auf keinen Fall. Und einen Kleiderbügel durfte sie mit dem Arm auch nicht berühren. Zentimeter für Zentimeter brachte sie ihr Handy in Position. Schließlich drehte sie sich, so gut es ging, von der Ritze weg und schaltete das Handy ein. Ging auf die Kurzwahlnummern, suchte und fand Paul. Ihre Hände waren so verschwitzt, dass ihr das Telefon kurz vor dem Anruf beinahe doch noch herunterfiel, und beim Auffangen drückte sie versehentlich auf eine der Tasten am Rand, aber schließlich hatte sie es geschafft. Sie tippte die Kurzwahl und presste das Handy an ihr Ohr, weil sie hoffte, so das Tuten möglichst leise zu halten. Im Nebenzimmer war nun das Klingeln von Pauls Telefon zu hören. Zuerst sah es so aus, als ließe er es einfach klingeln, aber dann ging er mit einem genervten Aufseufzen doch in Richtung Tür. Suzanne öffnete die Schranktür. Sie musste sich sofort entscheiden. Das Fenster zur Straße hinaus. Oder den kurzen Flur und durch die Tür. Sie entschied sich für den Flur. So leise es ging, verließ sie den Schrank, schloss die Tür und machte ein paar ungeschickte Schritte mit ihrem kribbelnden Bein, das nun mit heftigen Schmerzen wieder zum Leben erwachte. Sie betrat den Flur, das Handy noch immer an ihr Ohr gedrückt, konnte Pauls Rücken sehen, schlich schnell am Büro vorbei zur Haustür. Drüben sagte Paul ins Telefon: »Hallo, hallo? Suzanne?« Mist, er konnte ja an der Nummer sehen, dass sie es war. Konnte er die Hintergrundgeräusche und sich selbst im Hintergrund etwa durch ihr Telefon hören? Sie presste es so fest an ihr Ohr, dass ihr Kopf wehtat. Und was würde er denken, wenn sie einfach nichts sagte? Sie legte auf. Sie musste ihn sofort, wenn sie draußen war, noch einmal anrufen und behaupten, sie sei in ihrer Tasche wohl versehentlich auf Anrufen ... Der Boden knarrte ein wenig, und sie zuckte zusammen. Egal. Jetzt musste sie einfach raus. Sie machte zwei schnelle Schritte, packte die Türklinke, drückte sie nach unten. Ein kurzer Blick zurück, Paul sah Gott sei Dank in die andere Richtung, aber auch er legte gerade auf. Die Tür öffnete sich, sie drängte durch die Ritze, war schon halb draußen, als ihr Handy mit Donnergetöse zum Leben erwachte. *Leasing a Bomb*. Sie schrie vor Schreck auf und drehte sich ruckartig um. Dabei ging die Eingangstür wieder ganz auf. Paul kam in den Flur gelaufen, und für einen Moment starrten sie sich wortlos an, während sie Liams Anruf wegdrückte. Das Bollern verstummte. »Suzanne«, sagte Paul. Er sah fassungslos aus. »Was ...?«

»Paul«, reagierte sie blitzschnell. »Schließt du nie deine Tür ab? Ich stand draußen und wollte gerade klingeln, aber dann bin ich gegen die Tür gestoßen, und sie ist einfach aufgegangen.«

Paul sah sie ungläubig an.

»Ich ... ich hatte dich gerade angerufen, weil ich in der Gegend war ... Ich ... Also, ich habe ein kleines juristisches Problem und ... Aber ich komme gerne ein anderes Mal wieder. Einen schönen Feierabend dir! Du hattest bestimmt einen anstrengenden ...«

»Das ist eine eiskalte Lüge.« Paul stemmte die Hände in die Seite.

Suzannes Herz rutschte in die Hose. Sie holte tief Luft. Er konnte nicht beweisen, dass sie bereits in der Wohnung gewesen war. Sie musste nur bei ihrer Geschichte bleiben. Sie war im Treppenhaus gewesen und lediglich an die Wohnungstür gestoßen und …

»Juristisches Problem, dass ich nicht lache. Du bist bestimmt nur wieder wegen dem Sandhaas-Fall gekommen, hab ich recht?«, fuhr Paul sie an.

Ah, er dachte also, sie habe nur über den Grund ihres Kommens gelogen. Und da hatte er ja auch recht, wie ihr wieder ins Gedächtnis kam. Sie war ja ursprünglich tatsächlich wegen des Sandhaas-Falls und Pauls unmöglichem Verhalten gekommen. »Du hast mich benutzt, um an Informationen über meine Mandantin zu kommen«, fauchte sie ihn an. »Du hast dafür gesorgt, dass ich sie im Knast besuchen konnte! Und danach hast du mich durch die Polizei …«

»Was hast du da über der Schulter hängen? Ist das eine Krawatte?« Paul kam einen Schritt näher. »Das sieht aus wie meine blaue …«

Suzanne warf einen Blick auf ihre Schulter und atmete pfeifend aus. Tatsächlich baumelte dort eine von Pauls Krawatten, offenbar hatte sie die im Schrank abgerissen. Sie zog das Kleidungsstück herunter und stopfte es schnell in ihre Handtasche. »Äh …«, stammelte sie. »Nein, nein, das ist nicht deine … Also das muss mir gerade in der Detektei … An der Garderobe … Ein Klient …« Was war denn das für eine blöde Geschichte?

Auf Pauls Gesicht erschien ein ziemlich schmieriges Grinsen. »Oh, là, là«, sagte er. »Wann und warum ziehen deine Klienten denn ihre Krawatten an der Garderobe aus?«

»Lenk jetzt nicht ab, Paul«, sagte sie streng. »Dein Verhalten in Bezug auf Conny Sandhaas war absolut nicht rechtsstaatlich! Ich werde euch nicht erzählen, was sie mir gesagt hat. Und wenn ihr mich in den Knast steckt.« Sie zwang sich, Paul direkt in die Augen zu schauen.

»Wie bist du hier eigentlich ins Treppenhaus gekommen?«, fragte Paul.

»Einer der Nachbarn … kam gerade raus.«

»Wer?«

»Paul, ganz ehrlich, das spielt ja jetzt wirklich keine Rolle.« Hoffentlich würde Paul nachher nicht im Haus herumfragen. »Du versuchst nur, vom Sandhaas-Fall abzulenken.«

»Es hat irgendwie ausgesehen, als seist du bereits in meiner Wohnung gewesen.«

»Einen Schritt war ich vielleicht schon drin, aber nur, weil die Tür so plötzlich aufgegangen ist.«

Schweigend sahen sie sich an. Schließlich hob Paul mit einer Geste des Aufgebens die Hände. »Dann komm rein«, sagte er. Sie gingen in die klinisch saubere Küche. Paul öffnete die Kühlschranktür und holte schon wieder den rosa Prosecco heraus.

»Bitte keinen Prosecco«, sagte sie. Das überstieg die Grenze dessen, was sie heute noch ertragen konnte. »Und ich muss sowieso gleich los. Aber ich wollte einfach noch geklärt haben, dass du mich nicht benutzen kannst, um Gefangene auszuhorchen!«

Paul zuckte die Schultern. Er sah ein wenig schuldbewusst aus. Aber nur ein wenig.

»Versprichst du mir, dass ihr in der Sache nichts mehr unternehmen werdet?«

»Möglich«, erwiderte er.

»Sicher?«

Er zuckte erneut mit den Schultern.

»Dann lass ich dich jetzt in Ruhe.«

Gemeinsam gingen sie zurück in den Flur. Als sie an der

Tür standen, fragte sie: »Sag mal, wisst ihr jetzt eigentlich, was für ein Verbrechen Sandhaas in seiner Vergangenheit begangen haben könnte?«

Paul schüttelte den Kopf.

Kapitel 27

Auch wenn ihre Kleidung nicht mehr sonderlich frisch aussah nach ihrer Zeit im Wandschrank, fuhr Suzanne sofort nach ihrem »Besuch« bei Paul zu Daniel Laubis' Haus. Sie musste wissen, ob der tote Hund im Brunnen tatsächlich Laubis' Dogo Argentino gewesen war und, wenn ja, ob es einen Zusammenhang mit Sandhaas' Tod gab. Vom Auto aus versuchte sie vergeblich, Liam zurückzurufen. Sie sagte sich, dass er wahrscheinlich einfach sein Handy auf lautlos gestellt und vergessen hatte, es wieder einzuschalten, oder dass er gerade wie sie Auto fuhr und keine Freisprechanlage hatte. Dass sie es heute Abend lediglich noch einmal versuchen musste, und dann würden sie lange und intensiv miteinander sprechen. Tief in sich hatte sie aber die düstere Befürchtung, dass dieser blöde Polizist und Paul, aber auch sie selbst, weil sie im Schrank offenbar den Ton wieder eingeschaltet hatte, ihre einzigen beiden Chancen zunichte gemacht hatten, mit Liam zu telefonieren. Auch wenn der nur angerufen haben mochte, weil er einen neuen Probenraum suchte. Sie würde einen finden, das hatte sie sich geschworen. Sie sagte sich, dass es ein ganz normaler Auftrag war, weil sie schon wieder so ein Kribbeln im Bauch verspürte. Himmel, sie war nicht mehr fünfzehn und würde jetzt einfach nicht weiter über Liam nachdenken.

An den meisten Fenstern in Daniel Laubis' Haus waren die Rollläden an diesem schönen, sonnigen Nachmittag merkwürdigerweise heruntergelassen. Aber vielleicht war er bereits früh morgens zur Arbeit gegangen und in Eile gewesen, sodass er es nicht mehr geschafft hatte, die Rollläden hochzuziehen? Als sie über den Weg durch den

Vorgarten zur Haustür ging, fielen ihr die großen Eisenhutstauden auf, die links und rechts des Weges in merkwürdig geformten Beeten zwischen hohen Gräsern wuchsen, und sie runzelte die Stirn. War es möglich, dass das Gift, mit dem der Speer in Sandhaas' Schuppen präpariert worden war, aus dem Vorgarten eines rechtsradikalen Gemeinderats stammte? War er wirklich der Mörder und gefährlich? Nein, das passte nicht, denn wieso hätte dann sein eigener Hund sterben müssen? Oder war es gar nicht sein Hund gewesen? Suzanne zögerte kurz, dann drückte sie auf die Klingel. Niemand öffnete. Aber im Nachbargarten saß eine dunkelhäutige Frau mit einer Tasse und einem Laptop auf der Terrasse. Suzanne ging zum Zaun und rief: »Hallo, könnte ich kurz mit Ihnen sprechen?« Die Frau sah lächelnd auf und winkte Suzanne mit einer Handbewegung um den Zaun herum und zu sich in den Garten.

Nachdem Suzanne in den Nachbargarten gegangen war, stellte sie sich vor und streckte der Frau eine Detektei-Griesbaum-Visitenkarte entgegen. »Ich suche Daniel Laubis, haben Sie vielleicht eine Ahnung, wo ich ihn finden könnte?«, fragte sie.

»Hat er was verbrochen? Wird er verhaftet?«

Suzanne musste grinsen, weil die Frau aussah, als gefiele ihr der Gedanke sehr, Laubis im Gefängnis zu sehen. »Bisher konnte ich noch nichts Relevantes finden.«

»Schade. Aber zu Ihrer Frage: Ich denke, er ist bei der Arbeit.« Die Frau schüttelte den Kopf. »Laubis und ich verstehen uns nicht sonderlich gut. Er ist der Ansicht, Leute mit meiner Hautfarbe gehörten nach Afrika. Dabei lebt meine Familie seit drei Generationen im Rheintal. Ich frage mich immer, warum ich ausgerechnet neben diesem Ekel wohnen muss. Die ganze Straße sind alles supernette Leute, und ich wohne neben dem einzigen frauenfeindlichen Rechten.« Sie machte eine abwinkende Handbewegung.

»Daniel ist nicht die hellste Kerze auf der Torte, wenn Sie verstehen, was ich meine.«

Suzanne nickte. Die Frau sprach ihr aus der Seele. »Hat Laubis einen Hund?«, fragte sie.

Die Nachbarin zog die Augenbrauen hoch. »Aber hallo, und was für einen. Ein Riesenvieh. Sehr seltene Rasse. Dogo irgendwas. Ist glücklicherweise vor Kurzem abgehauen. Laubis hat echt Nerven, er ist zu mir gekommen und hat mich gefragt, ob ich mit dem Verschwinden was zu tun habe!«

»Wie kommt er darauf?«

»Wenn ich ihn richtig verstanden habe, wollte er mir unterstellen, ich hätte seinen Hund gekocht, weil wir in Afrika ja alles, so sein Wortlaut, ›in die Tajine mischen, was bei drei nicht auf dem Baum ist‹. Wie gesagt, er ist nicht die hellste Kerze.« Sie lachte auf.

»Was für ein Arschloch.«

»Ich denke, so kann man das zusammenfassen.«

»Ist Ihnen in letzter Zeit irgendetwas Ungewöhnliches bei Ihrem Nachbarn aufgefallen?«, fragte Suzanne. »Eine Frau mit einer Fackel vielleicht oder ein muskulöser Fremder?« Das war natürlich weit hergeholt, aber fragen schadete ja nichts.

Die Frau verzog erstaunt den Mund. »Da war tatsächlich jemand. Eine Frau«, sagte sie nachdenklich. »Keine Fackel, aber eine seltsame Laterne. Neulich abends. Sie war eigenartig angezogen, die Frau. Sie hatte so ein altmodisches weißes Kleid und eine Schürze. Wer bitte trägt denn heutzutage Schürzen? Und dann ist mir klar geworden, dass es sich vermutlich um ein Rollenspiel gehandelt hat. Ein Sex-Rollenspiel. Stimmt's, oder hab ich recht?«

»Wissen Sie noch, wie die Frau ausgesehen hat?«, fragte Suzanne aufgeregt.

»Leider habe ich ein schlechtes Personengedächtnis. Ich bin schon froh, wenn ich meinen Mann und meine Kinder wiedererkenne.« Sie lachte. »Aber ich denke, sie war blond, und sie war nicht das erste Mal hier.

»Warum glauben Sie das?«

»Wegen der Schürze. Ich habe schon mal eine Frau mit so einer Schürze hier gesehen.«

Mehr war aus Laubis' Nachbarin nicht herauszuholen, aber das war schon ziemlich auffällig. War es möglich, dass die Magd auch zu Laubis gekommen war? Dann war der Typ in Lebensgefahr. Als Suzanne wieder bei ihrem Auto stand, fiel ihr plötzlich der Morgen ein, als sie in der Scheune gewesen war. Da war doch auch eine blonde Frau auf Laubis' Haus zugelaufen. Sie hatte zwar keine Schürze oder seltsame Kleider angehabt, aber … Wie blöd, dass sie wegen der Armbrustpfeile und der einstürzenden Scheune kein Foto mehr hatte schießen können, denn vielleicht hatte sie zufällig selbst die Magd gesehen? Sie dachte fieberhaft nach, konnte sich aber nicht mehr an ein Gesicht erinnern.

Sie fuhr nach Offenburg. Da Laubis' Gemeinderatssitzung noch in vollem Gange war, machte sie einen Abstecher zu einem Tiergeschäft und besorgte zwei Fellpflegebürsten für ihre Ziegen. Danach wartete sie noch eine halbe Stunde vor dem Salmen, in dem die Gemeinderäte tagten. Endlich sah sie Laubis ins Freie kommen, mit einem Hemd, dessen dunkelschwarze Muster verdächtig nach dem SS-Nazisymbol der Siegrunen aussahen. Der Typ widerte sie von ganzem Herzen an, trotzdem sprach sie ihn an. Zuerst schien er sie nicht zu erkennen, aber dann verzog sich sein Gesicht zu einer hässlichen Grimasse. »Die schwabbelige Star-Ermittlerin«, sagte er verächtlich. »Ich habe mich eingepisst vor Lachen, als ich erfahren habe, dass Sie mich für einen Hehler halten, weil ich eine Erbschaft gemacht habe.« Hinter ihm tauchte ein Schrank von einem Typen auf, mit militärisch kurzen Haaren und sehr engen Klamotten. Er stellte sich schützend vor Laubis. »Probleme?«, fragte er Kaugummi kauend.

»Darf ich vorstellen? Mein neuer Bodyguard«, sagte Laubis laut. Dann beugte er sich ganz dicht zu ihr vor. Sie konnte seinen Geruch riechen, nach ungewaschener Haut und ein wenig nach Zwiebeln. »Ich würde dir raten, dich mal ganz hurtig zu verpissen, fette Kuh. Sonst sind die Bullen schneller hier, als du ...«

»An Ihrer Stelle wäre ich nicht so unverschämt«, sagte Suzanne. »Ich wollte Sie nur warnen. Ich habe gerade erfahren, dass Ihr Hund ...«

»Meine Nachbarin hat ihn getötet, gebraten und den Rest in einen Brunnen geschmissen. So macht man das in Afrika.«

Suzanne wurde stinkwütend. »Jedenfalls ist es möglich, dass eine Frau mit einer Laterne ...«

»Es gibt keine Frau mit einer Laterne«, fauchte Laubis. »Geh und spiel woanders Ermittlerin. Und lass mich bloß in Ruhe. Du hast meinen guten Ruf schon genug beschmutzt mit deinen haltlosen Vorwürfen.«

Wutentbrannt drehte Suzanne sich weg. Dann halt nicht. Der Typ konnte sie mal, wenn die Magd ihn wieder besuchen sollte, wäre das nicht ihr Problem. Sie würde jetzt nach Hause fahren, ihre Ziegen bürsten, vielleicht noch eine Runde im Pool schwimmen und ein sehr verspätetes Mittagessen zu sich nehmen. Das hatte sie sich nach diesem Tag verdient.

Kapitel 28

Der Herbstnachmittag war sonnig und warm. Bunte Blätter leuchteten an den Birnbäumen am Straßenrand, und die Weinreben im Hintergrund färbten die sanften Hänge gelb und rot. Auf der anderen Seite der Straße hoben sich etwas entfernt die Vogesen gegen den strahlend blauen Himmel ab, und die Luft, die durch das geöffnete Autofenster hereindrang, roch nach frischem Heu. Suzanne war auf dem Heimweg. Sie hatte nach ihrem Gespräch mit Laubis in der Metzgerei ein Bio-Hähnchen gekauft, denn wenn ihr Mittagessen schon mit dem Abendessen zusammenfiel, dann musste es wenigstens etwas Besonderes sein. Coq au vin zum Beispiel, nach dem Rezept ihrer französischen Großmutter. Eines, das extralange im Ofen schmurgelte, sodass das Hühnerfleisch so zart war, dass es beinahe von den Knochen fiel. Mit einem guten Spätburgunder und viel Knoblauch in der Soße und einem selbstgebackenen, knusprigen Baguette. Ihr lief das Wasser im Mund zusammen. Weil das mit dem Kochen noch eine Weile dauern würde, hatte sie sich vorausschauend eine Laugenbrezel für die Heimfahrt besorgt, die sie nun mit einer Hand auspackte, während sie mit der anderen das Steuer hielt. Die Brezel war noch ein wenig warm, nur leicht gesalzen und knackte, wenn sie davon abbiss. Sie schmeckte köstlich, und mittlerweile hatte Suzanne wieder richtig gute Laune. Lächelnd fuhr sie nach Neuried-Altenheim hinein. Als sie in ihre Straße einbog, musste sie feststellen, dass ein verbeulter Bus quer auf ihrem Innenhof stand, sodass ihr Auto nicht mehr hineinpasste. Suzanne runzelte die Stirn, parkte an der kleinen Straße, hängte ihre prall gefüllte Einkaufstasche über die Schulter und ging zu Fuß zu ihrem Haus. Ein lautes Platschen, das aus ihrem Garten zu kommen schien, ließ sie ihre Schritte beschleunigen. Ihr wurde plötzlich heiß und kalt, als sie den bunten *Dieselskandal*-Schriftzug auf den Fensterscheiben des Busses entdeckte. War er etwa hier? War Liam zu ihr gekommen, weil er genauso empfand wie sie? Da war eindeutig etwas zwischen ihnen gewesen in Ettlingen! In ihrem Bauch begannen Schmetterlinge in allen Farben und Größen herumzuflattern. Offenbar hatte er es sich schon im Pool gemütlich gemacht, solange er warten musste. So waren sie halt, die Musiker. Unkonventionell. Immer für eine Überraschung gut. Diese innere Freiheit war doch genau das, was sie so an Künstlern schätzte. Am besten wäre es wahrscheinlich, wenn sie ohne zu zögern ebenfalls in den Pool … Nein, sie würde es stilvoll angehen. Wenn sie vorne durch die Eingangstür hineinschlich, konnte sie noch schnell unbemerkt die Einkäufe verstauen, bevor sie dann in ihrer Bluse aus weinroter Seide und ihrer schwarzen Hose, die sie noch anziehen musste, »überrascht« aus der Balkontür trat. Ein bisschen Parfüm und neues Deo schadeten auch nicht, und sie hatte doch noch irgendwo diesen dunkelroten Lippenstift, der so gut zu ihren Augen passte. Zum Glück hatte sie vor ein paar Tagen eine Kiste herrlichen Gewürztraminer und Spätburgunder bei ihrem Lieblingsweingut in Oberkirch gekauft. Als ob sie es geahnt hätte! Und das Coq au vin reichte auch für zwei. Einem romantischen Abend mit Liam stand nichts im Wege. Ob er ihr wohl Rosen mitgebracht hatte? Aber verdammt, sie hatte das Wohnzimmer nicht aufgeräumt. Hoffentlich lag ihr ausgebeulter gelber Nickischlafanzug nicht mehr auf dem Sofa. Und auf dem Küchentisch stand noch das Frühstück, weil sie so früh aus dem Haus gemusst hatte. Jetzt war plötzlich lautes Lachen zu hören und belustigte Schreie, allerdings mehrstimmig, und es platschte laut. War etwa nicht nur Liam hier, sondern vielleicht noch weitere Bandmitglieder? Badeten die etwa alle in ihrem Pool? Gut, das war vielleicht nicht optimal für ein Date, aber irgendwie auch süß, wahrscheinlich hatte Liam sich alleine nicht getraut zu kommen. Die Männer, bei denen man es nicht erwartete, waren ja oft die Schüchternsten. Und man musste auch das Angenehme daran sehen. Der Drummer, ein Mittvierziger, war ebenfalls recht gutaussehend. Nicht so toll wie Liam natürlich, aber was fürs Auge waren die anderen Jungs in Badehosen bestimmt auch. Und wie hieß es so schön: Fünf sind geladen, zehn sind gekommen, gieß Wasser zur Suppe, heiß alle willkommen! Liam. Hier. In ihrem Pool. Mit zitternden Händen suchte sie nach ihrem Schlüssel. Sie war so was von aufgeregt, sie konnte kaum ... Sie schrie auf, als ihr jemand von hinten auf die Schultern tippte. Großer Gott, wenn Liam sie in dieser ungünstigen Hose und total verschwitzt ... Aber es war nicht Liam. Es war Achim von Arnhold, der Anwalt und Manager der Band. Und obwohl auch er ein ziemlich gutaussehender Mann war, sah er im Moment nicht gut aus. Schlimmer fast noch als sie selbst, und sie hatte den halben Mittag in einem Wandschrank verbracht. Seine Haare klebten schweißnass am Kopf, sein weißes Hemd hatte große, nasse Flecken unter den Armen, und er atmete röchelnd, als sei er Marathon gelaufen.

»Achim von Arnhold«, sagte er mit seinem leicht schwäbischen Dialekt. Er schien sich überhaupt nicht mehr daran zu erinnern, dass sie schon ein paarmal miteinander geredet hatten, was sie ein wenig enttäuschte. »Heiligsblechle. Seien Sie gegrüßt. Sind Sie die potenzielle welche?« Er streckte ihr die Hand entgegen, an der ein Siegelring prangte.

Suzanne nickte stirnrunzelnd und gab ihm ebenfalls die Hand. »Hi«, sagte sie. »Suzanne Griesbaum.« Die potenzielle welche? Hatte Liam etwa mit seinem Manager über sie geredet? Fand er sie so toll, dass er schon über eine Beziehung …

»Frau … Griesbaum, ich denke, wir sollten das gleich hier regeln«, fuhr der Anwalt immer noch atemlos fort. »Ich habe bereits einen Entwurf vorbereitet.« Er zog eine dünne Ledermappe hervor, die unter seinem Arm geklemmt hatte, holte ein dicht beschriebenes Blatt hervor und reichte es ihr.

Sie hatte keine Ahnung, wovon der Mann sprach. »Was sollten wir regeln?«

Von Arnhold fuhr sich mit einem Taschentuch über die nasse Stirn. Er lächelte und zeigte auf das Blatt. Suzanne warf einen Blick darauf. *Abfindung wegen der Explosion* stand da als Überschrift. Sie merkte, wie ihr ganz kalt wurde. Was war in der Zeit passiert, in der sie nicht hier gewesen war? Waren ihre Ziegen alle in Ordnung? »Welche Explosion?« Ihre Stimme klang schrill, am liebsten wäre sie losgerannt, um nach den Tieren und ihrem Stall zu sehen. Auch wenn der, jedenfalls soweit sie das erkennen konnte, noch unbeschadet stand. Hinten auf der Weide konnte sie auch die Ziegen Liam und Lotte … Aber war da nicht ein schwacher Geruch nach Feuer? Was hatten die …

»Ach Quatsch«, sagte von Arnhold und schlug sich mit der Hand gegen die Stirn. »Das sind ja gar nicht Sie, Frau Griesbaum. Das isch die Causa Ettlingen. Ich komme schon total durcheinander.« Er nahm das Blatt, das sie immer noch in der Hand hielt, zurück und steckte es wieder in seine Mappe. Zog ein weiteres Blatt hervor, das er ihr reichte. »Das isch richtig. Über die Essentialia, wie wir Juristen sagen, müssen wir natürlich noch verhandeln.« Er schaute sich um. »Schön isches hier.«

Irgendwie war sie gerade im falschen Film. Was zum Teufel wollte dieser Anwalt von ihr? Was für ein Vertrag und was zum Teufel waren Essentialia? Sie stellte die Tasche mit ihren Einkäufen ab.

»Vielen Dank, dass Sie uns aus der Klemme helfen. Ich bin sofort losgefahren, nachdem Liam mir erzählt hat, dass Sie die Jungs ein paar Tage hier unterbringen wollen. Genug Platz haben Sie ja auf jeden Fall. Wir müssen nur wegen der Lautstärke … Wegen Ihrer Nachbarn, verstehen Sie?«

Sie schaute ihn fragend an.

»Die Jungs sind ab und an ein wenig wild. Verspielt. Haben da in Ettlingen ein paar Feuercracker ausprobiert und dabei … Das tut ja nichts zur Sache. Es sind gute Jungs. Es wird sicherlich nie wieder vorkommen.« Der Anwalt lächelte berufsmäßig.

»Äh«, brachte sie heraus. Irgendetwas musste ihr entgangen sein. Sie räusperte sich. »Wie meinen Sie das, dass ich die Jungs hier ›unterbringe‹?«

Die Augen des Anwalts öffneten sich weit, jetzt sah er beunruhigt aus. »Liam meinte, er hätte mit Ihnen telefoniert, und Sie hätten ihm eine Unterkunft und einen Ort zum Proben zugesichert?«

Das musste wohl das Gespräch gewesen sein, das sie bei der Polizei geführt hatte, da musste es ein Missverständnis … Sie biss sich auf die Lippe. Spielte es denn überhaupt eine Rolle? Das Schicksal servierte ihr Liam auf einem Silbertablett, wenn sie jetzt nicht zugriff, war sie selbst schuld! »Stimmt, ja, das habe ich gesagt«, sagte sie entschlossen. »Ich muss mich nur noch kurz umziehen, dann komme ich.« Hinter dem Haus stieg plötzlich eine Rauchsäule auf, und der Geruch nach Feuer war jetzt unverkennbar. »Nein, ich komme gleich mit und ziehe mich später um.« Mit schnellen Schritten ging sie vor dem Anwalt her um ihr Haus herum. Und blieb ruckartig stehen. Vier »Picknickdecken« lagen auf dem Boden, die sie als ihre frisch gewaschenen Betttücher von der Leine erkannte. Auf zwei davon lagen nasse Bandmitglieder und ließen sich offenbar von der Sonne trocknen. Ein paar Meter vom Haus entfernt hatten die Jungs eine kleine Feuerstelle errichtet, in der Äste von ihrem letzten Baumschnitt unter der Aufsicht des Tontechnikers von *Dieselskandal* munter loderten und rauchten. Eine aufblasbare Gummiinsel mit einer Palme, die im aufgepeitschten Wasser wild schaukelte, und zwei riesige rosa Gummiflamingos schwammen in ihrem Pool herum. Auf einem der Flamingos ritt der Drummer mit einer Flasche Bier in der Hand, er war splitterfasernackt. Der Gitarrist lieferte sich mit einem der Jungs aus der Crew eine Wasserschlacht über die Gummiinsel hinweg, sie prusteten und lachten. Auch er schien nicht besonders viel anzuhaben. Und dann sah sie Liam. Ihr stockte der Atem. Er hatte sich den Poolrobot gegriffen und hielt ihn wie eine Gitarre. Bestimmt hatte er gerade einen seiner genialen Einfälle. Sie musste trotz des Chaos lächeln, was für ein fantastischer Mann mit einer Figur zum Anbeißen. War er vielleicht auch unbekleidet und … Aber wer zum Teufel war diese gutaussehende schwarzhaarige Frau, die um ihn herumschwamm wie ein Hai um eine Robbe? Er schien sich über den Poolroboter hinweg ja verflucht angeregt mit ihr zu unterhalten.

»Himmelhergottszackafix«, brüllte Achim von Arnhold über das Wasser, und sie zuckte zusammen, denn sie hatte ganz vergessen, dass er noch hinter ihr stand. »Was tut ihr da? Ihr seid zu Gast! Seit wann trinkt man Bier in einem Pool, Elton?«

Das Lachen verstummte. Der Drummer rutschte ganz schnell von seinem Flamingo ins Wasser, er wurde sogar ein wenig rot. Liam ließ den Poolroboter zum Grund zurücksinken und schwamm zum Rand. »Hey, Sweetheart«, sagte er locker. »Geiles Village, dieses Neuried-Altenheim. Wir haben es uns in deinem Garden schon mal comfortable gemacht, hoffe, das stört dich nicht. Wir haben ein paar Bier mitgebracht und ein kleines Campfire angezündet und … Setz dich doch und sei unser Gast. Wir haben vegane Bratwürstchen and Stick bread. Wir könnten noch ein bisschen was von dem Grünzeug aus den Beeten dahinten abernten. Salat ist niemals wrong.«

»Euer Gast? Woher kennst du meine Adresse?«, brachte sie heraus. Es ärgerte sie ein bisschen, dass Liam sie aus dem Konzept brachte, wo er doch einfach in ihren Garten eingedrungen war und eigentlich sie es sein sollte, die ihn aus dem Konzept brachte.

»Internet«, sagte Liam. »Wir haben Schlafsäcke und Matratzen dabei, und Zelte haben wir auch. Falls du nicht genug Platz im Haus haben solltest, nur dann natürlich. Aber wir bleiben ja nicht alle die ganze Zeit, das nicht«, er lachte fröhlich. »Nur ich, Elton und Raoul. Und vielleicht das Babe hier, Babe, wie heißt du gleich noch?«

»Jennifer.«

»Und Jennifer. Wir haben sie vorhin extraordinarily Gitarre spielen gehört. Auf der Straße, mitten in Offenburg. Aber eigentlich ist sie Keyboarderin, und wir suchen gerade eine. Good luck, don't you think, Sweetheart?«

»Ein … ein paar Leute kann ich sicher unterbringen.« Auf gar keinen Fall würde allerdings dieses abgemagerte »Babe« hierbleiben, nur über ihre Leiche. Liam. Der Drummer Elton und der Gitarrist Raoul meinetwegen, schließlich stand die Einliegerwohnung in dem kleinen Anbau neben dem Haus immer noch leer, und das Gästezimmer war …

»Wir wussten, du würdest niemals einen Menschen ohne Obdach abweisen«, sagte Liam ernst. »Du hast ein großes Herz, Sweetheart.«

Ihr wurde ganz warm.

»Wieso ohne Obdach? Ich dachte, ihr wärt nur aus eurem Probenraum rausgeflogen«, mischte sich der Anwalt ein. Seine Stimme klang alarmiert.

»Wenn ich nicht proben kann, kann ich nicht leben«, sagte Liam mit einer abwinkenden Handbewegung. »Was bringt mir also ein Zimmer in einer WG in Pforzheim?«

Während Achim von Arnhold und die Bandmitglieder den Garten aufräumten und den Tisch auf der Terrasse deckten, zog sich Suzanne schnell um und machte sich frisch. Jennifer, so hatte sich glücklicherweise herausgestellt, hatte an dem Abend schon etwas anderes vor und war mit einem Taxi abgefahren. Ein bisschen, so kam es Suzanne erfreut vor, schien sie Liam unvorstellbarerweise nervig zu finden, sie hatte nicht einmal gewollt, dass er ihr ein Autogramm auf die Haut schrieb. Auch wenn Suzanne ihrem Coq au vin bei dem Gedanken an vegane Bratwürstchen und gekauften Stockbrotteig anfänglich ein wenig nachtrauerte, sagte sie sich, dass es ja nicht weglief, die Zutaten waren im Kühlschrank untergebracht und würden morgen noch genauso gut schmecken. Und das Stockbrot, das Liam und einer aus der Crew, der, so glaubte sie, Johannes hieß, über dem Feuer brieten, roch dann doch erstaunlich gut. Ebenso wie die Würstchen. Sie hatte gemeinsam mit Achim von Arnhold, der ihr nach einem ersten Glas Wein das Du angeboten hatte, den Salat zubereitet, mit Knoblauchcroutons und köstlichen Tomaten, die noch warm von der Sonne waren, einer Landgurke und ihrer Zwiebel-Senf-Vinaigrette, die den Anwalt zu dem Ausruf »Heiligsblechle, isch die gut. Und obwohl sich Badener und Schwabe ja anscheinend nicht vertragen, muss ich zugeben: Unser badisch-schwäbischer Salat isch grandios!« veranlasst hatte. Er hatte gegrinst und sie auch, und dann hatten sie mit Spätburgunder auf die badisch-schwäbische Freundschaft angestoßen.

Nachdem sich die erste Aufregung gelegt hatte, freute sich Suzanne auf das gemeinsame Essen. Sie war heute selbst bei einem Staatsanwalt eingebrochen, wer war sie, dass sie Liam und seine Bandkumpel verurteilte, weil die ein wenig im Pool geplanscht hatten? Das wäre ja wohl ziemlich kleinlich.

Sie hatten sich gerade um den Terrassentisch gesetzt und die erste Runde Stockbrot mit veganen Würstchen und

Salat mit einigen Flaschen Bier und ziemlich viel von dem dunkelroten Spätburgunder ihres Lieblingsweinguts angenehm hinuntergespült, als draußen auf der Straße lautes Reifenquietschen ertönte. Keine zwei Minuten später kam Paul um die Ecke gerannt, blieb wie angewurzelt stehen und starrte in Richtung der Bandmitglieder, die, auch wenn sie nicht für ein Konzert geschminkt waren, ziemlich wild aussahen mit ihren langen Haaren, vor allem Liam mit dem Spinnennetztattoo und dem T-Shirt mit dem Totenkopf, der sehr, sehr dicht neben ihr saß und ihr seinen neuesten Song über den Girliedetektiv ins Ohr summte. Sein Atem roch ein wenig nach Knoblauch und Bier, was sie aber nicht im Mindesten störte. Gerade hatten sie über ihren neu ausgebauten Podcast-Weinkeller als möglichen Übergangsprobenraum nachgedacht.

»Suzanne«, sagte Paul mit seiner strengsten Staatsanwaltsstimme.

»Paul«, sagte sie und lehnte sich ganz zufällig noch ein bisschen enger an Liam. »Was führt dich hierher? Darf ich dir ein Stockbrot anbieten?«

»Stockbrot ist niemals wrong«, sagte Liam. Er sah sie auf eine verträumte Art an. »Auch ein geiler Song, Sweetheart. Du inspirierst mich so was von! ›Stick bread and sticky drum sticks‹. Dazu ein schneller Blastbeat. Das geht so was von unter die Haut, Elton, was?«

»Voll unter die Haut«, sagte Elton und biss von einem veganen Würstchen ab.

»Suzanne«, sagte Paul noch einmal. »Ich bin hier in meiner Funktion als Staatsanwalt. Kann ich dich kurz sprechen?«

Sie nahm genussvoll noch einen Schluck Wein. Paul wirkte gestresst, und sie hatte jetzt keine Lust auf Stress. Liam hatte den Arm um sie gelegt, sie wollte einfach hier sitzen, Wein trinken und mit diesen supernetten Leuten lachen und quatschen. Aber den Moment genießen, das Leben langsamer leben, Gemütlichkeit, all diese wundervollen Dinge, deretwegen sie in Baden lebte, hatte Paul noch nie kapiert.

Achim, der auf der anderen Seite neben Suzanne saß, hatte bei dem Wort »Staatsanwalt« sein Weinglas so hart auf den Tisch gesetzt, dass der Inhalt übergeschwappt war. »Du sagst kein Wort, Suzanne«, sagte er nun, während er mit einer Serviette hektisch den Rotwein, der auf seine Hose gelaufen war, abtupfte, »ich regle das.« Seine Zunge war bereits schwer.

Suzanne schaute ihn verdutzt an, bis ihr klar wurde, dass der Anwalt offenbar dachte, Paul als Staatsanwalt wolle ihr eine Straftat vorwerfen. Das war ja hoffentlich nicht der Fall, oder hatte er herausgefunden, dass sie in seinem Schrank ... Sie musste plötzlich kichern, und Liam kicherte auch. Sie trank noch einen Schluck Wein. Ihr war ein wenig schwindlig.

Achim stieß beim Aufstehen beinahe eine Wasserflasche um. »Worum geht es denn?«, fragte er.

»Wer sind Sie, und was wollen Sie?«, herrschte Paul ihn an.

»Das könnte ich Sie auch fragen! Von Arnhold mein Name«, sagte Achim und streckte Paul die Hand hin. »Ich bin Anwalt, und ich vertrete Suzanne, ich meine, Frau Griesbaum.« Er schwankte ein wenig.

»Was soll der Unsinn? Ich will dich jetzt sofort sprechen, Suzanne. Alleine, ohne diesen Advokaten!«

»Du lieber Scholli, wo haben Sie denn Ihr Examen gekauft?«, donnerte Achim los. »Schon mal was vom Recht auf einen Anwalt ...«

»Das passt schon, danke, Achim«, sagte Suzanne und löste sich mit großem Bedauern aus Liams Umarmung. »Worum geht es, Paul? Setz dich zu uns. Lockere deine Krawatte, und nimm dir ein Glas Spätburgunder. Das hier sind meine Freunde. Du kannst vor ihnen sprechen.«

»Freunde«, nuschelte Elton, »darauf stoßen wir an.« Er trank seine Bierflasche auf ex, während Liam bekräftigend nickte.

Paul kam langsam an den Tisch. Er sah ziemlich erschöpft aus. »Dann gib mir von mir aus ein Glas Wein. Aber ein großes.« Wenn er Auto fuhr, und das würde er nachher ja noch tun müssen, trank er nie auch nur einen Schluck, und dass er es jetzt offenbar doch tun wollte, und zwar nicht zu knapp, beunruhigte Suzanne plötzlich. Liam schenkte ihm großzügig Spätburgunder in ein leeres Wasserglas. »Wein für den Staatsanwalt«, sagte er und irgendetwas, das wie »auch ein geiler Song« klang. Paul trank erst im Stehen ein paar nervöse Schlucke, dann ließ er sich ebenfalls am Tisch nieder, in gebührendem Abstand zu Raoul, dem Gitarristen, der Haare bis zur Hüfte hatte und einen ähnlich langen Bart, den er vorhin noch nass vom Pool zu drei Zöpfen geflochten hatte, weil er, wie er ihr nach dem ersten Bier gestanden hatte, schon als Kind gerne »Wikingerlocken« gemocht hatte.

»Suzanne«, sagte Paul, »ich will dir keine Angst machen oder so … Aber wir haben soeben erfahren, dass Henry Marbach vor seiner Flucht in seiner Nacht in der Zelle versucht hat, einen Profikiller zu engagieren, um dich umbringen zu lassen. Er gibt offenbar alleine dir die Schuld an seiner momentanen Situation, weil du ihn in Ettlingen aufgespürt hast.«

Suzanne zog vor Erstaunen die Stirn in Falten. Es klirrte, Achim von Arnhold war die Weinflasche, mit der er sich gerade ein neues Glas hatte füllen wollen, auf den Boden geknallt.

»Der Profikiller, ein gewisser Vince, hat im Rahmen eines Deals wegen seiner eigenen Strafen mit uns gesprochen. Er hat den Mordauftrag abgelehnt, was Marbach sehr verärgert haben muss. Anscheinend hat er Vince damit gedroht, er werde ihn ›genau wie den Winzer‹ pfählen, so was mache ihm großen Spaß. Und ›die Detektivin‹ erst recht.« Paul fuhr sich mit der Hand übers Gesicht. »Ich glaube, dass Marbach für einige Zeit untergetaucht war und nun, wo er denkt, wir seien nicht mehr so wachsam, auf dem Weg zu dir ist, Suzanne.« Er sprach eindringlich und schien ernsthaft um sie besorgt zu sein, was sie irgendwie rührte. »Marbach ist mit Sicherheit zerfressen von Rachegedanken! Ich habe versucht, Personenschutz für dich zu bekommen, aber … Die meinen, das sei im Moment nicht notwendig, Vince sei kein glaubwürdiger Zeuge! Die denken, Marbach wird niemals zu dir kommen, sondern versuchen, nach Aserbaidschan abzuhauen. Aber das sind doch nichts weiter als rein finanzielle Erwägungen, unmöglich ist das! Wenn man hilflose Frauen nicht mehr schützen …«

»Ich bin keine hilflose Frau!«

»Herrgott nochmal, Suzanne, dieser Marbach ist ein ausgebildeter *Kampfsportler*! Eine *Tötungsmaschine*, die die schwäbischen Tugenden Effektivität, Fleiß und Gründlichkeit vereint! Er hat bei seiner Flucht zwei erfahrene Polizisten überwältigt! Vor Henry Marbach habe sogar ich Respekt.«

»Das sollten Sie auch«, sagte Achim. »Sein linker Haken ist legendär. Aber entspannen Sie sich. Henry isch ein ausgesprochen netter … Warum weiß ich davon eigentlich nichts? Wie schlimm muss es um die Justiz bestellt sein, wenn man dem Strafverteidiger verheimlicht …« Er holte sein Handy heraus, tippte darauf und murmelte: »Ach so, lautlos gestellt, dann brauche ich mich nicht wundern. Dieses neue Handy macht, was es will!«

»›Zerfressen von Rachegedanken‹«, bemerkte Liam, »das zergeht einem auf der Zunge. Das schreit danach, zu einem Songtext gemacht zu werden!«

Achim runzelte die Stirn. Er schaute Suzanne verstört an. »Warum sollte der Henry sich eigentlich an dir rächen wollen? Kennsch du den?«, fragte er. Und dann: »Du liebes Herrgöttle, jetzt erkenne ich dich. Ich dachte schon die ganze Zeit, dass mir dein Gesicht so … Du warsch doch in Ettlingen, gell? Die Detektivin. Ich war so mit dem Lautsprecher beschäftigt …« Er schlug mit der Faust auf den Tisch. »Was zum Henker wird hier eigentlich gespielt?«

Suzanne holte tief Luft. Sie hatte den ganzen Abend nicht einen Moment darüber nachgedacht, dass Achim und Henry sich ja kannten. Und sie hatte plötzlich das dumpfe Gefühl, dass der Anwalt es möglicherweise gar nicht gut fand, dass sie Henry an die Polizei ausgeliefert hatte.

Kapitel 29

Henry ging das Messer in der Tasche auf. Was war das denn für ein Unsinn, den dieser verdammte Staatsanwalt da verzapfte? Wenn der wüsste, dass er hier ganz in der Nähe war! Da würde er sich vermutlich vor Angst in die geschmacklose Anzughose machen. Eine schwäbische Tötungsmaschine, die gerne Leute pfählte! Hätten die mal anständig ihre Arbeit gemacht, dann wäre er jetzt überhaupt nicht hier! Dass er die Polizisten bei seiner Flucht hatte überwältigen müssen, war ja wohl nicht seine Schuld gewesen. Und dass er sich schon wieder in der Ortenau aufhielt, das war beileibe nicht freiwillig. Ganz und gar nicht. Seit gut einer Stunde lag er versteckt unter einem aus Ästen und Brettern aufgebauten Ziegenklettergerüst am Rand einer verdammten Weide, und das, obwohl er schon als Kind die Landluft gehasst hatte. Er war ein Städter durch und durch, dem Feinstaub und flüssiger Asphalt durch die Adern strömten. Ein Städter, der im Moment nicht mal mehr eine Wohnung in der Stadt hatte und vermutlich bald in den einsamen Bergen irgendeines weit entfernten Landes leben musste. Weil er immer noch keine blasse Idee hatte, wer Louise Münz wirklich war oder wo sie steckte und wie ihr Komplize es angestellt hatte, den Winzer umzubringen, ohne eine Spur zu hinterlassen. Er schlug mit der Faust auf den Boden, und zwei Ziegen suchten meckernd das Weite. Alles würde sich zum Guten wenden! Noch einmal boxte er gegen die Erde. Er würde diesen verdammten Fall lösen! Am Morgen hatte er heimlich das Haus des Hippies verlassen und war zuerst nach Baden-Baden und dann weiter nach Offenburg getrampt.

Von dort war er mit dem Bus nach Zunsweier gefahren, um noch einmal mit Laubis zu sprechen. Die ganze Busfahrt über hatte er Panik gehabt, dass man ihn erkennen könnte, aber er war unbehelligt angekommen. Bedauerlicherweise war der Gemeinderat nicht zu Hause gewesen. Und da war er auf diese verzweifelte, durchgeknallte Idee gekommen, Suzanne um Hilfe zu bitten. Die Frau sah aus wie eine ehrliche Haut, die an der Wahrheit interessiert war, sie kannte den Fall und schien als Detektivin gar nicht so übel zu sein, auch wenn sie nur einen IHK-Abschluss und keine richtige Polizistenausbildung hatte, immerhin hatte sie ihn in Ettlingen gefunden. Wie sie das angestellt hatte, wusste er bis heute nicht! Die Frau würde ihm erzählen müssen, was sie bislang herausgefunden hatte! Vielleicht, wenn sie die Ergebnisse ihrer Ermittlungen zusammentrugen, würde etwas Nützliches dabei herauskommen! Dass er hier nun zufällig auch noch Achim antraf, war ein glücklicher Nebeneffekt, denn wie wichtig es ihm war, seinen besten Freund von seiner Unschuld zu überzeugen, war ihm in der letzten Stunde schmerzlich klar geworden. Mit *Dieselskandal* und einem Staatsanwalt on top hatte er nicht gerechnet, aber auch damit würde er fertigwerden. Er hörte seinen Magen grollend knurren. Zwei am Baum vergessene, schrumpelige Äpfel waren seine letzte Mahlzeit gewesen, und das war kurz hinter Zunsweier gewesen. Über drei verdammte Stunden war er auf versteckten Feldwegen von diesem Kaff nach Neuried-Altenheim gewandert, keine einfache Aufgabe in den affigen Mafiapaten-Lederslippern von Achim. Ständig war sein rechter Schuh abgegangen und wie ein Fußball durch die Luft geflogen, außerdem hatten die fetten Goldschnallen ihm die Füße aufgescheuert. Gott, wie er Wandern in Slippern hasste. Und mehlige Äpfel auch.

Drüben am Tisch führte der Staatsanwalt gerade lautstark eine Art Kreuzverhör mit Achim. »Wollen Sie etwa, dass dieses Monster entkommt? Dass er Suzanne pfählt? Wissen Sie, wo der Dreckskerl steckt?«

»Er isch kein Monster, Herr Kollege«, Achims Zunge war schon ziemlich schwer. »Ich weiß nicht, wo er isch, aber selbst wenn ich es wüsste, könnte ich es Ihnen nicht …«

»Wir sind keine Kollegen. Sie sind ein Strafverteidiger, und ich bin ein Staatsanwalt. Das ist wie Finsternis und Sonne.« Paul trank einen großen Schluck Wein. »Schützen Sie Ihren Mandanten nicht länger. Er hat schon einmal einen Gefangenen misshandelt.«

»Das war vor zehn Jahren, und ich würde nicht von Misshandlung …«

»Machen Sie sich nichts vor! Ihr Mandant ist besessen von Größenwahn- und Selbstjustizgedanken.«

Achim schüttelte energisch den Kopf, und Henry ballte die Fäuste.

Im Anschluss dozierte der Staatsanwalt laut und aggressiv darüber, was Henry seiner Ansicht nach mit einer »alleinstehenden Frau wie Suzanne« alles anstellen könnte. Am liebsten wäre Henry rübergegangen und hätte ihm das verdammte Maul gestopft. Noch nie in seinem ganzen Leben hatte er einer Frau irgendetwas angetan, ob alleinstehend oder nicht. Allmählich hatte er genug von dieser Geschichte. Jetzt hörte er Suzanne wütend antworten, sie könne sich selbst beschützen und außerdem sei sie überhaupt nicht alleine, sondern eine ganze Death-Metal-Band und ein Anwalt seien da. Henry musste fast grinsen, denn er wusste, wie beschissen Achim kämpfte, und der Rest dieser *Dieselskandal*-Typen sah nicht viel sportlicher aus. Falls er sie überfallen müsste, was er nicht vorhatte, musste er vorsichtig vorgehen, um keinen ernsthaften Schaden anzurichten. Wichtig war nur, dass es keinem gelang, die Polizei zu rufen. Für einen Kämpfer mit einem so gestählten Körper wie dem seinen war das aber ohne Weiteres … Ein leises Rascheln riss ihn aus seinen Gedanken. Er schaute sich um. Er hatte gehofft, es sei eine der Ziegen gewesen, aber von denen war keine in der Nähe. Seine Schultern verkrampften sich. Bisher war er zu angespannt gewesen, um sich darüber Gedanken zu machen, aber … Es war möglich, dass es hier verdammte Igel gab. Und heute hatte er keinen Bolzenschneider dabei. Schon das Husten eines Igels hatte ihn dazu gebracht, wie ein Verrückter in einen Garten zu rennen und einen Busch kleinzuschneiden. Gar nicht auszudenken, was passierte, wenn er hier, hilflos eingequetscht unter einem Ziegen-Klettergerüst, von Angesicht zu Angesicht mit einem dieser Stacheltiere … Es raschelte wieder. Für eine Sekunde fühlte er sich, als sei er wieder der kleine Junge, der einsam und voller Heimweh im Bett einer Jugendherberge auf den nächsten Boxkampf wartete. Und die Sache mit dem Igel hatte ihn damals … Plötzlich stupste ihn etwas an die Schulter. Er musste sich in den angespannten Bizeps beißen, um nicht laut aufzustöhnen, und mit kaltem Grausen sah er zu seiner Schulter. Eine Katze. Es war nur eine verdammte Katze, die sich jetzt schnurrend an seiner Schulter rieb. Es dauerte lange, bis sich sein Herzschlag wieder beruhigt hatte.

Eine weitere Herzschlagbeschleunigung brachte es mit sich, als Suzanne auf die Weide kam, um ihre Ziegen in den Stall zu bringen, zum Glück war Liam von *Dieselskandal* mitgekommen, und sie quatschten die ganze Zeit über Death Metal. Beide waren sichtlich angetrunken. Niemandem fiel auf, dass sich ein schwäbischer Killer unter dem Ziegenklettergerüst versteckte, und Henry sah ziemlich schwarz für Suzanne, sollte ihr mal eine ernsthafte Gefahr drohen.

Es war halb vier, als endlich auch die letzten Bandmitglieder in die zwei krummen Zelte gekrochen waren, die die Typen im Garten nur ein paar Meter von seinem Versteck entfernt sturzhackedicht aufgebaut hatten. Die hatten nicht mal gemerkt, dass er kurz auf den hinteren Teil der Weide geschlichen war, um zu pinkeln. Auch Suzanne war erst vor zwanzig Minuten ins Bett gegangen, nachdem sie den Staatsanwalt noch mit schwankenden Schritten zu einem Taxi und Liam in einen kleinen Anbau am Haus gebracht hatte. Der Sänger, das hatte Henry aus seinem Versteck erkannt, hatte sich richtiggehend an ihr festgeklammert. Da schienen sich zwei gefunden zu haben, das hatte man schon in Ettlingen bemerkt. Ein Glück, dass sie nicht bei ihm geblieben, sondern nach kurzer Zeit schon wieder alleine zum Haus zurückgeschwankt war. Es würde unangenehm genug werden, eine Frau zu überfallen, aber ein Pärchen beim Sex zu stören, das war ja nun wirklich mies. Achim war direkt nach Suzanne ins Haus gegangen, nicht ohne seinen Spruch aufgesagt zu haben, den er mal irgendwo gehört hatte und den er seither ständig (allerdings normalerweise mit der Toskana, statt mit Baden) zum Besten gab: »Was ist jemand, der am Abend eine Flasche Wein trinkt? In Hamburg ist das ein Alkoholiker. In Baden ist es der Fahrer.«

Wenn Henry nicht alles täuschte, hatte Achim sich zum Schlafen bestimmt einfach auf ein Sofa im Wohnzimmer gelegt, wie er es nach rauschenden Partys immer tat. Henry beobachtete das Fenster, das Suzannes Schlafzimmerfenster sein musste und in dem immer noch Licht brannte. Ewig würde die Frau ja hoffentlich nicht wach bleiben. Er war todmüde, und mittlerweile wurde es doch recht kalt. Ein T-Shirt, eine Jeans und verdammte Slipper waren definitiv nicht die richtige Ausstattung für einen gemütlichen herbstlichen Abend unter einem Klettergerüst auf einer Weide. Und wenn er nicht bald etwas zu essen bekam, würde er zum Stall rübergehen und sich eine der Ziegen greifen. Oder sich an ihrem Futter gütlich tun. Als endlich das Licht ausging und wenig später auch ein lautes Schnarchen aus den Zelten im Garten zu hören war, kroch er aus seinem Versteck hervor. Streckte sich erst einmal und schlich dann zum Haus. Auf dem Tisch entdeckte er ein unberührtes Stockbrot, nahm es und schlug gierig seine Zähne hinein. Mit einem Rest Wein, der noch in einer der Flaschen war, spülte er nach. Man musste die Feste feiern, wie sie fielen.

Dankenswerterweise hatte Achim die Balkontür einen Spalt weit offen gelassen, er schlief gerne bei offenem Fenster, das hatte Henry bei einem gemeinsamen Skiurlaub vor vielen Jahren in einer kaum beheizten Berghütte in Ischgl schmerzlich erfahren müssen. Henry schlüpfte beinahe lautlos ins Haus.

Kapitel 30

In der Wohnung war es trotz der großen Fenster verdammt dunkel, und als Erstes rammte Henry mit dem Schienbein einen kleinen Glastisch. Er zuckte zusammen, aber obwohl es gepoltert hatte, rührte sich weder in der Wohnung noch im Garten etwas, und er tastete sich weiter vor. Aus einer Ecke ertönten tiefe, entspannte Atemzüge. Das hörte sich nach Achim an. Für eine Sekunde wurde Henry ein wenig wütend. Während er in höchster Gefahr und auf der Flucht war, knackte sein bester Freund auf dem Sofa der Frau, die ihn an die Polizei ausgeliefert hatte. Dem würde er jetzt mal was husten. Er tastete sich weiter vor, bis er auf ein großes, kariertes Sofa stieß. Im düsteren Licht erkannte er schemenhaft die Gestalt seines besten Freundes, der zusammengerollt schlief. Er rüttelte ihn vorsichtig an der Schulter. »Achim?«, fragte er. Und als das nichts nützte, rüttelte er heftiger. »Achim, da steht eine Tötungsmaschine neben deinem Bett.«

Es dauerte eine Weile, bis Achim zu sich kam, und noch länger, bis er einen klaren Satz von sich gab. »Heiligsblechle«, murmelte er schließlich, »habe ich gesoffen«, und dann, laut und erstaunt: »Henry! Zackrafix, stimmt das wirklich, was dieser Staatsanwalt gesagt hat? Ich wollte es nicht glauben. Ich dachte, das isch ein Trick, um Informationen von mir als Verteidiger …«

»Psssst«, zischte Henry, »wir dürfen niemanden wecken, ich bin eigentlich hergekommen, um noch einmal mit diesem verdammten Laubis zu sprechen, aber …«

»Und was tusch du jetzt hier? Willsch du echt die Suzanne töten?« Achim klang ungläubig, setzte sich auf und rieb sich übers Gesicht.

»Natürlich nicht, verdammt nochmal«, flüsterte Henry. »Ich will nur mit ihr reden.«

»Reden«, gähnte Achim. »Aber nicht mitten in der Nacht, oder?«

»Doch verdammt, mitten in der Nacht«, knurrte Henry. »Und am besten, du kommst mit, sonst erschrickt sie vielleicht zu sehr.«

Achim runzelte die Stirn, stand aber langsam auf und musste sich erst einmal am Sofa abstützen, weil er ziemlich schwankte. »Jeromnai, ich hagel gleich hin.«

Wenn Achims schwäbischer Dialekt sich verstärkte, dann gab er entweder ein Zeitungsinterview, oder er war, wie jetzt, voll wie eine Haubitze. Henry hätte ihn am liebsten unter eine kalte Dusche gestellt, aber dafür war keine Zeit.

»Was machst du eigentlich hier? Bei der Frau, die mich an die Polizei verraten hat?«, fragte Henry.

Und während er sich an der Sofalehne festklammerte, wiederholte Achim mit schwerer Zunge, dass er Suzanne zuerst gar nicht erkannt hatte.

»Aber jetzt weißt du, wer sie ist!«

»Suzanne isch die Einzige, die Liam und die Band bei sich aufnehmen wollte«, verteidigte sich Achim. »Bald isch der Wettbewerb, wir brauchen so dringend einen Probenraum.« Er klang, als hätte er ein schlechtes Gewissen. »Und die Sache mit dir …« Er zuckte hilflos mit den Schultern.

Henry schaute ihn durchdringend an. »Glaubst du wirklich, dass ich schuldig bin?«

Eine Weile war es still. »Eigentlich habe ich das nie ernsthaft geglaubt. Ich weiß nur nicht … Also die Spuren …« Achim schwankte. »Nein, im Herzen glaube ich nicht, dass du den Winzer umgebracht hasch«, fügte er leise an. »Schon gar nicht auf so eine bestialische Art. Außerdem gibt es einfach zu viele Ungereimtheiten. Dass diese Louise ihren echten Namen verschweigt und so.«

Henry war erleichtert. »Dann komm jetzt.«

Mit einem torkelnden Achim im Schlepptau, den er gelegentlich stützen musste, bewegten sie sich die Treppe hoch und zu dem Zimmer, von dem Henry glaubte, es müsse Suzannes Schlafzimmer sein. Er klopfte, trat zur Seite und schob Achim nach vorne.

»Gnädige Frau?«, lallte der. »Gestattesch du, dass ich deinen Schlaf störe?«

Von innen kam ein klägliches »Ich schlafe noch nicht, alles dreht sich. Wer ist da?«

»Der Achim«, sagte Achim. »Und der …«

Henry hielt ihm schnell den Mund zu.

Es dauerte eine Weile, bis Suzanne kreidebleich und elend aussehend in einem zitronengelben Nicki-Schlafanzug an die Zimmertür kam. »Mir ist nicht so gut«, sagte sie. »Ich glaube, ich brauche einen Magentee.« Sie rannte ins Zimmer zurück und weiter in ihr angrenzendes Bad, und den Geräuschen zufolge übergab sie sich.

Henry hoffte, dass sie ihn nicht gesehen hatte, und zog sich schnell zuerst weiter in den Schatten im Flur und dann hinunter ins dunkle Wohnzimmer zurück. Achim wankte kurze Zeit später in die angrenzende Küche und schaltete dort das Licht an. Grobmotorisch hantierte er mit einem Wasserkocher und zerbrach eine Tasse, aber schließlich hatte er einen Tee zubereitet, holte polternd Suzanne und geleitete sie in die Küche, wo sie sich mit einem Ächzen auf einen Stuhl fallen ließ und zusammengesunken sitzen blieb.

Suzanne hielt sich beide Hände vors Gesicht. Du meine Güte, war ihr schlecht. Immer noch fuhr alles um sie herum Karussell. Und sie hatte schon Halluzinationen. Das kam bestimmt von Pauls Horrorstories! Sie hatte vorhin doch wirklich gedacht, da sei ein muskulöser Schatten von ihrem Zimmer weggeschlichen.

Henry beobachtete von seinem Platz auf dem Wohnzimmersofa aus, wie Achim ihr über den Rücken strich und »Alles isch gut« sagte. Ziemlich fürsorglich heute, der Achim, dachte er. Aber Suzanne war auch wirklich eine hübsche Frau, trotz Blässe und gelbem Schlafanzug. Er musste das anerkennen, obwohl sie eine potenzielle Gefahr für seine Freiheit darstellte. Henry gähnte. Er war verdammt müde nach diesem grässlichen Tag. Hoffentlich würde sein Freund ihn bald reinrufen, damit sie reden konnten. Er lehnte sich zurück. Das Sofa war mehr als bequem. Aber er durfte auf keinen Fall einschlafen. Er stellte sich vor, wie die Polizei ihn fand, ausgestreckt wie ein Baby. Die würden ihn ernten wie reifes Obst, man las ja immer wieder von solchen Geschichten, in denen Einbrecher in irgendwelchen Wohnungen auf dem Bett … Er konnte kaum noch die Augen offen halten. Er durfte nicht einschlafen. Sonst würden die ihn zurück in die Zelle … Sein Kopf sank nach hinten. Für eine Sekunde konnte er die Augen aber schon schließen und sich ein bisschen ausruhen, nur für eine Sekunde …

Eine Stunde später hörte die Küche auf, sich rasend schnell vor Suzannes Augen zu drehen, und nach einer weiteren Stunde und mehreren Tassen Tee kam alles um sie herum zum Stillstand. Da sie Angst hatte, dass der Schwindel erneut anfangen würde, wenn sie sich ins Bett legte, und es draußen sowieso langsam hell wurde und die Ziegen bald gefüttert werden mussten, beschloss sie, Kaffee zu kochen und den Teig für einen riesigen Hefezopf vorzubereiten. Beim Backen konnte sie am besten nachdenken, und Nachdenken musste sie unbedingt. Vorsichtig, um Achim, der mit dem Kopf auf den Armen am Tisch eingenickt war und leise schnarchte, nicht zu wecken, holte sie Salz, Mehl, Zucker und Rosinen aus der Vorratskammer und begann, die Zutaten abzuwiegen. Ein wenig ungeschickt waren ihre Hände noch. Trotzdem. Es war ein großartiger Abend gewesen gestern. So viel

Spaß hatte sie schon lange nicht mehr gehabt. Sie hatte es ja immer gewusst! So was von freundliche, lustige Menschen waren das, diese Bandmitglieder. Und Liam erst … Wie er den Arm um sie gelegt hatte und sie immer Sweetheart nannte … Sie durfte gar nicht daran denken, sonst konnte sie sich nicht mehr konzentrieren, weder auf den Hefezopf noch auf den Sandhaas-Fall. Viel wichtiger war nämlich im Moment: Henry Marbach war auf der Flucht und vielleicht auf dem Weg zu ihr. Und wenn sie jetzt so darüber … Hatte sie eigentlich die Balkontür abgeschlossen? Sie konnte sich nicht daran erinnern. Das kleine Schlüsselchen für den Griff klemmte doch immer so, hatte sie es vor dem Hineingehen gedreht? Wie viel hatte sie gestern Abend eigentlich getrunken, dass sie solche Kopfschmerzen hatte? Sie ging mit vom Alkohol immer noch unsicheren Schritten ins Wohnzimmer. Stolperte über einen E-Gitarren-Kasten, der unerklärlicherweise auf dem Fußboden stand, und fiel mit Schwung auf einen mit einer Decke zugedeckten Körper, der dort auf ihrem Sofa lag. Sie schrie »aaah«. Der Körper zuckte hoch und schrie auch. Suzanne wurde von zwei muskulösen Armen gepackt und auf den Boden geschmissen.

Henry stöhnte. Diese verdammte Frau hatte sich einfach so auf ihn gestürzt. Voll in den Magen eines Schlafenden, und leicht war sie nicht gerade. Wenn er jetzt innere Blutungen bekam oder eine Organquetschung! Hatte sie etwa gedacht, so könne sie einen Henry Marbach überwältigen? Da kamen ihm die Tränen vor Lachen! Ha, er hatte sie einfach gepackt und mit einem kräftigen Stoß auf den Boden geworfen, und sie war offenbar ziemlich unsanft auf dem Hintern gelandet. Für eine Sekunde starrten sie sich im morgendlichen Dämmerlicht an. Dann brüllte Henry: »Hackt's bei Ihnen?«, und Suzanne: »Was machen Sie in meinem Haus?« Sie sah nicht sonderlich verängstigt aus im Angesicht einer schwäbischen Tötungsmaschine, dachte er mit einer gewissen grimmigen Bewunderung.

Suzanne wiederum überlegte, ob mit dem Wein gestern etwas nicht in Ordnung gewesen war und sie wirklich Halluzinationen hatte und warum sie nicht bei den Ladendieben und Ehebrechern geblieben war. Und dann überflutete sie plötzlich die Panik. Oh Gott, Paul hatte recht gehabt, der Typ war wirklich hier, um sie zu töten! Sie kroch, so schnell sie konnte, rückwärts vom Sofa weg, Marbach ständig im Blick. »Liam«, krächzte sie, »Achim, helft mir!«

Henry war mit zwei schnellen Schritten bei ihr und hielt ihr den Mund zu. »Bitte, seien Sie still, bitte. Ich tu Ihnen nichts. Ich habe niemanden umgebracht, aber ich will nicht ins Gefängnis.«

Sie versuchte, sich mit allem zu wehren, was sie in ihren paar Judostunden gelernt hatte, aber der Typ hielt sie wie ein Schraubstock umklammert.

»Es tut mir leid«, sagte er. »Ich lasse Sie los, wenn Sie aufhören, hier so zu schreien. Denn ich will nur mit Ihnen reden. Mehr nicht.«

Irgendwann nickte sie, und Henry ließ sie los. Sie krabbelte wieder ein Stück von ihm weg. »Reden«, brachte sie heraus. »Was wollen wir denn reden?«

Henry fuhr sich durchs Haar. Er wusste plötzlich nicht mehr so genau, wie und wo er anfangen sollte. Er hatte ein schlechtes Gewissen. Die Frau war vollkommen verängstigt, und er war schuld daran.

Suzanne fiel auf, dass der Typ auch heute wieder total durchgedreht angezogen war, mit Slippern, deren Goldschnallen wie Mordwerkzeuge aussahen. Das war kein Schuh, das war ein Statement. Gegen jede geltende Gesellschaftsordnung. »Können wir nicht … Liam und Achim dazuholen?«, fragte sie und räusperte sich, weil ihre Stimme kurz weggekiekst war.

»Es tut mir wirklich leid, aber einen Death-Metal-Sänger fände ich jetzt nicht so prickelnd«, sagte Henry. »Aber Achim, kannst du mal kurz kommen?«

Aus der Küche grummelte es, eine Sekunde später kam Achim in den Raum getorkelt.

»Achim, du musst mir helfen, er will mich töten!«, sagte Suzanne flehentlich.

Achim fuhr sich mit der Hand durch die Haare, bedachte Suzanne mit einem angespannten Blick und gähnte herzhaft. Henry wusste, dass er direkt nach dem Aufstehen ein verwirrter Morgenmuffel war, und heute war er bereits das zweite Mal aus dem Schlaf gerissen worden. Besser, man brachte ihn nicht dazu, seinen Frust herauszuschwäbeln, und dabei spielte es keine Rolle, ob man sich von einer Tötungsmaschine bedroht sah oder ob man nur wissen wollte, wie viel Uhr es war. Bevor Achim daher antworten konnte, sagte Henry zu Suzanne: »Ich will Sie nicht töten. Ich brauche Ihre Hilfe.«

Suzanne hatte Angst, dass ihre Stimme zittern könnte, daher räusperte sie sich erst ein paarmal. Auf keinen Fall durfte sie Schwäche zeigen, wenn sie hier lebend wieder rauskommen wollte!

Achim gähnte unterdessen erneut. Plötzlich durchquerte er wie von Geisterhand angetrieben den Raum, spähte durch die Balkontür in den Garten und bemerkte mit einer für ihn direkt nach dem Aufwachen ungewöhnlichen Eloquenz: »Die Bandmitglieder schlafen noch.« Dann schloss er leise die Tür und drehte den Schlüssel, der im Griff steckte. Er klemmte, und Achim bruddelte ein wenig vor sich hin, bis es ihm gelang. Danach zog er die Vorhänge zu.

Oh Gott, die sperrten Liam und die Band aus, damit die ihr nicht helfen konnten, dachte Suzanne. Achim war offensichtlich nicht nur der Anwalt, sondern steckte mit diesem tödlichen Muskelpaket unter einer Decke! Wie bei der Mafia, die Anwälte waren ja immer die Schlimmsten. Wie hatte sie sich so einlullen lassen können? Was hatten die mit ihr vor? »Wofür brauchen Sie meine Hilfe?«, fragte sie, und ihre Stimme war brüchig.

»Keine Angst, Suzanne«, sagte Achim und kam auf sie zu. »Für den Henry lege ich meine Hand ins Feuer. Der tut dir nichts. Selbst wenn er den Winzer gepfählt haben sollte, was ich nicht glaube.«

Das klang nicht so richtig beruhigend. Sie wich weiter zurück. »Und wenn ich jetzt gehen will?«

»Kannsch du natürlich gehen. Das isch keine Geiselnahme«, sagte Achim sofort, während Henry »Sie bleiben bitte hier« knurrte. Geiselnahme hin oder her, auf keinen Fall durfte Suzanne hier raus! Wenn sie den Staatsanwalt oder die Polizei anrief, war alles vorbei! Auf der anderen Seite wollte er nicht, dass die Frau wegen ihm panische Angst hatte, und eine zusätzliche Anklage wegen Geiselnahme wollte er auch nicht riskieren, daher konnte er sie schlecht mit Gewalt hierbehalten. Suzanne war bereits aufgestanden und machte Anstalten, zur Tür zu gehen. Was zum Teufel sollte er tun? »Ich habe Joseph Sandhaas nicht getötet. Ich wurde reingelegt. Bitte, hören Sie mir zu. Bitte. Danach können Sie wirklich gehen, wenn Sie wollen«, sagte er schnell. Auch seine Stimme klang brüchig. Tief durchatmen. Innere Mitte.

Kurz standen sie sich in einem fast gleichschenkligen Dreieck bewegungslos gegenüber. Dann ging Suzanne noch zwei Schritte auf die Tür zu. Legte die Hand auf die Klinke. Keiner der beiden hielt sie auf. Sie drückte die Klinke nach unten, machte noch einen Schritt. Zögerte. Irgendwie hörte sich der Typ verzweifelt an und nicht wie ein irrer Killer, auch wenn sie mit irren Killern zugegebenermaßen wenig Erfahrung hatte. Auch Achim wirkte auf sie nicht wie ein Verbrecher. Was, wenn Marbach wirklich nur ein Kollege war, der bei seinen Recherchen in einen Mordfall gestolpert … Und sie hatte dafür gesorgt, dass er festgenommen worden war. Suzanne blieb stehen. Wahrscheinlich würde sie es bitterlich bereuen, dass sie die Beine nicht in die Hand genommen hatte, aber zum einen wollte sie jetzt die Wahrheit wissen, und zum anderen waren ihr gerade einige Dinge klar geworden: Es gab diese Ungereimtheit, diese Frau, von der sie in Pauls Akte gelesen hatte, die bei der Polizei nicht mal ihren richtigen Namen genannt hatte. Aber vor allem ergab es überhaupt keinen Sinn, dass Marbach, der nach seiner Flucht erfolgreich untergetaucht war, jetzt nach Neuried-Altenheim gekommen sein sollte, um sie zu töten. So von Rache zerfressen konnte niemand sein, dass er nach einem erfolgreichen Ausbruch nicht lieber seinen eigenen Hintern rettete, anstatt gemütlich aufs Land rauszugondeln. Und abgesehen davon, wenn Marbach sie hätte töten wollen, dann hätte er es in der Nacht längst tun können. Schon in Ettlingen vor dem Probenraum hätte er es tun können. Aber da hatte es nicht so ausgesehen, als habe er sie töten wollen, eigentlich, wenn sie ehrlich war, eher so, als habe er versucht, Erste Hilfe zu leisten. Wenn er nun aber nicht gekommen war, um sie zu töten, dann war er wohl tatsächlich hier, um den Fall aufzuklären, und das würde er ja wohl kaum tun, wenn er der Mörder wäre. Und hätte ein irrer Killer auf ihrer Couch ein Schläfchen gehalten?

»Also gut, Sie haben fünf Minuten«, sagte sie.

Henry fiel ein riesiger Stein vom Herzen, auch wenn er immer noch ein wenig sauer auf die Frau war. Er erzählte ihr alles, von seinem ersten Treffen mit Louise Münz bis hin zu seiner fluchtartigen Abreise aus seinem Hotel in Durbach und seinen bisherigen Ermittlungen. Auch wie seine Spuren in den Schuppen des Winzers gekommen waren. Achim ging derweil im Zimmer umher, irgendwann holte er ein Beutelchen Aspirin aus seiner Hosentasche und streute es sich grunzend in den Mund.

Suzanne wurde immer erstaunter, je länger Henry sprach. Das alles hörte sich fast zu verrückt an, um erfunden zu sein.

»Ich glaube, dass sowohl Sandhaas als auch dieser

Männle getötet wurden. Von meiner Klientin und einem Komplizen. Und ein Mitglied des Offenburger Gemeinderats, Daniel Laubis, weiß über alles Bescheid«, endete Henry. »Keine Ahnung, wie er in die Sache verwickelt ist. Ich wollte heute mit ihm sprechen, aber er …«

»Laubis?«, fragte Suzanne. Ihr stockte der Atem. »Ihr seid auch auf Laubis gestoßen bei euren Ermittlungen?«

Henry nickte. Es beruhigte ihn, dass Suzanne ihm mittlerweile zu glauben schien. Und offenbar führte sie immer noch einen Krieg gegen den Gemeinderat, was man nutzen konnte. Psychologie. Das war nicht nur beim Boxen wichtig. »Wir müssen unbedingt mit Laubis sprechen«, bekräftigte er. »Er hat Dreck am Stecken, da bin ich sicher. Als ich das letzte Mal bei ihm war, hat er gefaselt, dass ›damals‹ irgendetwas passiert ist, das er anscheinend nicht gewollt hat. Es wäre möglich, dass dieses Etwas der Grund für die Morde gewesen sein könnte. Kurz hatte ich ihn sogar als potenziellen Mörder von Sandhaas auf dem Schirm, aber für diese Tat hat er ein Alibi, und bei meinem Gespräch mit ihm erschien es mir auch eher so, als habe er Angst vor einer ›Hexe‹, meiner Klientin vermutlich. Und ich meine, Sie scheinen ja eine unglaublich gute Detektivin zu sein, immerhin haben Sie mich in Ettlingen aufgespürt, ich dachte, wenn wir unsere Ermittlungsergebnisse zusammentragen, können wir den Fall lösen. Wir schlagen zwei Fliegen mit einer Klappe. Sie entlasten Ihre Klientin.« Dass Conny Sandhaas möglicherweise die Komplizin seiner Klientin war und dass seine Klientin ein Alibi hatte, unterschlug er geflissentlich. »Und ich entlaste mich. Und von mir aus können Sie den ganzen Ruhm einheimsen.«

Suzanne überlegte. Sie würde nicht gleich so weit gehen, dass sie der Tötungsmaschine verriet, was sie alles herausgefunden hatte, aber wissen, was er noch alles entdeckt hatte, das wollte sie natürlich schon. Zumal es in die gleiche Richtung ging wie ihre Recherchen. Dass diese

Louise Henry Marbach engagiert haben sollte, um ihn zum Hauptverdächtigen zu machen, war ziemlich abgefahren. Nur hieß das zwangsläufig, dass Conny Sandhaas unschuldig war, oder hatten die beiden Frauen zusammengearbeitet, vielleicht auch noch mit Henry Marbach? Ein leichter Zweifel blieb. »Wie sah Ihre Klientin aus?«, hakte sie nach. »Wer weiß, vielleicht ist sie mir mal über den Weg gelaufen. Baden ist klein, und Sie sagten doch vorher, sie hatte einen leicht badischen Einschlag?«

»Ich habe Bilder von der Frau, die sich Louise Münz nennt«, warf Achim ein. »Von einer Überwachungskamera aus einer Stuttgarter Polizeidienststelle. Ich kann sie dir zeigen. Habe sie auf dem Laptop, der isch in meiner Aktenmappe, und die steht hier irgendwo, ich glaube, in der Küche.« Er lächelte.

Sie gingen gemeinsam in die Küche, und dort zeigte Achim Suzanne die Fotos von Louise. Suzanne starrte die Frau an, sie war sehr hübsch, blond, schlank, Anfang bis Mitte zwanzig, und auch wenn ihre Erinnerung wegen des Armbrust-Beschusses etwas verschwommen war, war es ohne Weiteres möglich, dass das die Frau war, die sie bei Laubis vor dem Haus gesehen hatte. Schließlich klappte Achim den Laptop zu. »Suzanne, bitte vertraue uns und verrate meinen Freund nicht. Er isch unschuldig. Er wurde reingelegt.« Er räusperte sich. Suzanne setzte gerade zu einer Antwort an, als Achim hinzufügte: »Und wir, also die gesamte Band inklusive Liam, unterstützen den Henry. Wir halten zusammen wie Pech und Schwefel. Wir könnten nicht hierbleiben, wenn wir wüssten, dass du einen von uns eines so schändlichen Verbrechens verdächtigsch.«

Henry hätte Achim am liebsten geküsst. Sein bester Freund stand endlich wieder voll hinter ihm!

Suzanne dachte kurz nach. Das mit Liam war die pure Erpressung. Aber jetzt hatte sie den Sänger gerade erst kennengelernt, jetzt wollte sie nicht, dass er schon wieder ging.

»Ich vertraue auf dein Wort, Achim«, sagte sie schließlich. Hinzu kam, dass sie diesem Henry mittlerweile fast glaubte. Er wirkte nicht böse, nur sehr leichtgläubig. Wahrscheinlich hatte er bei den vielen Muskeln einfach kein Blut mehr fürs Gehirn übrig. Und vor allem: Er sah nicht gerade so aus, als lese er viele Bücher, schon gar nicht alte badische Sagen. Marbach machte eher den Eindruck, als haue er kurz drauf, wenn er sauer wurde, aber nicht, als stelle er aus Eisenhut einen Sud her und pfähle jemanden, um eine Legende nachzuspielen.

»Wir werden den Fall zusammen aufklären«, sagte Henry. Natürlich würde das bedeuten, dass *er* den Fall aufklären musste; Zivilistinnen, die Detektivin spielten und sich von potenziell gefährlichen Gefängnisausbrechern in fünf Minuten um den Finger wickeln ließen, konnten im besten Fall dabei assistieren. Und er würde ihr wohl auch, was ihre Judogriffe anging, den einen oder anderen Tipp geben müssen. Wie sie sich zu verteidigen versucht hatte, war eine nackte Katastrophe. Damit besiegte man nicht mal einen Dreijährigen. Bedauerlicherweise würde sie nach außen hin für ihn handeln müssen, weil er im Moment wegen der Fahndung ein wenig gehandicapt war, aber er würde ihr aus dem Hintergrund den Weg durch den Recherchedschungel weisen.

Suzanne deutete schweren Herzens ein Nicken an. Sie tat es auch für Liam. Eines Tages würde sie ihm sagen, was sie alles riskiert hatte, damit er noch eine Weile bei ihr auf dem Hof blieb!

»Dann fangen wir an, die Aufklärung muss schnell gehen, die fahnden nach mir«, sagte Henry.

»Ernsthaft«, konnte sich Suzanne nicht verkneifen zu sagen.

Henry ging nicht darauf ein. »Ich bin übrigens der Henry, und wir können uns gerne duzen.« Er streckte Suzanne die Hand hin. Sie ergriff sie. »Suzanne«, sagte sie.

Sie war erstaunt, wie sanft der Typ zudrückte. Und er, wie knallhart sie.

»Als Erstes müssen wir überlegen, wo wir den Henry verstecken«, bemerkte Achim ganz praktisch, nachdem die Vorstellungsrunde beendet war.

»Er kann auf den Dachboden«, sagte Suzanne, »wir anderen frühstücken, und danach …«

»Ich will auch frühstücken«, warf Henry ein. Wenn das die viel gelobte badische Gastfreundschaft war, dann brauchte man sich nicht zu wundern, dass die Hauptstadt von Baden-Württemberg in Württemberg und nicht in Baden lag.

Suzanne zog die Augenbrauen hoch. Schlimmer als ein Kind, dachte sie. Das konnte heiter werden.

Kapitel 31

Sie einigten sich schließlich darauf, dass Henry sich mit einer Packung Schokoladenkekse, Obst und einer riesigen Tasse Milchkaffee in Suzannes Arbeitszimmer versteckte, bis die Bandmitglieder alle im Garten beim Frühstück saßen. Dann sollte Achim Henry ungesehen in seinen Tesla schleusen, denn sie wollten noch einmal mit Laubis sprechen, und Henry hatte darauf bestanden, dabei zu sein. Er war mit Sicherheit der Einzige, der diesen Mann zum Reden bringen konnte!

Während Suzanne ihre Ziegen auf die Weide ließ, ihnen noch ein paar Karotten und Apfelstücke gab und zum Brötchenholen ging, deckte Achim auf der Terrasse den Tisch. Henry hatte sich in Suzannes Arbeitszimmer niedergelassen, trank in großen Schlucken seinen Kaffee und aß Kekse dazu. Hoffentlich hatte dieser Albtraum bald ein Ende! Er hörte, dass Suzanne zurückkam, und wenig später durchzog ein köstlicher Geruch nach Karamell und später nach Rührei das Haus und ließ Henry das Wasser im Mund zusammenlaufen. Missmutig zerkaute er einen weiteren Keks.

Suzanne gab gerade ein Glas selbstgemachtes Apfelmus in eine Schüssel, als Liam in die Küche kam. Er sah müde, aber trotzdem umwerfend gut aus mit seinen vom Duschen noch feuchten Haaren, die ihm über die Schultern fielen, der engen Jeans und dem *Dieselskandal*-T-Shirt! Ein freudiges Gefühl machte sich in ihrem Bauch breit. Sie hatte das nicht nur geträumt, Liam war wirklich hier! Der absolute Wahnsinn!

»Good morning, Sweetheart«, begrüßte er sie. »Kann ich dir was helfen?«

Sie schüttelte den Kopf, weil es ihr kurz die Sprache verschlagen hatte, eigentlich hatte sie gedacht, über diese Phase sei sie hinaus. Und ihre Hände waren ein wenig unruhig, zur Sicherheit stellte sie das Apfelmusglas ab. Glücklicherweise schien Liam ihr Zustand gar nicht aufzufallen, denn er lächelte und sagte beschwingt: »Dann geh ich mal die Band wecken. Es riecht fantastic hier. Gutes Frühstück ist niemals wrong.« Die Melodie von »Grumpy Shotgunsummer Zombies« summend verließ er die Küche wieder, und es dauerte eine Weile, bis Suzannes Herzschlag sich normalisiert hatte.

Nachdem Achim kurz verschwunden war, um Henry in den Tesla zu bringen, frühstückten Suzanne, Achim, Liam und die anderen Bandmitglieder gemütlich auf der Terrasse. Da Liam ihr am Vorabend gestanden hatte, er sei seit kurzem Veganer, liebe aber »wie alle Schotten« Porridge, hatte sich Suzanne an einem klassischen veganen Porridge versucht, den sie mit viel Zucker und Zimt, karamellisierten Walnüssen und ihrem Apfelmus servierte. Nicht nur bei Liam, der gleich einen Song über das lovely Porridge-Girl verfassen wollte, was Suzannes Herz erneut schneller schlagen ließ, sondern auch bei Achim fand der Porridge Anklang, der sich mehrmals auftat und beim Essen nicht sprach, sondern seinem verträumten Gesichtsausdruck und seinem Lächeln nach nur genoss. Auch die anderen Bandmitglieder griffen kräftig zu, besonders Suzannes Quittengelee mit Sternanis, der frische Ziegenkäse und das Kräuterrührei mit Tomaten hatten es ihnen offenbar angetan.

»Hach, es isch so was von schön hier«, seufzte Achim, nachdem er noch ein Brötchen mit Honig und einen Apfel aufgegessen hatte. »Da will man gar nicht mehr zurück in die Stadt.«

»Doch, will man irgendwann«, sagte Liam. »Auch wenn die Girls hier ziemlich heiß sind.« Er zwinkerte Suzanne zu, die knallrot wurde und froh war, dass Elton Achim in diesem Moment fragte: »Sag mal, hab ich das gestern nur geträumt, oder hat dieser Staatsanwalt wirklich behauptet, dass der Henry die Suzanne umbringen will?«

»Das hat er gesagt, aber es stimmt natürlich nicht«, antwortete Achim und schenkte sich noch eine Tasse Kaffee ein.

»Er hat gemeint, Henry sei besessen von Größenwahn- und Selbstjustizgedanken«, machte Elton weiter. »Wie kommt er darauf?«

»Das weiß ich nicht«, behauptete Achim. »Aber ich weiß, dass Henry einsam isch und von einer jungen, blonden Frau reingelegt wurde, die er attraktiv fand und der er helfen wollte.«

»Meinst du die Louise, oder wie die hieß?«, mischte sich Liam ein, und Suzanne verschluckte sich und hustete, und Achim starrte ihn mit offenem Mund an. Suzanne fand als Erste die Sprache wieder. »Du kennst sie?«, fragte sie.

»Kennen ist übertrieben. Aber dass mit der was nicht stimmt, das war mir klar. Weil sie auf den Henry stand und nicht auf mich.« Er grinste.

»Wieso hasch du mir das bisher nicht gesagt?« Achim sah entgeistert aus.

»Hä?« Liam gab noch etwas Apfelmus zu seiner dritten Schale Porridge. »Nobody hat mich gefragt. Wir haben nie über den Fall geredet. Woher sollte ich wissen, dass irgendwelche Girlsgeschichten vom Henry …«

»Bitte, sag einfach, was du weisch.«

Liam nickte und klopfte Suzanne, die neben ihm saß, kumpelhaft auf die Schulter. »Sweetheart, ich weiß nicht, ob du schon mal beim *Feinstaubfestival* warst, aber das würde dir gefallen, das ist great! Jedenfalls, da hat diese Louise, oder wie die hieß, mich angesprochen. Ob ich den Typen kennen würde, der die Swabian raviolis, sorry, ich meine die Maultaschen, verkauft hat. Ich habe mich natürlich gefragt, what the hell so ein heißes Girl wie die von Henry will. Ich meine, es war *mein* fucking Konzert, ich bin der Singer and Songwriter! Ich habe mit ihr geflirtet, aber die ist überhaupt nicht darauf angesprungen. Eigentlich stehen alle Girls darauf, wenn ein Star wie ich …« Er schüttelte den Kopf, aß noch einen Löffel Porridge und sah zum Pool hinüber.

Suzanne war enttäuscht, dass er sie beim *Feinstäuble* offenbar nicht mal gesehen hatte, sondern stattdessen mit irgendeiner Blondine geflirtet hatte, dabei hatte sie den halben Tag vor der Bühne und an diesem Grillstand echte Opfer für ihn gebracht. Neun Stunden Gehen und Tanzen in High Heels! Und die vier Portionen gegrillte Maultaschen waren auch direkt auf ihre Hüften übergegangen und saßen immer noch dort! Eigentlich hatte sie ja gehofft, dass Liam ihr eines Tages zuflüstern würde, er habe sie, seinen treusten Fan, bei seinen Konzerten jedes Mal mit klopfendem Herzen erwartet und sie schon immer toll gefunden. Sie seufzte leise. Auf der anderen Seite durfte man in die Sache mit dem *Feinstäuble* nicht zu viel hineininterpretieren. Schließlich hatte sie sich im Gegensatz zu dieser Blonden nie getraut, Liam anzusprechen. Sie war eher im Hintergrund geblieben, und es war auf solchen Festivals immer sehr voll. Die Künstler hatten außerdem sicherlich auch Lampenfieber, und dann nahm man ja gar nichts mehr um sich herum wahr, das hatte sie gemerkt, als sie auf dem Detektivlehrgang einen Vortrag über Schusswaffen hatte halten müssen. Liam war jetzt hier, das war das Wichtigste. Sie richtete ihre Augen wieder auf den *Dieselskandal*-Sänger.

»Was wollte diese Louise von dir?«, fragte sie.

»Na ja, sich hat mich erst über unsere neueste CD ausgehorcht, und dann hat sie eigentlich nur gefragt, ob der Henry hier öfter arbeiten muss und wo er gerade steckt. Anyway, der Henry war ja zu dem Zeitpunkt schon weg, das habe ich ihr erzählt, und … Ich hatte so kurz vor dem Konzert kaum Zeit. Aber ich habe ihr gesagt, dass er ab und zu beim Aufbauen hilft. Sie hat so ein bisschen herablassend gelächelt, mir über den Arm gestreichelt und »Danke« gesagt und ist gegangen. Ich hatte die Sache eigentlich vergessen, denn am Abend war da diese Gruppe Rothaariger …«

Am Tisch war es kurzzeitig still. Suzanne schluckte schwer. Die Gruppe Rothaariger musste sie erst mal verdauen.

»Diese Louise hat ihn richtiggehend ausgeforscht«, knurrte Achim. »Zackrafix, die hat nichts dem Zufall überlassen. Die hat dem Henry hinterherspioniert. Sie hat offensichtlich jemanden gesucht, der finanziell in der Klemme steckt, und wenn man Henrys Büroschild schon sieht …« Er schlug sich die Hand vor den Mund und druckste ein wenig herum, wahrscheinlich weil das eigentlich unter seine anwaltliche Schweigepflicht fiel. Dann erhob er sich, schlurfte ins Haus und kam mit dem Laptop zurück. Zeigte Liam das Bild von Louise. Liam schaute lange darauf. Achim tat sich derweil mit einem wohlwollenden Grunzen noch einen Schlag Porridge mit Apfelmus auf und fing an zu löffeln. »Zu fünfundneunzig Prozent war die das«, sagte Liam schließlich, »aber mit Sicherheit bejahen kann ich es nicht. Es kommen so viele blonde Girls zu mir.«

Suzanne wurde allmählich ein wenig wütend, wie viele »Girls« wollte Liam ihr noch unter die Nase reiben? Sie setzte gerade dazu an, Liam mal die Meinung zu geigen, als zwei Polizisten mit einem »Daag« auf den Lippen um die Hausecke kamen.

Achim verschüttete etwas Kaffee. Er fluchte leise, aber dann entgegnete er scheinbar vollkommen entspannt: »Einen wunderschönen guten Morgen, die Herren, darf ich fragen, was Sie hierherführt?«

Dafür, dass er einen gesuchten Mörder im Fußraum seines Teslas hatte, reagierte Achim recht cool, dachte Suzanne anerkennend, während sie sich ihrerseits den Polizisten zuwandte.

»Frau Griesbaum, nehme ich an?« Einer der beiden, ein Jüngling mit schwarzen Locken, kam auf sie zu. Als sie nickte, bemerkte er gut gelaunt: »Dass Sie Frau Griesbaum sind, habe ich gleich gewusst.«

»Awa, mach kaai Ferz«, bemerkte sein Kollege, der eine Stoppelfrisur hatte, spöttisch, und Suzanne erwiderte: »Ich bin ja auch die einzige Frau am Tisch.«

»Wir kommen wegen Herrn Henry Marbach«, fuhr der Schwarzhaarige fort, und sein Gesicht wurde sehr ernst.

Das hier war ihre Chance, doch noch auf den Weg der Tugend zurückzukehren, ging es Suzanne durch den Kopf. Aber dann würde Liam weggehen, und im Hinblick darauf, dass sie Henry eigentlich nicht mehr für schuldig hielt … »Wie kann ich Ihnen helfen?«, fragte sie.

»Eigentlich sind wir hier, um Ihnen Hilfe anzubieten und Ihnen zu versichern, dass wir Sie mit der potenziellen Gefahr, gepfählt zu werden, nicht alleine lassen«, sagte der Jüngling auf eine Art, als gehöre der Schutz vor Pfählungen zu seinen täglichen Routineaufgaben.

»Das ist beruhigend.«

»Zwar wurde eine Überwachung nicht genehmigt, aber wir werden Sie dennoch bestmöglich beschützen. Wir werden die Anzahl der Streifefahrten in Ihrer Gegend signifikant erhöhen.« Er lächelte.

»Signifikant ist niemals wrong«, bemerkte Liam. »Und wir sind ja auch noch hier.«

Suzanne wurde ganz warm.

»Wir werden uns ein wenig umsehen, nur um sicherzugehen, dass niemand außer Ihnen hier ist«, sagte der Jüngling, und Suzanne sah, wie sich auf Achims Arm die Härchen aufstellten.

»Gibt es denn Hinweise, dass Herr Marbach hier sein könnte?«, fragte der Anwalt.

»Um Gottes willen, nein«, sagte der Gelockte, »und wenn Sie mich fragen, ist Herr Marbach schon lange im fernen Ausland, aber mich fragt halt niemand.« Er schüttelte den Kopf, während sein Kollege »Des hasch dir selber eigebroggd. Hättsch uff mich ghorcht, na hättsch des Problem ned« murmelte.

»Nur weil ich manchmal eine andere Meinung als der Staatsanwalt …«

»Dauernd.«

»Ach komm, geh fort.«

»Alla«, sagte der Polizist mit der Stoppelfrisur grinsend, und die beiden machten sich auf die Suche nach Henry Marbach.

»Suzanne, meinst du, ich soll den Tesla wegfahren?«, flüsterte ihr Achim, der auf sie zugetreten war, ins Ohr, als die Polizisten außer Hörweite waren. Suzanne zuckte mit den Schultern. »Ich weiß nicht, ob wir sie dann gerade auf das Auto aufmerksam machen«, flüsterte sie zurück.

»Zackrafix«, murmelte Achim und fuhr sich über den Kopf. Er hatte Schweißperlen auf der Stirn. »Ich glaube, ich fahre.« Suzanne nickte.

Sie begleitete Achim nach vorne auf den Hof. Der Streifenwagen hatte den Tesla ziemlich eingeparkt, es würde schwierig werden, hier herauszukommen. Und ob es clever war, die Polizisten darum zu bitten wegzufahren, um einen geflohenen Mordverdächtigen aus der Gefahrenzone zu bringen, war fraglich. Sie gingen auf das Gefährt zu. Sie waren noch etwa drei Meter entfernt, als die Stimme des gelockten Polizisten von hinten »He, Sie!« rief. Achim erstarrte. Suzanne hatte ein ungutes Gefühl, als sie sich langsam umdrehte.

»Sind Sie nicht der Strafverteidiger von Henry Marbach?«, fragte der Polizist. »Was machen Sie hier? Was haben Sie vor?«

»Sie entschuldigen, aber das geht Sie nichts an«, bemerkte Achim. »Würden Sie wohl das Polizeiauto ein wenig zur Seite …«

Der Polizist sah ihn misstrauisch an, jetzt kam auch sein Kollege hinzu. Die beiden gingen auf den Tesla zu. Schauten durch die Scheiben ins Innere. »Könnten Sie den Wagen bitte aufmachen?«

Suzanne wurde flau im Magen. Die würden Henry gleich finden, was würde dann passieren?

Achim machte noch einen Schritt auf den Tesla zu, und das Auto öffnete sich automatisch.

»Was ist da unter der Decke?«, fragte der gelockte Polizist.

»Welche Decke meinen Sie?« Achims Stimme war nichts anzumerken, aber sein Rücken verkrampfte sich sichtlich, als er ganz nahe zum Auto trat. Suzanne folgte ihm angespannt und sah an ihm vorbei hinein. Unter der Decke war etwas, aber kein Henry Marbach. Vor Erleichterung lachte sie auf. Die Polizisten starrten sie mit irritiertem Blick an. Achim räusperte sich. »Lassen Sie uns nachschauen«, sagte er und öffnete die Autotür. Schweißgeruch kam ihnen entgegen, trotz der halb heruntergelassenen Scheiben, und Suzanne sah, wie die Polizisten die Nase rümpften. »Ich war vor dem Frühstück laufen«, lächelte Achim und hob die Decke hoch. Im Fußraum lagen die Slipper mit der Goldschnalle. »Du meine Güte, meine Freizeitschuhe, die habe ich schon gesucht«, rief er und warf die Decke wieder über die Treter, die ihm einige Nummern zu groß sein mussten.

Die Polizisten achteten nicht auf die Schuhe. »Warum sind Fahrersitz und Beifahrersitz so weit vorn?«

»Ich finde das bequem.«

»Würden Sie bitte noch den Kofferraum öffnen?«

»Er ist schon offen. Das geht automatisch, wenn man …«

Der Kofferraum wurde überprüft und wieder geschlossen. »Wollen Sie wegfahren?«, fragte der Polizist.

»Es eilt nicht«, sagte Achim.

Henry bemühte sich, seinen Atem wieder unter Kontrolle zu bringen. Ganz ruhig. Innere Mitte. Gott sei Dank hatte er durch die heruntergelassenen Fenster die herannahenden Reifen früh genug gehört, sich so klein wie möglich gemacht und mit der müffigen Decke überdeckt, die Achim vorhin in seinem Kofferraum gefunden und ihm gegeben hatte. Nachdem die Schritte sich Richtung Haus entfernt hatten, hatte er vorsichtig aus dem Fenster gespäht und erkannt, wie richtig er gehandelt hatte. Der Wagen, der direkt neben dem Tesla stand, war tatsächlich ein Polizeiauto. Er kannte seine ehemaligen Kollegen, und es war abzusehen gewesen, dass sie, sofern sie die Gegend überprüften, auch in die Autos schauen würden. Als die Polizisten hinter dem Haus verschwunden waren, hatte er die Gelegenheit ergriffen. So leise es ging, hatte er den Tesla verlassen, die Tür vorsichtig wieder geschlossen und war geduckt vom Hof gerannt. Erst auf dem von der Sonne mittlerweile stark erhitzten Asphalt war ihm aufgefallen, dass er seine verdammten Schuhe vergessen hatte. Sobald er außer Sichtweite gewesen war, hatte er sich gezwungen, langsam zu laufen, auch wenn die Hitze seine nackten Fußsohlen malträtiert hatte, und war wenig später in einen Feldweg eingebogen. Er hatte vor, in einem großen Bogen zu einem Hochsitz zurückzugehen, den er gestern von der Ziegenweide aus hatte sehen können, und von dort aus der Ferne Suzannes Hof zu beobachten. Eine gefährliche Schnapsidee, aber er hatte die einsame, kopflose Flucht so satt. Er wollte zumindest wissen, was los war, das war das Einzige, das ihm ein winziges Gefühl von Kontrolle vermittelte. Als er sich über eine stachelig-vertrocknete, mit Disteln bewachsene Wiese schlug, um verborgen hinter einer Hecke den Hochsitz zu erreichen, bekam er so schlechte Laune, dass er sich nicht mehr sicher war, ob er verdammt nochmal je wieder als Detektiv arbeiten wollte. Als er dann auch noch darüber nachdachte, dass sich diese Frage sowieso nur stellte, wenn er unbeschadet hier wieder herauskam, hätte er am liebsten einen Baumstamm verprügelt.

Kapitel 32

Liam und der Gitarrist Raoul boten Suzanne an, das Frühstück ab- und die Küche aufzuräumen, was sie dankbar annahm. Um die beiden Polizisten, die überall herumliefen, nicht misstrauisch zu machen, versuchte Suzanne, ihnen einen möglichst normalen Samstagvormittag vorzuspielen. Sie mistete den Stall aus, bürstete ihre Ziegen und knuddelte eine Weile mit ihnen, besonders mit der Zwergziege Liam, die mit ihrer niedlichen Zunge an ihrer Hand leckte, während Achim im Garten die letzten Reste der Party beseitigte. Nachdem sie fast noch angefangen hatte, ihren Komposthaufen umzusetzen, fuhren die Polizisten endlich wieder, und sie stürmte zurück ins Haus. In ihrer Küche musste sie erst mal schlucken und ganz tief durchatmen. Liam und Raoul hatten ein wenig umdekoriert und neben ihrer Speisekammer, in der einige Gläser und Konserven jetzt Totenkopfaufkleber trugen, *Dieselskandal*-Plakate und ein altes T-Shirt mit einem Spinnennetz darauf aufgehängt. Sie konnte die beiden gerade noch davon abhalten, mit Farbresten, die sie im Keller gefunden haben mussten, Autogramme und Totenköpfe auf ihren weißen Landhausstiltisch zu malen, damit der Raum den »richtigen Flair« bekam. »Aus dem Zimmer kann man richtig was machen, Sweetheart«, strahlte Liam sie gut gelaunt an, und sie konnte nicht anders, als zurückzulächeln, obwohl der Raum *vor* der Umdekorierung genau ihren Geschmack getroffen hatte. Weil die beiden immer noch voller Tatendrang schienen, ihrem Fanherz Gutes zu tun, was sie total süß fand, aber auch gefährlich für ihre Wohnung, zeigte sie ihnen den renovierten Weinkeller und schlug ihnen vor, doch dort ein wenig zu proben. Sie sprach auch die Sache mit dem Podcast an, und Liam fiel ihr um den Hals und hielt sie ziemlich lange fest. Sie war ganz zittrig, als sie sich voneinander lösten.

Währenddessen hatte Henry in seinem Versteck im Hochstand vor sich hin geschwitzt. Er hätte alles für eine Dusche gegeben, er stank wie ein Bock. Seine Laune sank von Minute zu Minute. Endlich fuhren die verdammten Polizisten wieder. Er wartete noch zehn Minuten, aber als die Luft weiterhin rein war, machte er sich auf den schmerzhaften Rückweg. Hinkend kam er auf dem Hof an und traf auf Achim, der, offenbar um ihn zu suchen, auf die Straße getreten war. Sein Freund sah erleichtert aus und schloss ihn herzlich in die Arme. Achim ließ ihn wieder in sein Auto steigen, und Henry wartete geduldig im Fußraum mit der stinkenden Decke über sich darauf, dass Achim Suzanne holte und sie zu Laubis losfahren konnten.

Auf der Fahrt sprachen sie den Fall noch einmal durch und trugen ihre Ermittlungen zusammen. Henry erzählte von dem toten René Männle, von dem Laubis glaubte, er sei ermordet worden. Achim berichtete, dass Louise über Liam an Henry herangekommen war, und Henry ärgerte sich, dass sie zwar seine Freunde und sogar seinen Pfandleiher befragt hatten, eine so naheliegende Möglichkeit wie die Band aber übersehen hatten. Suzanne erzählte den beiden von der Legende von der Magd des Totengräbers – das musste auf den in Achims Akte fehlenden Seiten gestanden haben, was Achim zu einem wütenden Fluch über die Ermittlungsbehörden veranlasste. Immerhin verstand Henry nun das Szenario mit dem Hexenbuch und der Schürze in Sandhaas' Schuppen besser. Und Suzanne fasste ihr Gespräch mit Conny Sandhaas im Untersuchungsgefängnis zusammen. »Meine Klientin hat mir erzählt, dass ihr Mann vor vielen Jahren einmal wegen Vergewaltigung angezeigt wurde«, endete sie. »Zwar ist dieses Verfahren im Sande verlaufen, aber …«

»Das ist ja merkwürdig«, unterbrach Henry sie. »Meine Klientin hat behauptet, Sandhaas habe versucht, sie zu vergewaltigen. Glaubt ihr, das kann ein Zufall sein?«

Weder Achim noch Suzanne wussten eine Antwort, und so fuhren sie schweigend weiter Richtung Zunsweier.

Sofort als sie aus dem Auto stiegen, sahen sie die Verwüstung in Laubis' Garten. Dort, wo bisher Eisenhut-Stauden gewachsen waren, befanden sich nun nur noch Löcher im Boden. Der Weg war mit Erde bedeckt. Suzanne ging zum Haus. Klingelte Sturm. Niemand öffnete die Tür, nichts regte sich. Sie umrundeten das Haus einmal, schauten in jedes Fenster im Untergeschoss. Alles sah verlassen aus. Auf einem Teller neben der Spüle in der Küche lag ein verwelkter Salatkopf, ansonsten war die Küche aufgeräumt, nichts deutete darauf hin, dass hier in den letzten Stunden jemand etwas gegessen oder getrunken hatte. Suzanne versuchte sogar, die Balkontür zu öffnen. »Vielleicht ist er übers Wochenende weggefahren. Aber … Da oben in seinem Schlafzimmer brennt Licht«, bemerkte sie plötzlich und zeigte auf die Glasfront im Obergeschoss, hinter der, im Sonnenlicht nur schwer erkennbar, eine Stehlampe brannte. »Meint ihr, er ist im Haus und macht uns nicht auf?«

Henry, der gerade in die Lichtluke der leeren Garage spähte, dachte kurz nach, während er sich immer wieder nach Polizisten umschaute. Auf der Flucht sein machte ihn vollkommen paranoid, wahrscheinlich würde er irgendwann vor lauter Stress an Herzversagen sterben. »Möglich«, murmelte er, und in diesem Moment fiel ihm etwas auf: In einem Regal in der Garage lag ein Stück Stoff, das aussah wie eine zusammengefaltete Schürze. Er rief Suzanne und Achim zu sich. Als er sich ruckartig umdrehte, um zu sehen, wo die beiden blieben, stieß er unsanft mit

Suzanne zusammen, und er musste sie mit beiden Armen packen, damit sie nicht nach hinten auf den Steinweg knallte. Als er sie mit etwas zu viel Schwung wieder in den sicheren Stand zog, kamen sich ihre Gesichter unangenehm nahe. Er bekam einen fetten Schwall ihres Parfüms in die Nase, das er abstoßend blumig fand, und sie schüttelte es, als ihr sein Schweißgeruch und der muffige Geruch der Decke in die Nase stieg. Für eine Sekunde standen sie da wie ein durchgeknalltes Liebespaar. Dann entschuldigte er sich, während Suzanne sich murrend aus ihrer ungewollten Umarmung löste.

»Ich rufe die Polizei«, bestimmte Suzanne, nachdem sie ebenfalls durch die Lichtluke gespäht hatte. »Versteck dich wieder im Auto, Henry. Mach schon!«

Henry knurrte, weil er keine Lust hatte, schon wieder stundenlang im Fußraum zu knien, mit einer Decke über dem Körper, aber er fügte sich in sein Schicksal. Hoffentlich beobachtete ihn niemand von Laubis' Nachbarn, wie er in sein Versteck schlüpfte. Irgendwie sah das in Filmen immer anders aus. Da mussten die Unschuldigen nicht ständig in zu engen Fußräumen oder Hochsitzen vor sich hin darben, sondern konnten wenigstens ein bisschen rumballern und schnittige Autos zu Schrott fahren. Und die Unschuldigen in Filmen bekamen als Geschenk auch immer tolle Frauen oder wurden zumindest als Helden verehrt, während er sich darüber freuen musste, dass Achim wenigstens im Schatten geparkt hatte. Aber wie hätte seine Oma gesagt: Mr muss zfrieda sei mit dem, was mr hat.

Er saß eine gefühlte Ewigkeit unter seiner Decke. Ihm war unerträglich heiß. Ab und an lugte er durch die Scheibe, sah, wie ein Polizeiauto ankam, ein Polizist und eine Polizistin ausstiegen, einmal um Laubis' Haus marschierten, an der Tür klingelten, mit dem Handy telefonierten, in die Garage gingen, das, was er für eine Schürze gehalten hatte, herausholten (es war nur ein altes Tuch, das offenbar zum

Polieren des Autos benutzt wurde, wie die Beamten Suzanne lautstark erläuterten), und schließlich wieder fuhren. Wenig später gingen die Vordertüren des Tesla auf. »Was soll das heißen, ›sie können nichts machen, er ist erwachsen und kann in den Urlaub fahren, ohne sich abzumelden‹?«, fragte Suzanne gerade aufgebracht.

»Das heißt, sie können nichts machen, er isch erwachsen und kann in den Urlaub fahren, ohne sich abzumelden«, antwortete Achim.

Achim war auch schon mal geistreicher gewesen, dachte Henry, während er mit einem Auge aus seinem Versteck schaute.

»Aber nach allem, was wir bislang wissen, könnte es sein, dass Laubis in Gefahr ist. Sogar, dass die Magd ihn bereits getötet und wie einen van Gogh an eine Wand ...« Plötzlich bekam Suzanne ein ungutes Ziehen im Bauch. »Henry, du warst doch gestern bei Laubis«, fauchte sie in seine Richtung, »wenn wir ihn jetzt tot auffinden, könnte das bedeuten, dass du ihn ...«

»Ich war genau zehn Minuten hier!«

»Ich habe noch nie jemand gepfählt, daher weiß ich nicht, wie lange so was dauert.«

»Ich auch nicht, verdammt nochmal«, schnaubte Henry wütend. Aber vielleicht probiere ich es bald mal an dir aus, fügte er in Gedanken hinzu. »Und ich stand nur *vor* dem Haus. Abgesehen davon warst du gestern auch hier, hast du erzählt.«

Suzanne wusste nicht, warum, aber sie glaubte Henry, auch wenn sie ihn nicht wirklich leiden konnte, weil sie alles an ihm großspurig fand, von der Art, wie er die Hüfte beim Laufen nach vorne drückte, bis hin zu seinen abgedrehten Schnallenschuhen und diesen Muskelbergen. »Die Bullen haben Laubis' Mutter und die Haushälterin am Telefon gefragt, ob die mit Laubis Kontakt hatten, und beide haben das verneint. Sie haben nicht mal versucht, Laubis im Urlaub anzurufen. Obwohl Laubis' Hund auf verdächtige Art und Weise gestorben ist und obwohl hier die Eisenhutstauden ausgerissen wurden! Diese Polizistin meinte, es sei nicht an ihr, die ›gärtnerische Gestaltung eines Vorgartens zu bewerten‹«, empörte Suzanne sich. »Warum sollte jemand den Eisenhut ausreißen, wenn er ihn nicht verwenden will? Warum sollte die Lampe im Obergeschoss brennen, wenn nicht jemand dort ist?«

»Vielleicht hat er nur vergessen, die Lampe auszuschalten«, bemerkte Henry.

Suzanne schüttelte den Kopf. »Stell dir mal vor, es war die Magd! Vielleicht ist er da oben und noch gar nicht ganz tot! Was, wenn wir ihm jetzt noch helfen könnten? Laubis ist ein Kotzbrocken, bei dem es im Grunde nicht schade wäre, wenn ihn jemand pfählt, aber seltsamerweise könnte ich es trotzdem nicht mit meinem Gewissen vereinbaren, wenn ich jetzt wieder wegfahren würde, und später stellt sich raus, er hätte noch gelebt.«

»Du hasch ein gutes Herz«, sagte Achim mit Bewunderung in der Stimme, während Henry gleichzeitig »Du willst doch nicht etwa in das Haus eindringen?« fragte.

Suzanne zuckte mit den Schultern. Sie konnte nicht einfach wegfahren, bevor sie nicht einen Blick ins Obergeschoss geworfen hatte. Sie musste wissen, was da passiert war.

Eine Weile war es still. »Ich bin ein unabhängiges Organ der Rechtspflege«, sagte Achim, »ich kann nicht einbrechen.«

»Du bist ein unabhängiges Organ der Rechtspflege, das dabei hilft, einen gesuchten Mörder zu verstecken«, konnte Suzanne sich nicht verkneifen einzuwerfen.

»Einen *unschuldigen* gesuchten Mörder.«

»Wie auch immer.«

»Also ich gehe jedenfalls nachschauen«, sagte Suzanne entschlossen.

»Und wie willst du ›nachschauen‹? Ich meine, die Tür sieht verdammt verschlossen aus. Außerdem hat der Typ bestimmt eine Alarmanlage«, bemerkte Henry.

»Henry, du bisch doch neulich auch in den Schuppen von diesem Sandhaas rein«, bemerkte Achim. »Vielleicht hasch du ja den einen oder anderen guten Tipp für die Suzanne. Ich meine, wenn dieser Laubis wirklich noch leben sollte … Und du wirsch doch eh schon gesucht.«

»Du bist mein Strafverteidiger!« Das war jetzt wohl nicht Achims Ernst. Henry zog wütend die Decke von seinem Kopf. Kein Wunder, dass Achims letzter mutmaßlicher Mördermandant lebenslänglich bekommen hatte. »Was, wenn Laubis schon tot ist und ich einbreche und sie finden deshalb meine Spuren dann auch noch an diesem Tatort? Da habt ihr wohl nicht dran gedacht, was? Zweimal mache ich das nicht mit.«

Das sprach auch für seine Unschuld, befand Suzanne. Wäre er schuldig, hätte er bestimmt die Gelegenheit ergriffen, unter ihren Augen »logische Erklärungen« für irgendwelche später gefundenen Spuren zu schaffen. »Ich will eigentlich gar nicht rein«, sagte sie, obwohl sie gerne reingegangen wäre. Aber womöglich war Laubis wirklich tot, und die verdächtigten sie, weil sie bekanntermaßen kein besonders gutes Verhältnis zu ihm hatte. »Ich will nur mit dieser Leiter, die hinten an dem Schuppen hängt, ins Obergeschoss schauen.«

Gemeinsam trugen sie die Leiter zum Haus und stellten sie an der einzigen von der Straße her nicht einsehbaren Stelle auf. Suzanne kletterte nach oben. Es war definitiv niemand da, keine gepfählte Leiche und auch sonst niemand. Leider konnte sie von hier aus nicht ins Schlafzimmer schauen, wo das Licht brannte. Vorsichtig kletterte sie wieder hinunter, während Henry die Leiter festhielt und sie drängte, sich zu beeilen. Das, was sie hier taten, war nicht gerade eine unauffällige Aktion. Nachdem die Leiter wieder an ihrem Platz hing, umrundeten sie noch einmal das Haus auf der Suche nach Auffälligkeiten. Schließlich beschlossen sie, die Aktion abzubrechen. Vom Gartenweg aus warf Suzanne einen Blick zum Haus zurück und erstarrte. »Das Licht ist ausgegangen«, sagte sie leise. Ihr Atem ging schneller. »Wenn das nicht Laubis selbst war, muss das bedeuten, der oder die Täter sind noch im Haus. Wir müssen sofort handeln. Ich rufe nochmal die Polizei.«

Erneut versteckte sich Henry knurrend unter seiner stinkenden Decke.

Die Polizisten, die gleichen, die gerade schon einmal da gewesen waren, sahen nicht sonderlich amüsiert aus, als Suzanne ihnen die Sachlage schilderte. Diesmal jedoch besorgten sie den Schlüssel von Laubis' Haushälterin und gingen hinein. Nach fünf Minuten kamen sie wieder nach draußen. »Das mit dem Licht war eine Zeitschaltuhr«, sagte die Polizistin zu Suzanne. Sie klang immer noch freundlich, aber nicht mehr so wie am Anfang. Achim stand daneben und kratzte sich am Kinn.

»Trotzdem könnte Herr Laubis in Gefahr oder tot …« Suzanne blieben die Worte im Hals stecken. Denn in diesem Moment hielt ein grauer BMW mit quietschenden Reifen vor dem Haus. Daniel Laubis stieg aus. Er war absolut nicht tot, er kochte vor Wut.

Kapitel 33

»Sie spioniert mich schon die ganze Zeit aus! Ich bin mir sicher, Frau Griesbaum hat vorhin versucht, bei mir einzubrechen! Wer weiß, vielleicht war sie sogar im Haus! So eine steckt ihre Nase überall rein.« Laubis wütete seit gut zehn Minuten, er schien die Polizisten dazu bringen zu wollen, Suzanne und Achim zu verhaften. »Sie wird von der linken Fraktion unterstützt, da bin ich ganz sicher! Sie hält mich, MICH, für einen Hehler, aber Leute wie meine terroristische Nachbarin, die meinen Hund gekocht …«

»Welche terroristische Nachbarin?«, fragte die Polizistin.

»Das tut doch jetzt nichts zur Sache. Da steht das Problem!« Er deutete auf Suzanne. »Diese Möchtegern-Detektivin. Sie verleumdet mich ständig! Ich musste schon Anzeige bei der Polizei gegen sie erstatten.«

»Stimmt das?«, fragte die Polizistin Suzanne.

»Das … das stimmt wohl, aber es war nicht so, wie …«

»Doch, es war genau so«, keifte Laubis weiter. »Ich habe von meinem Onkel Edwin ein paar Kunstgegenstände geerbt, und die Leute dieser Frau haben sogar meinen Lagerraum durchsucht. Und jetzt hat sie schon wieder die Polizei …«

»Frau Griesbaum hat gerade die Polizei gerufen, weil sie glaubt, dass Sie in Gefahr sind, Herr Laubis! Sie sollten ihr dankbar sein«, mischte sich Achim ein. Auch er schien langsam sauer zu werden.

»Es gibt keine Gefahr!« Spucke spritzte aus Laubis' Mund. »Kapieren Sie das nicht langsam? Frau Griesbaum nutzt nur jede Gelegenheit, mich auszuforschen!«

»Warum haben Sie seit Kurzem einen Personenschützer, wenn Sie nicht in Gefahr sind?«, warf Suzanne ein.

Laubis lachte herablassend. »Personen des öffentlichen Lebens, die die Wahrheit über Migranten und die vielen Straftaten, die diese Leute begehen, sagen, sind in der heutigen Zeit permanent in Gefahr.«

Suzanne hätte Laubis am liebsten gewürgt, aber sie konnte sich gerade noch beherrschen. »Warum haben Sie den Eisenhut ausgegraben? Was wollen Sie mit dem Gift?«, fragte sie.

»Mit dem Gift? Sind Sie verrückt? Kommen Sie mal mit«, zischte Laubis, und in Richtung der Polizisten: »Genau das meine ich. Sie unterstellt mir was!« Gemeinsam gingen sie zu einer großen Biomülltonne. Laubis riss sie auf. Sie war bis oben hin gefüllt mit ausgerissenen Eisenhutstauden. »Ich konnte das hässliche Gestrüpp nicht mehr sehen! Das ist alles. MEHR gibt es da NICHT!«

»Gut«, beschwichtigte die Polizistin, »dann würde ich vorschlagen …«

»Nichts ist gut«, knurrte Laubis. »Ich möchte Strafanzeige gegen Frau Griesbaum und diesen Herrn, der sich als Anwalt ausgibt, stellen. Wegen Hausfriedensbruch und Einbruch und weswegen die sich sonst noch strafbar gemacht haben.«

Als sie schließlich abfuhren, war Suzanne ziemlich schlecht gelaunt, genau wie Henry. Auch Achim wirkte gestresst. »Das lief ja bombig«, sagte Suzanne nach einer Weile. »Vielleicht war ich wirklich ein wenig schnell mit meinen Anschuldigungen gegen Laubis wegen Hehlerei und so.«

»Tut mir leid, dass ihr wegen mir so einen Ärger habt«, sagte Henry. »Und vielleicht warst du ein wenig schnell mit den Anschuldigungen, aber der Typ hat trotzdem Dreck am Stecken, und wir bringen das ans Licht.«

»Aber bitte erst, wenn ihr wirklich sicher seid«, warf Achim, ganz der Anwalt, ein.

Schweigend fuhren sie nach Neuried-Altenheim zurück.

Sie parkten an der Straße und gingen das letzte Stück zu Fuß. Auf ihrem Hof war es ziemlich still, und für eine schreckliche, irrationale Sekunde dachte Suzanne, das mit *Dieselskandal* sei vielleicht doch nur ein schöner Traum gewesen, aber zu ihrer Erleichterung stand der Bandbus immer noch vor dem Haus. Es stellte sich allerdings heraus, dass bis auf Elton und Raoul, die im Pool herumschwammen, und Liam, der sich nach der langen Nacht wohl noch einmal aufs Ohr gehauen hatte, alle Band- und Crewmitglieder abgereist waren. Elton hatte sie nach Offenburg auf den Bahnhof gebracht, weil einige von ihnen das Wochenende mit ihren Familien, Freunden oder einfach zu Hause verbringen wollten und der Rest offenbar keine Lust mehr auf Proben hatte, nachdem es im Internet zwei vernichtende, ansonsten aber, was ähnlich frustrierend war, wie Elton erläuterte, überhaupt keine Kritiken über das neue *Dieselskandal*-Album *Myocardial Infarction* gab, obwohl Achim bereits seit Wochen Sample an die entsprechenden Blogger, Radios und Zeitungen verschickte. Suzanne wurde ganz kalt. Hoffentlich brach die Band nicht wegen so etwas auseinander!

Henry, den sie direkt nach der Ankunft unbemerkt von Streife fahrenden Polizisten und den Bandmitgliedern ins Haus hatten schleusen können, drehte wieder knurrend Däumchen in Suzannes Arbeitszimmer. Es ärgerte ihn, dass es ihnen nicht gelungen war, Laubis zum Reden zu bringen. Wäre er alleine gewesen, hätte er das hingekriegt. Er hätte nicht die Polizei angerufen, damit sie kam und alles vermasselte. Die verdammten Ermittlungen stockten schon wieder, und er hatte so was von die Schnauze voll davon.

Um sich und die auf dem Hof verbliebenen Bandmitglieder und Achim aufzumuntern, backte Suzanne veganen Zwetschgenkuchen, den sie mit der cremigen Sahne ihres Biobauern auf der Terrasse servierte und, als Liam mit müden Augen und dem Rest einer Hacke mit abgebrochenem Stiel, die er wortlos auf den Tisch legte, dazukam, auch mit selbstgemachter Mandelsahne. Dumpf vermeinte sie sich zu erinnern, dass sie es gestern Abend lustig gefunden hatte, dass Elton und Liam den Stiel der Hacke für ein »richtig fettes, rundes Stockbrot« verwendet hatten. Der Sänger gähnte hinter vorgehaltener Hand. Du meine Güte, wie niedlich sah er aus, wenn er verschlafen war. »Wie geht's?«, brachte sie heraus.

»Frag nicht nach Sonnenschein.« Liam setzte sich gegenüber von ihr an den Tisch.

»Was ist los?«, fragte sie, obwohl das bestimmt mit den schlechten Kritiken zu tun hatte.

»Unser neues Album hat schon vor dem Erscheinen schlechte Bewertungen im Internet gekriegt«, sagte Liam dann auch und schenkte sich Kaffee ein. »›Musikmüll‹ haben die das genannt. ›Wildes Herumgekreische geisttötender Texte‹.«

»Das … das sind Banausen, lass sie reden«, sagte sie wütend. »Eingebildetes Kritikerpack.« Sie wollte Liam gerade von ihrer *Dieselskandal*-Fanseite bei Facebook erzählen, weil sie sich sicher war, dass ihn das aufmuntern würde, als Liam käseweiß wurde, auf die Balkontür zeigte und »M… Mörder« stammelte. Sie drehte sich um. In der Tür stand ein schweißgebadeter Henry. »Ich habe die Schnauze verdammt voll vom Verstecken«, sagte er.

Nachdem Suzanne und Achim den Bandmitgliedern die Situation erklärt hatten, reagierten diese erstaunlich verständnisvoll. Henry musste anerkennen, dass die Typen eigentlich recht nett waren und, solange er keinen Death Metal anhören musste, auch ganz erträglich. Der Tag entwickelte sich deutlich besser, als er angefangen hatte. Während draußen hin und wieder ein Polizeiauto vorbeifuhr, saß Henry frisch geduscht mit einem großen Stück Zwetschgenkuchen auf einer schattigen, von der Straße nicht sichtbaren Bank hinter Suzannes Ziegenstall und suchte im Internet nach Hinweisen auf Louise. Suzanne versuchte herauszufinden, warum das Amulett an der Statue des Weinheiligen aufgehängt worden sein könnte, und Achim las alle Details zur Legende von der Magd des Totengräbers durch. Leider blieben ihre Ermittlungsbemühungen ohne Erfolg. Irgendwann ging Henry in die Küche, um sich ein weiteres Stück Kuchen und noch einen Kaffee zu holen. Ein leerer Bauch studiert nicht gern, das hatte schon seine Oma gewusst, eine der wenigen Weisheiten, die sie merkwürdigerweise auf Hochdeutsch ausgesprochen hatte.

Aus dem Keller drangen plötzlich Keyboardklänge, die ihn magisch anzogen, und da er sowieso keine Lust mehr auf sinnlose Internetrecherchen hatte, stieg er die Treppe hinab. Liam, der im erstaunlich luftigen und hell ausgeleuchteten ehemaligen Weinkeller am Keyboard ein neues Lied über »fucking music critics« komponierte, die er in ein »shit hole« wünschte, war ein ziemlich guter Keyboardspieler, wie Henry sofort erkannte. »Wow«, sagte er, als der Sänger eine kurze Pause machte, »wo hast du so großartig Klavierspielen gelernt?«

Liams Gesicht, das traurig ausgesehen hatte, leuchtete auf. »Danke! Ich war mein eigener Teacher. Hab mit fourteen erst angefangen.« Seine Miene verdüsterte sich wieder. »Aber es bringt nothing, you know? Wenn niemand dich hören will.«

»Das kann ich mir kaum vorstellen. Ihr macht doch super Musik«, log Henry.

»Ich finde es auch really strange.« Liam schluckte und zeigte auf das Instrument. »Spielst du auch? Wir suchen gerade einen neuen Keyboarder. Ich bin ja eigentlich Gitarrist.«

Henry schüttelte den Kopf. »Leider nicht«, sagte er bedauernd, und für eine Sekunde dachte er an das kühle Gefühl der Tasten unter seinen Fingern, und Sehnsucht schnürte ihm die Kehle zu. »Aber ich wollte es immer lernen. Immer. Ich durfte als Kind nicht, und jetzt …«, er zwang sich zu einem lässigen Schulterzucken und einem Lachen, »jetzt bin ich zu alt. Es wäre lächerlich, noch anfangen zu wollen. Daher habe ich es aufgegeben.«

Liam schaute ihn stirnrunzelnd an. »That's not die Wahrheit«, bemerkte er.

Henry schaute auf den Boden und fühlte sich ertappt. Warum hatte er vor diesem Sänger überhaupt erwähnt, dass er als Kind gerne hatte Klavierspielen lernen wollen?

Liam stand auf und kam zu ihm an die Treppe. Schlug ihm kumpelhaft auf die Schulter. »Du hast mich gerade auf was gebracht«, sagte er. »Das ich sometimes vergesse: Künstler sein heißt trotzdem weitermachen! Egal, was passiert. Egal, wie weit unten man ist. Das gilt auch for you, Henry. Come on, ich zeig's dir.« Liam ging zum Keyboard zurück und erklärte Henry ein paar Griffe auf den Tasten.

Henry zögerte, er hatte keine Lust, sich zu blamieren, auch wenn Liam vollkommen anders war als seine bisherigen Klavierlehrer, viel geduldiger und vor allem viel unkonventioneller. Er zeigte Henry eine einfache Melodie, die großartig klang, obwohl sie nur aus vier Tönen bestand, und auch wenn Henry sich dann doch nicht traute, sie auszuprobieren, dachte er bei sich, mit etwas Übung könne er das hinbekommen. Bei dem Gedanken musste er lächeln, und sein Herz klopfte ein wenig schneller. Vielleicht, wenn irgendwann keiner zuhörte, würde er es versuchen.

Am Abend kochte Suzanne für alle Kartoffelsuppe mit Apfelküchle, die ihr, obwohl sie beim Rezept wegen dem Veganer Liam etwas improvisieren musste, richtig knusprig gelangen. Da es angefangen hatte zu regnen, saßen sie in der Küche, aßen Suppe mit süßsauren Kürbissen und Apfelküchle und tranken selbstgepressten Quittensaft mit Sprudel und Offenburger Bier. Durch das geöffnete Fenster drang der angenehme Geruch nach nasser Erde und das

Plätschern des Regens, das gelegentlich vom Meckern einer Ziege durchbrochen wurde. Nachdem sie mehr als satt waren und den Tisch abgeräumt hatten, holte Suzanne alles, was sie zum Sandhaas-Mord an Unterlagen hatten, in die Küche, und sie gingen den Fall Schritt für Schritt noch einmal durch. Auch Liam, Elton und Raoul diskutierten lebhaft darüber mit, wie es sein konnte, dass man nur Louises und Henrys Spuren in Sandhaas' Schuppen gefunden hatte, wenn beide die Tat nicht begangen hatten, welche Möglichkeiten grundsätzlich für einen Täter bestanden, keine Spuren zu hinterlassen, und dass es schon ziemlich auffällig war, dass Laubis' Hund gestorben und er ausgerechnet jetzt einen Personenschützer engagiert hatte. Als sich die gesamte Tischrunde gerade in wildesten Spekulationen darüber erging, was es mit dem Amulett auf sich hatte und warum eine mutmaßliche Mörderin die Hilfe eines Weinheiligen erbitten könnte oder ob das Aufhängen des Amuletts wirklich nur dazu gedient hatte, es wie in der Sage »hoch über der Stadt« schweben zu lassen, fragte Henry plötzlich: »Dieses Amulett, weißt du zufällig, wie das aussah?«

Suzanne zeigte ihm das Foto, das sie mit ihrem Handy gemacht hatte.

»Verdammt nochmal, das ist die Kette mit dem kotzenden Monster, die ich für meine Klientin aus diesem Schuppen holen sollte«, sagte er.

Suzanne dachte eine Weile nach. Das war seltsam. »Warum hätte diese Louise dir sagen sollen, dass du ausgerechnet diese Kette holen sollst, wenn sie die doch schon in ihrem Besitz hatte? Warum nicht irgendein Schmuckstück nehmen, das niemand kennt, das es vielleicht gar nicht gibt?«, fragte sie schließlich.

»Die Kette war ihr auf jeden Fall wichtig. Vielleicht hatte sie sie tatsächlich nicht«, überlegte Henry, »wusste aber, dass sie am Tatort sein würde?«

»Oder ihre Geschichte stimmt doch, und Sandhaas hat ihr die Kette abgerissen«, bemerkte Suzanne. »Er hatte ja eine Vergewaltigungsvorgeschichte, und du hast erzählt, dass sie entsprechende Würgemale am Hals hatte. Bei dieser Gelegenheit ist ihre DNA in den Schuppen gelangt. Und jemand ganz anderes ist der Mörder oder die Mörderin. Jemand, der Louise verfolgt hat. Der mitbekommen hat, dass sie dich engagiert hat.«

»Wobei wir wieder beim Anfang wären: Wie ist es möglich, dass der Täter am Tatort keine Spuren hinterlassen hat?«, warf Achim ein. »Und wie hätte der oder die Mörderin mitbekommen sollen, dass Louise Henry engagiert hat?«

Lange war es still am Tisch. Henry musste plötzlich an das offene Fenster in seinem Büro denken, als er die erste Besprechung mit Louise gehabt hatte. Da waren einige Leute vorbeigegangen, die gelauscht haben konnten. Und ein Handy abzuhören war heute mit den entsprechenden Hilfsmitteln nicht schwierig. Schließlich schüttelte er dennoch den Kopf. »Sie hat mit dem Mord zu tun«, sagte er. »Alles andere wäre ein zu großer Zufall. Sie hat mich richtig dazu gedrängt, in dieser Nacht in den Schuppen zu gehen. Sie muss gewusst haben, was da passieren würde, und hat mich extra deshalb dort hingeschickt!«

Sie tranken noch mehr Bier und Quittensaft, und irgendwann driftete das Gespräch in andere Richtungen ab. Schließlich holten Liam und Raoul ihre E-Gitarren und Elton das Keyboard aus dem Keller. Sie spielten für Suzanne die beiden neuesten Stücke aus *Myocardial Infarction* und für Henry noch ein Stück von Johann Sebastian Bach. Schließlich zeigte Suzanne allen am Tisch ihre *Dieselskandal*-Fanseite bei Facebook. Achim und Liam klatschten, Henry starrte in sein Bier, und Raoul, offensichtlich zu Tränen gerührt, spielte ein, wie es sich anhörte, spontan improvisiertes Death-Metal-Stück als Dankeschön, bei dem Henry all seine positiven Gedanken den Bandmitgliedern gegenüber fast wieder revidiert hätte. Gemeinsam drängten sie sich um Suzannes Laptop, bis auf Raoul, der immer noch seine Gitarre bearbeitete, und Henry, der sich in seinen Stuhl zurücklehnte, mit großen Schlucken seine Flasche kippte, über das Amulett mit dem kotzenden Monster und Louise nachdachte und sich wünschte, seine Ohren verschließen zu können. Als sein Bier alle war und er sowieso aufstehen musste, um Nachschub zu besorgen, warf er doch noch einen genaueren Blick auf Suzannes Fanpage. Jede Menge Bilder und kurze Filme von *Dieselskandal*-Konzerten, die hauptsächlich Liam zeigten, offenbar von Suzanne selbst mit dem Handy aufgenommen.

»Ich habe schon zweihundertsechzig Freunde«, sagte Suzanne, als die Lautstärke wieder so war, dass der Boden nicht mehr bebte. »Die ich allerdings fast alle nicht kenne«, fügte sie grinsend hinzu, »denn meine richtigen Freunde hören leider keine gute Musik, so nett sie auch sind.« Sie hatte bisher jeden angenommen, der ihr eine Freundschaftsanfrage geschickt hatte, und selbst einige Anfragen an Death-Metal-Fans verschickt. Merkwürdigerweise, das fiel ihr jetzt auf, war sie dennoch kaum mit anderen Death-Metal-Fans, sondern eigentlich nur mit Diätbefürwortern und Tierfreunden befreundet. Diese ihr unbekannten Facebook-Freunde posteten hauptsächlich ihre Chiamüslis und Nahrungsergänzungsmittel oder ihre Chinchillas, Katzen, Kaninchen, Hunde und Mäuse, die sie niedlich fand, und leider auch jede Menge bereits verstorbener Tiere. *Mein Timmy ist heute über die Regenbogenbrücke gegangen,* stand dort. *Meine Fellnase Kurt ist gestern über die Regenbogenbrücke gegangen.*

»Das scheint bei Facebook der einzige Weg für ein Tier ins Jenseits. Über die Regenbogenbrücke«, sagte Liam.

»Unter dem Regenbogen soll doch ein Goldtopf stehen«, bemerkte Achim.

»Nicht bei Facebook«, gab Liam zurück, »da steht ein Topf mit all den toten Chinchillas, die schon über die Regenbogenbrücke gegangen sind.« Er zeigte mit dem Finger auf den Bildschirm. »Ich meine, irgendwo müssen die ganzen toten Animals ja sein. Das wäre vielleicht mal ein geiler Songtitel. ›Lost in a fucking pot at the end of a rainbow brigde‹.«

»Warum ›lost‹, wenn sie in dem Topf sind?«, konnte Henry sich nicht verkneifen zu fragen.

Großer Gott, wie konnte man so gänzlich kulturlos sein, dachte Suzanne.

»Ich wusste gar nicht, dass du so tiefgründige Fragen stellen kannsch«, sagte Achim grinsend, der gerade ein übriggebliebenes Apfelküchle in ein Schälchen mit Marmelade dippte. »Dieses Pflaumenmus isch göttlich.«

Liam schüttelte den Kopf. »›Lost in a fucking pot at the end of a rainbow brigde‹ ist vielleicht ein bisschen lang, der Titel. ›Death Pot‹ ist griffiger! Was meint ihr?«

»Ein *Todestopf. Unter* dem Regenbogen«, sagte Henry plötzlich, und Suzanne erwartete einen erneuten kulturlosen Kommentar, aber Henry sagte: »Die Statue des Weinheiligen. Dieser Sandhaas hat sie doch damals gebaut, oder? Habt ihr mal darüber nachgedacht, dass Louise oder wer auch immer einen ganz anderen Grund gehabt haben könnte, die Statue zu schmücken? Vielleicht, weil derjenige uns auf die Statue aufmerksam machen wollte? Weil da nämlich irgendetwas *unter* der Statue ist?«

Suzanne verschluckte sich fast an ihrer Quittenschorle. Offenbar hatte Henry doch nicht alles Blut in den Muskeln, ein bisschen davon musste im Gehirn angekommen sein. Seine Idee war nämlich hervorragend. Wie konnte es sein, dass sie da noch nicht selbst draufgekommen war?

»Du meinst, unter der Statue ist eine Leiche?«, fragte Liam.

»Das wäre möglich«, sagte Henry. »Die Statue könnte

so was wie ein Grabstein sein. Ein verrückter Mörder, der …«

»Ganz ehrlich, Henry: Wenn du jemanden umbringen würdesch, würdesch du die Stelle, an der du die Leiche versteckschi, dann auch noch mit einer riesigen Statue markieren?« Achim lehnte sich zurück.

Henry zuckte mit den Schultern. »Jedenfalls ist die Leiche da unten vor Tierfraß sicher. Und eine Statue ist so auffällig, dass es vielleicht schon wieder unauffällig ist.«

»Ich denke, wir sollten in jedem Fall nachschauen«, sagte Suzanne nach kurzem Nachdenken. »Vielleicht ist die Leiche ja nicht unter der Statue, sondern innendrin.«

»Der Mörder ist immer der Bildhauer«, summte Liam.

Kapitel 34

Achim gelang es am nächsten Vormittag, ein Telefongespräch zwischen Suzanne und Conny Sandhaas im Untersuchungsgefängnis zu ermöglichen. Während Henry ungeklärte Verbrechen in der Ortenau, die Sandhaas begangen haben könnte, von Suzannes Computer aus recherchierte, Raoul nach Karlsruhe zu einem Freund fuhr und Liam und Elton im Weinkeller probten, traf sich Suzanne mit Paul und Emil auf ein Mittagessen in der *Brasserie Engel* in Offenburg. Conny Sandhaas hatte am Telefon sofort ihr Okay zum Abriss der Statue gegeben, und sie hatte noch etwas hinzugefügt, das Suzanne alarmiert hatte: dass die Statue damals nämlich zunächst Connys Idee gewesen war und Joseph sich wie immer dagegen gewehrt hatte. Aber dann war Conny einige Tage am Gardasee gewesen, und als sie zurückgekommen war, hatte Joseph das Fundament und den Sockel der Statue bereits eigenhändig gegossen. Das war im Spätsommer 1995 gewesen. Zusammen mit dem, was Henry berichtet hatte, dass sowohl Sandhaas als auch Laubis nämlich offenbar Angst vor einem Verkauf des Weinbergs nach der Scheidung gehabt hatten, war das zu auffällig, um es zu ignorieren. Denn hätte eine Hotelkette den Weinberg und das dazugehörige oben angrenzende Stück Land gekauft, um dort zu bauen, hätten sie die Statue des Weinheiligen bestimmt abreißen lassen. Und genau davor hatten die Typen vielleicht Angst gehabt. In ungekannter Eintracht aßen Paul, Emil und Suzanne zwei Brasserie-Spätzlepfannen und einen Flammkuchen. Es hatte sich herausgestellt, dass Paul den gleichen Gedanken in Bezug auf die Statue gehabt hatte. Er hatte aber noch überprüfen wollen, ob die Hinweise ausreichten, um die Statue auch gegen Conny Sandhaas' Willen zu zerstören, zumal nicht sicher war, dass von einer möglicherweise unter dem Weinheiligen vergrabenen Leiche nach über zwanzig Jahren noch etwas übrig war. Da Conny Sandhaas nun jedoch ihr Okay gegeben hatte, stand dem Ganzen nichts mehr im Wege, was Paul in eine geradezu euphorische Stimmung versetzte. Mit dem Skulpturenkünstler Ignatio Loro, einem achtzigjährigen Elsässer, hatte die Polizei gesprochen. Er hatte erklärt, dass es aufgrund des speziellen Materials und des Metallgerüsts im Inneren unmöglich sei, in die Statue des Weinheiligen eine Leiche einzumauern. Abgesehen davon hätte er so etwas auch niemals gemacht. Er habe die Sandhaas' nicht gekannt, der Weinheilige sei eine Auftragsarbeit wie jede andere gewesen. Aufgestellt worden sei die Statue damals von den neuen Eigentümern selbst. Sie hätten auch das Fundament und den Sockel gegossen. Das sei nicht die übliche Vorgehensweise, und er habe sich auch gewundert, daran erinnere er sich noch. Vor allem, weil es anfänglich anders geplant gewesen sei. Trotzdem hätte Joseph Sandhaas ihn für alle ursprünglich vereinbarten Arbeiten bezahlt, damit sei für ihn die Sache erledigt gewesen, auch weil von Sandhaas alles richtig gemacht worden und die Statue vom Amt anstandslos abgenommen worden sei. Schließlich hatte der Künstler »schweren Herzens« sein Okay zum Abriss der Statue gegeben.

Ein Bagger und ein kleiner Kran mit Fahrer waren im Rahmen der Nachbarschaftshilfe schnell und unkompliziert organisiert, und obwohl Paul eindeutig nicht damit einverstanden war, fuhr Suzanne ebenfalls nach Durbach. Zunächst hatte Paul versucht, sie von der Grabungsstelle wegzuschicken, aber sie war hartnäckig geblieben, hatte ihm versichert, er könne ihr vertrauen, sie säßen doch alle im gleichen Ermittler-Boot, und schließlich hatte er sie bleiben lassen. Es war einer der ersten kühlen Tage des Herbstes, und Suzanne fröstelte, als die Arbeiten am Nachmittag begannen. Der Himmel war bedeckt, und die Luft roch nach Regen. Einige Mitarbeiter der Freiwilligen Feuerwehr hatten die Statue an dem Kran befestigt und bearbeiteten sie mit einer großen Kreissäge, die für Beton geeignet war. Auch die dicken Metallstangen, die vom Sockel aus in die Statue ragten und sie an ihrem Platz hielten, wurden mit einem speziellen Schneidegerät durchtrennt. Funken stoben durch die Luft. Das Kreischen der Sägen schmerzte Suzanne in den Ohren, obwohl sie Ohrenschützer trug. Kurze Zeit später baumelte die Statue an einem Seil und wurde zur Seite in die Nähe des mittlerweile provisorisch wieder abgedeckten Brunnens gehievt. Ermittler begannen, die Statue in ihre Einzelteile zu zerklopfen, während die Baggerfahrerin den Sockel und das Fundament mit der Baggerschaufel so vorsichtig es ging in kleine Stückchen hackte und die einzelnen Teile hinüber zu den Ermittlern fuhr. Schließlich war der Platz, an dem die Statue gestanden hatte, nur noch ein großes Loch in der Erde, und die Fahrerin stellte den Bagger ab und sprang aus dem Führerhäuschen. Jetzt begannen die eigentlichen Grabungsarbeiten. Aus gebührendem Abstand beobachtete Suzanne die Untersuchung. Vorsichtig wurden in der Grube von Hand Schicht um Schicht der Erde abgetragen. Einmal stießen die Ermittler auf ein paar Knochen, aber Emil und eine forensische Anthropologin, die die Grabungen leitete, stellten schnell fest, dass es sich um Tierknochen handelte, vermutlich von einem Fuchs. Auch mehrere kleine Glasfläschchen, wie sie für Medikamente benutzt wurden, lagen in der Erde bei der Statue. Einige waren zersplittert, andere noch intakt. Sie wurden gesichert, aber ob sie mit dem Fall zu tun hatten und ob daran nach all den Jahren noch Spuren gesichert werden konnten, war fraglich. Ansonsten entdeckten die Ermittler nichts als Regenwürmer, Unmengen verrosteter Kronkorken, eine

Weinflasche und knorrige Baumwurzeln in der Grube. Als sie auf eine Schuttschicht stießen, machte das Team um die Anthropologin eine Pause. Im Moment sah es so aus, als ob sich jedenfalls unter der Statue nichts Verdächtiges befand. Entweder war nie etwas darunter gewesen, oder aber es hatte sich im Laufe der Jahre zersetzt. Ein wenig enttäuscht ging Suzanne zu der anderen Ermittlergruppe hinüber, die, von Emil überwacht, in Schutzkleidung noch eifrig an den Stücken der Statue, des Sockels und des Fundaments herumklopften. Starke Scheinwerfer waren aufgestellt worden und erleuchteten die schnell einsetzende Dämmerung. Der Boden war übersät mit Steinsplittern, in der Luft hingen Staubwolken. Paul lehnte mit einem Coffee to go und einem Buttercroissant direkt daneben an einem Baum, während Emil ihm eindringlich erklärte, wie umweltschädlich die vielen weggeworfenen Coffee-to-go-Becher waren. Suzanne gesellte sich zu ihnen, und die beiden unterbrachen ihr angespanntes Gespräch. Paul schob sich die Reste seines Croissants in den Mund und zerkaute es. Ihr lief das Wasser im Mund zusammen. Seit dem Mittagessen hatte sie nichts mehr gegessen, und ihre Gedanken schweiften für eine Sekunde zu den Fleischküchle, die sie am Abend mit Kartoffelsalat als Beilage zubereiten wollte, und zu den Haferflockenzucchiniküchle mit Zwiebeln, die sie für Liam ausprobieren würde. »Und?«, fragte sie. »Schon was gefunden?«

Paul schüttelte den Kopf, schluckte die Reste seines Essens hinunter und spülte mit Kaffee nach.

»In der Statue selbst war nichts. Im Fundament haben wir zwei alte Plastiktüten gefunden, eine grüne und eine orange-gelbe. Wir wissen bisher nicht, von welchem Geschäft sie stammen. Sie waren gefüllt mit Müll und Kleidern, wir schätzen Altkleider«, sagte Emil. »Etwas weiter oben im Fundament waren eine einzelne, winzige rote Babysocke und eine zerrissene Decke mit etwas darauf, das aussieht wie gestickte Marienkäfer, vermutlich eine Kinderdecke. Es sind große Flecken darauf, die wir testen müssen, es könnte Blut sein. Das ist schwer zu sagen nach all den Jahren. Wir wissen nicht, ob die Gegenstände versehentlich in die Grube gefallen sind, bevor der Beton darauf gegossen wurde, oder ob jemand sie absichtlich dort hineingeworfen hat, und wenn ja, warum. Eine Möglichkeit wäre, dass jemand Abfall entsorgen wollte oder dachte, es könne Glück bringen, Kindersachen in eine Statue einzubetonieren.«

Eine andere, dass jemand ein Kind verletzt oder umgebracht hatte und nun die blutige Decke und vielleicht die Leiche hatte loswerden müssen, dachte Suzanne, aber sie wollte den Gedanken nicht mal aussprechen, so unerträglich fand sie ihn. »Knochen habt ihr aber keine gefunden, oder?«, fragte sie.

Emil schüttelte den Kopf. »Sie könnten schon zersetzt sein. Vor allem dann, wenn sie nicht im Fundament, sondern ganz unten in der Grube gelegen haben sollten. Bei einer Erdbeschaffenheit wie hier zersetzen sich Leichen recht schnell.« Er nickte ernst.

»Oder wir sind auf dem Holzweg, und es war niemals etwas unter dieser Statue«, knurrte Paul. »Wahrscheinlich ist die ganze Magd-Geschichte nichts als Einbildung. Ich wollte nur wirklich allen Spuren nachgehen. Dieser Fall bringt mich noch an den Rand eines Nervenzusammenbruchs.«

Suzanne nickte. Irgendwie tat ihr Paul leid. Er stand sichtlich extrem unter Druck.

»Ich werde gleich mal schauen, ob es was Neues in der Grube gibt«, sagte der Staatsanwalt.

An der Grube waren Scheinwerfer aufgestellt worden, und das Scharren und Hacken ging weiter. Aus den Augenwinkeln sah Suzanne plötzlich, dass drüben am Wanderparkplatz ein Auto hielt. Da es mittlerweile dunkel war,

war sie sich nicht ganz sicher, aber es sah aus wie der graue BMW von Laubis. Sie kniff die Augen zusammen. Das konnte kein Zufall sein. Offenbar hatten ihre Grabungsarbeiten die Ratte aus ihrem Loch gescheucht. Suzannes Atem ging schneller. Jetzt näherte sich eine dickliche Gestalt, gefolgt von einer großen, muskulösen Gestalt, vom Parkplatz her dem Ausgrabungsort. Zum Glück war das Gelände weiträumig abgesperrt worden.

»Hey, Paul«, rief einer der Ermittler, der an Teilen des Statuensockels arbeitete, plötzlich, »hier ist was.«

Zu dritt gingen sie zügig hinüber zu dem Mann, der etwas in der Hand hielt, das aussah wie der Saugschnuller eines Babyfläschchens, der aus einem kleinen Betonklotz herausragte.

Paul nahm den Betonklotz in die Hand und betrachtete den Gegenstand. Kniff die Augen zusammen. Emil und Suzanne traten ganz dicht an Paul heran, um ebenfalls einen Blick auf den Schnuller zu erhaschen.

»Was soll daran besonders sein?«, fragte Paul barsch.

Der Ermittler warf zunächst einen kritischen Blick auf Suzanne, aber als Paul nickte, sagte er: »Ich bin mir nicht ganz sicher, aber ich denke, das hier könnte Blut sein.« Er zeigte mit seiner behandschuhten Hand auf eine Verfärbung des Gummis. »Das ist sehr ungewöhnlich, aber wenn der Schnuller in Blut lag, könnte etwas davon eingedrungen sein. Das hat sich über die Jahre erhalten.«

Suzanne wurde schlecht.

Paul kniff die Lippen zusammen. Auch ihn schien das Ganze mitzunehmen.

»Was ist hier los?«, fragte plötzlich eine barsche Stimme hinter ihnen. Suzanne und die anderen drehten sich ruckartig um. Laubis, in einer Jeans, Springerstiefeln und einem schwarzen Hemd mit kleinen Deutschlandflaggen darauf stand vor ihnen, ein wenig außer Atem, gefolgt von seinem Bodyguard. Offenbar hatte er die Absperrung ignoriert.

Sein Blick wanderte unruhig hin und her, blieb plötzlich an dem Schnuller hängen, den der Forensiker immer noch in der Hand hielt. Die Augen des Gemeinderats weiteten sich. Für eine Sekunde sah Suzanne Panik darin. Sie folgte Laubis' Blick, er schien nun zur Grube hinüberzustarren. Was auch immer hier passiert war, Laubis hatte damit zu tun, da war sie sich plötzlich sicher. Sie schaute zu Paul hinüber, auf dessen Stirn eine Ader zu pulsieren begann. »Wie kommen Sie hier rein?«, fauchte er Laubis an. »Sehen Sie das Absperrband nicht? Bitte gehen Sie, und zwar sofort! Zivilisten haben hier nichts zu suchen. Das ist ein möglicher Tatort.«

»Ach wirklich? Und warum ist die dann hier?« Laubis zeigte auf Suzanne.

»Sie arbeitet in dieser Sache mit uns zusammen«, presste Paul heraus. Er winkte zwei Polizisten, die am Waldrand standen und nun zu ihm herüberkamen.

»Das glaube ich eher nicht«, sagte Laubis, und irgendetwas an seinem Tonfall gefiel Suzanne überhaupt nicht.

»Haben Sie mit dem einbetonierten Schnuller etwas zu tun? Haben Sie hier ein Baby getötet? War es das, was ›damals‹ passiert ist? Was Sie anscheinend gar nicht wollten?«, ging sie zum Angriff über und sah Laubis scharf an.

Laubis' Gesichtsausdruck wirkte ehrlich erstaunt, dann lachte er. Es klang schrill und unecht. »Was für ein Baby?« In seiner Stimme lag Entrüstung. »Hören Sie doch auf, Frau Griesbaum, das ist lächerlich.« Er wandte sich den beiden Polizisten zu, die nun direkt neben ihm standen, und keifte: »Ich möchte erneut Anzeige erstatten. Gegen diese *Detektivin* hier. Sie erfindet ständig Dinge, die ich anscheinend verbrochen haben soll. Jetzt auch noch Kindsmord! Sie ist verrückt!«

»Mäßigen Sie bitte trotzdem Ihren Ton«, unterbrach ihn Paul und nickte den beiden Polizisten zu. »Würden Sie den Herrn hier bitte hinausbegleiten? Am besten gleich zu seinem Auto? Nehmen Sie seine Personalien auf und von mir aus auch die Anzeige, und fragen Sie ihn, was er hier oben wollte.«

»Sicher, Herr Staatsanwalt.« Die beiden Polizisten wandten sich Laubis zu.

Suzanne nickte bekräftigend. »Es passiert häufig, dass Täter zurück an den Tatort kommen. Das ist doch kein Zufall, dass er gerade jetzt …«

»Hast du handfeste Beweise, Suzanne?«, knurrte Paul sie an. »Dass hier überhaupt ein Verbrechen passiert ist? Dass er was damit zu tun hat?«

Sie verstummte, und auf Laubis' Gesicht breitete sich ein zufriedenes Lächeln aus. Bedauerlicherweise hatte Paul natürlich recht. Sie hätte lieber den Mund halten sollen.

»Worauf warten Sie?«, fragte Paul die Polizisten. »Bringen Sie ihn endlich weg.«

»Das würde ich an Ihrer Stelle nicht tun«, zischte Laubis in Pauls Richtung, während er die Hand eines Polizisten, die sich auf seine Schulter gelegt hatte, abschüttelte.

»Sonst was? Drohen Sie mir etwa?« Pauls Stimme klang gefährlich.

»Ich gebe Ihnen nur einen guten Rat. Mein Name ist Daniel Laubis und …«

»Es ist mir vollkommen egal, wer Sie sind. Sie haben hier nichts zu suchen«, fauchte Paul.

»Lassen Sie mich ausreden, junger Mann. Ich bin hier, weil ich es für meine Pflicht halte, Sie …«

»Das können Sie gleich den Kollegen von der Polizei erzählen.«

Einer der Polizisten legte erneut eine Hand auf Laubis' Schulter. »Kommen Sie endlich«, sagte er, seine Stimme duldete keinen Widerspruch.

»Ich werde mit der Presse sprechen«, knurrte Laubis. »Ehrliche Bürger werden abgeführt, während Leute wie die da«, er zeigte erneut auf Suzanne, »bei den Ermittlungen dabei sind, obwohl sie engen Kontakt zu Mördern haben. Ein Skandal erster Güte ist das. Haben Sie mal drüber nachgedacht, *warum* diese Frau hier ist? Sie hat es gerade selbst zugegeben: Sie will mir jetzt auch noch einen eingebildeten Mord an einem Baby in die Schuhe schieben. Wahrscheinlich, um von dem bestialischen Mord an meinem guten Freund Joseph Sandhaas abzulenken! Unfassbar! Hat sie auch behauptet, ich hätte Joseph umgebracht? Obwohl ich ein unumstößliches Alibi habe? Die will doch nur ihrem Mörderfreund helfen! Sie erfindet Geschichten, weil sie engen Kontakt und wahrscheinlich Sex mit diesem Marbach hat! Und Sie, Herr *Staatsanwalt*«, er spuckte das Wort aus, als sei es etwas Unanständiges, »arbeiten mit der auch noch zusammen!«

Suzanne wurde es eiskalt. »Das ist eine unverschämte Unterstellung«, sagte sie, so cool es ging, und es ging nicht besonders, weil ihre Stimme wegkiekste. War es möglich, dass Laubis wusste, dass Henry bei ihr auf dem Hof war? Sie verschränkte die Arme vor dem Körper. »Paul, dieser Mann lügt.«

Paul glaubte ihr nicht, das sah sie genau.

»Ich kann mir nicht vorstellen, dass Frau Griesbaum …«, setzte Emil an.

»Ich habe Beweise«, keuchte Laubis. »Hier, auf meinem Handy.« Er holte sein Smartphone aus der hinteren Tasche seiner Militärhose. Suzanne wurde beinahe schwarz vor Augen. »Von meiner Überwachungskamera. Am Haus. Da war sie gestern, gemeinsam mit diesem Verbrecher und einem anderen Typen, der behauptet hat, er sei ein Anwalt. Sie hat sogar die Bullen gerufen und unter einem Vorwand in mein Haus geschickt. Sie wollten mir belastendes Material unterschieben, ganz bestimmt!«

»Belastendes Material für was denn?«, fragte Paul.

»Für den Mord an Joseph Sandhaas natürlich«, sagte Laubis, der weiter an seinem Handy herummachte. »Dieser

Henry Marbach war deshalb auch schon einmal bei mir. Er hat mich bedroht.«

»Davon wusste ich nichts«, sagte Paul. »Haben Sie die Polizei informiert? Oder tut das hier keiner mehr von euch?« Sein Blick streifte Suzanne.

Laubis lächelte, es sollte wohl anbiedernd aussehen. »Herr Staatsanwalt, ich wusste zu dem Zeitpunkt doch noch gar nicht, dass es sich um Herrn Marbach handelt. Ich hielt ihn lediglich für einen unverschämten Flegel, nicht für einen Mörder. So leicht lasse ich mich nicht bedrohen, wissen Sie? Heutzutage, in Zeiten der Verrohung des Deutschtums durch Islamisten, lebt man als Politiker gefährlich. Aber jetzt, wo ich weiß, wer dieses Monster wirklich ist, hatte ich selbstverständlich vor, ihn der Polizei zu melden.«

»Dann zeigen Sie die Beweise gegen Frau Griesbaum mal her«, sagte Paul. Die Art, wie er das sagte, ließ Suzanne frösteln. Wenn Laubis wirklich Bilder von ihrer Recherche-Aktion bei seinem Haus hatte, dann gute Nacht. Das würde »ganz ruhige Gespräche« nach sich ziehen, dass es krachte. Wahrscheinlich würde Paul sie verhaften lassen. Was hatte sie sich nur dabei gedacht, sich mit einem Mordverdächtigen draußen zu zeigen?

Laubis schien endlich gefunden zu haben, was er gesucht hatte, und hielt Paul sein Handy hin. Dieser nahm es und schaute auf den Bildschirm. Suzanne stellte sich neben ihn und versuchte, ebenfalls einen Blick auf den Bildschirm zu erhaschen, und ihr wurde schwindlig, als sie sah, dass Laubis nicht gelogen hatte. Der gestochen scharfe Film zeigte sie, Achim und Henry, wie sie gemeinsam Laubis' Haus umrundeten und in jedes Fenster schauten. Dann sah man Henry, wie er zur Garage ging, durch das Garagenfenster starrte und sie und Achim schließlich herwinkte. Sie ging hinüber zu Laubis' Garage, Henry drehte sich um, stieß mit ihr zusammen, packte sie, damit sie nicht stürzte.

An der Stelle, an der Henry und sie dicht beieinanderstanden, als ob sie sich umarmen würden, endete der Film.

»Es ist nicht so, wie es aussieht«, sagte Suzanne aufgebracht.

»Wirklich«, erwiderte Paul, und da war ein Unterton in seiner Stimme, der grollte wie ein Vulkan vor dem Ausbruch.

Kapitel 35

Während Suzanne mit Paul und Emil Mittag aß und die Grabungen begannen, hatte Henry die Zeit damit verbracht herauszufinden, was für Verbrechen 1995, in dem Jahr, in dem die Statue aufgestellt worden war, in der Ortenau und ganz besonders in Durbach begangen worden waren. Insbesondere am 27. und 28. August, denn da waren das Fundament und der Sockel der Statue gegossen worden. Wenn Sandhaas einen Leichnam oder einen verdächtigen Gegenstand unter der Statue einbetoniert haben sollte, war es möglich, dass es Hinweise darauf in alten Zeitungsberichten im Internet gab. Verschwundene Personen zum Beispiel oder verschwundene Leichen.

Achim hatte ihm zuerst geholfen, aber dann war er aufgebrochen, um »alles über mögliche Verbrechen von damals aus erster Hand zu erfahren«. Er hatte nämlich festgestellt, dass er eine Freiburger Staatsanwältin aus seiner Studienzeit kannte, die er nun »ausquetschen« wollte. Die Art, wie Achim von den Oberschenkeln dieser Staatsanwältin geschwärmt hatte, ließ Henry allerdings befürchten, dass Achim ganz andere Gründe hatte, die Frau zu treffen.

Henry ging hinunter in die Küche und holte sich einen Schokoriegel, einen Apfel und einen großen Kaffee. Unter ihm zitterte der Boden vom Kreischen einer E-Gitarre und Liams neustem Song, den er, wie er Suzanne beim Frühstück mitgeteilt hatte, »der Großherzigkeit und der Gastfreundschaft einer badischen woman« gewidmet hatte: »Fucking breadsticks in death pots«. Henry hatte das nachgeschlagen, und es hieß *verfickte Grissini in Todestöpfen*. Ob das ein Titel war, über den man sich als Gastgeberin freuen sollte, war fraglich, aber Suzanne hatte gegrinst wie ein Honigkuchenpferd. Henry zog sich schnell ins Arbeitszimmer zurück, froh darüber, dass das verdammte Gewummere und die weiteren Textfragmente dort nicht so laut zu hören waren. Während er den Kaffee trank, ging er in Gedanken noch einmal alles durch, was er bisher herausgefunden und teilweise auch ausgedruckt hatte. 1995 war einiges passiert, allerdings waren, soweit ersichtlich, keine Leichen weggekommen, den Punkt konnte er abhaken. Personen hingegen waren einige verschwunden. Eine junge Frau, die ihre beste Freundin besucht hatte, war im März 1995 in der Nähe des Bahnhofs Kehl-Kork verschwunden. Ein junger Mann war nicht aus dem Marokkourlaub zurückgekommen. Eine Obdachlose aus Offenburg war Anfang Juni von einer Sozialpädagogin als vermisst gemeldet worden, das letzte Mal an ihrem Schlafplatz gesehen worden war sie im Februar. Ein Rentner, der seinen Hund ausgeführt hatte, war Ende Juli mitsamt seinem Cockerspaniel wie vom Erdboden verschluckt gewesen. Die Sache mit dem Hund hatte Henry kurz stutzig gemacht, aber als er die Zeitungen von August durchgegangen war, hatte er herausgefunden, dass der Rentner samt Cockerspaniel wohlbehalten zurückgekehrt war. Überhaupt hatten sich einige Fälle, die er zunächst herausgesucht hatte, später noch aufgeklärt, und Henry hatte sie wieder aussortiert. Drei Jugendliche, die Anfang August abgehauen waren, waren wohlbehalten zurückgekommen, ebenso ein junger Mann aus einer psychiatrischen Klinik. Ein Bäckermeister hatte Selbstmord begangen, seine Leiche war schließlich im Wald gefunden worden. Zwei Drogenabhängige waren ebenfalls einige Zeit nach ihrem Verschwinden tot aufgefunden worden, einer war erfroren, der andere hatte eine Überdosis eines schlecht gestreckten Stoffes intus gehabt. Sieben junge Frauen, die nach Partys oder Diskobesuchen rund um Offenburg zwischen Mitte Februar und Ende August verschwunden waren, waren immer einige Tage später wohlbehalten, wenn auch ein wenig verwirrt, an der Kinzig wieder aufgetaucht. Die Polizei hatte ermittelt, da im Blut der Frauen hohe Konzentrationen von einer Droge gefunden worden waren, die auch als K.-o.-Tropfen verwendet wurde, und die den Frauen offenbar über mehrere Tage kontinuierlich verabreicht worden waren. Die Untersuchungen hatten ergeben, dass die Frauen in den Tagen, in denen sie verschwunden gewesen waren, mehrfach Sex gehabt haben mussten, aber keine von ihnen konnte sich an irgendetwas erinnern. Es ging das Gerücht um, dass ein Vergewaltiger, der Date-Rape-Drogen benutzte, die Frauen entführte und über Tage betäubt gefangen hielt. Am 27. August, das war der Tag, an dem das Fundament der Statue gegossen worden war, waren zwei weitere Frauen als vermisst gemeldet worden, diesmal in Durbach. Diese Frauen waren allerdings gleich am nächsten Abend wieder aufgetaucht, und zwar direkt vor ihren Häusern. Sie konnten sich trotz eines Filmrisses an das meiste erinnern, und es stellte sich heraus, dass sie lediglich auf einer Party gewesen waren. Drogen hatten in ihrem Blut nicht nachgewiesen werden können, und die Frauen hatten zudem davon gesprochen, sie hätten einvernehmlichen Sex mit zwei der Gastgeber gehabt und seien auch ansonsten zu nichts gezwungen worden, daher war am Ende festgestellt worden, dass dieser Fall nicht zu der Serie gehört hatte. Der Vergewaltiger war nie gefasst worden, es sprach aber einiges dafür, dass der Täter gestorben war, denn Ende August 1995 hatte das Verschwinden von Frauen aufgehört, und es waren keine vergleichbaren Fälle mehr geschehen, auch nicht in anderen Städten, Bundesländern oder in Frankreich, wie in einem Zeitungsartikel über die neue Zusammenarbeit der Polizei erwähnt worden war.

Zunächst dachte Henry, da alle Frauen ja wieder aufgetaucht waren, könnte keine in die Statue einbetoniert worden sein, und sortierte den Fall wieder aus. Aber dann sagte er sich, dass die Möglichkeit bestand, dass jemand den Vergewaltiger umgebracht und dort einbetoniert hatte! Zumal es ein paar Wochen vorher einen seltsamen ungeklärten Vermisstenfall gegeben hatte: Ein Arzt mit gutgehender Praxis war im Gifiz schwimmen gegangen und von diesem Ausflug nie mehr zurückgekommen. Ob er ertrunken war und seine Leiche in den Tiefen des Sees herumschwamm, hatte damals trotz Tauchern nicht geklärt werden können. Vielleicht war das ja der Vergewaltiger gewesen, der gar nicht ertrunken, sondern einbetoniert worden war! Henry ballte seine Hand zur Faust. Denkbar war das. Und es gab zudem eine, wenn auch schwache, Verbindung zum Mord an Sandhaas: Auch der war gerne im Gifiz geschwommen. Was natürlich einfach Zufall sein konnte. Die Namen der Frauen fand Henry leider auf die Schnelle nicht heraus, lediglich zwei waren mit Vornamen in den Artikeln erwähnt, eine Laura S. und eine Miriam B.

Ein weiterer Fall, den Henry wegen des Datums verdächtig fand, war eine Aussetzung: Zwei wenige Tage alte Babys waren in der Nacht zum 28. August in einem Karton in einem Waldstück in der Nähe der Ruine Diersburg in der Gemeinde Hohberg ausgesetzt worden. Zum Glück hatte eine Polizeistreife die beiden gefunden, ansonsten hätten sie jämmerlich sterben müssen. Henry druckte den Bericht über den Fall aus, da die Mutter oder die Mütter der Babys nie hatten gefunden werden können. Es bestand also die Möglichkeit, dass deren Leiche oder Leichen unter der Statue lagen. Oder der Vater oder die Väter waren umgebracht und dort verscharrt worden. War die Aussetzung vielleicht der Grund für den Mord? Henry legte den Artikel auf den Stapel mit den anderen verdächtigen Fällen. Wahrscheinlicher war allerdings, dass die Mutter oder die Mütter und der Vater oder die Väter der Babys noch lebten. Dass sie die Säuglinge ausgesetzt hatten und einfach abgehauen waren. Er stocherte hier im Nebel. Bevor er sich wieder dem Rechner zuwandte, um weiterzusuchen, warf er noch einen Blick auf das Foto in dem Zeitungsartikel. Die Bekleidung der Babys, in der sie gefunden worden waren, war abgebildet und beschrieben worden. Was ihn besonders berührte, war die Tatsache, dass eines der Babys nur eine Socke getragen hatte, eine winzige rote Socke. Der andere Fuß war nackt gewesen. Wie konnte jemand etwas so Grässliches tun und neugeborene Kinder einfach in einem Karton in den Wald stellen?

Henry lehnte sich zurück. Eine Menge möglicher Anhaltspunkte. Jedenfalls dann, wenn seine Idee mit der Statue stimmte. Wenn nicht, wenn die Statue einfach eine unschuldige Statue war, eine verdammt hässliche noch dazu … Dann war all das hier eine weitere Sackgasse, und er hatte einen weiteren Tag mit nutzlosen Recherchen verschwendet. Und langsam gingen ihm die verdammten Ideen aus.

Kapitel 36

Mittlerweile war es später Nachmittag. Achim war immer noch nicht zurückgekommen, genauso wenig wie Suzanne, dafür waren im Laufe des Tages einige Polizeiautos ziemlich langsam und ziemlich dicht am Hof vorbeigefahren, was Henry durchs Fenster gesehen hatte und was ihn jedes Mal dazu gebracht hatte, sich unter die verdammte Schreibtischplatte zu ducken. Er wurde langsam unruhig. Eigentlich hatten Achim, Suzanne und er vorgehabt, am Abend noch gemeinsam an den Baggersee nach Schutterwald zu fahren, wo Suzanne das Versteck eines Typen namens Ragnar Iggy vermutete. Dieser Ragnar gab sich als Schamane aus und wohnte normalerweise wohl direkt oberhalb des Weinbergs der Sandhaas'. Suzanne hielt es für möglich, dass er Louise, falls sie wirklich diese verdammt kranke Geschichte mit der Magd des Totengräbers nachgespielt hatte, bereits bei einem möglichen früheren Besuch gesehen hatte. Außerdem war der Typ zur Tatzeit in der Nähe des Tatorts gewesen, er hatte dort anscheinend einen »Engel« gesehen. Und er war es auch gewesen, der diese Gerüchte über den mysteriösen Muskulösen mit dem Bolzenschneider gestreut hatte! Er trug die Schuld daran, dass Henry verhaftet worden war! Wer wusste schon, ob dieser Ragnar nicht deshalb in der Nähe des Tatorts gewesen und den verdammten Bullshit mit dem muskulösen Fremden verzapft hatte, weil er selbst mit der Tat etwas zu tun hatte, zumal er sich wohl gut mit Giften auskannte? Suzanne schien das auszuschließen, aber sie war auch befangen, weil sie mit dem Typen befreundet war. Aber er, Henry, war da nicht so verblendet! Abgesehen davon hatte sich niemand bislang ernsthaft mit der Frage befasst, wer denn der »Engel« gewesen sein sollte, den dieser Ragnar gesehen haben wollte. Es wurde eindeutig Zeit, dass mal ein richtiger Ermittler ins Spiel kam! Er würde diese verdammten Recherchefehler jetzt ausbügeln. Und auch mit Laubis war er noch keinesfalls fertig! Er hatte vor, dem Herrn noch heute Nacht einen erneuten Besuch abzustatten, und diesmal würde ihn nichts davon abhalten, aus Laubis alles herauszubekommen, was der wusste!

Henry ließ sich in der Küche noch einen Kaffee heraus. Das Eingesperrtsein machte ihn verrückt. Wenn er ein Auto gehabt hätte, wäre er alleine an den Baggersee gefahren und hätte diesen Ragnar aufgespürt, und danach hätte er Laubis besucht. Leider waren die einzigen Fahrzeuge, die sich noch auf dem Hof befanden, ein offensichtlich teures rosa Damenfahrrad mit *Dieselskandal*-Aufklebern, ein Aufsitzmäher und ein Traktor. Gar nicht auszudenken, was das für eine PR wäre, wenn ein ermittelnder Detektiv mit dem Aufsitzmäher zur Recherche fahren musste! Da konnte alles an gutem Ruf, was man sich in den letzten Jahren aufgebaut hatte, dahin sein! Stillos war das. Gleiches galt für den Traktor, zumal er nicht mal einen Traktorführerschein besaß. Was das Rad anging, hätte er es vielleicht geliehen, aber er war sich nicht sicher, ob er mit diesen verdammten Goldschnallen-Slippern Rad fahren konnte. Ein falscher Tritt, und er hätte sich mit wahrscheinlich tödlichen Folgen in den Speichen verheddert. Zudem: Wer konnte schon wissen, was ihn erwartete, vielleicht würde er das Rad nicht mehr heil abliefern können. Da hatte er ein schlechtes Gewissen Suzanne gegenüber, die ihn in ihrem Haus versteckte und ihm sogar Kleider von ihrem Exfreund geborgt hatte. Leider hatte nur ein Kleidungsstück gepasst, ein gelber Norwegerpulli mit psychopathischen bunten Streifen, der überhaupt nicht zu den Slippern passte und der dem Exfreund einige Nummern zu groß gewesen sein musste, bei Henry jedoch hauteng saß. Aber immerhin hatte er etwas einigermaßen Warmes an diesem kühlen Tag, das nicht nach Schweiß stank, und über solche Kleinigkeiten war Henry mittlerweile schon froh. Wobei, auch sein Flucht-T-Shirt und die anderen Klamotten stanken heute nicht mehr. Er hatte am Vorabend alles in die Waschmaschine gesteckt, war dann nackt mit nichts als einem Bademantel von Suzanne, den er nur umhängen konnte und der sich nicht schließen ließ und tiefe Einblicke bot, in Suzannes Gästezimmer gesprintet und hatte dort gewartet, bis die Maschine geendet hatte. Und er hatte splitterfasernackt geschlafen. Dafür fühlte er sich heute wieder wie ein Mensch. Ganz erstaunlich, was so eine frisch gewaschene Unterhose ausmachen konnte. Auch das zeigten sie nie in Actionfilmen, dachte er grimmig.

Während er nachdachte, wie er jetzt zum Schutterwälder Baggersee kommen konnte, ging er langsam im Zimmer auf und ab. Aus dem Keller drang immer noch Gewummere, allerdings leiser, und Henry vermutete, dass Liam wieder dabei war, einen neuen Song zu komponieren. Und plötzlich wurde ihm klar, dass es ja noch ein motorisiertes Gefährt auf dem Hof gab. Er stopfte sich ein wenig Küchenrolle in die Ohren und stieg die steilen Treppen in den luftigen Weinkeller hinab. Liam schien ein wenig umgeräumt zu haben. Dort, wo gestern noch der Sessel gestanden hatte, von dem aus Suzanne anscheinend ein Detektiv-Podcast sendete, stand jetzt ein aus alten Pappkisten gebauter und mit Vampiren stilvoll angemalter Sarg. Ein Tisch mit einer schwarzen Decke stand daneben, auf dem eine rostige, vermutlich mit Kunstblut oder roter Farbe auf blutig gemachte Säge, zwei blutige Äxte und jede Menge Knoblauchknollen, die ebenfalls dunkelrot gesprenkelt waren, lagen.

Liam, vollkommen auf seine Gitarre konzentriert, saß alleine im Keller. Er zuckte zusammen, als Henry ihn an der Schulter anstupste.

»Ja?«, fragte er und sah Henry mit einem freundlichen Lächeln auf dem Gesicht, das das Spinnennetztattoo besonders stark zur Geltung brachte, an. »Wie findest du meine geile Kulisse?« Er zeigte auf den Sarg und den Tisch. »Habe einen kleinen Movie aufgenommen, mit einem neuen Song über Vampire, »Blood and Garlic«, Überraschung für das Sweetheart. Habe ihn auf ihre Fanpage gestellt.« Er grinste jetzt verschwörerisch. Seine langen Haare waren zu einem Zopf gebunden. Dann verengte sich sein Blick. »What the fuck ist das schon wieder für ein krasses Oberteil, das du da anhast?«

»Liam«, sagte Henry, als er endlich zu Wort kam, »darf ich euren Bandbus ausleihen? Ich muss unbedingt noch eine Sache für den Fall nachprüfen, und …«

»Recherchen sind niemals wrong«, sagte Liam. »Aber in dem Fall komme ich besser mit.« Er legte die E-Gitarre schwungvoll auf den Boden. »Dieser Bus ist wie ein bockiges Pferd. Du musst es reiten können, sonst wirft es dich ab.«

Henry runzelte die Stirn. »Glaub mir, ich falle schon nicht aus dem Führerhaus.«

Liam lachte auf. »Das war im übertragenen Sinne gemeint.«

»Ja, bei mir auch. Und es ist nett von dir, dass du mitkommen willst, aber ich glaube, ich schaffe es allein. Ich weiß nicht, ob der Mann, den ich suche, gefährlich …«

»Dann nehmen wir Elton auch noch mit. Ich sende ihm eine WhatsApp. Let's go!« Liam zückte ein Handy in einer vermackten Hülle, die über und über mit *Dieselskandal*-Stickern beklebt war, und tippte wie wild darauf.

»Nein, um Himmels willen, das ist nicht nötig.«

»Wir machen das gern.«

Das fehlte gerade noch, dass er zwei Musiker dabeihatte, wenn er einen möglichen Mordverdächtigen traf! Was wollten die beiden denn machen, wenn der Mann sie angriff? Ihn zu Tode singen? Leider ließ Liam nicht mit sich reden, egal, wie schrecklich Henry ihm mögliche Gefahren durch Ragnar Iggy ausmalte. Auch sein Vorschlag, dass die beiden im Auto auf ihn warten sollten, lehnte Liam ab. Schließlich gab Henry sich geschlagen. Suzanne hatte erzählt, der Schamane am Baggersee sei nicht gewalttätig. Zudem war Henry verdammt gut in Form. Selbst wenn dieser Ragnar also wider Erwarten bewaffnet, nüchtern und in Mordlaune sein sollte, würde er ihn überwältigen können, wenn sie das Überraschungsmoment ausnutzten. »Du und Elton, ihr müsst verdammt leise sein, wenn wir uns an den Typen anschleichen«, sagte er. »Wenn wir in einen Hinterhalt geraten …« Er ließ den Satz wegen der erhofften größeren Wirkung unvollendet in der Luft schweben.

Liam nickte. »Ambush«, sagte er. »Das wäre auch ein schöner Titel für …«

»Wir brechen sofort auf. Denn nach Ragnar müssen wir noch zu Laubis.«

Es dauerte eine Weile, bis der alte Bus sich bequemte anzuspringen, und Henry war fast froh, dass Liam der Fahrer war und nicht er. Er befürchtete nämlich, dass das Lenkrad unter einem wütenden Faustschlag gebrochen wäre, wenn er selbst diese Schrottkiste hätte in Gang bringen müssen. Das erinnerte ihn ein bisschen an seinen ersten VW-Bus und eine Fahrt durch den Schwarzwald. Die Batterie war mal wieder aus unerfindlichen Gründen leer gewesen, und nachdem ihm jemand Starthilfe gegeben hatte, hatte er, ohne an einer Kreuzung anhalten zu können, bis in die nächste Stadt fahren müssen. Einige ziemlich brenzlige Situationen an Vorfahrtstraßen, wenn er sich richtig erinnerte. Und der erste und einzige Urlaub mit seiner damaligen Freundin Liliane war auch so ein Ding gewesen. Sie hatten eigentlich nach Griechenland gewollt, aber bei München war die Beifahrertür abgefallen, und statt heißem Sex am Strand von Vouliagmeni hatte er eine Trennung in einer

Autowerkstatt in Giesing bekommen. Schon damals hatte er kein Geld gehabt, nur damals war er noch nicht so klug gewesen wie heute, hatte noch keine Kredite aufgenommen, um sich selbst nach außen hin zu einem erfolgreichen Geschäftsmann zu machen, was ja das A und O in der Branche war.

Sie ratterten eine Weile schweigend Richtung Schutterwald. Die untergehende Sonne, die plötzlich hinter Wolken hervorlugte, tauchte die Landschaft in ein rotgoldenes Licht. Der Bus machte ab und an knallende Geräusche, bei denen Henry zusammenzuckte, was Elton jedes Mal in ein herzhaftes Lachen ausbrechen ließ. Henry saß neben dem Drummer auf dem Beifahrersitz, der eine Melodie vor sich hin summte und gelegentlich eine Zigarette rauchte. Henry hatte auch Lust auf eine Kippe, aber er zwang sich, nur ein wenig des köstlichen Rauchs tief einzuatmen und ansonsten an seine viel größere körperliche Fitness zu denken.

Schließlich bog Liam von der Landstraße in eine Art Feldweg ein. Er parkte auf dem Parkplatz des Restaurants *Haus am See,* und gemeinsam betraten sie wenig später den Spazierweg, der an dem Baggersee entlangführte. Ein Schild am Anfang des Weges verkündete eine *Tour Wald Reben See.* Mittlerweile war es dunkel und ein wenig neblig, aber Liam und Eltons Handytaschenlampen und die Taschenlampe mit einer Kurbel, bei der man den Strom selbst herstellen musste und die Henry bei Suzanne im Flur gefunden hatte, erhellten den Weg. Zu ihrer Linken lag der Wald, der sich, das hatte Henry vorhin im Internet angeschaut, bis zur A 5 hinüber erstreckte, rechts der See. Die Schemen eines Kieswerks am anderen Ufer erhoben sich düster gegen den Nachthimmel. Nur das Plätschern des Wassers, das Knacken der Äste, das entfernte Rauschen der Autobahn und das Knirschen ihrer Schritte waren zu hören. Und das Surren, wenn Henry seine Taschenlampe durch Kurbeln neu auflud. »Suzanne meinte, dieser Ragnar würde wohl nicht direkt am Seeufer campen. Denn dann hätte ihn bestimmt schon jemand gesehen und aufgefordert, seine wilden Zelte abzubrechen«, bemerkte Henry, nachdem sie dem Pfad eine Weile gefolgt waren und an eine Abzweigung kamen. »Daher durchkämmen wir jetzt systematisch den Wald. Wir beginnen hier, gehen in Richtung Badestrand am anderen Ende des Sees und arbeiten uns dann im Zickzack immer weiter in Richtung A 5 vor.« Suzanne hatte ihm erklärt, in welchem Gebiet sie ihren Bekannten vermutete, und Henry hatte vor, ihrer Wegbeschreibung zunächst zu folgen. Er hatte einen guten Orientierungssinn, und wenn er sich ein Gebiet auf einer Karte angeschaut hatte, konnte er sich darin bewegen, ohne sich zu verlaufen. Sie betraten den Wald, der außerhalb des kleinen Lichtkreises ihrer Taschenlampen ziemlich finster war. Der Mond, der im Moment sowieso nur eine Sichel war, wurde durch den Dunst und die Baumkronen verdeckt. Es roch nach Moos und Blättern, und Henry wollte sich nicht vorstellen, was hier in der Dunkelheit alles für Tiere lauerten. Als sie einen vermoderten Baumstumpf passierten, hatte er für eine schreckliche Sekunde ein grässliches Déjàvu, besagte Nachtwanderung bei einer seiner Jugendboxfreizeiten, die dazu geführt hatte, dass er keine Igel mehr anschauen konnte, ohne zu zittern. Aber das, was er für einen Igel gehalten hatte, war nichts als ein riesiger Pilz, der aus dem Holz wucherte. Henry versuchte, sich auf Liam und Elton zu konzentrieren, die, um ein größeres Gebiet abzudecken, etwa zehn Meter von ihm entfernt auf gleicher Höhe durch den Wald stolperten, und das Zittern in seiner Hand, das urplötzlich eingesetzt hatte, verschwand wieder.

Etwa eine Stunde schlugen sie sich durch Gestrüpp und kletterten über umgestürzte Baumstämme, einmal trat Henry in den dampfenden Kothaufen eines Tieres. Warme Nässe drang bis an seinen Fuß vor, die ganze verdammte Schnalle hing voll mit dem pestilenzartig stinkenden Zeug.

Er bedauerte es von ganzem Herzen, dass ihm kein einziges Paar der verdammten Gummistiefel auf Suzannes Hof gepasst hatte, denn man konnte bereits jetzt abschließend sagen, dass diese verdammten Slipper für einen verdammten Offroadtrip nicht gerade das verdammte Gelbe vom Ei waren! Schließlich erreichten sie den Waldrand, ohne Ragnar gefunden zu haben, und Henry fluchte innerlich. Wenn dieser Fall gelöst war, würde er nie wieder aufs Land fahren und nie wieder einen Auftrag annehmen. Und Slipper würde er auch nie wieder anziehen, das konnte er garantieren. Sie drehten um und gingen etwas weiter innen im Wald zurück. Ein winziger Trampelpfad, den sie überquerten, erinnerte Henry plötzlich an eine Szene aus dem Film *Äxte, Sägen, Schlachtermesser,* den sie im Ethikunterricht in der Oberstufe auf Achims Wunsch angeschaut hatten und in dem genetisch veränderte Metzger mit übernatürlichen Kräften und einem unstillbaren Verlangen nach Menschenfleisch aus einem Forschungslabor ausgebrochen waren. Die Hintergründe des Films und die Story hatte er nicht ganz verstanden, aber irgendwie hatte er schon damals das Gefühl gehabt, dass der sozialkritische Aspekt, den Achim dem Lehrer gegenüber so hervorgehoben hatte, ziemlich schnell keine Rolle mehr gespielt hatte. Er sah zu Elton und Liam hinüber. Auch Elton schien immer angespannter zu werden, soweit man das aus der Entfernung beurteilen konnte. Die Luft roch jetzt nach Pilzen und feuchter Erde. Düstere Schatten lauerten im Unterholz, es knackte und raschelte bedrohlich. Auf der einen Seite war Henry klar, dass sie mit ihren Taschenlampen ein beleuchtetes Ziel für jedermann abgaben, der es darauf abgesehen hatte, sie zu pfählen, mit Eisenhut zu vergiften oder sonstige Dinge mit ihnen anzustellen. Auf der anderen Seite würden sie sich beide Beine brechen, wenn sie in dieser Wildnis bei vollkommener Dunkelheit auch nur einen Schritt machten. Vor allem er, denn mit dieser verdammten Schnalle blieb er überall hängen. An Igel durfte er gar nicht denken. Der Nebel war dichter geworden und behinderte die Sicht zusätzlich. Sie mussten doch endlich mal zu einer der Lichtungen kommen, auf der Ragnar Iggy seine Zelte aufgeschlagen haben könnte.

Direkt vor Henry lagen mehrere große, umgestürzte Bäume, die den Weg blockierten. Er machte einen großen Bogen, aber auch an den Seiten waren die Büsche undurchdringlich. Schließlich fand er eine Stelle, an der er passieren konnte, wenn er über einen Baumstamm kletterte, der etwa einen Meter über dem Boden über dichtem Dornengestrüpp zu schweben schien. Für eine Sekunde musste er seine Taschenlampe, die nur noch schwach leuchtete und dringend wieder angekurbelt werden musste, in die Hosentasche stecken, da er beide Hände brauchte, und die Dunkelheit vor ihm wurde undurchdringlich. Ein gutes Stück weiter vorne sah er flackernd noch das Licht von Liams Handy, dann verschwand auch das zwischen den Bäumen. Es war plötzlich totenstill, und man konnte kaum die Hand vor Augen sehen. Henrys Muskeln spannten sich an. Mühelos zog er sich auf den Stamm, balancierte ein Stück und sprang dann wieder auf den Boden, den er zuvor mit der frisch aufgeladenen Taschenlampe abgeleuchtet hatte. Als er unsanft auf einigen Wurzeln auftraf, verlor er die Lampe, die noch einmal aufzuckte und dann erlosch. Er bückte sich, um sie aufzuheben, als sich eine dunkle Gestalt aus dem Nichts auf ihn stürzte. Henry schrie vor Schreck auf und die Gestalt ebenfalls. Mit zwei schnellen Handkantenschlägen erledigte er die Gestalt. Wimmernd lag sie nun auf dem Boden. Sie trug einen langen Mantel mit riesigen Taschen. »Bitte, töten Sie mich nicht mit dem Bolzenschneider«, bettelte die Stimme. Da die Gestalt ihn mit Bolzenschneider kannte, musste das wohl Ragnar Iggy sein.

»Ich habe überhaupt keinen Bolzenschneider dabei«,

sagte Henry, aber das schien der Schamane nicht sonderlich beruhigend zu finden, denn das Jammern wurde lauter.

Es dauerte seine Zeit, bis Henry den zitternden Mann, der auf dem Boden vor ihm kniete, mehr oder weniger davon überzeugt hatte, dass er Joseph Sandhaas nicht mit einem Bolzenschneider in Stücke geschnitten hatte. Mittlerweile waren auch Liam und Elton hinzugekommen, doch auch ihr ein wenig wilder Anblick beruhigte Ragnar nicht. Schließlich flehte der Mann: »Lassen Sie mich einen Zug an meiner Pfeife nehmen.« Henry zuckte mit den Schultern, und der Schamane zückte eine kleine Pfeife und stopfte sie mit einer merkwürdigen Mischung.

»Sind das Spitzkegelige Kahlköpfe? Kann man die auch rauchen?«, fragte Liam offensichtlich interessiert.

Ragnar Iggy sah bewundernd zu ihm hoch. »In der Tat, gut erkannt«, sagte er. »Und ein bisschen Gras und einige Kräuter zur Beruhigung.« Er holte ein Feuerzeug hervor, entzündete das Ganze und sog an seiner Pfeife. Ein süßlicher, nicht unangenehmer Geruch lag nun in der Luft. Ein paar Minuten später entspannten sich die Gesichtszüge des Schamanen merklich. »Seid meine Gäste«, sagte er und deutete mit einer ausladenden Handbewegung auf einige Baumstümpfe, die aus dem dunklen Boden ragten. Bis auf Henry nahmen alle Platz, und Ragnar ließ im Licht ihrer Taschenlampen die »Friedenspfeife«, wie er es nannte, herumgehen. Henry versuchte, Liam und Elton davon abzuhalten, denn wer konnte wissen, was der Typ da in seiner Pfeife hatte, aber die beiden inhalierten den Rauch tief, was bei Liam einige genussvolle Seufzer und bei Elton anhaltendes Lachen hervorrief. Ragnar lehnte sich zurück. Henry ließ die Pfeife vorbeiziehen. Wenigstens einer musste bei klarem Verstand bleiben. »Ich werde verdächtigt, Joseph Sandhaas umgebracht zu haben, aber ich bin unschuldig. Und ich brauche Ihre Hilfe. Erzählen Sie uns doch bitte, was Sie am Abend von Sandhaas' Tod an der Statue gesehen haben«, forderte er den Schamanen auf.

»Na, Sie«, sagte Ragnar, durch die Pfeife offenbar mutig geworden. »Ich habe Sie gesehen. In der Tat. Mit einem Bolzenschneider in der Hand. Und einen Engel mit verschwommenen Rändern.«

Elton lachte laut.

»Und sonst?«

»Nichts.« Ragnar Iggy nahm einen weiteren tiefen Zug von der Pfeife.

»Wie sah der Engel denn aus?«

Der Schamane dachte ziemlich lange nach. »Verschwommen. Sehr verschwommen«, sagte er dann.

»Versuchen Sie doch einmal, sich den Engel vorzustellen«, versuchte es Henry erneut. »Vor Ihrem inneren Auge. Haben Sie vielleicht sein Gesicht gesehen?«

Der Schamane schien in sich zu gehen. »Er hatte kein Gesicht. Oder doch? Vielleicht habe ich es nicht gesehen. Vielleicht war da eine Kapuze. Oder eine Maske. Mehr weiß ich leider nicht.«

Großartig, dachte Henry enttäuscht. »Was hat der Engel denn gemacht?«

Ragnar schürzte die Lippen. »Er hat etwas an der Statue aufgehängt. Eine Kette.«

»Und dann?«

»Dann hat er sich in Luft aufgelöst.« Er zögerte ein wenig. »Nein, wenn ich ehrlich bin, bin ich wahrscheinlich ohnmächtig geworden. Der eingelegte Fliegenpilz hat mich ziemlich umgehauen, und ... und davor hatte ich auch noch eine neuartige Mischung *Magic Mushroom Mix* getestet, den *Himmelsstürmer* ...«

»*Magic Mushroom Mix*?«, fragte Liam. »Das ist bestimmt niemals wrong. Kann ich davon auch ein bisschen probieren?«

Ragnar Iggy holte ein weiteres kleines Tütchen aus seiner Manteltasche. Gab Liam und Elton etwas, das aussah wie ein braunes Kügelchen. »Ihr müsst es langsam kauen«, sagte er. Bevor er sich selbst auch eine Kugel in den Mund schieben konnte, packte Henry sein Handgelenk. »Warten Sie bitte. Ich brauche Sie nüchtern. Ich muss Ihnen ein Foto zeigen, das vor ein paar Wochen aufgenommen wurde, und Sie fragen, ob Sie die Dame kennen.«

Ragnar verzog das Gesicht, als Henry das ausgedruckte Foto von Louise in Nahaufnahme, das auf dem Polizeirevier in Stuttgart entstanden war, aus seiner Hosentasche holte. Henry machte sich kaum Hoffnung, der Typ war nicht gerade das, was man einen optimalen Zeugen nennen konnte. Er streckte Ragnar den Ausdruck trotzdem entgegen und leuchtete mit seiner Taschenlampe, damit der Schamane das Bild genau anschauen konnte. Dessen Augen weiteten sich, er rieb sich mit einer Hand über die Stirn, dann über die Augen, dann richtete er den Blick erneut auf den Ausdruck. Ein Zittern ging durch seinen ganzen Körper. »Das … das kann einfach nicht sein«, brachte er schließlich heraus. »Wann, sagten Sie, ist das Foto gemacht worden?«

»Vor ein paar Wochen.« Die Gedanken rasten in Henrys Kopf. Der Mann hatte Louise schon einmal gesehen, anders konnte man seine Reaktion nicht deuten. Und sie brachte ihn offensichtlich aus dem Konzept.

»Das … das ist unmöglich!«

»Warum?«, fragte Henry.

»Sie … sieht aus wie … Louise«, stammelte Ragnar. »Louise Münz.«

Henry wurde es fast schwindlig. Er war so dicht dran, das Rätsel zu lösen, das spürte er. »Das *ist* Louise Münz.«

»Nein, eben nicht. Das … kann nicht … sein. Ich habe schon einiges intus, aber so viel nicht.« Der Schamane schüttelte den Kopf. Im Hintergrund waren Sirenen zu hören, die auf der Landstraße hinter dem See vorbeizurasen schienen.

»Warum kann das nicht sein?«, fragte Henry aufgeregt.

»Es ist bestimmt schon … fünfzehn, nein, mehr als zwanzig Jahre her, als ich sie kennengelernt habe. Eine echte Schönheit. Ich hatte mal eine harte Phase und habe kurzzeitig auf der Straße gelebt und … Da habe ich sie kennengelernt. Auf dem Bürgersteig, es war, glaube ich, vor irgendeiner Kirche in Offenburg. Sie hat mich echt umgehauen. Ich glaube, ich war selten … so verliebt. Nur müsste die Frau«, er stammelte und tippte auf das Bild, »sie müsste jetzt mindestens fünfzig oder sechzig sein, und die Jahre auf der Straße zählen doppelt und dreifach, das würde man ihr ansehen. Aber diese Frau, diese Louise hier, ist … keinen Tag gealtert. Sie ist immer noch Mitte zwanzig. Das … kann nicht sein. Aber sie sieht genauso aus, fast noch jünger. Und sie heißt auch Louise Münz?«

»Heißt sie. Und das kann kein Zufall sein«, nickte Henry. Jetzt setzte er sich doch auf einen der Baumstümpfe. »Dann erzählen Sie mal alles, was Sie über Louise Münz wissen«, forderte er Ragnar auf.

Kapitel 37

Paul schlug mit der Faust so auf den Schreibtisch in Suzannes Arbeitszimmer, dass der Computerbildschirm wackelte. »Zum letzten Mal: Wo ist Henry Marbach?«

»Ich weiß es nicht, wie oft soll ich das noch sagen?« Suzanne wurde langsam sauer.

»Soll ich dich erst festnehmen lassen?« Paul kochte vor Wut. Er und die Polizisten waren sofort, nachdem Laubis an der Ausgrabungsstelle seinen Film gezeigt hatte, mit ihr hierhergefahren und hatten zweimal ihr gesamtes Haus, den Garten und den Ziegenstall durchkämmt, aber von Henry keine Spur. Genauso wenig wie von Liam und Elton.

»Hören Sie bitte auf, Frau Griesbaum zu drohen«, schnarrte Achim, der vor einer halben Stunde vom Besuch bei seiner ehemaligen Studienkollegin zurückgekommen war.

»Ich zeig Ihnen gleich, was eine Drohung ist! Sie stecken doch mit in dieser Geschichte drin! Sie lasse ich auch festnehmen!« Paul schlug noch einmal auf den Schreibtisch. »Sag mir jetzt sofort, wo er ist, Suzanne.«

»Wenn ich es aber doch nicht …«

Der Staatsanwalt hob in einer Geste des Aufgebens beide Hände. »Mir ist es langsam egal«, bekannte er. »Wenn ihr euch gern von Marbach pfählen lassen wollt, bitte! Aber erwartet nicht, dass ich die Morde an euch mit besonderer Dringlichkeit bearbeite!«

Für eine Sekunde war es still. Um irgendetwas Sinnvolles zu tun, blätterte Suzanne geistesabwesend immer wieder den kleinen Haufen Ausdrucke durch, der am Morgen noch nicht auf ihrem Schreibtisch gelegen hatte. Henry musste ihn dort aufgestapelt haben. War er losgegangen, um irgendeine dieser Geschichten hier zu recherchieren? Aber welche? Paul hatte ihr jetzt den Rücken zugedreht, starrte aus dem Fenster und knirschte offenbar vor Wut mit den Zähnen. »Ich … ich hätte nie gedacht, dass du mich so hintergehen würdest«, brachte er heraus, und Suzanne bekam ein furchtbar schlechtes Gewissen.

»Es tut mir leid«, setzte sie an. »Ich glaube nur einfach nicht, dass Henry Marbach den Mord begangen hat.«

»Und warum? Weil er ein gutaussehender Mann ist und du mit ihm schläfst? Oder weil du was mit seinem Anwalt hast, mit *Achim*?«

»Nein, weil er extra hierhergekommen ist, um den Fall aufzuklären. Wenn er schuldig wäre, wäre er doch so schnell wie möglich abgehauen. Wieso sollte er sich in die Höhle des Löwen begeben?«

Achim nickte zustimmend.

Paul starrte weiter aus dem Fenster und antwortete nicht. Sie blätterte den Stapel mit Ausdrucken bis zum Ende durch. Und wieder von vorne. Und nochmal. Diesmal schaute sie auf die Überschriften und auf die Bilder. Plötzlich stockte sie. »Paul«, sagte sie. »Hier, schau dir das mal an.« Sie hob den Artikel von der Aussetzung der Babys, den Henry ausgedruckt hatte, hoch. Achim, der neben ihr stand, betrachtete das Blatt. Paul drehte ihr weiter den Rücken zu und sah aus dem Fenster. »Hier steht, dass Ende August 1995 zwei wenige Tage alte Säuglinge ausgesetzt wurden. In einem Karton. Einer der Säuglinge trug nur eine Socke. Eine rote«, erläuterte sie. »Hier ist ein Foto davon.«

Paul seufzte tief, drehte sich um und kam widerwillig zu ihr, nahm ihr den Ausdruck aus der Hand und las ihn mit hochgezogenen Augenbrauen. Als er fertig war, griff er zum Handy, bellte seinem Gesprächspartner einige Befehle entgegen und hörte schließlich eine Weile nur zu. Suzanne beobachtete ihn aufmerksam und versuchte mitzuhören, was die Person am anderen Ende sagte, aber da war nur Gemurmel. »Die Kartonzwillinge?«, fragte Paul nun. »Nein, ich habe noch nie von Kira und Hannah gehört, aber ... Ja, das habe ich verstanden. Wann wurden die Zwillinge damals gefunden? Wo? Was? Das kann ja kaum ... Von wem, sagen Sie? Das glaube ich jetzt nicht! Suzanne, hast du mir einen Stift und Papier?« Pauls Stimme klang plötzlich heiser, er kritzelte etwas auf das oberste Blatt, riss es ab und steckte es in die Hosentasche. »Ich glaube, da haben wir tatsächlich etwas gefunden.«

Sie wies ihn nicht darauf hin, dass das »wir« vielleicht nicht ganz passend war, denn ein wenig hatte sie das Gefühl, Paul etwas zu schulden. Sie lächelte ihn an. »Darf ich fragen ...?«, setzte sie an.

»Nein«, knurrte der Staatsanwalt.

Sie standen sich gegenüber und schauten sich an wie zwei Judoka kurz vor dem Kampf.

Mit einem strengen Seitenblick auf Achim und den Worten »Wir müssen Marbach finden und ins Gefängnis bringen, wo er hingehört!« rauschte er aus dem Zimmer.

»Weisch du, wo der Henry isch? Konntesch du ihn warnen?« Achim flüsterte und verschränkte die Arme vor der Brust. Sie schüttelte den Kopf. »Er war einfach weg. Ich hatte gehofft, ich finde hier in den Unterlagen einen Hinweis darauf, wo er hingegangen sein könnte. Aber nichts.« Sie zog nun den Block zu sich her, auf den Paul eben geschrieben hatte. Vielleicht hatte sie Glück, und seine Schrift hatte sich durchgedrückt. Wie sie es als Kind gemacht hatte, schraffierte sie die Seite leicht mit einem Bleistift. Es dauerte eine Weile, bis sie einen Teil des Gekritzels entziffern konnte. Paul hatte *René Männle Kartonzwillinge adoptiert!* geschrieben. René Männle also, über dessen Tod auf dem Bahngleis sich Joseph Sandhaas an seinem letzten Abend mit Daniel Laubis unterhalten hatte, der vielleicht auch ermordet worden war, hatte zwei ausgesetzte Kinder adoptiert. Was hatte das mit ihrem Fall zu tun? Sie fuhr ihren Computer hoch und gab *Kartonzwillinge* ein. Mehrere Artikel erschienen. Sie druckte sie aus und reichte einige davon Achim, der beim Lesen im Zimmer auf und ab ging, während sie die anderen am Schreibtisch sitzend las. Wie auch in dem Artikel, den Henry gefunden hatte, war beschrieben worden, dass zwei Polizisten bei einer Streifefahrt zufällig im Wald in der Nähe der Ruine Diersburg einen Karton mit zwei Neugeborenen gefunden hatten, hier war jedoch noch ausgeführt, dass es Zwillinge gewesen waren. Gerade noch rechtzeitig, bevor sie an Unterkühlung und Hunger gestorben waren, waren die Kinder gerettet und ins Krankenhaus nach Offenburg gebracht worden. »Heiligsblechle«, sagte Achim in diesem Moment. »Weisch du, wie der Polizist geheißen hat, der diese Zwillinge *gefunden* hat? Das war auch René Männle. Er hat an dem Morgen eine andere Route für seine Streifefahrt genommen, weil er vor Dienstbeginn Lust auf einen Ofenschlupfer hatte, und den gab es bei keiner Bäckerei …«

»Außer bei Elaine Arbogast in Niederschopfheim«, vollendete Suzanne den Satz, »ich weiß, meine Eltern haben da auch früher gelegentlich welchen geholt. Leider gibt es die Bäckerei seit Jahren nicht mehr.«

Achim nickte. »Da er auf dem Rückweg nach Offenburg die Kinder gefunden hat, hat die Behörde wohl davon abgesehen, ihn und seinen Kollegen wegen der kleinen Routenabweichung …«

»Auf dem Rückweg nach Offenburg?«, unterbrach sie ihn.

Achim nickte erneut. Aus dem Haus waren die Geräusche der Forensiker zu hören, die Henry Marbachs Spuren sicherten.

»Wenn du von Niederschopfheim nach Offenburg fährst, kommst du normalerweise nicht in Diersburg vorbei. Selbst wenn es einen Stau gegeben hätte und er andersherum gefahren wäre, wäre er nie im Leben zufällig an der Stelle vorbeigekommen, an der er die Kinder gefunden hat. Schau es dir selbst an.« Sie rief eine Karte im Internet auf und zeigte Achim den Straßenverlauf. Diersburg lag tatsächlich ein wenig in der falschen Richtung, wenn man nach Offenburg zurückwollte, und die Ruine erst recht.

Eine Weile war es still. »Vielleicht musste er nur dringend mal austreten, und sie sind deswegen ein Stück in die Pampa gefahren«, sagte Achim. »Das Ganze muss nichts zu bedeuten haben.«

»Muss es nicht«, sagte Suzanne. »Aber unter der Statue des Weinheiligen haben wir eine rote Babysocke gefunden. Und der Unfall mit dem ICE, bei dem Männle gestorben ist, hat sich bei Niederschopfheim ereignet. Da, wo er damals den Ofenschlupfer holen wollte, und ganz in der Nähe von dem Fundort der Babys.« Sie schürzte die Lippen. »Ich halte es für möglich, dass er die Babys deshalb gefunden hat, weil er wusste, wo sie sind.«

»Woher sollte er das gewusst haben?«

»Weil er Sandhaas kannte? Und Sandhaas sie vielleicht ausgesetzt hat? Die Beweise, also die Babydecke und den Schnuller und die Socke, hat Sandhaas dann unter der Statue vergraben. Die Aussetzung könnte das Verbrechen sein, für das er gepfählt wurde.«

»Aber warum glaubt dieser Laubis dann, dass René Männle ermordet wurde? Wenn er die Kinder doch gerettet und später sogar adoptiert hat? Und was hat Laubis mit der Sache zu tun?«

»Das werden wir herausfinden.« Suzanne wandte sich wieder ihrem Computer zu. Es hatte damals eine groß angelegte Suchaktion nach den Eltern der Kinder gegeben, und es war vermutet worden, dass sie die Babys ausgesetzt hatten. Soweit Suzanne das auf die Schnelle nachvollziehen konnte, war die Suche allerdings ergebnislos geblieben. War Sandhaas oder Laubis oder Männle vielleicht der echte Vater der Zwillinge? Aber warum hätten sie die Kinder aussetzen sollen? Und wer war die Mutter? Wo steckte sie jetzt? Suzanne musste an die Blutflecken auf den Babysachen denken. Vielleicht war das ungesühnte Verbrechen doch ein Mord? An den Eltern oder einem Elternteil der Zwillinge? Und wie konnte es sein, dass niemand eine Schwangere vermisst hatte? Da sie nichts weiter zu dem Fall fand, sagte sie schließlich: »Paul hat von Männles Adoptivkindern als von Hannah und Kira gesprochen. Machen wir mal mit den Namen weiter.« Sie gab *Kira Männle Hannah Männle* in den Rechner ein. Ein dreizehn Jahre alter Artikel zu einem Theaterprojekt einer Realschule in Karlsruhe erschien. Eine Hannah Männle hatte die Hauptrolle in dem Kinderstück *Zwei Beutelratten auf Beutezug* gespielt. Es wurde auch ein Foto der Aufführung gezeigt, und Suzanne stockte der Atem. »Ach du Schande«, sagte sie. »Achim, schau dir diese Jugendliche hier mal an, schau sie dir an! Die sieht doch aus wie Henrys Klientin, wie diese Louise.« Achim, der an die Wand gelehnt auf seinem Handy ebenfalls nach den Kartonzwillingen googelte, kam mit schnellen Schritten hinter den Schreibtisch und schaute auf den Bildschirm. »Das … Das isch doch … Mir fehlen selten die Worte, aber …« Er stürzte aus dem Zimmer, kam wenig später mit seiner Marbach-Akte zurück. Holte das ausgedruckte Foto von Louise hervor und legte es neben Suzannes Tastatur. Gemeinsam betrachteten sie die Frau auf dem Foto und das Mädchen aus dem Zeitungsartikel. Das war eindeutig die gleiche Person, nur jünger.

»Henrys Klientin isch also in echt Hannah Männle«, murmelte er.

»Oder Kira Männle«, überlegte Suzanne. »Die beiden sind eineiige Zwillinge. Hier steht: ›Während Hannah Männle mit ihrem wundervollen Spiel der Beutelratte Elodie überzeugte, spielte ihre eineiige Zwillingsschwester Kira überzeugend den Rattenfänger James.‹«

Achim fuhr sich über den Kopf. »Die Kartonzwillinge Hannah und Kira wachsen also bei dem Polizisten auf, der sie damals gefunden hat. Das erklärt, warum man keine Informationen über Männle bekommt. Er wollte bestimmt nicht, dass die Presse ständig über sie berichtet. Es war ein medienträchtiger Fall. Irgendwann, als die Zwillinge älter sind, wird er unvorsichtig. Vielleicht denkt er auch, dass niemand sich mehr an die Kartonzwillinge erinnert. Jedenfalls kommt es zu diesem Artikel hier, und wir …«

Kartonzwillinge. Eineiig. Plötzlich fiel es Suzanne wie Schuppen von den Augen. »Achim«, unterbrach sie ihn. »Wir haben uns doch die ganze Zeit gefragt, wie es sein kann, dass der Komplize von Louise keine Spuren in Sandhaas' Schuppen hinterlassen hat. Aber vielleicht hat der Komplize oder vielmehr die Komplizin Spuren hinterlassen, die wir nur nicht als solche erkannt haben! Eineiige Zwillinge haben doch die gleiche DNA! Und wenn Henrys Klientin den Mord gemeinsam mit ihrer Schwester begangen hätte …«

»Heiliger Strohsack«, murmelte Achim, »du hasch recht.« Er stockte. »Erst neulich habe ich in einer Fachzeitung gelesen, dass die DNA bei eineiigen Zwillingen zwar nicht vollkommen gleich isch, weil es immer Mutationen gibt, dass man das bei Tatortspuren aber noch nicht nachweisen kann. Höchstens, man findet Fingerabdrücke. Hasch du gewusst, dass die Fingerabdrücke von eineiigen Zwillingen *nicht* gleich sind?«

Suzanne nickte. »Allerdings haben die bei Sandhaas im Schuppen keine Fingerabdrücke gefunden, oder?«, wandte sie ein.

»Das isch richtig.«

Suzanne faltete ihre Hände. »Warum fragst du deine Studienfreundin nicht mal? Vielleicht hat die die Möglichkeit, weitere Details herauszufinden. Die ist doch Staatsanwältin, oder nicht? Warst du heute nicht wegen des Falls bei ihr?«

»Äh, ja«, nuschelte Achim. »Aber sie war leider nicht sonderlich freundlich, und ich war nur ganz kurz ... Und dann bin ich nach Freiburg in die Stadt gegangen. Ganz ehrlich, ich hatte sie etwas ... interessanter in Erinnerung. Aber ich habe ihre Handynummer.« Er tippte etwas in sein Handy, sprach kurz mit jemand – das Gespräch verlief nicht besonders ergiebig, das war eindeutig –, und nach zwei Minuten legte er wieder auf. »Sie will uns nicht helfen«, knurrte er. Er runzelte die Stirn. »Hier isch übrigens noch eine WhatsApp von Liam. Von vorhin. Habe ich gar nicht gesehen. Er schreibt: *Wir sind weg*. Keine Ahnung, was das schon wieder heißt.« Er schüttelte den Kopf. »So richtig zuverlässig sind die Jungs leider nicht.«

Suzanne musste sich zwingen, ein unbeteiligtes Gesicht zu machen. Sie hatte sofort beim Heimkommen mit einem schmerzhaften Stich im Bauch bemerkt, dass der Bandbus nicht mehr vor dem Haus parkte, hatte das bis jetzt aber erfolgreich verdrängt. War Liam etwa einfach wieder gefahren, ohne ihr eine Nachricht zu hinterlassen? War dieser Song mit den Breadsticks vielleicht eine Art Abschiedsgeschenk gewesen? Er hatte so melancholisch geschaut, als er ihn ihr gewidmet hatte, wenn sie jetzt darüber nachdachte. Enttäuschung kroch beißend ihre Kehle hinauf, und ihre Laune sank von einer Sekunde auf die andere auf den Tiefpunkt. Und nicht nur, dass Liam weg war, sie hatte auch noch Paul und die Polizei am Hals und würde später vielleicht wegen Beihilfe zum Mord verhaftet werden, nachdem sie vorhin schon wie eine Kriminelle von der Grabungsstelle weggeführt worden war. Sogar Emil war richtig sauer auf sie gewesen. Und Laubis hatte sie am Ende noch wegen falscher Verdächtigung angezeigt, und einen Gewaltschutzantrag hatte er außerdem noch gegen sie gestellt, wegen Stalkings. Das hatte sie jetzt davon, dass sie einen miesen Gemeinderat vor dem Tod, eine Winzerin und einen abgehalfterten Detektiv vor dem

Knast und eine Band vor der Probenraumlosigkeit hatte retten wollen.

»Ich muss was essen«, knurrte sie, ging hinunter in die Küche und machte ihren Kühlschrank auf. Sie ignorierte die beiden Polizisten, die mit Paul vor ihrer Kaffeemaschine standen und dort offenbar nach Henry Marbachs Fingerabdrücken suchten, brach sich von einer Tafel Milchschokolade zwei große Rippchen ab und stopfte sie in den Mund. Schon etwas besser. Zwei weitere Rippchen folgten. Kurz darauf ärgerte sie sich, weil sie wieder so viel Schokolade gegessen hatte, obwohl ihre Waage heute Morgen eine Warnung herausgeschrien hatte. Aber es half nichts. Sie hatte Hunger und war schlecht gelaunt. Sie streifte die Schokolade noch einmal mit dem Blick, rührte sie aber nicht mehr an. Zumindest konnte sie etwas Anständiges kochen. Als die Polizei die Küche freigab, setzte sie Kartoffeln auf und knetete den Fleischküchleteig, während ein Team der Spurensicherung unter dem aufmerksamen Blick von Achim, der nun ebenfalls ihr Arbeitszimmer verlassen hatte, ihr Wohnzimmer auseinandernahm. Sie selbst konnte da nicht zuschauen, die Vorstellung, was die unter ihrem Sofa oder zwischen ihren Büchern vielleicht alles fanden, war ihr unangenehm. Und danach würde sie auf jeden Fall aufräumen müssen, was sie hasste, und daher konnte sie sich noch früh genug mit dem Chaos beschäftigen. Den Teig für die veganen Bratlinge für Liam bereitete sie trotz dessen Verschwinden ebenfalls vor. Man konnte nie wissen. Sie wartete etwa eine halbe Stunde und betrachtete dabei den köchelnden Topf mit den großen Kartoffeln und die Deko, die Liam und Raoul am Vortag in ihrer Küche aufgehängt hatten. Weder Henry noch die Bandmitglieder kamen zurück, niemand rief an. Achim überwachte immer noch die Arbeit der Polizei, und hin und wieder konnte sie seine scharfen Kommentare hören. Irgendwann verzogen sich die Polizisten zusammen mit dem Anwalt in den oberen Stock und später in den Garten. Paul ging schließlich. Er konnte sich nicht verkneifen, im Gehen noch »das wird ein ordentliches Nachspiel für dich haben, Suzanne« herauszupressen. Nach dem Knall, den die zugeschlagene Tür verursacht hatte, war es für eine Sekunde totenstill im Haus. Immerhin würde sie wohl noch nicht sofort verhaftet werden. Wenig später kam Achim aus dem Garten in die Küche. »Die sind bald fertig«, sagte er. »Sie wollen noch vorne in den Hof und in den Keller.« Suzanne nickte wortlos und goss die Kartoffeln ab. Achim tätschelte für eine Sekunde ihren Arm. Dann zeigte er auf die Kartoffeln. »Heißen die bei euch in Baden eigentlich auch Grombiera?«, fragte er.

»Grumbier«, sagte sie.

Gemeinsam schälten sie die Kartoffeln, schnitten sie in kleine Stücke und übergossen sie mit heißer, starker Gemüsebrühe, Essig und Öl, während Suzanne Achim ausfragte, was für ein juristisches »Nachspiel« diese ganze Sache denn jetzt für sie haben konnte. Außerdem dachten sie leise darüber nach, wo Henry, Liam und Elton stecken könnten. Waren sie vielleicht zusammen weggefahren? Achim hielt das für unwahrscheinlich, sie aber nicht. Bestimmt hatte Liam Henry bei seinen Recherchen oder bei der Flucht geholfen, so ein gutes Herz, wie der Sänger hatte. Und jetzt fuhren sie irgendwo da draußen herum und wünschten sich, wieder hier zu sein.

»Der Liam isch wahrscheinlich heim nach Pforzheim gegangen, der braucht manchmal Auszeiten«, sagte Achim. Wieder verspürte sie ein schmerzhaftes Ziehen in der Herzgegend, und sie hatte das Gefühl, dass der Anwalt an ihrem Gesicht ablesen konnte, dass sie Liams Verschwinden sehr bedauerlich fand. Sie beugte sich über das Schneidebrettchen und hackte auf die unschuldigen Zwiebeln für den Kartoffelsalat ein, als seien sie der Kern allen Übels. Ihre Augen tränten und brannten, als sie ihre Arbeit beendet hatte.

Die Zwiebeln brieten sie nach kurzer Diskussion darüber, ob der Salat besser auf schwäbische Art mit rohen oder auf badische Art mit angebratenen Zwiebeln schmeckte, ebenfalls an, bis sie braun waren und köstlich dufteten. In der gleichen Pfanne bereitete sie dann die Fleischküchle zu. Ihr lief das Wasser im Mund zusammen, und ihre Laune hob sich merklich wieder, als das Essen endlich fertig war. Sie stellte zwei Teller auf den Küchentisch. Achim und sie taten sich reichlich auf. Es schmeckte göttlich. Nicht umsonst hatte ihr Vater immer gesagt, es gäbe kein Problem der Welt, das nicht durch ein gutes, selbstgekochtes Essen abgemildert werden könnte. Und er war immerhin Koch in einem renommierten Restaurant in Straßburg, und an seiner Leibesfülle konnte man ablesen, dass er bereits einige Probleme wie etwa die Scheidung von ihrer Mutter durch selbstgekochtes Essen abgemildert hatte.

Nachdem sie zum Nachtisch ein großes Eis mit heißen Himbeeren verspeist hatten, spülte sie Pfannen und Töpfe, und Achim stellte Teller und Gläser in die Spülmaschine. Sie beobachtete durchs Küchenfenster die Polizisten, die nun vom durch Autoscheinwerfer erleuchteten Hof ins Haus zurückkamen und in ihren Keller hinuntertrampelten, und dachte darüber nach, ob sie Henry, Liam und Elton suchen sollten, kam aber zu dem Schluss, dass es im Moment keine gute Idee war, da sie Gefahr liefen, die Polizei auf deren Spur zu bringen.

»Die Adoptivmutter von Kira und Hannah Männle hat sich ebenfalls umgebracht«, sagte Achim, als sie die Küchenarbeit beendet hatten. »Anders als René Männle hat sie allerdings einen Abschiedsbrief hinterlassen. Sie hat geschrieben, dass ihr ganzes Leben eine Lüge sei. Meinst du, das hatte auch mit den Kartonzwillingen zu tun? Vielleicht hat sie vor ihrem Tod irgendetwas herausgefunden und ihren Adoptivtöchtern davon erzählt? Und das, was sie herausgefunden hat, war so übel, dass die Zwillinge deswegen ihren Adoptivvater René Männle getötet haben? Und Sandhaas? Oder vielleicht auch die Adoptivmutter, falls sie in der ganzen Geschichte mit drinhängen sollte?«

»Wir müssen alles über Kira und Hannah Männle herausbekommen. Wir müssen sie finden«, sagte Suzanne. »Nur so können wir diesen Fall aufklären.« Gemeinsam gingen sie in Richtung Arbeitszimmer.

In diesem Moment kam einer der Polizisten aus dem Keller. »Ich habe da mal eine Frage«, sagte er scharf. Seine Hand ruhte am Griff seiner Waffe. »Warum haben Sie im Keller eine blutige Säge und zwei blutige Äxte?«

»Was?!«, fragten Suzanne und Achim wie aus einem Mund.

Kapitel 38

Henry dachte nach, während er seinen Blick durch die tiefe Dunkelheit des Waldes und dann wieder über Ragnar Iggys Gesicht streifen ließ. Wie konnte es sein, dass Louise in über zwanzig Jahren nicht um einen Tag gealtert war? Er fuhr sich mit der Hand über die Haare. Der Wollpullover spannte und kratzte. »Vielleicht ist meine Louise gar nicht die gleiche Louise, sondern die Tochter von der Louise, die Sie gekannt haben«, überlegte er. »Manchmal sind sich Mutter und Tochter doch wie aus dem Gesicht geschnitten. Oder eine nahe Verwandte, die …«

»In der Tat, das dachte ich auch gerade«, unterbrach ihn Ragnar Iggy und schob sich den *Magic Mushroom Mix* so schnell in den Mund, dass Henry es nicht verhindern konnte. Die Hände des Schamanen zitterten unkontrolliert. »Denn meine Louise Münz war hochschwanger, als ich sie das letzte Mal gesehen habe. Bestimmt hat sie eine Tochter, die auch Louise Münz heißt.«

»Louise Münz junior«, murmelte Liam, der immer noch auf seinem *Mushroom Mix* kaute.

»Oder die sich jedenfalls so nennt«, überlegte Henry. Vielleicht hatte seine Klientin den Namen ihrer Mutter als Decknamen gewählt. »War Louise schwanger von Ihnen?«, fragte er.

»Um Gottes willen, nein«, erwiderte Ragnar Iggy. »Sie war schon schwanger, als ich sie kennengelernt habe. Sie hat gesagt, sie muss vor dem Jugendamt abhauen, weil sie nicht will, dass man ihr das Kind wegnimmt. Damals hat man noch nichts gesehen, keinen Bauch oder so. Das muss irgendwann im Frühjahr gewesen sein, ich erinnere mich, dass es ziemlich kalt war an dem Tag, als sie mir die Geschichte erzählt hat. Sie meinte, sie wolle untertauchen, bis das Kind geboren sei, und dann mit ihm nach Südfrankreich ziehen und ein neues Leben anfangen. Ich habe das verstanden. Ich habe ihr geholfen. Eine Weile haben wir in Freiburg gewohnt, in einer freien WG. Und dann in einem Zelt in einem Wäldchen etwas außerhalb von Durbach. Ich hatte gerade mein Pharmaziestudium abgebrochen und war in einer schwierigen Phase.« Er kaute jetzt wild auf seiner Pilzmischung. »Ich dachte, mit ihr fängt ein neues, besseres Leben an. Aber eines Tages war sie weg.« Er beugte sich nach vorne und spuckte ein wenig breiige Masse auf den Boden.

»Hätten wir das Pilzzeug ausspucken müssen? Ich habe das geschluckt.« Elton zeigte auf seinen Mund und kicherte auf eine besorgniserregende Art.

»Es ist normalerweise nicht tödlich«, murmelte Ragnar, er war offensichtlich in Gedanken nicht bei dem Drummer, der immer noch kicherte. Liam lehnte sich an einen Baumstamm und starrte versonnen in den düsteren Himmel.

»Wissen Sie, wo Louise ist? Nicht Ihre, sondern meine?« In Ragnars Stimme schwang Hoffnung mit, als er sich wieder Henry zuwandte. »Ich würde mich so freuen, sie mal wieder … Ich würde mich gerne bei ihr entschuldigen. Für alles, was damals war.«

Henry schüttelte den Kopf. »Leider habe ich keine Ahnung, wo sie steckt. Was war denn damals? Und wissen Sie noch, wann genau Ihre Louise verschwunden ist?«

Ragnar senkte den Kopf. Mit der Fußspitze kratzte er ein Loch in das Moos am Boden. Als er wieder hochsah, waren seine Augen feucht. »Ich habe sie für meine Retterin aus der Dunkelheit gehalten. Nur … Was ich nicht gesehen habe, war, dass sie eigentlich diejenige war, die Hilfe gebraucht hätte. Hilfe und ein Dach über dem Kopf und andere Menschen um sich. Keinen einsamen Wolf wie mich. Ein Baby und obdachlos ist keine glückliche Kombination. Ich habe sie ausgenutzt. Habe nur an mich gedacht, weil ich sie bei mir gebraucht habe. Aber geholfen habe ich ihr nicht. Mit dieser Schuld muss ich seither leben.« Er wischte sich übers Gesicht. »Es war im Spätsommer oder Frühherbst, vor ungefähr fünfundzwanzig Jahren, ich kann mich erinnern, dass der knorrige Quittenbaum vor unserem Zelt so voll mit Quitten hing, dass ein Ast abgebrochen und aufs Zelt gefallen ist. Wir wollten die Quitten einkochen, aber sie waren noch nicht richtig reif. Es war ein kalter, regnerischer Tag. Louise war hochschwanger und … Sie war kein einfacher Typ, wissen Sie? Wir hatten … einen kleinen Streit, weil sie zwanzig Kröten von mir geklaut hatte. Sie wollte doch nur noch ein paar Strampler und so was kaufen, und an dem Tag war ein Trödelmarkt in Offenburg. Ich war stinksauer und habe ihr gesagt, sie soll abhauen, mit einer Diebin könne ich nicht zusammenleben. Als sie nicht gehen wollte, habe ich sie beschimpft und schließlich richtiggehend vors Zelt gedrängt. Es hat geregnet, und sie ging an dem Quittenbaum vorbei und runter zur Weintalstraße Richtung Durbach. Das … das war das letzte Mal, dass ich sie gesehen habe. Wegen drei beschissenen Flaschen Schnaps, die ich mir von den zwanzig Kröten kaufen wollte, habe ich den einzigen Menschen weggeschickt, der mir je etwas bedeutet hat.« Er schluckte. »Ich … ich war mir eigentlich sicher, dass sie nach Freiburg trampt und dort bei unseren Bekannten bleibt. Ich habe an dem Abend jede Menge Alkohol getrunken. So viel, dass ich beim Feuerholzholen fast in den Weidenbach gefallen wäre. Wenn ich ehrlich bin, dachte ich, sie kommt in den nächsten Tagen zurück. Das ist sie aber nicht. Ich hatte von einem Kumpel erfahren, dass sie nie in Freiburg angekommen ist, und endlich bin ich sie suchen gegangen. Ich war in Offenburg und in Durbach und in Oberkirch. Einen Tag bin ich sogar schwarz mit dem Zug nach Baden-Baden hochgefahren. Niemand von unseren Bekannten hatte von ihr gehört. Irgendwann habe ich gedacht, vielleicht liegt sie irgendwo, bekommt gerade ihr Baby und braucht Hilfe, aber ich konnte sie nicht finden. Ich habe mir lange eingeredet, dass alles gutgegangen ist, dass sie an einem Ort angekommen ist, wo sie bleiben und ihr Kind großziehen wollte. Ich weiß bis heute nicht, was mit ihr passiert ist.« Er wischte sich über die Augen. »Deshalb konnte ich nie hier weg, verstehen Sie das? Deshalb bin ich in die Hütte gezogen, oben am Weinberg. Ich warte immer noch auf sie. Auf ein Zeichen von ihr oder, wenn sie bereits in der anderen Welt ist, auf ein Zeichen von ihrem Geist. Die Leute halten mich für einen durchgeknallten Schamanen, das weiß ich, aber ich habe einfach einen Weg gesucht, wie ich in die Geisterwelt … Falls sie dort …« Er machte eine abwinkende Geste. »Vielleicht wollte ich auch einfach nichts mehr spüren. Die Pilze helfen so oder so.«

»Glauben Sie, aus heutiger Sicht, dass Louise Münz umgekommen ist?«, fragte Henry behutsam.

Der Schamane steckte eine weitere Kugel *Mushroom Mix* in den Mund. Lange sagte er gar nichts. Nur sein Kauen, die Geräusche des nächtlichen Waldes und ab und zu Eltons schrilles Kichern waren zu hören. »Meistens«, sagte er schließlich. Eine Träne rann seine Wange hinunter. »Und manchmal hoffe ich, sie ist nach Südfrankreich gezogen und führt dort ein glückliches Leben.«

»Wahrscheinlich wissen Sie dann auch nicht, was mit dem Baby von Louise passiert sein könnte?«

Ragnar antwortete zunächst nicht. Schließlich murmelte er: »Ein paar Tage nach Louises Verschwinden wurden zwei Babys in einem Karton gefunden. Die Kartonzwillinge hat man sie genannt. War das Gesprächsthema in der ganzen Ortenau.« Er holte tief Luft. »Ich habe manchmal gedacht, dass es Louises Kinder gewesen sein könnten. Weil … Na ja, es hieß, dass eines der Babys rote Socken anhatte. Wir hatten ein paar Tage vor Louises Verschwinden rote Babysocken gekauft. Aber ich … ich wollte sie nicht in Schwierigkeiten bringen, weil ich dachte, sie hat sie … na ja, ich dachte, sie hat sie ausgesetzt. Ich dachte, das ist wahrscheinlich der Grund, warum sie untergetaucht ist. Außerdem gibt es bestimmt eine Menge Babys mit roten Socken. Das ist ja keine ungewöhnliche Farbe.«

»War Louise mit Zwillingen schwanger?«

»Keine Ahnung. Ich denke nicht, dass sie es selbst wusste. Aber sie war ziemlich dick.«

»Warum hätte sie zuerst vor dem Jugendamt fliehen und später ihre Kinder aussetzen sollen?«

Ragnar schien in sich zusammenzusinken. »Genau das frage ich mich manchmal auch. Es ergibt keinen Sinn.«

»Doch, kann es ergeben. Wenn sie nämlich gemerkt hat, dass sie die Babys nicht lieben konnte, und sie deshalb ausgesetzt hat«, stieß Liam plötzlich hervor. Henry zuckte zusammen, er hatte beinahe vergessen, dass der Sänger auch noch hier war. Dessen Stimme klang ein wenig verwaschen, aber er hatte nicht den geringsten englischen Akzent mehr. »Den Bullshit von wegen deine Eltern haben dich aus Liebe oder Verantwortungsbewusstsein weggegeben, das ist eine Mär, die das Jugendamt erfindet.«

Henry war ein wenig verwirrt über den plötzlichen Ausbruch des Sängers. Es klang wie persönliche Betroffenheit. Aber Liam hatte eine glückliche Jugend in einer Künstlerfamilie in Glasgow verbracht, das hatte er auf Suzannes Fanpage gelesen.

Elton lachte geisterhaft. Eine Weile sprach niemand. Henry dachte darüber nach, was Ragnar Iggy erzählt hatte. War es möglich, dass Louise Münz in der Wildnis Zwillinge geboren und sie ausgesetzt hatte und dann abgehauen war? Was hatte Sandhaas damit zu tun? Hatte er überhaupt etwas damit zu tun?

»Wissen Sie, ob Ihre Louise Joseph Sandhaas oder einen Daniel Laubis kannte?«

Der Schamane schüttelte den Kopf. »Wieso?«, fragte er.

»Weil meine Louise etwas mit Joseph Sandhaas' Tod zu tun hat«, erklärte Henry. »Und der Grund, warum sie ihn getötet hat, vielleicht ein Verbrechen aus Sandhaas' Vergangenheit ist.« Hatte der Winzer etwas mit dem Aussetzen der Zwillinge zu tun oder mit dem Verschwinden der Mutter? Vielleicht mit ihrem Tod, sofern sie tot war? Und seine Klientin war nun zurückgekommen, um sich zu rächen? Laubis, dachte er. Laubis wusste Bescheid. Und hing irgendwie ebenfalls in der Sache mit drin. Henry musste unbedingt noch einmal mit ihm reden. Und er sollte sich besser beeilen. Denn wenn »die Magd« mit ihrem vergifteten Speer es auch auf Laubis abgesehen hatte, dann durfte er nicht zu spät kommen.

Ragnar schaute ihn lange an, dann lehnte er sich an einen Baumstamm zurück und murmelte ganz leise: »Ich hatte ein einziges Foto von Louise. Es ist verschwunden. Seit der Nacht, in der Joseph Sandhaas gestorben ist. Meine ganze Hütte war durchwühlt. Ich … ich dachte erst, dass ich das selbst gewesen wäre … aber …« Er schloss die Augen. Seinen ruhigen Atemzügen zufolge war er eingeschlafen.

Einige Zeit später hatte Henry mit den zwei ziemlich angeschickerten *Dieselskandal*-Mitgliedern endlich den Bandbus wieder erreicht. Elton hatte immerhin aufgehört zu kichern, und Liam schien auch nicht mehr in dieser bedrückten Stimmung zu sein, in der er vorhin gewesen war, und sein englischer Akzent war zurückgekommen. Trotzdem waren die beiden weit davon entfernt, nüchtern zu sein. Deshalb setzte sich Henry hinters Steuer. Er brauchte sieben Versuche, um den Motor zum Laufen zu bringen. Der Bus knallte und fauchte, und durch das geöffnete Fenster drang ein merkwürdiger Brandgeruch, den Liam als »Starterweihrauch« bezeichnete. »Er heißt übrigens Good Luck«, lallte der Sänger.

»Der Starterweihrauch?« Henry kämpfte mit dem Ganghebel, der sich nicht in den ersten Gang legen ließ.

Elton kicherte wieder. Und auch Liam lachte nun. »Nein, der ganze Tourbus«, sagte er. »Wenn man ihnen Namen gibt und sie wie Lebewesen behandelt, werden sie älter, fahren besser und benötigen seltener Reparaturen.«

»Das habe ich noch nie gehört.« Mit einem Knirschen gelang es Henry, Good Lucks Ganghebel in die richtige Position zu knechten. Er gab Gas, der Bus ruckelte ein Stück nach vorn. Henry drückte das Gaspedal weiter durch.

»Be carefull. Er ist Sternzeichen Jungfrau«, nuschelte Liam, der im Handschuhfach einen Müsliriegel gefunden und herzhaft hineingebissen hatte. »Wirst du da nicht neidisch? Fühlst du den kühlen Hauch der Nostalgie, wenn du dieses Lenkrad drehst?«

»Auf jeden Fall«, log Henry. Das große Lenkrad ließ sich verdammt schwer drehen. Wie sehr er seinen Porsche vermisste, den die Polizei bei seiner Verhaftung mitgenommen hatte, konnte er in Worten nicht ausdrücken. Wo sich der wohl im Moment befand? Würde er ihn zurückbekommen? Oder hatten sich irgendwelche Gläubiger sein heiß geliebtes Gefährt, »sei schees Audole«, wie seine Oma gesagt hätte, geholt? Würde er in Zukunft mit einem Good Luck herumfahren? Nur über seine Leiche! Und wenn er wieder Kaufhausdetektiv werden musste. »Ein erfolgreicher Geschäftsmann wie ich braucht ein repräsentatives Auto«, sagte er fest in Liams Richtung.

»Wenn du so ein erfolgreicher Geschäftsmann bist, warum verkaufst du dann bei uns Maultaschen?«, hakte Liam nach. Er wirkte ehrlich interessiert und keinesfalls spöttisch.

»Ich liebe Maultaschen und kann gar nicht genug davon kriegen, besonders gegrillte«, antwortete Henry und war ziemlich froh, dass Good Luck einen unerwarteten Satz nach vorne machte und dem Sänger den Müsliriegel aus der Hand schüttelte, sodass der vom Thema abgelenkt war.

Henry hielt am Ende des Feldwegs vor der Einfahrt zur Hauptstraße noch einmal kurz an, drückte den Ganghebel ein paarmal in verschiedene Richtungen, um ein besseres Gefühl für den Bus zu bekommen. Ein Glück, denn zwei Polizeiautos brausten in diesem Moment mit Sirenen an der Einfahrt vorbei, sie schienen in Richtung Neuried-Altenheim zu fahren, den auffälligen Bus auf dem dunkeln Feldweg aber nicht zu sehen. Ein ungutes Gefühl beschlich Henry. Hatten die womöglich herausgefunden, dass er sich bei Suzanne auf dem Hof versteckt hielt?

Liam schien das Gleiche zu denken, denn er grinste: »I know einen Schleichweg nach Altenheim, falls du lieber abseits der Landstraße fahren willst.«

Mit sehr angepasster Geschwindigkeit, die eher der Konstitution des alten Busses als Henrys Ungeduld entsprach, zuckelten sie den Schleichweg entlang. Elton kicherte wieder, und Liam hatte ein *Dieselskandal*-Konzert auf dem Handy angeschaltet, bei dem er lautstark mitsang. Irgendwas über einen »Mist of Horror« und irgendwelche »bloody Bitches«, die darin unterwegs waren. Das passte zu diesem Fall, dachte Henry. Die winzige Straße lag dunkel und ruhig vor ihnen, und langsam hatte er das Gefühl, mit Good Luck einigermaßen zurechtzukommen. Er begann, wieder über das vorhin Gehörte nachzudenken. Die Kartonzwillinge. Zwillinge. Die aussahen wie ihre Mutter Louise Münz. Sein Atem ging plötzlich schneller. Wenn Sandhaas' Mörder ein Zwilling gewesen war, ein eineiiger Zwilling, und er hatte gemeinsam mit dem anderen Zwilling den Mord … Er drückte versehentlich das Gaspedal zu weit durch, und der Bus schoss mit einer seltsamen Verzögerung und einem unguten Quietschen ein Stück nach vorne, bevor Henry ihn wieder unter Kontrolle hatte. Dann hatten beide die gleiche DNA! Und wenn das so war, dann konnte man die Spuren im Schuppen oder vielmehr das Fehlen der Spuren erklären! Jetzt brauchte er nur noch Beweise für seine Theorie. Und die würde Laubis ihm heute Nacht liefern, kostete es, was es wollte! Aber zuerst musste er die beiden zugedröhnten Bandmitglieder loswerden.

Kapitel 39

Bereits am Ortsanfang von Neuried-Altenheim sah Henry die vielen Blaulichter, die den Himmel in der Richtung, in der Suzannes Hof lag, flackernd erhellten. Er ließ Elton und Liam in einer kleinen Nebenstraße am Ortsrand aus dem Bus aussteigen. Die beiden grölten einen Text über Shotguns mit, der die stille Dorfluft zum Vibrieren brachte, und bogen schwankend in einen Weg ein, der nicht zu Suzannes Haus, sondern an einem Reitstall vorbei in Richtung der Felder führte. Henry rief ihnen nach, sie sollten umkehren, aber Liam schrie über die aus dem Handy dröhnende Musik zurück, dass er endlich mal wieder ein in ungestörtem Nachtschlaf liegendes Stoppelfeld unter seinen nackten Füßen spüren wollte, weil er den »Need« verspüre, einen romantischen Mondscheinsong zu schreiben. Er wolle vielseitig bleiben, nicht in eine Schublade gesteckt werden. Was viele nicht wüssten: Er mache nicht nur Hardcore Death Metal, sondern auch Melodic Hardcore Death! Henry wendete grinsend in einer Einfahrt. Das würde bestimmt unheimlich romantisch werden, wenn Liam über all die Bitches mit Shotguns sang, die in einem Stoppelfeld in der Nähe eines Reitstalls unterwegs waren. Melodic Hardcore Death. Das hörte sich an wie ein gottverdammtes Inferno. Aber mit dem ungestörten Nachtschlaf des Feldes und vermutlich aller Bewohner von Neuried-Altenheim war es seit dem Aussteigen von Liam und Elton wohl sowieso vorbei. Er musste sich beeilen, hier noch ungesehen wegzukommen. Da er die Maße des Busses noch nicht verinnerlicht hatte, stutzte er mit dem Seitenspiegel beim Verlassen der kleinen Gasse noch einen Busch, aber schließlich fuhr er knatternd durch die Straßen mit den hübschen Fachwerkhäusern in Richtung Zunsweier.

Der Bus zischte und ratterte, und das Knallen des Motors hörte sich bedrohlich an, als Henry wieder auf der Landstraße war. Ein ungesunder Geruch nach Starterweihrauch hatte sich im Inneren ausgebreitet, keine Ahnung, ob das normal war. Aufmerksam fuhr Henry zwischen schwarzen Feldern hindurch. Wie immer erstaunte es ihn, wie dunkel die Nächte auf dem Land waren und wie einsam, in diesem Fall gut, denn der Bandbus von *Dieselskandal* war auffällig wie ein bunter Hund, und als ehemaliger Polizist wollte er gar nicht wissen, ob das Ding verkehrssicher war. Abgesehen davon saß nun mal auch noch ein wegen Mordes Gesuchter am Steuer. Aber alles klappte »wie am Schnürle«, wie seine Oma gesagt hätte. Unbehelligt erreichte er die Straße, in der der Gemeinderat wohnte. Er sah schon von Weitem durch die großen Glasscheiben in Laubis' Haus, dass dort das Licht brannte, auch wenn im gesamten Untergeschoss die Jalousien geschlossen waren. Der Mann war offensichtlich zu Hause, das war schon mal verdammt gut. Langsam rollte Henry mit metallischem Klackern und mehreren Knallen, die laut wie die Explosion eines Kernreaktors waren und vermutlich noch schlimmer stanken, noch ein Stück in die Straße hinein. Im tiefen Schatten eines Baumes am Straßenrand war ein großer Parkplatz frei, und ratternd und quietschend parkte er ein. Er brauchte gefühlt zehn Minuten, bis er einigermaßen gerade in der Lücke stand und nicht die gesamte Straße versperrte, und trotz der Entfernung zum Haus konnte er nur hoffen, dass Laubis eine gute Lärmisolierung in den Fensterscheiben und ihn deshalb noch nicht gehört hatte. Wieso veranstaltete der Gemeinderat eigentlich so eine Festbeleuchtung? Hatte er womöglich Gäste, deren Gehen Henry noch würde abwarten müssen? Von hier sah es allerdings nicht aus, als ob sich hinter den Jalousien etwas regte, aber er war einfach zu weit weg, um … Er beugte sich ein wenig vor. Stand Laubis' Haustür etwa offen? Sie schien sich im Luftzug zu bewegen. Er runzelte die Stirn. Der Gemeinderat und sein Bodyguard waren nirgends zu sehen. Angestrengt starrte Henry durch die Frontscheibe. Im Haus regte sich nichts. Schließlich stieg er aus dem Bus, versuchte, die Fahrertür leise zu schließen, aber erst beim dritten Versuch, der schon ziemlich brutal und leider auch ziemlich laut war, rastete sie ein. Er schlich auf das Haus zu. Die Muskeln in seinem Nacken verspannten sich. Irgendetwas stimmte hier nicht. Dieser Laubis war so panisch gewesen wegen der Magd, er würde doch nicht einfach die Tür offen stehen lassen. Hoffentlich war es nicht zu spät. Henry war mittlerweile am Vorgarten angelangt und schaute sich noch einmal um. Er war allein. Er näherte sich der Haustür so weit, dass er einen Blick durch den Türspalt werfen konnte, und erstarrte. Ein Speer. Auf dem Fußboden im Eingangsbereich lag ein Speer mit einem Holzgriff. Immerhin steckte er nicht in einer Leiche, was man in dieser Situation wohl als positiv bewerten musste. Die Magd. Es war die Magd. Aus alter Gewohnheit wollte er sein Handy herausholen, bis ihm einfiel, dass er gerade ja gar keines mehr hatte. Was sollte er jetzt verdammt nochmal tun? Hineingehen? Auf die Gefahr hin, dass seine DNA an einem weiteren möglichen Tatort gefunden wurde oder, falls die Täterin oder die Täterinnen noch hier waren, man ihn im dümmsten Fall sogar pfählte? Bei den Nachbarn klingeln, damit die die Polizei riefen? Aber was, wenn die Täterin oder die Täterinnen noch im Haus waren und in der Zeit entkommen konnten? Wenn Louise entkommen konnte? Denn dass seine Klientin zumindest mit von der Partie war, daran hatte er keinen Zweifel, und mit der Frau hatte er noch ein Hühnchen zu rupfen, verdammt nochmal. Er wollte jetzt endlich wissen, was hier gespielt wurde! Er rührte sich nicht, konnte sich nicht entscheiden. Bleiben oder gehen. Bleiben oder gehen. Schließlich überwog seine Wut auf Louise, und er machte ein paar Schritte auf die offene Haustür zu und in den Flur. Vorsichtig, um nicht an den Speer zu stoßen, warf er einen Blick ins Wohnzimmer, die Fäuste in Verteidigungsstellung erhoben. Alles sah verlassen aus. Auf dem Boden erkannte er einige dunkle Tropfen, die wie Blut aussahen. Ihm wurde mulmig. Louise war ihm zuvorgekommen! Sie hatte Laubis getötet, wahrscheinlich gemeinsam mit ihrer Zwillingsschwester, deshalb das Blut, und er war schon wieder am Tatort. Verdammt nochmal, jetzt war er doch in einen dieser kleinen Blutflecken getreten. Blut am Schuh, das war schon bei Aschenputtels Stiefschwestern kein gutes Zeichen gewesen, aber bei ihm würde das lebenslänglich geben! Sein Magen begann zu schmerzen. Er sollte abhauen, sofort. Er sah sich im Zimmer um. Neben dem Tisch lag ein zerbrochenes Weinglas. Daneben noch mehr Blutflecken. Kam das Blut daher? Hatte sich der Politiker nur geschnitten? Aber wo war er dann? Henry erspähte Laubis' Festnetztelefon. Er musste sofort die Polizei rufen und sich vom Acker machen. Er konnte ja von draußen das Haus beobachten, bis die eintrafen, um flüchtige Täterinnen zu stellen, wenn es notwendig sein sollte. Er nahm den Hörer mit einem Taschentuch ab, um zumindest keine Fingerabdrücke zu hinterlassen. Leider war das Telefon mausetot. Was sollte er jetzt tun? Abhauen? Oder das Haus sichern und nach Hinweisen suchen? Er rang mit sich. Auf der einen Seite wollte er diesen Fall um jeden Preis aufklären. Auf der anderen Seite, wenn er ganz ehrlich war, hatte er nicht sonderlich große Lust, in irgendeinem Zimmer eine gepfählte Leiche zu finden. In den Actionfilmen, die er so gerne mochte, waren vielleicht Ermittler vorstellbar, die mit so was umgehen konnten und sich ins blutige Fäustchen lachten, während sie im Angesicht des Todes einen coolen Spruch über Schlachthäuser oder ihren letzten Kampf mit Dämonen in den Orbit bliesen. Und zugegebenermaßen, die Filme wären ziemlich langweilig, wenn die muskulösen Helden ständig ohnmächtig werden oder wegen all der ekligen Leichen kotzend über den Boden kriechen würden, statt schießend und Weisheiten von sich gebend durch irgendwelche Gänge zu hetzen. Trotzdem hatte das nichts mit der Realität zu tun. Nicht, dass er ohnmächtig werden oder sich übergeben würde, das natürlich nicht, aber so richtig nach coolem Spruch war ihm auch nicht zumute, schon jetzt nicht, und er hatte die gepfählte Leiche ja noch nicht einmal gefu… Er stockte. Nein, er war ja vollkommen verwirrt. Laubis konnte noch nicht gepfählt worden sein. Der Speer lag ja noch im Flur. Er versuchte, ruhig durchzuatmen und nachzudenken. Horchte in die Stille. Nichts rührte sich. Waren die noch hier drin? Beobachteten die ihn? Warteten nur auf eine Gelegenheit, ihn zu töten? Aber dieses Unternehmen würde Opfer auf ihrer Seite fordern, so viel war sicher! Er drehte sich einmal langsam um sich selbst. Zumindest hier im Wohnzimmer war alles ruhig. Hätten die ihn überfallen wollen, hätten sie es mit Sicherheit bereits getan. Viel wahrscheinlicher war es, dass die schon lang über alle Berge waren. Deshalb stand wohl auch die Haustüre offen. Offenbar waren die gestört worden und hatten unverrichteter Dinge abziehen müssen, sonst würde der Speer ja nicht im Flur liegen. Er kniff die Lippen zusammen, weil ihm ein anderer Gedanke durch den Kopf schoss. Wenn sie Laubis nicht mit einem in Eisenhutsud getauchten Speer gepfählt hatten, hatten die ihn dann vielleicht auf eine andere Art umgebracht? Blutete er gerade in der Badewanne aus oder … Henry wurde ganz schwummrig. Oder hatte die Magd von heute gar einen Ersatzspeer dabei? Das hier war eindeutig die Aufgabe der Polizei! Vielleicht lag Laubis' Handy in der Küche, wie bei seinem letzten Besuch hier, und er konnte von dort anrufen. Er ging aufmerksam und leise durch die Verbindungstür in die Küche und schaute sich um. Kein

Angreifer, aber auch kein Handy, soweit er das sehen konnte. Es stank nach Hundetrockenfutter, das in der Nähe der Tür in einem offenen Sack lagerte, und ein wenig nach Schweiß. Eine Flasche Gewürztraminer und ein weiteres Glas standen auf dem Küchentisch. Ohne etwas zu berühren, roch Henry an dem Glas. Der Wein müffelte verdammt seltsam. Neben der Flasche lag das abgegriffene Foto einer Frau, die seiner Klientin wie aus dem Gesicht geschnitten war, nur dass sie Rastalocken hatte und ein altes Fahrrad vor sich herschob, an dessen Lenker zwei Plastiktüten mit Habseligkeiten baumelten, eine grüne und eine gelb-orange. Offenbar war sie hochschwanger. Das musste die echte Louise Münz sein, die Ragnar Iggy gekannt hatte. Henry nahm das Foto vorsichtig hoch. Auf der Rückseite war mit Kuli etwas gekritzelt, das Henry kaum noch entziffern konnte. *Für Ragnar*. Das war vermutlich das Foto, das dem Schamanen gestohlen worden war. Henry ging durch den Kopf, dass Ragnar Iggy auch ein ziemlich gutes Motiv gehabt hätte, Sandhaas zu pfählen, sofern Sandhaas irgendetwas mit dem Verschwinden von der echten Louise Münz zu tun hatte. Aber hätte der Typ dann mit ihm geredet? Er legte das Foto zurück auf den Tisch. Über all das konnte er später nachdenken, jetzt musste er, da die Staatsgewalt nicht zu erreichen war, als Erstes das Haus sichern und durchsuchen. Und Laubis und seinen Bodyguard finden! Henry begann mit dem Untergeschoss, sah in jeden Schrank und jeden Raum, bis auf einen, der vom Flur abging und abgeschlossen war. Henry fand keinen Schlüssel, was ihn ein wenig beunruhigte. Als er an der Tür lauschte, war dahinter jedoch nichts zu hören als das leise Surren irgendeines Geräts. Er rüttelte an der Klinke. Nichts geschah. Kein Zeichen von anderen Menschen, weder von seiner Klientin noch von Laubis oder dessen Bodyguard. Was sollte er tun? Er konnte nicht ewig vor der verschlossenen Tür warten, die möglicherweise nur in eine harmlose Abstellkammer führte, während im Obergeschoss die Magd den Gemeinderat vielleicht in diesem Moment über die Regenbogenbrücke beförderte. Henry schob das Einzige, was er im Flur auf die Schnelle finden konnte, vor die Tür, einen Sprudelkasten. So würde er zumindest hören, wenn sich die Tür öffnete. Schließlich stieg er mit einer vollen Flasche bewaffnet in den ersten Stock des Hauses hinauf, warf einen Blick in das Bad und das Schlafzimmer und landete zuletzt in Laubis' Arbeitszimmer. Keine Leiche, keine Täter, er war ganz allein. Leider gab es auch hier kein funktionierendes Telefon. Auf dem riesigen Holzschreibtisch stand lediglich eine mit Wasser gefüllte Schneekugel, in der ein kleiner Panzer durch eine romantische Winterlandschaft fuhr. Ansonsten war der Schreibtisch leer bis auf einen Laptop, ein einziges weißes Blatt Papier und einen Stifthalter in Form einer Maschinenpistole, in dem eine Deutschlandfahne und ein Kuli steckten. Kein Körnchen Staub. An der Wand hinter dem Chefsessel hing ein Schwert in einer Scheide mit Bauernmalerei. Henry trat hinter den Schreibtisch und riss eine Schublade nach der anderen heraus, mittlerweile war es ihm egal, ob er Fingerabdrücke hinterließ. Nichts Auffälliges. Verdammt nochmal nichts, was ihm verraten hätte, was für ein gottverdammtes Spiel hier gespielt wurde. Wie diese verdammte Louise in Wirklichkeit hieß, und warum sie es auf einen Winzer und einen Gemeinderat abgesehen hatte. Nur Rechnungen, Bürobedarf und Akten, die offenbar von der Gemeinderatsarbeit stammten. Verdammte Bebauungspläne, die … Stopp, das waren nicht irgendwelche Pläne, das war der Weinberg bei Sandhaas' Haus. Henry sah genauer hin, es dauerte eine Weile, bis er die Zeichnungen verstand. Der Standort der Statue war mit Kuli eingekreist. Darunter lag ein Gutachten über die Erdbeschaffenheit, *aus Sicherheitsgründen* in Auftrag gegeben, das sich mit der Frage befasste, ob *die Statue des Weinheiligen abrutschgefährdet war*. Außerdem ein Rechtsmedizinbuch. Einige Seiten waren schon recht verknittert und abgegriffen. Henry blätterte hinein. Es ging um die Verwesung von Leichen in verschiedenen Erdtypen. Er holte den Inhalt der gesamten Schubladen heraus und verteilte ihn auf dem Schreibtisch. Er hatte keine Ahnung, was genau er zu finden hoffte, bis er das Foto sah. Es zeigte einen Ausschnitt von einem Haus, das ihm irgendwie bekannt vorkam. Das Fenster im Obergeschoss war auf dem Bild mit Edding umkringelt. *Hannah oder Kira Männle* stand daneben. War Hannah oder Kira Männle der richtige Name seiner Klientin? Männle. Hatten die beiden etwa mit diesem toten René Männle zu tun? Erneut starrte er auf das Haus auf dem Foto. Und plötzlich fiel es ihm wie Schuppen von den Augen: Das Foto zeigte das Pfandleihhaus, zu dem er immer ging, vom Innenhof aus aufgenommen. Er kickte gegen den Chefsessel, der krachend gegen die Wand fuhr. Louise hatte bei einem ihrer Telefonate doch erwähnt, sie müsse auf hässliche grüne Kakteen starren, wenn sie aus dem Fenster sah! Und im Innenhof des Pfandleihhauses befand sich die Mauer mit den grünen Graffitiköpfen! Er war am Tag vor dem *Feinstäuble* daran vorbeigelaufen, und die Dinger sahen wirklich aus wie Kakteen. Seine Klientin hatte sich versehentlich verraten, nur er hatte es verdammt nochmal nicht gemerkt! Er knurrte. Er hatte sich die ganze Zeit gefragt, wie Louise auf ihn gekommen war, woher sie gewusst hatte, wie bitter nötig er Geld brauchte. Jetzt hatte er es vermutlich herausgefunden: Sie hatte im Pfandleihhaus gewohnt und wahrscheinlich Zugang zu seiner Schuldnerakte gehabt! Nur wieso hatte der verdammte Maik das Achim nicht gesagt, als der mit dem Foto von Louise zu ihm gekommen war? Hatte der Inhaber des Pfandleihhauses sie nicht erkannt? Hatte sie sich verkleidet? Oder wohnte vielleicht die andere Zwillingsschwester dort, die möglicherweise ihre Haare kurz oder gefärbt trug? Wie wild fing Henry an, die Ordner im Regal durchzusehen. Ein schleifendes Geräusch und ein Knall aus dem unteren Teil des Hauses ließen ihn erstarren. Der Sprudelkasten war verschoben worden. Jetzt fiel eine Tür ins Schloss. Ohne nachzudenken, riss er das Schwert von der Wand, zog es aus der Scheide und schlich in den Flur. Warf einen Blick ins Untergeschoss, es war nichts zu sehen, und ging dann mit hocherhobener Waffe über die Treppe hinunter. Der Speer im Flur war verschwunden. Aber die Tür, die vorhin abgeschlossen gewesen war, ließ sich nun öffnen. Sie führte in den Keller und, dem Abgasgeruch nach zu urteilen, möglicherweise auch in die Garage. Von draußen war plötzlich ein seltsames Surren und Scharren zu hören, Scheinwerfer gingen an, und ihm wurde klar, dass sich das Garagentor öffnete. Ohne zu zögern oder auf mögliches Blut auf dem Boden zu achten, sprintete er durchs Wohnzimmer und dort durch die Balkontür in den Garten hinaus und ums Haus herum. Auf dem Weg flog einer seiner verdammten Schnallenschuhe ab, er rannte auf der Socke weiter. Er verfluchte sich selbst. Wieso hatte er nicht in der Garage geschaut, verdammt nochmal? Gerade fuhr Laubis' grauer BMW heraus. Und Henry konnte einen Blick auf die Fahrerin werfen. Er vermutete jedenfalls, dass es eine Fahrerin war, denn die Gestalt sah weiblich aus. Sie trug eine merkwürdige Tracht mit Kapuze und eine schwarze Maske, sodass er das Gesicht nicht erkennen konnte, aber aus der Kapuze quollen blonde, lange Haare hervor. Das musste seine Klientin sein. Auf dem Rücksitz hockte ein zusammengekrümmter, ziemlich dicker Mensch, der im Licht der Scheinwerfer an der Garagenausfahrt aussah wie ein vor Angst erstarrter Laubis, sowie eine weitere Gestalt, vermutlich auch eine Frau, die ebenfalls eine Kapuze und eine Maske trug. Die Fahrerin gab Gas, und das Auto schoss aus der Einfahrt. Er musste hinterher. Henry rannte zum *Dieselskandal*-Bus, öffnete die Tür und sprang hinein. Erst im Bus bemerkte er, dass er das Schwert immer noch in der Hand hielt, was ihm bei einer möglichen Verhaftung sicherlich keine Pluspunkte einbringen würde. Er warf das Schwert auf den Beifahrersitz. Egal. Er war so aufgeregt, dass er kaum den Zündschlüssel ins Schloss brachte. Aus irgendeinem Grund hatten die Frauen Laubis nicht sofort getötet, sondern mitgenommen. Wahrscheinlich, weil Henry sie gestört hatte. Weil sie das Knattern und Knallen des Busses gehört hatten. Er musste diese Verbrecherinnen verfolgen und finden, bevor sie Laubis umbrachten, damit die Wahrheit ans Licht kam. Ungeduldig versuchte er, Good Luck anzulassen. Die Scheinwerfer von Laubis' BMW verschwanden in der Dunkelheit zwischen den Feldern am Ortsrand von Zunsweier. Er drückte die Kupplung. Es ratterte und stotterte ein paarmal, und für eine Sekunde schien der Motor scheppernd anzuspringen, aber dann verstummte das Geräusch mit einem bösen Knirschen, und sosehr Henry es auch versuchte, der Bandbus machte keinen Mucks mehr. Good Luck war in die ewigen Jagdgründe eingegangen. Mit der Faust schlug Henry auf das Lenkrad und fluchte laut. Schweiß lief ihm übers Gesicht. Schließlich beruhigte er sich ein wenig und dachte nach. Durchatmen. Innere Mitte. Er musste zu den Nachbarn. Er musste von dort die Polizei rufen und denen mitteilen, in welchem Auto die mutmaßlichen Mörderinnen unterwegs waren. Auch auf das Risiko hin, dass sie ihn festnahmen, weil er zu Fuß nicht schnell genug flüchten konnte. Denn wenn er die Polizei nicht informierte, würden die Verbrecherinnen entkommen, Laubis würde sterben, und wenn seine Klientin es geschickt anstellte und die Leiche nie auftauchte, würde Henry auch noch für diese Tat verurteilt werden. Spuren genug hatte er heute mal wieder hinterlassen. Er biss sich auf die Lippe. Er musste es anders machen. Bevor er die Polizei rief, brauchte er ein Fluchtauto. Aber wo sollte er das herbekommen? Ein paarmal atmete er tief durch. Innere Mitte. Er musste ruhig werden. Er hatte jahrelang so einen

Bus gefahren und schon einige Situationen dieser Art erlebt. Er war vielleicht in der Lage, das Ding zu reparieren. Nur wie sollte er das anstellen ohne sein Werkzeug? Erneut schlug er mit der Faust aufs Lenkrad. Durch die Erschütterung ging das Handschuhfach auf. Zwei Müsliriegel fielen heraus und das Reparaturhandbuch. Das musste ein Zeichen sein. Sitting in a broken car with two muesli bars and a Reparaturhandbuch, was auch immer das auf Englisch hieß – das wäre wahrscheinlich auch ein guter Song. Henry schüttelte den Kopf, stieg aus und öffnete die Motorhaube. Der Motor war immer noch heiß, und Dampf stieg auf. Es war verdammt dunkel, und die Taschenlampe war nicht mehr da, er musste sie bei Ragnar Iggy vergessen haben. Hinten im Bus suchte er verzweifelt nach dem Werkzeugkasten und fand eine Gitarre, einen Koffer mit gebrauchter Wäsche, ein Sixpack Bier, jede Menge Kabel und Musikzubehör, weitere Müsliriegel, eine Kerze, ein Feuerzeug, einen Schuhlöffel und ein Brotmesser. Besser als nichts, man musste nehmen, was man bekam. Er klebte die angezündete Kerze an den Rand der geöffneten Motorhaube. Als er sich über den Motor beugte, erkannte er sofort den Kern des Übels. Der Kühlmittelschlauch war eingerissen, ein Großteil der Kühlflüssigkeit ausgelaufen. Als er mit dem Brotmesser ein Stück des heißen Schlauchs absägte, den er mit dem Schuhlöffel festhielt, schossen ihm Bilder von dem letzten Actionfilm, den er gesehen hatte, ins Gedächtnis. »Wenn die mich verhaften, dann im Nadelstreifenanzug, mit einer rauchenden Knarre in der Hand«, hatte sein Lieblingsschauspieler, der die Hauptfigur Jack Jackson spielte, an einen Lamborghini gelehnt gesagt. »In so einem Moment brauchst du einfach Stil.« Er wollte gar nicht darüber nachdenken, dass er in Kürze wahrscheinlich in einem versifften Norwegerpulli verhaftet werden würde, mit nur einem Slipper am Fuß, während er im flackernden Kerzenschein mit einem Schuhlöffel und einem Brotmesser einen verdammten Bus reparierte. »Riegeldomm glaufa«, hätte seine Oma das wahrscheinlich kommentiert. Mit einer wütenden Bewegung legte er seine Werkzeuge zur Seite und schob den gekürzten Schlauch mit einem Taschentuch wieder auf den Stutzen. Dann goss er drei Flaschen Bier in den Kühlwassertank. Das war bestimmt genau die Art von Flüssigkeit, die so ein Bus gerne trank. Den letzten Schluck behielt er für sich, zur Nervenberuhigung. Schließlich sprintete er zurück in Laubis' Vorgarten, suchte seinen Slipper, fand ihn und ging entschlossen zum Nachbarhaus. Seit die beiden vermummten Gestalten mit dem Gemeinderat abgefahren waren, durften bereits zehn Minuten vergangen sein. Es war höchste Zeit, dass er Achim anrief, der dann wiederum die Bullen informieren musste. Es gelang ihm, die verdutzte Frau, die die Tür öffnete, durch Vortäuschung eines Fahradunfalls dazu zu bringen, ihn kurz mit ihrem Telefon telefonieren zu lassen. Da Achim nicht ans Handy ging, rief er Suzanne an. »Die Magd hat Laubis, und sie ist nicht alleine«, flüsterte er in den Hörer, »es wäre möglich, dass sie mit ihrer Zwillingsschwester zusammenarbeitet! Die sind vor zehn Minuten mit Laubis' BMW von seinem Haus weggefahren. Ruf bitte sofort die Polizei!«

Laubis' Nachbarin stand neben der halb offenen Tür und lauschte, die Augen weit aufgerissen. Henry war sich sicher, dass sie sofort im Anschluss sowieso die Polizei rufen würde.

»Sind Liam und Elton bei dir?«, fragte Suzanne.

»Die habe ich vorhin in Neuried-Altenheim rausgelassen. Ein paar Hundert Meter von deinem Hof entfernt.«

»Sie sind noch nicht hier.«

»Liam wollte auf einem Feld einen Song schreiben.« Henry beendete das Telefonat, nachdem er Suzanne noch eine Kurzzusammenfassung des Treffens mit Ragnar Iggy gegeben hatte, drückte der Nachbarin das Telefon in die Hand und rannte zum Bus.

Good Luck fuhr wieder, aber er weilte den Geräuschen zufolge, die er dabei ausstieß, nicht mehr vollständig unter den Lebenden. Ein Bus-Zombie, der nach Starterweihrauch stank. Auch das sicherlich guter Stoff für einen Song. Hardcore Death Metal. Henry schüttelte den Kopf. Offenbar wurde er gerade verrückt. Er lenkte sein ruckelndes Gefährt erneut über dunkle Landstraßen, diesmal in Richtung Autobahn. Die Idee, seine Klientin zu verfolgen, hatte er mittlerweile aufgegeben. Das sollte die Polizei machen, die ganz andere Möglichkeiten hatte als er. Er hatte vor, mit Liams Bus nach Stuttgart zu fahren und die Wohnung über dem Pfandleihhaus in Augenschein zu nehmen. Mittlerweile war er sich ziemlich sicher, dass Louises Bleibe in Bad Cannstatt nur ein Ablenkungsmanöver gewesen war. So hatte seine Klientin ihren Tod inszenieren können, während sie ungestört weiter von ihrer richtigen Wohnung aus hatte agieren können! Der Bus machte einen unvorhergesehenen Satz nach vorne, und Henry kam beinahe von der Straße ab. Es dauerte kurz, bis er das Gefährt wieder unter Kontrolle hatte, und für eine Sekunde musste er an Liam und Elton denken. Dass die beiden immer noch nicht bei Suzanne waren, war merkwürdig, da mindestens eine Stunde vergangen war, seit er sie hatte aussteigen lassen, aber wer konnte schon wissen, wie lange Liam Stoppeln unter den Füßen brauchte, um seinen romantischen Splattersong zu komponieren. Henry schüttelte den Kopf und zwang sich, sich ganz auf die Straße zu konzentrieren und auf das, was er jetzt vorhatte. Er würde mit dem Eigentümer des Pfandleihhauses reden und die Wahrheit aus ihm herausholen. Vielleicht hatte Maik Louise auf Achims Foto nicht erkannt. Aber vielleicht, so dachte Henry nun, hatte er sie auch nicht erkennen wollen. Denn Maik war einsam und ziemlich anfällig für schöne junge Frauen mit Problemen. Genau wie er selbst auch. Und Louise hatte das gnadenlos ausgenutzt! Sie hatte herausgefunden, dass er Geldprobleme hatte. Und sie hatte ihn beschattet, hatte sogar gewusst, dass er beim *Feinstäuble* Maultaschen verkaufte. Deshalb war sie dort hingefahren. Um ihn »zufällig« kennenzulernen. Und als er schon weggewesen war, hatte sie die nächste Bahn in den Stuttgarter Westen genommen, um ihn zu beauftragen. Er hatte an dem Abend ewig nach einem Parkplatz gesucht, kein Wunder, dass sie sogar vor ihm bei seinem Büro gewesen war und gemütlich davor auf ihn hatte warten können. Sie hatte wirklich alles geplant. Wahrscheinlich gemeinsam mit ihrer Zwillingsschwester. Verdammt nochmal, wenn er die Frauen fand, die konnten was erleben! Ein starkes Zucken, das immer wieder durchs Lenkrad fuhr, riss ihn aus seinen Gedanken. Good Luck wurde ein wenig langsamer, dann wieder schneller, es ratterte metallisch. Die Luft war geschwängert von Bierdunst, der aus der Motorhaube durch das geöffnete Fenster drang. In Appenweier, bei der Auffahrt auf die Autobahn, brach Henry der kalte Schweiß aus. Er drückte das Gaspedal mit ganzer Kraft durch, aber es gelang ihm trotzdem nicht, richtig zu beschleunigen. Good Luck zuckelte gemütlich in das rasende A 5-Inferno und wurde beinahe von einem Laster gerammt. Lautes Tuten und Hupen und einige Stinkefinger und wütend hochgereckte Fäuste brausten an Henry vorbei. Dass er das früher romantisch gefunden hatte, musste am Reggae in Verbindung mit den Joints gelegen haben. Er stieß einen weiteren Fluch aus. Hoffentlich würde Good Luck bis nach Stuttgart durchhalten. Hoffentlich.

Kapitel 40

Good Luck brachte ihn im wahrsten Sinne des Wortes aus dem letzten Loch pfeifend bis in den Stuttgarter Westen, am Feuersee gab er allerdings endgültig den Geist auf, und Henry gelang es gerade noch, auf den Parkplatz der Metzgerei *Kübler* zu rollen. Von hier aus war es aber sowieso nicht mehr weit zum Pfandleihhaus. Henry ging zu Fuß, beinahe unbewusst wählte er den Weg an seinem ehemaligen Büro vorbei, das gerade renoviert wurde. Wahrscheinlich würden die Eigentümer es nach der Renovierung für einen unvorstellbar hohen Preis verkaufen, wie das jeder im Moment tat, der Immobilien besaß. Irgendwann würde in Stuttgart niemand mehr wohnen, jedenfalls keine normalen Menschen mehr, weil die sich weder die Mieten noch einen Kauf leisten konnten. Wie er selbst als im Moment Wohnungsloser je wieder Fuß in seiner geliebten Stadt fassen sollte, war ihm nicht klar. In letzter Zeit war so viel passiert, dass er nicht darüber hatte nachdenken können, aber jetzt, als er einen Blick in sein entkerntes, mit Schuttstücken gefülltes ehemaliges Büro warf, wurde er richtig melancholisch. Ein geplatzter Lebenstraum, staubig und trostlos. Schnell ging er zum Bürgersteig zurück und setzte seinen Weg fort. Er würde sich wieder aufrappeln. Das hatte er immer geschafft! Nach einem K. o. verließ man den Ring als Verlierer, aber eines Tages kam man zurück und focht den nächsten Kampf aus! Er biss die Zähne zusammen und verdrängte die Zweifel, die auf ihn einstürmten.

Einige Straßen weiter war das Pfandleihhaus und zwei Stockwerke darüber die Wohnung, in der Louise möglicherweise gewohnt hatte. Dort brannte kein Licht, seine

Klientin und ihre Komplizin hatten Laubis also nicht hierhergebracht, um ihn zu töten. Wahrscheinlich waren sie noch im Rheintal. Wenn Laubis Glück hatte, hatte die Polizei ihn bereits gefunden und befreit. Aber falls nicht, hoffte Henry, in der Wohnung Hinweise zu finden, die zu den Täterinnen führten. So wenig er Laubis leiden konnte, er musste gerettet werden, und er selbst musste sich entlasten. Er klingelte bei Maik Adler, dem Besitzer des Pfandleihhauses, der direkt über seinem Geschäft wohnte. Henry kannte Maik nicht nur von seinen schlimmsten finanziellen Engpässen, sondern auch aus dem Fitnessstudio, wo Maik jeden Abend mehrere Stunden trainierte, genau wie Henry das auch oft gemacht hatte. Maik war ein kräftiger, großer Mann um die fünfzig, mit Oberarmen, die so muskulös waren, dass sie kaum noch menschlich aussahen, und traurigen Augen. Obwohl es kurz vor ein Uhr morgens war, trug er einen Trainingsanzug und eine fette Goldkette mit einem Kruzifix und schien nicht erstaunt, sondern eher beunruhigt zu sein, dass Henry vor seiner Tür stand. »Brauchst du Geld?«, fragte er.

Henry schüttelte den Kopf. »Ich brauche deine Hilfe.«

»Sooo … dann komm rein.« Er hielt die Tür auf, und Henry trat in einen kleinen Flur. Maik machte ein paar Schritte rückwärts, stieß an den protzigen Pfau aus vergoldetem Metall, der als Garderobe diente, und brachte das Ding mit seiner Körperfülle beinahe zum Kippen. Er schien nicht mehr ganz nüchtern zu sein. Und sehr nervös.

»Du warst auch schon mal besser angezogen«, bemerkte Maik mit einem angespannten Blick auf Henrys Norwegerpulli. Das bekamen die Helden in Actionfilmen auch niemals vorgehalten, dachte Henry. Jack Jackson konnte mit blutverschmiertem, halb verbranntem und von Schüssen durchsiebtem Hemd in einen Gerichtssaal rennen und erntete nichts als Bewunderung und danach die heißesten Frauen, während ein Henry Marbach sich von einem

Pfandleiher darüber belehren lassen musste, dass sein Norwegerpulli scheiße aussah. Er schüttelte den Kopf. Der Pulli sah ja auch scheiße aus.

Als er Maik erklärte, warum er da war, und ihm das mittlerweile verknitterte Foto seiner Klientin unter die Nase hielt, weiteten sich Maiks Augen, dann nickte er zögerlich. »Louise ist meine Mieterin«, sagte er schließlich. »Ich habe sie aber seit Ewigkeiten nicht mehr gesehen.«

Henrys Atem beschleunigte sich. Er war endlich auf der richtigen Spur!

»Warum hast du das meinem Anwalt nicht erzählt?«

Maiks Kiefer mahlten. »Weil ich nie mit verfickten Anwälten rede, deshalb. Ist doch nicht mein Problem, wenn du in Schwierigkeiten steckst.«

Henry zwang sich, ruhig weiterzusprechen. »Hat sie hier alleine gewohnt? Oder mit jemandem zusammen?«

»Alleine.«

»Wenn sie deine Mieterin ist, hast du bestimmt einen Zweitschlüssel für ihre Wohnung«, knurrte Henry.

Maik wirkte unentschlossen. »Da können wir aber nicht einfach rein.«

»Maik, deine Mieterin tötet vermutlich gerade einen verdammten Gemeinderat, und die Bullen sind hinter mir her, ich muss einen Blick in diese Wohnung werfen«, drängte Henry. Er musste unbedingt da rein. Und wenn er sich den Schlüssel mit Gewalt holte. Wobei das bei Maik ein ziemlich gefährliches Unterfangen werden würde, denn der beherrschte Krav Maga und Karate auf einem hohen Niveau, boxte außerdem eine Gewichtsklasse über Henry und war der Erfinder des sogenannten Hammerfaust-Knock-outs. »Willst du wegen Beihilfe zum Mord drankommen?«

Maik sah immer noch nicht überzeugt aus.

»Bin ich nicht einer deiner besten Kunden?«, machte Henry weiter. »Und habe ich dir nicht damals geholfen, als dieser Kyrill deine Scheibe zertrümmert hat?«

Maik schürzte die Lippen. Dann nickte er und holte aus einem Kästchen neben der Tür einen dicken Schlüsselbund. »Ich mochte sie, ich kann mir nicht vorstellen, dass so ein nettes Mädle jemanden tötet«, nuschelte er, während sie die knarrenden Treppen nach oben gingen. Er klingelte mehrfach an Louises Tür, schließlich schloss er auf, und sie betraten einen engen, düsteren Flur, der von einer schwachen Glühbirne mäßig erleuchtet wurde. Ein altmodisches Telefon stand auf einem kleinen Schränkchen. In der Wohnung müffelte es modrig und ein wenig nach dem Chlorreiniger, nach dem es auch in Henrys Büro gerochen hatte. Sie betraten das erste Zimmer, ein winziges Wohnzimmer. Es war einfach eingerichtet, ein billiger Holztisch, zwei Stühle, ein alter Sessel, der aussah, als stamme er vom Sperrmüll. In der Ecke eine zusammengeklappte Koffermatratze und zusammengelegtes Bettzeug. Dunkle Vorhänge am Fenster, die halb zugezogen waren. Auf dem Fensterbrett standen große Blumentöpfe mit Pflanzen, die verdächtig nach Blauem Eisenhut aussahen. Außen führte eine Feuertreppe am Fenster vorbei und machte den sowieso nicht sonderlich aufregenden Blick auf die von Industriescheinwerfern erleuchtete Betonwand mit den Kakteenköpfen noch trister. An den Wänden des Wohnraums hingen keine Bilder, es gab kein Regal oder persönliche Gegenstände. In den Ecken des Zimmers waren große Flecken, die aussahen wie Schimmel. In der Küche, die winzig und mit uralten Geräten ausgestattet war, befanden sich keinerlei Lebensmittel, alles war glänzend sauber. Neben der Spüle lag eine zerdrückte tote Kakerlake auf dem Rücken auf einem weißen Blatt, auf dem die Worte *Für Maik* getippt waren.

Sie sahen in das letzte Zimmer, das fensterlose Schlafzimmer, in dem ein einfaches Metallbett mit abgezogenem, ordentlich gefaltetem Bettzeug und ein Schreibtisch mit einem wackeligen Schreibtischstuhl standen. Auf dem Schreibtisch lagen fein säuberlich drei unterschiedlich hohe

Stapel Papier. An der Wand hingen Fotos und Blätter, die man im düsteren Licht, das vom Flur hereindrang, nicht richtig erkennen konnte. Als Henry den Schalter gefunden hatte und das Licht anschaltete, traf ihn fast der Schlag. Die Wand hinter dem Schreibtisch war über und über mit ausgedruckten Zeitungsartikeln und einigen Fotos beklebt. Über allem prangte ein Schild: *Für die Polizei*. Sie traten näher. »Ja, leck mich doch am Arsch«, murmelte Maik, und Henry stieß ein »Das gibt es ja gar nicht!« aus. Auf drei der Fotos, drei ziemlich großen, war Henry zu sehen, offenbar heimlich von seiner Klientin beim Verlassen seiner Detektei und einmal beim Verlassen des Pfandleihhauses aufgenommen und, wie er fand, nicht sonderlich gut getroffen. Er sollte überlegen, den hellgrauen Anzug auszumustern. Daneben hingen seine Visitenkarte, seine private Telefonnummer und ein weiteres Foto, auf dem er mit düsterem Blick und einem bedrohlich erhobenen Bolzenschneider aus Joseph Sandhaas' Schuppen schaute, beschriftet mit *Wahrscheinlicher Täter*. Ihm wurde eiskalt. Maik, der neben ihm stand, grunzte: »Heilige Scheiße, Henry, hier steht, du spielst eine alte badische Sage nach, weil du ›späte Rache für Louise Münz‹ ausübst.« In den Augen des Pfandleihers war etwas, das beinahe aussah wie Angst, und das hatte Henry bei ihm noch nie gesehen. »Wolltest du deshalb hier rein? Um Beweise zu vernichten?«

»Ich war das nicht, du kennst mich doch, verdammt. Die Frau hat mich reingelegt«, schnappte Henry und trat noch näher an die Wand. Weitere Fotos pinnten daran, die mit Post-its beschriftet waren, mehrere von Joseph Sandhaas, zwei von toten Hunden, außerdem einige von der Statue des Weinheiligen. Weiterhin gab es Fotos von Laubis. Und von einem dritten Mann, der dem Post-it zufolge René Männle sein musste. Direkt über dem Schreibtisch hingen der Text der *Legende von der Magd des Totengräbers* und ein Foto, das alt aussah und jüngere Versionen von

Laubis, Sandhaas und dem dritten Mann zeigte. Sie wirkten betrunken. Arm in Arm standen sie um ein Bett herum und grinsten in die Kamera. Sandhaas hatte eine Flasche Schnaps in der Hand, Laubis' Hose hing ihm an den Knien. Auf dem Bett lag eine junge, nackte Frau mit kurzen braunen Haaren, die Henry nicht kannte. Sie war ohnmächtig oder schien zu schlafen. Daneben ein Foto von einem kleinen Arzneimittelfläschchen mit einer durchsichtigen Flüssigkeit. Auf dem Schreibtisch lagen mehrere ausgedruckte Zeitungartikel. Zwei davon kamen Henry von seinen Recherchen am Mittag bekannt vor. Es ging um die jungen Frauen, die mit K.-o.-Tropfen betäubt worden waren. Außerdem lag eine kopierte Vermisstenanzeige dort, die eine *Obdachlosenhilfe St. Petrus* vor fünfundzwanzig Jahren bei der Polizei aufgegeben hatte und in der eine Louise Münz als vermisst gemeldet worden war.

»Jesses, Maria ond Joseph«, murmelte Maik und deutete auf ein Foto, auf dem ein junger Sandhaas nackt und mit erigiertem Penis vor einem Spiegel stand und sich mit einer Kamera selbst fotografierte. Im Hintergrund war ein Teppich zu erkennen, auf dem zwei weitere nackte Frauen lagen, die Beine weit gespreizt. Sie schienen ebenfalls zu schlafen oder bewusstlos zu sein. Daneben klebten Fotos, die wohl aus einem Familienalbum stammten. Sie zeigten Männle mit zwei blonden Mädchen an der Hand, gemeinsam mit einer Frau bei der Einschulung der Mädchen und auf weiteren Fotos bei einem Urlaub am Meer. Die Mädchen lachten auf keinem der Fotos, auch die Frau lächelte selten. Nur René Männle lachte immer. Es war ein selbstverliebtes Lachen, und auf jedem der Fotos wirkte der Mann, als ginge es ihm ausschließlich darum, dass er gut getroffen sei. Nie zeigte eine Aufnahme, wie er mit den Kindern spielte. Ganz am Rand hing ein Foto, das Bahngleise zeigte, grisselig aufgenommen mit einer schlechten Kamera, die bei Nacht keine guten Bilder gemacht hatte.

Auf den Gleisen erkannte man eine Gestalt. Ihr fehlte der Kopf, der ein Stück weiter auf dem Kies lag. Wahrscheinlich war das ebenfalls René Männle. Oberhalb dieses Fotos befand sich ein Bild von Sandhaas, wie er mit einem Speer in seinem eigenen Schuppen gepfählt worden war. Direkt daneben klaffte eine Lücke, die mit schwarzem Klebeband umrahmt war, wie für ein letztes Foto, das noch fehlte.

»Was zur Hölle ist das?«, fragte Maik, der hinter Henry stand. Seine Stimme klang bedrohlich. Er beugte sich nach vorne und tippte auf das Foto von Henry mit dem Bolzenschneider und dann auf den toten Männle.

Henry antwortete nicht, er starrte immer noch auf die schwarz umrandete Lücke. Das musste die Lücke für Laubis sein. In diesem Moment spürte er mehr, als er es sah, dass Maik die Faust hob. »Henry, du brutaler Mörder!« Instinktiv duckte Henry sich weg, der Schreibtisch war ihm im Weg, trotzdem gelang es ihm, sich zu drehen und den Schlag abzublocken und seinen linken Ellenbogen in Maiks Magen zu rammen. Maik, offenbar auf genau diese Reaktion vorbereitet, hatte seine Bauchmuskeln angespannt, sodass Henry nur auf eine harte Fläche traf. Seine Knochen schmerzten, er schwankte nach vorne. Erneut holte Maik aus, diesmal versuchte er offenbar, Henry mit seiner »Hammerfaust« umzulegen, aber Henry blockte den Schlag mit einem Karategriff, der ihm fast den Arm brach, der Maik aber ein wenig ins Trudeln brachte. Schon wollte Henry nachsetzen, als Maik plötzlich mit einem wüsten Kampfschrei über ihm hing und ihn in den Schwitzkasten nahm. Gnadenlos drückte der metallharte Unterarm Henrys Hals zu, ihm wurde schwindlig, er hatte nicht viel Zeit, er schlug gezielt nach hinten, versuchte, Maik mit den Fingern in die Augen zu stechen, zog die Schultern hoch, wand sich. Ohne Erfolg, Maiks Griff war eisern. Sie stöhnten und keuchten und rangen miteinander. Henry blieb die Luft weg, schwarze Punkte kreisten vor seinen Augen. Mit letzter, verzweifelter Kraft versuchte er nicht mehr, unter dem Arm herauszukommen, sondern stieß mit seinem Kopf nach oben hinten auf Maiks Kinn zu, ein Knochen brach knirschend, und der Griff um seinen Hals lockerte sich ein wenig. Genug, um Henry so weit zu befreien, dass er sich umdrehen und einen gezielten Schlag mit dem Knie zwischen Maiks Beine platzieren konnte. Sein Gegner stöhnte, war aber leider offensichtlich noch nicht ausgeknockt, denn er griff erneut an. »Hör auf! Ich habe mit der Scheiße hier nichts zu tun, verdammt«, brüllte Henry, während er einen weiteren Schlag abwehrte und Maik von sich wegstieß.

»Ach, echt? Und warum steht dann da *Täter*? Bei deinem Foto? Ich bring dich um, du Drecksau!« Maiks Sprache war verwaschen, weil ihm Blut aus dem Mund tropfte. Wieder griff er an, ein Riesenstier auf hundertachtzig. Diesmal konnte Henry den Faustschlag nicht abwehren, er traf ihn auf die Wange, sein Schädel dröhnte. Er wankte nach hinten, krachte gegen die Wand neben dem Schreibtisch. Maik stürzte auf ihn zu, aber Henry sprang auf das Bett, stellte sich darauf und tänzelte ein wenig zur Seite in Richtung Tür. Maik war zwar schwerer und muskulöser, aber auch unbeweglicher, und diesmal versuchte es Henry mit zwei Fußtritten, die er schnell und brutal vom Bett aus in Maiks Gesicht und Magen platzierte. Maik sackte in die Knie und hielt sich würgend den Bauch, und Henry sprang vom Bett herunter und auf seinen Rücken, drückte ihn zu Boden. Maik versuchte, sich wieder aufzurichten, aber Henry war in der deutlich günstigeren Position und zwang ihn schließlich, sich hinzulegen, setzte sich auf seinen Rücken und fixierte ihn mit einem Hebelgriff, bei dem er ihm fast den Arm ausrenkte. »Was willst du?«, jammerte Maik.

»Was weißt du über Louise? Wie wurde sie deine Mieterin? Hast du Unterlagen von ihr? Von welchem Konto hat sie die Miete überwiesen?«

Maik wand sich unter ihm, und Henry zog den Armhebel noch fester. Maik stöhnte und druckste herum, aber schließlich sagte er: »Die ist ins Pfandleihhaus gekommen und hat mich um Hilfe gebeten. Sie wurde von einem alten Winzer belästigt und verfolgt. Ich habe nicht viel gefragt. Ich helfe gerne, wenn einer in Not ist.« Er spuckte etwas Blut aus.

»Wie meinst du das, dass sie ›in Not‹ war und du ihr gern geholfen hast?«

»Na ja, die hat kein Konto gehabt. Kam nach einem Gefängnisaufenthalt zurück, und es war noch nicht alles geklärt. So ein liebes junges Fraule. Einer musste ihr ja helfen. Und wenn einer für die Wohnung hier fast viertausend Euro kalt hinlegt, bar und pünktlich jeden Monat …«

»Du hast im Monat viertausend Euro für dieses Kabuff verlangt? Und bezeichnest das auch noch als ›Hilfe‹?« Henry war sprachlos, auch wenn er es Louise von Herzen gönnte, dass sie für ihren miesen Plan wenigstens hatte bluten müssen. Obwohl Geldmangel nicht ihr Problem zu sein schien.

Maik kicherte, es klang, als hätte er Schmerzen. »Was will man machen?«, fragte er.

»Aber das muss dir doch komisch vorgekommen sein, verdammt. Ich meine, jemand, der jeden Monat so viel bar zahlen kann, kann ja nicht besonders in Schwierigkeiten sein, oder?«

»Ganz ehrlich? Ich dachte, sie hat eine Bank überfallen. Und will deshalb nicht ihren richtigen Namen angeben. Denn ›Louise‹ war nicht der richtige Name, das habe ich überprüft.«

»Und das hat dich nicht gestört? Eine Bankräuberin zu beherbergen, deren Namen du nicht kennst?«

Maik machte eine Bewegung, als wolle er trotz Henrys Hebelgriff mit den Schultern zucken. »Nein«, stöhnte er. »Geld ist Geld. Es stinkt nicht.«

Irgendetwas sagte Henry, dass Louise Maik noch ein

ganz anderes Angebot gemacht hatte als Geld. »Hattest du Sex mit ihr?«

Maik hob ein wenig den Kopf und schüttelte ihn. »Nein.« Das war eindeutig eine Lüge.

»Wollte sie für ihr Geld und den Sex sonst noch was von dir, außer dieser Wohnung? Vielleicht mal einen Blick in dein Schuldnerverzeichnis werfen?«

Maik schwieg eine Weile. Schließlich bekannte er: »Sie wollte rausfinden, ob ihr Exfreund Schulden hat und … Na ja, manchmal hat sie ein bisschen in den Schuldnerverzeichnissen gestöbert. Sie mochte das.« Es klang keineswegs schuldbewusst.

»Heißt das, sie hatte Zugang zu meinen Unterlagen?« Henry wurde laut.

Maik wand sich unter ihm, dann deutete er ein Nicken an. Henry spürte wilde Wut in sich auflodern. »Hat sie mich mal erwähnt?«

Diesmal antwortete Maik nicht. Henry verstärkte den Hebelgriff, bis Maik aufschrie. »Von mir aus, ja, ja, sie hat mal gefragt, ob ich zufällig auch einen Detektiv oder einen Journalisten unter meinen Kunden habe. Vielleicht … sind wir da auf dich gekommen. Und sie hat gefragt, ob du ein guter Detektiv bist.«

»Und, was hast du gesagt?«

Erneut antwortete Maik nicht, er grunzte nur seltsam, und Henry ließ es dabei bewenden. Die Sache war vollkommen klar. Maik hatte mit Sicherheit gesagt, er hielte Henry *nicht* für einen guten Detektiv. Weil er so viele Schulden hatte. Und genau das war es gewesen, was den Ausschlag für Louise gegeben hatte, ihn zu engagieren.

»Seit wann wohnt sie hier?«

»Drei Monate ungefähr.«

»Was weißt du noch über sie?«

»Nix«, sagte Maik. »Gar nix. Bloß, dass die sehr hübsch war. Sehr hübsch und fast nie daheim.«

»Hatte sie eine Schwester?«

»Keine Ahnung, ehrlich.«

»Gib mir noch ein paar Minuten, wenn ich dich loslasse, und ruf erst dann die Polizei. Ich muss mir diese Unterlagen durchschauen. Ich muss herausfinden, wo und wie Louise heute Abend diesen Gemeinderat umbringen will, damit ich ihn retten kann. Das schuldest du mir«, knurrte Henry. »Ich habe nichts getan, aber dank dieser verdammten Frau werde ich nun wegen mehrfachen Mordes gesucht.«

Maik stöhnte, und Henry lockerte den Armhebel ein wenig. »Ich glaube, sie hat uns beide ausgenutzt. Sie spielt ein verdammt dreckiges Spiel«, fuhr er fort.

Maik grunzte. Es klang, als stimme er Henry zu. Bevor Henry den Hebelgriff losließ, tastete er mit der freien Hand Maik ab, auch dessen Hosentaschen. Dort fand er nicht nur den großen Schlüsselbund, ein Handy und ein Messer, sondern auch den Autoschlüssel für Maiks Ferrari. Daran eine Karte für das Parkhaus im *Gerber*. Langsam ließ Henry Maiks Arm los und stand auf. Er konnte nur hoffen, dass der Pfandleiher nicht schon wieder über ihn herfiel. Aber der richtete sich nur langsam in eine sitzende Position auf, spuckte Blut auf den Boden und betastete vorsichtig sein Kinn und seine Nase, die geschwollen aussah.

Henry warf das Messer, das Handy und den großen Schlüsselbund auf den Schreibtisch. Den Ferrarischlüssel steckte er heimlich ein. Während er Maik mit einem Auge im Blick hatte, ging Henry die drei Stapel auf dem Schreibtisch durch. Er versuchte, die Blätter lediglich an den Kanten zu berühren, um keine Spuren zu verwischen. Dass er selbst Spuren hinterließ und bei dem Kampf mit Maik hinterlassen hatte, war ihm nur zu deutlich bewusst. Wie auch immer, er musste diese Unterlagen durchschauen. Das hier war vermutlich seine einzige und letzte Chance, den Fall aufzuklären und sich zu entlasten. Er überflog die Artikel auf dem Schreibtisch und betrachtete eine mit Füller auf einem dicken Papier geschriebene Notiz, die mittig auf dem Schreibtisch lag. *Kalte Lügen* stand dort. Und darunter: *Kein Bereuen bedeutet den Tod. René: Ofenschlupfer. Joseph: Tatort. Daniel: Ende.* Auf dem Blatt lag ein Armband, das große Ähnlichkeit mit der Amulett-Kette hatte, die er in Sandhaas' Schuppen gesucht hatte, nur dass der Name *Louise Renate Münz* eingraviert war. Daneben lag eine einzelne rote Babysocke. Unterschrieben war das Ganze mit einer wunderschönen, sehr altmodisch aussehenden Schrift. Keine Ahnung, was für ein Name das sein sollte, aber offenbar begann er mit einem »A«. Henry grübelte eine Weile. Agnes. Möglicherweise hieß das Agnes. Irgendwo hatte er den Namen gerade ... Er sah zur Wand hin. *Die Legende von der Magd des Totengräbers*! Die Magd hatte Agnes Vetter geheißen! Erneut betrachtete er die handschriftliche Notiz. *Ofenschlupfer. Tatort. Ende.* Was hatte das zu bedeuten? Er blätterte die Stapel auf dem Schreibtisch durch. Der erste Stapel schien zu René Männle zu gehören, der zweite zu Joseph Sandhaas und der dritte, kleine, zu Laubis. Außer, dass sie ihn als Verdächtigen hinstellte, hatte seine Klientin die Fälle offenbar genau dokumentiert. Sie wollte, dass herauskam, was Sandhaas, Laubis und Männle getan hatten. Was auch immer das gewesen war. Vergewaltigung? Henry nahm Männles Stapel in die Hand. Mit Männle hatte alles angefangen. Ein vergilbtes Blatt, offenbar aus einer offiziellen Akte, erregte seine Aufmerksamkeit. Dort war der Fundort der Kartonzwillinge beschrieben, in der Nähe der Ruine Diersburg. Angeheftet war ein kleiner Kartenausschnitt des Gebiets mit einem Kreuz an der Stelle, an der die Babys gefunden worden waren. Ein weiteres Kreuz befand sich auf den Bahnschienen, die am Nachbarort Niederschopfheim vorbeiführten. Das musste der Ort sein, an dem Männle gestorben war. Darunter die Adresse einer Bäckerei in Niederschopfheim und wieder das Wort *Ofenschlupfer*. Was das mit dem Ofenschlupfer bedeutete, verstand er nicht, aber offenbar hatte Männle ganz in der Nähe der Stelle auf den Gleisen gelegen, an der fünfundzwanzig Jahre früher die Kartonzwillinge aufgefunden worden waren. Nur warum? Henry ließ sich auf dem Stuhl nieder und sah sich erneut die Fotos an, dann ging er den nächsten Stapel durch. Sandhaas' Stapel. Ganz oben lag ein Blatt, auf das zehn Frauennamen getippt waren, darunter stand: *Außerdem Mannheim.* Henry kannte nur einen der Frauennamen: *Louise Münz.* Was hatte das zu bedeuten? Hatte Sandhaas alle diese Frauen vergewaltigt? Hatte die Geschichte seiner Klientin in diesem Punkt gestimmt, war Sandhaas ein gewalttätiger Stalker? Denn das war es doch, was die Fotos an der Wand zeigten. Ohnmächtige Frauen. Frauen, die wahrscheinlich mit K.-o.-Tropfen betäubt und dann vergewaltigt worden waren. Von wem? Laubis oder Männle oder Sandhaas? Oder allen zusammen? Und was hatten diese Kartonzwillinge damit zu tun? Waren das wirklich seine Klientin und ihre Schwester? Waren sie bei einer Vergewaltigung gezeugt worden? Henry blätterte durch den Stapel, bis er auch hier einen Kartenausschnitt fand: zwei beinahe übereinanderliegende, verschiedenfarbige Kreuze an der Stelle, an der der Schuppen in Sandhaas' Garten stehen musste. *Tatort.* Der Schuppen. Das eine Kreuz stand für Sandhaas. Und das andere? Offenbar war hier das passiert, für das Sandhaas gestorben war. Louise Münz' Vergewaltigung? Henry schüttelte langsam den Kopf. Sie war nie wieder aufgetaucht. Ein Mord? Er musste wieder an die Artikel mit den Frauen, die K.-o.-Tropfen im Blut gehabt hatten, denken. Und daran, dass die Vergewaltigungsserie geendet hatte. Um den Zeitpunkt herum, an dem die Statue gegossen worden war. War die echte Louise Münz bei einer Vergewaltigung gestorben? K.-o.-Tropfen waren gefährlich, war sie nicht mehr aufgewacht oder …? Unten am Boden stöhnte Maik. Henry sah auf. Der Pfandleiher kroch zur Wand, lehnte sich dagegen und streckte die Beine von sich. Immer noch ran Blut aus seinem Mund und seiner Nase. Er fummelte ständig am Kruzifix seiner Kette herum. Henry richtete seinen Blick wieder auf die Blätter. *Daniel. Ende.* Was bedeutete das? Geständnis? War ein Geständnis nicht das, was die Magd eigentlich erreichen wollte? Hatten die Laubis vielleicht deswegen nicht getötet, sondern mitgenommen? Er ging den Laubis-Stapel durch. Er musste irgendeinen Hinweis darauf finden, wo seine Klientin und ihre Schwester Laubis hinbrachten. Auf dem Stapel des Gemeinderats fehlte leider eine Karte mit Kreuzen. *Ende.* Was hatte »Ende« zu bedeuten? Henry schaute sich sämtliche Unterlagen und Fotos nochmal im Schnelldurchgang an. Nichts. An der Haustür war plötzlich eine Klingel zu hören und ein wildes Poltern. Der an der Wand lehnende Maik murmelte grinsend etwas von einem Alarmknopf an seinem Kruzifix, einem Sicherheitsdienst und Henry, dem Deppendetektiv, der das nicht nachgeprüft hatte. Henry hatte gute Lust, ihm einfach noch einmal einen kräftigen Schlag in die Fresse zu hauen, aber er hielt sich zurück. Unten polterte es, als seien die bereits im Treppenhaus. Henry rannte ins Wohnzimmer. Packte die Pflanzen und riss sie vom Fensterbrett. Einige Blätter brachen ab, sie hinterließen feuchte, grüne Spuren auf seiner Hand. Er öffnete das Fenster und stieg über die Feuerleiter nach unten. Sprintete durch den Hof, an den Graffiti-Kakteenköpfen vorbei und hinüber zum Getränkelieferanten. Als er wenig später die Sirenen hörte, war er bereits in den Häuserschluchten, die er wie seine Westentasche kannte, verschwunden. Erst als er in der U-Bahn saß, bemerkte er das komische Kribbeln in seinem rechten Arm und seiner linken Hand. Als ob ihm ein Fell wachsen würde. Oder Igelstacheln. Ihm brach der kalte Schweiß aus. Ein wenig hatte er zudem das Gefühl, über seinem Sitz zu schweben. Sein Herz fing an zu rasen. Er hatte diesen verdammten Eisenhut auf dem Fensterbrett angefasst. Er versuchte, ruhig durchzuatmen. Er musste sich unauffällig verhalten. Auch wenn die Stuttgarter einiges gewohnt waren, was merkwürdige Leute in der U-Bahn anging: Ein abgehalfterter Detektiv, der dachte, ihm wüchsen Stacheln und er flöge gerade zum Hexensabbat, würde negativ auffallen, da war er sich sicher. Und wenn zum Beispiel dieser verschwommene Banker da hinten die Polizei ... Fliegen war auf der anderen Seite gar nicht so übel. Die Farben sahen großartig aus. Hatte da gerade eine Stimme »Rotebühlplatz« gesagt? Er war sich nicht ganz sicher, aber er stemmte sich von seinem Sitz hoch und schwebte zur Tür. Hinaus in eine strahlend helle, funkelnde Halle, in der es kreischte und quietschte und ... Er blieb kurz stehen, um das verschwommene Schild zu entziffern. Er wusste plötzlich nicht mehr so genau, in welche Richtung er gehen musste. Zur Treppe oder den ansteigenden Weg hoch? Und warum war sein Fuß so schwer, dass er ihn kaum auf die Rolltreppe bekam? Irgendwie schaffte er es schließlich, das *Gerber* zu finden, eine Einkaufsmall am Rande der Stuttgarter Innenstadt. Die frische Luft tat ihm gut, und eine Weile lehnte er einfach nur an der Wand und freute sich über die abgedrehten Geräusche, die die vorbeifahrenden Autos machten. Als der Rausch ein wenig nachgelassen hatte, zwang er sich, in das Parkhaus hineinzugehen. Die roten und grünen Lichtpunkte oberhalb der Parkplätze sahen aus wie glitzernde Edelsteine. Aber immerhin wurde seine Sicht langsam wieder klar, und auch das Fell-Gefühl ließ nach. Offenbar war die Dosis Eisenhutgift, die er diesmal abbekommen hatte, deutlich geringer als beim letzten Mal. Es dauerte nicht lange, bis er Maiks roten Ferrari mit den Leopardenfellbezügen auf den Sitzen und dem übergroßen Heckspoiler erspäht hatte. Er öffnete das Auto, ließ sich hineinfallen, steckte den Schlüssel ins Schloss und erweckte das röhrende Gefährt zum Leben. Die Sitzbezüge waren der Albtraum, aber was für ein geiles Auto! Ein Cabrio. So was hatte er schon immer mal fahren wollen! Zum Glück hatte er nicht mehr das Gefühl zu schweben, sondern saß wieder fest auf dem Sitz. Er fuhr durch Stuttgart, während er sich nicht verkneifen konnte, das Dach zu öffnen. Die kühle Nachtluft wehte ihm um die Nase und sorgte dafür, dass er von seinem Eisenhuttrip wieder runterkam.

Diesmal hatte er keine Schwierigkeiten, auf die Autobahn aufzufahren, und mit röhrendem Gebrumme raste er Richtung Offenburg. Was auch immer *Ende* bedeutete, es war im Rheintal, da war er sich sicher. Vorne auf der Ablage saß ein nacktes Playmate aus Plastik, das den Kopf bei jeder Fahrtbewegung hin und her drehte. Henry hatte das Dach immer noch geöffnet, auch wenn es langsam kalt wurde, weil er von dem Geruch des Vanilleduftbaums Panikattacken bekam, das musste noch mit dem Eisenhut zu tun haben. Außerdem tat ihm die frische Luft gut, auch wenn der Fahrtwind ihm in den Ohren rauschte und seine Augen zum Tränen brachte. An einer Autobahnraststätte machte er eine kurze Pause, weil er tanken musste. Er ging auch auf die Toilette, schrubbte sich den Eisenhut von der Hand und kaufte sich danach einen starken Kaffee und eine Flasche Wasser. Zum Glück hatte ihm Achim erst gestern hundert Euro geliehen. Er fand sogar eine Telefonzelle, von der aus er erneut erst seinen Freund, der wieder nicht ans Handy ging, wahrscheinlich war es mal wieder versehentlich auf lautlos gestellt, und dann zum zweiten Mal an diesem Abend Suzanne anrief.

Obwohl es schon spät war, schien sie draußen spazieren zu gehen, er konnte das Knirschen ihrer Schritte hören und das Rufen eines Kauzes, außerdem klang sie ein wenig außer Atem. »Ich war gerade in der Wohnung meiner Klientin«, erzählte er. »Ich glaube, Sandhaas und Laubis und Männle haben die echte Louise Münz vergewaltigt und möglicherweise umgebracht. Und dafür rächt sich meine Klientin, vermutlich gemeinsam mit ihrer Zwillingsschwester.« Er gab ihr eine Kurzzusammenfassung von allem, was er eben herausgefunden hatte, verschwieg allerdings die Sache mit dem Eisenhut vom Fensterbrett und dass er Maik deshalb kannte, weil er ein guter Kunde des Pfandleihers gewesen war. »Hinter Laubis' Name stand das Wort ›Ende‹«, sagte er schließlich. »Auf was könnte ›Ende‹ hindeuten? Auf ein Geständnis oder auf einen Ort oder ...« In diesem Moment war sein Guthaben zu Ende, und das Gespräch wurde unterbrochen.

Ende, dachte er auf dem Weg zurück zum Auto. *Ende.* Er blieb abrupt stehen. Die wollten kein Geständnis. Sonst hätten sie keinen schwarzen Rahmen um die Lücke an der Wand gemacht. Die wollten Laubis ebenfalls umbringen. Und er wusste plötzlich auch, wo.

Kapitel 41

Die Polizisten waren schließlich gegangen, nachdem Suzanne sie davon hatte überzeugen können, dass das Blut in ihrem Keller nur Kunstblut war. Sie hatte keine Ahnung, woher Liam das gehabt hatte, vielleicht aus seinem Bandbus, denn manchmal schminkte er sich für eine Show ziemlich gruselig. Nach der Deko-Aktion in ihrer Küche hätte sie sich eigentlich denken können, dass die Jungs auch ihren Keller nicht verschonen würden. Zum Glück war kein Kunstblut auf die frisch renovierten Wände gespritzt! Eines war klar: Sie würde stundenlang aufräumen müssen, bevor sie ihren nächsten Detektivpodcast senden konnte, wenn sie nicht bluttriefende Knoblauchknollen als Hintergrundbild haben wollte.

Nach Henrys Anruf am frühen Abend von Laubis' Nachbarin aus, in dem er ihr von der Entführung im BMW erzählt hatte, hatte sich Suzanne sofort wieder an die Polizei gewandt. Die waren der Sache mit der Entführung aber nicht nachgegangen, denn es hatte sich herausgestellt, dass Laubis persönlich ein paar Minuten zuvor bei der Polizei angerufen und gesagt hatte, er werde von einer Suzanne Griesbaum, einem Henry Marbach und einem Achim von Arnhold verfolgt.

»Herr Gemeinderat Laubis war vollkommen außer sich, Frau Griesbaum«, hatte die Polizistin, die gleiche, die auch bei Laubis' Haus gewesen war, geschimpft, »er hat Angst vor Ihnen! Er hat bereits einen Gewaltschutzantrag gegen Sie gestellt, Sie dürfen sich ihm nicht nähern. Ich erwarte, dass Sie sich ab sofort daran halten! Heieiei. Herr Laubis wurde nicht entführt! Er hat uns gegenüber am Telefon schon vermutet, dass Sie so was behaupten würden, Frau Griesbaum. Sie wollen uns benutzen, um ihn aufzuspüren. Weil Sie besessen von ihm sind. Ich denke, dass Sie psychologische Hilfe benötigen. Jesses nai! Dieser Mann hat Panik zu Hause, deswegen fährt er jetzt zu Freunden. Wegen Ihnen. Und seinen Bodyguard, der heute eigentlich seinen freien Tag gehabt hätte, hat er nun darum gebeten, sein Haus zu bewachen, weil er denkt, Sie brechen da ein!«

»Er fährt nicht zu Freunden«, hatte sie wütend eingeworfen, »er wird entführt, er …«

Aber die Polizistin hatte sie scharf unterbrochen. »Ich sage es Ihnen zum allerletzten Mal: Lassen Sie Herrn Laubis in Frieden! Sonst verbringen Sie die Nacht in einer Zelle.« Im Hintergrund waren Geräusche und Stimmen zu vernehmen gewesen, die Polizistin hatte »unfassbar« gesagt. Dann hatte sie in den Hörer gebrüllt: »Frau Griesbaum, ich höre gerade, dass sich eine Nachbarin von Herrn Laubis an meinen Kollegen gewandt hat. Anscheinend war ein bedrohlich aussehender Mann in einem Norwegerpulli, der große Ähnlichkeit mit dem gesuchten Henry Marbach hat, soeben bei ihr und hat seltsame Dinge ins Telefon geflüstert. Wissen Sie da zufällig etwas darüber?«

Suzanne antwortete nicht.

»Sollte sich bewahrheiten, dass Sie dem flüchtigen Verdächtigen Marbach immer noch helfen, werden wir Sie *sofort* festnehmen! Und wenn Sie einen weiteren sinnlosen Polizeieinsatz verursachen, dann auch!«

Suzanne hatte aufgelegt und das Telefon auf den Tisch geknallt. Dann halt nicht. Sollte die Magd Laubis eben pfählen, ihr sollte es gleich sein! Das hier sah ja sowieso so aus, als sei Laubis nicht entführt worden, sondern mache gemeinsame Sache mit der Magd! Und selbst wenn nicht, wenn die Magd ihn gezwungen hatte, diesen Anruf bei der Polizei zu tätigen, war das nicht ihr Problem.

Das war vor Stunden gewesen. Trotzdem versuchte sie

seither, gemeinsam mit Achim herauszufinden, wo die Magd mit Laubis hingefahren sein könnte. Ohne Erfolg. Schließlich gaben sie auf, und Suzanne holte eine Tüte Käsegebäck aus der Vorratskammer. Es war zwar mitten in der Nacht, aber für Käsegebäck war es nie zu spät. Während sie ein Glas Apfelsaft tranken und das ganze Käsegebäck aufaßen, rätselten sie erfolglos, wo Henry wohl gerade steckte. Und Liam und Elton. Irgendwann ging Achim ins Bett. Sie war viel zu aufgebracht, um zu schlafen, daher ging sie hinaus und schaute noch ein wenig ihren Ziegen zu, die friedlich im Stall am Heu knusperten und gemütlich herumliefen. Sie setzte sich auf einen Strohballen. Langsam entspannte sie sich. Sie versuchte, nicht an Liam zu denken, aber sie tat es trotzdem. Ihr Handy hatte sie zur Sicherheit mit in den Stall genommen, denn immer noch hoffte sie auf einen Anruf des Sängers. Sie hatte es vorhin gegen ihre Vorsätze doch auch schon einmal bei ihm probiert, aber er hatte nicht abgenommen, vielleicht hatte er sein Handy ja auch nur nicht gehört. Natürlich war ihr klar, dass Liam ein Künstler war, und wenn er gerade einen Song erschuf, vergaß er sicherlich die Zeit und die Welt um sich herum, aber es war doch ein wenig komisch, dass Elton und er schon seit Stunden nicht zurückgekommen waren. Zumal es angefangen hatte zu nieseln. Hatten sie sich vielleicht verlaufen? Bilder von einem verzweifelten Liam, der in den Mühlbach gestürzt war und mit einem gebrochenen Bein nicht mehr herauskam, tauchten vor ihrem inneren Auge auf. Oder, noch viel schlimmer, vielleicht waren sie bis an den Rhein hinübergelaufen und ertranken gerade. Henry hatte angedeutet, dass Ragnar Iggy den beiden irgendwelche Pilze gegeben hatte, vielleicht hatten sie gedacht, sie könnten übers Wasser laufen oder so was. Sie schluckte. Ihre Hände zitterten ein wenig. Das war sehr unwahrscheinlich. Und sie musste aufhören, sich so idiotische Sorgen zu machen, Liam und Elton waren erwachsene Männer. Sie stand auf und klopfte sich das Heu von der Hose. Es konnte trotzdem nicht schaden, wenn sie ein paar Schritte in Richtung der Felder und des Bachs ging und nach den beiden suchte. Wenn sie sah, dass es ihnen gutging, konnte sie still und leise umkehren und sich ebenfalls ins Bett legen. Sie zog eine warme Wolljacke über, die sie immer im Stall hängen hatte, denn langsam wurde es kalt. Dann machte sie sich auf den Weg.

Immer noch nieselte es. Hinter ihrem Garten über den Feldern schwebte leichter Nebel. Der Herbst hielt mehr und mehr Einzug in der Ortenau. Bald würde es wieder Hochnebel geben, Tage, an denen zwar oberhalb des Rheintals die Sonne schien, es unten aber düster und grau blieb. Gelegentlich fuhr sie dann auf die Schwarzwaldhochstraße und schaute bei strahlendem Sonnenschein von oben auf das nebelgefüllte Tal, ein wundervoller Anblick, der sie wieder mit den Tagen in der Düsternis versöhnte. Und wahrlich nicht jeder Tag war neblig, auch im Herbst und Winter nicht! Es gab eine Menge großartiger Herbsttage, warm und sonnig, mit in kräftigen Rot- und Gelbtönen erstrahlenden Reben an den Hängen der Weinberge, und auch im Winter waren viele Tage angenehm. Selten wurde es richtig kalt. Sie ging gerade über einen kleinen Feldweg zwischen nachtschwarzen Apfelbäumen, als ihr Handy schrill klingelte. »Griesbaum«, meldete sie sich. Es war zum zweiten Mal an diesem Tag Henry. Er schien ziemlich aufgeregt. Im Hintergrund hörte sie vorbeirasende Autos, offenbar hielt er sich an einer Straße auf. Wahrscheinlich an einer Autobahn. Er erzählte ihr, dass er Louises Wohnung gefunden und einen Pfandleiher zusammengeschlagen hatte und dass es einen leeren schwarzen Rahmen an der Wand seiner Klientin gab, der offenbar für Laubis reserviert war. »Hinter Laubis' Name stand das Wort ›Ende‹. Auf was könnte ›Ende‹ hindeuten?«, fragte er. »Auf ein Geständnis oder auf einen Ort oder …« Es tutete, und das Gespräch brach ab. Sie wartete, aber Henry rief nicht mehr an.

Da es langsam wirklich verdammt spät war und sie trotz ihrer Jacke zu frieren begann, machte sie sich ein wenig widerwillig auf den Heimweg. Sie redete sich ein, dass es ohne Weiteres möglich war, dass sie Liam und Elton vorhin verpasst hatte, dass die beiden gleich in ihre Wohnung gegangen waren, sich dort aufs Ohr gelegt hatten und nun friedlich schliefen, während sie mit Achim zu Abend gegessen hatte. Die beiden schuldeten ihr keine Rechenschaft. Ihr nicht mal Hallo zu sagen und das leckere Abendessen zu ignorieren, war vielleicht nicht sonderlich nett, aber, wenn sie ehrlich war, auch nicht gravierend. Und sie war müde. Auf dem Heimweg dachte sie über Henrys Anruf nach. *Ende*. Was hatte das zu bedeuten? Und diese Sache mit dem schwarzen Rahmen, der noch leer war … Irgendwie klang das sonderbar. Plötzlich war sie sich wieder sicher, dass Laubis nicht freiwillig mit der Magd mitgegangen war. Dass er heute Nacht sterben würde. Vielleicht war er schon tot. Was konnte sie tun? Die Polizei glaubte ihr nicht und würde ihr nicht helfen. Und sie hatte nicht die leiseste Ahnung, wo Louise den Politiker hinbringen würde oder schon hingebracht hatte. *Ende*. Wenn sie davon ausging, dass Männle dort umgebracht worden war, wo die Babys ausgesetzt worden waren, und Sandhaas dort, wo vor vielen Jahren ein Verbrechen passiert war, dann musste *Ende* der Ort sein, an dem das Verbrechen beendet worden war. An dem die Beweise und möglicherweise eine Leiche beseitigt worden waren. Sie musste an die Babysocke und den blutigen Schnuller denken und an das Amulett. Der Ort war vermutlich bei der Statue, die aber sicherlich überwacht wurde. Oder nicht?

Ohne darauf zu achten, dass es bereits sehr spät war, wählte sie Emils Telefonnummer. Es klingelte lange, bis Emil sich mit erschöpfter, verschlafener Stimme meldete. Er klang nicht gerade erfreut, dass sie ihn geweckt hatte, außerdem war er offenbar noch sauer auf sie wegen der Sache mit Laubis bei der Statue. Sie erklärte ihm, warum sie anrief, und fragte schließlich: »Bitte, Emil, sag mir: Habt ihr bei der Statue noch was gefunden, nachdem Paul mich gezwungen hat zu gehen?«

Emil antwortete zuerst nicht, dann seufzte er tief. »Jetzt soll ich dir das erklären? Es ist weit nach Mitternacht, und …«

»Es geht um Leben und Tod.« Wahrscheinlich war es sowieso bereits zu spät.

»Warum rufst du nicht die Polizei?«

»Weil die mir nicht glauben. Die denken, ich würde Laubis stalken.«

Emil schwieg erneut, als überlege er, ob er mit ihr reden solle oder nicht. Dann sagte er: »Wir haben die Grabungen erst um kurz vor eins unterbrochen, und morgen wollen wir noch eine Lage tiefer gehen. In dem Loch liegt einiges an Bauschutt, der da eigentlich nicht hingehört, und den wollen wir durchsieben. Wir haben am frühen Abend bereits damit angefangen und …« Er klang zögerlich, fügte dann aber hinzu: »Möglicherweise haben wir eine Zahnfüllung aus Amalgam gefunden. Nur ist das … Im Moment ist das einfach noch zu wenig, um bei dieser Sachlage von einem Verbrechen auszugehen. Zumal es ohne Weiteres möglich ist, dass ein gefüllter Zahn oder eine Zahnfüllung herausbricht, vor allem so eine schlechte, und weggeworfen wird.« Er brach ab.

»Normalerweise wird sie aber wohl kaum unter einer Statue vergraben«, bemerkte Suzanne.

»Vielleicht nicht, vielleicht aber schon. Da war einiges an Müll in dem Loch.«

»Wird die Grabungsstätte überwacht?«

»Nein, dafür hat Paul der Fund nicht ausgereicht. Er fand es schon sinnlos, dass wir bis in die Nacht hinein gegraben haben. Warum?«

»Weil ich glaube, dass Laubis dort heute Nacht umgebracht wird«, brachte Suzanne heraus.

»Suzanne«, sagte Emil, jetzt eindringlich. »Du musst die Polizei verständigen! Du unternimmst da nichts selbst, ist das klar? Ich glaube zwar nicht, dass du recht hast, aber … Ich weiß, wie das enden kann!«

»In Ordnung«, sagte sie. Nachdem sie aufgelegt hatte, rannte sie zurück nach Hause und klopfte vollkommen außer Atem an ihr Gästezimmer. Achim öffnete ihr, nur mit einer Shorts und einem Death-Metal-T-Shirt bekleidet, verschlafen die Tür. »Ich glaube, die bringen Laubis bei der Statue oder irgendwo in Sandhaas' Weinberg um«, keuchte sie.

Achim schaute sie mit erstaunten Augen an. »Ich … ich ziehe mich kurz mal an«, murmelte er und verschwand im Zimmer.

Diesmal versuchte es Achim bei der Polizei. »Lassen Sie sich nicht zum Handlanger von Frau Griesbaum machen, Herr Rechtsanwalt von Arnhold! Hören Sie auf mit dem Stalking«, legte ihm die Polizistin in scharfem Ton nahe, nachdem er sein Anliegen erklärt hatte. »Herr Laubis ist wohlauf, und es gibt keinerlei Anhaltspunkte für eine Entführung oder einen geplanten Mord!«

»Zackrafix, das kann doch gar nicht …«, setzte Achim an, aber die Polizistin hatte bereits aufgelegt.

Da von offizieller Seite keine Hilfe zu erwarten war, fuhren Suzanne und Achim mit seinem Tesla durch die neblige Nacht Richtung Durbach. Kurze Zeit später saßen sie unschlüssig im Auto auf dem Parkplatz in der Nähe von Sandhaas' Weingut. »Was sollen wir jetzt tun?«, fragte er. »Du willsch doch nicht da hoch, oder? Ganz alleine und mitten in der Nacht?«

Suzanne sah durch die Windschutzscheibe in die Schwärze und dann zu Achim. »Doch, genau das will ich. Das hier ist unsere einzige erfolgversprechende Spur. Ich bin mir ziemlich sicher: Sie werden hierherkommen und Laubis töten. Wahrscheinlich sind sie schon da. Und wir schnappen sie.«

»Selbst wenn du recht hasch: Wie genau willsch du einen oder mehrere Mörder *schnappen*?«

Suzanne stieg aus und holte wortlos einen Spaten und eine große Axt aus dem Kofferraum, die sie vorhin dort hineingelegt hatte, die beiden einzigen »Waffen«, die sie auf die Schnelle auf dem Hof gefunden hatte.

»Shit«, sagte Achim. »Das isch nicht dein Ernst, oder?«

»Doch«, sagte sie. »Ich glaube, da oben hat sich gerade etwas bewegt.«

Achim schien kurz nachzudenken, dann schüttelte er den Kopf. »Shit«, sagte er nochmal und griff sich die Axt. »Dann lass uns aufbrechen.«

Sie gingen den kurzen Fußweg durch den leichten Nieselregen bis zu der Stelle, an der bis gestern die Statue gestanden hatte. Das Flatterband der Polizei, mit dem die Wiese großflächig abgesperrt war, raschelte leise. Der Nebel war dichter geworden und waberte über die Hochfläche. Man konnte kaum noch den dunklen Waldrand sehen. Aber Suzanne hörte ein merkwürdiges, lautes Knacken, als bewege sich etwas im Unterholz. Mit einer großen Taschenlampe leuchtete sie in Richtung Waldrand. Nichts als Nebel und dahinter Schwärze. Sie gingen ein paar Schritte weiter, als sie ein leises Stöhnen vernahmen. Suzanne zuckte zusammen. Achim hob die Axt. »Im Kämpfen mit den bloßen Händen war ich noch nie besonders gut. Deshalb bin ich ja Anwalt geworden«, flüsterte er. »Ich glaube, ich bringe es nicht fertig, irgendjemand den Kopf mit einer Axt …«

»Schhh«, machte Suzanne, und sie schlichen zur Grube. Sie hatte ein fieses Grummeln im Bauch. Auch sie war nicht gut im Kämpfen, und es war kein besonders beruhigendes Gefühl, Mördern mit nichts in der Hand als einem Spaten gegenüberzustehen. Wenn sie Pech hatten, würden die sie vielleicht am Ende dazu zwingen, damit ihr eigenes Grab … Erneut ertönte das Stöhnen. Sie leuchtete in die Grube. Nichts. Aber ein wenig weiter hinten, kaum sichtbar, dort, wo die Reste der Statue lagen, vermeinte sie plötzlich, etwas Schwarzes auf dem Boden zu erkennen, das sich bewegte, halb verborgen hinter zwei Betonklötzen. Sie näherten sich vorsichtig, und Suzanne richtete den Lichtstrahl ihrer Taschenlampe auf das Etwas. Ein zusammengekrümmter Körper, der zappelte und stöhnte und sich wand. Er war verschnürt wie ein Paket und geknebelt, auch das war nun zu erkennen. Es war Laubis. Mit erhobenen Waffen traten sie auf den am Boden liegenden Gemeinderat zu. Suzanne wollte gerade um die Betonklötze herumgehen, um den Mann zu befreien, als ihr Handy mit Donnergrollen zum Leben erwachte. »Leasing a Bomb«. Sie schrie auf, und Achim fiel die Axt aus der Hand und bohrte sich direkt neben ihrem Schuh in den Boden. »Shit«, murmelte Achim, und sie dachte, ja, genau, Shit, beinahe wäre ihr Fuß abgehackt worden, und diese verdammte Magd hatte sie nun bestimmt auch gehört. Achim bückte sich, um die Axt wieder aufzuheben. Suzanne griff mit zitternden Händen in ihre Hosentasche, um das Handy herauszuholen, während sie mit der anderen den Spaten umklammert hielt. Warum rief Liam sie an? Sollte sie ihn wegdrücken? Aber wenn er vielleicht wirklich in den Fluss … »Liam, ich …«

Aber es war nicht Liam, sondern eine weibliche Stimme, die sie freundlich unterbrach: »Hey, schön, dass ich dich mal persönlich kennenlerne. Ich mag starke, erfolgreiche Frauen.« Kurz dachte Suzanne, die Stimme gehöre dieser Jennifer, aber dann sagte die Stimme: »Ich mag es allerdings nicht, wenn sie mir in die Quere kommen. Ich beobachte dich schon länger. Du bist hartnäckig. Du warst ja sogar bei den Grabungsarbeiten heute Nachmittag dabei.« Sie kicherte. »Ich habe gewartet und gewartet, ich dachte, ihr hört nie auf zu graben. Und die ganze Zeit musste ich diesen Widerling von Laubis bespaßen. Als die Betäubung nachgelassen hat, habe ich ihn allerdings geknebelt, das Gefasel über die arische Rasse hält niemand aus.« Sie kicherte erneut. »Ich kann euch übrigens sehen. Und auch wenn ich euer Waffenarsenal mehr als stilvoll und der Mittelaltersituation vollkommen angemessen finde: Ich erlaube mir, zur Gegenwehr meine moderne Schusswaffe zu benutzen.«

Suzanne machte Achim hektische Zeichen, der sich in diesem Moment mit der Axt in Richtung des stöhnenden Laubis bewegte. Sie schaltete das Gespräch auf laut. »Wer sind Sie?«, fragte sie. Ihr war plötzlich eiskalt. »Und warum haben Sie Liams Handy?«

»Sie wissen, wer ich bin.«

»Einer der Kartonzwillinge? Kira Männle? Oder Hannah? Oder Louise Münz?«

Am anderen Ende lachte es perlig. »Die Magd des Totengräbers«, sagte die Stimme. »Einfach nur die Magd des Totengräbers.«

»Wo sind Sie?«

»Ganz in der Nähe. Eine falsche Bewegung, und dein netter Begleiter kann deine Gehirnmasse von seinem Gesicht lecken.«

»Was ist mit Liam?« Ihre Stimme zitterte.

Die Magd lachte nur.

»Bitte, tun Sie ihm nichts.« Oh Gott, diese Frau hatte Liam in ihrer Gewalt.

»Das hängt von eurer Kooperationsbereitschaft ab. Würdest du deinem Kumpel sagen, er soll mit seiner Axt ein wenig von Laubis wegtreten?«

Achim machte ein paar Schritte von dem stöhnenden Körper weg und spähte in Richtung Waldrand. Außer Schwärze und Nebelschwaden war dort nichts zu erkennen. Man hörte Louise auch nur durchs Telefon, sodass sie wohl ein Stück weit entfernt sein musste. Also warum konnte sie sie sehen? Und warum sahen sie im Gegenzug die Frau nicht?

»Wie können Sie uns bei dem Nebel sehen?«, entfuhr es Suzanne.

»Nachtsichtgerät und Wärmebildkamera«, sagte die Stimme.

Mist, da hätte sie eigentlich von selbst draufkommen müssen. Sie schluckte. Achim stand mittlerweile direkt neben ihr und lauschte. »Wie kommen Sie an Liams Handy?«, fragte sie.

»Das spielt keine Rolle.«

Suzanne lief ein Schauder über den Rücken. Etwas an der Art, wie die Frau das sagte, gefiel ihr überhaupt nicht. »Ist er … Geht es ihm gut?«, brachte sie heraus.

»Ich will mit dir über Daniel Laubis reden«, sagte die Stimme unwirsch. »Über das, was Daniel getan hat. Denn du hast die große Ehre, sein Geständnis an die Öffentlichkeit bringen zu dürfen. Du kennst dich doch mit dem Internet aus. Schöner Podcastraum im Keller. Und deine Fanpage ist sehr amüsant. Eine Menge toter Tiere, die über die Regenbogenbrücke gehen. Da passt ein toter Gemeinderat gut rein. Dort auf dem Stein direkt vor dir liegt ein USB-Stick. Da ist alles drauf, was ihr wissen müsst. Nimm ihn dir.«

Suzanne spürte ein panisches Gefühl in ihrem Bauch. Liam. Wenn die Liam etwas angetan hatten, dann … Sie zwang sich, ruhig durchzuatmen. Nahm sich den Stick und steckte ihn in die Hosentasche. Sie fragte mit zittriger Stimme: »Warum ist Laubis hier? Was hat er getan, für das er den Tod verdient?«

»Was glaubst du denn?«

»Hat das mit der Aussetzung der Babys damals zu tun? Das waren doch Sie und Ihre Schwester?«, versuchte sie es.

»Es ist vollkommen egal, wer ich im bürgerlichen Leben war. Jetzt bin ich die Magd des Totengräbers. Abgesehen davon ist mir das zu ungenau. Versuch es nochmal.«

In Suzannes Kopf kreisten die Gedanken, die Sorge um Liam machte sie fast verrückt. Trotzdem versuchte sie, der Frau zu liefern, was die anscheinend wollte. Vielleicht musste sie nur herausfinden, was Laubis getan hatte, und dann würde die Magd Liam freilassen? »Hat Laubis ... hat er Ihren ... also der Mutter und dem Vater der Zwillinge etwas angetan?«, fragte sie. »Und die Zwillinge dann ausgesetzt?«

Es war eine Weile still, dann sagte die Stimme sanft: »Schon besser. Es geht um die Mutter der Zwillinge. Es spielt keine Rolle, wer die Zwillinge sind. Wichtig ist nur, dass Joseph Sandhaas und René Männle eine junge Mutter umgebracht haben, die zwei kleine Babys dabeihatte. Louise Münz. Weil sie in Sandhaas' Schuppen übernachtet und etwas gesehen hat, das sie nicht hätte sehen sollen. Und Daniel Laubis stand daneben und hat nichts dagegen unternommen.« Die Stimme räusperte sich. »Danach haben sie ihre Leiche in einen Häcksler gesteckt und die Reste wie Abfall in eine Grube geworfen, zusammen mit ihren Sachen, haben alles zubetoniert und diese Statue daraufgebaut. Niemand hat sie vermisst, sie war ja nur eine Obdachlose.« Erneut räusperte sich die Frau. »Unser Adoptivvater ... René Männle ... hat vor seinem Tod winselnd versucht, mich davon zu überzeugen, er und die anderen hätten *das Beste* für die Babys im Sinn gehabt, als sie sie im Wald ausgesetzt haben. Sie hätten von Anfang an geplant, sie zu finden. Sie hätten nur gewollt, dass die Kinder nicht bei einer obdachlosen Mutter aufwachsen müssen. Wir haben ihm nicht geglaubt. Und ganz ehrlich: Zu erfahren, dass man adoptiert wurde und statt bei der eigenen Mutter und dem eigenen Vater bei einem Mörder und Vergewaltiger und einer Frau, die jahrelang vor vielen Dingen die Augen zugekniffen hat, aufgewachsen ist, war nicht gerade schön. Unsere Adoptivmutter hatte immerhin den Anstand, sich umzubringen, nachdem sie die ganze Wahrheit kannte. Sie hat Fotos und andere Dinge gefunden, die … die den Stein ins Rollen gebracht haben. Erinnerungsstücke. Kannst du dir das vorstellen? Unser Adoptivvater hat ›Erinnerungsstücke‹ vom Mord an unserer Mutter aufgehoben und an einige …« Sie brach ab. Suzanne fiel auf, dass die Frau nun doch »*unsere* Mutter« und der »*eigene* Vater« sagte und »wir« statt »ich«, aber das hatte sie sowieso schon vermutet. »In der Garage«, fuhr die Stimme fort. »Er hatte Fotos von seinen Taten und Trophäen in der Garage. Die Kette meiner Mutter zum Beispiel. Wir … Ich habe sie für euch hinterlegt, an der Statue. So ein durchgeknallter Typ, dessen Hütte wir ab und zu heimlich benutzt haben, hat sie gefunden. Ragnar heißt er. Er kannte unsere Mutter ebenfalls, er hat sich auch nicht um sie gekümmert, wie ich neulich herausfinden musste. Ich habe kurz überlegt, ihn auch zu besuchen, aber dann habe ich beschlossen, ihm das Leben zu schenken, denn im Gegensatz zu allen anderen wiegt seine Schuld gering, und er bereut, was er getan hat.« Die Frau räusperte sich. »Wie auch immer. Dass Sandhaas, Männle und Laubis die Babys nicht getötet haben, war ihr großer Fehler.« Wieder war das Lachen zu vernehmen.

Suzanne umklammerte ihr Handy. Sie konnte durchaus verstehen, dass die Frau sich an den Mördern ihrer Mutter rächen wollte, aber trotzdem war es nicht in Ordnung, einfach hinzugehen und Leute zu pfählen. Sie musste etwas tun. Nur was? »Was hat Louise denn damals gesehen, was sie nicht hätte sehen sollen?«

»Du wirst das bald wissen.«

»Warum bringen Sie Laubis nicht zu einem Geständnis? Das ist doch eigentlich das, was die Magd …«

»Das habe ich bereits. Ich habe mir allerdings erlaubt, die Legende ein wenig zu modifizieren.«

»Töten Sie ihn nicht, bitte. Ich verstehe, dass Sie ihn hassen, aber …«

»Ich fürchte, das ist nicht verhandelbar.«

Achim hatte sich ein Stück entfernt, er hatte, die Axt gegen sein Bein gelehnt, ebenfalls sein Handy herausgeholt.

»Sag ihm, er soll das Handy wegstecken«, fauchte die Stimme, und Suzanne sagte zu Achim: »Du sollst dein Handy wegstecken«, und Achim tat wie geheißen. »Ich denke zwar nicht, dass die Bullen euch glauben würden … Aber sicher ist sicher. Du meine Güte, hat Laubis einen Aufstand gemacht, als wir ihn gezwungen haben, bei den Bullen anzurufen.« Sie kicherte lange. Dann hörte sie abrupt damit auf. »Die Zeit drängt. Wir müssen langsam zum Punkt kommen. Zu unserem Deal.«

»Zu welchem Deal?«

»Ich brauche deine Hilfe. Als gerechten Ausgleich sozusagen. Denn Henry hat ein wenig zu früh meine Wohnung gefunden, was ich zum Glück auf meiner Überwachungskamera gesehen habe, und daher musste ich umdisponieren. Und zu allem Überfluss seid ihr jetzt auch noch ungebeten hier aufgekreuzt.«

»Sie wollen meine Hilfe. Natürlich. Laubis ist ein Mörder. Ich helfe Ihnen liebend gern, ihn zu überführen und ins Gefängnis …«

»Das ist ein nettes Angebot, aber ich verlasse mich lieber auf meine eigenen Methoden. Nein, ich will was anderes von dir.«

»Was denn?«

Die Stimme antwortete nicht. Nur das perlige Lachen war zu hören. Suzannes Eingeweide verkrampften sich schmerzhaft. »Aber dann müssen Sie Liam freilassen! Die Magd des Totengräbers hätte so was nicht …«

»Liam ist an einem sicheren Ort. Ihm geht es gut. Er hat genug Sauerstoff für mindestens zwei Tage. Und wenn du mir hilfst, teile ich dir rechtzeitig mit, wo er sich befindet, und du kannst ihn zurückhaben. Ich würde nie einen Unschuldigen töten. Ich bin keine Mörderin.«

»Natürlich nicht«, sagte Suzanne, und ihre Stimme überschlug sich beinahe. Dann fiel ihr noch etwas ein. »Und Elton? Wo ist …«

»Keine Ahnung, er tanzt auf einem Feld oder schläft irgendwo seinen Rausch aus.«

Suzanne atmete pfeifend aus. Elton also nicht. Aber Liam, und er würde sterben, wenn sie dieser Verrückten nicht half, was sollte sie nur … »In Ordnung, ich werde tun, was Sie von mir verlangen.«

»Schön«, sagte die Stimme. »Als Erstes wirst du morgen früh, aber erst morgen früh, den Inhalt des Sticks der ganzen Welt zur Verfügung stellen. Vor allem der Polizei. Im Internet.«

»Das mache ich natürlich.«

»Dann würde ich dich jetzt bitten, mich beenden zu lassen, was ich beenden muss, und einfach nach Hause zu fahren. Du und deine Begleitung. Ohne eure Handys, die bleiben hier. Und keine Polizei heute Nacht. Ich beobachte euch. Wenn ihr euch nicht daran haltet und mich stört, dann erfährst du nie, wo Liam ist. Und wenn sie dann in ein paar Jahren seine erstickte Leiche finden …« Mit einem leisen Klicken war die Verbindung unterbrochen.

Kapitel 42

Suzanne betrachtete ihr Handy wie erstarrt. Der verschnürte Laubis, der hinter seinen Betonblöcken das gesamte Gespräch mitbekommen haben musste, zappelte herum und machte verzweifelte Geräusche unter dem Knebel. Achim murmelte: »Heiligsblechle, Himmel, Arsch und Zwirn«, und kratzte mit seiner Axt über einen der Betonblöcke, hinter denen Laubis lag. Nebelschwaden krochen wie geisterhafte Schlangen um sie herum.

»Die haben Liam«, brachte sie heraus. Sie hatte einen furchtbaren Kloß im Hals und spürte, wie Tränen in ihre Augen stiegen.

Achim hörte auf mit Kratzen und kam zu ihr. Legte ihr für eine Sekunde den Arm um die Schultern. »Du magsch den ziemlich, den Liam, was?«, fragte er.

Sie nickte.

»Cooler Typ«, bemerkte Achim. Auch er sah aus, als habe er Tränen in den Augen.

»Was … was sollen wir jetzt tun?« Eine Träne lief nun ihre Wange hinunter. »Wir können … wir können Laubis doch nicht einfach hier sterben lassen.«

Laubis quietschte zustimmend und wand sich mitleiderregend.

»Ich denke, wir entfernen uns zumindest ein Stück. Vielleicht fahren wir sogar ein paar Meter die Straße runter«, sagte Achim sehr leise. »Denn die Vorstellung, dass eine Schusswaffe auf uns gerichtet ist, während wir nachdenken …«

Sie nickte und wischte sich weitere Tränen vom Gesicht. »Wir könnten Laubis zumindest die Axt dalassen …«

»Ich denke nicht, dass ihm das etwas nützt. Und dann hat diese Frau auch noch eine Axt. Mit meinen Fingerabdrücken drauf, aber das nur am Rande«, wandte Achim ein. »Lass uns gehen.«

Sie hoben beide ihre Handys hoch, keine Ahnung, ob die Frau das durch den Dunst sehen konnte, und legten sie auf den Betonblock. Laubis winselte und stöhnte. »Wir versuchen, Ihnen zu helfen«, flüsterte Suzanne.

Sie gingen, so schnell sie konnten, durch die Dunkelheit. Der Nieselregen war stärker geworden und der Nebel fast undurchdringlich. Suzanne zitterte so, dass sie kaum laufen konnte, und Achim würgte und übergab sich beinahe, vermutlich, weil er so aufgeregt war. Schließlich erreichten sie das Auto und stiegen ein. Achim umklammerte das Lenkrad, seine Knöchel waren ganz weiß, und sie fuhren los. In Suzannes Kopf rasten die Gedanken. Wenn sie die Polizei informierten, konnten die, vorausgesetzt, sie glaubten ihnen überhaupt, aber das würden sie vermutlich, wenn sie ihnen den Stick gaben, Laubis vielleicht retten, aber dann würde die Magd ihr vermutlich nie verraten, wo sich Liam befand. Wenn sie dagegen nichts unternahm, würde Laubis einen grausamen Tod sterben, und sie wäre mit schuld, weil sie nichts unternommen hatte. Und ob die Magd Wort halten und ihr danach den Aufenthaltsort von Liam verraten würde, war dann immer noch nicht gesagt.

»Ich denke, wir müssen die Polizei informieren«, sagte Achim mit angespannter Stimme, nachdem sie zügig um die Kurve und außer Sicht Richtung Durbach gefahren waren. »Die haben bestimmt Mittel und Wege, um Laubis zu retten *und* Liam zu finden. Alles andere wäre Wahnsinn. Zumal wir nicht mal wissen, ob die Liam wirklich entführt haben oder ob die nur sein Handy …« Er verstummte.

Suzanne antwortete nicht, aber sie wusste, dass er recht hatte. Erneut schossen ihr Tränen in die Augen, und sie schlug die Hände vors Gesicht. »Wenn du noch um die nächste Kurve fährst, da ist das Weingut einer Schulfreundin von mir. Da können wir bestimmt telefonieren.«

Sie hielten bei Suzannes Bekannten, deren Haus direkt an der Weintalstraße lag. Es dauerte eine Weile, bis jemand öffnete, aber obwohl es mitten in der Nacht war und sie offenbar ein Baby geweckt hatten, wurden sie freundlich ins Haus gebeten, nachdem sie ihre verzweifelte Lage erklärt hatten. Achim rief vom Festnetzanschluss die Staatsanwältin an, die er vom Studium kannte, die jedoch nicht ans Telefon ging. Danach versuchte es Suzanne bei Paul. »Leg bitte nicht auf«, sagte sie hastig, als ihr ehemaliger Nachbar seinen Namen in den Hörer knurrte. Paul legte erstaunlicherweise tatsächlich nicht auf, und sie fuhr panisch fort: »Die Polizei glaubt mir nicht, aber ich habe es gerade selbst gesehen!« Sie weinte beim Sprechen. »Ich schwöre dir, dass Laubis gefesselt oben bei der Statue des Weinheiligen liegt! Die sind gerade dabei, ihn zu töten. Ich denke, es sind Kira und Hannah Männle. Sie haben uns gezwungen wegzufahren. Die haben auch Liam! Sie haben mir gedroht, dass sie ihn töten werden, wenn ich die Polizei rufe.« Sie zitterte so, dass sie kaum den Hörer halten konnte, und starrte unentwegt durch das große Fenster hinaus auf die schmale Weintalstraße und den in Nebel, Regen und Dunkelheit verborgenen Hügel, auf dem die Magd wahrscheinlich gerade Laubis pfählte. Ihr wurde ganz schlecht bei dem Gedanken.

»Ich veranlasse alles«, bellte Paul. »Wir haben ein geschultes Team für solche Fälle. Ihr bleibt, wo ihr seid, ihr rührt euch nicht vom Fleck!« Dann wurde seine Stimme deutlich freundlicher. »Danke für die Info, Suzanne, ich … nochmal wegen heute Mittag … es … Egal, später«, sagte er. »Du hast das Richtige getan, als du mich angerufen hast. Wir werden die Täter festnehmen und Liam befreien! Und jetzt muss ich …«

Suzanne schluckte schwer. »Kann ich auch etwas tun?«

»Nein! Auf gar keinen Fall wird einer von euch noch irgendetwas unternehmen«, warnte Paul, diesmal schon wieder mit deutlich schärferer Stimme. »Bis wir bei der Grabungsstelle den Ergreifungseingriff durchführen können, müssen die Täter in dem Glauben bleiben, ihr hättet euch an ihre Anweisung gehalten! Ansonsten bringt ihr nicht nur Laubis, sondern auch Liam in Lebensgefahr!« Dann legte er auf. Und Suzanne spürte, wie ihr trotz ihrer Angst ein kleiner Stein vom Herzen fiel. Die würden Laubis retten und Liam finden und »die Magd« und ihre Komplizin verhaften. Alles würde seinen Gang gehen. Sie würde Paul nie wieder dazwischenfunken und ... In diesem Moment sah sie einen roten Ferrari mit offenem Dach und Leopardenfellmustersitzen mit quietschenden Reifen am Haus vorbeirasen. Sie war sich nicht ganz sicher, ob sie richtig gesehen hatte, aber Achim, der neben ihr stand, sagte: »Ach du Scheiße, das isch der Henry. Ich glaube, der fährt zur Statue.« Für eine Sekunde wusste sie nicht, was sie tun sollte, und Achim wohl auch nicht, sie sahen sich nur in einer Art Schockstarre an.

Kapitel 43

Mittlerweile nieselte es ziemlich, und Henry drückte mit Bedauern den Knopf, mit dem sich das Cabriodach schließen ließ, während er über die kleine Straße raste. Während das Dach surrend zufuhr, bog er zum Wanderparkplatz ab und haute eine Vollbremsung rein, dass der Splitt nur so spritzte. Der Parkplatz und das umliegende Gelände lagen verlassen in der dunklen Nacht. Suzanne und Achim waren also im Gegensatz zu ihm noch nicht darauf gekommen, was *Ende* bedeutete. Verdammt. Er würde die Sache also mal wieder selbst in die Hand nehmen müssen! Praktischerweise war der Pfandleiher Maik auf Konfrontationen gut vorbereitet, auf dem Rücksitz lagen ein Baseballschläger, drei Schlagringe und ein Butterflymesser. Henry sprang aus dem Auto, entschied sich für den Baseballschläger und sprintete den kurzen Weg Richtung Statue. Es war sehr neblig, er konnte kaum noch zwei Meter weit sehen, der Boden war widerlich glitschig, und beinahe wäre er ausgerutscht und in den Schlamm gefallen, aber er konnte sich gerade noch mit dem Schläger abstützen. Er fühlte sich dennoch so gut wie schon lange nicht mehr. Gleich würde er den Gemeinderat retten und seine Klientin stellen! Das würde ein Hochgefühl sein, wenn er die miese Kuh endlich zwischen seinen Fingern zermalmen konnte! Wenn sie gestehen und ihm sein Leben zurückgeben musste! Das würde fast so geil werden, wie mit Maiks Cabrio über die Autobahn zu rasen! Auch wenn die Sache mit dem offenen Dach nichts für Weicheier war, verdammt nochmal. Er war fast taub vom Brausen des Fahrtwinds, und seine Gesichtshaut war kalt wie die eines Toten. Aber die Kälte hatte fantastisch gegen das Eisenhutgift gewirkt, er war wieder nüchtern. Henry stürmte auf die Wiese. Hier irgendwo musste die Statue gestanden haben. Aber die Nebelschwaden waren so dicht, dass er nicht die geringste Ahnung hatte, wo der Weinberg begann oder wo es in den Wald ging. Er hörte das laute Rauschen von Wasser, er konnte sich nicht daran erinnern, dass er letztes Mal einen Wasserfall gehört hatte, als er hier oben gewesen war. Er erkannte nur die Erde und das Gras rund um seine Füße. Überall lagen Erdbrocken und Betonstücke herum. Tiefe Baggerspuren hatten sich in die Wiese gegraben. So einen verdammt dichten Nebel hatte er noch nie gesehen. War sie irgendwo darin verborgen? Vielleicht gemeinsam mit ihrer Schwester? Dann konnte er gleich beide fassen. »Louise?«, schrie er. Er schlug mit dem Baseballschläger ein paar Mal gegen einen Stein. Das Krachen hallte in der Nacht wider. »Wo bist du? Komm raus! Stell dich, das Spiel ist aus!« Nichts geschah. Leichte Zweifel machten sich in seinem Innern breit. War seine Klientin wirklich hier? Oder hatte er sich etwa getäuscht und machte sich gerade zum Affen? Ein lautes, verzweifeltes Stöhnen riss ihn aus seinen Gedanken. Er hob den Baseballschläger wieder und ging auf das Geräusch zu. Er musste …

»Bleib stehen, Henry. Oder ich jage dir eine Kugel durch den Kopf«, sagte eine sanfte weibliche Stimme im Nebel. Louises Stimme, er erkannte sie sofort wieder. »Ich habe deiner Freundin, dieser Suzanne, doch gesagt, dass ihr mich in Ruhe lassen sollt. Das ist ja wie im Taubenschlag hier, da kommt überhaupt keine Pfählstimmung auf.«

»Suzanne konnte es mir leider nicht ausrichten«, antwortete Henry. »Weil ich mein Handy auf der Flucht vor der Polizei wegwerfen musste.«

»Dann werde ich Liam töten.«

»Liam? Wieso Liam?« Henry war verwirrt.

Seine Klientin lachte. Sie war ganz in der Nähe, das

hörte er deutlich. »Wir haben schon befürchtet, dass ihr eure neugierigen Nasen überall reinsteckt, und wollten unbedingt … ein Pfand. Nur um sicherzugehen. Wir hatten eigentlich vor, deine Suzanne mitzunehmen. Nur da waren zu viele Bullen zu dem Zeitpunkt. Aber das Schicksal hat es gut mit uns gemeint. Wir wollten gerade umdrehen, da haben wir den durchgeknallten Sänger über die Straße torkeln sehen.« Sie klang sehr zufrieden. »Und ganz ehrlich: Liam war noch besser als unsere ursprüngliche Idee. Zum einen wäre es für die Kunstwelt kein Verlust, wenn dieses grölende Geschoss, das sich Sänger nennt, draufgehen würde. Aber noch viel besser ist: Er wehrt sich nicht, pennt nur und lässt alles mit sich machen, und diese Suzanne ist auch willenlos, wenn es um ihn geht. Das konnten wir in den letzten Tagen live miterleben. Wir haben euch beobachtet.« Sie kicherte. »Liebe«, sagte sie. »Du warst doch auch in mich verliebt, so ein ganz kleines bisschen, oder etwa nicht? Und schon bist du schwach geworden.« Sie kicherte wieder.

Henry wurde noch wütender, als er sowieso schon war. Weil sie im Grunde recht hatte. Aber jetzt war er absolut nicht mehr in sie verliebt. Und er hatte nichts mehr zu verlieren. Jetzt würde diese Frau sehen, wo es hinführte, wenn man mit seinen Gefühlen spielte. Er würde ihr die verdammte Schusswaffe mit dem Baseballschläger aus der Hand schlagen, dass es nur so krachte, und … »Wo bist du?«, fragte er und ging ein paar Schritte auf die Stimme zu. Solange sie redete, konnte er sie in dem Nebel orten.

»Ich habe wirklich eine Knarre, und ich benutze sie auch, also bleib stehen«, sagte Louise. »Mir ist diese Sache hier sehr wichtig.« Ihre Stimme schien nun ein wenig weiter von rechts zu kommen.

»Mir auch. Hast du das wirklich alles von Anfang an geplant?«, fragte Henry entrüstet. »Deinen eigenen Tod in der Wohnung in Bad Cannstatt und dass ich der Tatverdächtige im Sandhaas-Mord werden soll? Und wolltest du mich mit dem Eisenhut in dem Schuppen töten?«

»Ich fürchte, die Antwort ist dreimal ›ja‹. Ich habe nichts gegen dich persönlich, ehrlich, aber du hast leider so perfekt in meinen Plan gepasst.« Sie klang belustigt. »Mein Plan mit dir hat sogar noch deutlich besser geklappt, als ich das in meinen kühnsten Träumen gedacht habe. Eigentlich wollte ich uns …« Sie stockte und fuhr dann fort: »*Mir* nur ein wenig Zeit verschaffen. Um es zu Ende zu bringen und meine Mutter wieder zu rehabilitieren. Aber vielleicht kommen wir nun ganz davon, weil du, wie wir … wie *ich* vorhin miterleben durfte, auch in Laubis' Haus warst. Zum Glück hast du beim Einparken so viel Lärm gemacht, dass ich dich rechtzeitig gehört habe.« Sie lachte. »Tatortspuren zerstören und neue erschaffen wird bei dir ja langsam zur Regel, was?«

»Du hast in Maiks Schuldnerverzeichnis gestöbert, um das richtige Opfer für deinen Plan zu finden?«, knirschte Henry. Schritt für Schritt ging er langsam in die Richtung, in der er seine ehemalige Klientin vermutete. Aber auch sie schien sich zu bewegen, er hörte das Gras rascheln.

»Na klar. Maik hat mir aus der Hand gefressen, er wusste gar nicht, wie ihm geschieht. Wenn ich dir einen Tipp geben darf: An deiner Stelle würde ich mir einen anderen Freund suchen. Er denkt sehr schlecht über dich. Hält dich für einen Versager. Ich muss ehrlich sagen: Ganz so schlecht bist du als Detektiv gar nicht.«

»Das ist zu nett von dir. Und er ist nicht mein Freund, sondern mein Pfandleiher, verdammt! Was war mit den Würgemalen an deinem Hals? Bei unserer Besprechung? Alles gelogen?«

»Ein wenig Theaterschminke. Aber …« Sie schien zu zögern, schließlich sprach sie weiter. Nun kam ihre Stimme von deutlich weiter links, und Henry machte ein paar Schritte in die andere Richtung. »Im Grunde war es die Wahrheit«, fuhr sie fort. »Sandhaas ist ein Vergewaltiger. Er hat zwar nicht mich vergewaltigt, aber andere Frauen, und das ist doch genauso schlimm. Außerdem ist er ein Mörder. Du hattest die Chance, das herauszufinden, als du ihn beschattet hast! Du hättest ihn retten können.«

Im Hintergrund war nun leise das Surren eines Motors zu hören und gedämpfte Geräusche, die klangen, als schrie jemand, der geknebelt war, dumpf um Hilfe und boxe irgendwo dagegen, vielleicht gegen einen Kofferraumdeckel.

»Hättest du mir gesagt, worum es wirklich geht, hätte ich …«

»Ach komm, werd nicht unsachlich«, erwiderte seine Klientin. Sie schien sich nun abgewandt zu haben und in die andere Richtung zu sprechen. Es klang, als sei sie ziemlich schnell ziemlich weit weggegangen. »Ich bin übrigens ganz schön erschrocken, als du Laubis nach seinem Gespräch mit Sandhaas in Offenburg gefolgt bist. Aber ich habe ihm was aufs Handy geschickt, das ihm Angst gemacht hat. Da ist er abgehauen.« Sie lachte. Dann war es eine Weile still, ehe sie wieder ernst sagte: »Sowohl Sandhaas als auch Laubis hatten nach meinem ersten Besuch wochenlang Zeit, zur Polizei zu gehen und den Mord an meiner Mutter zu gestehen. Aber keiner hat es getan. Sie hatten eine faire Chance. Jetzt ist es zu spät.«

»Wo ist Laubis?«, rief Henry. »Was auch immer er getan hat, du kannst ihn nicht einfach abschlachten.«

»Oh doch. Ich kann, und ich werde. Aber nicht hier, obwohl ich das ursprünglich vorhatte. Man darf nicht an der Vergangenheit kleben. Muss innovativ sein, genau wie die Magd.«

Henry wurde ganz mulmig. Diese Frau war vollkommen verrückt. »Lass ihn am Leben und hau ab«, sagte er. »Du hast herausgefunden, dass er ein Vergewaltiger ist. Dass er ein Mörder ist. Trotzdem. Lass ihn am Leben. Die Polizei wird ihn dazu bringen zu gestehen. Das ist es doch, was du willst, oder?«

Niemand antwortete. Das Motorengeräusch wurde lauter. Kies und Steine knirschten unter Reifen. Als wendete jemand. Seltsamerweise kam das Geräusch nicht aus Richtung des Wanderparkplatzes. Dann knallte eine Tür, irgendetwas wurde auf den Boden geworfen und offenbar ein Stück geschleift. Ein lautes Stöhnen ertönte, und Louises Stimme und eine weitere, ganz ähnliche, aber etwas rauere Frauenstimme waren zu hören.

»Wir leben in einem Rechtsstaat, und Selbstjustiz ist verboten!«, sagte er laut. Auch vom Wanderparkplatz her kamen nun die Geräusche von Reifen auf Kies. Bestimmt hatte Suzanne die Bullen gerufen, und die kreisten Louise und ihre Schwester gerade ein.

»Wenn es um jemand anders geht, ist das einfach zu behaupten. Aber ich halte es für gerecht, die Arschlöcher, die meine Mutter getötet haben, zu pfählen«, sagte seine Klientin.

»Und Liam?«, fragte er.

»Liam ist ein Kollateralschaden. Und vielleicht muss er ja gar nicht sterben. Vielleicht schafft ihr es, ihn zu retten. Ihr solltet eben schnell machen.« Sie kicherte wieder. »Ich muss dann mal. Byebye, Henry. Mach's gut.«

»Wo ist Liam? Hast du gar kein Gewissen?« Er hörte ein lautes Platschen und einen verzweifelten Schrei, wie in Todesangst ausgestoßen, Rascheln und dann eine Autotür, die zugeschlagen wurde. Das Brummen eines Motors. Er musste dort hin, musste sie stoppen. Er würde diese Frau stellen, koste es, was es wolle. Und dann würde sie ihm sagen, wo Liam war. Und Laubis. Mit einem wütenden Knurren rannte er nach vorne in den Nebel, schwang die Keule. Und brach mit einem Aufschrei direkt in die Grube, in der zuvor die Statue gestanden hatte. Er rutschte und stürzte auf die Knie, riss sich den halben Arm auf. »Verdammte Scheiße«, brüllte er und rappelte sich langsam wieder auf. In diesem Moment hörte er erneut einen grässlichen, dumpfen Schrei, der in einem Gurgeln und Husten unterging, als kämpfe jemand mit dem Ertrinken. Nur war hier oben eigentlich kein Wasser, wenn er sich richtig erinnerte.

»Henry!« Achims Stimme, panisch irgendwo im Nebel, und die von Suzanne: »Henry! Wo bist du? Henry! Sie wird Liam töten, wenn du sie nicht in Ruhe lässt!«

»Wo zum Teufel müssen wir hin, dieser Nebel isch ja eine Katastrophe.« Achims Stimme, jetzt von etwas näher. Ein dumpfer Knall, ein Fluch, offenbar war Achim irgendwo dagegengelaufen. Es knackte, als trete jemand gegen ein Gebüsch. Und wieder Achim: »Ich hab die Handys. Jedenfalls deins scheint wasserdicht zu sein, Suzanne.« Ein Licht ging an, kaum zu erkennen im Dunst, und Henry navigierte die beiden zur Grube, aus der er vorsichtig herauskletterte, wobei das Geröll unter seinen Füßen wegrutschte. Die Grubenwand war recht steil.

»Wo ist die Frau? Warum hast du nicht die Polizei machen lassen, Henry?« Suzanne war völlig außer sich.

Ein erneuter verzweifelter Aufschrei und ein ersticktes Husten unterbrach sie. »Da hinten ist irgendjemand«, schrie sie. Henry gelang es endlich, aus der Grube zu kommen, gemeinsam stolperten sie durch den Nebel auf das Geräusch zu.

»Es kommt von dem Brunnen«, erkannte Suzanne plötzlich. »Womöglich haben die Laubis in den Brunnen …« Oder Liam, dachte sie. Oh mein Gott.

Der Deckel des Brunnens stand offen, der Bewässerungsschlauch für den Weinberg war aus dem Boden gerissen und hing über den Rand hinein. Eiskaltes Wasser spritzte in einem großen Sturzbach heraus und in den Brunnen. Der Wasserfall, den Henry vorhin gehört hatte. Suzanne leuchtete mit zitternden Händen mit ihrem Handy in den Schacht. Unten stand Wasser, es sah ziemlich tief aus. Sie erkannte einen Kopf, der schwankend versuchte, nicht unterzugehen. Manchmal stöhnte er dumpf und verzweifelt, es klang grausig, wie es von den Brunnenwänden widerhallte. Plötzlich sackte der Kopf unter Wasser, kam noch einmal kurz an die Oberfläche und versank abermals. Es war Liam. Mit einem Aufschrei riss Suzanne den Schlauch vom Brunnenrand weg. »Liam«, rief sie in den Brunnen, »Liam!« Der Kopf tauchte wieder auf. Verzweifelte Augen, kaum sichtbar im Licht der Taschenlampe. Sie musste da runter, ihn retten, sonst würde er in dem Schacht ertrinken. Aber wie sollte sie in den bestimmt zehn Meter tiefen, schmalen Schacht hinuntersteigen? Die Wände sahen baufällig aus und außerdem rutschig und ... Liams Kopf ging erneut unter, diesmal tauchte er nicht wieder auf. Suzanne stieß einen panischen Schrei aus.

Henry zögerte keine Sekunde. Mit den Augen maß er die Wände des Schachts ab. Er war nicht sonderlich breit. Wenn er die Arme ausstrecke, konnte es ihm vielleicht gelingen, sich an den gegenüberliegenden Wänden abstützend in den Schacht hinunterzuklettern. Die Aktion war lebensgefährlich, wenn er abrutschte, lief er Gefahr, sich das Genick zu brechen oder so ungeschickt ins Wasser zu fallen, dass er sich in dem engen Schacht nicht mehr befreien konnte und ertrank. Dabei würde er wahrscheinlich auch noch Liam mit in den Tod reißen. Nur: Wenn er es nicht versuchte, würde Liam ertrinken. Im Wasser rührte sich nichts mehr. Suzanne und Achim schrien: »Liam, Liam!«

»Ruft die Polizei und die Feuerwehr. Sofort!« Henry zog seine Slipper und Socken aus und kletterte langsam über den Rand. Wie eine muskulöse Spinne drückte er seine beiden Füße jeweils an die entgegengesetzte Wand. Dann kletterte er langsam nach unten, Hände und Füße immer wieder fest an die Mauer gepresst. Seine Oberarmmuskeln schmerzten nach wenigen Sekunden wie nie zuvor, und seine Finger brannten. Zentimeter für Zentimeter kletterte er tiefer, so schnell er konnte, und das war nicht besonders schnell, denn die Wand war glitschig und einige der Steine wackelten. Hoffentlich würde er rechtzeitig … Er rutschte ein Stück nach unten, konnte sich gerade noch abfangen, schürfte sich beide Hände auf. Fluchend kletterte er weiter, schließlich erreichte er das eiskalte Wasser. Er ließ sich hineingleiten, ihm blieb fast die Luft weg, sein ganzer Körper brannte. Das Wasser war so tief, dass er nicht stehen konnte, seine Kleider sogen ihn unerbittlich nach unten. Er ruderte mit den Armen in dem engen Schacht. Unter Wasser, direkt neben sich, spürte er nun Liam. Mit der einen Hand paddelte er, mit der anderen packte er den Musiker. Und zog ihn über die Oberfläche. »Helft mir und ruft einen Krankenwagen, sofort. Und besorgt ein verdammtes Seil!«, brüllte Henry nach oben. Was zum Henker sollte er jetzt tun? Liam rührte sich nicht, was, wenn er schon tot war und seine Leiche ihn, Henry, unter die Wasseroberfläche zog? Verdammt nochmal, der Typ war mit seinen vollgesogenen Kleidern so was von schwer, und seine Arme wurden in dem Eiswasser taub, bald würde er nicht mehr … »Liam«, schrie er, schüttelte den Sänger. Dann gab er ihm eine leichte Ohrfeige, die fast dazu führte, dass sie beide untergingen, er konnte sich gerade noch mit dem Arm rudernd auffangen. Noch eine Ohrfeige. »Liam, bleib bei uns!« Keine Ahnung, ob man das so machte, aber sein Erste-Hilfe-Kurs vor vielen Jahren hatte ihn nicht darauf vorbereitet, mit einem im eiskalten Wasser in einem Brunnenschacht schwimmenden Death-Metal-Sänger umzugehen. Alles, was ihm einfiel, waren Szenen aus den Arztserien, die seine Ex-Freundin Bea oft geschaut hatte. Da hatten die das immer so gemacht mit den Ohrfeigen und dem »Bleib bei uns!«. Und dann hatten sie Dinge wie »Adrenalin, intravenös« geschrien oder »Wegtreten. Laden, auf vierhundert«. Nur dass er kein Adrenalin hatte, er hatte nur die Ohrfeigen, von denen er nicht mal wusste, ob sie helfen oder Liam erst recht über den Jordan befördern würden. Liam keuchte plötzlich, ganz leise, und er murmelte etwas, das wie »Die Wahrheit muss ans

Licht« klang, und dann etwas, das möglicherweise »Ganz große Bühne« hieß. Offenbar war der Sänger noch nicht tot und auch nicht bewusstlos, sondern dachte schon wieder über Songs nach, das war gut, denn er, Henry, hatte keine Ahnung, wie man jemanden beatmete, während man schwamm, und was, wenn Liam Herpes oder so was hatte. »Am … Stein … niemals wrong«, murmelte Liam.

»Oh Gott, oh Gott«, hörte Henry Suzanne stöhnen. »Halt ihn gut fest, Henry. Er muss es schaffen.«

Henry knurrte. Das war ja mal wieder typisch, ob Liam es schaffte, das kümmerte die, aber ob ihm hier unten im wahrsten Sinne des Wortes der Arsch abfror, das interessierte niemanden, und wenn nicht bald jemand kam und ihn hier herauszog … Plötzlich waren Stimmen zu hören, und weitere Köpfe beugten sich über den Brunnenrand. Einer der Köpfe war ein offensichtlich vor Wut kochender Paul, der brüllte: »Großer Gott, Suzanne, was genau hast du an dem Satz nicht verstanden, als ich gesagt habe, ihr sollt die Polizei machen lassen und bleiben, wo ihr seid?«

Kapitel 44

Es hatte eine gefühlte Ewigkeit gedauert, bis endlich Seile in den Brunnen hinabgelassen und zuerst Liam und dann Henry nach oben gezogen worden waren. Henry zitterte unkontrolliert, ihm war unerträglich kalt. Hoffentlich würde er keine bleibenden Schäden davontragen. Als er von zwei Sanitätern zum Krankenwagen mitgenommen worden war, hatte Paul geknurrt: »Von mir aus kriegt er erst Handschellen, wenn er medizinisch versorgt wurde.« Henry hätte dem Staatsanwalt ob dieser Großzügigkeit gerne eine Faust ins Gesicht gedonnert, er konnte sich allerdings gerade noch zurückhalten, zumal er so schlotterte, dass er sich auch nicht sicher war, ob er überhaupt getroffen hätte. Da rettete man jemandem das Leben, und dieser Staatsanwalt hatte nur Banalitäten wie einen Haftbefehl im Kopf.

Während Liam wenig später im Krankenwagen mitgenommen wurde, bekam Henry eine Decke und wurde zu einem der Polizeiautos gebracht. Das Zittern ließ langsam nach.

Paul hatte sich irgendwann beruhigt und schließlich schweigend die ganze Geschichte angehört, die Suzanne ihm erzählt hatte, und sein Gesichtsausdruck war immer mehr von Wut zu Verständnis und schließlich zu Mitleid gewechselt. Er strich ihr sogar einmal mit einer steifen Bewegung über den Rücken. »Gut«, sagte er schließlich, »verstehe«, und: »Für Herrn Marbach spricht, dass er Herrn Laubis offensichtlich nicht entführt hat, das ist richtig«, und: »In jedem Fall hat er diesem Liam das Leben gerettet, diesen Punkt will ich Ihnen zugestehen, Herr von Arnhold.«

Der Wald wurde von Polizisten durchsucht, eine Straßensperre war errichtet worden, trotzdem sah es so aus, als seien Louise und ihre Schwester entkommen. Eine Fahndung nach Laubis' BMW lief. Sie hatten Liams Handy geortet und im Wald in der Nähe von Ragnar Iggys Hütte gefunden, im Moment wurde es auf Hinweise untersucht. Liam selbst schlief einen offenbar fiesen Drogenrausch aus, er war nicht ansprechbar. Henry saß im Polizeiauto, während Achim draußen Paul davon zu überzeugen versuchte, dass sein Mandant unschuldig war. Henry hatte das Gefühl, dass Paul das mittlerweile auch glaubte, es aber noch nicht fertigbrachte, über seinen Schatten zu springen. Wohl auch deshalb war er noch nicht ins Gefängnis gebracht worden. Immerhin bekamen sie hier mit, welche weiteren Ermittlungsmaßnahmen geplant waren, sogar zu Maik hatten die bereits jemanden geschickt, ebenso nach Karlsruhe zum ehemaligen Haus der Männles. Auch war es der Polizei gelungen, eine weitere, von einer Kira Männle gemietete Wohnung in Baden-Baden zu finden, die durchsucht werden sollte. Selbst an den See zu Ragnar Iggy war jemand gefahren, da nicht ganz klar war, ob der Schamane vielleicht doch in irgendeiner Form in die Geschichte verwickelt war, ob als mögliches Opfer der Zwillinge oder als Mittäter.

Suzanne hatte den Stick von der Magd schweren Herzens an Paul ausgehändigt, und der hatte sofort sein bestes Team aus Offenburg darauf angesetzt. Natürlich war sie neugierig gewesen, aber die Polizei brauchte den Stick, vielleicht konnten die nützliche Informationen aus dessen Auswertung ziehen, die sie doch noch rechtzeitig zu Laubis führten. Aber je mehr Zeit verstrich, desto unwahrscheinlicher wurde das. Als »arger Granadescheiß« hatte einer der Ermittler das vorhin bezeichnet, und Suzanne gab ihm absolut recht.

Henry ging im Kopf all seine Gespräche mit seiner ehemaligen Klientin noch einmal durch, alle Informationen, die er gesammelt hatte, versuchte herauszufinden, ob sie noch einen Fehler gemacht hatte wie den mit den Kakteen. Aber er fand nichts. Wo konnten Louise und ihre Schwester jetzt sein? Was hatten sie vor? Er rieb sich die Stirn. Er hatte keine Ahnung, einfach keine Ahnung, was ... Ihm fielen wieder Liams Worte ein. Der Sänger hatte gewirkt, als wolle er ihnen etwas mitteilen. »Die Wahrheit muss ans Licht. Am Stein.« War das gar keine Idee für einen neuen Song gewesen, sondern ein Hinweis? Nur worauf, verdammt? Henry ballte die Hände zur Faust. Er wusste es einfach nicht, und die anderen, denen er nach seiner Rettung aus dem Brunnen kurz davon berichtet hatte, offenbar auch nicht. Und das hätte vermutlich selbst seine normalerweise nie fluchende Oma zu dem Ausspruch »Da kenntsch uff dr Sau naus« gebracht.

Suzanne bibberte. Obwohl es nur noch leicht nieselte, war ihre Jacke unangenehm klamm, und auch die Decke, die man ihr gegeben und die sie umgehängt hatte, half kaum. Nachdem sie den ersten Schock überwunden hatte, merkte sie auch, wie kalt ihre Füße und Hände waren. Paul bot ihr irgendwann Kaffee aus seiner Thermoskanne an, die ziemlich neu aussah, Emils Hinweis auf die Schädlichkeit von Coffee-to-go-Bechern schien gefruchtet zu haben. Sie trank langsam, genoss die Wärme des Getränks und dachte nach. Die Verbrecherinnen hatten Liam schon eine ganze Weile mit sich herumgefahren. Mit Sicherheit hatte er irgendetwas mitbekommen von dem, was die beiden geredet hatten. Das hatte er Henry und ihr vielleicht mitteilen wollen. Was hatte Liam im Brunnen gesagt? Etwas mit einer ganz großen Bühne und einem Stein. Hatte er damit Drogen gemeint? War »Stein« nicht eine Bezeichnung für Crack? Und was bedeutete »Die Wahrheit muss ans Licht«? Das kam ihr bekannt vor, nur woher? Hatte sie das mal in einem Buch gelesen? Oder war es ein Songtext? Sie hörte ein Hupen vom Wanderparkplatz, das musste Emil sein, den sie angerufen und gebeten hatte, sie mit ihrem Auto abzuholen, weil Achim bei Henry bleiben musste. Sie wäre auch geblieben, sie hatte das Gefühl, ihrem Kollegen etwas zu schulden wegen der Rettung von Liam, aber Henry hatte nur lapidar gemeint, sie müssten ja nicht beide vor Kälte sterben, es genüge, wenn er als Held in die ewigen Jagdgründe einreite. Sie hatte nur gelächelt, auch wenn sie gedacht hatte, typisch Mann, wurde ein bisschen nass und glaubte gleich, jetzt hätte sein letztes Stündchen geschlagen. Wobei, diese Aktion, als er in den Brunnen geklettert war und Liam gerettet hatte, das war wirklich cool gewesen. Und man konnte über Henry wohl einiges sagen, aber dass er nicht mutig, hilfsbereit und anständig war, das konnte man nun nicht behaupten. Es tat ihr mittlerweile von Herzen leid, dass sie dafür gesorgt hatte, dass er festgenommen worden war, dass er deswegen sogar seine Wohnung verloren hatte, wie sie zufällig mitbekommen hatte, und dass sie so gemeine Dinge über ihn gedacht hatte wie, dass all sein Blut nur in den Muskeln sei und nicht im Gehirn. Sie hoffte, dass er bald freikommen würde. Und wenn sie etwas tun konnte, um ihn zu entlasten, dann würde sie das tun, das war sie ihm schuldig! Sie wickelte die Decke enger um sich, verabschiedete sich von Paul, Henry und Achim und ging langsam hinunter zum Wanderparkplatz. Sie bestand darauf, selbst zu fahren, und nach einem kurzen Schlagabtausch gab Emil klein bei und rückte auf den Beifahrersitz.

Emil, sie hatte es beinahe vergessen, war ein ziemlich anstrengender Beifahrer, so nett er auch war. Schon bei der Ausfahrt aus dem Wanderparkplatz spürte sie, wie er sich verspannte, und während der Fahrt auf der Landstraße Richtung Offenburg fing er an, ihr mitten in einem Gespräch über den Fall »Tipps« für eine sichere Fahrt zu geben. »Auf der Landstraße fährst du am besten ganz rechts«, sagte er, und kurz danach: »Wenn die Ampel auf Orange steht, ist es gut, wenn du nicht mit Vollgas darauf zufährst.«

»Hier ist nirgends eine Ampel«, fauchte sie. »Und ich fahre auch nicht mit Vollgas.« Es gab kaum ein besseres Mittel, um sie zur Weißglut zu treiben. Außerdem neigte der normalerweise friedfertige Emil dazu, andere Autofahrer mit badischen Schimpfworten wie Dranfunsl, Lahmarsch, Halbseggl oder Koddsbrogge zu betiteln, und zwar meist so unvermittelt und laut, dass sie vor Schreck jedesmal beinahe das Lenkrad verriss oder eine Vollbremsung machte, was dann wieder »Tipps« nach sich zog. Zum Glück war um die Uhrzeit kaum jemand unterwegs. Vor allem die Größe, der Bewegungsradius und die Form ihrer Scheibenwischer schienen Emil nun Sorgen zu machen, ebenso wie ihr »düsteres« Licht aus »falsch ausgerichteten Scheinwerfern« und ihre »ruckende Art«, mit der sie anscheinend Gas gab. Schon nach kurzer Zeit war sie schweißgebadet und auf hundertachtzig. Emil dozierte gerade über gerichtsmedizinisch interessante typische tödliche Verletzungen einer Frau – natürlich musste es in seinem Beispiel eine Frau sein –, die zum Beispiel falsch herum in einen Kreisverkehr einfuhr, als Suzanne explodierte. Sie war in ihrem Leben noch nie falsch herum in einen Kreisverkehr eingefahren und hatte das auch nicht vor, und jetzt reichte es ihr. »Kannst du dich noch an unseren Schottlandurlaub erinnern?« Ihre Stimme hatte einen drohenden Klang, als sie Emil mitten in der Schilderung über die verschiedenen Phasen des Pkw-Frontalaufpralls mit und ohne Gurt und die nachfolgende Autopsie unterbrach.

Emil räusperte sich, ein wenig schuldbewusst, wie ihr schien. »Natürlich.«

»Wer von uns beiden ist da *zweimal* beinahe falsch in einen Kreisverkehr eingefahren?«

»Das war im Linksverkehr. Ich war so durcheinander,

weil du mir ständig was über diesen Liam und seine Zeit in Schottland erzählt hast.«

»Das heißt, *ich* war daran *schuld?*« Ihre Stimme war nur noch ein Zischen.

Emil sagte nichts mehr. Sie auch nicht. Schweigend fuhren sie über die Landstraße. Sie hatte plötzlich ein schlechtes Gewissen. Weil sie damals mit Emil in den Urlaub gefahren war, obwohl sie zu diesem Zeitpunkt bereits in Liam verliebt gewesen war. Und ja, Emil hatte sich, ohne es zu wissen, sogar Sehenswürdigkeiten in Glasgow anschauen müssen, die Liam in seinen Liedern besang. Emil schien ebenfalls ein schlechtes Gewissen zu haben. Denn, wie sie später erfahren hatte, hatte es zu dem Zeitpunkt auch eine neue Kollegin gegeben, die er sehr attraktiv gefunden hatte.

»Ich … ich sehe nur jeden Tag, wie alles enden kann«, setzte er an. »Und Schottland war … Ich glaube, da haben wir beide am Grab unserer Beziehung gegraben. Ich denke, wir haben … wir haben uns belogen. Nicht mal so sehr uns gegenseitig, sondern uns selbst. Wahrscheinlich tut man das ständig. Sich selbst etwas vorlügen. Wie hat dieser Laubis sonst weitergemacht? Und dieser Sandhaas?«

Suzanne zuckte mit den Schultern. Eine Weile war es still. Suzanne dachte nach, während sie durch die Nacht fuhren. Alte Lügen. Lebenslügen. Die Wahrheit muss ans Licht. Darum ging es doch in diesem ganzen Fall. Und um Rache und Buße und Tod und … »Der Sarg!« Suzanne musste plötzlich an ihren Podcastkeller denken, in dem jetzt Liams Kartonsarg stand. »Ich glaube, die sind bei mir zu Hause im Keller! ›Ganz große Bühne‹, das hat Liam doch gesagt! Und das Internet ist ja wohl die größte Bühne überhaupt!« Sie fuhr an den Straßenrand, nahm ihr Handy in die Hand und wählte die Notrufnummer. Gab alles durch, was sie wusste. Dann drückte sie aufs Gaspedal und bretterte Richtung Neuried-Altenheim. »Die Wahrheit muss ans Licht«, murmelte sie. »Die Wahrheit … Ach du

Scheiße.« Sie bremste auf eine ziemlich ungesunde Art. Emil wurde nach vorne gerissen und wollte wohl gerade wieder einen »Tipp« abgeben, als Suzanne ein Wendemanöver hinlegte, das ihm offenbar die Sprache verschlug. Sie raste zurück Richtung Durbach. Er krallte sich am Sitz fest, und nur ein Pfeifen kam aus seiner Kehle. »Sie sind nicht bei mir zu Hause. Jetzt weiß ich, wo sie hingefahren sind«, rief Suzanne. »Die Wahrheit muss ans Licht. Das steht auf dem Stein. Auf dem inoffiziellen Gedenkstein. Für Agnes Vetter und Gotter Nes. Und das erklärt auch, warum die Polizei sie bislang nicht gefunden hat. Die gehen nämlich davon aus, dass Louise und ihre Schwester mit dem Auto über den Wanderweg hinter Ragnars Hütte abgehauen und Richtung Autobahn gefahren sind. Aber die wollten gar nicht zur Autobahn.«

»Ich bin mir sicher, die haben überall Kontrollen«, brachte er heraus.

»Das vielleicht schon, aber die Täterinnen hatten einen ziemlichen Vorsprung. Und ich glaube, sie sind nicht weit gefahren. Nur bis zum großen Unterstand bei der Hexenwiese. Dort können sie das Auto problemlos verstecken. Da ist auch der alte Richtplatz. Und der war im Mittelalter eine ganz große Bühne.«

Während Emil mit der Polizei telefonierte, bog Suzanne in einen kleinen Feldweg ein und stellte das Auto verborgen hinter Büschen ab. Sie stiegen aus und schlichen, diesmal bewaffnet mit einem Wagenheber, zwischen den Bäumen in Richtung Hexenwiese. In einem Unterstand, etwas fernab vom Weg, sahen sie ein Auto, einen BMW, der aussah wie der von Laubis. Von der mit undurchdringlichem Nebel bedeckten Lichtung hörten sie plötzlich leise Frauenstimmen, die sich offenbar stritten. Sie näherten sich langsam und vorsichtig, immer darauf bedacht, möglichst keine Geräusche zu verursachen.

»Laubis gehört dir«, flüsterte eine der Stimmen. Sie

klang kalt. »Ich habe Sandhaas erledigt und Vater. Aber den hier, den musst du erledigen. Beeil dich, beeil dich einfach.«

»Aber er hat gestanden. Wir haben den Film auf dem Stick. Er hat alles zugegeben.«

»Glaubst du, dass dieses Geständnis etwas wert ist? Er wird sagen, er hätte ausgesagt, weil er Angst hatte. Abgesehen davon hat Vater ebenfalls gestanden, da hat es dich auch nicht gestört, dass er stirbt, oder? Großer Gott, jetzt leg das Dreckschwein endlich um. Du hast lange genug gezögert. Wegen dir sind uns die Bullen fast zuvorgekommen. Wenn ich nicht die Idee gehabt hätte, diesen Sänger in den Brunnen …«

»Der Sänger hat uns nichts getan! Das hätte Agnes Vetter niemals gutgeheißen. Sie wollte die Unschuldigen beschützen.«

»Agnes hätte jeden beseitigt, der sich der Gerechtigkeit in den Weg gestellt hätte. Erledige Laubis! Sonst wirst du nie frei sein. Du musst die alten Fesseln …«

»Er hat gestanden. Ich werde niemanden töten, der gestanden hat.«

»Dann mach ich es. Gib mir den Speer. Schnell! Die Bullen sind nicht blöd. Die werden den dummen Sänger, falls er überlebt hat, bald ausfragen, und dann wird er ihnen erzählen, was er gehört hat, als du dein geschwätziges Maul nicht halten konntest.«

Es hörte sich an, als gäbe es ein Gerangel im Nebel.

Dann sagte die kalte Stimme: »So, du widerlicher Mistkerl!« Laubis verzweifelter Schrei durchbrach die Nacht.

»Hören Sie auf«, brüllte Suzanne und stürzte auf die Lichtung, in die Richtung, in der sie im Nebel den Gedenkstein und die beiden Frauen vermutete. Emil war irgendwo hinter ihr. Sie waren hier ganz allein mit zwei Verrückten, die einen vergifteten Speer hatten, wahrscheinlich war es nicht sonderlich sinnvoll, einfach draufloszurennen. Offenbar hatte Henrys Vorgehensweise sie angesteckt. Nur dass sie leider nicht Henrys Kampfsporterfahrung hatte. Und Emil auch nicht. Jetzt kam durch den Nebel jemand auf sie zugestürmt. Sie wurde umgeworfen, sah einen Speer und eine blonde Frau mit langen Haaren, trat verzweifelt um sich, der Speer verfehlte sie, streifte sie am Arm, Schmerz durchzuckte sie, sie hörte Keuchen und einen Schrei und Emil, wie er »Hilfe, ich habe den Wagenheber verloren« und dann »Ich bin verwundet« schrie, und dann waren da Polizisten, die auftauchten und wieder im Nebel verschwanden.

Kapitel 45

Louise und ihrer Schwester gelang es zunächst, zu Fuß von der Lichtung zu entkommen. In den frühen Morgenstunden wurde Kira Männle allerdings in einem ICE Richtung Berlin geschnappt, wie Paul Suzanne am Telefon berichtete. Die Ermittler hatten in Kiras Baden-Badener Wohnung Hinweise auf ein WG-Zimmer in Berlin und eine mögliche Flucht dorthin gefunden.

Am Abend des gleichen Tages wurde Hannah Männle in einem auf Maik Adler zugelassenen SUV in Pirmasens verhaftet, nachdem der Besitzer des Pfandleihhauses bei einer Vernehmung gestanden hatte, dass er »seiner lieben Louise« ein Auto geliehen habe.

Während der Speer Suzanne nur leicht gestreift hatte, war Emil schwer verletzt worden, er hatte die Vergiftung durch die in Blauen Eisenhutsud getauchte Speerspitze nur knapp überlebt. Suzanne hatte stundenlang vor der Notaufnahme gewartet, bevor sie die erlösende Nachricht erhalten hatte, dass ihr Exfreund überleben würde, wenngleich er noch ein paar Tage im Krankenhaus würde verbringen müssen.

Liam hingegen wurde am nächsten Tag wieder entlassen, und Suzanne holte ihn ab, nachdem sie kurz bei Emil vorbeigeschaut hatte, der eindeutig auf dem Weg der Besserung war und schon wieder mit ihr streiten wollte.

»Drogen sind ja nett und alles«, sagte Liam kopfschüttelnd, als er zu ihr ins Auto stieg, »aber dieser *Mushroom Mix* … Sweetheart, das war ein Stoff … Nie wieder, das garantiere ich dir!« Er lachte. »Eine Kugel von dem Zeug, und ich hatte einen Horrortrip, Sweetheart, das kannst du dir gar nicht vorstellen. Unimaginable.« Er schloss den Anschnallgurt. »Ich habe geträumt, die Magd des Totengräbers hätte mich in ihren boot, äh Kofferraum, gesperrt. Sie hat gesagt, wenn ich nicht einsteige, dann bringt sie dich um. Und da bin ich halt eingestiegen.« Ihm schien das Ganze ein wenig peinlich zu sein, denn er wandte sich von ihr ab und starrte durch die Windschutzscheibe. Ein Glücksgefühl durchströmte Suzanne. Liam King hatte sich entführen lassen, um sie zu retten! Sie hätte ihm am liebsten einen Kuss gegeben, aber das traute sie sich nicht, und so hatte sie nur »wow, danke« geflüstert und den Motor gestartet.

Der Sänger nestelte am Gurt herum. »Der Horrortrip ging noch weiter. Unbelievable. Der Kofferraumdeckel ging auf … Da kam so eine Tussi mit einer Maske und hat mir einen Spray in die Nase gesprüht, ich dachte, mir explodiert der Head, und dann war ich schon wieder weg. Wie in einer Splatterfarce, Sweetheart, nur ziemlich real und ohne Monster. Und dann bin ich wohl in einen bloody Brunnen gefallen und kam wieder zu mir. No idea, wie ich da hingekommen bin.«

Auf der Fahrt zur Polizei, wo er vernommen werden sollte, benötigte Suzanne ihre ganze Überzeugungskraft, um Liam klarzumachen, dass seine Erlebnisse nicht nur ein Drogentripp gewesen waren.

Später auf dem Hof eröffnete ihr Liam, dass ihm bei einem Gespräch mit Henry übers Klavierspielen klargeworden sei, dass er für ein paar Tage nach Pforzheim zurückmüsse, um *Dieselskandal* »wieder auf Kurs« zu bringen. Auch Elton und Raoul hatten vor mitzukommen, da sie neben ihrer Tätigkeit in der Band noch Brotjobs hatten. Bevor die drei in Achims Auto gestiegen waren, der sich bereiterklärt hatte, sie zu fahren, da er ebenfalls zurück nach Stuttgart zur Arbeit musste, hatte Liam ihr auf seinem Handy noch einen Song gezeigt, den er in ihrem umgeräumten

Keller im Pappsarg sitzend aufgenommen hatte, nur für sie. »Blood and Garlic«. Ein Hammersong. Ihr waren fast die Tränen gekommen, und sie hatte den Sänger immerhin kurz umarmt.

»Wir sehen uns bald wieder, Sweetheart«, rief Liam aus dem Autofenster, als der Tesla aus dem Hof glitt, »beim Death-Metal-Wettbewerb in München!«

Suzanne musste lächeln. Sie winkte den Jungs hinterher, bis das Auto nicht mehr zu sehen war, dann ging sie ein wenig traurig zu ihren Ziegen und fütterte sie mit Karottenscheiben, die sie mit ihren weichen Mäulern von ihrer Hand aufnahmen.

Während ihre Klientin Conny Sandhaas bereits entlassen worden war, saß Henry noch im Gefängnis, aber Suzanne hoffte, dass er bald freigelassen werden würde. Achim schien sehr zuversichtlich, und Suzanne glaubte ihm. Trotzdem hatte sie vor, auch darüber bald mit Paul zu sprechen.

Vier Tage nach der Festnahme der Zwillinge lud Suzanne den Staatsanwalt zu sich auf den Hof ein. Wider Erwarten sagte der sofort zu. Mit schlechtem Gewissen kaufte sie am Vormittag einen widerlichen püppchenrosa Prosecco, einen *Senseglabberichs Simsegrebsler.* Zumindest hatten die Hersteller Humor, denn frei übersetzt hieß das »Plörre des Todes«. Suzanne hoffte, dass, wenn Paul einen Abend lang mit ihr rosa Prosecco trinken müsste, er die Scheußlichkeit des Getränks erkennen und ihr dann nie mehr welchen anbieten würde. Sie brachte es allerdings dann doch nicht übers Herz, selbst etwas Besseres zu trinken und ihm das Gebräu auch noch warm zu servieren, und so trug sie zwei eiskalte Gläser Simsegrebsler, den Kühler mit der Flasche und selbst gebackene Oregano-Ziegenkäse-Grissini auf die Terrasse, wo Paul es sich mit einer Decke über den Beinen gemütlich gemacht hatte. Für den Notfall stand in ihrer

Küche noch ein hervorragender Whisky bereit, denn den Staatsanwalt zum Reden zu bringen war wichtiger, als ihm den Prosecco abzugewöhnen. Aber vielleicht konnte sie ja zwei Fliegen mit einer Klappe schlagen.

Paul beäugte das Getränk misstrauisch, sagte aber nichts.

»Auf unseren Ermittlungserfolg.« Sie streckte ihm das Sektglas entgegen, sie stießen an und tranken. Der Geschmack des Prosecco war noch grässlicher, als sie erwartet hatte, aber sie zwang sich, drei Schlucke zu nehmen, ehe sie das Glas abstellte und schnell ein Grissini in den Mund steckte.

Paul hingegen hatte fast das ganze Sektglas ausgetrunken. »Mmh«, sagte er mit einem breiten Lächeln. »Das schmeckt ja herrlich. Ich hatte gedacht, das sei so ein Mädelszeug, aber, wow …« Er griff nach der Flasche und füllte ihre beiden Gläser wieder randvoll, während Suzanne für eine Sekunde die Augen schloss, um dieses Worst-Case-Szenario zu verarbeiten.

»Ich bin bereit, dir zu erzählen, was immer du wissen willst«, sagte Paul, nachdem er offensichtlich mit Genuss ein weiteres Glas geleert hatte, und nahm ebenfalls ein Grissini. »Aber nur diesmal. Und nur, weil du uns geholfen hast, Laubis zu retten und Hannah und Kira Männle zu schnappen.« Er lehnte sich zurück.

»Haben die Zwillinge gestanden?«, fragte sie.

Paul schüttelte den Kopf. »Keine einzige Tat, nicht mal die Tötung der Hunde.« Er nippte an seinem Prosecco. »Was den toten Sandhaas angeht, bleiben die Zwillinge dabei, dass Henry der Täter ist. Hannah behauptet, sie habe Henry damit beauftragt, den Tod ihrer Mutter Louise Münz aufzuklären. Henry sei durchgedreht. Er habe sich in sie verliebt, habe sie gestalkt und den Winzer als ›Liebesbeweis‹ für sie getötet. Sie habe davon nichts gewusst und das selbstverständlich auch nicht gewollt. Sie habe ein Alibi und ihre Schwester auch, die habe in ihrer Wohnung in Baden-Baden ferngesehen. Hannahs Spuren im Schuppen seien so zu erklären, dass sie vor Marbachs Beauftragung selbst versucht habe, mit dem Winzer zu sprechen, und dieser sie angegriffen habe. Wir haben sie natürlich gefragt, warum sie das bei der Polizei nicht erzählt hat, warum sie nicht mal ihren richtigen Namen angegeben hat, aber sie meinte, sie habe solche Angst vor Marbach gehabt, dass sie nicht mehr klar habe denken können.« Paul kniff die Lippen zusammen. »Ich bin mir nach wie vor nicht sicher, ob Marbach nicht seine Finger mit im Spiel hatte.«

»Hatte er nicht«, sagte Suzanne. »Davon bin ich überzeugt.«

»Im Moment werten wir die Spuren aus«, fuhr Paul fort, »und es ist nicht ausgeschlossen, dass Marbach bald freikommt. Dieser von Arnhold ist eine aalglatte Kanalratte, aber als Verteidiger ist er nicht übel. Er wusste noch vor mir, dass *meine* Ermittler einen Teilfingerabdruck von Kira Männle gefunden hatten. Auf der Schusswaffe, mit der die Zwillinge vermutlich Sandhaas und Laubis gezwungen haben, vor der Tat ein Betäubungsmittel zu trinken. Wir denken, sie haben auch Sandhaas so gezwungen, den Tresor zu öffnen.«

»Werdet ihr den Zwillingen den Mord an Sandhaas nachweisen können?«

Paul zuckte die Schultern und nahm einen riesigen Schluck Simsegrebsler. »Das wird sich zeigen, aber ich denke schon«, sagte er. »Du trinkst ja gar nichts.«

»Und was ist mit René Männle? Haben sie den auch umgebracht?«, lenkte Suzanne schnell von dem bedrohlich in ihrem Glas perlenden Getränk ab.

»Hannah und Kira Männle erzählen übereinstimmend, dass der Tod ihres Adoptivvaters ein Selbstmord gewesen ist. Und ich fürchte, in diesem Fall reichen die Beweise nicht aus, um den beiden Mord nachzuweisen.«

»Aber auf der Hexenwiese haben die zwei sich darüber unterhalten. Ich habe gehört, wie sie die Tat gestanden haben.«

»Du hast gehört, wie *irgendjemand* die Tat gestanden hat. Aber gesehen hast du nichts, so neblig, wie das war«, berichtigte Paul. »Kira Männles Anwalt hat da einen ganzen Aufsatz darüber geschrieben. Er ist außerdem der Ansicht, dass Emil und du durch das Eisenhutgift verwirrt wart und euch sowieso nicht richtig an die Nacht erinnern könnt.«

»Wir sind aber erst später mit dem Gift in Berührung gekommen.«

»Ich weiß.«

»Und was ist mit Laubis? Und Liam?« Jetzt brauchte sie doch einen Schluck Prosecco.

»Dass Liam in den Brunnen gestoßen wurde, werten wir genauso als Mordversuch wie die Tatsache, dass Laubis ein Speer in den Bauch gerammt wurde. Ein Wunder, dass er überlebt hat«, sagte Paul. Er hob sein Glas, trank aber nicht. »Was die Fälle Laubis und Liam angeht, beschuldigt Kira Hannah, sie hätte die Mordversuche alleine unternommen, und Hannah beschuldigt Kira. Beide behaupten jeweils, sie wären zum Zeitpunkt der Taten zu Hause gewesen und hätten damit ein Alibi. Zuerst haben wir tatsächlich befürchtet, wir könnten keiner der Schwestern die Mordversuche eindeutig nachweisen. Trotz eurer Aussage und trotz aller Spuren. In beiden Fällen im Zweifel für die Angeklagte.« Er setzte das Glas an den Mund und leerte es. Suzanne füllte es sofort neu, und Paul fuhr fort: »Laubis war auch nicht in der Lage, Auskunft zu erteilen. Der Kräutersud, mit dem ihn die Schwestern betäubt hatten, hat einen Gedächtnisverlust ausgelöst. Das Einzige, an das er sich in einer kurzen wachen Phase erinnerte, ist, dass nur *eine* Frau bei ihm in der Küche gestanden hat, die ihn mit einer Schusswaffe bedroht und gezwungen hat, seltsam schmeckenden Wein zu trinken. Er konnte nicht sagen, ob das Kira oder Hannah Männle gewesen ist. Die beiden sehen sich unglaublich ähnlich, sie haben sich die Haare gleich schneiden lassen, schminken sich gleich, ziehen sich gleich an und wiegen auch in etwa das Gleiche. Sie haben Handschuhe getragen. Die Schwestern hatten auch alle Kameras, die Laubis im Garten und in der Garage installiert hatte, zerstört. Zum Glück für uns ist dieser Laubis unfassbar paranoid, und es hat sich herausgestellt, dass er seit einigen Tagen auch im Innenbereich versteckt angebrachte Kameras hat, die die Zwillinge übersehen haben. Auch wenn immer nur eine der Schwestern Laubis gegenüber aufgetreten ist, hat die Kamera beide zusammen im Haus gefilmt, einmal sogar ohne die Masken, die sie normalerweise getragen haben. Und dieser Liam hat sich trotz des Drogencocktails an einiges erinnert.« Paul sah triumphierend zu Suzanne. »Ich bin sehr optimistisch, dass es jedenfalls in den Fällen Laubis und Liam zu Anklagen gegen die Schwestern und auch zu Verurteilungen kommen wird. Und bei Sandhaas sind wir auch dran.«

»Was hat Laubis eigentlich zu den Vorwürfen gesagt, er hätte gemeinsam mit Sandhaas und Männle damals Louise Münz getötet und mehrere Frauen vergewaltigt?«

Paul griff sich ein Grissini und biss ein Stück davon ab. Als er es hinuntergeschluckt hatte, sagte er: »Laubis hat behauptet, er habe die seltsame blonde Frau, die sich als ›Magd des Totengräbers‹ ausgegeben hätte, noch nie zuvor gesehen. Sie hätte ihm haltlosen Unsinn vorgeworfen und müsse geistesgestört sein. Sie habe ihn mit vorgehaltener Waffe gezwungen, ein ›Geständnis‹ von einem Zettel abzulesen. Er habe noch nie in seinem Leben jemanden vergewaltigt und noch nie jemanden ermordet, das schwöre er bei seiner Ehre.«

»Und jetzt?«

»Jetzt machen Polizei und Staatsanwalt ihre Arbeit und weisen auch diesem feigen Verbrecher die Tat nach.« Er lächelte und nahm sein Glas. »Darauf sollten wir trinken. Auf ex.«

Mit Todesverachtung hob Suzanne ihren Simsegrebsler. »Kann ich eine Kopie von dem Stick haben? Damit ich mir Laubis' Geständnis anschauen kann?«, fragte sie, bevor sie die Brühe mit einem Schluck kippte, und Paul nickte.

Wenig später gingen sie über den Hof zu Pauls Freundin, die er angerufen hatte, da er nicht mehr selbst fahren wollte, und die in ihrem Golf sitzend wartete. Bevor er einstieg, drehte sich Paul noch einmal um. Er grinste breit. »Nette Idee, deine Strategie mit dem Prosecco«, sagte er. »Obwohl sie offenbar große Opfer von dir gefordert hat.«

»Welche Strategie?« Suzanne hatte Mühe, ihre Gesichtszüge zu kontrollieren.

»Na ja, du hast dir doch ausgemalt, dass ich, wenn ich diese unsäglich abscheuliche Plörre selber mal trinken muss, merke, wie eklig sie schmeckt, und sie dir dann nie mehr anbiete, oder?«

»Woher weißt du das?« Suzanne war baff.

Paul lachte zufrieden. »Ich bin kein schlechter Staatsanwalt. Allein dein Gesicht, als ich behauptet habe, dass mir das Gebräu schmeckt. Wer mich reinlegen will, muss früher aufstehen.«

Suzanne musste auch lachen. Der Staatsanwalt stieg bei seiner Freundin ein. »Wieso hast du mir nicht einfach gesagt, dass du keinen Prosecco magst?«, fragte er.

»Das habe ich schon versucht«, grinste sie, »aber es hat nicht nachhaltig gewirkt.«

Paul schüttelte den Kopf, sagte: »Ich glaub's nicht«, und schlug die Beifahrertür zu. Zurück in der Küche goss sie als Erstes den Rest des Simsegrebslers in den Abfluss.

Kapitel 46

Paul ließ Suzanne am nächsten Tag eine Kopie des Sticks zukommen. In der Detektei sah sie sich den Film an. Laubis saß an einen Stuhl gefesselt in seiner Küche, eine Flasche Wein vor sich. Schweiß lief ihm über die Stirn und ein wenig Blut, offenbar hatte er von der Magd einen Schlag auf den Kopf erhalten.

»Mein Name ist Daniel Laubis«, sagte er. Er klang verängstigt. »Ich habe 1995 gemeinsam mit meinen Freunden Joseph Sandhaas und René Männle mehrere Frauen mit K.-o.-Tropfen betäubt, entführt, in Sandhaas' Keller unter Drogen gefangen gehalten, und dann … hatten wir … Sex mit ihnen.« Er schluchzte, seine Stimme brach. »Ich weiß die Namen der Frauen nicht mehr, wirklich, was soll ich machen? Bitte, gehen Sie einfach wieder! Ich wollte das alles nicht, ich schwöre bei meiner Ehre. Meine Freunde haben mich gezwun… Nein, bitte, bitte töten Sie mich nicht, ich erzähle, wie es wirklich war, gut, ich wollte es auch. Es waren ungefähr zehn Frauen, vielleicht auch elf oder zwölf. Keine Unschuldslämmer, das waren Frauen, die alleine in der Disko oder der Kneipe waren. Warum gehen Frauen ohne Begleitung aus, wenn sie keinen Mann treffen wollen? Die haben es doch darauf angelegt, uns zu verfü…« Der Film brach kurz ab, danach zitterte Laubis am ganzen Körper. »Meine Freunde und ich waren an diesen abscheulichen Taten alleine schuld, Sie haben so recht. Wir haben den Frauen Tropfen in den Drink geschüttet und sie auf dem Heimweg verfolgt. Aber wir haben sie danach immer wieder freigelassen, die haben doch gar nichts mitbekommen, die waren doch die ganze Zeit betäubt.« Er sah beifallheischend in die

Kamera, als sei das eine großartige Leistung. »Wenn man jung ist, macht man eben Dummheiten.« Er verzog die Lippen zu etwas, das wohl ein Lächeln sein sollte. »Dann haben wir da diese Party gefeiert, ich glaube, es war Josephs Geburtstag. Zwei Mädels, die länger geblieben sind als alle anderen, wurden von Joseph und René betäubt und vergewaltigt. Ich habe nichts getan, das schwöre ich bei meiner Ehre. Mitten in dieses Geschehen ist eine junge Obdachlose hineingeplatzt, die in Sandhaas' Gartenschuppen geschlafen hat. Sie war widerrechtlich in dem Schuppen, selbst schuld, wenn ... Verzeihung, Sie haben so recht, das spielt überhaupt keine Rolle«, schluchzte Laubis auf. »Jedenfalls sind Joseph und René, die ziemlich betrunken waren, erschrocken. Sie wollten die Obdachlose nur wegjagen. Es kam zu einem Handgemenge, und dabei ist es passiert. Ein Unfall! Die Obdachlose ist mit dem Kopf auf einen Stein gestürzt und ... Ich habe versucht, mit einer Decke, die die Frau dabeihatte, die Blutung zu stillen. Ich wollte die Frau ins Krankenhaus ...« Er weinte eine Weile, bevor er weitersprach. »Doch, wirklich, ich wollte das alles nicht.«

Es folgte eine lange Sequenz, in der Laubis um sein Leben bettelte, und eine weibliche Stimme, die merkwürdig verzerrt klang, sagte, René Männle habe das mit dem Tod von Louise Münz aber anders erzählt, er habe zugegeben, dass Joseph Sandhaas mit einem Stein auf die junge Frau eingeprügelt habe, um sie daran zu hindern, weiter um Hilfe zu schreien, während René Männle sie festgehalten und Laubis zugeschaut und ihn sogar angefeuert hätte. Schließlich sprach Laubis erneut in die Kamera. »Es ist möglich, dass ich vielleicht so was wie ›Bring die Schlampe um, sie ist nur eine Pennerin‹ geschrien habe, aber das habe ich nicht ernst gemeint! Ein dummer Spaß! Das war nur der Alkohol!«

»Warum haben Sie nicht wenigstens am nächsten Tag die Tat gestanden?«, fragte die verzerrte Frauenstimme.

Laubis schluchzte daraufhin hysterisch. »Ich war jung, das müssen Sie verstehen«, bettelte er. »Was hätten meine Eltern denn von mir denken sollen? Und die Leute? Ich hatte eine glänzende Karriere in der Lokalpolitik vor mir, Joseph war Winzer, an der Seite seiner Conny, und Männle ein Polizist. Drei wertvolle Menschen, Stützen der Gesellschaft. Und diese Obdachlose war doch eh schon tot, wem hätte das etwas genützt?«

Wieder war ein Schnitt in der Aufnahme, als sei sie unterbrochen worden, bevor Laubis weitersprach. Seine Wangen waren gerötet, als habe er einige Ohrfeigen erhalten. »Als die Frau tot war, nach dem Unfall, waren wir total fertig, wir wollten das nicht, wirklich!« Er brüllte in die Kamera, seine Stimme klang vollkommen verzweifelt.

»Was ist dann passiert?«, fragte die Frauenstimme.

»Dann haben wir plötzlich Babygeschrei gehört. Wir wussten doch nicht, dass die Frau Kinder hatte! Das konnten wir nicht wissen!« Wieder schluchzte Laubis. »Aber sie hatte in einer Tragetasche zwei Babys dabei. Die hatten wohl geschlafen und sind aufgewacht und …« Er schwankte. »Joseph wollte sie töten, aber wir … haben ihn vom Gegenteil überzeugt. Man tötet keine Kinder. Ich habe Ihnen das Leben gerettet, da sollten Sie mal darüber nachdenken! Wir haben beschlossen, Sie auszusetzen und … Ich habe Sie ins Haus gebracht und mit Milch gefüttert! Und dafür gesorgt, dass Sie in der Nacht in dem Karton nicht erfrieren!« Er hustete. »Dann mussten wir die Leiche beseitigen. Joseph hat sie … Nein, nein, gut, Sie haben recht, es war meine Idee, ihr den Schmuck abzunehmen, sie zu zerstückeln und in dem Häcksler … Aber sie war doch schon tot, es war doch nur …«

Erneut stoppte der Film. Als er weiterlief, blutete Laubis' Lippe. »Joseph hat den Beton angerührt, seine Frau wollte oben am Weinberg eine hässliche Statue aufstellen, und dann haben wir die Reste der Obdachlosen …«

»Sie hieß Louise Münz.«

»Also die Reste in die Grube gekippt und alles zubetoniert.« Laubis lauschte auf etwas Unverständliches, das die Frauenstimme sagte, dann murmelte er: »Ich weiß nicht, was mit dem Häcksler passiert ist. Aber jedenfalls ist René mit den Babys weggefahren, und Joseph und ich haben geduscht und uns um die Frauen von der Party gekümmert, die immer noch betäubt auf der Terrasse in Liegestühlen lagen. Wir haben sie ins Bett hochgetragen und uns danebengelegt und ihnen am nächsten Morgen vorgespielt, wir hätten eine großartige Nacht miteinander verbracht. Wir mussten sie den ganzen Tag bei uns behalten, bis die K.-o.-Tropfen nicht mehr nachweisbar waren, das hat Joseph uns eingeschärft.« Er spuckte ein wenig Blut aus. »Wir haben es selbst kaum glauben können, aber die Geschichte mit dem einvernehmlichen Sex ist so durchgegangen. Denen scheint das gefallen zu haben.« Er schüttelte langsam den Kopf. »Wir haben jahrelang nicht mehr an diese unglückliche Geschichte gedacht, bis René letztes Jahr unter den ICE gekommen ist. Seine Frau hat wohl … Sie hat einige Fotos, Slips von zwei Frauen und weitere Erinnerungsstücke in der Garage gefunden! René war pervers, das wusste ich schon immer. Erinnerungsstücke!« Er schüttelte den Kopf. »Aber er hat Sie aus dem Wald gerettet und adoptiert! Am Ende ist er sogar nach Niederschopfheim gefahren, um Ihnen die Wahrheit zu erzählen, und hat sich danach vor den ICE geworfen. Und sehen wir den Tatsachen mal ins Auge …« Laubis sah nun direkt in die Kamera. »Sie sollten uns dankbar sein. Ihnen wurde eine wundervolle Kindheit mit liebevollen, arischen Eltern geschenkt. Und wahrscheinlich ihr Leben. Denn ob diese alkoholkranke Pennerin in der Lage gewesen wäre, sich um Sie zu kümmern, das steht doch in den Sternen! Vielleicht wären Sie ein paar Tage später verhungert oder verdurstet, ausgesetzt oder misshandelt worden? Ihre Mutter war eine nutzlose Asoziale mit Ketten und Ringen …« Hier endete die Aufnahme.

Suzanne war sich sicher, dass die Zwillinge Laubis erneut geschlagen hatten für das, was er gesagt hatte. Ihr war schlecht von dem, was Laubis und seine Kumpel getan hatten. Und Hannah und Kira Männle hatten sich später genauso schuldig gemacht.

Nach einer mehrstündigen Vernehmung durch die Polizei gestand Laubis den Mord an der jungen Obdachlosen schließlich erneut, diesmal in einem nicht erzwungenen und damit auch verwertbaren Geständnis, wie Paul ihr zwei Tage später am Telefon erzählte. »Er hat gesagt, alles sei genau so passiert, wie er auf dem Stick erzählt. Er meinte, aus heutiger Sicht sei das damals ›sicherlich nicht optimal gelaufen mit der Obdachlosen‹, aber man müsse seinen ›jugendlichen Zwiespalt‹ verstehen!« Paul knurrte. »Im Moment sitzt er jedenfalls in U-Haft und wartet auf seinen Prozess.« Er räusperte sich. »Ach, und dann gibt es Neuigkeiten von Marbach. Die Auswertung der Spuren hat ergeben, dass es sehr unwahrscheinlich ist, dass er Sandhaas umgebracht hat. Unter anderem konnte nämlich der Todeszeitpunkt des Winzers genauer bestimmt werden, und es sieht so aus, als sei Marbach da bereits gar nicht mehr am Tatort gewesen.«

Einen Tag später erfuhr Suzanne von Emil, der zwar noch krankgeschrieben war, aber die Ermittlungen bereits wieder verfolgte, dass unter der Statue weitere Knochenreste und Zähne gefunden worden waren. Ein DNA-Test hatte ergeben, dass es sich bei der Toten um die leibliche Mutter der Zwillinge handelte, die als vermisst gemeldete Obdachlose Louise Münz. Bei den gefundenen Medikamentenfläschchen handelte es sich vermutlich um Fläschchen, in denen Sandhaas, Männle und Laubis ihre K.-o.-Tropfen aufbewahrt hatten. Ganz unten, unter dem

Bauschutt, hatte man die Reste eines verrosteten Häckslers gefunden. Die Polizei hatte mit den potenziellen Vergewaltigungsopfern von Sandhaas, Laubis und Männle noch einmal gesprochen, und auch ihre Aussagen bestätigten die Geschichte der Zwillinge.

Die Zwillinge hatten Laubis' Aussage noch um das Detail ergänzt, dass Joseph Sandhaas nämlich auch nach dem Mord an ihrer Mutter nicht damit aufgehört hatte, Frauen zu betäuben und zu vergewaltigen, und tatsächlich konnte eine ungeklärte Vergewaltigungsserie zwischen 2004 und 2007 in Mannheim kurze Zeit später Sandhaas als Täter zugeordnet werden.

Der Schamane Ragnar Iggy, das hörte Suzanne von einer Freundin, hatte seine Hütte mit einer Axt kurz und klein gehackt und war danach in eine Entzugsklinik gegangen. Mit den Taten der Kartonzwillinge hatte er glücklicherweise nichts zu tun.

Kapitel 47

Henry hatte nach seiner Entlassung aus dem Gefängnis eine Nacht in Suzannes Gästezimmer übernachtet. Er hatte keine Ahnung, wie es jetzt weitergehen sollte, pleite und ohne Wohnung und Büro. Zwar hatte Achim angeboten, ihm Geld für einen Neuanfang zu borgen, aber er hatte sich noch nicht dazu durchringen können, es anzunehmen. Er hatte schon mehr als genug Schulden bei Achim. Und sein bester Freund war ja nicht der einzige Gläubiger. Die neuen Jeans, die Unterwäsche und die zwei teuren Hemden, die Achim ihm gekauft und direkt am Ausgang des Gefängnisses übergeben hatte, hatte er hingegen gerne genommen, und so war er wenigstens anständig angezogen, als Suzanne und er bei einem wundervollen Frühstück im *Ried Café* saßen, das einen kurzen Spaziergang entfernt von Suzannes Hof lag.

»Was hast du denn jetzt vor?«, fragte Suzanne, als habe sie seine Gedanken erraten, und löffelte ein Stück Ei in den Mund.

»Ich geh nach Stuttgart zurück, ich habe da einiges in Aussicht«, log er. Vor Suzanne würde er sich mit Sicherheit keine Blöße geben. »Großes Büro in der Königstraße in Stuttgart-Mitte, den Vertrag habe ich schon in der Tasche.« Er lächelte. »Mein altes Büro hat mir nicht mehr gefallen, die Wohnung war auch zu klein. Wenn du viele Geschäftsleute als Klienten hast, so wie ich, brauchst du einfach was Repräsentatives. Da bin ich gerade dran.«

Suzanne wusste, dass das nicht stimmte. Aber sie konnte ihm schlecht sagen, dass sie zu Anfang des Falls alles über ihn recherchiert hatte und später, als er schon bei ihr auf dem Hof gewesen war, sogar noch versehentlich ein Gespräch zwischen Achim und ihm über die Zwangsräumung seiner Wohnung mitgehört hatte. »Falls du … Na ja, ich … Also ich finde, du siehst aus, als könntest du ein bisschen Urlaub auf dem Land gebrauchen«, schwindelte sie. »Wenn du magst, kannst du gerne noch ein paar Tage bei mir bleiben. Das würde mich freuen.« Oh Himmel, das klang merkwürdig, nicht dass der Typ jetzt dachte, sie stehe auf ihn oder so. »Ich bräuchte jemanden, der mir hilft, den Ziegenstall vor dem Winter auszubauen«, fügte sie schnell an, als sei das der Grund für ihr Angebot.

Henry nickte erfreut. »Super. Ich bin wirklich urlaubsreif.« Dass er noch eine Weile bei ihr wohnen konnte, erleichterte die Situation ungemein, auch wenn es auf dem Land war. Und natürlich half er gerne mit dem Stall. Sie hätte gar nicht so rumdrucksen müssen, sondern ihn direkt fragen können, es war ja keine Schande, dass sie einen starken Mann für schwere handwerkliche Arbeit brauchte.

Henry war ein guter Handwerker, wie Suzanne in den nächsten Tagen anerkennend feststellte. Während sie ihre Tage im Büro verbrachte, erledigte er, was auf dem Hof anfiel, dichtete nebenbei das Dach des Ziegenstalls ab und strich die Wände neu. Suzanne hatte ihn schon ein paarmal fragen wollen, ob er nicht bei ihr in der Detektei jobben wolle, sie brauchte dringend noch einen zusätzlichen Detektiv, sie war so ausgebucht, wenn noch ein einziger Fall dazukommen würde, könnte sie den nicht mehr annehmen ohne eine weitere helfende Hand. Ehemalige Polizisten, die sich verteidigen konnten, kamen bei den Kunden zudem sehr gut an. Aber sie war sich nicht sicher, wie sie das Thema ansprechen sollte, ohne Henry zu kränken, der ständig erzählte, wie erfolgreich seine Detektei in Stuttgart lief.

Obwohl er am ersten Tag beinahe mit einem Igel zusammengestoßen war, als er das Tor des Ziegenstalls repariert hatte, und danach fünf Stunden lang nicht mehr aus dem

Haus gegangen war, fand Henry das Leben auf dem Hof gar nicht so schlimm, wie er anfangs gedacht hatte. Die handwerkliche Arbeit war in Ordnung, er hatte ein günstiges Fitnessstudio in der Nähe gefunden, kam viel zum Trainieren und hatte zudem Zeit, seine neue Detektei zu planen, das Einzige, womit er nicht so richtig weiterkam. Außerdem war seine Bleibe bei Suzanne ja nur eine Übergangslösung für ein paar Tage. Achim hatte ihm gestern am Telefon angeboten, doch bei ihm zu wohnen, vielleicht würde Henry das auch tun, sobald er eine Idee hatte, wie er genug Geld aufbringen konnte, um die Tankfüllung für seinen verdammten Porsche zu bezahlen. Ohne Suzanne etwas davon zu verraten, jobbte er abends in einem Café in Offenburg, aber das wenige Geld brauchte er für seine dringlichsten Schulden und unangenehmsten Gläubiger und für neue Klamotten, Essen und einige andere Dinge, die Suzanne und er benötigten. Denn wenn er schon bei ihr wohnte, aushalten ließ er sich auf gar keinen Fall! Er hatte manchmal sogar schon darüber nachgedacht, Suzanne zu fragen, ob sie nicht einen Job in ihrer Detektei für ihn hatte. Nur so übergangsweise. Aber bisher hatte er es dann doch nicht über sich gebracht, etwas zu sagen, nicht, dass sie dachte, er sei nicht erfolgreich oder habe kein Geld!

Anfang November waren Suzanne und Henry, der sich hatte breitschlagen lassen, an Achims Stand die Maultaschen zu grillen, auf dem Weg zu Liams Death-Metal-Wettbewerb in München, Suzanne voller Vorfreude, endlich Liam wiederzusehen, Henry mit einigen Ohropax in der Tasche. Henry hatte »aus Umweltgesichtspunkten« einer Fahrgemeinschaft in Suzannes E-Auto zugestimmt. Suzanne fuhr verdammt schnittig und sicher, und sie holte aus dem Renault alles heraus, was man da herausholen konnte, auch wenn das nicht viel war, dachte Henry anerkennend. Und Suzanne dachte, dass Henry endlich mal ein Beifahrer war, der den Mund halten konnte. Kurz vor dem

Drackensteiner Hang, an dem wie immer Stau war, klingelte Suzannes Handy. Sie nahm über die Freisprechanlage ab. »Griesbaum.«

»Danilo Petrow«, sagte eine angespannte Männerstimme. »Sie hatten, glaube ich, bereits mit unserem Produktionsleiter telefoniert. Wir beginnen in den Rheinauen gerade mit den Dreharbeiten für ›Dunkle Gemäuer‹. Ich bin der Regisseur.«

Suzanne erinnerte sich sofort. Die Filmproduktionsfirma, für die ihre Detektei das mysteriöse Verschwinden von Ausrüstungsgegenständen hatte aufklären sollen. Bislang wenig erfolgreich, obwohl sie ihre beste Mitarbeiterin auf die Angelegenheit angesetzt hatte. Hoffentlich wollte ihr dieser Petrow nicht kündigen. Aber Petrow sagte nur: »Es hört nicht auf.«

»Was hört nicht auf?«, fragte sie.

»Das Verschwinden. Nur, dass es jetzt keine Gegenstände mehr sind. Sondern Menschen. Unsere Kamerafrau. Sie ist gestern Abend in dieses Horrorhaus hineingegangen. Seither ist sie spurlos verschwunden. Wäre Ihre Detektei gerade frei, den Fall zu übernehmen?«